大学问

始于问而终于明

结社的艺术

16—18世纪东亚世界的文人社集

张艺曦 主编

ART OF ASSOCIATION

THE LITERARY SOCIETIES
OF EAST ASIA
FROM 16TH TO 18TH
CENTURY

GUANGXI NORMAL UNIVERSITY PRESS
广西师范大学出版社
·桂林·

结社的艺术：16—18世纪东亚世界的文人社集
JIESHE DE YISHU: 16-18 SHIJI DONGYASHIJIE DE WENRENSHEJI

图书在版编目（CIP）数据

结社的艺术：16—18世纪东亚世界的文人社集／张艺曦主编. --桂林：广西师范大学出版社，2022.4（2023.2重印）

ISBN 978-7-5598-4777-5

Ⅰ.①结… Ⅱ.①张… Ⅲ.①文学－社会团体－研究－东亚－16-18世纪 Ⅳ.①I310.094

中国版本图书馆CIP数据核字（2022）第032053号

广西师范大学出版社出版发行

（广西桂林市五里店路9号　邮政编码：541004）

网址：http://www.bbtpress.com

出版人：黄轩庄

全国新华书店经销

广西民族印刷包装集团有限公司印刷

（南宁市高新区高新三路1号　邮政编码：530007）

开本：880 mm×1 240 mm　1/32

印张：17.625　　字数：320千

2022年4月第1版　　2023年2月第3次印刷

印数：8 371~10 370册　　定价：118.00元

如发现印装质量问题，影响阅读，请与出版社发行部门联系调换。

序

几年前，艺曦来研究室找我，请教我关于编论文集的事，他当时计划与新加坡国立大学的王昌伟、许齐雄教授，以及台北大学的何淑宜教授合作，以文人社集为题，集合众人之力来编论文集。他当时问我，此时此刻是否仍适合编论文集，以及这类论文集对学界是否有贡献——这是他最关心的部分。我当时建议艺曦，必须坚持几点：论文集的主题必须明确，每篇论文都必须围绕这个主题提出各自的创见。

在接下来几年的时间，我有时会从艺曦那边听到论文集的进展，而为了让各篇文章作者能够聚集一起开会讨论，他先后申请蒋经国基金会与"科技部"的经费补助，两次会议的举行也得到"中研院"近代史研究所及吕妙芬所长的协助。这本论文集的计划，以及整个团队最让我印象深刻的，是他们为了能够有更充裕的时间写作论文，所以把时程拉长到三年，而在着手进行之初，分散各地的成员也不辞路远，来台共同讨论，并对彼此的论文题目交换意见，直到今日，终于有论文集的问世。

这本论文集以 16 到 18 世纪的文人社集为题，时段集中在明中晚期及清初。明中晚期的社集活动十分精彩而多样，而经历明清变局以后的清初社集的性质与活动也很值得探究。当时社集活动盛行的程度是很难想象的，清初顺治皇帝还曾特别关注近来名流社会，并说慎交社"可谓极盛"，提到孙承泽是"慎交社"中的人物（《清稗类钞》《云自在龛随笔》等书）。

这本论文集引人注意的部分，是不少文章都能够不受限于社集这个主题，把社集放到整个时代大脉络中，从政治、家族、地域性、城市生活、文化转型等面相切入，让原本看似平凡无奇的社集显出独特的意义。

这些文章，有的谈社集跟地方官员的到任去职的消长关系，显示某些看似宴游的诗社，也可能有实质的政治目的。有的讨论社集与地方家族的联系，有的利用大量族谱资料说明不同性质的社集与地方人际网络、家族生态的关系。也有的注意到社集与城市空间，以及明末文人借由社集展演的取向。另有几篇是谈社集与诗派、与八股文、与经学风潮的关系，这些看似传统的题目，却都能够得到让人耳目一新的结论。另有一篇谈明末及清初的士风之别，在此变局中的文化转型是很值得深入的课题。另有两篇文章，则是将眼光扩大到与士阶层密切相关的其他阶层或领域，包括医者及书画鉴赏。过去我们虽可多少看到一些医者结社的资料，但借由这篇文章，才让我们了解到医者与文人社集之间有那么密切的关系。

这些文章各有主题，也跨越不同地域，除了南北两京、扬州，以及浙江等地,还有江南以外的江西、福建、广东等地,展现这个团队广泛讨论各地社集的企图。另有两篇关于日本与越南的社集的文章,亦显示这本论文集对东亚周边各国的关心,而且从更多元也更整体的眼光,以中国为中心看整个东亚世界的社集发展。

我在多年前写作过几篇明代思想生活史方面的文章,其中有几篇文章跟明末蕺山学派及清初讲经会有关,当时我注意到明末出现不少以经、史或读书为名的社集,这类名称的社团在此之前很少见,但在明末却大量涌现,而且不少都很有影响力,像江南的复社、读书社都是很好的例子。对于这类社集的出现,我认为这与经史之学,尤其经学的复兴相关。不过,近几年我有更进一步的观察,除了心学,至少还有文学复古运动等各种思潮条件共同促成。尤其是文学复古运动,由于主张必须临摹古代的诗、文,进而搜罗古代典籍,所以对古籍的刊刻流行起了推动作用。另一方面,这个运动虽然倡导复古,但所复的不限于儒家经典,所以相对于之前的学风带来了解放。复兴经学则是到了明末才正式提出的,所以我们必须认真看待明末经学的复兴,它有其时代的特殊意义,而且带来的影响极大。

以此为例,我们在讨论明代中晚期及清初的历史,必须用更宏大的眼光谈。我很喜欢"察势观风"这个词,当某个风潮起来的时候,就像是一阵风吹拂而过,一个时代的各方各面、或多或少都会受这股风潮的影响,而且往往是多层次也多方面的交互激荡,来回往复。若是遇到像明清之际的大变局时,这类变动会更加复杂。研究者有必要察其势而观其风,除了所研究的对象,还必须把研究对象所处的风潮及各种动荡变化都一齐纳进来讨论。此外,历史的发展往往会有不同力量同时在竞合着,所以社集不会只是社集,而会跟这个时代的其他因素结合发酵,也可能彼此排斥,但即使是排斥也是很值得注意的现象。

这本论文集所做的可说是一种"察势观风",而且把社集放在时代脉络中查考,作者们能够以更全面的眼光掌握所研究的课题。如今论文集分别在两岸出版社出版,让人为这本论文集对明清之际社集研究有所贡献而感到欣喜。

王汎森
"中研院"历史语言研究所特聘研究员
"中研院"院士

目 录

导　论　*1*

社集与城市空间

王鸿泰　城市舞台：明后期南京的城市游乐与文艺社群　*20*
许齐雄　从"诗社"到"吾党"：漳州霞中社的政治性　*62*
何淑宜　游历、制艺与结社：以晚明衢州士人方应祥为中心　*103*
张　侃　明中叶温州山人结社的地域社会机制与文化形态　*148*

社集与地方家族

商海峰　泽社、永社、云龙社：明末桐城"诗文社集"的勃兴与顿挫　*184*
黄圣修　宗族与诗社：明末广东诗文集社研究　*225*
张艺曦　明及清初地方小读书人的社集活动：以江西金溪为例　*266*

社集与身份/阶层

王昌伟　明末清初秦地文人在扬州的结社活动　*308*

田世民　近世日本知识人的游学与社集：以柴野栗山及其交游网络为例的探讨　*335*

冯　超　"骚坛会"和"骚坛招英阁"：15世纪末及18世纪的越南士人社集　*370*

社集与方伎（书画、医学）

杨正显　无心而娱：清初北京的"雅会"　*422*

冯玉荣　医者同社与研经讲学：以明末清初钱塘侣山堂为中心的讨论　*467*

社集、经学与科举考试

陈时龙　明代的文社与经学　*506*

朱　冶　晚明复社与经典改纂：顾梦麟等编《四书说约》初探　*529*

后记　*553*

导　论

16、17世纪,即中国的明代中晚期及明清之际,各地以士人为主,成立许多大大小小的社集,在此之前虽然也有一些社集的记载,但在数量上都没有这一时期多,于是吸引不少研究者的关注。过去的研究偏重在江南一带的社集,复社的活动尤其受到注意。江南的文献极丰富,社集的相关资料亦多,加上复社有确定的成立时间、目标与宗旨、成员,以及社集的活动,所以复社及其周边社集,诸如几社、读书社、南应社及中江社皆为人所熟知,而其诗文活动或政治运动,始终是学界的研究重点所在。相较之下,其他地方的社集往往只有很零碎或极片段的资料留下,造成研究上极大的困难,虽然近几十年有一些精彩的研究论著问世,但资料的稀少与零碎,仍是研究者所须面对的困境与难题。

社集是一群人的集合,像郭绍虞便把社集定义为文人集团。社集跟个别士人或文人不同,个人可以有很多面相,但当一群理念相近的人共同结为社集,便在某方面有所交集,而被凸显的这个面相便会成为该社集的特色,而当同一类的社集在一个时期大量出现,便可能跟某种思想文化风潮有关。也因此,社集不只是社集,还必须跟社集所处的时代脉络及思想文化风潮放在一起考虑。

明中晚期思想文化史领域的三股风潮,分别是以前后七子为首的文学复古运动、阳明心学运动,以及以江南复社与江西豫章社为首的制艺风潮,因应这三股风潮,则有诗文社集(主要是诗社)、心学讲会,以及制艺文社的流行。[①] 明中期是文学复古运动与阳明心学运动的兴盛期,于是诗文社集与阳明学讲会臻于极盛,直到万历末年左右,声势才被新兴的制艺风潮与制艺文社所凌驾,迄于明亡而止。

文学复古与心学运动在诗文及心性学说上各有主张及创获,而两波运动的共通点,即在于参与阶层的扩大。心学普遍流行于一般士人之间,而因心学有向下层走的倾向,所以就连布衣、处士、农工商贾也有不少参与讲学的例子,这方面以泰州学派走得最远,但不仅限于泰州学派有此倾向而已。文学复古运动也有扩大参与的趋势,复古派提出"文必秦汉,诗必盛唐"的原则,由于讲究摹拟,让人们更容易入手写作诗文,于是过去被视为雅的诗文,如今吸引更多士人,甚至布衣、处士、宗室、僧道,共同参与在这类诗文社集中。

参与阶层或范围的扩大,使得这两波运动并不只是停留在心

[①] 关于这三股风潮与社集的关系,另请参考张艺曦:《明中晚期的思想文化风潮与士人活动》,《中华文物学会2019年刊》(台北,2019),第128—136页;张艺曦:《明中晚期士人社集与思潮发展》,林宛儒主编:《以文会友:雅集图特展》,台北故宫博物院,2019,第250—261页。

学学说或诗文写作,而有其外在效应。近来的许多研究指出,在心学流行高峰的一个世纪间,心学对许多规范的松解,给予多元的价值发展空间,脱离过去来自官方或程朱学的约束规范。还有许多人利用讲学讲会及各种策略手段,进行社会教化或社会福利事业,而让儒学的圣人形象具体地深植人心。另一方面,如钱基博所言,文学复古运动颇类似欧洲的文艺复兴运动①,因对古代文化的向往而搜猎古代典籍,加上明中期以来出版业的兴盛,使得许多已知或未知的古籍得到刊刻出版的机会,过去珍贵而罕见的古籍,变得唾手可得,人们所阅读的书籍大量增加,知识范围也大幅扩大。许多古籍的重刻流行,加上心学诉诸本心而不受先儒批注约束的特点,使得人们对儒学经典的解释多元化,而儒经以外的其他典籍的流行,甚至弱化了儒经对人们的规范能力。诸子学的复兴就是此时很值得注意的现象。当时流行的诸子学书籍,除了《老子》《庄子》,还有先秦以来的其他子书,不少人会以这些子书来重新解释儒学经典,隐然把诸子学与儒学并列,甚至有凌驾儒学之上的倾向。也因此,在心学与复古运动达到高潮的时候,也是一些人对这两波运动批评最激烈的时候。理学阵营既有周汝登与许孚远的九谛、九解之辩,也有以顾宪成(1550—1612)、高攀龙(1562—1626)为首的东林书院讲学,主张回到官方认可的程朱学。文学阵营有公安、竟陵先后起而批评复古派。

不过,尽管许多士人都卷入这两股风潮中,但毕竟大多数人都不是严肃的心学家或诗文作者,所以即使精英士人倡导回归程朱

---

① 钱基博:《中国文学史》(下册),第六编"近代文学"《自序》,上海:上海古籍出版社,2011,第775页。

学或主张性灵文学,也未必能够彻底解决儒学经典解释的多元化及规范弱化的问题,这给了制艺(八股文)发展的空间。在心学与复古派流行的高峰期,制艺只被视为一种写作的技巧,并未被赋予多少文学性,所以无论是心学还是复古派的士人,都把心学、诗文跟制艺区别开来,甚至颇有丑诋制艺的言论。但大约到万历中期以后,开始有一股新的呼声,试图把制艺作为新文体,以这个新文体重新整顿风气。

制艺即经义之学,亦即对儒学经典的义理诠释之学,明末士人没有直接走入清代的考证学,而是以制艺来解经。由于先儒如朱熹对儒经的批注,虽然简要精当,但未必能够传达儒经的全部意涵,所以必须以各种旁敲侧击的方式,一边回到儒经当时的时空背景,一边将其放到今日所处的时空下来思考与理解其内容。如果说朱熹的批注是骨干,则当时士人透过制艺写作所做的,便是赋予这些骨干丰富的血肉。也因此,明末士人所从事的制艺写作,既是因应心学与文学复古运动衍生的挑战而起,但从经典解释的角度看,又是承自心学与文学复古运动而来。所以当时一些人甚至要求制艺必须融合理学与文学的成果,一如江西新城涂伯昌指出,今之士人与昔之士人的差异,在于理学已明与理学未明,而在理学已明之世,士人除了明理,尚需具备文学修辞方能完美阐述经义。[1]因此,制艺虽以阐释经义为主,但同时也是经学、理学与文学的三合一。

---

[1] 涂伯昌:《涂子一杯水》卷三,《侄仲嘉啸园续草序》,收入《四库全书存目丛书》,台南:庄严文化事业有限公司,1997,据中国社会科学院文学研究所藏清康熙四十五年涂见春刻本影印,第71页,新编第441页。

诗古文辞、心学语录与八股文，本属于不同文体，与此相关的士人及社集活动，过去会放在各自的文学史、心学史及八股文史的脉络下进行讨论①，但在心学、文学复古与制艺写作这三股风潮中，不同性质的社集间常有竞争关系。对个别士人而言，心学、复古派文学与制艺三者间不必是竞争关系，所以某些士人可以同时跨在不同阵营，既接触心学，也同时写作诗文与制艺。但若是组成社集，社集会凸显群体共同的认同与作为，就必须放在三股风潮的竞合中来考虑诗社、心学讲会及制艺文社。一如18世纪的法国，既有贵族女性主持的沙龙(salon)聚会，也有Baron d'Holbach(霍尔巴赫)组织的以男性为主的聚会，尽管成员有重叠，但两种聚会间却有竞争关系一样。

也因此，身处其中的士人，常会有人思考三种文体间的关系，而作不同的判断与评价。如复古派的代表人物之一李维桢把制艺举业与诗作对比分立，而有"科举之业与古文辞分道而驰"②的断语，江右四大家之一的艾南英(1583—1646)则高抬制艺举业，而有"举业一涂，遂与诗、古文辞并称文章"③之语。理学在此三角关系

---

① 这个时期的诗古文辞的社集研究，较多放在文学史的脉络下讨论，郭绍虞的《明代的文人集团》是这个领域的名作，郭绍虞主要关注的是诗社，将其依年代罗列而出，从这个年表中可以很快看出，到了明中期以后，诗社倍增，这应跟前后七子所倡导的文学复古运动有关。郭绍虞认为万历朝以后的社集渐多涉入政治活动，这点跟谢国桢的《明清之际党社运动考》正相呼应。近年陈宝良《中国的社与会》对众多社集作出分类，而何宗美的《文人结社与明代文学的演进》，则是大规模搜罗诗文社集与制艺文社的数据，以讨论文学流派与文学思潮的转变。
② 李维桢：《陆无从先生集序》，载陆弼《正始堂集》卷首，台北"国家图书馆"藏明万历间刻本，第3页。
③ 艾南英：《天佣子集》卷一《辛未房稿选序》，台北：艺文印书馆，1980，第15页，新编第115页。

中没有缺席,如徐奋鹏(约1560—1642)便全新定义理学与制艺的关系,认为制艺文字不在理学之外,于是有"以理学为举业"的见解。①

三种文体及三种社集,在彼此交织与竞合的风潮或运动下,诗社不仅是诗社,心学讲会或制艺文社也都不只是单纯的讲会与文社,而是处在与另外两种社集的竞争或合作关系中,这也使得这段时期的社集有其特殊性。

所以在这本论文集中,我们没有局限在单一性质的社集,而是把社集作为一个总称。所以各篇文章分别聚焦在不同性质的社集,讨论不同类型的诗社与制艺文社(包括经学社),以及观察从心学讲会到制艺文社的发展变化。

除了从思想文化风潮来考虑三种类型的社集,也必须考虑社集与社会文化各领域的交涉交流与关系。过去几十年来,学界在城市生活史、思想文化史、地方史、家族史、医学史领域皆有不少创获发现与长足的进展,若能把社集与这些领域结合在一起研究,将使社集研究在文学史或学术史的脉络以外,亦饶富文化史与社会史的意义,这种多元的眼光与关照,正是这本论文集想做的。所以这本论文集的团队成员既有来自文学的背景,也有出身史学的背景,而所做的研究既有文学史、经学史的,也有历史学的取径,而全部研究可约略分作几个子题,各讨论社集的不同面相与角色,分别是:(1)社集与城市空间;(2)社集与地方家族;(3)社集与身份/阶层;(4)社集与方伎(书画、医学);(5)社集、经学与科举考试。以

---

① 戴振光:《理学明辨录序》,载徐奋鹏《徐笔峒先生十二部文集》,中国国家图书馆藏明刻本,卷首,第1—2页。此处是戴振光叙述徐奋鹏的见解。

下简单说明这几个子题,以及所收录文章的主旨方向。

社集与城市空间

城市作为文化与消费中心,本就较能够吸引士人聚集,也较容易举行社集。但过去的研究较少谈社集与城市的关系,所以这个子题的几篇文章,除了有一篇谈南京社集的兴起到极盛,其他也从另外的角度切入,分别看城市之间的等级与网络关系,以及社集如何影响城市中士人的政治倾向与权力关系。

王鸿泰谈的是南京这个全国文化中心的社集,南京作为明代两京制下的首都,约自成化、弘治年间文艺活动始兴,嘉靖年间复古派的代表人物顾璘主持社集,则让南京的文艺活动达到高峰,并且让南京与当时的文学复古运动接轨,甚至也跟心学有关——顾璘与王守仁的问答书信,被收录在《传习录》中,成为许许多多学习心学的士人的必读篇章。

王鸿泰在此反思,除了严肃规范与定义的社集,士人在日常生活中更常参与的是各类诗酒的雅集,这类雅集往往是一时起意而作,持续时间未必长久,而且往往此起彼伏,此方雅集才告终,他方雅集又兴,士人在各种雅集中穿梭来去。也因此,到了万历年间,才有许许多多的大型诗社,尽管参与者在严格意义上不必是社集成员,但都共同带起整个大社的潮流。

许齐雄与何淑宜二文分别讨论福建漳州地区的霞中社与浙江衢州府的制艺文社,两地跟南京这个全国文化中心最大的不同,在于南京吸引各地士人前来,而漳州霞中社与衢州府制艺文社的成员往往来自同一个行政或地理空间,而且两地的社集成员也都有以血缘、姻亲为主要联结方式的特色。以地缘、血缘为主要的集结与联系纽带是很多地方性社集的共通点,但许、何二人所讨论的则是共通点以外的其他方面。

许齐雄讨论的是霞中社这个地方性诗社与政局及地方政治生态的关系。福建从明初以来有其诗社的传统,明末曹学佺更是全国诗坛的领袖人物,曾经主持在南京的大社,也曾参与在霞中社中。也因此,尽管福建远离江南而僻在一隅,但在明末诗坛占有一席之地。但我们若是单纯从诗社的角度看,霞中社其实并无突出之处,反而是该社与朝廷党争的关系值得注意。霞中社的兴起跟太监高寀搜刮矿税有关。当高寀被派往福建,霞中社成立;而高寀离开福建后,霞中社便很快进入活动锐减的衰弱期。也因此,尽管霞中社的成立与发展并不是受到高寀的暴政左右,但只有结合当时的党争,尤其是地方上的政治形势与需要,才能够全面理解霞中社成员所作的诗文及其人际网络。

何淑宜一文所处理的是万历以后的制艺文社,从方应祥所参加的社集入手,看不同城市的社集间的层级关系。一般人或许不熟悉方应祥这个名字,其实他在浙江当地颇为知名,在制艺领域被同时代的学者视为西安派的代表。文中的制艺文社显然比王鸿泰所谈的诗社更为严肃,更为正式,联系也更为紧密,不仅有社稿,也有选本,而不同社集之间,即使在不同城市,也常会建立联系。方应祥往来于几个城市的文社间,而在何淑宜的细心梳理下,我们看到不同城市间的联系与层级关系,这应是万历以后的重要的制艺文社颇为普遍的特色。

张侃的文章讨论的则是温州社集成员的变化,以及山人之风的流行。山人文化是明中晚期的特殊现象,以江南吴中地区最盛,而温州的山人文化的流行,一方面可说是因江南的山人文化向外辐射的结果,但另一方面则跟"大礼议"以后当地士人遭受政治挫折有关,由于长期遭到政治压制,遂驱使当地士人——尤其是世家子弟将其自我认同转向山人文化,而这更进一步改造成两宋以来温州重视事功的风气。在此脉络下,我们才能了解何以清初温州有"市井七才子"组成诗社,成员竟多来自市井间,所从事的行业包括菜贩、鱼贩、锻铁、银匠、修容、营卒与茶馆役使等,让雅集的"至俗"达到高峰。

值得注意的是,王、何二人的文章都共同指向万历年间,无论是诗社或制艺文社,都越来越常见所谓大社,这有助于我们更进一步思考诗社与制艺文社的关系。由于社集活动日益频繁,让诗社与制艺文社之间,很可能形成一种既互补但又竞争的关系。如浙江的读书社,既是诗社,也是著名的制艺文社,两者并不冲突,但江西豫章社则是纯粹的制艺文社,而与同时期的诗社形成竞争关系。明末虽有大型诗社,但在数量上与所能聚集的人数上皆不如同时期的制艺文社来得多,这似乎也显示在明末诗社与制艺文社的竞争中,制艺文社有凌驾其上之势。

社集与地方家族

社集与地方家族是两个大主题,相关的研究成果都不少,但很少把两者联系在一起谈。对家族史的研究过去较多从社会史切入,讨论家族与地方社会、中央朝廷之间的权力关系,而此处则是从文学史与思想文化史的角度谈社集与地方家族的关系。

商海锋所处理的桐城,明代属于南直隶,被视为江南的一部分,他把眼光放在明末泽社、永社与云龙社这三个社集的相替相承,泽社的性质是制艺文社,永社、云龙社是诗社,从制艺文社转为诗社,跟同时代较常见从诗社转为制艺文社的趋势恰好相反,颇有逆流而动的特色。三社倾向一种家族的组织方式,有很强的地域性,成为后来桐城诗派的先声,方以智则是这三个社集的中心人物。除了方以智这样的名人,还有陈子龙与李雯这两位江南士人领袖,云龙社便是他们二人与方以智合组的诗社,这则凸显出江南这个文采风流之地的特色,由于人才高度集中,加上世家大族甚多,所以即使是个别的人物或社集,也往往有其错综复杂的关系网络,构成饶富兴味的图像。

黄圣修所谈的是广东的诗社与地方家族。广东没有方以智、陈子龙这些大人物带领整个诗派的发展,但明中晚期广东的社集活动则有过一波高峰,无论是诗人或社集数量都远高于过往,加上广东的家族势力极强,所以参与诗社的成员绝大多数出自地方大族,这些人在明亡后甚至组织义师,或投入抗清活动,或成为遗民。这也让明末广东诗社与地方家族的关系颇值得探究。

该文指出明末广东的诗社,除了成员大量重复,还有地理位置多集中番禺地区的特点,以板桥番禺黎氏为例,这个家族在明中期以后发展达到高峰,而家族为了确立对珠江三角洲的掌控权与合法性,除了宗法制度、科举功名,在"岭之南,人人言诗"的这个地区,黎氏族人还积极参与诗社等文化活动以建构自我的文化象征。

此亦可见社集发展与当地家族之间密不可分的关系。

张艺曦讨论的是江西抚州府金溪县的社集发展。金溪因有陆九渊的理学渊源,所以明中期受心学运动的影响而有讲会,在明末制艺风潮中则转向为制艺文社。与广东很相似的是,当地并没有全国性的知名人物,无论是讲会或制艺文社,都是在地方家族的支持下进行,并随着风潮而变。此外,该文特别考虑的是在文献材料上的突破,在金溪这个没有大人物的地方,士人留下的文集少,地方志的叙述又过于简单,当社集研究常用、可用的资料不足时,便有必要考虑扩充资料的来源。过去思想史的研究很少利用地方家族的族谱,尽管这类数据在社会史已算是基本文献,所以该文尝试利用大量的族谱数据,建构地方的社集发展史,也可以说,这是从地方家族的角度切入,试图在思想史与社会史的交涉中找到另一种可能性。

社集与身份/阶层

除了地域的区别,另一个十分关键的因素即阶层与身份,也是跟社集密切相关的因素。士人阶层始终是儒家文化的中坚,但也在不同时期不断想要往下影响到下层,阳明心学是儒家走得最远的一次,一度触及许多的布衣、处士,以及一部分庶民阶层,而且更透过乡约的举行、田土的丈量,以及许许多多本地的、乡里的社会福利事业,不仅让心学草根化,同时也让心学间接影响地方社会与中下层的庶民百姓。同时期的文学复古运动亦有扩大参与的趋势,所以我们在诗社成员中经常看到僧道、武将、山人、布衣的参与,不过作诗一事对庶民百姓有难度,同时也与其生活隔了一层,所以其扩大参与的范围大约仅到中下层士人,包括一部分布衣、处士。

王昌伟对扬州诗社的研究注意到诗社与士人阶层的关系,而且更细致描写出寓居扬州的陕西士人带来的风气与当时流行的江南风气之别,全文不长,却是精彩之作。在王昌伟的勾勒下,我们看到一个不同面相的扬州,一个有不少陕西士人寓居于此,并在此组成诗社的扬州,从明末雷士俊、王岩等人成立的直社,到清初李楷、孙枝蔚等人主导的社集,都把重点放在整顿士风、重振他们心目中正统的士大夫文化上——也就是源自陕西的秦声,并与当时浮华萎靡的江南士风相区别。由于诉求的主轴是士大夫文化,所以社集成员也限定在士阶层。

明清时代的中国以士阶层为中坚,而士阶层会因科举考试而流动,所以对身份的界限及藩篱的感觉不强。那么,不以科举考试选拔人才的日本及以模仿中国实行科举考试的越南,两地的社集与身份又各自呈现什么样貌呢?田世民、冯超的两篇文章便很值得细读。

田世民以18世纪日本朱子学者柴野栗山为研究对象,指出近世日本没有如中国的科举制度,所以日本学者并无明确的仕宦渠道,而游学除了追求先进学问知识,更是突破身份限制的一大途径,即使非武士身份、出身低微的知识人,亦可因其学识能力获得上位肯定而破格录用。柴野栗山是一例,他因其学识而出任幕府的儒官,在进入幕府以后所参与的三白社,以及以他为中心的双玉楼诗会,则是他在幕府中与四方名儒雅士保持交流及建立人际关系的重要手段,双玉楼更一度是江户的人文沙龙中心。不难想见,这些社及会,都具有明确的阶级性。

导　论

　　冯超的文章所讨论的是 15 世纪末黎朝越南的骚坛会与 18 世纪南河越南的骚坛招英阁,两者都是诗社,也是越南历史上两次规模较大的文人社集。骚坛会是越南的第一个文人社集,由黎朝宫廷发起,黎圣宗自封"骚坛大元帅",与 28 位文臣武将吟诗唱酬,不仅带有很强烈的宫廷色彩与政治内涵,同时也有明显的阶级与身份的限制。骚坛招英阁则是约三个世纪以后成立,仿骚坛会的形式,而规模更大,参与者至少有 60 人。由郑天赐任"骚坛大元帅",其他成员除了官吏近臣,也包括一些出身平民的知识人,有越南人,也有外国人。无论是骚坛会还是骚坛招英阁,都是以政治领袖为中心组成,也都有强烈的政治色彩,而骚坛招英阁对阶级与身份的限制虽然相对较宽,但仍然是以精英为主。

　　对东亚的社集与身份/阶层关系的讨论,欧洲史的研究可以提供很好的参照。17 世纪法国的沙龙(salon)与东亚的社集颇有相似之处,沙龙起于 17 世纪,由贵族所设立,作为与其他阶级(尤其是中产阶级)往来的聚会,可以让这些阶级的人学习与了解贵族的礼仪。所以沙龙鼓励异性间,以及贵族和布尔乔亚间的社交往来。①

---

① Steven Kale, *French Salons: High Society and Political Sociability from the Old Regime to the Revolution of* 1848 (Baltimore: Johns Hopkins University Press, 2006), pp.2, 24-25。Dena Goodman 与 Steven Kale 二人对沙龙的性质的见解有别,Dena Goodman 采取 Habermas 论点,主张沙龙构成公共领域的一部分,结束于法国大革命爆发时;Steven Kale 则认为私人或公共领域的概念都与沙龙有重叠,而且他主张在法国大革命以后沙龙仍然持续存在,而且日益政治化,让世袭的旧贵族仍可以借由沙龙维系其阶级,只是过去是借由世袭而得到的阶级身份,而大革命以后,则是开放给精英加入这类团体。请分见 Dena Goodman, *The Republic of Letters: A Cultural History of the French Enlightenment* (Ithaca: Cornell University Press, 1994), p.280; Steven Kale, *French Salons: High Society and Political Sociability from the Old Regime to the Revolution of* 1848, p.8。

civility(礼节)则是当时普遍流行的社交礼仪与价值。

池上英子参考欧洲史对 civility(礼节)的讨论,而提出德川时代日本有所谓"审美的网络"的看法,亦即在日本这个重视阶级、身份的社会,审美的网络则是可以跨阶级、跨地域的。① 相较之下,明清中国的身份色彩不如日本浓厚,但扬州的直社却用"古""俗"这种以礼仪与文学艺术为基础的概念来区别士阶层与其他阶层,也可以说,中日两国正好有相反的发展方向,这也让我们好奇,越南在审美上,是否有类似的审美网络或雅俗之别,而这又将会如何跨阶级,或者是区别阶级呢?

社集与方伎(书画、医学)

除了从空间—地域,与身份—阶级这两个角度切入,以士人阶层为主的社集活动如何影响其他领域的人,则是这个子题想讨论的重点。艺术与医学是士人所常涉及的两个领域,士人涉猎书画,以及宋代以降的儒医传统,都让人好奇相关的社集活动将呈现什么样的面貌。

杨正显所谈的是清初一群在北京的士人逃遁于书画鉴赏的雅会。清初对结社有许多限制,所以官员往往讳言社,而多以文酒会称之,康熙年间刘体仁等人在北京的聚会便是属于文酒会性质的雅会。此会成员多半有朝廷官员的身份,却都有一种遁逃于世的心态,而此会诉求以"好古赏鉴""商榷古今,考辨真赝"为主,与一

---

① Ikegami Eiko, *Bonds of Civility: Aesthetic Networks and the Political Origins of Japanese Culture*. Cambridge: Cambridge University Press, 2005.

般常见的诗文聚会不同;而以"高隐之节"为鉴赏标准,则凸显他们将此"雅会"作为遁逃的世界。如作者最后所作的结论——有心经世而环境不允,只好无心而娱。

除了遁逃于书画器物的世界,其实明末另有一批士人与画家结诗画社或参与画社,可惜今日我们对这类诗画社的了解很有限,因此未能确知这类社集如何影响画家群体。不过,冯玉荣所谈的医者结社,则明显可见士人社集确实影响医者的结社。

借由冯文,我们看到一些知名医者与杭州当地诗文社集之间的密切关系,包括卢复、卢之颐、张遂辰等人,都在读书社这个社集中,并与社集成员有很频繁的往来。这些医者不仅参与士人的诗文社集,也仿照文社大会同盟,形成雅集,讲经研学而且彼此间以"同社"称之。医者参与文社,而文士做客医者讲堂,成为当时颇常见的现象。入清以后,士人的社事受到打击,加上大量士人隐于医,让医者雅集更加兴盛,清初侣山堂则是雅集的中心。综言之,医者讲学移用了文社的组织形式而发展,而清初侣山堂更在相当程度上发挥类似现代医学社团的作用。

社集、经学与科举考试

最后一部分则是关于明末制艺风潮下的经学课题。制艺(或八股文)是明代科举考试所用的文体,过去我们受到顾炎武(1613—1682)、黄宗羲(1610—1695)等人的言论影响,所以很容易对制艺有先入为主的负面印象,如顾炎武有"八股之害等于焚书"的激烈之论,黄宗羲则把明文之不竞归罪于士人专注于科举业,这也导致长期以来,人们没有正面看待明末的制艺风潮。但其实这是继文学复古运动与心学运动以后更大的一股风潮,把全体士人都卷入其中。许多士人不仅勤于练习制艺,把个人的制艺文稿刊刻出版,同时各地士人结成大大小小的制艺文社,并刊行社稿,加上一些名家对八股文进行挑选并作批注,这类选本也有很大的影响力。所以我们若是翻看明末士人的文集,往往会看到大量为八股文文稿、社稿或选本所作的序跋,另外也会有一些对八股文文体的严肃讨论。

在此风潮中,八股文除了作为应试求取功名的手段,还跟文风、士风与国运相联系。首先,儒经是士人对这个世界认知的基础,而八股文则是对儒经义理的诠释及发挥,而比起一般的诗文,八股文是更为正式而严肃的文体。其次,八股文是明代独创的新文体,所以发展这个新文体,可以让明朝与前代比肩,而不必再屈居于秦汉文或盛唐诗之下。最后,也是更重要的是,由于士人人人皆须习八股文,所以端正八股文的文风,除了可以正确诠释儒经、发展新文体,还可以纠正士风,而士风会进一步影响国运。所以便有士人从倡导八股文这个新文体,以及重新诠释儒经的角度,来推动这股新风潮。

也因此,对八股文的讨论,对部分的士人,例如复社、豫章社的领袖人物来说,除了为科举考试,也有更高远的目标。在科举制度中,四书场是关键,而五经场仅须选考一经即可,所以在阳明心学最盛的明中期,这些心学家所谈的、所读的,多数聚焦在四书,而较少及于五经,即使有,往往只是摘出几句略微谈及而已。但这在明末有变,复社与豫章社标榜的"复古通经"及对经学的提倡,虽仍是为科举考试而设,但已不只是为了科举考试而已。

陈时龙一文指出,经学的聚会及社集,从明中期已不罕见,文中所列出的经学社集,让人不无惊讶于这类社集的数量之多。此时有"地域专经"的情形,如江西安福、湖北麻城、浙江会稽,以春秋经学著称于世,这也是过去人们较少注意到的现象。这类地域专经较有科举的功利目的,所以经常可见某群体传承某经,而不示外人的例子。但明末标榜研习五经,便不纯然是出自科考的目的,还有"厘正经学"这个与科考没有直接相关的要求。该文一方面修正了我们过去认为明代经学衰微的看法:过去是从经学有无创见发明来判断明代经学的衰落,但我们也应考虑到,即令没有独特的经学成就,并不表示人们便不谈经学,以及经学风气不盛。另一方面,从地域专经到厘正经学,都与社集有关,则充分体现经学与社集之间的密切关系。

朱冶同样着眼在明末经学,尤其是以文社为单位的经典改纂热潮,这是明末思想史的特殊现象。她把焦点放在顾梦麟的《四书说约》,《四书说约》的编者、校阅者及众多序跋作者,都来自同社成员,体现了社集在明末经学研习中的重要作用,而且与独立撰作的经典改纂著作不同。她进一步指出,包括顾梦麟在内的复社成员,他们都是将科举制艺与经学深造两者合为一途,所以一方面是以文治文,复兴文脉,一方面是改纂经典,恢复正学。

这个论文集计划,缘起于2013—2016年间蒋经国基金会所支持的"明末清初学术思想史再探"国际合作计划,借由这个计划案每年所召开的会议,参与成员彼此间建立较为密切的关系与联系。

17

第二年在武夷山举行工作会议时,其中几人便希望在计划案结束以后,以中国台湾地区与新加坡两地的部分成员为核心另组团队,以文社为主题,进行论文集的编写。

我们当时采取电子邮件联系的方式,邀请熟识或尚未熟识的相关领域学者加入团队,很幸运地普遍获得正面的响应,于是我们先在2016年6月举办闭门工作坊,确定团队成员各自的撰写题目及方向,约定两年后完成初稿。因为期待每个人对各自题目有比较充裕的时间作思考与研究,所以我们刻意留出比较长的时间。接着在2018年6月获得蒋经国基金会与"科技部"的补助,举行成果会议发表,并在次年收齐完稿,论文集的面貌方始浮现。

在此必须感谢蒋经国基金会与"科技部"的持续支持,以及吕妙芬所长及近史所人员两次协办的工作坊会议,让这个计划能够从发想到落实,到最终编纂成书出版。也感谢团队的每位成员,即使其中几位有升职称或评鉴的压力,但仍然支持我们把步调放慢的理想,把文章留给这本论文集,而且一年年参加工作坊会议,并一再修改琢磨文章,最后以最好的面貌呈现在读者眼前。李旻恒学弟在硕论口试前夕仍花费许多心力与时间为各篇文章统一格式,是这本论文集的幕后功臣。

张艺曦
2019年11月29日

社集与城市空间

城市舞台：明后期南京的城市游乐与文艺社群

王鸿泰[*]

一、前言

《儒林外史》第三十二回《杜少卿平居豪举，娄焕文临去遗言》中，志气高尚、不同流俗，又有些不通世故的杜少卿，疏财仗义，挥金如土，家产将尽时，家中老仆临终前苦心相劝："你的品行、文章，是当今第一人。……但是你不会当家，不会相与朋友，这家业是断然保不住的了！……你眼里又没有官长，又没有本家，这本地方也难住。南京是个大邦，你的才情到那里去，或者还遇着个知己，做出事业来。"[①]此回结束时，作者且提示道："京师池馆，又看俊杰来

---

[*] 王鸿泰，"中研院"历史语言研究所研究员。
[①] 吴敬梓：《儒林外史》第三十二回，台北：桂冠图书有限公司，1994，第307页。

游;江北家乡,不见英贤豪举。"南京城俨然具有特别的人文环境,是可以广纳各方俊杰的特别场所。果然,杜少卿到南京后,在秦淮河畔租了河房居住,从此和各方文士频繁交游,开启另一番人生盛景,甚而可说杜少卿乃因此找到人生的"归宿"。《儒林外史》对诸多文人之刻画往往语带讽刺,多着墨其不堪处,唯杜少卿属难能可贵之正面人物,此一角色乃有吴敬梓个人身影之投射,可说是某种理想性人物的表征,而其进入南京,则可谓乃得其所哉,理想的文人进入理想的人文环境。吴敬梓借《儒林外史》刻画明清科举制度下士人的各种面貌与心态,同时有意塑造理想文人形象,在其所绘人文图像中,南京城市乃成可以寄寓士人理想的文化场域。诚然,明中期以降,南京逐渐成为人文荟萃的文化都城,各方士人往往乐于汇聚其中,纵乐交游。

《儒林外史》特意以南京为场景描述文人活动殊非偶然,《桃花扇》更是全然以南京为历史舞台,借以重现晚明名士的慷慨激昂与风流韵致,而演成才子佳人的典范剧本。《桃花扇》所演人事,往往有事实根据,其将复社名流置于南京城的繁华中,一则可说是晚明实况的反映,一则也可视为某种历史文化的表征。《桃花扇》男主角侯方域(1618—1655)确实在22岁时,即离开其所成长的商丘来到南京,对此他自言道:"及仆稍长,知读书,求友金陵。"①将南京之行定义为知识成长后,进以社交结友的人生之旅,而他的南京之行也确实翻开人生新页,展开极为热闹的交游活动,尤其与复社诸名流过从甚密,而与陈贞慧(1604—1656)、方以智(1611—1671)、

---

① 侯方域:《侯方域全集校笺》卷三《癸未去金陵日与阮光禄书》,郑州:中州古籍出版社,1992,第115页。

冒襄(1611—1693)并称为"复社四公子"。① 另一方面,侯方域进入南京时,也因复社领袖张溥(1602—1641)之推荐,而知有名妓李香君,因此刻意造访结识,从此展开才子佳人相知相惜、可歌可泣的故事。《桃花扇》所述乃有所本,而其中场景与活动,诚属为晚明士人交游文化之反映,剧中种种繁华盛景,的的确确曾经显现于明代南京之城市生活中。

事实上,《桃花扇》所述确实极能掌握晚明之时代精神,尤能精确刻画当时士风之特色,此剧中最为根本的冲突乃是复社诸子与阮大铖的冲突,而此君子/小人之争,渊源于天启朝的阉党与东林党之争,只是攻守异势且斗争方式也大为不同:天启朝的党争可谓政治场域内的权力角逐,而阮大铖(1587—1646)与复社的矛盾,则演变成城市社交上的竞逐——阮氏有意借其戏剧专长,结纳各方名流,以重造声势;而复社诸子,则恐其恶势力复炽,因此刻意抵制,乃有"留都防乱公揭"之刊布,打击阮之声势。如此,天启朝政治权力的斗争转成社交舆论的较量,而留都南京乃成此社交竞赛的大舞台。孔尚任(1648—1718)撰写《桃花扇》意在捕捉晚明士风精神与文化风貌,其选择复社诸子与阮大铖之争为大背景,而于其间交织家国大事与儿女私情,而以南京城之社交活动为展演舞台,固可谓慧眼独具,却也有历史事实为其张目。

明代后期的南京城确实是一个别具历史意义的社交舞台,士人在其中热烈展开各种社交活动:文酒之会频频举行,士人间的集会结社活动也如火如荼地进行,热烈的交游活动,激发士人参与公

---

① 参谢桂荣、吴玲编纂:《侯方域年谱》,收入《侯方域全集校笺》,第585—586页。

共事务的热情。晚明动荡时局中,纷纷扰扰的各种政治军事,往往成为社交的争议话题,乃至进而集结特定的政治阵营。如此,朝廷的政争延伸至城市生活,居于经济与文化重心的南京城,原是有名无实的首都,值此板荡之际,反倒成为热血士人舆论交锋的重要基地,也是他们个人生命昂扬的大舞台。

然则,南京作为士人社交的重要场域,并非由复社诸子之振臂高呼而始趋热络,南京士人之乐于集会结社由来已久,其社交文化之积淀可谓既深且厚,已然成为重要的文化底蕴。晚明复社之聚集于此大会社友,高歌壮举,殆可视为南京社集历史长河之激荡波澜,实乃厚积而后发,并非突如其来也。事实上,南京士人的社集活动也在不同的历史情境下经历了不同的变化,其活动形式与属性内涵也因时而异。本文即尝试对此略作考察,由此探测士人生活、城市社交与文化活动究竟如何相互激发,也由此思考明后期社会文化发展的动力与逻辑。

二、宦于此者,得遂觞咏之乐

一般论及南京文艺活动的展开,往往引用钱谦益(1582—1664)的论断,认为金陵之社集活动初盛弘治、正德年间,钱氏之说相当概括地点出南京文艺之盛况,然则其说亦不免过于化约,事实上,南京之社集活动早在弘、正之前已不乏事例。特意记录南京历史人物的《帝里明代人文略》引司马泰(约 1492—1563)《三余雅会录后序》称:

吾乡虽称都下,去辇毂远,宦于此者,率事简多暇,得遂觞咏之乐。天顺中,翰林学士吉水石溪周公叙始结诗社,择吾乡能诗士人,若贺公确、王公麟与邵以诚,凡十人与游,题曰"南都吟社"。成化间,翰林学士西蜀簀斋周公宏谟继之,复与士人沈公庠、任公彦常、金公冕十二人游,题曰"清恬雅会"。正德初,户部侍郎海陵柴墟储公𬭚复继之,乃与挥使刘公默、士人施公懋、谢公承举凡十人游,题曰"秣陵吟社"。夫三公皆海内文宗,其人品诗格俱高,乃能下交诸士人。诸士人亦不少屈诣,觞咏适情,密若昆季。每一会时,都人辄拭目倾耳,称为胜事。①

此说指点出,南京城市的特性及其文艺条件:这个城市虽号称都城,事实上,却是远离权力核心,在权力的操持上实属边缘,此地聚集为数不少的"京官",官员之品级头衔颇高,却多近乎闲差,难有作为,事简多暇。也正是在这种情况下,这些无所作为、闲暇甚多之清高官员,乃多以写作诗文作为娱乐。这正是南京文艺发展的特殊之处,这些位高权轻的清贵官员,往往成为文艺社集的发动者。因南京之文社活动发端甚早,在天顺年间已然登场。值得注意的是,此处倡导社集活动者,都非泛泛之辈,天顺时组成南都吟社的周叙,与成化年间组成清恬雅会之周宏谟,都是翰林出身,正

---

① 路鸿休:《帝里明代人文略》卷十六,收入《江苏人物传记丛刊》第5册,扬州:广陵书社,2011,据道光三十年甘煦津逮楼木活字本影印,第553—554页。

德时秣陵吟社之首脑储罐,则在乡试与会试中都是第一名。① 他们可说都是科举胜利者,且表现最优,是科举制度下,被认定最为能文之士。他们本来应该在宫廷之中占据最佳写作地位、文为天下表率的人——翰林本职固当如此,只是他们屈处南都,未能在堂庙之上,写作昭示天下的堂皇之文,领袖天下文风——所谓"海内文宗"。他们"怀才不遇"下,唯有另寻渠道发落其才气,以"下交诸士人"的方式,实践"文宗"之志向。

南京社集活动的开始,出于翰林提倡,事或有偶然之处,却也有必然之理。事实上,南都的六部官员,往往官品高而权轻事少,这些清高多闲的官员,往往也就成为文艺活动的主要成员,积极借诸文艺活动以自显,实属常态。也就是说,南京的社集活动中,那些来来去去的六部官员,是其中相当重要的成员。他们对南京的知识交流与文艺社交的发展,都有相当重要的作用。除了在天顺、成化年间首开风气,在日后的社集活动中,他们往往也多有参与,乃至成为其中要角。《四友斋丛说》中尝记:"孙季泉转南宗伯,赵大周先生曰:'季泉留心于诗,此来当必与君结社矣。'后季泉至,果时相酬唱,又以孙王唱和集命某作序,极为相知。"② 可见这些任职南京之官员,多有文艺之好,而有此好者,入南都则有社集,已成必

---

① 张廷玉等撰:《明史》卷二八六《文苑二》,台北:鼎文书局,1980,据清武英殿本点校,第7345页:"储罐,字静夫,泰州人。九岁能属文。母疾,刲股疗之,卒不起。家贫,力营墓域。旦哭冢,夜读书不辍。成化十九年乡试,明年会试,皆第一。授南京考功主事。……正德二年改左金都御史,总督南京粮储。召为户部右侍郎,寻转左,督仓场,所至宿弊尽厘。"
② 何良俊:《四友斋丛说》卷十五《史十一》,北京:中华书局,1997,据万历刻本点校,第132页。

25

然之理。实则活跃于南京之文人,亦多有此类官员,例如:所谓"金陵四家"中的第四人就是弘治年间来南京任户部主事的朱应登(1477—1526),他就职后积极参与当地文艺活动,因此与顾璘(1476—1545)等人齐名并列。嘉靖时期知名文人蔡羽(?—1541)、何良俊(1506—1573)都任职翰林孔目而活跃于南京文艺圈。文坛领袖王世贞(1526—1590)、边贡(1476—1532)、王慎中(1509—1559)、钟惺(1574—1624)则为南京六部官员而在此交会各方文人。万历时期南京文坛领袖曹学佺(1574—1646),也因任职南京而积极推动文艺社集,将南京文艺推至极盛。凡此略可概见,南京文艺社集的发展,乃与其特殊的政治地位有关,位高权轻的"京官"乃属其中要角。因此,南京社集活动之开始出于南都翰林,殊非偶然。而这批南都"京官"在往后的历史中,依然是南京士人社集活动的重要成员。

  天顺年间的南都吟社与成化时的清恬雅会,固可说是南都社集的滥觞,然此社集活动之发起,个人因素仍居主因。两位翰林爱好文艺、乐于交游,使之得以开风气之先。实则在此时期,全国之文艺风气犹然未兴,而城市社交生活也还不发达,甚且,这段时间南京城还在迁都后的大萧条时期,所以天顺至成化年间的社集活动,与其将之视为南京文艺风尚已趋勃兴,毋宁说是个人兴趣点燃的星星火光。或许正由于此,钱谦益在叙述金陵社集发展时,并未将此时期活动列入其中,这恐怕不是受限所知,而是刻意略过,盖此举不足以作为南京社集之源流或文学传统之肇兴。事实上,有关南都吟社与清恬雅会的活动,也殊少见诸相关记载,可以说有关南京的文学叙事中,这只是一段有些偶然的史前史。

三、陈大声、徐子仁,以词曲擅场

南京社集活动的勃兴诚如钱谦益所言,要到弘治、正德年间,顾璘等人积极推动,才蔚然成风,出现繁荣景象。钱氏所谓:"弘、正之间,顾华玉、王钦佩,以文章立埠;陈大声、徐子仁,以词曲擅场。江山妍淑,士女清华,才俊翕集,风流弘长。"①弘治、正德年间,可说是明代文学的转折期。此际古文风气渐起,李梦阳(1472—1529)等人,开始批评台阁体文风,以翰林为首的文学权威,受到挑战。异议者的热情参与和高调论争,让文学活动与活力扩及堂庙之外的广大社会,翰林院之外的文学活动渐趋活络。相应于此,商品经济的发展也带动城市生活的繁荣,士人在城市中的社交活动越来越热闹。顾璘即在此种时代潮流下,刻意地推动南京的文艺活动,而其具体作为则是不断地举办各种社集活动。他成为南京社集的中心人物,主导当地文人社群的活动与发展。

《明史》称:"南都自洪、永初,风雅未畅。徐霖、陈铎、金琮、谢璇辈谈艺正德时,稍稍振起。自璘主词坛,士大夫希风附尘,厥道大彰。许谷,陈凤,璇子少南,金大车、大舆,金銮,盛时泰,陈芹之属,并从之游。谷等皆里人,銮侨居客也。仪真蒋山卿、江都赵鹤亦与璘遥相应和。沿及末造,风流未歇云。"②所谓正德时,南京文风才稍稍振起,大概可说是比较保守的历史论断,事实上,正如钱谦益所言,弘治年间,南京的文艺风尚已有渐起之势,文人的活动

---

① 钱谦益:《列朝诗集小传·丁集上》,台北:世界书局,1985,第462页。
② 张廷玉等撰:《明史》卷二八六《文苑二》,第7356页。

已趋活络,而且这当中南京当地的文人已然成为要角,积极主动地展开文艺活动。这可由徐霖(1462—1538)与陈铎(约1488—1561)的活动略见端倪。熟悉南京典故的顾起元(1565—1628)在《客座赘语》有《髯仙秋碧联句》之记载:

> 黄琳美之元宵宴集富文堂,大呼角伎,集乐人赏之,徐子仁、陈大声二公称上客。美之曰:"今日佳会,旧词非所用也,请二公联句,即命工度诸弦索,何如?"于是子仁与大声挥翰联句,甫毕一调,即令工肄习,既成合而奏之,至今传为胜事。
> 子仁七十时于快园丽藻堂开宴,妓女百人,称觞上寿,缠头皆美之诒者。大声为武弁,尝以运事至都门,客召宴,命教坊子弟度曲侑之,大声随处雌黄,其人距不服,盖初未知大声之精于音律也。大声乃手揽其琵琶,从座上快弹唱一曲,诸子弟不觉骇伏,跪地叩头曰:"吾侪未尝闻且见也。"称之曰"乐王"。自后教坊子弟,无人不愿请见者,归来问馈不绝于岁时。①

这样的聚会结合了奢华与才情,且充满声色情趣,可以说是刻意的安排,让文人才华得以尽情演出。或者这也可说是个舞台效果十足的演出,让文艺融合于声乐美色中,高度的美感与华丽,震撼人心,以至成为南京地区传颂不已的文艺传奇。如此奢华聚会的出现,固然有特殊的因缘,尤其是黄琳(生卒年不详)在其中扮演关键性角色,不过,这一切也并非偶然,如此集会,某种程度上可

---

① 顾起元:《客座赘语》卷六《髯仙秋碧联句》,北京:中华书局,1997,第179—180页。

说,正反映出南京的文艺活动的发展已然立足于不同的社会基础上,有特别的风采情趣,声色之娱乃为其中要素。南京的文艺社集,已然有别之前外来清高官员之清纯雅集。

黄琳富文堂的文艺盛宴举办的时间,还不能确定,不过,徐霖约生于天顺六年(1462),至弘治初年已成知名文人,顾璘说他"自少濯砺文行,志行当世之务,年未三十名满人耳,又好工诸家书,超古蹊径,海内好事者操金币及门,几绝其限,骎骎乎向于动矣"①。钱谦益亦有言:"子仁,少时雅从沈启南游,江夏吴伟写《沈徐二高士行乐图》,杨君谦(循吉)、祝希哲(允明)为赞。"②大体而言,徐霖在弘治初年已经和江南文化中心的重要人物有密切的交往,切磋文艺,也因而在文艺方面卓有成就,成为江南地区声名显著的重要文人。当他成为重要文人时,乃更积极于经营其文人天地,于弘治十三年(1500)左右在南京城内建成园林,"性好游观声伎之乐。筑快园于城东,广数十亩,其中台池馆阁之盛,委曲有幽况,卉木四时不绝"③。然则,这座园林不只是在城市中营造山林情趣而已,它更是文艺趣味的展现,《帝里明代人文略》载:"九峰徐子仁豪迭宕,开快园武定桥东,中有翠筱清涟、芳休幽砌。台曰振衣,刻名公题咏。下有丽藻堂,乔伯岩书,晚静阁文衡山书。风流旷达,一时豪贵悉礼下之。"④徐霖大致也以快园为据点,积极展开各种文艺活

---

① 顾璘:《顾华玉集・息园存稿》卷四《晚静阁记》,收于《景印文渊阁四库全书》第1263册,台北:商务印书馆,1983,据台北故宫博物院藏本影印,第507页。
② 钱谦益:《列朝诗集小传》丙集《徐髯仙霖》,第350页。
③ 顾璘:《隐君徐子仁霖墓志铭》,《国朝献征录》卷一一五,收入《明代传记丛刊》第114册,台北:明文书局,1991,第786页。
④ 路鸿休:《帝里明代人文略》卷十五,收入《江苏人物传记丛刊》第5册,第12页。

动,顾璘说他"善制小令,得周美成、秦少游之诀,又能自度曲,棋酒之次,命伶童侍女传其新声,盖无日不畅如也"①。徐霖性格豪爽,乐于交游,积极参与各种文艺聚会,快园之筑也有借园交游之意,②当时应该就已成为重要的文艺聚会场所。周晖(1546—1627)《金陵琐事》即言:"《弇州山人四部稿》载金陵名园十余处,殊无艳羡语。当司寇宦游时,诸园半已荒芜,其无艳羡语者,宜也。乃徐子仁之快园,未曾言及,何也?子仁诗才笔阵,丹青乐府,足称能品。如此园主,已自难得。况武宗幸其家,钓鱼于园池,得一金鱼,宦官高价争买之。武宗取笑而已,又失足落池中,衣服尽湿。此事古今罕闻,岂诸园之可同乎?园有宸幸堂、浴龙池,纪其实也。"③可以说快园在弘治时期已成南京之文艺地标,因此性好玩乐的武宗南巡时也慕名而至,更乐在其中,以致演出落水剧情,更增快园之传奇性。周晖意在书写南京文化史,对一代文坛领袖王世贞之忽略快园的地标意义,深感不解,或亦不甚以为然。相对于此,后生于徐霖三十几岁,活跃于正德年间之南京文坛的金銮(约1494—1587),则在其散曲中云道:"我则见钟陵山千重翠霭,石头城万点苍烟,更和那清溪一带明如练……比着那息园快园,几十年文物人争羡。发扬深,品题遍,得个王维画辋川,意趣天然。"④此曲旨在颂扬南京

---

① 顾璘:《隐君徐子仁霖墓志铭》,《国朝献徵录》卷一一五,收入《明代传记丛刊》第114册,第786页。
② 《帝里明代人文略》引陈凤《欣慕篇》称:"徐九峰霖倜傥不羁,开快园结宾客,伎乐满前,无日不畅如也。"(卷十五《黄炎昊》,第21a—b页)
③ 周晖:《金陵琐事》第四卷《武宗钓鱼快园》,收入《南京稀见文献丛刊》第7册,南京:南京出版社,2007,据万历刊本点校,第132页。
④ 金銮:《萧爽斋乐府》卷上《北南吕一枝花·姚秋涧市隐园》,收入《续修四库全书》第1738册,上海:上海古籍出版社,1995,据民国二十三年饮虹簃刻本影印,第553页。

之景物与人文相互照映,而将息园与快园并举为南京之代表。是可见二者在南京文人心中地位甚高,可以说是南京文艺发展史上极具代表性的地标。然则,徐霖之建筑快园,且从中展开文艺活动,更早于息园,可视为南京文艺初兴的标志。

固然,快园可视为南京文艺初兴之地标,然则,我们也不必过于强调其独特性。事实上,富文堂也是个重要的标志,而且早在弘治时期,就以富于收藏而在文人间享有盛名,以至也成为文人聚会品艺之所。"金陵三俊"之一的陈沂(1473—1532)即曾言,成化年间偶然被发现的王维《溪山积雪图》与苏汉臣《高宗瑞应图》,"并藏于黄琳之富文堂,弘治壬戌(弘治十五年),予往观焉"①。《金陵琐事》更载道:

> 蕴真黄琳,字美之,家有富文堂,收藏书画古玩,冠于东南。吴中都玄敬,自负赏鉴,且眼界甚富。一日,同顾华玉先生联骑过美之看画,玄敬谓美之曰:"姑置宋元,其亦有唐人笔乎?"美之出王维着色山水一卷,王维《伏生授书图》一卷,又出数轴,皆唐画也。玄敬看毕,吐舌曰:"生平未见,生平未见。"②

可见富文堂之收藏在江南文人心中已有极为崇高的地位,而黄琳亦乐于借此与知名文人多所交流,也因此更增添其传奇之流传。当然,这也与黄琳独特的家世有关,琳乃太监黄赐(生卒年不详)之侄,而黄赐在宪宗朝即倍受宠信,足以和汪直(?—约1487)相抗衡,以致在

---

① 陈沂:《书所观苏汉臣瑞应图》,收入黄宗羲编《明文海》,北京:中华书局,1987,据北京图书馆藏涵芬楼钞本影印,第3244—3245页。
② 周晖:《金陵琐事》卷三《收藏》,收入《南京稀见文献丛刊》第7册,第95页。

31

孝宗(1470—1505)年幼时，得以居间调护，①汪直势衰，孝宗继位后，黄赐所受宠信始终不衰且更胜以往。黄琳受荫于此，在成化时即升任南京锦衣卫指挥同知，②而其收藏可能也多所承袭。至少在弘治期间，富文堂已是声名赫赫，为江南文人所艳羡，以致多所往来。黄琳亦乐于与各方文人相往来，扮演艺坛主人角色。陈铎有曲颂扬之：

万卷图书锦亭台，闹花深处值清朝，事简公余宠光深，人物胜德星相聚……谈笑有鸿儒，尽是文章俦侣，纶巾布氅，交参紫绶华裾，飞觥走斝，看笙歌罗列，尊罍具，乐陶陶。③

如此歌颂之词当然不无溢美之处，但应也不致全然无中生有，黄琳应该相当慷慨好客，乐于与文人交往，富文堂也因此成为文人集会之所。前述元宵宴集，有可能在弘治时期即已出现，而且这应该也不只是偶然之举，容或平时未有如此大规模的豪宴，也可能在富文堂举行或大或小的文艺性聚会。黄琳家世富裕而雅好文艺，也赋性慷慨豪

---

① 《金陵琐事》卷四《豪举》中有言："美之(黄琳)乃黄太监侄，太监保养孝宗最有功，及登极，赐赉甚厚。故美之得以遂其豪侠之举。今世搬演陈琳妆盒戏文，乃影黄太监事耳。"(第132页)。此事涉及宫闱，多有暧昧不明处，唯黄太监受宠信而居间调剂应属事实，关于此可参《万历野获编》卷三《孝宗生母》，北京：中华书局，1979，第82—84页。
② 《明宪宗实录》卷二七一《成化二十一年十月二十五日》，台北："中研院"历史语言研究所，1966，第4581页："壬寅，升南京锦衣卫指挥佥事黄琳为指挥同知，与世袭百户黄灏副千户所镇抚黄渌校尉，黄润百户黄泽、黄淇所镇抚、黄澧、黄溶冠带，总旗黄瑛袭为百户，俱管事黄玉等六人充御马监勇士，琳等以故太监黄赐家属乞恩也。"
③ 陈铎：《粉蝶儿》，载郭勋《雍熙乐府》卷六，收入《四部丛刊续编》集部第72种第6册，上海：商务印书馆，1934，据北平图书馆藏明嘉靖刊本影印，第94b—95a页。

侠,不惜挥霍金钱成就风雅事。《金陵琐事》中特记其两则豪举:

> 锦衣黄美之冬日请十三道御史赏雪。饮至更深,一道长借狐裘御寒。美之遂取狐裘十三领,人各服之。
>
> 徐子仁快园落成,美之携酒饮于园中。一友人曰:"此园正与长干浮图相对,惜为城隔,若起一楼对之,夜观塔灯,最是佳境。"美之曰:"是不难。"诘旦,送银二百两与子仁造楼。①

黄琳可以说是南京的社交名人,在弘治时期就挟雄厚的资本,不时举办各种玩赏性质的宴会,且其宴会往往相当豪华,以致常为人艳称传颂,可说富文堂在当时就已成为南京的艺文传奇,在文人社群中拥有崇高的地位。这种豪华的文艺声名大概也是黄琳刻意经营出来的,他意图借此和各方文艺之士建立良好关系,例如他与当时知名文人徐霖确实有极为亲密的关系,而两人的密切交往,更激发了南京文艺圈的热络气氛与豪华之感,可以说在黄琳与徐霖两人的相互往来与刻意经营下,富文堂与快园已经是弘治时南京繁华文艺气息的表征。或者相对而言,两者的出现也正反映着弘治时,南京已经显现出华丽的文艺氛围。

徐霖的快园与黄琳的富文堂可说是弘治时期特别突显的两个艺文地标,然则,这两者并不是绝无仅有的特例,事实上,弘治时期南京地区已经有一批类似的富而好文者,前述富文堂盛宴中的陈铎,以擅长词曲与徐霖齐名,而其家世则略似黄琳,万斯同(1638—1702)《明

---

① 周晖:《金陵琐事》卷四《豪举》,收入《南京稀见文献丛刊》第7册,第132页。

33

史》将之列入《文苑传》中,记道:"陈铎,字大声,睢宁伯文之曾孙,都督政之孙也,本下邳人,以世官家南京,铎嗣为指挥,家世尚武,而铎独好读书,经传子史百家众说莫不淹贯。为人风流倜傥,善诗,尤工词曲,居第南有秋碧轩、七一居,精洁绝尘,通人胜流时过谈燕,山水仿沈周,题诗其上,人争爱之,有《香月亭集》。"①可见他也是家势富厚,而热衷于文艺交游者。张廷玉(1672—1755)所编定的《明史·文苑传》中也提及陈铎,只是篇幅缩短甚多:"南都自洪、永初,风雅未畅。徐霖、陈铎、金琮、谢璇辈谈艺正德时,稍稍振起。自璘主词坛,士大夫希风附尘,厥道大彰。"②这个书写不只压缩了陈铎的叙述,也造成时间上的混乱。沈德符(1578—1642)《万历野获编》中称:"今南曲如四时欢、窥青眼、人别后诸套最古,或以为元人笔亦未必然。即沈青门、陈大声辈南词宗匠,皆本朝成弘间人。"③这应该是比较精确的说法。除此,史痴(1438—?)亦属约略同时之知名文人,而其为人行事亦具传奇性,周晖记载南京掌故时,特有《史痴逸事》:

  史痴,名忠,字端本,一字廷直,复姓为徐生。……性卓荦不羁,好披白布袍,戴方斗笠,鬓边插花,坐牛背,鼓掌讴吟。往来市井,旁若无人。诗写自己胸次,不以煅炼为工。盛仲交合金元玉之诗,编为《江南二隐稿》。喜画山水、人物、花木、竹石,有云行水涌之趣,不可以笔墨畦径求之。……才情长于乐府新声。每搦笔乘兴书之,略不

---

① 万斯同:《明史》卷三八七《文苑二》,收入《续修四库全书》第331册,上海:上海古籍出版社,1995,据北京图书馆藏清抄本影印,第153—154页。
② 张廷玉等撰:《明史》卷二八六《文苑二》,第7356页。
③ 沈德符:《万历野获编》卷二十五《南北散套》,北京:中华书局,1997,据道光七年姚氏扶荔山房刻本点校,第640页。

构思,或五六十曲,或百曲,方阁笔。同时陈大声、徐子仁,皆以词曲名家,亦服其敏速。……雪江汤宝,邳州卫指挥,雄武有文艺,爱与骚人墨客游。尝以事来金陵,闻痴翁之名,夜造其门。时盛暑,痴翁散发披襟,捉蒲葵扇而出,握手欢甚,不告家人,即登舟游邳去。……家世饶于资,不问生产,又复好施,晚年家用困乏。……所居在冶城,去卞忠烈庙百余步,有卧痴楼。楼中几案、笔研、图书、彝鼎、香茗、饮食,一一精良雅洁。吴中杨吏部循吉,与之作《卧痴楼记》。吴小仙画痴翁一小像,沈石田赞之……日有诗人、文士往来,以诗酒为谈笑,以风月为戏谑。①

史痴在弘治时期就已是南京地区知名文人,虽行径不尽合乎人情,却也乐于和各方文人交往,他和苏州知名文人沈周(1427—1509)有密切往来,而其名声亦吸引闻名者来访,其卧痴楼也成了各方文人不时来访、诗酒谈笑之所。可以说也是个重要的文艺聚会场所。

徐霖、黄琳、陈铎、史痴这些人可以说在弘治时期就已经是相当活跃的文化明星,他们也都刻意在南京城内建筑适合的宅第或园林,且将之布置成深具文艺气息之场所,从而积极展开艺文社交活动。其得以如此,也多少和他们家世之富厚有密切关系,路鸿休(生卒年不详)就颇有感慨地说:

---

① 周晖:《金陵琐事》卷三《史痴逸事》,收入《南京稀见文献丛刊》第 7 册,第 106—108 页。

余尝考吾乡高韵之士,若史痴翁、若徐髯仙、若顾宝幢,盖莫非江南巨富,富之甚故能欢洽交游,成其为豪旷人,固不可不富哉。虽然,江南富室每屯犹蜂蚁,其能豪达乎风雅以自化为麟凤者几人?则卓乎诸贤之可以朋友传也。①

其实,前述黄琳、徐霖、史痴、陈铎等在弘治时期就已热衷且推动文艺活动者,确实都是家世特别富厚者,路鸿休的观察果真有其精到之处。所谓"富之甚故能欢洽交游"也确实点出弘治时期文艺活动的特色,说明其背后实有特别之社会基础,这也反映出南京地区之文艺发展有其得天独厚之处。南京作为大明王朝的开国首都,一方面自始就有一批高官显贵居住在此,当中有相当数量的世袭武职军官,迁都后仍留居。另外,朱元璋有所谓"富户填京师"的移民措施,这些富户后来有一部分又被迁至北京,不过也有部分留居南都。总体而言,南京有为数不少的一批权贵与富豪,这些人成了南京独特的社会阶层。到了弘治时期,他们优异的社会地位,成了社会文化发展的优越条件。这批富贵者在优越的生活条件下,进以"欢洽交游",部分文化水平特高者,乃将其财富投入文艺活动。顾璘所撰之墓志称徐霖"先世苏之长洲县人,高祖蔚州守伯时始迁松之华亭,祖公异以事谪戍南京"。据此看来徐霖应该是世袭军官家庭出身,只是此军职由其兄徐震所承袭,其本人未袭军职。② 所以他的家世背景可能也和黄琳、陈

---

① 路鸿休:《帝里明代人文略》卷十五《史忠》,收入《江苏人物传记丛刊》第5册,第12b—13a页。
② 何良俊:《四友斋丛说》卷十八《杂记》中言徐霖得武宗宠爱后,"随驾北上。在舟中每夜常宿御榻前,与上同卧起。官以锦衣镇抚,赐飞鱼服"。(第158页)这也可能是因徐霖本属军籍之故。

铎有相近之处。另外,值得注意的是,他文艺有成后"一篇成人竞玩译,王公大人迎致宾礼,屏障得其挥洒重于金玉"①。这反映他的文艺活动也得到南京富贵阶层的支持,而这应该让他获得更丰沛的经济资源,黄琳对他的赞助,正属其中之一斑,只是尤为显著且具传奇性,故为人传颂久远。实则,两者的关系可能有一定程度的代表性,可说是当时富贵阶层热心投入文艺的反映。

弘治时期南京文艺活动的勃兴应该就是有一批富贵阶层,开始热衷于文艺,或者自身投入其中,或者扮演赞助者,以此为乐。这些人大概为数不多,以致路鸿休不禁自问:"其能豪达乎风雅以自化为麟凤者几人?"但他们确实开风气之先,而且他们也相当密切地往来,以至已经形成一个紧密的"朋友圈","可以朋友传也"。也就是说,到了弘治时期,南京地区在这些富贵者的密切交往和刻意张扬下,已经有个大略成形的文艺圈出现了。而且,这个文艺圈居于社会上层,以声色豪华的气势,动人耳目,成为社会传奇。因此也确实具有引领社会风气的作用,鼓动更多的富人富而好文,出资赞助、推动文艺活动,甚至组织文艺社集。附庸风雅隐然成了南京富贵阶层的惯习,而这更成为南京文艺发展的重要社会基础,同时也让南京的社集活动一直有着华丽的色彩。王宠(1494—1533)《宴徐子仁宅》诗启首即称:"金陵豪侠窟,乐游凤凰原。……主人卿云流,标胜俪玙璠。"②这种由富贵者所推陈出来的豪侠气派确实是南京文艺社会的特色,而

---

① 顾璘:《隐君徐子仁霖墓志铭》,载《国朝献征录》卷一一五,收入《明代传记丛刊》第114册,第786页。
② 王宠:《宴徐子仁宅》,载曹学佺编《石仓历代诗选》卷五〇四,收入《景印文渊阁四库全书》第1394册,台北:商务印书馆,1983,据台北故宫博物院藏本影印,第256页。

其滥觞则在弘治时期,徐霖、黄琳等人自是其中之领军者,他们也成了一种文艺的范型。

四、自璘主词坛,厥道大彰

固然,徐霖可视为南京文艺风气之代表人物,且属开风气之先者。然而,真正让南京的文艺活动达到高峰,以至于可以在全国性的文坛上争领风骚的,则是顾璘。正如《明史·文苑传》的论断:"南都自洪、永初,风雅未畅。……自璘主词坛,士大夫希风附尘,厥道大彰。"[1]诚然,顾璘始将南京的文艺社会建构成形,且确实扮演文坛领袖的角色,主持且主导南京文艺活动的发展。在其刻意推动下,不同来路与层级的士人展开热络的社交活动,南京的文艺社交圈也更加扩大。顾璘晚生于徐霖十几年,可谓后起之秀,而其表现更有青出于蓝之态势。

弘治十八年(1505),原居南京的龙霓(1462—1521)将赴任浙江按察佥事,因此有一送别会,活跃于南京之吴伟(1459—1508)为此绘成《词林雅集图卷》。此雅集之参与者计有二十二人,包含李梦阳(1472—1529)、何景明(1483—1521)、王阳明(1472—1529)、边贡(1476—1532)、李熙(生卒年不详)、刘麟(1475—1561)、顾璘、王韦(生卒年不详)、陈沂、谢承举(生卒年不详)等人,可谓一时俊彦。[2]

---

[1] 张廷玉等撰:《明史》卷二八六《文苑二》,第7356页。
[2] 关于此雅集的研究可参考石守谦:《浪荡之风——明代中期南京的白描人物画》,《台湾大学美术史研究集刊》1994年第1期,第39—61页。单国强:《吴伟〈词林雅集图〉卷考析》,《故宫博物院院刊》2009年第3期,第81—94页。

就文学史的后见之明而言,这个雅集会聚了不少后来文学史上赫赫有名的巨星,可谓众星云集,尤其李梦阳与何景明,后来成为古文运动的首脑人物,边贡亦属前七子之一。顾璘、王韦、陈沂乃所谓"金陵三俊",是日后南京文坛的领袖,开启南京文坛之新纪元。[1] 有趣的是,这个"名人"云集的词林雅集在南京举办,然当时也属南京著名文人的徐霖却未参加,只在后来吴伟所画的图卷中题字。反倒是当时三十岁,担任南京吏部郎中的顾璘出席此会,也题诗图卷中。此时,顾璘的文艺资历甚至声名,应该都还不如徐霖,却在此时躬逢其盛,而晋身"词林"。此中当然多有个人因素与个别因缘,他与龙霓同年且同僚,或许也是他受邀出席的要因。不过,放宽视角来看,出席此会与否,大概也反映出顾璘在人际网络的经营上,确可伸及徐霖所未能及之处,因此其所张罗起来的文艺社群也有不同的格局,可与南京外之广大全国艺坛互通声气。

顾璘出身甚佳,家世富裕,其父虽无功名,却雅好文艺,曾经参与诗会活动,乃属富而好文者流。[2] 顾璘本身的科举之途也极为顺遂,弘治九年(1496),年方二十一岁即考中进士,中举后在北京见习期间,即与李梦阳等进行艺文交流——他在《重刻刘芦泉集序》中称:

余自弘治丙辰举进士,观政户部,获与二泉邵公国贤、空同李君献吉、芦泉刘君用熙友。未几,余谢病归……时献吉名尚未盛……夫

---

[1] 事实上,此时朱日藩已来南京,故有四俊之名,只是雅集之时,他因故未参加。
[2] 刘瑞:《五清集》卷七《西池夜宴诗序》,收入《四库未收书辑刊》第5辑第18册,北京:北京出版社,1997,据明刻本影印,第100页:"愚逸处士顾公(璘父名纹,号愚逸)有西池夜燕之适,而其诗则朝士大夫之所咏歌者也。"

国朝之文本取醇厚为体，其敝也朴。弘治间，诸君饬以文藻盛矣，所贵混沌犹存可也。①

顾璘中举后留在北京的时间并不长，却别具意义，盖其时正是李梦阳等人力倡古文的关键时机。璘本有文艺之好，且"自其少时已有名世之志"②，可以想见本性开朗，又少年得意，加上借文成名的意图，遭逢文风求变，古文运动正值发轫之际，真可谓躬逢其盛，志趣相投，相得益彰，李梦阳对此亦有言：

> 诗唱和莫盛于弘治，盖其时古学渐兴，士彬彬乎盛矣，此一运会也。余时承乏郎署，所与唱和则扬州储静夫、赵叔鸣……其后又有丹阳殷文济，苏州都玄敬、徐昌榖，信阳何仲默，其在南都则有顾华玉、朱升之其尤也。③

顾璘机缘巧合地碰上文学渐兴的运会，在京师与李梦阳等文学意图强烈的文艺高手谈文说艺，对顾璘在文艺评论的眼界上、文艺社交圈的伸展或文学名声的打造上，都有巨大影响。可以说他值此契机，与当时最具活力而日后渐成文坛要角者，风云际会地交往，使顾璘"预流"走入全国性文艺风潮之主流中。

---

① 顾璘：《顾华玉集·凭几集续编》卷二《重刻刘芦泉集序》，收入《景印文渊阁四库全书》第1263册，第327页。
② 文徵明：《甫田集》卷三十二《故资善大夫南京刑部尚书顾公墓志铭》，收入《景印文渊阁四库全书》第1273册，台北：商务印书馆，1983，据台北故宫博物院藏本影印，第268页。
③ 李梦阳：《朝正唱和诗跋》，收入黄宗羲编《明文海》卷二六二，第2736页。

虽说文艺社交活动往往可以跨越身份的障碍,科举功名之有无不致成为文艺活动的界限,不过,顾璘考中进士正式进入士大夫阶层,终究会有助其社交圈的拓展。相对于最后连生员身份都遭革除的徐霖,顾璘在文艺社交上还是有其优势的,尤其他因中举而得以进入北京的官僚圈中,且正值他们热衷于文艺改革之际,此身份与际遇都非徐霖所能有,其文艺活动空间亦自更为广阔。然则,顾璘在北京未久即返回南京,南返后其文艺活动更热烈地展开,南京的文艺社会也因此有了新气象。文徵明(1470—1559)对此描述道:

> 既举进士,即自免归,大肆力于学,时陈侍讲鲁南、王太仆钦佩皆未仕家居,皆名能文,与相丽泽,声望奕然,时称"金陵三俊"。及官南曹,曹事甚简,益淬厉精进,居六年而学益有闻。自是出入中外,所雅游若李崆峒献吉,若何大复仲默,若朱升之、徐昌穀,皆海内名流,一时诗名震叠,不啻李杜复出,而公颉颃其间,不知其孰为高下也。①

文徵明此墓志言简意赅地定位顾璘的文艺成就,认为足可与李梦阳、何景明等古文名家比肩,而因其官位与寿命俱高于侪辈,所以活动范围更广。然则,文氏对顾璘文学生涯的开展也不免叙述过于简约,事实上顾璘的仕途颇为曲折,他在南京的时间也有不同的阶段。概略而言,第一阶段为弘治九年至十二年(1496—1499),闲居在家,开始和陈沂、王韦诗文往来,而有"金陵三俊"之称。到弘治十二年(1499)时为第二阶段,宝应人朱应登至南京户部任职,又加入其中,成为"金

---

① 文徵明:《甫田集》卷三十二《故资善大夫南京刑部尚书顾公墓志铭》,收入《景印文渊阁四库全书》第 1273 册,第 268 页。

陵四俊"。这四人在文学主张上不无出入,①然彼此密切交往,相互唱和,在南京文艺社交圈中相当活跃,因此名声也相当响亮。

弘治时期,李梦阳等人在北京发起复古的文学主张,尤其他们挑战翰林院文学权威的呼声,在全国各地引起话题,呼应者亦逐渐增加,引发文艺标准的争议,成为流行性的议题,而加入此文艺社交圈者,相随其议题性与影响力的扩大而渐成全国性名人。顾璘将在北京与李梦阳等讨论的议题带回南京后,大概就与陈沂、王韦等人进行讨论。陈、王两人不尽接受新兴之古文主张,不过此话题带入南京,却也激起文艺圈的议论,或有可能因为有争议性话题,而更激发彼此的对话,交往益加密切。总而言之,顾璘返回南京后,南京的文艺活动除了徐霖、陈铎之流充满声色情趣与柔靡色调的文艺外,文坛也有不同的声调出现。顾璘带来不同的文学标准,为南京引入特意标高的文学声音,让南京文坛也卷入全国性的文学标准之争中。顾璘、陈沂、王韦在南京初期的文艺活动,之所以得到"金陵三俊"的称号,与其说是因为他们志同道合,共同推动南京的文艺发展,不如说是受到北京古文运动的影响,也开始参与文艺风格的问题争论与写作实践。当然,顾璘文艺社交网络的牵连,也让他们实际上投入全国性的文艺社交圈中。弘治十八年(1505)的雅集,"金陵三俊"都参与其中,而顾璘与李梦阳、何景明等古文大将风云际会,这足以证明南京文坛之新一代文人,已经和全国性的文艺圈建立相当密切的联系了。如果说

---

① 张廷玉等撰:《明史》卷二八六《文苑二》,第 7355 页:"初,璘与同里陈沂、王韦,号'金陵三俊'。其后宝应朱应登继起,称四大家。璘诗,矩矱唐人,以风调胜。韦婉丽多致,颇失纤弱。沂与韦同调。应登才思泉涌,落笔千言。然璘、应登羽翼李梦阳,而韦、沂则颇持异论。三人者,仕宦皆不及璘。"

这是一个颇具古文派色彩的聚会,那么顾璘在这当中,应该扮演着关键性的角色,因为三人中陈沂与王韦当时都还未考中进士,唯顾璘与李、何早有交情。

顾璘中举后返回南京,待到弘治十二年(1499),乃赴任广平知县,直到弘治十七年(1504)被调任南京吏部任验封司主司,又再返回南京。此次返居南京,待了六年,正德五年(1510),到开封担任知府。顾璘在南京的这六年期间,如文徵明所言:"曹事甚简,益淬厉精进,居六年而学益有闻。"可见这段时间顾璘的生活重心乃在增进自己的学养与见闻。日后证明,顾璘不只是个雅好文艺的文人,也是个好学深思的学者,也因此,他在此期间——大概是弘治十八年——和王阳明相识后,也有书信往来,对其心学主张加以辩难,以致阳明著作中《答顾东桥书》成为申明其学术主张之名篇。朱曰藩(1501—?)《跋西园燕集图》中称:"金陵为国家留都重地,弘德间先中大夫以户部郎中至,时则海陵柴墟储公为户侍,好贤礼士,如一时东桥顾公、南原王公、石亭陈公及先大夫,咸游其门,称南都四君子。"[1]据此看来,在此期间南京地区文艺社集的主导者,主要还是储罐这类年高望重的南都官员,前引司马泰所谓:"正德初,户部侍郎海陵柴墟储公罐复继之,乃与挥使刘公默、士人施公懋、谢公承举凡十人游,题曰秣陵吟社。"显示至正德时期,秣陵吟社应该是南京最重要的文艺社集,而声望隆重的储罐是当时的文坛领袖。顾璘、王韦、陈沂、朱应登等人虽有创作力与活动力,声名也渐隆,而有"金陵四俊"之称,不过在南京

---

[1] 朱曰藩:《山带阁集》卷三十三《跋西园燕集图》,收入《四库全书存目丛书》集部第110册,台南:庄严文化事业有限公司,1997,据中国社会科学院文学研究所藏明万历刻本印,第276页。

地区犹属后生晚辈,积极参与各种文艺社交与文学议论,却非主导者。

顾璘真正在南京文坛扮演主盟者角色,大概要到嘉靖时期。他在嘉靖三年(1524)左右罢官返居南京,此后长期待在南京,且建息园接待各方文人,各方文人至南京亦多来拜访求见,相与诗酒唱和。关于此,何良俊亲沐其风而生动描述道:

> 顾东桥文誉籍甚,又处都会之地,都下后进皆来请业,与四方之慕从而至者,户外之屦常满。先生喜设客,每四五日即一张燕,余时时在其坐。先生每燕必用乐,乃教坊乐工也,以筝琶佐觞。有小乐工名杨彬者,颇俊雅,先生甚喜之,常诧客曰:"蒋南泠诗所谓'消得杨郎一曲歌'者,正此子也。"先生每发一谈,则乐声中阕,谈竟,乐复作。议论英发,音吐如钟,每一发端,听者倾座。真可谓一代之伟人。①

何良俊大概在嘉靖十年(1531)因科考来南京,趁此拜会顾璘。嘉靖三十二年(1553)时,何氏任南京翰林院孔目,更长居于此,活跃其间,成为南京文坛之要角。不过此前顾璘已卒于嘉靖二十四年(1545),所以,此处所述应是嘉靖十年左右之事。当时顾璘已年过半百,声望隆极一时,何良俊曾对顾氏后人称:"余昔游顾尚书东桥先生之门,尚书文章凌跨江左,当时与何、李方驾。……余自髫年即嗜声律,便为

---

① 何良俊:《四友斋丛说》卷十五《史十一》,第124—125页。

44

君家尚书所知。"①这应该就是指嘉靖十年何氏兄弟以文相贽的拜会,事实上,李梦阳在此前两年已离开人世,何景明更早已物故,只是两人的文学声名此时却正如日中天,顾璘则是名声相埒,而尚存人世者。可以说到了嘉靖时期,李、何已经名震天下,而顾璘也列其间,然李、何,乃至其他同名者,至于此时已名成而身亡,唯有顾璘声望隆重而精神健旺。正如文徵明所言:"然诸公皆仕不显,又皆盛年物故,公仕最久,官亦最显。"②至嘉靖时,顾璘居此优势,已成复古派声望最高之代表。此外,此时期江南之社会经济已进入高度繁荣阶段,而南京成为交通与商品的枢纽,城市呈现繁华景况,顾璘坐镇于此,乃吸引各方士人前来请益。何良俊就是这类文艺青年,抱持仰慕之心前来拜见。他眼中所见之顾璘,已然是一派宗师的姿态。此时顾璘也十分热情地接待各方士人,十足自信地相与论学,甚至有些夸张地张扬"一代伟人"的气势。诚然,嘉靖初期的顾璘在南京已是一方领袖,而南京亦已成为全国性的文艺重镇,璘乃此中核心人物,他亦刻意以所居之息园作为文艺交流之场域,也是其个人展现才学,吸引士流来会的舞台。

息园"每燕必用乐,乃教坊乐工也",似乎颇具声色之趣,乍看之下,类似弘治时期富文堂、快园的靡丽色调。然而,究其本质,却可谓社会时势不同,性质亦迥然有别矣。富文堂与快园可以说立足于富

---

① 何良俊:《何翰林集》卷二十八《题顾彭山索书近作册后》,收入《四库全书存目丛书》集部第142册,台南:庄严文化事业有限公司,1997,据中国社会科学院文学研究所藏嘉靖四十四年何氏香严精舍刻本印,第221页。
② 文徵明:《甫田集》卷三十二《故资善大夫南京刑部尚书顾公墓志铭》,收入《景印文渊阁四库全书》第1273册,第268页。

45

贵阶层之雅好文艺上,其所构成之社群为颇具贵族色彩的文艺圈,具有相当程度的封闭性。息园则大体而言是个开放的场域,顾璘乐于接待各方后进者,不时宴请"四方之慕从而至者",王世贞也说他"延接名流如恐失之"①,可见其确实汲汲于接待各方士人名流。另一方面,顾璘在息园的交流活动恐怕不只是诗文的唱和而已,这里等于是个论坛,交流、议论的内容大概有不少文艺评论,《四友斋丛说》中有载:"顾尚书东桥好客,其坐上常满,又喜谈诗。余尝在坐,闻其言曰:'李空同言作诗必须学杜,诗至杜子美,如至圆不能加规,至方不能加矩矣,此空同之过言也。……何大复所谓舍筏登岸。亦是欺人。'东桥一日又语客曰:'何大复之诗虽则稍俊,然终是空同多一臂力。'"②可见文艺评论大概是顾璘在息园中与各方士人论学的要点之一。某种程度上可以说,此际之息园已成一文艺论坛。东桥主持此讲座,已成当时最具影响力之讲坛,古文派人才前后七子青黄不接之际,顾璘所刻意建立之南京讲坛乃成最为四方仰望之文艺中心。

顾璘在息园之交游与讲论活动,内容很可能不止于文艺而已,如前所言,璘实有学者之面向,曾经潜心于学,所学甚博,因此其所关注之学问,亦包罗甚广。他与吕柟(1479—1542)也有交往,在《赠吕泾野先生序》中指出,"今天下之师三,曰文辞、曰经义、曰道学",三者各有长短。实则,其本人也自许三者都造诣不浅,乐于与各方士人谈论及此,因此其论学范围实不限于文辞。而嘉靖时期关于理学的讨论,

---

① 王世贞:《弇州史料》后集卷二十四《吴中往哲像赞二·顾璘》,收入《四库禁毁书丛刊》史部第49册,北京:北京出版社,2000,据北京大学图书馆藏明万历四十二年刻本影印,第510页。
② 何良俊:《四友斋丛说》卷二十六《诗三》,第234—235页。

也已渐成风气,故顾璘也留心及此,而多有意见,他在《赠别王道思序》中强调:"今天下有大患二,异端恶德不存焉,学道务虚,学文务奇,其究至于荡人心,伤国体,非细事也。"①他也注意到吕柟"居江南,四方来学之士户屦常满"②,因而有意与之谈论学问之道。是可见,其与阳明之论学殊非偶然,或许亦可由此反证,嘉靖时顾璘据息园以接待四方士人,其所进行之知识交流,应该并不限于文艺而已。今之学者将顾璘定位为文艺之士,只强调其文艺面向,论其交游活动亦只限于此,不免过于偏颇。事实上,顾璘对南京文艺社会的影响,可以说正在于他促使南京文坛走出贵族性的游乐色调,而具有知识性与学术性。也就是说,到了嘉靖时期,南京士人的交游论学,除了具有游乐性的诗酒唱和,论学之风气亦已兴起,顾璘之息园即具此性质。此后,此种风尚乃有越演越烈之势,以致罗汝芳(1515—1588)、焦竑(1540—1620)、李卓吾(1527—1602)、汤显祖(1550—1616)等人在南京之交流活动,多跨越理学与文学之界域,得以相互汇流交会。

顾璘在嘉靖年间所建立的论学风尚与文艺社群,在其身故之后,犹然余绪未断。在其门下游走之士人杂流广汇,交游热络,钱谦益所谓:

> 海宇承平,陪京佳丽,仕宦者夸为仙都,游谭者指为乐土。弘、正之间,顾华玉、王钦佩,以文章立埠;陈大声、徐子仁,以词曲擅场。江

---

① 顾璘:《顾华玉集・息园存稿文》卷三《赠别王道思序》,收入《景印文渊阁四库全书》第1263册,第481页。
② 顾璘:《顾华玉集・息园存稿文》卷一《赠吕泾野先生序》,收入《景印文渊阁四库全书》第1263册,第465页。

山妍淑,士女清华,才俊翕集,风流弘长。嘉靖中年,朱子价、何元朗为寓公;金在衡、盛仲交为地主;皇甫子循、黄淳父之流为旅人;相与授简分题,征歌选胜。秦淮一曲,烟水竞其风华;桃叶诸姬,梅柳滋其妍翠。此金陵之初盛也。万历初年,陈宁乡芹,解组石城,卜居笛步,置驿邀宾,复修青溪之社。于是在衡、仲交,以旧老而莅盟;幼于、百谷,以胜流而至止。厥后轩车纷沓,唱和频繁。虽词章未娴大雅,而盘游无已太康。此金陵之再盛也。①

在某种程度上可以说这些盛况都是顾璘文艺社交圈在时间上的延续,因为这些人基本上都在嘉靖初年即进出顾氏门下,相与交游,甚至为其门人子弟,故多沾染其流风余韵,且延续其雅道。也因此,《明史·文苑传》将这些人都列于顾璘之后,并谓:"自璘主词坛……许谷,陈凤,璇子少南,金大车、大舆,金銮,盛时泰,陈芹之属,并从之游。谷等皆里人,銮侨居客也。仪真蒋山卿、江都赵鹤亦与璘遥相应和。沿及末造,风流未歇云。"只是,到了嘉靖后期以至于万历初年,随着江南社会经济的更趋繁荣与城市生活的丰富,这些文艺社交活动也越来越具有城市繁华趣味。

五、开大社于金陵,胥会海内名士

南京地区在嘉靖时期,经过之前顾璘的刻意经营,已经成为全国性的文艺中心之一,文艺氛围浓厚,文化活动频繁,且诸多艺文活动

---

① 钱谦益:《列朝诗集小传》丁集上《(附见)金陵社集诸诗人》,第462—463页。

与城市繁华交织,成为重要的社交场域,各地士人也对此文艺社交生活心生羡慕,对南都文艺风华心向往之。顾璘对南京文艺社会的经营还有一层意义,即将之与全国性的文坛联结起来。他与文艺中心展开对话,互通声气,促使南京的文艺与全国性文坛相互交织,乃至有互别苗头之意趣。当然,这也与南京的地理情势有密切关系。江南社会经济的发展,也使得南京乘势而起,而其居于南北交通枢纽、连接长江与运河两大动脉的关键位置,更使之隐然有重现"京城"之气派。直接显现出来的是,交通之要津推动讯息的传播,南都之声名可以传播于天下。也就是说,南京已经成为一个极重要的全国性舞台,在此舞台演出,天下人共见之。

南京为开国首都,然永乐迁都后,此地虽仍保有京都之名,却已失却政治中心之地位,加以人口大量北移,城市规模急速萎缩。在正德之前,南京市况还相当萧条,(万历)《上元县志》评议南京社会风气道:"人文甲于天下,风俗亦称淳美,国朝首被圣化,俗尚质朴,弘正之间,彬彬乎古矣。然传闻长老,昔人以廉俭相先,今时以富侈为尚。不无少变焉。"[1]顾起元则谓:"有一长者言曰:正、嘉以前,南都风尚最为醇厚。荐绅以文章政事、行谊气节为常,求田问舍之事少,而营声利、畜伎乐者,百不一二见之。逢掖以咕哔帖括、授徒下帷为常,投贽干名之事少,而挟倡优、耽博奕、交关士大夫陈说是非者,百不一二见之。"[2]据此看来,大概在嘉靖后期,社会风气逐渐有异于以往。大体而言,南京在嘉靖时期相随于江南市场经济之发展,才又逐渐展现

---

[1] 程三省:(万历)《上元县志》卷三《地理志》,收入《南京文献》第3册,上海:上海书店出版社,1991,第22页。
[2] 顾起元:《客座赘语》卷一《正嘉以前醇厚》,第25页。

其"南都"之气势,张瀚(1510—1593)《松窗梦语》中言:

> 沿大江而下,为金陵,乃圣祖开基之地。北跨中原,瓜连数省,五方辐辏,万国灌输。三服之官,内给尚方,衣履天下,南北商贾争赴。自金陵而下控故吴之墟,东引松、常,中为姑苏。其民利鱼稻之饶,极人工之巧,服饰器具,足以炫人心目,而志于富侈者争趋效之。①

张瀚在嘉靖隆庆间曾任官于南京,这样的观察应该也受此影响。大体而言,到了嘉靖后期,南京城已有江南都会的意味,因其交通上的枢纽地位,江南地区的人员与物质的流动往往以此为集散中心,也因此可说江南的繁荣乃具体反映于此。南京的繁华热闹更有气派地反映于城市的社交生活中,甚至吸引各方士人到此交游聚会,乃至散财结客,展现豪气博取声名。因此,此地原有的文艺社交,也出现不同的情势,别有豪侠夸耀之面貌,所谓"炫人心目"在南京的文艺社交中,弘治时期乃出自富贵阶层,至嘉靖、万历时期,则是文艺与城市的繁荣相结合。

嘉靖时期的倭乱,对南京城的繁荣也有促进的作用,有谓大乱避于城,南京为江南地区防备最为森严的大城,虽然倭寇也险些兵临城下,然而终究是都城、军事重地,江南各府州县城殊难比拟,也因此江南富户不乏避倭来居者,何良俊即属其中名人。他之前几次因为科考经临南京,嘉靖十年(1531),还特地拜访顾璘,因此出入顾璘门中。嘉靖三十二年(1553),担任南京翰林孔目,乃长期居住南京,嘉靖三

---

① 张瀚:《松窗梦语》卷四《商贾纪》,北京:中华书局,1997,第83页。

十七年(1558)辞职后,却因倭乱之故,未能返回松江,又寄寓南京。如其所自言:"得南京翰林院孔目,僦屋住清溪之傍,既三年罢去。时海上居火于兵,何子不能归,旅寓者又五年。盖始于癸丑十月至辛酉八月。"①在此期间,顾璘已离开人世,何氏却更积极参与各种文艺社交活动,不时与本地或外来文人相互唱和,以致被钱谦益指为寓公,列名为金陵社集初盛时之要员。除此,《列朝诗集小传》中关于黄姬水(1509—1574)之介绍亦言:"嘉靖乙卯,倭夷难作,为避地计……遂侨栖金陵。"②另外,吴扩(生卒年不详)也因倭乱而来居南京:

  吴扩,字子充,昆山人。少喜为诗歌,有声吴中,以布衣游缙绅间。……嘉靖年间,以避倭寇,挈家来金陵。爱秦淮一片水,造长吟阁居之。③

  秦淮河的水阁后来成为最能代表南京声色繁华的地区,可能就是在嘉靖倭乱之际,秦淮河沿岸逐渐有建筑物出现,以至衍生成艳名远播的河房,吴扩算是得风气之先。事实上,城南的秦淮河畔也差不多在此时期渐成文艺社交的重要据点,陈芹(生卒年不详)官场不如意后,也"起邀笛阁五柳亭于秦淮水上,日与侪辈临流觞咏"④。此后当地之声色行业,乃更刻意经营之。《广志绎》记道:"水上两岸人家,悬桩拓梁为河房、水阁,雕栏画槛,南北掩映。夏水初阔,苏、常游山

---

① 何良俊:《何翰林集》卷十五《四友斋记》,收入《四库全书存目丛书》集部第142册,第125页。
② 钱谦益:《列朝诗集小传》丁集上《黄秀才姬水》,第452页。
③ 周晖:《金陵琐事》卷二《诗话》,收入《南京稀见文献丛刊》第7册,第85页。
④ 程三省:(万历)《上元县志》卷十,收入《南京文献》第3册,第35页。

船百十只,至中流,箫鼓士女阗骈,阁上舟中者彼此更相觑为景。盖酒家烟月之趣,商女花树之词,良不减昔时所咏。"①后来的河房大概就是在此基础上发展出来的。这也可说都是城市游乐活动所带动起来的市景,文人的参与应该也是其日趋热络的要因,尤其外来者的暂居,借以纵意交游。万历时,城南秦淮区大概就已成文人特别偏爱的风雅处所了,以致袁宏道亦有意在此置产,而在给其兄信中言"丘大亦客南中,买居秦淮,弟已约为邻"②。要之,大约在嘉靖后期,由于经济、军事等原因,南京的都会地位再度凸显出来,各方士人或为避乱,或为交游,多有进居南京者,也因此更带动南京的繁会景象,而此繁会境况更具体反映在城南秦淮的雅集风华。

嘉靖以来,南京的城市繁华日趋于盛,文艺社交也与此相应,城市游乐与文艺聚会相并而行,以致秦淮河成为豪华文会的独特舞台,《槜李诗系》中尝载:

启浤字叔度,平湖人,弱冠博极经史,不事章句,倜傥负奇,通轻侠,类河朔壮士,好谈论古今成败,知边塞事,扣之缅缅不可穷也。少为贵公子,性豪迈。尝游建业,命酒泛舟,召旧院名姬,大会词人于秦淮,酒半,一姬倚槛微叹曰:"惜无两岸红蕖佐此胜集。"明日,复置燕,比客至,则晚风拂席,荷香袭人,举座莫测其故,盖于是夕悬金购得数百缸碎而沉之,自是十四楼中皆目为樊川复出。生平累致千金,缘手

---

① 王士性:《广志绎》卷二《两都》,北京:中华书局,1997,据嘉庆二十二年宋世荦《台州藏书》刻本点校,第24页。
② 袁宏道:《袁宏道集笺校》卷十一《伯修》,上海:上海古籍出版社,1981,第492页。

散去。①

这是个豪侠型的文人,刻意选择秦淮为聚会场所,也在其中展现豪侠气势。这样的文艺性聚会,已不是单纯的诗词歌咏而已了,南京最负盛名的旧院名妓,也在受邀之列,甚至扮演角色也非如富文堂之豪宴,只是伴奏配角而已。在此名妓乃有发言权,且所言甚受重视,以致主导宴集发展。这场宴会表演意味甚浓,在某种程度上可以说是一场博取声名的演出。事实上,陆启浤(生卒年不详)并非南京人,甚至也非长期寓居于此者,他应该是特地到此都会来交游的,此交游活动乃有营造声名之意,故举办这类"大会词人"之活动,选取秦淮,殊非偶然,盖此地已成都会之大舞台,在此大张旗鼓地展现豪侠气概,演出效果自是极为彰显。陆启浤在此可谓一举成名,广为人知。他后来也因豪奢败家,厄穷而死。身后友人为之诔曰:"悤君一身,顿殊今昔,翩翩五陵,萧萧四壁,金散名成,人完代革。"②这种结合声色之娱,且充满表演性的文艺集会,可说正是南京都会繁华所致,亦在其成为繁华都会后,文艺社交之重要特色。

陆启浤之秦淮豪举固然充满戏剧性,以致轰动一时,且传颂久远。然而,这却也非绝无仅有之事,甚至他也非首开此例者。早在隆庆年间,南京已有此类文会,潘之恒(1536—1621)《莲台仙会叙》记道:

---

① 沈季友:《槜李诗系》卷二十《贡趾山翁陆启浤》,收入《景印文渊阁四库全书》第1475册,台北:商务印书馆,1983,据台北故宫博物院藏本影印,第469—470页。
② 朱彝尊:《静志居诗话》卷二十二《陆启浤》,收入《明代传记丛刊》第10册,台北:明文书局,1991,据嘉庆扶荔山房刻本影印,第288页。

金坛曹公家居多逸豫,恣情美艳。隆庆庚午,结客秦淮,有莲台之会。同游者毗陵吴伯高嶔、玉峰梁伯龙、辰鱼辈,俱擅才调。品藻诸姬,一时之盛,嗣后绝响。诗云:"维士与女,伊其相谑。"非唯佳人不再得,名士风流亦仅见之。盖相际为尤难耳。①

此次所言,大概是隆庆四年(1570),梁辰鱼(约1521—1594)与曹大章(约1521—1575)在南京组织的莲台仙会。这大概是诗文之会又加上品评名妓的活动,潘之恒并未参与此会。却心向往之,所以特别搜集相关资料为之作叙。他艳羡又遗憾地认为此充满声色趣味的盛会只是昙花一现,并无后续之举,可能也因此,他自己在日后就再三有此豪举,据其自言:"余结冬于秦淮者三度,其在乙酉(万历十三年)、丙戌(万历十四年)。流连光景,所际最盛。余主顾氏馆,凡群士女而奏伎者百余场。"②他甚至在一年内多次举行此类盛宴:"昔在丙午(万历三十四年)秋冬之交,余从秦淮联曲燕之会凡六七举。"③"己酉(万历三十七年)秋冬间,与泰玉结吟社者凡五,所集皆天下名流,如粤之韩,楚之钟,吴之蒋、若陈若俞,越之吴、若

---

① 潘之恒:《亘史钞》,《外纪·金陵卷之三·莲台仙会》,收入《四库全书存目丛书》子部第193册,台南:庄严文化事业有限公司,1997,据浙江图书馆藏明刻本影印,第522页。
② 潘之恒:《鸾啸小品》卷二《初艳》,收入汪效倚辑《潘之恒曲话》,北京:中国戏剧出版社,1988,第32页。
③ 潘之恒:《亘史钞》,《杂篇·卮言卷之八·虹台》,收入《四库全书存目丛书》子部第194册,第163页。

凌,闽之二林。"①潘氏出身徽商家庭,本有纵乐倾向,又热衷文艺戏曲,故一再举行充满声色情趣之曲宴诗会,然除个人个性使然外,此亦可谓乃南都此际文艺风尚有以致之。早在万历十六年(1588)潘之恒来南京,借住王世贞家即见识此文坛领袖文酒会盛况,他自言:"余戊子岁(万历十六年)从弇州公在留都右司马邸,无日不与文酒会。酒行数巡,即令取牌扯三张。每一人为主,众环而敌之。或全胜,或全负,或胜负相参,负者取大斗饮之。力欹有起逃者,果醉则勿追,佯醉则止。全胜者众不服,乃再主与众敌,咸大噪尽欢。公间陶然,令两竖子扶掖而入,客复与诸公子竟欢。屡会,其情若新,其酒会之善,毋以逾此。"②推想王世贞任官南京时,一代文坛盟主处于都会之地,更引来各方文人乘机来会,因此乃日日举办文酒之会,而南都文会之纵乐氛围亦已渗透其中,故文会乃至于"大噪尽欢"。潘之恒大概深受此境影响,习染其风,更乐于如此操演,往后更是不断行此纵乐性文会。

如司马泰所言,南京之文艺社集传统悠久,自天顺以来即有南都吟社之组成,这种追求"觞咏之乐"的雅集,往往十数好友,游山玩水,送往迎来,诗歌唱和,此类"传统"形式的雅集始终传袭良久,或有盛衰,却未全然断绝,然则,嘉靖之后的诗会,却有别出于此者,其声色纵乐成分更为浓重外,在规模上也有不同。《列朝诗集小传》中有载:

---

① 潘之恒:《亘史钞》,《外纪·金陵卷之六·朱无瑕传》,收入《四库全书存目丛书》子部第194册,第559页。
② 潘之恒:《亘史钞》,《杂篇·叶子谱·扯三张》,收入《四库全书存目丛书》子部第194册,第112页。

承彩，字国华，齐藩宗支，散居金陵。高帝子孙，于今为庶，国华独以文采风流，厚自标置，掉鞅诗坛，鼓吹骚雅。万历甲辰中秋，开大社于金陵，胥会海内名士，张幼于辈分赋授简百二十人，秦淮伎女马湘兰以下四十余人，咸相为缉文墨、理弦歌，修容拂拭，以须宴集，若举子之望走锁院焉。承平盛事，白下人至今艳称之。①

这个已然沦为庶民的王孙，大概也有借此成名的意味，故而举办此规模宏大、集一时名士与名妓之大会。这个文会参加者多达一百多人，规模恐怕更盛于莲台之会。所谓"胥会海内名士"，透露这诚然是个"大会"，意在将海内名人集聚相会，已经不只是寓居南京者联系感情的相互唱和。这是个彼此甚或殊少交往的名士间的诗艺展现，邀请对象也不限于居住南京者，可能扩及大江南地区，至少居于苏州之张幼于乃在邀之列，而且大概也有较量文采的意味，故有谓"若举子之望走锁院"。事实上，此次大会也让朱承彩（生卒年不详）与马湘兰（1548—1604）的诗名大为显扬。翁方纲《复初斋诗集》中有谓："明季齐藩王孙承彩举金陵社集，湘兰为冠，承彩有'江空独雁寒'之句为时所称。"②可见此种"大会"深具表演性，亦是成名之道。可以说就是在都会大舞台上的大型才艺表演（竞赛）。

---

① 钱谦益：《列朝诗集小传》丁集上《齐王孙承彩》，第471页。
② 翁方纲：《复初斋诗集》卷五十二《苏斋小草八·雨窗属题所藏马湘兰画册四首》，收入《续修四库全书》第1455册，上海：上海古籍出版社，1995，据清刻本影印，第146页。

朱承彩的"开大社于金陵"为人艳称后,大概更激起后人的仿效之心,《列朝诗集小传》有载:"(朱)无暇,字泰玉,桃叶渡边女子。幼学歌舞,举止谈笑,风流蕴藉。长而淹通文史,工诗善画。万历己酉,秦淮有社,会集天下名士,泰玉诗出,人皆自废。有《绣佛斋集》,时人以方马湘兰云。"①前述陆启浤之"大会词人于秦淮"不知规模如何,既称"大会",想必规模也不小。黄琳为徐霖祝寿"于快园丽藻堂开宴,妓女百人",规模亦属惊人,但多少是因徐霖擅曲,本与妓家交往深,此宴重点也不在诗歌唱和,所邀文人应该不多,这些妓女应该也只是唱曲陪侍而已。大体而言,富文堂或快园之盛宴不是文艺大会,真正的文艺大会是在嘉靖之后,相随于南京成为文艺"都会"后才一再出现。这种大会的出现也更证实南京文艺都会的地位。复社后来的大会,大体可说正是循此模式而举,虽非始自南京,却有多次在此举行,直至明朝将亡前,犹有极大规模之大会——《静志居诗话》中载:"姚潋,字北若,秀水人,官生。北若为尚书善长之孙,英年乐于取友,尽收质库所有私钱,载酒征歌,大会复社同人于秦淮河上,几二千人,聚其文为《国门广业》。"②复社之社集本为评选八股文的活动,却也套用之前文艺大会的模式,也"载酒征歌",妓女亦参与其间,更以秦淮河为展演之大舞台。这可说是南京文艺社交活动发展出大会模式后,已成为典范,往后乃多有沿袭者。这也反映士人的社集活动至万历时期与城市繁华相结合,以至发展出充满声色情趣的大会模式,亦已成为时代潮流矣。

---

① 钱谦益:《列朝诗集小传》闰集《朱无暇》,第767页。
② 朱彝尊:《静志居诗话》卷二十一《姚潋》,收入《明代传记丛刊》第10册,第233页。

万历二十六年(1598),利玛窦(1552—1610)来到南京,其实他早在万历十一年(1583)就来到中国内地,先后停留韶州、南昌等地数年,其主要目的是想上达天听,前往北京,从大明帝国政治中心来扩展传教事业。不过,他的中国友人都劝他留在南京传教,"他在继续谈话中向他们保证说,南京确实是利玛窦神父最适合居住的地方,这有各种原因。但神父和瞿太素都反对说南京官府是害怕和猜疑外国人的。……他还坚持说,南京官员多,这对他们的事业是利多弊少。因为其中可能有一人是敌对的,而另外十个人则会是友好的"①。最后,他的北京之行并不顺利,几经波折后,他又回到南京,居住南京一年多的时间。此期间,他很快地涉入南京的社交圈,结识不少名士,除了日后多有合作的徐光启(1562—1633),当时南京礼部尚书叶向高(1559—1627)亦与其相识,已成文化名人的李贽(1527—1602)及当时南京的文坛领袖曹学佺也与他有交往,乃至投赠诗文。当时的魏国公徐弘基(?—1645)也邀他游园。更有趣的是,南京士人听闻了利玛窦的教义后,就召开社集活动,安排他与当时南京名望最高的僧人雪浪洪恩(1545—1607)进行教义上的辩论。利氏自己对此描述道:"据说,这位名僧有大群弟子,善男信女也不少,他们都称他为老师。这位哲人是三淮(Sanhoi,即雪浪),同那些由于懒惰无知而声名狼藉的一般寺僧大不相同。他是一位热情的学者、哲学家、演说家和诗人,十分熟悉他所不同意的其他教派的理论。"②利玛窦自称是辩论的最终胜

---

① [意]利玛窦,[比]金尼阁:《利玛窦中国札记》第四卷第四章,北京:中华书局,1983,第344—345页。
② [意]利玛窦,[比]金尼阁:《利玛窦中国札记》第四卷第七章,第364—365页。

利者,且不论争辩过程与胜负如何,由此论辩集会之随机形成,即可窥知当时的南京士人社群,确实有极高的知识敏感度与包容力,其促成知识交流的能动性也极高。以致如利玛窦这般来历不明的陌生人,且提出大违四书五经教义的思想,却未遭莫名所以的排斥,反而以社集的方式,促成一场公开的知识论辩。可见南京士人集会结社已发展得相当成熟,士人群体已习惯于以此来对待陌生人与异议论调。

六、结论

一般讨论明代南京文艺社集活动的发展多引用钱谦益《金陵社集诸诗人》的说法,因而有嘉靖中初盛,万历初再盛,再二十余年后极盛之历史概念。固然,钱氏有意编写《列朝诗集小传》以建构明代文学发展史,其《金陵社集诸诗人》也确实言简意赅地勾勒出明代南京文艺发展的概略图像,更点出南京文艺社集之发展实与城市游乐相互攀结辉映。然此图像亦不免过于简略,其中犹有不少需加细究之处,尤其是不同阶段的艺文社集活动,如何与城市发展相关联,城市社会的发展如何支持不同的社群,从而激发不同形态的社集活动。这都是南京社会文化史研究需要再详细分析,并可以发挥议论之处。以往有关于此之研究多出于文学研究者,其讨论重点多在个别人物、群体如何发展其文学势力,以至于演绎成文学流派之兴衰起落。这样的视角不免有所局限,实则这种种发展,乃与整体社会文化之发展,尤其城市繁荣景况相呼应。一方面可以说文艺活动的形态受到城市社会结构与发展情势的牵引,另一方面也可以说文艺社集的兴盛也正是城市繁华的反映。

南京文艺社集的起源甚早,早在天顺年间已有诗社出现,其发动者是南都地位清高之官员,清闲之余乃结诗社以得觞咏之乐,这可说是充满士大夫情趣的雅集。至于弘治时期,南京地区之富贵阶层有更多爱好文艺者,在其参与和支持下,文艺活动更为盛行,且成为社会瞩目之事,参与者亦有夸示意味。黄琳之富文堂与徐霖之快园为代表,显示其文艺形态实颇具贵族色彩。至正德、嘉靖时期,顾璘逐渐成为南京文坛的主导者,在其引导下南京之文艺与全国性的古文运动接轨,从而走出小集团式的社交形态,更具开放性与议题性。至嘉靖前期古文派大将青黄不接之际,顾璘成为主将,而南京的都会性,更使顾璘之息园成为全国性的文化中心,广泛接纳各方士人。其所主持开张起来的文艺社交展现恢宏气势,使南京确实具有文化都会之性格。嘉靖后期商品经济的繁荣与倭乱的驱使,使南京引来更多文人的流寓交会,城南秦淮河也渐成文艺社交要地。至万历时,更发展成充满声色情趣的场所,不少文人流连其间,南京因此成为城市大舞台,时有文人在此大会四方名士,而文艺活动也出现"大会"形态。概略而言,明代南京的文艺社集的发展,相随于城市生活的繁华,有越来越频繁、规模越来越大、也越来越开放的趋势。文艺社群本为爱好文艺之"小众"团体,演变至晚明时,竟成刻意于"大众"面前之炫耀式展演,且有意借此成就声名,这也成为南京重要的人文景观,而秦淮河亦因此成为最艳名远播之文化风光与历史记忆。《桃花扇》之以此为主要场景,固其来有自。《板桥杂记》成明亡后最美丽与哀伤的追忆,亦多源出于此。凡此皆可谓为明中期以来城市游乐与文艺社群交相作用,

60

相互发明,终于荟萃于此之故也。

明代科举制度下,士人上升日趋困难,中期以来,多有受挫于举业而转攻文艺,纵情城市交游者。相应于此,城市繁华也越来越吸引各方士商投身其中,文艺交游活动也日趋频繁,意图借由文艺交游以成就声名之文人,乃更纵乐其中。南京在文人乐游的城市中,更有特殊条件以成就之。南都六部有大批位高权轻、富于文采之闲职官员,乐于觞咏为乐;富户移民与世袭武职政策下,有为数不少之富人与权贵,富而好文也成传统风尚;教坊司中色艺双全之名妓为数不少,名妓与名士交往,于成就声名有相得益彰之效;文艺社集传统悠久,名人辈出,不乏乐为主人者;更且,出版事业与书籍市场都特别发达,文人之购书出版,俱甚便利……凡此种种都使南京成为士人乐游且借游成名之最佳选择。明代后期大批文人的流动与互动,更使南京的城市游乐与文艺社群高度发展,因此在其失却政治首都地位后,又得借此成为士人追求文艺声名之文化都会。

从"诗社"到"吾党":漳州霞中社的政治性

许齐雄[*]

一、漳州霞中社

福建闽南漳州郡城外有丹霞山,"土石皆赤",而漳州的四郊也分别被称为"霞东、霞西、霞南、霞北"。[①] 霞城就是漳州的别称,而霞中社的命名就带有直接的空间意义,即漳州之社。霞中社毫无

---

[*] 许齐雄,新加坡人,美国哥伦比亚大学东亚语言与文化系博士,新加坡国立大学中文系副教授。研究领域:中国思想史。代表作:*A Northern Alternative:XueXuan (1389-1464) and the Hedong School*(2011);《理学、家族、地方社会与海外回响》(2019)。本文在作者《"东南衣冠之会"的背后:漳州霞中社研究》的基础上补充,参见许齐雄:《理学、家族、地方社会与海外回响》,杭州:浙江大学出版社,2019,第197—220页。

[①] 李维钰:(光绪)《漳州府志》卷四,收入《中国地方志集成》第29册,上海:上海书店出版社,2000,据清光绪三年(1877)芝山书院刻本影印,第3页。

悬念地是一个以漳州士人为核心成员的诗社。

其中的灵魂人物就是举人张燮(1573—1640)。张燮来自漳州地方仕宦家庭,世居龙溪。因为漳州府和龙溪县府县同城,所以他们在家乡的主要活动区域就是在漳州府的行政中心。张燮的伯父张廷栋(1542—1589)及父亲张廷榜(1545—1609)都是进士。但是他们的仕途比较不顺利,升迁都因为和上级不睦而搁置。张廷栋官至礼部仪制司主事,①而张廷榜则是在署理吴江县任上致仕。②张燮则在万历二十二年(1594)中举之后,最少六上春闱而都落第归来。③ 虽然如此,张氏在明朝末年的漳州地方上无疑也是重要的士大夫家族。有两则事关地方防御和地方公共事务的例子为证。漳州曾因为之前的一起"事觉就诛"的民变,而"当道议屯客兵于芝山绝顶,以御不测"。张廷栋认为不妥,毕竟如此一来"腹心之忧,不在贼而在兵矣",所以他"亟白当道,移至西郊",此举为"识者服其远算"。除此之外,漳州"城故有濠,缭绕里市,邀通濯龙之渊",但是"久乃渐成壅塞"。于是张廷栋"请所司为疏泥道滞,因复宣泄",所以"是大有功于河山也"。④ 如此可见张氏对地方事务的关注及影响力。

原拟要屯客兵于其上的芝山,就是紫芝山。此山原名登高山,后来在洪武十三年(1380),因为山产紫芝,经知府徐恭(生卒年不详)上奏,所以赐名"紫芝山"。山在城的西北边,"郡城绕焉",是

---

① 张燮:《霏云居集》卷三十六《先伯父承德郎礼部仪制司主事吉宇公行状》,收入《张燮集》,北京:中华书局,2015,第656—660页。
② 张燮:《霏云居集》卷三十六《先大夫府君行状》,第639—656页。
③ 陈庆元:《张燮年表》,《南京师范大学文学院学报》,2013第1期,第182—188页。
④ 张燮:《霏云居集》卷三十六《先伯父承德郎礼部仪制司主事吉宇公行状》,第659页。

漳州府城的主山。① 将客兵屯聚在府城边上的主要山峰自然是一件十分冒险的事情。芝山容不得客兵，却是漳州士大夫经营田舍、隐居其上的佳处。张廷榜归里之后，便"诛茅于紫芝山半，却扫掩关"。但是"郡国吏交重府君，屡载酒叩玄，车马旌旗，掩映萝薜"。尤其是吴江籍的吕纯如出任龙溪县令时，更是"每燕赏，必问张大夫在否，坐无府君不乐也"②。芝山和漳州府城的空间距离不大，芝山甚至可以说是府城官员与漳州士人网络空间的一个重要组成部分。

霞中社的活动中心就在芝山。

霞中社是在万历二十九年（1601）的九月八日正式"察铜盘于玄云之居"。玄云居就是张廷榜在芝山半山腰的别业。当时"诸君既成如许胜事，相与谋筑高坛"，只是"一时又难卒办"，所以"乃就玄云之顶，家大夫所营空馆一区，割以属吾曹"。他们也不是免费利用了张廷榜的产业，而是"粗偿其直"。因此霞中社还算是独立地"所自建也"。其内部格局则"之堂曰'风雅堂'，堂接小亭，亭旁双桂树，森挺连卷。亭之外为长轩，郡大夫扁曰'白云词坛'，开窗可遍俯开元兰若。左窥员山及西溪一带，绿岫白波，时来蒸人。右望芝山绝顶，作屐齿间剩物，大佳。堂之左右，各一小室，前临小庭，而闲房相续，足供栖止。从堂入为池，与池相连为斋，郡大夫扁曰'青云兰社'。斋之上为楼，楼具墙壁，仅疏棂，跳望稍局，道力为阔，架层楼其外，玲珑倍蓰。近顾则万家如错，雉堞萦纡如带；远顾

---

① 李维钰：《光绪漳州府志》卷四，第2页。
② 张燮：《霏云居集》卷三十六《先大夫府君行状》，第653页。

则丹霞之屿、九龙之溪,隐见眉睫。每潮汐吐吞,帆樯乱驶,而远峰叠树,塍垺交经。当其澄盼莹神,忽不觉夫纸落翰飞,而理丰词富也。左右园垂,泫泫之草披露,依依之树近蝉,斗酒听鹂,短裾曳月,又诗肠之鼓吹,而道韵之丹梯已"。①

上一段对霞中社社址的描述自然少不了许多文人的浪漫渲染。但是除了空间的基本布局,地点的相对幽静,有两个要素也是十分明显的。一,虽然幽静,但是漳州府城的城墙和城内房舍均在视线之内,所以距离虽有却不是太大。所以这个空间及在这个空间内活动的士人始终和漳州府维系在一起。二,虽是山间气象,但潮汐声和船帆提醒了读者,漳州和海上交通的紧密联系。所以即便没有道明出自谁手,但社中两块匾额都由"郡大夫"所题,则霞中社社员与漳州府城政治的关联无处不在。

那么社中的这些"诸君"又包括谁呢?霞中社的核心成员有13人。见表1:

表1　霞中社核心成员②

序号	姓名(字)	生卒年	户籍	功名与仕途
1	张燮(绍和)	1573—1640	龙溪	万历二十二年(1594)举人
2	张廷榜(登材)	1545—1609	龙溪	万历二年(1574)进士,润州同知

---

① 张燮:《霏云居集》卷二十八《重修霞中社记》,第541—543页。
② 霞中社成员的组成在不同社员的记述中略有出入,本文以《重修霞中社记》为准。

续表

序号	姓名(字)	生卒年	户籍	功名与仕途
3	蒋孟育(道力)	1558—1619	龙溪	万历十七年(1589)进士,吏部右侍郎
4	郑怀魁(辂思)	1563—1612	龙溪	万历二十三年(1595)进士,观察副使
5	郑爵魁(瓒思)	不详	龙溪	万历三十一年(1603)举人,蓟州同知
6	汪有洵(宗苏)	不详	龙溪	山人
7	陈范(伯畴)	不详	海澄	山人
8	吴寀(亮恭)	?—1625	漳浦	万历二十三年(1595)进士,御史
9	陈翼飞(元朋)	不详	平和	万历三十六年(1611)进士,宜兴知县
10	徐銮(鸣卿)	不详	龙溪	万历二十三年(1595)进士,兵部职方郎中
11	戴燝(亨融)	?—1627	长泰	万历十四年(1586)进士,观察副使
12	林茂桂(德芬)	1550—1625	镇海卫	万历十四年(1586)进士,深州知州
13	高克正(朝宪)	1564—1609	海澄	万历二十年(1592)进士,翰林院检讨

霞中社成员的组成在不同社员的记述中略有出入。因为本文的讨论主要依据成员中最晚离世且存留著作比较多的张燮的作品,所以便以其《重修霞中社记》为准。更何况,霞中社在张廷榜的玄云居集聚,《重修霞中社记》是该社历史最原始的第一手记录。① 此处所见霞中社核心成员均属漳州籍。除了同乡关系,他们彼此之前还有如下的关系,见表2:

表2 霞中社核心成员的多重关系

成　　员	关　　系
张廷榜、张燮	父子②
郑怀魁、郑爵魁	兄弟③
张燮、戴燝	姻亲④
高克正、戴燝	姻亲⑤
高克正、徐𨧩	姻亲⑥
蒋孟育、郑怀魁	姻亲⑦

---

① 有关霞中社不同成员的叙述和介绍,见王振汉:《廉隅清节蒋孟育》,金门:金门县文化局,2016,第89—96页。
② 张燮:《霏云居集》卷三十六《先大夫府君行状》,第656页。
③ 张燮:《霏云居续集》卷四十七《祭辂思郑观察文》,收入《张燮集》,北京:中华书局,2015,第792—794页;张燮:《群玉楼集》卷五十七《祭郑冀州瓒思文》,收入《张燮集》,北京:中华书局,2015,第940—941页。
④ 张燮:《霏云居续集》卷四十六《亡女戴孺人行状》,第783—787页。
⑤ 张燮:《霏云居集》卷三十六《翰林院检讨征仕郎朝宪高先生行状》,第660—664页。
⑥ 张燮:《霏云居集》卷三十六《翰林院检讨征仕郎朝宪高先生行状》,第660—664页。
⑦ 张燮:《群玉楼集》卷五十二《通议大夫南京吏部右侍郎恬庵蒋公行状》,第869—876页。

续表

成　员	关　系
戴燝、林茂桂	万历十四年同年进士①
郑怀魁、吴宷、徐銮	万历二十三年同年进士
蒋孟育、高克正	万历十六年(1588)同榜举人
张燮、吴宷、徐銮、郑怀魁	万历二十二年(1594)同榜举人

明末此类地方色彩浓厚的诗社、文社或制艺社的成员往往来自同一个行政和地理空间。例如何淑宜在《地方士人与结社之风：以晚明衢州士人方应祥为中心》一文中谈及方应祥(1561—1628)所参与的倚云社和青霞社分别位于临近府城的青峒山和烂柯山，所以"这两山兼具名胜，近县城，离聚居地甚近，邻近地方学校、书院的条件，成为衢州士子往来集会主要场所"。而且"两个衢州社集的参与者大体以西安县人为主"又与霞中社以漳州府附郭县龙溪士人为核心的情况遥相呼应。② 笔者认为衢州"此地的社集以血缘、姻亲为主要的连结管道"是和漳州霞中社颇为一致的。

然而这群漳州士人的聚集并不只是因为"吾漳朝丹暮霞之气，蔚为人文，顿尔卓跞"的文化自信。其中自然还是需要适合的时机。按张燮的叙述：

---

① 同年进士和举人的纪录，见李维钰：《光绪漳州府志》卷十七，第10—11页、第37—39页。
② 何淑宜：《地方士人与结社之风：以晚明衢州士人方应祥为中心》，详见本书。

岁在辛丑,蒋道力以终养,尚滞里门。郑辂思亦予告家食,并有寝处山泽间仪。而汪宗苏、陈伯畤以山泽之癯佐之。吴亮恭时从梁山来,如鸿鹄之徘徊焉。余与陈元朋归自燕,酬和诸子间,不寂寞也。久之,徐鸣卿以奉使至,而戴亨融亦暂解观察组绶,卧天柱峰头,至是抵郡。

所以本来在外任官的蒋孟育、郑怀魁、徐??、戴燝基于不同的原因回到了漳州。同时还有山居的布衣汪有洵、陈范,以及大概刚刚春闱落第从北京归来的张燮、陈翼飞,加上时时从漳浦至漳州郡城和友人相会的吴寀。他们在那一年就形成了"东南衣冠之会,岂可失哉"的契机,所以便决定草檄订盟。九月八日"插铜盘于玄云之居"时还有"家大夫与小郑瓒思"。① 张廷榜显然是这群士人的前辈,参与霞中社是他主动提出的。张燮回忆自己"既修千秋之业,与二三子建鼓东南"时,张廷榜"谓二三子曰:以吾投石超距,则老矣,必据案弄柔毫,犹矍铄也。阮嗣宗与阿戎谈,奈何遽绝长源哉?"于是大家便欢迎他"共歃铜盘血"。②

然而此次集会仅 11 人在场。当时"林德芬客楚未归,而高朝宪支床乡居,商不与盟"。这是一件憾事,张燮认为"吾漳翔禽异羽,已尽岩际,所遗两君耳"。所幸林茂桂在次年加盟。到了万历三十四年(1606),高克正也参与了霞中社。当时"道力、鸣卿亦奉使过里,独辂思守括苍,亮恭颁诏在途,其他曩时诸子皆在,敷衽把臂,见东南才士之大全焉"。③

---

① 张燮:《霏云居集》卷二十八《重修霞中社记》,第 541—542 页。
② 张燮:《霏云居集》卷三十六《先大夫府君行状》,第 654 页。
③ 张燮:《霏云居集》卷二十八《重修霞中社记》,第 542 页。

虽号称"东南才士之大全",但无论是1601年还是1606年的集会,霞中社核心成员均未曾全数聚集。另一方面,张燮提到霞中社成员在漳州地区以外的交游,所谓"若夫足迹所至,别有结欢,今其连璧旧乡,还珠故国者如此"。因此除了上述核心成员,霞中社也有几位福州地区的外围成员。①

张燮所撰《重修霞中社记》是1606年或之后的作品。他在文中提及"社颇颓废,鸠工葺治之。规制无改,耳目聿新",所以是文题目标明"重修"。既然是难得的"东南衣冠之会",那1601年为什么没有留下记录呢?张燮解释道"社初举时,适有豪族之变。俗疵文雅,往往而然。红尘污人,未遑作记。盖至是乃始含毫,用播山灵于不朽,累世而下,读余言者,其芳馥舌齿未可知。若抚遗迹而溯芳尘,庶亦不诬,方将有贤今日乎哉"。② 有关霞中社成立时的历史环境,笔者将在第四节进一步讨论。

二、张燮作品所反映的霞中社活动

张燮是一位多产的作家,目前可参考的主要作品有《霏云居集》《霏云居续集》《群玉楼集》《东西洋考》,均收录于《张燮集》。前三部是诗文集,而《东西洋考》是一部以介绍漳州与海外各国的

---

① 其中包括曹学佺(1574—1646)、徐𤊹(1563—1639)、林古度(1580—1666)等。其中曹学佺和郑怀魁、吴棨、徐鉴三人是同年进士。见张燮:《霏云居集》卷二十八《重修霞中社记》,第542页;陈庆元:《张燮年表》,第184页;曹学佺:《石仓全集·天柱篇》卷八十《郑辂思招入霞中社》,收入《四库禁毁书丛刊补编》第80册,北京:北京出版社,2005,第431页。
② 张燮:《霏云居集》卷二十八《重修霞中社记》,第543页。

贸易活动、收集相关航海与物产信息,以及记录市舶商税等行政问题为主的书籍。其研究宜另文处理。

《霏云居集》、《霏云居续集》和《群玉楼集》所收录诗文的具体创作时间和时间上下限均未明确一一标明。但按照所收录的行状、祭文、墓志铭等丧葬、吊唁文字所述主人翁的卒年,则三部诗文集的前后成书次序则是相当清楚的。《霏云居集》的内容最早,其时间段也正是霞中社比较活跃的时期。所以笔者集中通过分析《霏云居集》的内容以了解张燮的活动和霞中社的性质。

《霏云居集》共收录张燮诗作1031首,其中298首为写景、咏物、怀古之作。因此共有733首涉及人物唱和、雅集活动、忆友思人,约占71%。可见张燮的诗歌作品主要发挥着社交功能。同时,在这733首诗中,有217首是雅集时的作品,占了交际诗歌的约30%。

那么霞中社的成员和活动在这些交际生活中又占据一个什么样的地位呢?以非雅集的516首诗为中心,则有115首诗是为霞中社同社友人而作,约占22%。如果以雅集活动的诗歌为中心,则217首中有153首涉及最少另一名霞中社同社成员,约为71%。若不分是否雅集,则涉及霞中社同社友人的诗歌为268首,约占733首此类诗歌的37%。

可见以《霏云居集》所收录诗歌为例,看得出霞中社同社友人在张燮的社交网络中是占据很大的一个比重的。尤其是雅集一类活动更是常见他与最少一名霞中社友人一起出席,这自然吻合诗社成员相互聚集,以诗会友的本质。如果以个人为单位分析他们出现的雅集次数的话,同社成员及出席超过10次活动者的姓名分别列于表3和表4：

表3 霞中社成员出席的雅集次数

蒋孟育	36	郑怀魁	21	郑爵魁	34
汪有洵	20	陈范	16	吴寀	16
陈翼飞	40	徐𨨏	26	戴燨	38
林茂桂	27	高克正	16	"同社"	15

表4 出席超过10次雅集的人士

汪尔材(汪弘器,1558—1613)	33	何稚孝(何乔远,1558—1632)	15
谢修之	13	黄参玄	12
吴潜玉	10	施正之	10

除了诗题标"同社"而未明言是谁以外,霞中社成员所参与的雅集活动均在15次以上。如果考虑到在雅集诗题中出现的名字共有160多人,同社的11人外加这6人则无疑是张燮社交圈子的核心了。如果我们利用数据可视化工具(GEPHI)来呈现的话,霞中社成员作为张燮诗歌唱和活动中的核心就一目了然了,见图1。表中圆圈直径越大者表示该人物出现的次数越多。

图1 张燮《霏云居集》诗歌中出现的人物网络

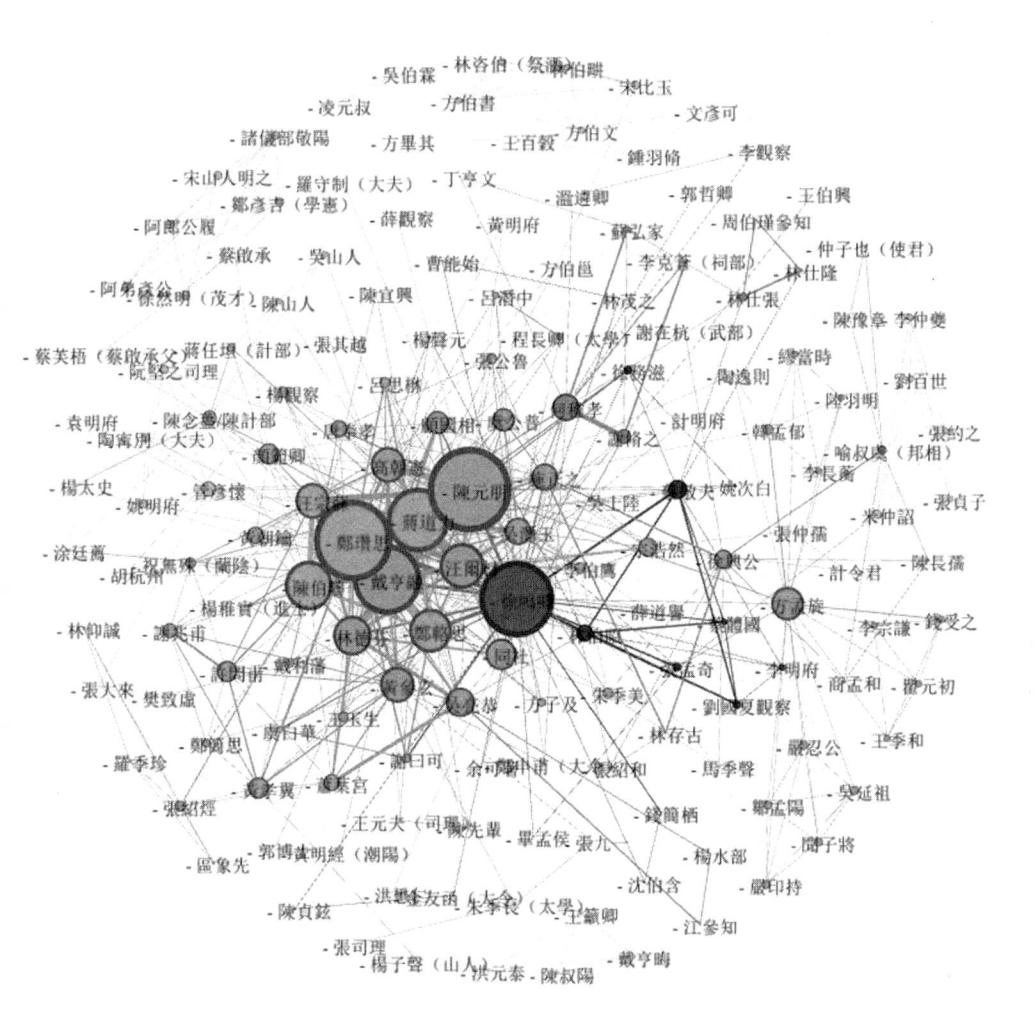

《霏云居集》尚有各种序、传、铭、祭文,以及尺牍等358篇。其中只有59篇涉及霞中社成员,仅占约16%。霞中社成员在诗歌和散文类文献中出现的比例所存在的明显反差,进一步说明了诗社成员以诗会友的基本特质。

三、有关霞中社的研究

陈庆元和张婧雅在研究霞中社时将其活动分成三个时期,即从万历二十九年(1601)创社到万历三十七年(1609)张廷榜、高克正去世之间的"订盟兴盛时期";从万历三十七年到万历四十七年(1619)蒋孟育离世之间的10年为霞中社的"延续时期";自万历四十七年到天启七年(1627)戴燝谢世的诗社"衰歇时期"。[①] 虽然有几位外围成员,而且霞中社十三子的个人交游颇为广阔,但霞中社在成员结构上是个相对封闭的组织。除了之后加入的林茂桂和高克正,就不再有新成员的补充。所以随着成员的死亡,人数下降和活动减少是非常自然的事情。因此以活动的频密状况将霞中社加以分期,在逻辑上是成立的。尤其是张燮本身应该更能体会到其中的改变。张燮的同社友人中,除了汪有询和陈翼飞卒年不详,张

---

① 陈庆元、张婧雅:《东南才士文学群体意识的觉醒》,《东南学术》,2014第5期,第180—188页。

燮都为其他人撰写了行状或祭文。①

学者还指出霞中社的意义在于它是在漳州"地区诗歌发展史上第一个有影响的诗社",更重要的是诗社的成立是"晚明漳州诗人文学群体意识的觉醒"。学者也感叹在明清易鼎的战火之中,霞中社文献的散失导致"后人很难去认知当年霞中诗社的盛事,也很难去评价这个漳州史上第一个诗社了"。②

若以霞中社为明末漳州地区最为人瞩目的诗社团体,那应该是可以成立的。若以霞中社为"漳州史上第一个诗社"的称谓则有待进一步的商榷与研究。在张燮为同乡、同年举人黄鳌伯(1565—1596)所撰墓志铭中提到他们在甲午年(1594)同举省试,后来"北上罢归,与同年诸君及不佞燮,结社芝山之岫,君益务为奇"③。黄鳌伯在1596年去世,唯一的春闱机会就是乙未年(1595)的那一科。笔者并不清楚张燮所谓"同年诸君"到底包括了谁。在1594年的秋闱中,漳州府共有30人中举,除了黄鳌伯与张燮,还有后来霞中社的吴寀、徐䥶、郑怀魁。④ 但如果张燮的记述没有错误的话,

---

① 见张燮:《霏云居集》卷三十六至卷三十七《先大夫府君行状》《翰林院检讨征仕郎朝宪高先生行状》《同社祭高朝宪太史文》《哭高朝宪文》,第649—656页、第660—664页、第667—673页。复见张燮:《霏云居续集》卷四十七《祭辂思郑观察文》《祭徐鸣卿职方文》《同社祭陈伯畴征君文》,第792—794页、第797—799页、第802—803页。另见张燮:《群玉楼集》卷五十二、五十五、五十六、五十七,《通议大夫南京吏部右侍郎恬庵蒋公行状》《祭林德芬大夫文》《祭戴亨融观察文》《同乡公祭戴亨融文》《同社祭蒋少宰文》《祭吴亮恭侍御文》《祭郑冀州文》,第869—876页、第915—921页、第923—924页、第931—935页、第940—941页。
② 陈庆元、张婧雅:《东南才士文学群体意识的觉醒》,第184,187页。
③ 张燮:《霏云居集》卷三十五《乡进士黄柏缵先生墓志铭》,第645—647页。
④ 李维钰:(光绪)《漳州府志》卷十七,第38—39页。

黄鳌伯就曾经在1595年和一群同年举人在芝山结社。而且张燮是参与其中的。

除此之外,高克正在万历十六年(1588)中举和万历二十年(1592)成进士之间,"曾与蒋宫谕孟育,家先辈时泰,及诸时名订'嗜声社'"①。虽然同样不知道"诸时名"指的是哪些人,但是结社时期无疑早在霞中社之前。两个诗社的存在让笔者觉得"霞中诗社的成立,万历中期涌现出一群水平比较整齐的诗人,是一个契机;在这之前,诗人数量较少,很难成为气候"②的论断就有了重新思考的必要。

从文学研究的角度出发,将霞中社视为漳州地区"文学群体意识觉醒"的产品有其学科上的道理。在同一文学研究的脉络之下,王振汉在其对霞中社另一位主要成员蒋孟育的研究中就认为"文社也作诗,诗社也著文,作诗著文不是诗文社之间的根本差别,差别在于,一为纯粹的意趣结合;一为实际的功名之图的结合"。他进一步主张"诗社之中,还有一个区别,那就是纯粹的诗社和养老、怡老性质的诗社的分别"。③

王振汉心目中所谓"纯粹的诗社"应该也就是"纯粹的意趣结合"。除此之外,王振汉也强调"文学风貌往往脱胎于某种诗社。易言之,诗社是文学流派的外在构成形式,而诗社对文学流派的产生具有主动的推波助澜作用"。更重要的是"明代文学流派往往有鲜明的宗传意识,在文学风格、文学创作上寻宗溯源,高自位置,更

---

① 张燮:《霏云居集》卷三十六《翰林院检讨征仕郎朝宪高先生行状》,第661页。
② 陈庆元、张婧雅:《东南才士文学群体意识的觉醒》,第187页。
③ 王振汉:《廉隅清节蒋孟育》,第79页。

是一时风气"。①

　　诗社和文学流派的关系确实适用于对不少著名的明代诗社，甚至文社的讨论。然而霞中社成员并没有明确的共同文学主张，严格说起来也形不成流派。所以当学者认为霞中社成员"通过广交贤朋诗友推动了漳州区域文化的交流范围,大大将漳州文学推展到各地"时,所谓"漳州文学"是什么就不清楚了。② 想来并不是任何一种特定的诗歌风格或者文学主张,而仅仅是漳州士人的作品为一个更大的文人圈子所知晓。如果说霞中社的文学成就并无可观者,那它的历史意义究竟是什么? 在晚明的漳州地区,霞中社的出现就只是一群意趣相同的人刚好相聚在一起? 或者就只是模仿晚明其他地区的结社活动,是时代风气使然?

　　在重视诗社的文学性的大框架下,王振汉却又提及"漳州的士人,或在朝为官,或居乡结社,上下通气,十分活跃。最有名的当数'玄云诗社','玄云诗社'虽名为'诗社',但主要不在切磋'诗艺',而是关心时政,关注民生"③。玄云诗社就是霞中社。因为诗社设在玄云居,故亦有此名。在这样的描述中,霞中社就不是纯粹的文学诗社,更不是怡老团体。所谈到的时政、民生又具体是指什么? 可惜学者并没有进一步阐明。

　　从另一个角度看,诗社虽以诗为名,但是参与者并不完全都是以诗名的作家。例如张廷榜出任太平县令时便是以训练该县和邻近地区的士人准备应试文章而著名。据载,其"最急者在课士兴

---

① 王振汉:《廉隅清节蒋孟育》,第82—83页。
② 王振汉:《廉隅清节蒋孟育》,第129页。
③ 王振汉:《廉隅清节蒋孟育》,第129页。

文,期日聚诸生摘经目,使人各撰其义;亦复自作程序之。旁邑故多时名,无不负笈从太平令游者。所造士以次通显,人文盛一时"。被迫回乡之后的张廷榜更是吸引了"乡人士多执经称弟子",其根本原因就是他"喜为制义"。①

另一位成员郑怀魁被称道的地方是其"长于骈俪,贯穿六朝唐宋,成一家言"②。而霞中社的高克正在丁忧里居时面对的是"执经问业者,履满户外"的盛况,其文学成就的重心则是"为文宏博雅娴,骎骎大家。比来掩关,益肆其力。气完神王,直追古作者"。③不以诗名而以诗会,自然是因为诗歌在古代文人生活中的重要社交功能。而社交的目的虽然可以是多重的,但就明末漳州霞中社的成员而言,利用诗社这样的社交群体,结成应对时代主要挑战的跨界网络则是其核心动机。所以唯有将霞中社置放到明末具体的时空中分析,方可探其究竟。

四、不平静的 17 世纪初

霞中社成立于万历二十九年(1601),按上引张燮的说法,"社初举时,适有豪族之变。俗疵文雅,往往而然。红尘污人,未遑作记"。万历二十九年的豪族之变所指何事?《漳州府志》和《龙溪县志》均无线索。福建地区在 17 世纪前后的梦魇却是十分清楚的。

---

① 闵梦得:《漳州府志》,厦门:厦门大学出版社,2012,第 1591 页。
② 闵梦得:《漳州府志》,第 1601 页。
③ 闵梦得:《漳州府志》,第 1617 页。

万历二十七年(1599),明神宗"设市舶于福建,遣内监高寀带管矿务"。① 高寀在闽前后共十六年之久。

霞中社核心人物张燮除了《霏云居集》《霏云居续集》《群玉楼集》,现存著作中还有一部《东西洋考》。《东西洋考》共12卷,成书于万历四十五年(1617)。是书第八卷为《税珰考》。关于为什么有这么一卷内容的问题,张燮在《凡例》中指出"纪税珰者何?曰:史不有《宦者传》乎?间一展卷,如久病暂苏,追念呻吟尝药之候,悲喜交集,乃国医之功,不可诬也。即附逐珰疏于后,如谱良剂焉"②。为何有这样的感慨呢?因为正常赋役外的横征暴敛中,"税额必漳、澄之贾舶为巨"。由于月港的关系,漳州,尤其是海澄,是高寀搜刮的重灾区。

开始时,高寀还"每岁辄至,既建委官署于港口,又更设于圭屿;既开税府于邑中,又更建于三都。要以阑出入,广搜捕。稍不如意,并船货没之。得一异宝,辄携去曰:吾以上供"。到了万历三十年(1602),高寀变本加厉,"下令一人不许上岸,必完饷毕,始听抵家。有私归者逮治之,系者相望于道"。如此大规模地打乱海上贸易中的商旅、水手的生活最终导致"诸商嗷嗷,因鼓噪为变,誓言欲杀寀,缚其参随,至海中沉之"。这样的风声自然没有演变成事实,但高寀还是"宵遁,盖自是不敢复至澄"。除了月港的商税,深受高寀"开采之役"祸害的还有龙岩。③

---

① "中研院"历史语言研究所校印:《明神宗实录》卷三三一,万历二十七年二月十八日条,台北:"中研院"历史语言研究所,1962—1966。
② 张燮:《东西洋考·凡例》,收入《张燮集》,北京:中华书局,2015,第1416页。
③ 张燮:《东西洋考》卷八,第1595—1596页。

对于晚明的漳州人而言,最大的敌人无非海上的外族,以及南来的税珰。张燮将之笼统地总结为"从古夷狄、宦官之祸,如奔涛荡岳,厝火燎薪,何代蔑有"。最严重的情况自然是两害的结合。张燮谓"若宦官、夷狄潜合为一,以荡摇我疆圉,虔刘我人民,则古今未有之事,英雄难于措手矣"①。

事缘万历三十二年(1604)海澄商人潘秀(生卒年不详)和郭震(生卒年不详)带着渤泥国王的书信,勾结"和阑"(荷兰)商船,请求按旧日的行事制度在金门设立通商港口。时荷兰船只已经停靠澎湖。这样的要求被地方官员拒绝了。于是"红夷则遣人厚贿寀。大将军朱文达者,与寀厚善,尝以其子为寀干子。寀谋之文达曰:市幸而成,为利不赀,第诸司意有佐佑,惟公图之"。于是这位朱将军"喇喇向大吏言:红夷勇鸷绝伦,战器事事精利,合闽舟师不足撄其锋,不如许之"。高寀认定此事会成,还遣人"报夷,因索方物"。②朱文达是福建当时的镇守总兵官。③

荷兰商船的领袖麻韦郎(生卒年不详)因此"赠饷甚侈,并遣通事夷目九人赴省"。但就在他们"候风未行"时,参将施德政(生卒年不详)已经奉命处理此事。施德政一方面派人通知荷兰商船,他们的要求已经被拒绝,一方面整军待发。荷兰商船知道事情不会成,于是离去。高寀同时"上书为夷乞市。上俞中丞及御史言,置珰疏不纳"。漳州沿海居民"悉北向称万岁。高寀闻之顿足曰:'德政乃败吾事。'"④

---

① 张燮:《霏云居续集》卷三十七《闽海纪事序》,第653页。
② 张燮:《东西洋考》卷八,第1596—1597页。
③ 金鋐:(康熙)《福建通志》卷十九,收入《中国地方志集成》第1册,南京:凤凰出版社,2011,第15页。
④ 张燮:《东西洋考》卷八,第1597页。

高寀和施德政的矛盾自此形成。张燮在别处提到"往者採榷之使,所在肆虐。闽以寀珰为政焉,而大将军正之施公实与之始终"①。施德政次年升调神机营右副将军后军都督。到了万历四十二年(1614),施德政已经升任福建镇守总兵官,再次来闽,驻守福州。② 当时原来的广东税使李凤(？—1614)病故,神宗下旨命令高寀"兼督粤税"。广东民情汹涌,扬言若高寀来粤,必定杀之。而高寀这时"遂造双桅二巨舰。诳称航粤,其意实在通倭。上竖黄旗,兵士不得诘问"。结果两艘大船都被福建都督施德政扣留了。到了是年的四月,高寀和福建商民终于爆发了致命冲突。高寀拖欠商人"金钱巨万",于是商人聚集来讨。高寀"挥所练习亡命群殴之,立毙数人。余众趋出,复从巍漏射之,放火延烧民屋数十余家"。散逃之后的民众"次早,远近不平,各群聚阉署,约数千人。'高寀'露刃跃马,率甲士二百余,突犯中丞台",挟持了福建布政使袁一骥(生卒年不详)。"时万姓走护,大兵徐集"中的军队调动,自然也由都督施德政指挥。高寀最终被弹劾,神宗调其回京,不知所终。③

在高寀的事情中,施德政的角色至关重要。张燮称许他道:"既而有和兰国之事,贿寀奥援以求市,闽祸且滋蔓,而公伐其始谋。最后有巨舰连倭之事,激变省会,劫辱重臣,事急则谋向岛夷作生活,而公防其未溃。"张燮甚至将高寀的恶行与土木之变的王

---

① 张燮:《霏云居续集》卷三十七《闽海纪事序》,第653页。
② 金铉:(康熙)《福建通志》卷十九,第15—16页。
③ 张燮:《东西洋考》卷八,第1598—1599页。

振(？—1449)相提并论,毕竟都是"我国家夷狄、宦官之祸"。如果没有施德政,那么"使寀遂与夷合而无变计,东南半壁之天下,尚可言哉？"①

矿使问题是对漳州士民的严峻威胁。这从他们纪念为了此事而和矿使周旋的地方官员一事上可以看出。漳州有"张何二公祠",奉祀同为万历十一年(1583)进士而先后以按察御史到漳州的张应扬(生卒年不详)和何淳之(生卒年不详)。张燮在其代作的《张何二直指合祠记》中描述道：

张之来也,会中常侍初政,议采议榷,所在恋卷,而漳为最。君委曲调停,去其太甚,三老犹能述。常侍金绯行部,意有所旁出。君时已病剧,强起争之,事赖中辍。未数日,而君遂不起矣。何之来也,会妄一男子张嶷有海外征金之疏,事已报可,下常侍。漳民汹汹,计祸且叵测。君肠一日九回,常侍幸过荐君,议竟寝。然君亦复不起,积忧国之渐也。

张燮最后总结曰"惟夫两君之没也,为民也,两君自分其必没也；漳之祠两君也,亦为民也,民固更以两君不没也"②。

高寀在万历二十七年被派往福建,霞中社在万历二十九年成立。高寀在万历四十二年离开,霞中社也很快进入活动锐减的衰

---

① 张燮：《霏云居续集》卷三十七《闽海纪事序》,第654页。
② 张燮：《霏云居集》卷三十《张何二直指合祠记》,第576—577页；李维钰：(光绪)《漳州府志》卷八,第34页。

弱期。本文不是主张霞中社的成立和发展完全受到高宷在福建的暴政左右,而是认为要了解霞中社成员当时的心态、所形成的网络、结交的对象,都必须结合当时在全国政治层面的党争问题,尤其是地方上的政治形势和需求。否则霞中社成员的许多诗文就无法全面地理解了。

五、三任南路参将

施德政,字正之。他第一次阻止了高宷和荷兰商船的勾结是在南路参将的任上。南路参将是嘉靖三十八年(1559)所立的编制。当时"分福建地方为三路,各设参将,兼辖水陆"。而在布防编制中"漳州为南路,参将辖漳州、镇海二卫所。军浯屿、铜山二寨,及各营陆兵。漳州浙兵为前部中营。铜山浙兵为前部左营。陆鳌土兵为前部右营,各设把总一员"。此外"建参将署于郡城之西偏,遇汛期则驻悬钟调度防御",之后一度移驻铜山。到了万历二十年(1592),"复移驻中左所(今厦门)"。[①] 所以南路参将在17世纪初每年汛期时的驻地是厦门,其他时候其衙署则是在漳州城内。在方志中存有记录的最后三任南路参将分别是施德政、李楷(生卒年不详)、宗孟(1564—1612)。他们分别在万历二十五年(1597)、万历三十四年(1606)、万历三十八年(1610)上任。[②]

霞中社成员如果只是一群文士的雅集吟唱,那也许就是一个因为共同的文学爱好而聚首的纯粹诗社。但是当霞中社在漳州面

[①] 李维钰:(光绪)《漳州府志》卷二十二,第8页。
[②] 李维钰:(光绪)《漳州府志》卷二十二,第20页。

对着17世纪初来自高寀的残暴政治,连续和这三位负责漳州地区的陆地和海上防御军务的最高将领都刻意建立和保持非常亲密的关系时,事情自然就没有表面的唱和活动那么简单。

张燮在《霏云居集》中有《素交篇》20首,他在引中提到"以余所知识前辈朋德君子及并时诸俊,间多质行才藻炳朗一时,而气谊见收,久要弥笃。是亦刘绘所为开帖宅而平子所为赋四愁也。合交籍中得诗二十章"①。张燮交籍中一人一首诗,其中就包括了施德政、李楷、宗孟。

《施都护正之》②
正之自豪雄,倒执白玉斧。入门咏小山,出门雷大鼓。
平分竹素缘,清流结俦伍。赐许拭彤弓,功从标铜柱。
《李将军伯鹰》③
伯鹰擅门风,兰玉阶里树。白皙登高坛,轻裘出儒素。
骨体殊骏快,文心兼武库。筇铙坐上流,淋漓挥露布。
《宗将军浩然》④
元干志武功,破浪风万里。浩然继其后,秉钺临漳水。
箧秘穷阴符,心深叩玄旨。爱客不知疲,终宴情逾侈。

---

① 张燮:《霏云居集》卷二,第48—54页。
② 张燮:《霏云居集》卷二,第51页。
③ 张燮:《霏云居集》卷二,第52页。
④ 张燮:《霏云居集》卷二,第53页。

在张燮的社交圈子中无论是雅集唱和,或是书信往来,施德政都是一个经常出现的名字。除了雅集时出现的人物名单为证据之外,按张燮的说法,霞中社另外一位成员蒋孟育和施德政也是交从甚密。他说:"余友蒋少宰道力,每风月澄霁,辄念施正之也。"①而在施德政和高寀斗争的问题上,张燮自忖作为目击证人,又是施德政的好友,所以必须对事件加以记述。张燮在为施德政所撰寿序中说:"余辱公知,觑兹盛事,不容无一言。"②

但是张燮所说岂止一言?如前所见,他在《东西洋考》的《税珰考》中对此事件的叙述不可不谓详尽。他在《闽海纪事序》中更是以赞颂施德政在此危机的处理上的一系列功绩为叙述中心。而蒋孟育在写给施德政的信中也一再强调此事。他说"台下护闽之功,素所服膺"。至于张燮为施德政所撰序言中"最得意者,大将军施公,实与之终始,便含蓄无尽"。毕竟"彼珰所以有次骨之怨,功可胜言哉"!③ 除此之外,蒋孟育和施德政的书信往来还有其他三封。④ 张燮后来在施德政的祭文中提到他们的往来"乃余辈旧社新盟,但知公腹中之盛五车,而顿忘车前之腾八驷"。毕竟武将的功业在沙场上。张燮最后提到"盖公没而辽阳之羽书继至也",他感叹若施德政尚在,明朝当不至于战败失地。⑤

---

① 张燮:《霏云居续集》卷三十二《寿施正之大将军序》,第587—589页。
② 张燮:《霏云居续集》卷三十二《寿施正之大将军序》,第589页。
③ 蒋孟育:《恬庵遗稿》卷三十一,明崇祯序刊本,日本内阁文库藏,第24页。
④ 见蒋孟育:《恬庵遗稿》卷二十六《寄施正之都护》,第15—16页;蒋孟育:《恬庵遗稿》卷二十七《答施大将军》,第11页;蒋孟育:《恬庵遗稿》卷三十《答施大将军》,第6—7页。
⑤ 张燮:《霏云居续集》卷四十八《祭施正之大将军文》,第811—812页。

张燮对施德政可谓推崇备至。他不仅力劝施德政将诗集刊行,还在其序中将其与戚继光(1528—1588)相提并论。张燮开宗明义便说:

当嘉靖时,闽苦云扰,戚大将军元敬时为裨帅讨平之。其后仗钺遍南北,为中兴以来牙旗第一流人。不知元敬自有其斑管,每行间为诗歌,周旋琅琊、新都间,以词坛之鞭弭相属者也。比来海波不扬,顾鳞介或时见窥。施大将军正之,后先镇闽,春秋耀吾戈甲,境内不惊。说者谓制乱方萌与戡乱等,而雄姿伟略与元敬亦复相当云。

但是和戚继光一样出色也只是施德政的其中一面而已。更重要的还在于他独具慧眼的结交对象。张燮接着说:

不知正之亦自有其斑管,以与吾党周旋,属鞭弭于词坛,岂一日哉!正之交游遍海内,而独于吾党申霞外之契。①

以吾党指谓霞中社,进以强调施德政和他们的紧密关系。这层联系的动机自然不单单是为诗作文而已。

以下表5是《霏云居集》中涉及施德政的资料。

---

① 张燮:《霏云居集》卷二十五《施大将军诗序》,第511—512页。

表 5 《霏云居集》中施德政相关资料

诗	素交篇·施都护正之	卷二,第 51 页
	岁暮施正之远使饷酒兼贻月俸见赠走笔答寄	卷七,第 177 页
	施正之大将军应召京枢诗以送之	卷九,第 210 页
	过施大将军衙斋留酌时有饷鲫鱼至者为赋二首得新字	卷十三,第 286 页
	重过施正之衙斋夜饮即事	卷十四,第 321 页
	管彦怀观察施正之大将军招同蒋道力宫谕酒集林园二首	卷七,第 161 页
	修禊席上留别施正之徐兴公林存古得陵字	卷七,第 164 页
	施将军正之招同戴亨融集顾国相东园是日立秋	卷九,第 206 页
	施正之大将军招同蒋道力宫赞徐鸣卿司马陈元朋先辈虞公普张公鲁唐奉孝三征君集城西园得参字	卷十,第 226 页
	上巳后一日偕道力鸣卿正之元朋诸君并马郊游抵湛空上人园因历诸禅林分得依字	卷十,第 227 页
	八月十四夜宗浩然将军招集香雪亭同虞公普在坐有怀施都护正之	卷十二,第 276 页
	入榕城偕蒋道力过施正之小集衙斋	卷十三,第 285 页
	上巳集施正之衙斋同徐兴公林存古在坐得花字	卷十三,第 288 页
	偕陈元朋招施将军正之集玄云亭是日戴亨融自武安始至而汪尔材病足初起因共在坐聊纪胜缘	卷十四,第 305 页
	三月三日禊集施大将军衙斋诗序	卷二十四,第 495 页

续表

序	施大将军诗序	卷二十五,第 511—512 页
尺牍	寄施正之大将军	卷四十七,第 826 页
	答施正之	卷四十七,第 828 页
	答施正之	卷四十八,第 839 页
	寄施正之	卷四十八,第 848—849 页
	答施正之	卷四十九,第 851—852 页
	寄施正之	卷四十九,第 866—867 页
	贺施正之大将军开府七闽启	卷五十,第 873—874 页

接任的李楷同样是霞中社成员积极结交的对象。按张燮的叙述"李公伯鹰以骠骑将军仗钺吾漳者四年",之后"天子念公功高,擢贰大将军,移镇粤东海上"。送行序虽然出自张燮之手,但他强调和李楷维持着紧密关系的不是他一人。因为"吾社诸君子于公有兰荪之契。谓燮知公,不可无一言为别"。可见张燮是代表霞中社发言的。当然,李楷似乎也很积极地与漳州士人打交道,据说"伯鹰与人交,修古谊甚笃。我辈至存没异路、升沉异态,公周旋其间,恩分倍常"。张燮最后总结道:

诸将军镇漳者非一,多能自致通显以去。至彬彬质有其文武,迩来惟施正之,而伯鹰继之,足称连璧。正之入掌天子六军,又佩大将军印出视闽,上以闽为正之游刃之乡也。上行念正之,召拜枢密,而闽复为伯鹰游刃之乡,则总兹戎重,舍李公其谁乎? 会见奏凯重来,继开仪同之府,终护闽也。①

如此一来就将连续两任的南路参将结为一个组合。他们两位不仅文武兼备,与霞中社诸君结交甚深,在身为国家栋梁的同时,更是维护漳州乃至福建的安全与利益的前后任军事将领。张燮在李楷的像赞中说"世倚君如北平之飞将,而吾曹以为北海之大儿"②。这样的对比方式一方面呼应其将才为不同群体所倚靠的叙述,另一方面则又何尝不反映出霞中社张燮将其所属漳州地区士人群体作为更宏观的国家的一个自然的并举对象。

而蒋孟育晚年归里时,李楷已经调离。但是张燮还是向他讲述大将军李楷"乃我辈人,不惟能读古书,至近代名家无所不览,能为题其高下。赋诗草檄立就,谈霏霏如珠露"③。所以即便未曾谋面,蒋孟育和李楷亦有书信往来。李楷从漳州调往广东,之后又移驻江苏,其晚景不是太顺利。张燮在其北上的旅途中还两度与之相会。张燮回忆自己"两度吴航,值君笳鼓之楼船。牵衣视鬓,促席论心,顿忘夫绪风之澟栗而霏雪之飘翩……君在粤而丧爱子,在吴而亡伉俪,愁波潜耗,竟使华颜落蒨而貌异乎昔年"④。

以下表 6 是《霏云居集》中涉及李楷的资料。

---

① 张燮:《霏云居集》卷二十《送李将军伯鹰擢副总戎就镇东粤序》,第 439—441 页。
② 张燮:《霏云居续集》卷四十三《李伯鹰小像赞》,第 748 页。
③ 蒋孟育:《恬庵遗稿》卷二十九,第 25 页。
④ 张燮:《霏云居续集》卷四十七《祭李伯鹰大将军文》,第 799—801 页。

表6　《霏云居集》李楷相关资料

诗	素交篇·李将军伯鹰	卷二,第52页
	李伯鹰之粤东凡再贻书见讯短歌寄怀时闻君将有入闽之擢	卷三,第71页
	赠李将军伯鹰二首	卷五,第123页
	元夕李伯鹰招饮署中	卷六,第127页
	送李伯鹰擢镇粤东海上	卷十二,第275页
	李伯鹰自粤东贻书惠金见讯时君已移镇吴淞矣聊尔寄答	卷十三,第296页
	除前数日窘甚适闽使君李将军陈别驾相继惠金差具酒脯聊口占作三绝句	卷十八,第409页
	李伯鹰之擢也已作近体诗赠行兹归白榕城临发驻车江东余走四十里诣之伯鹰张具留予剧谈至暮而别更绩二绝句	卷十八,第413页
	李将军伯鹰招同季美元朋瓒思诸君集香雪亭	卷十一,第240页
	偕李伯鹰过尔材宅看神坛是日斋饮剧欢乃罢诗以纪之	卷十一,第242页
	李伯鹰过集小园同汪尔材戴亨融高朝宪在坐	卷十四,第311页
	李伯鹰集高朝宪宅偕汪尔材陈元朋在坐漫成二首	卷十八,第400页
序	送李将军伯鹰擢副总戎就镇东粤序	卷二十,第439—441页

90

续表

尺牍	答李伯鹰总戎	卷四十七,第831—832页
	答李伯鹰	卷四十八,第843—844页
	答李伯鹰	卷四十九,第857—858页

方志中所记的最后一任南路参将是宗孟。他同样地被张燮置于一个施德政、李楷、宗孟这样的前后任组合之中。张燮说:"迩来娄江施正之,楚黄李伯鹰沓光连轨。伯鹰既迁去,而宗公浩然复从娄江来。伯鹰谓余曰:宗君才十倍曹丕,海门可不寂寞矣。"张燮之后评论三人谓:"施正之如轮梯庖刃,攻坚批却,无不摧萎;李伯鹰如瑶林琼树,高谢风尘;公则浑金璞玉,人皆钦其宝,莫能名其器。要以山辉沙媚,长挹华鲜。铸为湛庐,而刚成百炼;剖为符玺,亦庭列九宾。是三君子者,递有其胜场,未知最胜谁属?"①张燮不是唯一进行这样比较的人,蒋孟育在给宗孟的信中也曾提及:"昨管观察谈及台下,便以事业相期,且言其识施大将军于敝漳,犹知台下于今日,引以为比。"②

如果说霞中社成员对施德政的赞赏带着感念这位军事将领在两次关键时刻毅然地打击和破坏了高寀的计划,而张燮与李楷也有后者调任之后的交游和情谊,那么对这位新上任的宗孟,他们的

---

① 张燮:《霏云居集》卷二十三《寿宗浩然将军序》,第486—487页。
② 蒋孟育:《恬庵遗稿》卷二十六《寄宗浩然参戎》,第20页。蒋孟育和宗孟德书信往来,又见蒋孟育:《恬庵遗稿》卷二十八《答参戎宗浩然》,第21—22页。

交往基础又是什么？张燮曾为宗孟的母亲立过生传。① 而当时远在南京的蒋孟育更是为了拖欠宗母的贺文而向张燮求助。他说"久稽宗太夫人贺文,幸白大将军原之"②。他在另一处又提及"属草未完"的宗太夫人贺文,并表示自己回去时当面晤宗将军。③

以下表7是《霏云居集》中涉及宗孟的资料。

表7 《霏云居集》宗孟相关资料

诗	素交篇·宗将军浩然	卷二,第53页
	宗浩然邀集戈船望海歌	卷三,第72页
	宗将军归自海上诗以讯之二首	卷七,第168页
	鹭门集宗将军衙斋	卷十三,第291页
	宗浩然邀登醉仙岩	卷十三,第291页
	偕宗浩然登普照寺绝顶	卷十三,第292页
	五月五日斋居宗将军海上寄书损俸见饷漫兴	卷十三,第293页
	酒次赠宗浩然将军	卷十四,第317页
	秋暮宗浩然饷酒兼惠银斗一双时君将抵海上矣聊寄四绝	卷十六,第360页
	鹭门归舟简宗浩然	卷十八,第423页
	秋日新晴宗浩然将军过集别界同顾国相汪尔材在坐迟戴亨融梁山不至	卷三,第70页
	八月十四夜宗浩然将军招集香雪亭同虞公普在坐有怀施都护正之	卷十二,第276页

---

① 张燮:《霏云居集》卷二十四《旌表完节宗母章太夫人生传》,第628—631页。
② 蒋孟育:《恬庵遗稿》卷二十八《寄张绍和》,第23—24页。
③ 蒋孟育:《恬庵遗稿》卷二十九《寄张绍和》,第12页。

续表

诗	冬日宗浩然招同蒋道力汪尔材吴潜玉集香雪亭余以中酒逃去	卷十二,第 279 页
	雨夜偕戴亨融集宗浩然署中观弈二首	卷十六,第 362 页
	八月十四夜亨融鸣卿诸君集宗浩然庭中待月	卷十八,第 424 页
	张仲孺文学客计令君许居恒雅念余至是介宗浩然邀余同集署中短赠二首	卷十九,第 424 页
寿序	寿宗浩然将军序	卷二十三,第 486—487 页
燕游序	宗将军招集戈船望海诗序	卷二十四,第 499—500 页
传	旌表完节宗母章太夫人生传	卷三十四,第 628—631 页
尺牍	简宗浩然将军初度启	卷五十,第 880 页

六、躲不掉的明末政治

从表面上看起来,霞中社成员对宗孟友善态度的一个原因是其南路参将的身份。和地方军事将领保持友好关系是他们从高寀祸闽以来形成的策略。与此同时,晚明的党争正在如火如荼地展开着。在宗孟莅闽之后,张燮在其寿序中就曾强调:"夫南北互驰,涉世者多蹶,而御以公之真诚,则尽为一路;刚柔异使,在局者每歧,而出以公之剂量,则并契高符。能使有心人情好日隆,而黠者忘猜,涣者忘脆,则公之所调者大也。"①期许是美好的,但是宗孟之前是受到李三才(1552—1623)所赏识的。而李三才又是党争中最具争议性的人物之一。

李三才的主要功业之一是在万历"二十七年以右佥都御史总督漕运,巡抚凤阳诸府"。万历二十七年正是"矿税使四出"的年份,也是高寀被派往福建的时候。② 打击税珰是支持李三才的人所乐道之事,这和漳州霞中社诸子是一致的。霞中社成员除了张燮对施德政的支持和在《东西洋考》中的笔伐,其余多人都曾经参与到不同的对抗活动中。例如在万历三十年(1602),高朝宪在回北京的途中路过福州,"适张嶷有海外征金之疏,事下闽,中贵人主之。中丞台不知所出,君为上三议以杜乡曲忧,事遂寝。虽持之者众,然君生长此中,语殊切至,故及君而定也"③。显然的,高寀的计划会将横征暴敛的触手进一步伸展到更多的闽南商船。朝廷命布政使回奏,虽然有不少人也向非闽籍的布政使提出了反对意见,最终是生长于月港所在的漳州的高朝宪以其知识和强烈感情,成功说服布政使向朝廷提出否定的意见。又例如县志中收有吴宷的一篇《免云霄镇税纪》,讲述了高寀妄征云霄商税,当地人民如何抗争,知县积极斡旋其中,而事情最终圆满解决的始末。④ 在一定意义上,这也反映了吴宷对税珰问题的态度。

---

① 张燮:《霏云居集》卷二十三《寿宗浩然将军序》,第486—487页。
② 张廷玉等撰:《明史》卷一二○,北京:中华书局,1997,第6061—6067页。
③ 张燮:《霏云居集》卷三十六《翰林院检讨征仕郎朝宪高先生行状》,第660—664页。
④ 陈汝咸:《光绪漳浦县志》卷十七,收入《中国地方志集成》第31册,上海:上海书店出版社,2000,第30—31页。

反对宦官的无理索求不仅仅发生在地方上,也自然在朝堂上演着。郑怀魁时任职户部河南司,已经清楚看到国力的衰落。后来兼管广东司时,又必须直接面对超额的珠宝要求。郑怀魁毅然上疏据理力争要求裁减,疏中"臣不能使沙砾化为明珠"一语更是让人为之捏了一把冷汗。皇帝最终下旨减去十分之三。①

而徐𤊹在万历三十二年(1604)借明成祖长陵为雷火所击一事上疏请求废止矿税。他严厉地批评明神宗:"明旨何尝不言修,而毫无意于修。明旨何尝不言实政,而无一事近实。"在徐𤊹看来,"矿税一事,大谴在此。理乱安危并在此"。所以他责问神宗:"前后圣谕,曾有一字及之否?诸臣危而请罢者,曾有一语批答否?"徐𤊹无法理解皇帝的不回应态度,毕竟"此非有所艰剧难行。皇上第下数行之诏,不烦拟议,不费经营。出群黎于汤火,收人心于未散,然后余政可次第举行"。他进一步强调如果再不废止,后患无穷。如今已"切见海内民心四乱十家而九,中州、福建,仅其萌兆。若一处事成,百处响应,分崩离析,呼吸可待"。徐𤊹重申神宗下旨废止就一定要贯彻执行,他感叹"自古及今,人主曾有此矫诬?朝廷曾有此反复?昭垂万代,亦昭代简册之羞也"。这是因为"自矿税流毒以来,皇上兢惕之旨,臣所睹者及今而三焉。一儆悟于楚民之变,未旋踵如故。再儆悟于圣躬之违豫,又旋踵如故。今此异变逾迫,皇衷震动,未有甚于此时。及今不悟,终无悟期;及今不改,终无改日"。徐𤊹最后也强调:"诏狱诸臣,彼皆忠贤。为皇上保护赤

---

① 郑怀魁:《葵圃存集》卷十九《上供珠宝疏》,明万历年刊本,日本尊经阁文库藏,第3—6页;李维钰:(光绪)《漳州府志》卷三十,第51页。

子,得罪于贼监,未尝得罪于天地祖宗,何为久锢幽圄?"①

然而霞中社成员和李三才的关系并不只是在宦官和矿使问题上的一致。其中徐銮更曾经是李三才的下属。张燮在徐銮的祭文中提到:"君先在广陵,尝执手板而事淮抚,受知津梁。其在粉署,又与二三时名互相缔结,欲别流之谁清,未信泉之谁狂。"最终徐銮遭人攻讦,落职归里。② 文字虽然简略,但是意思十分清楚。徐銮任职扬州时受知于李三才,到兵部后和东林人士有所往来。霞中社外围成员曹学佺在为徐銮所撰祭文中就提到万历三十九年(1611)徐銮中考功法,"公论讼鸣卿冤者如出一口"。曹学佺认为徐銮为世俗所议论者有两点,其一就是"代淮抚辩疏"。然而"淮抚以国士遇鸣卿。方其未经指摘时,岂不称江淮间一屏障哉"。当李三才开始被攻击时,徐銮拒绝落井下石。曹学佺说:"世之以贪目淮抚,而即以鸣卿为证贪之人,鸣卿不受也。"唯一的问题是"鸣卿疏词过激则有之"。③

而远在漳州的南路参将宗孟,就曾经是淮抚中领军。张燮说:"李尚书三才风气豪峻,搏中珰如腐鼠,威棱所加,河山震慑。"他对宦官的厌恶无疑是和霞中社成员的立场遥相呼应。而在李三才部下中,宗孟是为其所信任的。"浩然以真诚一片,雍容在事;李亦倒胆,与共相信。"更重要的是宗孟经常扮演劝解的角色。"李每霆电徂击,间顾中领军谈,则威重为少贬。"宗孟便是由李三才推荐升迁

---

① 徐銮:《职方疏草》卷十三《请止矿税释累臣疏》,明刊本,日本内阁文库藏,第13—19页。
② 张燮:《霏云居续集》卷四十七《祭徐鸣卿职方文》,第797—799页。
③ 徐銮:《职方疏草》附卷,曹学佺:《甲寅奠鸣卿文》,第1—4页。

为游击将军,且"中领军如故"。后来"李淮抚既为朝议所攻,凡生平卵翼之士,多挟戈内向,用一以自完"。当时早已升任漳州南路参将的宗孟"每对客,缕缕谈淮抚有社稷功,绝不露诋呵只字"。①

还有一个非常重要的细节,即"徐职方銮则向司大柄时,习知宗将军贤,擢将军入漳者"。宗孟从李三才抚署中领军擢升为主导闽南一方安危的南路参将,竟是由同样受知于李三才的漳州籍徐銮所安排,其中的关系不言而喻。徐銮里居之后,与宗孟"情好日隆"。而宗孟在任上去世时,"独一幼子在署中",是张燮和徐銮帮他治理丧事。关于宗孟在世最后几天的情景,张燮有一段十分动人的描写:

是时,医者误用补剂,余为易医,而新医摇首反走。然君之所亲尚意其旦暮可霍然,不甚过虑。越数日,君体中转恶。余拉徐职方诣君卧内。君勉侧身曰:孟得生还否? 其夜,健儿叩门呼余,余拉徐更往,则君已大渐,口似欲有所祝者而不能言,遂转身而逝。检其橐,不能满百金。余为唱于交知致赙佐之,然后能办襄事。②

这一段情谊固然动人,但其背后有着政治同盟的关系,有着地方士人拉拢军事将领的意图,都是不争的事实。由李三才、徐銮、宗孟形成的政治联系,到地方上由张燮、徐銮、蒋孟育等霞中社成员和宗孟形成的结盟关系,或者更抽象的政治立场上的李三才、张燮、吴宷、郑怀魁、徐銮等组成的反宦官、反矿税势力,都使得事情变得复杂起来。

---

① 张燮:《霏云居续集》卷四十六《福建南路参将浩然宗将军行状》,第779—783页。
② 张燮:《霏云居续集》卷四十六《福建南路参将浩然宗将军行状》,第782页。

当然在面对朝廷上的激烈党争中，蒋孟育是比较谨慎的。即所谓"迩者南北多岐，鹢鹭为敌国"的时候，蒋孟育选择了不参与。①终其一身，没有改变。张燮谈到："南北争构，诸大臣意有佐佑，辄为个中人所推戴，公屹然中立，元无附离，故洪涛荡岳，不至波漂，而拥护者亦少。满最候命，时用事大珰遣人诣公致殷勤。公正色曰：外庭安得与内庭私通？珰衔之，故加恩已奉，俞旨尚留中，半月始下。"②他虽然在朝廷上选择了中立，但也始终没向宦官靠拢，更不妨碍他和具备浓厚党派色彩的同社徐銮和南路参将宗孟的往来。

七、结论：诗社还是吾党？

在现存的张燮、蒋孟育、郑怀魁三人的文集中，不难发现不少以"同社"冠名诗歌题目，或者收信人姓名的例子，还有不少祭文也同样标示出同社的关系，这些都不足为奇。

但有些时候张燮也会使用色彩更为浓厚的"吾党"来指称霞中社的同社成员。例如当他写信安慰经历母丧的吴寀时，说"惟兄节哀自玉，则吾党所注望甚切，不独弟私言矣"③时，仿佛就是一个群体的发言人在叮嘱友人。但这个例子还属私人领域。当他祝贺蒋孟育升迁时说"知槐鼎便欲借兄宫赞，喜可知也。春华秋实，自君

---

① 张燮：《霏云居集》卷十九《送蒋道力宫谕奉使还朝序》，第431—432页。
② 张燮：《群玉楼集》卷五十二《通议大夫南京吏部右侍郎恬庵蒋公行状》，第874页。
③ 张燮：《霏云居集》卷四十一《与吴亮恭》，第728页。

兼之,为吾党增色,甚善"①时,应该也还是私人领域的范围。只是称"吾党"则其想要强调他们是一个联系紧密的群体的动机是十分明显的。

另一方面,当叙述的语境牵涉地方上的政治平衡,例如强调施德政"独于吾党申霞外之契"时,这个群体的政治利益就被凸显了。而当论及漳籍官员,以及仕漳官员仕途被打压是因为"衅或起大珰",进而与同社人共勉称"吾党所私收造化者如此矣"时,群体的意识自然是浓烈的。②

张燮还有一首诗,题曰《徐鸣卿吴亮恭相继抗疏谈时政甚切直诗以志怀》:

尔辈元词客,而今擅直声。婴鳞龙岂押,立仗马犹鸣。言以回天苦,心偏向日萦。婆娑温室树,屈轶倍分明。③

为两位霞中社成员的直言抗疏而激动,则疏中内容应该也是张燮所十分关注的。张燮在后来给吴寀的信中,叙述了如下的情景:

犹忆邸报抵漳时,管彦怀偕阮坚之登半漳台,招社中二三兄弟与焉。阮使君叹服吴先生,修礼甚逊,执词甚卑,安得叩阍排闼若是。管明府则谓漳中相继抗疏者两人,徐鸣卿、吴亮恭都出社中,

---

① 张燮:《霏云居集》卷四十一《寄蒋道力》,第730页。
② 张燮:《霏云居集》卷四十一《寄吴亮恭》,第724页。
③ 张燮:《霏云居集》卷四《徐鸣卿吴亮恭相继抗疏谈时政甚切直诗以志怀》,第83页。

99

顾谁为继者？一时坐上喧为美谈。亮恭即不以此自沾沾乎,然所分荣吾党侈矣。①

信中的管彦怀即管橘(生卒年不详),万历二十七年(1599)任长泰县令,在漳五年。管橘后来调任御史,之后又出为福建按察佥事。但是信中以"官明府"称之,则应该是第一次在福建任官时。② 阮坚之则是阮自华(1562—1637),他是万历二十六年(1598)进士,初任福州推官。③ 张燮的诗作并没有标明日期,但该卷第一首诗是《甲辰早秋》,甲辰年即万历三十二年(1604)。④ 吴寀并无文集存世,所以无从参考其奏疏。如果徐鎔和吴寀是在大约同一时间上疏进言同一主题的话,那就极有可能便是徐鎔在万历三十二年所上的《请止矿税释累臣疏》。

从上面的叙述中,我们可以推论地方官员清楚知道霞中社成员有哪些,而且他们还特意邀约共游。而无论是地方官员还是霞中社成员,他们在万历三十二年所共同关心的一个课题就是矿税问题及针对税珰的对抗努力。当时的情况是在京任职的漳州籍官员中有两人上疏言事,而两人都是霞中社成员。而这个时候,远在闽南分享这抗争荣耀的霞中社成员是以"吾党"自居的。

霞中社是一个由漳州士人组织成的诗社,但是他们并没有任何明显的文学主张,也从未试图去改变漳州或者福建的诗风。他

---

① 张燮:《霏云居集》卷四十《答吴亮恭》,第713页。
② 李维钰:(光绪)《漳州府志》卷十一,第32页;金鋐:(康熙)《福建通志》卷十九,第33页。
③ 金鋐:(康熙)《福建通志》卷二十,第10页。
④ 张燮:《霏云居集》卷四《甲辰早秋》,第77页。

们以诗会友,虽然同社成员从未齐聚,但是从张燮《霏云居集》中我们可以看到,和社中成员的雅集、唱和,是张燮这位居家举人的社交生活中十分重要的一环。而各种社交活动,无论是雅集、出游、初度、祭奠,或是写写书信发发牢骚,都是霞中社同社友人常常进行的活动。

霞中社不是漳州在晚明时期的第一个诗社,却无疑是最具盛名的,而且延续时间相对长。霞中社成员不是因为共同的文学主张而结合,倒像只是一个同乡士人的交游网络。然而如果只是同乡士人的网络,何必结社?而且何必在万历二十九(1601)年结社?同社和吾党的意识何必强调?霞中社又何以维持那么长的一段时间?

霞中社不是一个文学组织,也不是一个政治团体,它是另一种形态。霞中社在万历二十九年结社是一个时代的产物。当时的福建面对高寀的横征暴敛,而矿使四出其实是一个全国性的危机。这一群漳州士人在进行他们的"东南衣冠之会"时,包括福建在内的许多地方的社会结构正在被税珰们破坏着。这个破坏威胁了地方行政中的文官群体,以及地方的士绅、商贾、一般民众已经接受了的资源分配模式。换言之,以矿税为名义的资源搜刮是许多地方官员和地方领袖与人民所共同反对的。

每个城市都有自己的独特空间条件和历史机遇。例如王鸿泰指出,作为南北交通枢纽和留都的明代南京,就曾在不同时期出现过由地位清高的南都官员和富贵阶层中的爱好文艺者所支撑起的雅集与文艺活动;之后又成为由文人主导,与全国古文运动接轨的文化中心;明末则进一步发展成"大会"频繁的城市大舞台。①

---

① 王鸿泰:《城市舞台:明后期南京的城市游乐与文艺社群》,详见本书。

而远在福建南部的漳州霞中社,自有其社交功能的一面,此不再赘言。而在矿税问题的大背景下结合的霞中社成员则无可避免地必须面对时代的挑战。担任京官的可以直接上疏言事,其余成员则在地方上积极结交地方官员。而因为漳州月港的特殊环境,他们的网罗对象就包括了南路参将,而且是有意识地将连续三任的参将塑造成一个延续性的组合。最值得注意的是后来李三才、徐銮、宗孟这样的一组关系。并不是说霞中社因此被卷入了全国性的党争中,而是说因为对抗矿税是一个全国性的议题,所以霞中社的网络与策略很自然地与之相应。

我们在地方史研究中习惯探讨代表国家的官僚体系和地方利益的竞争与合作。矿税问题为这个框架带来了挑战。由于旧有平衡受到了威胁,所以我们看到了原来代表国家的官僚体系和地方利益形成了一个相对一致的战线。因为如此,霞中社这一社交功能明显的诗社在内部就拥有了一股不同的动力,一股可以支持他们的自我认同的使命感。这也使得霞中社在晚明的区域社集群体中具备占有一席之地的资格。

游历、制艺与结社：以晚明衢州士人方应祥为中心

何淑宜[*]

一、前言

崇祯十三年(1640)，福建左参政徐日久(1574—1638)的文集编辑完成，负责主编的徐日俊在例言中特别提到："初伯氏原无游记，予于《学谱》中录其足迹所至，摹景十一，感事十九，汇为一编。

---

[*] 何淑宜，台湾台中人，台湾师范大学历史研究所博士，台北大学历史系副教授。研究领域：明清社会文化史、近世家族史。代表作：《香火：江南士人与元明时期祭祖传统的建构》(2009)、《时代危机与个人抉择——以晚明士绅刘锡玄的宗教经验为例》(2012)、《晚明的地方官生祠与地方社会——以嘉兴府为例》(2015)。

要于子舆氏所云'无非事者'有合焉,则又政事与文学均也。"①徐日俊执意替其族兄的文章分出《游记》一类,甚至借用《孟子》中晏子跟齐景公关于天子巡狩的问答,强调士人出游的必要性。② 在他看来,游记不只是记游或述景,更是在借文章呈现"游"的过程中各式各样"无非事者"的活动,反映在选辑的内容上,他所说的"游"因而有两层含义:一是游历,二是宦游。③ 从徐日久的出游到徐日俊编辑游记,一来反映晚明旅游活动兴盛④,以及士人刻意远行,寻找知己的风气⑤;同时也呈现,游的活动与纪游文的内容不只是单纯的记录或感怀,交游及纪游都可能是有意为之,甚而透过纪游显露

---

① 徐日久:《徐子卿先生论文别集》,台北:汉学研究中心藏日本内阁文库景照本,崇祯十六年序刊本,徐日俊《例言》,第2页。
② "无非事者"语出《孟子·梁惠王下》:昔者齐景公问于晏子曰:"吾欲观于转附、朝舞,遵海而南,放于琅邪;吾何修而可以比于先王观也?"晏子对曰:"善哉问也!天子适诸侯曰巡狩;巡狩者,巡所守也。诸侯朝于天子曰述职;述职者,述所职也。无非事者。春省耕而补不足;秋省敛而助不给。夏谚曰:'吾王不游,吾何以休?吾王不豫,吾何以助?一游一豫,为诸侯度。'"晏子在此说明君王巡狩跟农事的关系,没有无事而出行。谢冰莹等编译:《新译四书读本》,台北:三民书局,1988,《孟子·梁惠王章句下》,第333—334页。
③ 徐日久自编的《学谱》,始于万历三十八年进士及第之后。徐日俊从中摘选出11段经历,冠以篇名,分别是:寓燕、谪楚、虞曹、北上、行边、过里、复命、佐枢、落籍、居山、巡海。内容主要呈现徐日久从万历四十一年署理江夏县事,到崇祯四年担任福建巡海道的仕途经历,部分提及游历各地山水的情况。徐日久:《徐子卿先生论文别集》卷五《游记》,第1—44页。
④ 巫仁恕:《晚明的旅游活动与消费文化——以江南为讨论中心》,《"中央研究院"近代史研究所集刊》,41(台北,2003),第87—143页。
⑤ 王鸿泰:《"多元文化视野下的中国近代社会史研究"笔谈·明清社会关系的流动与互动》,《史学月刊》,2006年第5期,第18页;王鸿泰:《浮游群落——明清间士人的城市交游活动与文艺社交圈》,《中华文史论丛》,2009年第4期,第113—158页。

士人的行事与关怀。

徐日俊的想法显示当时人们已注意到士人频繁出游的社会现象,以及出游对士人的意义,他们身边不乏类似的例子,与徐氏兄弟同乡的浙江衢州士人方应祥(1561—1628)也可为代表。方应祥从年少离乡研习制艺写作,到崇祯元年(1628)过世,其间因科考、仕宦等因素,来回于家乡衢州、杭州、南京、北京、苏州、山东等地。方氏活跃的时间适巧介于复古派后七子领袖王世贞(1526—1590)辞世,与崇祯时期复社提倡兴复古学之间,而他所参与的文社大多为研习八股文的社集。虽然他的科考之路不太顺遂,不过他凭借着长期在当时东南文化中心地——杭州的活动,及对制艺的想法,仍然吸引不少士子投入其门下,成为当时颇具知名度的制艺名师。

方应祥的经历牵涉晚明几个关键议题,首先就制艺写作来说,他身处制艺体例逐渐成熟,各种写作主张纷然并出的明代后期[1],在清人回溯式的明代科举文论史中,他的主张颇受推崇[2],但在方氏有生之年,他似乎并非深受士子重视的文坛主流。这样的反差显示出方应祥处在一个时文文风变化的当口,那么,身为一位长年亲身参与科考的士子及制艺的教习者,他对写作八股文的看法是

---

[1] 关于明代后期的文学发展参见廖可斌:《明代文学复古运动研究》,上海:上海古籍出版社,1994,第55—416页。孔庆茂则清楚地比较此时八股文各流派的特色,孔庆茂:《八股文史》,南京:凤凰出版社,2008。

[2] 清初八股评家王步青即说:"洎乎成化,守溪氏作体斯备矣,唐、归继之,跻登于古;嗣是思泉、高邑、泾阳、孟旋杰然代兴,分持气运;迄于末造,正希、大土力起积衰,同时章、罗、陈、黄各开生面,要皆有不可磨灭之神……"文中的"孟旋"就是方应祥。王步青:《巳山先生别集》卷一《明文钞序》,收入《清代诗文集汇编》第228册,上海:上海古籍出版社,2010,据清乾隆十七年敦复堂刻本影印,第13b—14a页。感谢张艺曦教授提示注意此条资料。

什么？研习八股文有其现实的目的，不能闭门造车，除了写作技巧，还需留意当时的学风、主考官的倾向。同时作为甄别治国人才的方式，它的内容也反映士子对政治原理(儒经)的理解与解释，因此揣摩、彼此研讨制艺、寻求认同，成为必须进行的活动。他们如何进行上述活动？从地方出发的士人方应祥，怎么参与这些活动？

另外，方应祥及其师友、门生的活动也涉及晚明社集的问题。明末江南地区的应社、读书社、复社等社集之间错综复杂的分合关系，以及跟现实政治的纠葛，向为研究者所注重，[1]这些社集出现的时间大体在天启之后，但是某些社集跟万历时期的文社有沿承关系，如杭州读书社就是由方应祥门人闻启祥等人所组织的小筑社更名而来。从练习制艺的社集转向强调研读经史典籍的社团，反映士人关怀重心的转变。[2] 方应祥及其友人们的交游与结社在这股风潮大盛之前，他们跟之后这股强调经史、重视现实的关怀有否关联？透过聚焦方应祥及其周边人物的活动、主张，本文试图了解一个地方士人跟时代风潮之间的关系。

---

[1] 这个主题的研究成果甚多，如谢国桢:《明清之际党社运动考》，北京：中华书局，1982；朱倓:《明季杭州读书社考》，《国学季刊》，2:2(北平，1929)；朱倓:《明季南应社考》，《国学季刊》，2:3(北平，1930)；朱倓:《明季杭州登楼社考》，《广州学报》，1:2(广州，1937)；朱倓:《明季桐城中江社考》，《"中央研究院"历史语言研究所集刊》，1:2(台北，1967.1)；冯玉荣:《明末清初松江士人与地方社会》，北京：中国社会科学出版社，2011。

[2] 王汎森:《清初的讲经会》，《"中央研究院"历史语言研究所集刊》，68:3(台北，1997)，第503—588页。

二、地方士人与跨区域网络

明代中后期士人选刊自身文集,或身后由族人、门人编纂文集的风气极盛,方应祥的文字曾先后汇编成《青来阁初集》《青来阁二集》《青来阁三集》三部书①,收录他从万历二十年代到崇祯元年逝世前,各种赠序、书信、杂著、祭文等,其中跟师友往来的书信占最大宗。以下将以上述资料为主,重构方氏在晚明的游历与活动,呈现晚明以科举为生活重心的士人的生活样态。

方应祥初次参加文会在万历十二到十三年(1585—1586)之际,他隶籍衢州府西安县学生员,跟同乡友人徐完初(字)等人共同集会,此时诸人"莫不气蔚风云,心砺金石。一朝投分,毅然交劘久要之贞;片楮赏音,怳焉共奋千秋之业"②。这个文会人数不多,集会时间在万历乙酉科(万历十三年)乡试之前,显然是以切磋制艺写作为主的文会。

之后,方应祥在衢州主持或参加的社集主要有三个,一是万历二十六年(1598)跟同县友人徐日久共同在西安县青峒山青峒书院成立的倚云社。该社至少维持三年,到万历二十九年(1601)仍有

---

① 根据民国《衢县志》,方应祥还著有《易经初谈》《易经雅言》《易经指》《辨易经狐白》《四书讲义》等科举用书。郑永禧纂修:《衢县志》卷十四《艺文志上》,台北:成文出版社,1983,据"中研院"傅斯年图书馆藏民国十八年辑、民国二十六年铅印本影印,第6b页。其中目前尚可见《周易初谈讲意》(稿本)、《新镌方孟旋先生羲经鸿宝》,收于《衢州文献集成》第1、2册,北京:国家图书馆出版社,2015。

② 方应祥:《青来阁初集》卷十《祭徐完初》,收入《四库禁毁书丛刊》集部第40册,北京:北京出版社,2000,据山东省图书馆藏明万历四十五年自刻本影印,第9b页。

活动的记载,并且编有《倚云社业》一书。① 一是万历四十年(1612),应龙游县耆老劳惟诚及生员余日新之邀在该县白石山枫林书院讲学。这一次驻讲为期约一百天,参与者为龙游县生员共二十人,其间诸人"疑义相析,奇文共赏",结束后则选辑诸子之文为《枫林选义》,付梓刊行。② 以上两个社集都以研习八股制艺为主,而接下来的青霞社则是诗文之会。万历四十六年(1618),方应祥、徐日久延请鄞县应㷇到西安县南方烂柯山讲学,参加其族叔方文烈倡议的青霞诗文社,并以应氏为社长。③

这三个社集的举行地点——青峒山、烂柯山、白石山,跟社集的要角方应祥、徐日久有密切的地缘关系。方应祥、徐日久都是浙江衢州府西安县人,浙江衢州府下辖五县,分别是西安、常山、江山、开化、龙游,西安为府城内的附郭县。青峒山位于西安县城西方三十里,烂柯山则在西安县南二十里,离衢州府治不远,④而且"辀轩之所往来,不乏纪胜之什"⑤。选择两地举行社集一方面是因为这两处原是城郊的名胜,另外也因此二山离方应祥、徐日久的

---

① 方应祥:《青来阁初集》卷一《倚云社业序》,第14a—15a页。
② 余绍宋:《浙江省龙游县志》卷二十四《丛载·古迹》,收入《中国方志丛书》,华中地方浙江省第80号,台北:成文出版社,1970,据民国十四年铅印本影印,第7a页。方应祥:《青来阁初集》卷二《枫林选义叙》,第1页。
③ 郑永禧辑:《烂柯山志》卷七《青霞诗文社》,收入《中国道观志丛刊》第21册,南京:江苏古籍出版社,2000,据清光绪三十二年不其山馆刻本影印,第25页。
④ 陈鹏年修、徐之凯等纂:(康熙)《西安县志》卷三《山川·烂柯山》《山川·青峒峰》,收入《复旦大学图书馆藏稀见方志丛刊》第18册,北京:国家图书馆出版社,2010,第3a、16b页。
⑤ 徐日炅:《烂柯山洞志》卷上,方应祥:《青霞社草叙》,收入《四库全书存目丛书补编》第94册,济南:齐鲁出版社,2001,影印台湾汉学研究中心藏旧钞本,第29a页。

居处甚近。方应祥早年居住在府城北方十五里之地的万田,青峒山离此十里,①万历三十四年(1606)之后,方氏迁入县城新驿巷衢水边,②越过衢水即为青峒山。徐日久世居烂柯山下石室街,③另有一批徐氏族人聚居在西安县城内,离新驿巷不远的水亭里,④此地距离府城西北角的西安县学甚近,⑤县学右侧的定志书院更是"都人士肄业其中"⑥。可见这两山兼具名胜,近县城,离聚居地甚近,邻近地方学校、书院的条件,成为衢州士子往来集会的主要场所。至于白石山位于衢州府治与东北龙游县之间,虽离方应祥家较远(约百里),但两地交通往来也十分便利。⑦(参见图1、图2)

---

① 方应祥曾说:"圆通庵在郡治之北,距城十五里,地曰万田,郑氏、方氏聚庐而居。"郑永禧:《衢县志》卷九《碑碣志》,方应祥:《重建万田园通庵碑记》,第16a页;方应祥:《青来阁初集》卷一《倚云社业序》,第14b页。
② 方应祥:《青来阁初集》卷十《先室郑氏五十祭文》,第20b页。
③ 郑永禧辑:《烂柯山志》卷四《撰述·葵园杂著》,第39页。
④ 方应祥:《青来阁三集》卷十四《徐济泉先生传》,台北:傅斯年图书馆藏微卷,第25b—30a页。
⑤ 明初西安县学原在府城北方,嘉靖二十三年之后迁到西北角祥福寺旧址。杨廷望纂修:《衢州府志》卷五《学校》,收入《中国方志丛书》,华中地方浙江省第195号,台北:成文出版社,1975,据清康熙五十年修、清光绪八年重刊本影印,第7b—8页。
⑥ 定志书院:"万历中建……两旁廊庑各十七间,都人士肄业其中。"叶秉敬等纂:《衢州府志》卷七《建置》,收入《中国方志丛书》,华中地方浙江省第582号,台北:成文出版社,1983,据"中研院"傅斯年图书馆藏明天启二年刊本影印,第25页。
⑦ 方应祥曾言:"枫林距余家百里而近,从东迹过渡,折而南行山峡中……"杨廷望纂修:《衢州府志》卷三《山川》,第32a页。

109

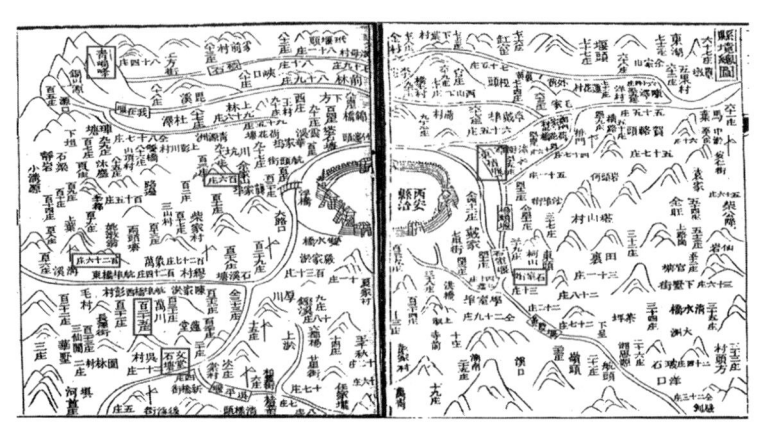

图 1 衢州府西安县主要家族居处图

资料来源:根据姚宝煃修、范崇楷等纂(嘉庆)《西安县志》"县境总图",第82—83页。

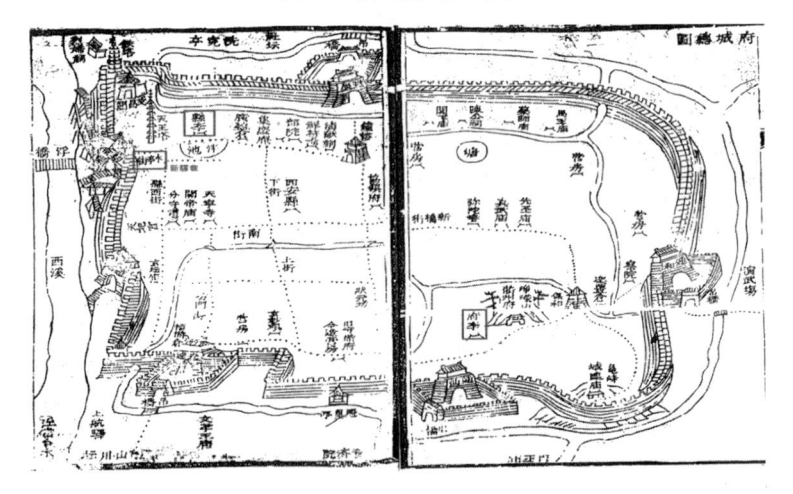

图 2 衢州府城总图

资料来源:根据陈鹏年修、徐之凯等纂(康熙)《西安县志》"府城总图"修改,第28—29页。

根据目前可见的资料,曾参加过倚云社、青霞诗文社的成员,可考者如下:方文烈、方应祥、叶秉敬、徐日久、徐应秋、郑应昌、徐国珩、李一鲸、徐可求、郑文甫(字)、王性卿(字)、徐日曦、叶世初(字)、翁祚、徐日观、徐应雷、龚凤翀、余钰(以上西安县);方复亨、方一秦(以上开化县);徐起家(常山县);应槀(宁波府鄞县)。①

可想而知,这份名单并不完整,但仍有几点值得观察,以下以方应祥、徐日久为中心,将这些人物的关系整理成表1:

表1 倚云社、青霞诗文社人物关系表

人名	籍贯	家族	关系	人名	籍贯	家族	关系
方应祥	西安县	沐尘方氏	徐日久友人	郑文甫(字)	西安县	西塘郑氏	方应祥姻亲子弟
徐日久	西安县	西河徐氏(城西)	方应祥友人	徐国珩	西安县	水亭徐氏	方应祥门人、叶秉敬女婿

① 孙锦等修:(雍正)《开化县志》卷五《人物·方复亨、方一秦》,第13b—14a页;郑永禧:《衢县志》卷二十二《人物·徐应秋、郑应昌》,第25b—26a、34a页;卷二十三《人物·李一鲸》,第17b页;方应祥:《青来阁初集》卷二《郑文甫制义序》,第16b—18b页;方应祥:《青来阁二集》,收入《四库禁毁书丛刊》集部第78册,北京:北京出版社,2000,据北京图书馆藏明天启四年易道逢等刻本影印,卷一《王性卿近业叙》《徐闇仲四书瑶草序》,第30b—32b、34b—37a页;卷二《寿叶母张太孺人六袠序》,第17b—21b页;卷十《祭李副使徐巡抚章太守文》,第33—34页;方应祥:《青来阁三集》,翁祚:《青峒方先生传》,第1—5页;卷七《奉曾老师》,第1页;卷十三《上林郡侯》,第12b页;卷十四《太学生起寰徐公墓志铭》,第20页;孔毓玑修:(雍正)《常山县志》,收入《衢州文献集成》史部第57册,北京:国家图书馆出版社,2015,据清雍正二年刻本影印,卷十上,徐之凯:《徐蛰庵诗集序》,第815页;徐日久:《徐子卿先生论文别集》,《校阅姓氏》。

111

续表

人名	籍贯	家族	关系	人名	籍贯	家族	关系
方文烈	西安县	沐尘方氏	方应祥族叔	李一鲸	西安县		方应祥门人
叶秉敬	西安县	昼锦叶氏	方、徐友人	王性卿	西安县		
叶世初（字）	西安县	昼锦叶氏	方、徐友人	翁祚	西安县		
徐可求	西安县	水亭徐氏		龚凤翀	西安县		
徐日曦	西安县	西河徐氏	徐日久族弟	余钰	西安县		徐日久女婿、门人
徐日观	西安县	西河徐氏	徐日久族弟、门人	方复亨	开化县		方应祥门人
徐应雷	西安县	水亭徐氏		方一秦	开化县		方应祥门人
徐应秋	西安县	水亭徐氏	徐可求之子	徐起家	常山县		
郑应昌	西安县	西塘郑氏	方应祥姻亲子弟	应枭	宁波府鄞县		方、徐友人

资料来源：叶秉敬等纂《衢州府志》卷十一《人物·西安世科》，第44—46页。郑永禧纂修《衢县志》卷二十二《人物》，第24b—26a、34a页；卷二十三，第17b页。

从上表可知,除了少数例外,上述两个衢州社集的参与者大体以西安县人为主,且分属于西安县沐尘方氏、昼锦叶氏、西河徐氏、水亭徐氏、西塘郑氏等家族。同时,彼此之间也相互联姻,譬如方应祥的女儿嫁给举人西河徐应立,①徐国珩以叶秉敬之女为妻,②余钰则是徐日久的女婿、学生。③ 另外,方应祥的母亲是西安石塘郑氏之女,他的原配也是郑氏女,因此推测郑应昌等二位郑氏成员可能是方氏的姻亲子弟。

徐氏、叶氏、方氏、郑氏是明代中后期西安县的主要家族,他们分别聚居在烂柯山下的三十庄石室街、西安县城内西侧太平坊水亭里、西安县西北的百六庄万田、西安县西百廿六庄、西安县西百廿五庄等地。④(参见图1)除了徐日久的居住地在府城东南方,其他人的居所大多分布在府城西边、西北,以及城内西北部。邻近的居住地、交织盘错的联姻关系、师生关系,以及县学所在地等条件,标志出此地的社集以血缘、姻亲为主要的联结管道。方氏并不是西安县最主要的家族,不过由于方应祥精通制艺写作,因此当他在万历二十六年与徐日久发起倚云社时,即吸引了这些家族子弟共同参与。⑤

---

① 方应祥:《青来阁初集》卷八《老母七十乞言》,第 14b 页;卷八《先考府凤梧府君圹记》,第 17b 页。
② 方应祥:《青来阁三集》卷十四《太学生起寰徐公墓志铭》,第 24b 页。
③ 徐日久:《徐子卿先生论文别集》卷一《余式如揭日草序》,第 9b 页。
④ 郑永禧:《衢县志》卷十一《族望志》,第 664、669、671、675、692 页。
⑤ 许齐雄关于万历年间漳州霞中社的研究,也呈现类似的特色,该社核心成员之间大多具有同乡与姻亲的关系。参见许齐雄:《"东南衣冠之会"的背后——漳州霞中社研究》,发表于"16—18 世纪东亚世界的文人社集"国际学术研讨会,台北,2018 年 6 月 21—22 日;亦见本书《从"诗社"到"吾党":漳州霞中社的政治性》一文。

然而，这份不完整的名单及方应祥文集收录的往来书信也隐约透露出，倚云社、青霞诗文社的举行地点虽然邻近衢州府城，不过除了三位分别来自开化县、常山县的生员，该府其他县士人参加相关活动的记载甚少，也不太看得到方应祥或徐日久跟衢州府其他县士人的通信记录（除了方应祥因曾在龙游县开馆授徒，与龙游士人往来较多）。① 若从制度观察，明代士人进学后到中乡举前，需经过种种的考试，其中提学官员举行的岁考、科试跟生员的资格及科名相关，必须参加。岁考、科试举行的地点一般为府城，不过，提学官巡历的范围广狭不同、缺官未补、各地文教风气不同等因素都影响着考试是否顺利进行，以及在哪里进行。晚明时，不少提学官即未按规定巡历各府，而采用调试的方法，②衢州府即是如此。衢州府府学兴废不常，嘉靖到万历年间三度因风水坐向而重修，但空间仍然狭隘，③而衢州也没有另外的试馆，生员岁考往往需调至邻近的金华府。④ 缺少岁考必须到府城的诱因，除了西安县，其他县份的士子不一定会将府城列为必到之处。因此，从这种地区型的

---

① 方应祥能吸引衢州府其他县士子的注意，应跟他在杭州教授制艺，具有一定知名度有关。如常州士人陈名夏年轻时即曾投入其门下。陈名夏：《石云居文集》卷一《史扶九制义序》，收入《清代诗文集汇编》第 16 册，上海：上海古籍出版社，2010，据清顺治刻本影印，第 5b 页。
② 关于明代生员课试的规定与变化，陈宝良曾做过详尽讨论。陈宝良：《明代的儒学生员与地方社会》，北京：中国社会科学出版社，2005，第 217—261 页。
③ 杨廷望纂修：《衢州府志》卷五《学校》，第 3 页。万历之后，虽然仍有数次府学重修记录，但到崇祯初年文庙已呈现"殿庑斋舍，圮者未葺，废者未振"的状态。郑永禧：《衢县志》卷十六，汪庆百：《明崇祯重修衢州府儒学碑记》，第 39b 页。
④ 直到崇祯九年，才在当地生员的呈请下，在府城北部修文书院旧址上建立试士馆。参与兴修工程的生员郑应昌、徐国珩等人，都曾参加方应祥、徐日久主持的社集。叶秉敬等纂：《衢州府志》卷七《建置·试士馆》，第 24 页。

文社看来,府城这一级的城市似乎不一定具备吸引一府士人集结的条件。

综观方应祥一生的足迹,杭州是比家乡衢州更重要的活动区域,一来该地是乡试举行的地点,也是东南地区的文化中心地之一,再者大运河南端终点的交通条件,更吸引江、广、闽、越各省士人集结于此。相较于在衢州以同县士人为主的人际交往,方应祥在杭州的交游范围更显开拓。万历二十一年(1593),他初到杭州时结识八股文选家黄汝亨(1558—1626)、居士吴之鲸等人,后来更投入移居杭州的南京国子监祭酒冯梦祯(1548—1605)门下。① 万历二十六年方应祥开始在此地教授制艺,郑之煌、邹之峥(1574—1643)、杨启元(1547—?)、闻启祥等杭地士子是他早期的门人。② 此后数年随着他以选贡成为南京国子监生(万历二十二年)、丙午乡试中举(南京,万历三十四年)、丙辰会试中进士(万历四十四年),由于科考,他频繁往来于衢州、杭州、南京、北京之间,其中杭州是他驻足最久的地点。

到杭州研习制艺、踏访同道、寻求推荐,是当时衢州士子十分热衷的事。在方应祥、徐日久之前,他们各自的族叔徐士心、徐可求、方文烈等人即曾带着制艺练习之作求教于冯梦祯。③ 与方应祥

---

① 方应祥:《青来阁三集》卷十四《上饶令吴侯德公墓志铭》,第12a页。
② 方应祥:《青来阁初集》卷八《杨兆开传》,第5b页。这四人随后成立小筑社,成员日益扩增,天启七年更名读书社,是杭州最主要的社集。
③ 冯梦祯:《快雪堂日记》卷二《戊子》,南京:凤凰出版社,2010,第16、18、20页。

115

约略同时的西安士人郑孔庠,"年十六游武林,尽和梅花诗"①,常山县士人徐起家则"偕弟山英先生皆负笈武林",师从严调御,经由严氏介绍,回乡后才从学于方应祥。② 与此同时,方应祥更是力劝随他学习八股文的同乡后辈郑应昌需到杭州一游,他说:"武林之游绝不可已也,四方俊士云合于此,吾以沉心挹其英颖,发皇应不浅耳。"③言下之意,透过结识汇聚在杭州的各路英雄,僻处地方的士子因而有增广见识的机会,对文章的精进大有帮助。(参见图3)

方应祥结合外出游历、交结各地士人与制艺写作三者的说法值得注意,他在回复生员詹氏兄弟投文求评的书信中以自己游历苏常地区求友为例,说:

> 扁舟三泖五湖之间,采芳虎埠,瀹冷慧泉,撷其菁颖以滋吾含吐。入修棠棣其顺之嫩,外洽嘤鸣求友之好,此之为乐当更倍之。夫胸中有万卷书,足迹不历天下佳山水,文章不能与古人争胜,达士所以寄嗤于向若也。④

写作文章需要"胸中有万卷书",更要遍历"天下佳山水",一来借此涵泳,同时寻求同道。写作八股文所需注重的就不再只是磨

---

① 姚宝烇修、范崇楷等纂:(嘉庆)《西安县志》卷三十四《文苑·郑孔庠》,收入《衢州文献集成》史部第 37 册,北京:国家图书馆出版社,2015,清嘉庆十六年刻本,第 5a 页。
② 孔毓玑:(雍正)《常山县志》卷十上,徐之凯:《徐蛰庵诗集序》,第 815 页。
③ 郑全甫自万历三十三年之后拜方应祥为师,习制举业。方应祥:《青来阁初集》卷二《郑文甫制义序》,第 16b—17a 页;卷六《与郑文甫》,第 11a 页。
④ 方应祥:《青来阁初集》卷五《与詹元郊元祁》,第 13a 页。

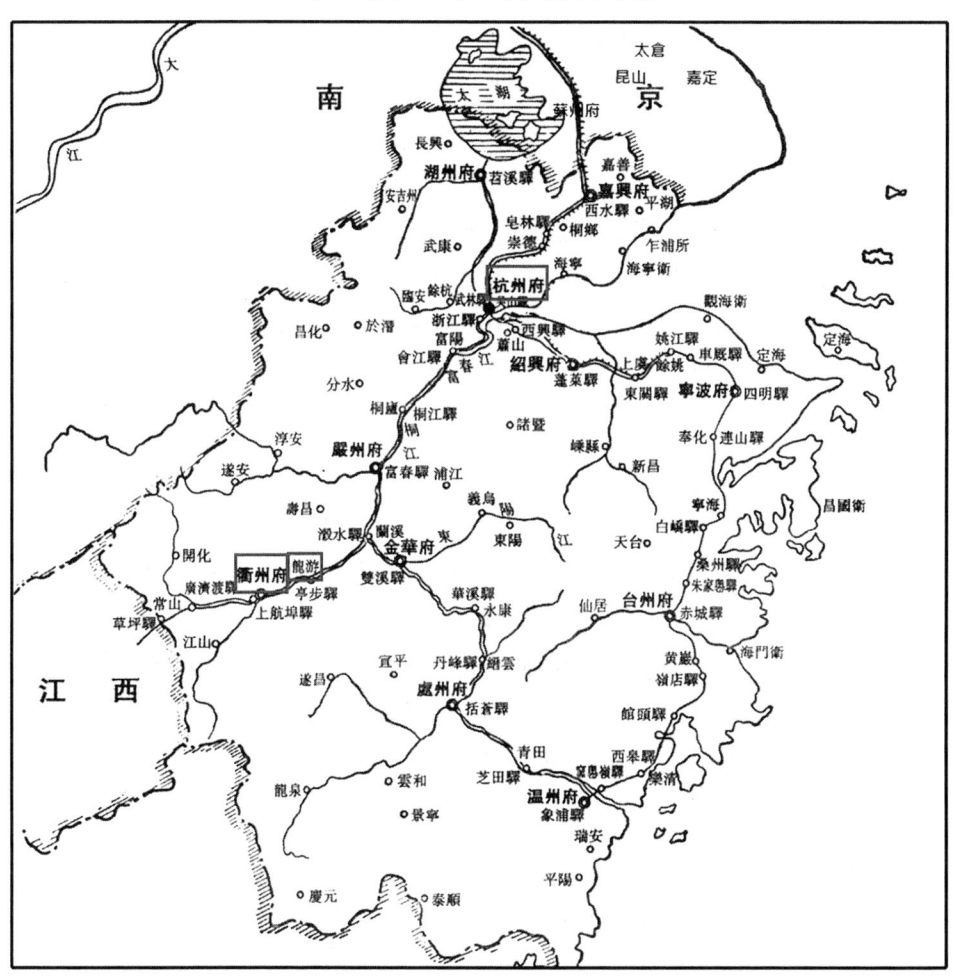

图3 杭州府、衢州府相对位置图

资料来源:根据杨正泰《明代驿站考》,上海:上海古籍出版社,2006,"浙江驿路分布图",第115页。

练技法,而是强调发挥精神。① 徐日久也曾催促门人高无英(字)出游,他说:"足下亦宜以出门为上,西湖山水既是文章家所必宜关涉。"并且劝他不宜只停留一两日。② 徐日久所提的文章家不一定指八股写作,不过,无论是杭州或苏州,这两地山水的特色,及游历山水的前提都不是独游,而是以求友、共游为中心。③ 开化县人方一秦即有类似的体悟。方一秦原本继承父志,足不出户研读古书,某日读到司马迁、苏轼的著作后,感叹:"子长以足迹遍天下,而史才独擅千古;坡公晚游海外,而为文益奇宕。予何为株守乡国?"于是"负笈钱塘,探禹穴,入会稽山中,师友琢磨三载始归,文名大振"。④ 方应祥、徐日久的想法,方一秦的体悟,共同触及了出外求友、共游、通同琢磨文章写作三者连环互动的效益。此外,方应祥还提到需"胸中有万卷书",对照万历中后期士子普遍只专注揣摩历科会元文章,习用陈词的情况,方应祥的读书、游历、求友、写文这四者的结合,就实有所指,它牵涉到方应祥跟他的友人、弟子研讨制艺时的方式、内容跟态度。

万历二十六年开始在杭州授徒之后,是方应祥对八股文应该

---

① 方应祥的八股写作力求扭转万历末年流行注重技巧纯熟,不讲求实际的风气。孔庆茂:《八股文史》,第222—224页。
② 徐日久:《徐子卿近集》卷三《与高无英(壬子冬)》,收入《四库禁毁书丛刊补编》第73册,北京:北京出版社,2005,据北京图书馆藏明末刻本影印,第3a页。
③ 王鸿泰曾提到明清文人以出游访友为人生必经的经历,而当时常见的出游形态则是游历、社交与诗文酬答三者的结合。王鸿泰:《浮游群落——明清间士人的城市交游活动与文艺社交圈》,第120—122页。本文方应祥、徐日久对出游的期待也是这一文化氛围的展现。
④ 朱凤台修、徐世荫纂:(顺治)《开化县志》卷五《人物·方一秦》,收入《衢州文献集成》史部第74册,北京:国家图书馆出版社,2015,据清康熙二十三年增修本影印,第21页。

如何书写、解经的依据是什么等制艺主张逐步发展的时期。他一面授徒,同时持续参加科考,在衢州、杭州、南京、北京等地,他因缘际会参加或组织一些制艺文社。除了家乡的倚云社、龙游枫林集会,杭州小筑社是他涉入甚深的社集。小筑社的倡议者是方应祥的弟子闻启祥、杨启元等人,之后加入严调御、严武顺、严敕三兄弟,基本上以杭州人士为主,①但不时有外地士人参与活动,如嘉定李流芳(1575—1629)、常熟王宇春等。② 由于往来于各地之间,方应祥不一定能亲身参与文社的集会活动(尤其是小筑社),但是透过书信,让评文、选编社稿等相关活动得以跨越空间限制而进行。

衷集刊刻受业弟子、同道之文的风气在万历中叶之后逐渐流行,③方应祥在家乡即刊印《倚云社业》,④在武林授徒时,也是"二三子计所以志一时者,余为出所课秋,衷而梓之",题名《松籁篇》。⑤ 相较于前两部合集仅收录方应祥及其弟子之文,万历三十

---

① 关于小筑社的成立、组织与活动,参见李新:《杭州小筑社考》,《暨南学报》,2008年第9期,第96—99页。
② 钱谦益在《小筑诗十章为邹孟阳作》中提到往来于邹之峰小筑山房的人士,他说:"小筑维何,邹氏之庐……怀人撰德,允构斯堂;我师我友,木主相望。冯方蝉连(祭酒开之、提学孟旋),杨闻雁行(武林名士杨兆开、闻子将),衬以寓公,维李及王(嘉定李长蘅、虞山王季和)……"除了冯梦祯,其他人都曾参与小筑社的集会。钱谦益,《牧斋初学集》卷十六《小筑诗十章为邹孟阳作》,收入《钱牧斋全集》第1册,上海:上海古籍出版社,2003,第565页。
③ 这股风气主要随着制举书籍的大量刊刻而出现。关于制举书籍商品化的研究,参见 Kai-wing Chow, "Writing for Success: Printing, Examinations, and Intellectual Change in Late Ming China," *Late Imperial China*, 17:1(June 1996): 120—157。沈俊平:《举业津梁:明中叶以后坊刻制举用书的生产与流通》,台北:学生书局,2009,第47—73页。
④ 方应祥:《青来阁初集》卷一《倚云社业序》,第14—15a页。
⑤ 方应祥:《青来阁初集》卷九《松籁篇引》,第15—16a页。

年代的《闻松录》《小筑近社》则是选录小筑社社员文章的社稿;万历四十一年(1613),方应祥友人马谊发起,集合吴之鲸、闻启祥等二十八人之文的《镌鼎脔》一书,除了以小筑同人为班底,更扩及"先资之言"①。约略同时付梓的《枫林选义》除了方应祥及龙游诸生的制艺,方氏更以其人际网络,广征天下同道之文。② 与方应祥相关的这几部合集,不完全是方氏主导编纂,但是如果放在晚明以制艺为业的方应祥及其友人的相关活动,与对制艺主张的发展上来看,有其意义。

观察这几本制艺合集的选编过程,《倚云社业》《松籁篇》属师门之作较为单纯,其他几本由于搜罗较广,程序较繁,下文以《小筑近社》《枫林选义》为例,进行说明。《小筑近社》的倡议者是闻启祥,根据方应祥所写的《小筑近社序》,大致过程如下:

甲辰之秋,余屏迹里居,而伯霖亦有白下之游。子将以文告寄余,曰:"是役也,不肖获奉两先生,以风于四方……"简书之使一再申,东南数千里之国,环而受事者彬彬矣。……于是伯霖至自燕,余与孟阳、无敕自留都,合延祖、瑞卿、印持、子将、忍公之业共梓之。③

从序文可知,此书自万历三十二年倡始到正式刊刻,至少历时五年之久。其间方应祥、吴之鲸、邹之峰、严调御等社员四散在衢

---

① 方应祥:《青来阁初集》卷一《镌鼎脔序》,第13a页。
② 方应祥:《青来阁初集》卷二《枫林选义叙》,第1页。
③ 方应祥:《青来阁初集》卷一《小筑近社序》,第1页。

州、北京、南京、杭州等地,书信成为最主要的联系方式。从向社友发出征文告示、寻求意见到征集文章、求序等,都透过频繁的书信往返来完成。

《枫林选义》的情况也与此类似。此书缘起于万历四十年方应祥应邀到衢州府龙游县教授诸生写作制艺,方氏描述当时的情景:

> 盟而受事者共余二十人,得文六百首而奇。声气所暨,邮筒寄证者亦如之。枫林居万山中……余及二三子先后百日卧起其间,疑义相析,奇文共赏。……遂为检三之一授梓之。①

此次集会者人数并不多,但借由书信广为征文,却征集多达六百篇的文章,现存的方应祥文集中收录多篇向各方友人征文的书信,包括方氏会试时的同考官广东韩日缵(1578—1636)、广东李长度、江阴缪尊素、江右生员万孔思兄弟、钱塘吴之鲸、钱塘闻启祥、余杭严调御等人。② 譬如他给吴之鲸的信上说:

> 弟避事山中,游览之暇,共友生作课……此中相与,以弟日夜之祝,多能为弟之言。又四方同调以邮筒见质,玉屑珠霏,骎满案头。意不自禁,授梓人梨之,特嵩人求兄近作,为之羽毛。……或得一叙尤恳。③

---

① 方应祥:《青来阁初集》卷二《枫林选义叙》,第1页。
② 方应祥:《青来阁初集》卷三《与缪太质》,第24b—25a页;卷五《与韩孟郁李长度》,第13—14a页;卷七《与万孔思伯仲》,第19页。方应祥:《青来阁二集》卷五《柬吴伯霖》,第2页;卷八《与闻子将》《与严印持》,第2b—4页。
③ 方应祥:《青来阁二集》卷五《柬吴伯霖》,第2页。

在信中,方应祥叙明活动概况、求文原因、后续刊印计划,同时也向吴之鲸求文、求序。

枫林集会虽然是一时一地之会,不过从上述的程序看来,除了亲身与会,"以邮筒见质"也是一种方式。与上文所提的《小筑近社》不同,此次征文的对象是"天下同道之人",而透过方应祥的人际网络征集来的外地之文,在以"四方同调"为前提之下,一来增加地方生员见识更多范文的机会,二来对于未能与会的士人,则有"同集声气"的参与感。

通信、寄文请尊长、同道师友相互批评固然是士人往来的固有习惯,然而在晚明各地士人因为参加各级科考、或是出门远游求友,造成移动次数频繁、游历范围超越一府一省的情况下,通信与寄文以维持联系、建立关系或寻求认同变得更加必须且重要。甚至"书信"在时人眼中不再只是联系的工具,而别具意义。李维桢(1547—1626)在方应祥的文集《青来阁二集》编成之后,点出这本集子的特色:"余读集十卷,尺牍最多,序诸为举业者次之,杂体仅十之二。"①文集十卷中书信类共占七卷。艾南英(1583—1646)也说:

其急交游而护持斯文,见于前后序、记、尺牍之篇者。……及读其所移当事诸书,指陈时政,与一二友生谋其父子兄弟之间,虽夷齐、泰伯尝经圣贤所发明,而其义有进焉者,则又先生以师友之

---

① 方应祥:《青来阁二集》,李维桢《青来阁二集叙》,第3b—4a页。

谊而全人于君父,以造微而极变。故曰:此非先生之文,而先生尽伦之书也。①

艾南英认为,方应祥与当道、友人及门生的书信有着积极的意义,也就是借由交游传达孔子之学,透过文字实践圣人之道。综观方应祥的三部文集其实有着类似的特色,初集(十卷)书信共五卷、三集(十五卷)书信也达十三卷。书信在联系的功能之外,反映出方氏交游之广与汲汲于跟友人联系(急交游),更进一步,书信成为文集中最重要的类别,也成为传达方氏想法,尤其是制艺理念的主要媒介(护持斯文)。②

三、制艺写作与"经济"

直到万历四十四年会试中式,方应祥基本上以教授制艺为生。不过,他显然不满足于只是跟从当时流行的文风进行教学,他对制艺的功能、解经的原则等有自己的定见,并且企图影响众人。以下将从他对写作方式的看法、以什么为解经依据等方面进行讨论。

上述跟方应祥关系密切的几部制艺文选是当时流行风气的产

---

① 方应祥:《青来阁二集》,艾南英《青来阁二集序》,第5页。
② 晚明选编当时人尺牍或尺牍活套出版的风气甚盛,方应祥也曾评点尺牍作品,如《方孟旋评选邮筒类隽》一书,即以方应祥之名冠名。毛应翔选、方应祥评:《方孟旋评选邮筒类隽》,收入《衢州文献集成》集部第193—194册,北京:国家图书馆出版社,2015,据明天启刻本影印。关于晚明尺牍研究参见苗民:《论明代中后期的散体尺牍观——兼与四六启观之比较》,《暨南学报》,2014年第3期,第74—80页;陈鸿麒:《流行与消费——论晚明尺牍商品的接受及生产》,《中极学刊》,7(南投,2008.6),第45—69页。

物,然而这几部书的选辑方向跟市场主流并不完全相同。小筑社早期社稿《闻松录》编辑于万历三十一年(1603)方应祥准备再次赴南京参加乡试之时,编成之后立即呈送老师冯梦祯过目,[1]方氏在自序中写道:"余日与二三君子有成言矣,吾远之蕲当圣贤之意旨,上求不诡于国家之功令。"[2]编辑师门或同社士子之作,赠送给科考相关官员或当时名士,以求推荐,在当时蔚为风气,《闻松录》序中特别强调不违背圣贤意旨、国家功令,一方面反映出他们希望借这部社稿投石问路,推介这些参与科考的士子,另一方面,"当圣贤之意旨"正是方应祥希望推广的制艺写作主张。后来刊印的《倚云社业》《松籁编》也有类似的性质。

万历三十年代刊印的《小筑近社》是小筑社的另一部社稿,方应祥在序中提到闻启祥编辑该稿的目的,他说:

文章之统散而不一于上也,自主者不为程秋始也。夫课士之有程也,岂直以程士哉?上操之御者之衔勒下,视之射者之的质也。心必习于罄控之节,然后可尽马之技。而才者无轶步目,必束于中正之准,然后可穷矢之境,而巧者无诡。……天下势重则必反,反于上者,权定于一尊;反于下者,神喻于多。……禹会诸侯于涂山,玉帛至者盖万国焉。天地文明之气藉盛于一时,而以吾土为

---

[1] 冯梦祯的题词说明本书编辑缘由,他说:"时方生将辞诸子应试白下,感盛集之不常,欣会心之有托,请杀青听松以就正于同方者,而居士引其端。"冯梦祯:《快雪堂集》卷3《题听松集》,收入《四库全书存目丛书》集部第164册,台南:庄严文化事业有限公司,1997,据北京大学图书馆藏明万历四十四年黄汝亨朱之蕃等刻本影印,第10b页。
[2] 方应祥:《青来阁初集》卷一《闻松录序》,第8a—9a页。

职志。至阖闾、勾践之互为觭,而王气萎矣。何也?吴越兄弟之国,而自阋于帱幬之间,安在祀夏配天,光禹之服乎哉?今也简书之使自小筑以暨海内冠带之域,盟有狎主,而言归于好。是编也,庶几境内之治而于以谂王教之端。①

这篇序言有几个重点,一是方氏对当时制艺写作风气的看法,他认为由于官方未颁布可资依循的制艺范本,因此士子漫无准绳而言说多端,甚至任由少数士人主导时文风气。再者他提出"吴越兄弟之国"的说法,这个说法有二层含意,一是对当时天下士子群从太仓人王世贞(1526—1590)以来的复古文风但却流于雕琢不以为然;而他对吴越两地是否一定无法协调也另有看法,他注意到当时有一批跟他理念相近的吴地士人,同样强调文章跟治化的关系。他认为此次小筑社刻同时邀集也组织文社的吴地士人,是联合吴越两地相同文学主张的契机。

方应祥序中所指跟他理念相近的吴地士人主要是不赞同复古派想法,起而与之相抗的归有光(1507—1571)、茅坤(1512—1601)等人,②以及万历年间后起的徐文任(太仓)、缪尊素(江阴)、李流芳(1575—1629,嘉定)、娄坚(1554—1631,嘉定)、王志坚(1576—1633,昆山)等士人。方氏无缘亲炙归、茅二人,不过,跟徐、缪、李、娄、王等人的互动则颇为密切。譬如方应祥与徐文任初识于万历

---

① 方应祥:《青来阁初集》卷一《小筑近社序》,第2页。
② 嘉靖到万历初年,王世贞带领的复古派主导文风,也影响到制艺写作,而茅坤则主张以唐宋古文为师,反对复古运动,归有光、娄坚等人在万历年间继起,承袭唐宋派的主张。何宗美:《文人结社与文学的演进(上)》,北京:人民出版社,2011,第333—334页。

二十五年(1597)赴南京乡试之时,共同参加冶城社,①之后往来频繁,方氏多次到徐氏家乡,两人共同结识的友人李流芳、王志坚"亦时及之"。② 此外,方应祥不时致信王志坚诉说近况,交换品鉴时文的想法,或赠送著作,请王志坚品题。③ 而李流芳则常到杭州,参与小筑社,跟方氏或闻启祥等人互动密切。④ 方应祥与娄坚也十分投契,娄坚自述两人相识经过说:"余始识孟旋于石头僧舍,一见语合,相与论及苏长公药诵,盖欣然会心焉。"⑤

方氏显然不欣赏时文风气,借着这次刊印小筑社刻,联合吴地同人,伸张与时风不同之制艺主张的用意十分明显。刊刻《小筑近社》已不单纯是推介社中诸子,更是企图以此号召同调,产生主导文风的影响力。无怪乎闻启祥请方应祥写序时即说:"天下之公论,而敢以嫌自,私存其质以听夫公乎?"⑥ 万历四十年代,《镌鼎脔》《枫林选义》这二部制艺文选同样表现出方应祥希望借此集合

---

① 诚如王鸿泰以南京文艺活动为核心的研究所指出,由于制度、地理、文化等条件,明代中后期该地成为士人开拓自己家乡之外人际网络的主要城市。方应祥开始大量接触吴地士人也是在南京。参见王鸿泰:《城市舞台——明后期南京的城市娱乐与文艺社群》,发表于"16—18世纪东亚世界的文人社集"国际学术研讨会,台北,2018年6月21—22日;亦见本书。
② 方应祥:《青来阁初集》卷二《寿徐元晦太孺人八袠序》,第18a—21b页。
③ 譬如方应祥告诉王志坚:"吾之鉴衡出自清静平等之心。"而在《青来阁初集》编成后,也赠送给王氏,请其品鉴。方应祥:《青来阁二集》卷五《柬王弱生》,第468页;卷五《与王闻修》,第469—470页。
④ 钱谦益为李流芳撰写墓志即说,李氏"性好佳山水,中岁于西湖,尤数所至。诗酒填咽,笔墨错互,挥洒献酬,无不满意"。钱谦益:《牧斋初学集》卷五十四《李长蘅墓志铭》,第1349页。
⑤ 娄坚:《学古绪言》卷六《西安方母郑氏八十寿序》,收入《景印文渊阁四库全书》第1295册,台北:商务印书馆,1983,据台北故宫博物院藏本影印,第24a页。
⑥ 方应祥:《青来阁初集》卷一《小筑近社序》,第2a页。

志同道合之士,以广声气。

方应祥在《镌鼎脔》序中特别推崇万历四十一年(1613)会试主考官的选文标准,他说:

> 癸丑之役,天子特广薪槱之途,当事者不胜阑入之惧,申厉闱中,宁失才士,无伤文体。士之服奇而见摈者数。……夫伸体之说而果足格士之才,从而借解于命焉,可也。①

万历癸丑科的主考叶向高(1559—1627)并不欣赏当时尚奇诡谬的写作方式,认为"举业文字诡谬,故服官莅政,大而辞命奏章,小而词牒文移,率皆乖刺不通"②。因此在入闱前已申明需"正文体",入闱后"文义乖刺,故违明禁者,虽分考力荐亦不听,于是近年谬悠之辈多不得录"。③ 方应祥与叶向高对制艺的主张并不一定相同,不过,显然在反对当时流行的奇诡之风的立场上,两人一致。

只是,虽然此时官方企图扭转风气,但显然成效不彰。而方应祥及其门生的应试文章,似乎也不受考官青睐。除了方应祥本人历经长达30年的生员、举人生涯,他的门生也往往科考不顺,譬如严敕,方志形容:"当时文尚雕琢,争胜字句间,敕独为淳古淡泊之

---

① 方应祥:《青来阁初集》卷一《镌鼎脔序》,第13b页。
② 这是李廷机对叶向高说的话。叶向高:《苍霞续草》卷四《周生制艺序》,收入《苍霞草全集》,扬州:江苏广陵古籍刻印社,1994,第24a页。
③ 叶向高:《蘧编》卷六"四十一年癸丑",收入《北京图书馆藏珍本年谱丛刊》第53册,北京:北京图书馆出版社,1998,据民国二十四年乌丝栏抄本影印,第3b—4a页。

127

音,以故屡试不售。"①影响所及,方应祥及其友人的主张因而未能获得当时诸多士子的青睐。《枫林选义》刻成后,方氏曾致书龙游友人,感慨表示:"所选文亦非钝货也,徒以市之非其法,以致书滞而不行。"②《枫林选义》的滞销,反映出他们的制艺主张对当时大多数士子的吸引力仍然较弱。

关于万历中叶之前的制艺写作风气,后来的王夫之(1619—1692)曾做过如下描述:

> 隆、万之际,一变而愈之于弱靡,以语录代古文,以填词为实讲,以杜撰为清新,以俚语为调度,以挑撮为工巧,若黄贞父、许子逌之流,吟舌娇涩,如鸲鹆学语,古今来无此文字,遂以湮塞文人之心者数十年。③

王夫之提到隆、万之际制艺写作的几种现象,分别是不读四书五经,只读先儒或佛门语录;④掺杂俚俗之语;任意撷章摘句;沿袭格套。他的观察牵涉两个层面,一是写作的技巧,一是解经的

---

① 张吉安修、朱文藻等纂:《余杭县志》卷二十《严敕》,收入《中国方志丛书》,华中地方浙江省第 56 号,台北:成文出版社,1970,据清嘉庆十三年修、民国八年吴兰孙重排印本影印,第 20b 页。
② 方应祥:《青来阁二集》卷八《与劳人》,第 6b 页。
③ 王夫之:《姜斋诗文集》,收入《四部丛刊初编》第 342 册,台北:台湾商务印书馆,1965,据上海商务印书馆缩印船山遗书本影印,《夕堂永日绪论外编》,第 6a 页。
④ 王夫之从检讨八股文流变角度提出的观察,对万历时期不少制艺经师来说,却是替八股文注入新生命的方法。如文中提到的黄汝亨,即主张佛典、道藏可与儒家互相参证。相关研究参见王炜:《明代黄汝亨的宗教经验和八股文观念》,《武汉大学学报(人文科学版)》,2014 年第 6 期,第 73—79 页。

依据。

王夫之检讨的问题,身在其时的方应祥感受更加深刻。他在给友人的书信及赠序中,多次表达对万历时期制艺风气的不满。譬如,他给娄坚的信中说:

> 唯从八股文字摩画圣贤神情……以观于今,何如哉?求之以宗经翊传,则袭吠茫如;按之以核古策今,则鄙俗满纸。士以兹为精神,国家倚此为命脉,萎然茅靡如此矣。①

致书黄公升时也说:

> 文章之道……撮其胜者,摹秦汉则古文词耳,于圣贤之旨不必核也;标理则语录义疏耳,于题之貌与情不必肖也。时制也,而古文词,而语录、义疏,可称合作乎?②

他替吴全甫的《四书近草》写序则说:

> 世人阳浮慕古,赓取拙朴,附于骨董。在时秋中,托名先辈,往往蹈之,涂饰伧语,捏称成弘,自诧不朽。不知当操笔时已有伺而覆瓿者矣。何也?不求古人精神之所在,而掩托于其形之似也。③

---

① 方应祥:《青来阁初集》卷五《与娄子柔》,第32a页。
② 方应祥:《青来阁二集》卷八《柬黄公升》,第27b页。
③ 方应祥:《青来阁初集》卷一《吴全甫四书近草叙》,第5b页。

方应祥认为当时受复古运动与时风影响的时文,最主要的问题是写作时只专注在技巧上拟古,或是对经典妄加议论,却遗忘八股文原意在羽翼经传,借此阐述、发挥圣贤精神的初衷。

如果刻意拟古的写法无法趋近于圣贤的意旨,那么方应祥理想的制艺是什么?"宗经翼传""核古策今"应是他认为八股文最原始,但在当时却未能有效发挥的功能,亦即如《文心雕龙》中所提出的概念:五经是一切文章的源头。① 在目前可见的资料中,方应祥并未留下系统性的制艺文论,他的意见大多散见于跟友人的通信或各种赠序中,成为我们略窥方氏想法的凭借。他曾说道:

吾辈讨究典籍,研其句读,必字字气腥;抒勒秋文,沥其颖端,必丝丝血滴,始称真读书子。我与古人精神始合并为一。②

他给龙游友人的这封信上,有几点值得注意,首先是他分别阐述阅读经典跟制艺写作应抱持的态度,而这两者又密切相关,不应分别对待。他认为需回到经典本身,考究字句,了解其原始意义,再以此为依据,借由制艺不雕琢的阐述表达,如此才能发挥代圣立言的真精神。言下之意,他认为光揣摩、磨练技巧,不足以达到此一目标,必须研读典籍、会意,再以文传达才是正途。

方应祥曾以上古的珍器为例,说明事物传世的关键:"商周之

---

① 《文心雕龙·宗经第三》中说:"经也者,恒久之至道……故论说辞序,则《易》统其首;诏策章奏,则《书》发其源;赋颂歌赞,则《诗》立其本;铭诔箴祝,则《礼》总其端;记传盟檄,则《春秋》为根……"刘勰:《文心雕龙注释·宗经第三》,台北:里仁出版社,1984,第31—32页。
② 方应祥:《青来阁初集》卷四《与劳蹇叔》,第18b页。

尊罍、虞之陶、轩辕氏之鼎,至今有袭而珍之。彼所恃以传于世者,作者精神存焉。"①因此,八股文如何传达上古圣贤的原初精神是他十分关心的问题。他也以此告诫弟子,"文以灵心为主,无取铔钉。遇题得大旨,即伸纸疾挥","枝枝节节而为之,必无文也"。② 他所提倡的制艺写作方式不同于当时流行的风格,也与他的老师冯梦祯注重在技巧上用力,不重实际学问的教法相异。③

因此,在写作方式上,相较于复古派推崇秦汉之文,他更倾向柳宗元、欧阳修等人所提倡,文以载道的文风,并认为应该用在八股文的写作上。方应祥曾自述年轻时阅读茅坤《唐宋八大家文钞》的感想:

盖此八君子之文,原如日月经天,江河行地……能日与之相接,睹此大人境界,自手足敛而心志摄。雅必不敢作吴语,实必不敢数他珍。……行业政事之义类,酝酿于胸中,发而为言,皆有体要,而可以致于用。所谓经术以经世者,此也。余诸生时读是书忘厌倦,幸老而售,愈喜与八君子相周旋。④

方氏雀跃之情洋溢于文字中。《唐宋八大家文钞》初刊于万历

---

① 方应祥:《青来阁初集》卷一《吴全甫四书近草叙》,第5a页。
② 方应祥:《青来阁初集》卷八《杨兆开传》,第7页。
③ 清人王步青对晚明制艺文风有如下的观察:"(万历)壬辰以降专尚员机,日趋软调,垂三十年气萎体败,虽有贞父、孟旋诸公标持风格,力不足起衰。"王步青:《己山先生别集》卷二《题程墨所见集三》,第5页。另见孔庆茂:《八股文史》,第198—199页。
④ 茅坤:《唐宋八大家文钞》,东京:国立公文书馆藏明崇祯元年刊本,方应祥:《重刻八大家文钞叙》,无页数。

七年(1579),方应祥接触此书的时间甚早,他从哪个渠道得知这本书并不清楚,不过,他显然念兹在兹要广传八大家之文,他说:

> 余向奉视学东省之命,窃计斯地结天地中粹之气,牺于此画卦,孔于此删经,为万世文字祖。爰是以树之风声,足倡予海内。因向吾友孝若氏乞其家藏手批原本,捧持以往,为东方指南。此愿不遂,乃与子将暨其甥杨次弁谋校雠,付梓人,公诸四方。凡吾党有斯文之责者,挥羽振铎,使父兄以之教子弟,以之学渐渍于其中,当有若乘扶摇,听钧天,觉人间刁刁不歇,啾啾乱鸣者之为烦也。①

方应祥偕同小筑社友闻启祥、杨启元等人重刊此书是在崇祯元年,不过,早在天启五年(1625)他奉命督学山东时,就有意重刊,并向茅坤之子茅维借过手批原本,可惜未能如愿。

上文详细征引方应祥重刊此书的心路历程,希望能说明一种文学主张吸引个人,再进一步传播的概况。八大家之文吸引方应祥的地方显然就在"行业政事之义类,酝酿于胸中,发而为言,皆有体要,而可以致于用。所谓经术以经世者,此也"。这段自述可以解读为透过科举制艺,踏入仕宦之途的单纯用意,但是也应该注意到唐宋八大家结合致用与文学的文章风格,对像方应祥这种心中初萌用世之志的年轻人的吸引,待之后时局日非,更坚定他文章与时运关系密切的想法。方氏曾跟座师韩日缵谈道:

---

① 茅坤:《唐宋八大家文钞》,方应祥:《重刻八大家文钞叙》,无页数。唐宋八大家文在晚明的出版概况之研究,可参见付琼:《明人所辑唐宋八大家版本知见录》,《兰州学刊》,2010年第1期,第168页。

天地气运关乎文章,文章盛衰茁为议论。盖国家所操,网罗一世之士,士所禀为靖献之资,科第之权有所旁贷,于文章,性命之检柙,不必凭仰于六经四子,圣祖神宗制世之纪纲,不复式绳于多士矣。缙绅而竞憪,同室之戈矛,其螯之稔,安得不坐启边围千里伏尸流血之毒惨。①

本来文章关乎国家气运并不是一种新鲜的说法,方应祥也不是明代首开此说的士人,嘉靖年间唐顺之(1507—1560)、归有光(1507—1571)、茅坤等人已有如此看法,也提倡"以古文为时文"②,方应祥基本上继承这一脉的观念。而在他生存的万历、天启年间,这种感受更为深刻。

推崇唐宋八大家文道合一的写作风格,不仅是为了反对写作上徒重技巧,或不重经典原意,妄加议论,更关键的是八股文需代圣立言,那么该如何获得解经的知识?方应祥的态度是:"士之绩文,气以为主,学与识佐之。"又说:"文所凭者,气也。……气所传而行者,学与识也。"③学与识的根据是读书,尤其是五经,然而当时的风气显然不是如此,方应祥说道:

今人四书、本经忽不加工,翻弄时文,混过岁月,于古人书中摘

---

① 方应祥:《青来阁二集》卷三《奉若翁韩师》,第7页。
② 梅家玲:《明代唐宋派文论研究》,台北:台湾大学中国文学研究所硕士论文,1985。
③ 方应祥:《青来阁二集》卷一《王开美邑侯制义序》,第26b—27a页。

头摘尾作小贩子,博猎时名。①

小筑社友严武顺也观察到:"时文习久多离经,窃有江河莫挽之势。"②

士子不读四书、五经,方应祥则是"非六经语不道,疑义解驳,粹然一轨于正"③。他教人读书的方法是:

> 经书必先烂熟白文,广求疏解而精裁之。古书不可少,必专精一部,时及其余,乃得实饶益。如《老子》《庄》《骚》,古人极简之书,吾能精熟,平日口头厌话自不上吾笔端。吾所用其语其意,定出入所不到,此即学问立乎不测之左券矣。

他同时教弟子使用"课程簿",作为自我检点之用。④ 课程簿的使用方法如下:

> 五经之外,要读大部古书为主,限与程叚,每月核之。读得完熟,诸书自辏,无论遇合镃基,做人地步,拓据具此矣。⑤

---

① 方应祥:《青来阁二集》卷八《与徐元晦》,第 17b—18a 页。
② 金之俊:《金文通公集》卷十七《赠文林郎吏科右给事中讱公严公暨配江孺人合葬墓表》,收入《清代诗文集汇编》第 8 册,上海:上海古籍出版社,2010,据清康熙二十五年怀天堂刻本影印,第 2 页。
③ 杨廷望纂修:(康熙)《衢州府志》卷三十二《名贤·方应祥》,第 25b 页。
④ 方应祥:《青来阁初集》卷四《与蹇叔介甫》,第 19b—20a 页。
⑤ 方应祥:《青来阁二集》卷八《与徐元晦》,第 17b 页。

方氏自己完全身体力行"广求疏解"的读书法,他跟小筑社友杨启元曾经共同讨论《孟子》"诗亡春秋作"一题,他的方法即是,"取《诗》与《春秋》合考其相关处所",经过此一番工夫后,"先师所以笔削之意,自当领略"。①

方应祥在意的其实是如何完成一篇不偏离圣贤意旨,又富含精神的八股文,但是他赖以解经的依据十分广泛,包括四书五经、多种疏解、各种古书(如子书)。阅读方法是烂熟经书原文,再扩展到其他古书,以求写作时信手拈来,应用自如。相较于当时的制艺风气,他强调循序渐进地广泛读书的态度,尤其是阅读本经、子书,显得颇为突出。这也成为他十分鲜明的形象,明末时人即说:"万历之末,士子不学,然一时名儒亦无顿至。惯惯所见,如方应祥、胡震亨、李流芳,皆胸有数千卷。"②当然,必须说明的是,方应祥主张泛览各种古代典籍,主要还是着眼于八股文写作时解经之用,而古代典籍中可能超出圣贤意旨,或与圣贤相悖的思想,他并不十分措意。

值得注意的是,方应祥的师友圈中,颇有些人力推制艺写作时学习唐宋八大家的古文,并应广泛阅读古代典籍。自万历二十年代初,方应祥到杭州读书求友之后,他以杭州小筑社为中心,陆续结识不少来自四面八方的士人,其后由于贡入南京国子监及北京会试的机会,跟部分士人往来更加频繁。除了杭州本地人,如三严等人,交往较密切的主要是苏州、江西、湖广等地的士人,吴地人士除了前文所提徐文任、李流芳、娄坚、王志坚、王宇春,还包括张辅

---

① 方应祥:《青来阁初集》卷七《与沈无回》,第1页。
② 冯班:《钝吟杂录》卷十,台北:广文出版社,1969,第3b页。

之(1547—1629)、龚立本、陈元素、汪明际、何允泓、钱谦益(1582—1664)等；①江西士人有艾南英(1583—1646)、陈际泰(1567—1641)、万众甫(字)、万孔思等；②湖广士人则有钟惺(1581—1624)、易道暹、胡士容(？—1629)等。③

由于资料的限制，无法得知上述所有人的学术倾向，不过其中几位士人的主张值得提出讨论。如钱谦益曾自述学文的历程，他说：

> 仆年十六、七时，已好陵猎为古文。空同、弇山二集，澜翻背诵，暗中摸索，能了知某行某纸。……为举子，偕李长蘅上公车，长蘅见其所作，辄笑曰："子他日当为李、王辈流。"仆骇曰："李、王而外，尚有文章乎？"长蘅为言唐、宋大家与俗学迥别，而略指其所以然。仆为之心动，语未竟而散去。浮湛里居又数年，与练川诸宿素游，得闻归熙甫之绪言，与近代剽贼雇赁之病。临川汤若士寄语相商曰："本朝勿漫视宋景濂。"于是始覃精研思，刻意学唐、宋古文，因以及金、元元裕之、虞伯生诸家，少得知古学所从来，与为文之阡陌次第。④

---

① 方应祥：《青来阁三集》卷三《与苏州司理郑年兄》，第27a页。
② 方应祥去信闻启祥："艾千子过此，时与之读大士近业。"方应祥：《青来阁二集》卷七《与闻子将》，第39b页；方应祥：《青来阁初集》卷一《万两生雕鸣篇序》，第17—19页。
③ 方应祥：《青来阁三集》卷十三《与钟伯敬学宪》，第6a—7b页；方应祥：《青来阁二集》卷四《与易曦侯》，第9b—10a页。
④ 钱谦益：《牧斋有学集》卷三十九《答山阴徐伯调书》，收入《钱牧斋全集》第6册，第1347页。

钱谦益自陈促成自己放弃复古派的古文,转向学习唐宋大家之文的关键人物是李流芳,后来又经嘉定地区士人指引,得知归有光的文章观点,再经汤显祖(1550—1616)提示,注意到宋濂(1310—1368),进而扩及阅读宋金元之际的元好问(1190—1257)、虞集(1272—1348)的著作。①

方应祥、钱谦益、李流芳三人在万历三十四年同举于南京乡试,与此同时,透过李流芳,方应祥、钱谦益认识嘉定娄坚、唐时升、程嘉燧等人,②上述几个人在文章写作上有共同的喜好,陆元辅归纳说:

> 忆昔隆、万时,王弇州《四部稿》盛行,海内士大夫靡然从之,争以剽窃摹拟,缉拾《史》《汉》字句相称夸,而不知古文之有正派。其清深雅健,淡荡委析者,则反以凡陋嗤之。昆山归太仆熙甫独能钩经贯史,明体达用,堤障狂澜于既倒,直呵时流为妄庸子……其授经安亭也……而我嘐之信从者特众……四先生因得其绪言,而私淑之,且以传诸后学。③

---

① 元好问,金代诗人。他的诗很少有空洞的字句,他也主张读书、写作时都需慢慢咀嚼。吉川幸次郎:《中国诗史》,台北:明文书局,1983,"元好问",第425—438页。
② 钱谦益说:"余取友于嘉定,先后辈流约略有三,初为举子,与徐女廉、郑闲孟掉鞅于词科,而长蘅同举乡榜,镞砺文行,以古人相期许。此一辈也。因长蘅得交娄丈子柔、唐丈叔达、程兄孟阳,师资学问,俨然典型,而孟阳遂与余耦耕结隐,衰晚因依。此又一辈也。"钱谦益:《牧斋有学集》卷二十三《张子石六十寿序》,第929页。
③ 文中的四先生指的是籍贯同隶嘉定的李流芳、娄坚、唐时升、程嘉燧。李流芳:《李流芳集》,杭州:浙江人民美术出版社,2012,附录,陆元辅:《重刻李长蘅先生檀园集后序》,第321—322页。

隆庆、万历之际起而与复古派对抗的唐顺之、归有光等人提倡的唐宋古文，经过万历初年的沉寂，在万历二三十年代透过嘉定地区士人的交游与人际网络，又开始吸引一些人的目光，并且从古文影响到时文的领域，在地域上也推展到吴地之外。李流芳、方应祥的另一位友人王志坚也可为代表。钱谦益形容他："为诗文已知唐宋名家，而深鄙庆、历间之俗学。"①更在崇祯四年(1631)提督湖广学政时编辑《古文渎编》一书，"首采八家法以造士者"②。上述过程透露出一种文学主张透过社集形成的网络吸引士人，进一步传播的历程；也显现出个人借由社集提供的平台，在同道共同研讨的氛围下，接触与接受不同于世风的想法的过程。

万历后期，江西地区逐渐崭露头角的几个年轻人，也引起方应祥的注意。方氏曾跟黄道周(1585—1646)谈道：

武林，人士都会，子将清衷妙捻，此道未丧，共奖在人。大江以西，大士崛起，仁义节制，实繁有徒。费无学之典折而有其致，邓仲子、艾千子之郁遝而古于裁，萧伯玉之洒礴而颖于识，未易悉数，与文止旗鼓相当。弟枫林之选，概可稍见矣。……皆今士之足奖斯盟者也。③

信中提到的陈际泰(大士，1567—1641)、艾南英(千子，1583—

---

① 钱谦益：《列朝诗集小传》丁集下《王提学志坚》，台北：世界书局，1961，第585页。
② 该书于崇祯六年刊刻出版。王志坚：《古文渎编》，收入《四库全书存目丛书》集部第336册，台南：庄严文化事业有限公司，1997，据山东省图书馆藏明崇祯六年刻本影印，《古文渎编序》，第1—7a页。
③ 方应祥：《青来阁初集》卷六《与黄参玄》，第12页。

1646)、萧士玮(伯玉)、罗万藻(文止,？—1647)都是后来江西豫章社的主干。万历四十年编辑《枫林选义》，是他们与方应祥第一次的合作，也是彼此相近的理念，借选刊时文出版，这种非制度性的结合方式，相互呼应。

从方应祥文集中所收书信看来，他十分欣赏陈际泰的文章，而跟艾南英则往来较密切。天启四年(1624)，艾南英替方应祥的《青来阁二集》写序，推崇方氏："孟旋先生毅然以斯文为己任，而后天下始知以通经学古为高。"①事实上，"通经学古"也是艾南英等江西士子制艺写作的重要主张。② 从书信中，也可看出方氏对这批青年才俊的殷殷期许，譬如他曾致信萧士玮，说："大江以西其在近时号主盟者，以异同为臭味，以臭味为封域。……勉哉，伯玉总一伦类，施及吾党，予日望之矣。"③

透过在杭州及小筑社、南京等地结识的同道，方应祥接触、接受与传播唐宋八大家文以载道的文章风格，这种风格同样见于方氏友人及弟子身上。方应祥跟学生郑文甫研讨制艺时即是"日取震泽、毗陵诸大家之文，指画其厝思运腕之所以"④。震泽是正德年间的八股文大家王鏊(1450—1524)，毗陵则是嘉靖年间唐宋派古文家唐顺之。小筑社友郑圭也是"奋起于诸生中，读柳子厚、苏子

---

① 方应祥：《青来阁二集》，艾南英：《青来阁二集序》，第3b页。
② 豫章社诸子都以经史诸子为学问根底。参见孔庆茂：《八股文史》，第224—227页。
③ 方应祥：《青来阁二集》卷八《与萧伯玉》，第1b页。萧士玮兄弟与方应祥都有往来，其胞弟萧士珂天启三年为南京国子监生时，即师事方应祥，并时时跟闻启祥、严调御切磋学问。萧士珂：《牍隽》，收入《四库全书存目丛书》集部385册，台南：庄严文化事业有限公司，1997，据北京大学图书馆藏清顺治刻本影印，倪嘉庆：《明司训季公萧公暨元配廖孺人合葬墓志铭》，第664—665页。
④ 方应祥：《青来阁初集》卷七《郑文甫制艺序》，第16b—17a页。

瞻之文,句比字栉,疏通其意义,以授学者"①,同时更搜罗苏东坡文章,辑成《苏长公合作内外篇》一书,刊印出版,②可见他对唐宋文的推崇。

这一群同道另一个鲜明的趋向是建立阅读原典、泛览古代典籍,以为制艺写作知识基础的读书方法。由于资料的限制,不清楚他们究竟怎么读这些典籍,但是大致可以看到他们对跳脱语录,直接阅读四书五经原典、上古典籍的强调,尤其是对史书的注意。譬如方应祥曾这样描述其友人徐孺子(字)的读书方法:

其文原本六籍,旁及老子、庄、骚、太史、管、韩之书……尤酷嗜左氏。日手赤棐,餐卧与俱,质有其文。若此观于制举之业,亦足窥其一班矣。③

其门人龙游余日新也是"力学好古",尤其"好读史,尤精周易"④。楚黄易道暹则是"积书满家"⑤,"文获创解,要尽本于经术"⑥。而小筑社要角严武顺是"自经史以及百家言,靡不有纂订

---

① 钱谦益:《牧斋初学集》卷三十二《郑孔肩文集序》,第930页。
② 高津孝:《明代苏学与科举》,收入氏著:《科举与诗艺:宋代文学与士人社会》,上海:上海古籍出版社,2005,第147页。
③ 方应祥:《青来阁初集》卷二《叙徐孺子四书秋》,第5b页。
④ 余绍宋:《浙江省龙游县志》卷十八《人物·余日新》,第17a页。
⑤ 张廷玉等撰:《明史》卷二九四《列传·忠义六·易道暹》,北京:中华书局,1974,第7536页。
⑥ 魏大中:《藏密斋集》卷十二《易曦侯游草序》,收入《续修四库全书》集部第1374册,上海:上海古籍出版社,1995,据上海图书馆藏明崇祯刻本影印,第18b页。

140

辑注"①。严氏科第不顺,编书应是他维生的方式之一,不过,由此也可以看出他读书之广。更有甚者,小筑社在天启末年改为读书社,严武顺"集其子弟门人,以源本经传,讨论性理为务",这一套读书法继续为读书社所沿用。② 此外,艾南英自述其读书历程的文字,更是生动,他说:

予以积学二十余年,制艺自鹤滩、守溪,下至弘、正、嘉、隆大家,无所不究;书自六籍、子、史、濂、洛、关、闽,百家众说,阴阳、兵、律、山经、地志、浮屠、老子之文章,无所不习,而顾不得与空疏庸腐、稚拙鄙陋者为伍。③

这段自叙出于艾氏历试数次不顺之后的哀叹,但也间接透露他为求更适切地解经,阅读范围之广。

不过,这些士人泛览各种典籍,是否都如方应祥般,主要专注在辅助制艺写作？方应祥友人王志坚的读书法颇值得关注,王志坚同样主张广读群书,更重要的是,他建立了一套阅读的次第:

先经而后史,先史而后子、集。其读经,先笺疏而后辨论;读史,先证据而后发明;读子,则谓唐以后无子,当取说家之有裨经史

---

① 金之俊:《金文通公集》卷十七《赠文林郎吏科右给事中严讱公先生传》,第12b页。
② 金之俊:《金文通公集》卷十七《赠文林郎吏科右给事中讱公严公暨配江孺人合葬墓表》,第2b页。
③ 贺复征编:《文章辨体汇选》,收入《景印文渊阁四库全书》,第1406册,台北:商务印书馆,1987,据台北故宫博物院藏本影印,卷三二六,艾南英:《前历试卷自叙》,第23页。

141

者,以补子之不足;读集,则删定秦、汉以后古文为五编,尤用意于唐、宋诸家碑志,援据史传,摭采小说,以参核其事之同异,文之纯驳。……读佛书,研相而穷性,阐教而闳宗,手写《华严》至再。①

王志坚的读书法总括而言,是重视对经典内容本身正确性的理解,强调循序渐进,注重证据与相互参证,不妄加臆断。他由经及于史的读书次第承袭自朱子的读书法,②更进一步的是,他对研读史书的浓厚兴趣,已经超越将史例用为制艺写作依据的目的,而趋近于注重实用。

万历末年,他任职南京兵部时,曾跟同僚共组"读史社",参加者包括黄汝亨、祁承㸁(1563—1628)、方应祥、余大成、谭昌言(1571—1625)等人,③集会方式与读史方法完全以王志坚的想法为宗,阅读《资治通鉴》,"九日诵读,一日讲贯","每十日出所课,共参详之。间有论说,自单词只句,多至二三百言"④。归乡后,王氏整理集会记录,另外参考正史、稗史,刻成《读史商语》一书。⑤ 此书是王志坚读史方法的具体呈现,娄坚在《序》中即点出:"至秦汉而下讫于五代之季,必先求之正史,而参以司马氏之《资治通鉴》。

---

① 钱谦益:《牧斋初学集》卷五十四《王淑士墓志铭》,第1352页。
② 钱穆曾说:"其主先经后史,乃一般理学家见解。其主治经必及于史,则是朱子独有精神也。"钱穆:《朱子新学案》,北京:九州出版社,2011,第189页。
③ 《(浙江嘉兴)谭氏家谱》卷七《行状·府君凡同公》,收入《天津图书馆藏家谱丛书》第63册,天津:天津古籍出版社,2011,据天津图书馆藏清光绪三十一年慎远义庄刻本影印,第8b页。
④ 钱谦益:《牧斋初学集》卷五十四《王淑士墓志铭》,第1351页。
⑤ 王志坚:《读史商语》,收入《四库全书存目丛书》史部第287册,台南:庄严文化事业有限公司,1996,据中国科学院图书馆藏明万历刻本影印,《叙》,第275页。

错综其说而折衷之,日有记,月有编。"①然而,王氏主张多方参核考订,显然有所针对而发,他说:

> 古之好持论者莫如宋人,皆迂刻不情,或取以立教,而不顾时世之所宜。近世有李卓吾者,好取前人成案而翻之,一洗头巾蒙气,而偏颇处亦复不少。余是编颇鉴之。②

王志坚注意到士人好发议论的现象,以及为求新异,士人的言论与建言往往可能背离时代条件。在这种情况下,有所根据,综合参证地读史显得极为重要。正如娄坚所言:

> 古今之变,圣人之所不能违也,而史于是焉重。固得失之林,而法戒之所从出也。……先生伤今文敝,而惕然有生心害政之忧。……而考文章者,必先于论策之文观其识,四六之文观其学,而经义则但以理为权衡,不必于绣其鞶帨也。庶几豪杰之士争自奋励濯磨,为有用之学,而文词之高雅,亦可以无愧于前代。不亦劝学之盛事欤?③

《读史商语》所设定的读者,应该还是参加科考的广大士子,但

---

① 娄坚:《学古绪言》卷一《读史商语序》,第5b页。要完成广搜证据,互相参证,需阅读大量典籍。王志坚在南京时,闲暇之余则"借金陵焦氏藏书,缮写勘雠,盈箱堆几"。钱谦益:《牧斋初学集》卷五十四《王淑士墓志铭》,第1351页。
② 王志坚:《读史商语·叙》,第276页。
③ 娄坚:《学古绪言》卷一《读史商语序》,第5b—7b页。

在晚明的时代情境中,如何让科举之学不只是射利的工具,而真正成为"有用之学",显然是王志坚的关心所在。在他看来,读史书仍是写作八股文的辅助,不过前提是更正确地理解历史知识与身处社会的关系,在这个部分,他比方应祥又更往前了一步。

除了王志坚,在方应祥的朋友圈中,同乡友人徐日久也特别注重阅读史书。他曾经加入北京部分官员组成的读史会,[①]万历四十六年(1618)任职工部时,"闭户读书,而尤究心代史及国朝实录。每读一书,必从身心体会,期可措诸实用,不欲向纸上读过"。徐氏家藏《方聚暨代史钞》《实录钞》两书,[②]就是他的读史笔记。阅读史书除了了解史事,用以注经,也可能由史事注意及历代典章制度,而徐日久从史书扩及当代实录,关注重心也从历代典制扩展到当代制度,他为学的经世取向,在晚明危机的催化下,更为明显。[③]

另一个值得注意的关键变化是,天启七年(1627),小筑社更名读书社,"通经学古"是该社最鲜明的标志。[④] 更名后的读书社,在天启、崇祯之际吸引更多来到杭州活动的士子,而性质也比之前小筑社以制艺、诗文酬唱为中心更为多样。不过,方应祥因年岁已

[①] 徐日久:《徐子学谱》,台北:台北故宫博物院藏缩影资料,1997,据明崇祯间太末徐氏家刊本摄制,"戊午二月廿九",第2a页。

[②] 韩廷锡:《榕庵集》壬申集《西安公传》,扬州:广陵古籍刻印社,1997,第1080、1090页。

[③] 不只徐日久,即使一向被认为受佛学影响甚深的严武顺,虽然科第不顺,但里居期间,也是"留心当世之务,凡古今成败得失及历代制度之详,靡不竟其原委,较若列眉。有扣之者,响答不穷"。金之俊:《金文通公集》卷十七《赠文林郎吏科右给事中严讱公先生传》,第10页。

[④] 黄宗羲说:"时四方文社最盛,武林读书社多通经学古之士。"黄宗羲:《黄宗羲全集》第10册,杭州:浙江古籍出版社,2005,《高古处府君墓表》,第272页。

高,归乡之后已较少参与新一波的活动。而读书社诸子十分讲究读书有法,穷究经籍,"约数人共读一书,数日务了一义"①。只是每人所重各有不同,如丁奇遇"励志复古……读《礼记》,疑其注未善,覃精析义,常至夜分",张岐然是"刻意于名物象数",高克临则认为经生之学对"古今治乱邪正之大端,漫不省为何物",因此"与密友孙武书之所考索,皆经生所不讲也"。② 天启末年读书社诸子的发展方向,其实是制艺型文社跟时局、时风相互激荡的另一种转变。

四、结论

本文主要以方应祥为中心,讨论万历二十年代到天启年间制艺写作风尚与文社的关系,其中地方上的读书人如何参与这股逐渐兴起,以组织形式共同研讨制艺的文社,以及方应祥和友人的结社跟明季转向经史、强调现实关怀的社集之间的关系,是本文讨论的主题。方应祥终其一生几乎都在准备科考当中度过,他直到万历四十四年(1616)55岁时才考中进士授官,为了备考、谋生与磨练制艺,他频繁往来于衢州、杭州、南京、北京等地。在"游历"成为士

---

① 嵇曾筠等修、沈翼机等纂:(雍正)《浙江通志》卷一七八《文苑·张芬》,收入《中国地方志集成》第6册,南京:凤凰出版社,2010,据民国二十五年上海商务印书馆影印清光绪刻本影印,第3108页。
② (民国)《杭州府志》卷一四四《文苑·丁奇遇》,收入《中国地方志集成》浙江府县志辑第3册,上海:上海书店出版社,1993,据民国十一年铅印本影印,第30a页;卷一四八《隐逸·张岐然》,第18a页。黄宗羲:《黄宗羲全集》第10册,《高古处府君墓表》,第272页。

人重要活动的晚明时代,方应祥也透过游历,以故乡衢州的同乡关系、杭州小筑社及在南京活动的同道网络,逐步扩大交友范围。虽然这些人不一定长期同居一地,不过,他们的交情随着乡试与会试的考期,在南京或北京继续积累。从地理角度来看,他们组织文社的地点隐然有某种层级性,府、县等地的文社(如衢州西安县)联结的多为本地士人,但府城不一定因为府学所在就能吸引同府的士子前来参加社集,士子往往可能跳过府城,直接往乡试所在地的省会(如杭州)或南京等大都会,寻求同道之友。而二京(北京、南京)则是文社组织地点的最高级,提供士人结交天下人的机会。

从方应祥及其友人的行动中也可看出,此时许多文社具有半开放的性质,士人往往一人同时或先后参加数个文社。有如满天星斗散布在各地的文社,也会因为个别士人的活动,在理念上相互沟通,如多次参加小筑社活动的李流芳,在南京也跟钱谦益等人结社。而他们之间的往来,除了集会,书信也是重要的沟通媒介,尤其在选编社稿、制艺文选、转介学生或推荐人才时,书信的效用不亚于集会,成为沟通想法、传达彼此制艺理念的重要渠道。

进一步来说,方应祥及其友人组成的文社,一方面是万历中期结社风气大盛的产物,另一方面则表现出跟当时注重八股写作技巧,或掺杂佛语、俗语的制艺风尚不同的主张。他们重新提倡茅坤、归有光等人所标举出的唐宋八大家的古文观,强调制艺写作以文载道,传达古代圣贤精神的风格。尤其值得注意的是,他们认为必须精读四书、五经、史书及古代子书,以帮助制艺写作的读书方法。不过,在这个部分,每个人走的距离不尽相同,方应祥虽然主张广读古代典籍,不过,他仍以四书、五经本经为主,且着重于这些典籍在写作八股文时辅助解经的功能;王志坚、徐日久、严武顺等人则进一步由经及史,甚至对史书表现出极大的兴趣,徐日久、严武顺更由此注意到历代与当代的制度沿革,呈现出以"经济"为主导的学问倾向。

不过,从万历中期方应祥及其友人的制艺与读书主张,到天启、崇祯年间读书社更重广读古籍的趋向,不一定是直线影响或沿袭的关系,万历末年到启祯年间时局的催化,也是必须注意的因素。而这两者间有一个共同的部分,就是对制度及人事变迁的关注。在朝代危机日趋严重的明季,当代士人对这个问题的考虑,值得未来更进一步探讨。

明中叶温州山人结社的地域社会机制与文化形态

张 侃[*]

一、前言

温州地处东南海隅和闽浙交界,明中后期的山人文化成为时尚。吴振汉教授曾以温州籍著名山人何白(1562—1642)为个案进行分析。[①] 一般认为,万历十七年(1589)龙膺任温州府学教授时组

---

[*] 张侃,浙江温州人,厦门大学历史系教授。研究领域:中国近现代史、中国经济史、区域社会文化史。代表作:《中国近代外债制度的本土化与国际化》(2017)、《1949 年的政权替代、宗教纪年与政治意涵:以温州东源村白氏道士科仪文书为例》(2017)、《华文越风:17—19 世纪民间文献与会安华人社会》(2018)。
[①] 吴振汉:《明末山人之社交网络和游历活动——以何白为个案之研究》,《汉学研究》,27:3(台北,2009.03),第 159—190 页。

织白鹿诗社,是以何白为代表的山人文化在温州普及的重要契机:"永嘉故称山水郡,俗尚文翰,有王谢流风。至辄与刘忠父、王季中、何无咎结白鹿社。广文先生无所事事,日以登临为期会,以倡和为簿书,以拍浮为法令,依然一楚狂也。"①不过,白鹿诗社的主要成员刘忠父、王季中等人与何白的布衣身份有所区别,刘忠父为温州卫所军官,王季中来自永嘉盐场世家。可见,具有浓厚山人文化色彩的白鹿社的成立,离不开地方社会脉络的支撑。王汎森教授曾论及思想观念与社会脉络的关系,"思想史应该广泛地与许多领域相结合。我的想象是思想之于社会,就像血液透过血管运行周身,因此,它必定与地方社群、政治、官方意识形态、宗教、士人生活……等复杂的层面相关涉,故应该关注思想观念在实际生活世界中的动态构成,并追寻时代思潮、心灵的复杂情状"。② 因此,温州的缙绅网络如何与山人群体及其文化进行结合?山人群体如何影响区域文化的构建?均是值得继续阐述的命题。

二、滨海地域转型与"显仕巨室"的通家之谊

明代中后期为温州地域社会演进的重要转折阶段,滨海社群凭借鱼盐之利和滩涂开发获得快速经济积累,获利甚丰。如永嘉盐场,"地方五十余里,南阻梅山,北距茅岭,东则负海,鱼盐万井,

---

① 龙膺:《龙膺集》,长沙:湖南人民出版社,2008,《胜果园记》,第181页。
② 王汎森:《晚明清初思想十论》,上海:复旦大学出版社,2004,第1页。

衣冠萃焉"。① 嘉靖年间,项乔(1493—1552)描述此地"衣冠"之盛,"本朝以来,山海之秀,钟于人文,陈启、胡奥、李观之后,为宰相者一人,为大司成者二人,为郎署、为藩、为臬、为府州县二十余人,为乡贡、岁贡、例贡三四十余人,为校官弟子员者二百余人"。② 值得注意的是,这些官绅群体高度集中在三都普门张氏、二都英桥王氏、二都七甲项氏、二都李浦王氏等大族。王世贞曾描述英桥王氏的家族繁衍与权势扩张的关系:

  自樵云公之先,世居永嘉之华盖乡英桥里,俱有隐德,以寿考终,而俱单传,至公乃遂有七子。七子之子二十八,曰埏、坦、墅、壮、在、堇、埻、境、封、佳、墀、坡、垛、厓、基、坛、墟、均、粲、堪、陆、埙、塏、填、坅、垣、塾、垠。二十八之子九十四,而始有以诗书之业起者,然犹用子孙显,曰:封右通政钲,南雄教授鋘,赠大理少卿炼,训道锡,其人也。九十四之子二百六,而益显,曰:太仆寺丞清,左参议澈,国子祭酒激,鸿胪序班汉,赠太仆寺丞沛,教授洌,赠大名推官浥,右佥都御史诤,其人也。二百六子之子三百五十,而显者曰推官良弼,鸿胪序班良庆,鸿胪署丞叔懋,按察司副使叔果、叔杲,佥事、赠太仆少卿德,光禄寺署丞叔本,其人也。三百五十子之子四百九十,而为乡进士煮、如珪、光蕴,锦衣千户如璧,其颖出且未

---

① 王叔杲:《王叔杲集》,上海:上海社会科学院出版社,2005,附录,侯一元,《永嘉场新建永昌堡城碑》,第 415 页。
② 项乔:《项乔集》,上海:上海社会科学院出版社,2006,《青山娄氏族谱后序》,第 78 页。

艾也。①

永嘉场世家以婚姻和师友关系建立了高度交集的社会网络。上文所叙英桥王氏的樵云公名王毅(1360—1426),其妻张氏为嘉靖年间首辅张璁(1475—1539)的同父异母姐。②张璁与王澈(1471—1551)、王激(1479—1537)为甥舅至亲关系,年纪相近而共同读书应试,王澈墓志铭谓,"公早岁颖异好学,与舅氏少师公及仲氏祭酒公自相师友。游庠校,灿然有声"③。英桥王氏与普门张氏婚姻关系密切,其他子弟也与张璁一起读书。张璁撰《王竹房墓表》谓:"先生配璁从姊,有子四人:世民、世澄、世渊、世泓。璁幼时,与其年纪各相差先后。先生聚书以教诸子,璁尝得分而读之,加惠已甚,由是既亲且爱也。"④正德十五年(1520)春,王激、王澈与张璁一起赴试。张璁经过八次应试而最终获隽。二王落第,归里之际,张璁撰诗以别:"三月都门送汝行,悠悠争似渭阳情。须思汝母为兄弟,莫负人言此舅甥。释褐书生长北望,戎衣天子尚南征。隆中好定匡时策,白首相期答圣明。"⑤项乔与张璁、王激、王澈

---

① 王世贞:《万历英桥王氏族谱》,《樵云翁传》(稿本),文纪,世传,藏于温州市博物馆,无页码。
② 张时彻:《明故朝列大夫福建布政使司左参议东厓王公墓志铭》,收入温州市图书馆编辑部编:《温州历史文献集刊》,第2辑,南京:南京大学出版社,2010,第130页;罗洪先:《中宪大夫国子监祭酒鹤山王公墓志铭》,收入孙建胜编著:《永嘉场墓志集录》,合肥:黄山书社,2011,第270页。
③ 张时彻:《明故朝列大夫福建布政使司左参议东厓王公墓志铭》,收入温州市图书馆编辑部编:《温州历史文献集刊》,第2辑,第130页。
④ 张璁:《张璁集》,上海:上海社会科学院出版社,2003,《王竹房墓表》,第463页。
⑤ 张璁:《张璁集》,《寄王氏二甥子明子扬》,第293页。

等人相交甚深,年纪稍轻,以门生自称。项乔与张璁堂侄张纯(1496—1566)同窗,后来项乔三子项文言娶张纯次女为妻。项氏与王氏也有联姻关系,项乔之妹嫁给英桥王氏的王沆,王沆的父亲为王铁,与王钲(1450—1536)、王镔等人为兄弟。项乔曾致信王镔之子王涵(名崇虚,号谦山)谓及姻亲提携互助之情:

古今言相厚者,不过曰"通家"而已;若贤伯仲之于不肖,可谓通心腹肾肠者,感切,感切! 令兄指点教令,诸匠正在仰承之间,若一舍去,即水母无虾,能知起倒耶? 儿子辈亦攀辕卧辙,拟廿三日方可送至岭上。幸转告舍妹知之,勿再勤来使,是望。①

信中的"贤伯仲"指王澈、王澂,"水母无虾,能知起倒耶?"来源温州谚语——"鲊鱼也着虾儿做眼"。"鲊鱼"即水母、海蜇,谚语原意是海蜇无眼,以虾为目,指引其移动方向。引申比拟为人事关系,则指晚辈需要明白事理的前人指点教道。

项乔与李浦王氏的来往也极为密切,王瓒(1462—1524)次子王健(1502—1550)年少项乔十岁,项乔比王健早九年中进士。王健同科好友侯一元(1480—1529)随项乔学习,项、王两人互有书信往来,援为知己。王健在嘉靖十七年(1538)北上中进士并任职京官后,项乔写信给王健推荐阳明弟子的核心人物:

近得袁芳洲书,知从者初意驻淮,而忽进馆阁,殊不惬然。非

---

① 项乔:《项乔集》,《与王谦山亲家》,第403页。

鹤泉无此见也,然用舍何与?于我则行藏安于所遇,何容心焉?且职守清闲,尤得专志于学。学非记诵词章之谓,将以求志圣人之道也。京师贤杰渊薮,知圣学者必多,如某所知,林东城、邹东廓、罗达夫、唐应德,其选也,朝夕相与切劘否?某曩时,不知痛痒切身,匆匆蹉过日月,今虽复欲与诸公聚首,而未可得也。执事珠玉在侧,非惟日不足之时耶?①

可以这么说,永嘉场世家因王瓒、张璁、王激、王澈、项乔、王健等人的科举成功而为子弟交往提供了多元的提携通道。项乔曾交代京中好友关照其子项文焕(1522—1568)、项文蔚,"谨具俸金数两,聊引别意。他日小儿文焕、文蔚,或出身来京,我弟必能推爱及之"。② 张璁之孙张鸣鸢科举失败后,项乔专门写了《慰张仲仪表侄》的书信,转引阳明言论进行指点:

初闻霜蹄暂蹶,殊不惬意,既而又大以为喜。以吾表侄高才,岂不能一日千里?然以鄙见论之,似当濯去旧见,从事于身心之学,每日将圣贤言语,实体会于身心之间,而有得焉,庶几笔下不为迂谈,而所记诵亦有得力处耳。博所以说约,吾道一以贯之,以定论也。青年博学一科,岂足以为屈?天其或者假此动心忍性,增益其所不能也耶?阳明公尝因诸子弟早出应科,谓使即此得捷,岂不误却一生!仆于吾儿及贤表侄俱有远望,捷不捷,未足以轩轾也。③

---

① 项乔:《项乔集》,《与王鹤泉主事》,第323—324页。
② 项乔:《项乔集》,《与王大启儒士》,第354页。
③ 项乔:《项乔集》,《慰张仲仪表侄》,第345页。

项乔在信中所谓"吾儿"即项文焕、项文蔚等,项乔对他们寄以厚望。确实,世家子弟中藏龙卧虎。项文焕的豪迈之气得到温州的诸多士人子弟的推崇,侯一元的弟弟侯一麟(1517—1599)在《项伯子小传》中描述:"余少时,辄尝谒吾乡先贤瓯东先生,而得交先生之三子焉。伯曰文焕,仲曰文蔚,季曰文言。三子者,皆隽才也。而伯子尤雄情爽气,卓诡超群。自负磊落,才充其志也。举万物于炉锤,兴云雾于漱噏可也。"侯氏与项氏成为世交,项文焕有子光祖、守祖、敬祖,侯一麟将女儿许配给了项文焕长子继祖。① 家风相承,项文焕的三子项敬祖(季舆)也有豪迈之气,"季舆,名家子,少从祖父,习知海内鸿流哲匠、贤豪长者,而又善诗赋、投壶、六博,四方士闻季舆至,争就季舆,户外趾相错。……里中大老二谷、四谷侯公,旸谷王公,皆季舆父执,时引季舆为忘年交",②侯二谷即侯一元,侯四谷即侯一麟,王旸谷为王叔杲。王叔杲是王澈次子,他与其兄王叔果有进士功名,成为永嘉场世家的代际更替的第二代核心人物。与项乔相似,王叔杲、王叔果以科举仕宦活动在外建立了广阔的人脉关系,积极运作温州世家子弟的社交网络。王叔杲致信侯一元说,"家姊夫严某幸厕末属,辱翁曲赐庇覆,此皆自贱兄弟推及,而瓯人每谈乡情友谊之笃,必以翁为首称,乃于兹益信。贱兄弟感激当尤倍恒情也。"③

永嘉场官宦世家子弟在外流动之后,婚姻圈呈现超地域特征。

---

① 侯一麟:《龙门集》,上海:上海社会科学出版社,2006,《项伯子小传》,第321页。
② 何白:《何白集》,上海:上海社会科学出版社,2006,《项季舆传》,第445页。
③ 王叔杲:《王叔杲集》,《与侯二谷方伯》,第255页。

王叔杲与安吉名士吴维岳(1514—1569)结成连襟,王叔杲继配陈氏之姐为吴维岳继室,生子吴稼䜩。张居正为吴维岳撰墓志铭记,"继娶永嘉陈氏,封恭人。生子稼翊,聘秀水项吏部女;稼䜩,聘乌程闵茂才女"①。根据王光美墓志铭,王叔杲和吴维岳的岳父为"都督师古陈公"②。吴维岳与王一夔有所交集,曾为王母撰写《寿永嘉胡太孺人》祝寿。王一夔是张璁大女婿,万历《温州府志》记:"王一夔,字乐仲,少颖悟工文,张少师公见而奇之,以子妻焉。"③吴维岳去世后,其子吴稼䜩在万历二十四年(1597)来到温州为王叔杲祝八十大寿。王叔杲撰诗题为《吴翁晋,余内子女兄子也,千里来访,与余儿交甚欢。翁晋以词赋擅名,今睹其制义精诣。喜而赋赠,致期属之意云》:"季子东来访大家,翩翩词藻绚赪霞。交情喜共庭花合,声价惭同宅相夸。渥水神驹须伯乐,丰城龙剑待张华。青云连捷君家事,早寄泥金到永嘉。"④"余儿"即其子王光美(季中)。王季中由王叔杲侧室梅氏所出,"幼时多羸疾,赖陈恭人抚视如己出,得成立"⑤。王叔杲对吴稼䜩和"余儿"寄托厚望,吴稼䜩告别之际,王叔杲再次强调两家的密切关系,"三世通家七十年,而翁况复缔姻连。云山怅隔余千里,不断交情在后贤"⑥。

---

① 张居正:《中宪大夫都察院右佥都御史霁环吴公墓志铭》,收入汪荣纂:《(同治)安吉县志》,卷15,艺文上,第32A页。
② 王钦瑞:《先大父光禄寺大官署丞玉苍公圹志》,收入孙建胜编著:《永嘉场墓志集录》,第457页。
③ 汤日昭纂:《(万历)温州府志》,卷11,人物上,第85A页。
④ 王叔杲:《王叔杲集》,第154页。
⑤ 陈圣俞:《先大父光禄寺大官署丞玉苍公圹志》,收入孙建胜编著:《永嘉场墓志集录》,第461页。
⑥ 王叔杲:《王叔杲集》,《别吴翁晋四首》,第156页。

明中叶之后,永嘉场的士人不断通过婚姻和师友关系构建多层次的社会网络,以维系他们在温州地域内的权力与地位,"温之显仕巨室,多产兹土"①。普门张氏形成张璁——张逊业——张汝纪、张汝纲、张鸣鸾的代际传承关系;英桥王氏形成王激、王澈——王叔杲、王叔果——王光美、王光蕴的代际传承关系;七甲项氏形成项乔——项文焕、项文蔚、项文言——项季鸾的代际传承关系;李浦王氏形成王瓒——王侹、王健的代际传承关系。他们在地方权势、文化话语、婚姻嫁娶、师友传承、公共事务等方面交错联盟,结为互为支撑的世家体系,成为引导地域发展的主干,也是山人文化输入温州并形成会社的组织基础。

三、参与江南文人结社与山人文化的输入

王激是永嘉场士人中最早接触山人群体的世家子弟。他在南京参与了文人结社,因文采出众,"太宰乔白岩、山人孙太初引为文字交"②。孙太初即孙一元,号太白山人,为明中叶著名的布衣诗人。徐渭的《孙山人考》谓"孙一元,字太初,别字太白山人,其家世士流也。父早亡而贫,山人以抄书役某府中"③。孙一元与刘麟、龙霓、陆昆、吴相等人结盟为社,称为"苕溪五隐",他们的文人行径被描述为,"绍兴守刘麟去官,卜筑吴兴之南垾;建业龙霓,以按察挂

---

① 王叔杲:《王叔杲集》,《永昌堡地图说》,第386页。
② 罗洪先:《中宪大夫国子监祭酒鹤山王公墓志铭》,收入孙建胜编著:《永嘉场墓志集录》,第270页。
③ 徐渭:《孙山人考》,收入刘祯选注:《徐文长小品》,北京:文化艺术出版社,1996,第155页。

冠,隐西溪;郡人御史陆昆,亦在罢;而长兴吴琉,隐居蒙山,穷经著书,诸公皆主焉。琉乃以书招太初,太初至,相与盟于社,称苕溪五隐,而琉为之长"。①

嘉靖二十一年(1542),张璁次子张逊业(1524—1559)在赴京途中结识王世贞。后来,王世贞应张逊业之子张汝纪之请为张逊业撰写墓志铭,回忆他们的相识过程,"盖余十七而以诸生识有功济上,甫加余一岁也。……君固饶才,其于诗歌擅宏丽,又能纵笔为行草,一时声称籍甚。而雅好客,客稍以诗酒闻,则致之为长夜饮"②。张逊业在京城担任尚宝丞之职,与沈炼等人交往甚深,"沈公由清丰令入为锦衣卫经历,数从故尚宝丞张逊业饮。沈公少饮辄醉,醉则击缶呜呜,诵《出师二表》、《赤壁赋》。已,慷慨曼声长啸,泣数行下"③。沈炼作为"越中十子"的核心成员,是山人文化的推动者之一。

杭嘉湖地区是山人群体结社活动的核心区,对边缘区的温州形成文化辐射。较早参与吴中诗社活动的温州山人为康从理,自号"二雁山人"。康从理在杭州、南京与北京等三处全国山人文化中心活动,与陈文烛(五岳山人)、胡应麟(少室山人)、黎民表(瑶石山人)、梁辰鱼等诸多文人有所交集。隆庆年间,他参加梁辰鱼在金陵组织的鹭峰诗社,成员有莫是龙、梁伯龙、殷无关、赵王孙、

---

① 钱谦益:《列朝诗集小传》,上海:上海古籍出版社,1983,丙集,"太白山人孙一元",第328页。
② 王世贞:《弇州四部稿》(明万历刻本),卷88,《承德郎太仆寺丞瓯江张君墓志铭》,第3B页。
③ 王世贞:《沈青霞墓志铭》,收入黄宗羲编:《明文海》(清涵芬楼钞本),卷462,墓文34,第10B页。

张仲立、尹教甫、顾茂俭、王世周(伯稠)、罗居士、沈嘉则(明臣)、黄淳父、朱邦宪、周若年、王百榖(穉登)、张幼于(献翼)、俞孟武、董子岗、古缪自、陆无从、戚元佐等。王叔果、王叔杲、侯一元、侯一麟等温州世家子弟极为赏识康从理。王世贞为王叔杲的《玉介园存稿》撰序言说,"文章诗歌,昔人以为不朽之业,虽微指好之,而间若为不能尽者。然其所善,于乡则康从理"①。王叔杲专门撰《康山人传》描述他们以"学诗"为纽带而形成的乡居社群交往关系:"康山人者,浙之永嘉人也,名从理,字裕卿,自号晓山山人。余童时见里中称巨室者,必首康氏。至嘉靖间,中微、裕卿始业儒,屡试弗售,乃弃而学诗。时瓯中谈诗者,惟王拱甫(应辰)与余三四辈,亦遂闻有康生矣。"②王叔杲不仅欣赏康从理的文采,而且赞扬他的修养和义节,"论者每以富贵贫贱验交情,乃生死之际则益难矣。裕卿邀游搢绅间,当无事时,燕游歌咏相征逐,固与他山人等耳。至临患难际生死,毅然以身当之,即古侠烈不是过。余前征之刘将军,今征之朱司马,益信裕卿为义士哉"③。

在康从理等人带动下,温州世家子弟与外籍山人有较多往来。如侯一麟的《程山人传》所记程山人名字为程诰,"程氏,歙人也。世家临河之上,名诰,字自邑。……山人家故饶,游既久,则尽縻其囊金,赀落而婆也。意度自若、与所善郑玄抚十五人,结社于天都,咏甚豪"④。程诰是黄山地区较为活跃的"山人",清代《黄山

---

① 王世贞:《玉介园存稿》序,收入王叔杲:《王叔杲集》,第406页。
② 王叔杲:《王叔杲集》,《康山人传》,第245页。
③ 王叔杲:《王叔杲集》,《康山人传》,第245页。
④ 侯一麟:《龙门集》,第307页。

志·王寅传》也记载了程诰参与王寅(十岳山人)倡道的天都前社,"嘉靖壬寅(1542)重九,倡社天都峰下。践约者为程自邑诰、程汝南应轸、陈达甫有守、江廷莹瑾、江民璞珍、佘元复震启、汪玉卿瑗、王子容尚德、方际明大治、方子瞻霓、方定之弘静、郑思祈玄抚、郑子金铣、郑文仲懋坊、郑思道默,合王仲房寅为十六人,乃效谢灵运邺中七子、颜延年五君咏,为十六子诗"①。

一般认为,山人的大量出现与明中后叶的商品经济发展有关,但也与社会政治因素有关,温州山人文化可视为是江南吴中地区山人文化的向外辐射的结果。值得追问的是,温州为什么会在嘉靖中叶后产生如此密集的"山人"之文化标签,有无区域政治文化的因素?应该说,温州世家子弟纷纷以"山人"自称,如侯一元自号"二谷山人"、侯一麟自号"四谷山人",项文焕自号"孤屿山人"这与"大礼议"引出的复杂政治局面有一定关联。张璁在"大礼议"中的得势,温州世家子弟尤其是永嘉场世家获得一定的政治上升空间。但是,"大礼议"是一场朝廷内激烈的政治斗争,张璁作为议礼新贵,未能形成绝对的政治优势,反而因政治斗争而留下后患,导致永嘉场世家子弟的仕途不畅。如王激在嘉靖八年(1528)被科道官列入党附张璁、桂萼而被弹劾。张璁致仕后,议礼新贵内部的权力斗争极为激烈。1559年,张璁之子张逊业英年早逝,恰值严嵩父子掌权。侯一元等人有感而发:"既而知君以营护谏者,前沈经历,后吴谏议,为执政父子所怨毒滋甚,君不死且又有奇祸,则喟然曰:'嗟乎!君得正而毙,亦可矣。'"②温州士人对现实政治逐渐失望

---

① 闵麟嗣纂:《黄山志定本》(康熙十八年刻本),卷2,人物志,上,第59B页。
② 侯一元:《侯一元集》,合肥:黄山书社,2011,《太仆瓯江张先生墓表》,第1177页。

而采取了躲避政治的姿态,也许是他们以"山人"自称的原因之一。

四、士人城居生活的展开与阳湖别墅的山人雅集

随着明中期城市商品经济的发展,城镇出现了空前繁荣的局面。士大夫的生活面貌也由此产生了巨大转变,逐步采取了城居的生活模式,将日常生活的中心从乡村转移到城郊或坊市之内,温州世家也不例外。嘉靖二十五(1546)年,项乔在温州府城外西郊建造阳岙山庄,作为子弟读书处。① 而后,其子项文焕买屋温州异山九曲池,筑曲池草堂。王一夔解官归乡,在郡城西南筑浦东别墅。王澈则在城内墨池坊东建造传忠堂。嘉靖三十八年(1559),王叔杲在府城内住宅周边置地十余亩,建造了玉介园。王叔杲经营玉介园多年,借鉴吴中园林的建造工艺,如《玉介园记略》自述:

昔谢安石居有东山,所至筑丘象之。予居邻华盖山,《志》称"东山"。山人自家食至入仕,癖痺于兹园之培植布置,率预于数十年之前,乃今亭台池馆,次第幸成,而华盖上下,诸景亦烂然易观,其惠于兹山者,岂一旦夕一手足力哉!园密迩居室,望华盖山如家山,朝昏风雨。予尝憩其中,偕昆弟朋友宴笑卒岁,是娱晚景而乐天伦,咸属于兹园也。②

王叔杲沿用华盖山古迹来构筑玉介园,形成了山行式的亭台

---

① 项乔:《项乔集》,《阳岙土地祠记》,第63页。
② 王叔杲:《王叔杲集》,《玉介园记略》,第369—370页。

池馆布局,其意在于体现"山林气息"。而后,王叔杲又在城西建造阳湖别墅,意在于仿照江南景观,是另一番园林意趣。王世贞在《阳湖别墅图记》曰:"公为备兵使者……经略之暇,时时过予山园,辄停昕久之。一日,慨谓予曰:'以吾墅之壮,不能望子园,然吾墅无待而子园有待者也。虽然,昔子有园而无主,吾时时能代若主。今子园有主矣,而吾墅未有主也,吾将归矣,其主吾墅矣。'予笑曰:'公欲归,天子其即归公耶?以予之为时厌也,与公之不能厌时也,皆理也。'"阳湖别墅建成后,王叔杲专门请王世贞撰写《阳湖别墅图记》《阳湖别墅后记》,请茅坤撰有《阳湖别墅记》,是为著名的"阳湖三记"。《阳湖别墅图记》描述了阳湖别墅的景观布局:

瓯之山自西来,沿江而下,其一支入于江,断而复起若珠连者,曰九斗山,郡城据之。其一支自朱浦分,亦西行可数里,为二小支,折而南,凡东西岙二,总名曰阳岙。岙之水自西南来者曰雄溪、瞿溪、郭溪,为里四十而遥。南山折之汇而平,为湖,曰阳湖。当阳湖之前,突起两峰,其高逼汉峰,顶有台,曰吹台。或云其先子晋吹笙地也,亦名吹笙台。阳岙之东麓,则吾大参王公阳德别墅在焉。其三垂皆山,吹台前耸,俯临湖,湖之中宛然而洲者曰"浮碧"。墅之后清泉悬崖下,瀮瀮入溪,环堂而流,坐其中若斋舫焉,曰"湛然堂"。堂之后,迂径而东,有轩焉,丛瓯之异卉木于庭,曰"众芳轩"。又东有楼焉,以当山色,初阳承之,松竹如沐曰"青旭楼"。轩之后修竹将万挺,循竹而西,北有径四,曰莳其卉木如其时。①

---

① 王世贞:《阳湖别墅图记》,《弇州续稿》(收入《文渊阁四库全书》),卷61,第1A—2B页。

阳湖别墅在一定程度上显示了明中叶温州士大夫文化的情趣转向,江南化的趋势越来越凸显,阳湖别墅成为城居园林的典范之一。如王思任谓,"予游赏园林半天下,弇州名甚,云间费甚,布置纵佳,我心不快。独快者,永嘉之'阳湖',锡山之'愚谷',次甯濑水之'彭园'耳"①。

阳湖别墅和玉介园建成后,王叔杲有了集结温州士人与山人的新场所,"公既归,而故所治别墅阳湖、玉介者,悉幽窅郁纡,擅丘壑之美,手所种树,大者蔽牛,其次巢鹤,小者亦鸣蝉矣。益斥治池馆台榭,朱廊碧槛,与清流嘉木相映带,若仙都洞府然,平泉、金谷无论也。时江陵相雅知公,欲加援引,即家补官福建参政。公坚卧不起,日与棋酒客出游山墅,拍浮竟日,公府请谒,绝不与闻"②。康从理与王叔杲相交甚深,即与王叔杲比邻而居。王叔杲给王世贞之弟王世懋(1536—1588)的信中说,"康裕卿近卜居阳湖之西,相去仅隔一牛鸣"③。康从理的生活境遇并不理想,"渠苦家累,又为病魔所困",居住在阳湖别墅之西的用意,即求得王叔杲等人关照。这与康从理以往做法一脉相承,王叔杲曾说,"裕卿不善生殖,人有急告,辄推而与之,前所积赀尽散,萧然四壁矣。而所与游则益广,裕卿莫能支,乃偕项氏兄弟入燕京"④。文人会聚,切磋诗文为常态,"公(王叔杲)素志山水,日惟徜徉华麓、阳湖园墅间,与二三知

---

① 王思任:《古今图书集成·经济汇编·考工典》,卷120,园林部,《记修苍浦园序》,第33页。
② 王穉登:《福建参政旸谷王公墓表》,收入王叔杲:《王叔杲集》,第520页。
③ 王叔杲:《王叔杲集》,《与王麟洲少参》,第290页。
④ 王叔杲:《王叔杲集》,《康山人传》,第246页。

契揽胜赋诗"①,"每宴席集,必首倡为诗歌,越日缮写,以诒同好"②。此时,继康从理之后的何白开始崭露头角,逐渐成为温州山人的重要代表人物。何白,乐清县金溪人,生于嘉靖四十一年(1562),七岁随父移居郡城。十七岁左右开始写诗。他在《柯茂倩〈歌宜室集〉序》自述:"余少孤露,年十六七,辄能操笔为诗歌,刻烛累千余言,淋漓自喜。"③万历八年(1580),何白被张璁之孙张鸣鸾(仲仪)聘请至家教导子弟,与永嘉场世家子弟开始密切往来。王叔杲有所见,爱惜其才华,视之如康从理,"永嘉诗人自康裕卿而后,指不可胜缕,近乃有何无咎才行甚高,皆布衣穷巷之夫,公礼为上客,待以忘年,而后悉成名士"④。王叔杲之子王季中与何白交往最深。他生活在阳湖别墅中,一部分诗结集为《湖上草》,何白为其撰序时,展现了浓厚的"山人"意象:

  季中先大参公治别业于阳湖,湖当三溪之汇,天空水阔,松古云寒。季中暇则刺艇藕花蒲丛中,沿逗于烟波沙屿之渚,左摩彝鼎,右披图书,焚香煮茗,翛然人外。望者拟之赵孟坚、米海岳书画舫,日吸其灵爽清寒之趣,发为觚翰,合音赴节,若绎储、孟诸人逸思隽响也。其取境传情,清晖映发,又如揽华子冈,辋水涟漪,与月上下,濯濯挹人,清澈毛胆。⑤

---

① 王光美:《录〈玉介园存稿〉书后》,收入王叔杲:《王叔杲集》,第405页。
② 王光美:《先参政公行政》,收入永昌堡文化研究会编:《王季中集》,香港:香港出版社,2015,第417页。
③ 何白:《何白集》,《柯茂倩〈歌宜室集〉序》,第386页。
④ 王穉登:《福建参政旸谷王公墓表》,收入王叔杲:《王叔杲集》,第520页。
⑤ 何白:《何白集》,《湖上草序》,第386页。

王季中、何白等人在阳湖别墅等地结社雅集,地近郡城,也吸引城内官宦官员参与,"永嘉陈尹其志,福之莆田人也,平日洒落不羁,好与诸山人狎昵,兴济不拘"①。陈其志参与了1584年的一次诗文雅集活动,王光美撰写了《九日陈公衡令君携朱在明、张邦粹、洪从周、周文美、张英父、刘忠父、何无咎移酌阳湖分得"灯"字》、何白撰写了《同陈公衡明府,招集同社泛舟阳湖,得"云"字》等。1588年,龙膺到温州担任府学教授,与王季中、项季舆、何白等组成白鹿诗社。何白的《汲古堂续集》中《寄龙君御》的序谓"君御昔以司理左迁永嘉广文,与余及二三子结白鹿社",诗曰:"使君昔作南迎客,龙性由来宜大泽。一笑相逢东海头,坐使风骚动江国。当年握手刘(忠父)与王(季中),间有门人参讲席。"②龙膺对温州的文人与山人并不陌生,其舅父陈文烛号为五岳山人。陈文烛和康从理有很深的交情,并为康从理文集作序。除此之外,陈文烛也与洪孝先、项乔及项文焕、项文言等人有交谊。后来,龙膺离开温州后,奔赴金陵与陈文烛见面。③ 白鹿诗社的诗友除了王光美和何白,还有项守祖、项敬祖、姚虚焕、柯荣、邵建章、刘康社、周文美、杨汝迁、吴宗孔、徐伯用等人,涵盖了温州山人群体的主体。

龙膺担任温州府学教授,日常起居和处理行政的住宿应在书院之中,潘猛补先生由此考证出白鹿社成立在中山书院。④ 需要指

---

① 姜准:《岐海琐谈》,上海:上海社会科学院出版社,2002,第251页。
② 何白:《何白集》,《寄龙君御》,第523页。
③ 龙膺:《龙膺集》,《胜果园记》,第181页。
④ 潘猛补:《温州白鹿社考》,《温州职业技术学院学报》,2014;3(温州,2014),第18—23页。

出的是,白鹿社人雅集是流动的,"广文先生无所事事,日以登临为期会,以倡和为簿书,以拍浮为法令,依然一楚狂也。探仙岩,寻休粮庵秀和尚逢席。已,泛阳湖。已,穷雁宕最幽胜处"①。因此,阳湖别墅特有的园林空间也成为白鹿社举行雅集的主要地点,王叔杲、王光美为之主事。王稺登第一次来温州阳湖别墅拜见王叔杲,恰逢白鹿社雅集之举,即撰诗《奉谒参知永嘉王公晏集赋呈》曰:"杨花吹雪满山城,拂袖东来海气清。喜见王乔骖白鹿,不愁谢傅起苍生。簷间旧识营巢燕,曲里新闻出谷莺。座客相看多皓首,翟门何处见交情。"②王稺登陪同王叔杲泛舟阳湖,又撰诗《奉陪王参知公泛舟之阳湖》③,随后撰写《阳湖杂咏二十首》描述阳湖别墅中的二十个亭榭景观:青晖堂、纤青阁、知乐轩、聚秀园、红雨蹊、涟漪亭、潜光室、暑香亭、金粟岭、穿云峡、超览亭、筠阿馆、绿沉坳、渟玉沼、卧虹涧、香雪坞、清凉界、锦浪堤、宝界庵、浮碧台。④

龙膺离开温州之后,王光美等坚持社集活动。王光美专撰《白鹿社草》为名的诗集,诗篇有《白鹿社成诸君子集梦草池赋酬龙君善先生得"扬"字》等。他们还招引其他人加入诗社,如王光美写有《招柯茂倩入白鹿社》。在王、何诗文中出现频率较高的刘忠父是白鹿社主要成员,他属于军官身份,担任温州卫指挥使之职,⑤军事才干较为突出。时人在万历十二年(1584)记载,"原任川沙把总、温州卫指挥同知刘懋功,谈吐风生、精神骁勇。哨远洋,虽蹈危地

---

① 龙膺:《龙膺集》,《胜果园记》,第181页。
② 吴稺登:《玄盖副草》(万历家刻本),卷16,《奉谒参知永嘉王公晏集赋呈》,第8A页。
③ 吴稺登:《玄盖副草》,卷16,《奉陪王参知公泛舟之阳湖》,第9A页。
④ 吴稺登:《玄盖副草》,卷4,《阳湖杂咏二十首为王参知乡赋》,第5A—8A页。
⑤ 汤日昭纂:《(万历)温州府志》,卷3,建置志,卫所乡置,第18B页。

不避;习海务,即负气岸何妨。此一臣者,堪备守提之选者也"①。王穉登称赞其文武双全之能:"温州卫指挥刘懋功,经笥与武库齐探,儒术将《阴符》并贮。"②明中叶后,武将与文人的共同结社,以文士以提高自身声名,这种现象被称为武官的"文教化"或"文人化",③《岐海琐谈》记载了一则趣闻:

  温州卫军余蒋禄,家饶于赀,疏于文墨,以纳粟职授千户。傍松台山麓创建别墅,即今"宝纶楼"前垣内空地,皆故址也。好以翰札自饰,闻有《汉书》可资博览,购之全帙,置诸园馆几上。凡见人来游园者,辄揭书作点头咕哔之状,以欺时俗。别号松泉,绘成图障,为苍松流瀑之景。乃讶其绘史曰:"松既有矣,船则安在?"盖不知流瀑为泉,而以"泉"为"船"也,闻者为一粲。④

  这则笔记意在讽刺卫所军余的"文人化"假象,但反映出温州也盛行同样社会风尚,一定程度上揭示了刘忠父参与白鹿社的文化动机。如白鹿社友邵少文所言:"刘挥使懋功,字忠父,耻列武

---

① 温纯:《温恭毅集》(收入《文渊阁四库全书》,第 1288 册,台北:商务印书馆,据台北故宫博物院藏本影印),卷 4,《灾异频仍恳乞圣明敦政体饬武备以除隐患以图消弭疏》,第 24A 页。
② 贺复征辑:《文章辨体汇选》(收入《文渊阁四库全书》,第 1402—1410 册),卷 243,《与顾益卿书》,第 22B 页。
③ 王鸿泰:《文武交际:明后期武人与文士的文化交流》,《"中央研究院"明清研究国际学术研讨论会论文集》,2013;秦博:《明代前中期武官"文教化"现象初探》,《中国社会历史评论》,16 下(天津,2015),第 48—71 页。
④ 姜准:《岐海琐谈》,第 233 页,温州方言,"泉"与"船"同音。

弁,寄情艺苑,才颇老苍。古体歌行,矫劲有力。"①

  王叔杲等永嘉场世家逐渐城居,追求"山林气息"的文化动因之一。但如果与嘉靖中叶的沿海倭乱联系起来,其中也有滨海地域的社会动因。永嘉场地处滨海,经常遭到战事侵扰,王叔杲、王叔果等在城内或城西构建别业也有保证家人与家业安全的目的。不过,他们的"寄生"色彩并不像江南士人那么浓厚,②他们在城内宅邸开设当铺,也拥有乡下田产及"各乡佃仆孥辈"③。"乡居"和"城居"两种生活状态并不截然分离,没有出现类似"江南无宗族"的迹象。④ 尤其重要的是,永嘉盐场世家依靠土地经济和盐业经济获得资金投资园林,逐渐使城居生活呈现为观赏性的面貌。⑤在此局面之下,阳湖别墅被构建为权势和品位的空间,成为联络郡城各类人物的中心区。以山人为核心的雅集活动,既有在任官员,也有致仕大老,还有卫所军官,诸多身份群体跻身于此。与其说是一个纵情山水的清闲之所,还不如说是一个展现新文化意趣的社交平台,形态上与江南的山人雅集有相当大的差别。

---

① 周天锡辑:《慎江诗类》(永嘉黄氏敬乡楼抄本,温州图书馆藏),卷3,转见孙衣言,《瓯海轶闻》,上海:上海社会科学院出版社,2005,下册,第1015页。
② 滨岛敦俊:《明代中后期江南士大夫的乡居和城居:从"民望"到"乡绅"》,《明代研究》,11(台北,2008.12),第59—94页。
③ 姜准:《岐海琐谈》,第253页。
④ 滨岛敦俊等:《江南无"宗族"》,邹振环、黄敬斌主编:《明清以来江南城市发展与文化交流》,上海:复旦大学出版社,2011,第281—292页。
⑤ 巫仁恕:《从生产性到观赏性?——明清苏州园林型态的再思考》,复旦大学历史系编:《江南与中外交流》,上海:复旦大学出版社,2009,第263—287页。

五、声色流风与小史度曲的文艺生活

　　江南山人中的曲艺高手比比皆是，康从理、项文蔚在金陵参与鹭峰诗社活动，鹭峰诗社以宴饮唱酬、征歌度曲而闻名。何白游历在外，曾参加太仓季氏园雅集，曲艺也为必备之举："团扇新翻周史曲，中洲时和越人歌。酒醒蘋末凉风入，客散平台奈晚何。"①随着温州山人雅集的展开，精于词曲之江南山人也纷纷来此。嘉靖三十二年（1553），精于音律的梁辰鱼（1519—1591）南游永嘉等地，温州世家子弟与山人的热情接待，宴席之际即有曲艺活动。另外，绍兴山人陈鹤善于各类曲艺演技，"酒酣言洽，山人为起舞也，而复坐，歌啸谐谑，一座尽倾。……其所自娱博戏，虽琐至吴歈越曲，绿章释梵，巫史祝咒，櫂歌菱唱，伐木挽石，薤辞傩逐，侏儒伶倡，万舞偶剧，投壶博戏，酒政阄筹，稗官小说，与一切四方之语言，乐师蒙瞍，口诵而手奏者，一遇兴至，身亲为之，靡不穷态极调"②。他与张逊业等人交往颇深，旅居永嘉场，与王德、王应辰、王一夔、王叔果、项季舆、侯一麟等人交往颇深。"嘉靖末年，海内宴安，士大夫富厚者，以冶园亭，教歌舞之隙，间及古玩"③，流风所向，温州士人也尝试填词作曲以自娱。嘉靖三十年（1551），王叔果丁忧在家，写了一首诗，题为《张瓯江表叔新制拍板成，索诸友题赠刻之，戏占一绝，时张以尚宝谪官淮运》："句板频催怅别宴，新声低按紫箫篇。春风

---

① 何白：《何白集》，《郁文学携尊饮季氏园，时有小史度曲》，第296页。
② 徐渭：《徐渭集》，北京：中华书局，2012，《陈山人墓表》，第641页。
③ 沈德符：《万历野获编》，北京：中华书局，1997，卷26，第654页。

吹入昭阳去,应念当年李谪仙。"①诗题中的"拍板"又称檀香板、绰板,用于戏曲、曲艺和器乐合奏,张逊业以音乐消遣被贬闲暇生活的状况。王叔杲也参与编写剧本,王叔果就写了一首诗为记,"旧业城西绿荫繁,新开桔圃属仙源。鹤林负郭俱佳胜,遮莫人称独乐园。世事无端剧戏伦,词林幻出一番新。看君是处堪行乐,何事牢笼却羡人"②。

万历年间,士大夫们买童子设家乐成为时尚,陈龙正说,"每见士大夫居家无事,搜买儿童,鼓习讴歌,称为'家乐'",王叔杲等人予以仿效,"从父鸿胪后桥公讳叔本亦谢簿政归,从公同妙解音律,集小史数辈,岁时伏腊及花晨月夕,邀长公与俱,集宾友为高会,命小史曼声奏舞"。③"小史"即王叔杲私人置办的戏曲人员。家乐演戏也是社交手段。王氏父子在阳湖别墅中设家乐,主要目的是在知交好友来访之际或重要节日宴请之际,以器乐、清唱、跳舞助兴。阳湖别墅等地是王叔杲、王季中父子开锣演戏的主要场所。比如一年四季赏花之际,均有演剧。何白描述秋季赏菊:"越罗吴绡裁舞衣,翠幄银灯燃九微。绛河一道列珠斗,似与素月争光辉,又如霓裳炯明灭,珮环自绕行云飞。"④何白的《王季中光禄玉介园红白梅花盛开,是夕悬灯数百枝花林中,并在花下布席,陈歌舞为高会纪胜八绝》描述玉介园梅花盛开与观赏歌舞情形。⑤ 王季中自

---

① 王叔果:《王叔果集》,合肥:黄山书社,2009,第62页。
② 王叔果:《王叔果集》,《答见鹤伯兄,时改诸剧本》,第153页。
③ 王光美:《先参政公行状》,收入永昌堡文化研究会编:《王季中集》,第413页。
④ 何白:《何白集》,《集王季中餐英馆灯下菊观剧》,第381页。
⑤ 何白:《何白集》,第370页。

169

己亦描云:"西园多胜赏,上客共酣春。乐府歌儿旧,池塘花事新。缘知行乐者,应念向隅人。赖有庭柯发。芳枝聊自观。"①

男旦为戏曲舞台的主流,家乐优童为男性演员。王季中的《儛童》描述阳湖别墅中的优童演出情形,"小史能歌舞,香风逐袖生。效妆垂手便,学态折腰轻。媛女空疑妒,游人总目成。假真那可辨,曼脸故含情"②。另外,《赠小史》描写同样情形,"少小歌儿自不群,征声度曲驻流云。盈盈惯作依人态,赢得新诗满练裙"③。吴稼𣿕二次来到温州观赏了王氏家乐,他在《王季中席上呈诸君》描述"小史"曰:"东游拟卧赤城天,留滞无端胜事偏。树底落花春未扫,林端明月夜初悬。醉来舞荐容救枕,歌罢优童为拍肩。不是寻常疏礼法,客狂聊见主人贤。"④诗歌描述优童唱曲陪酒之状。另外一首《暑香亭观荷花分韵诗,时以优童佐觞》云:"越女娇应妒,吴姬色较空。欲裁新乐府,无过采莲童。"⑤除了阳湖别墅夜夜笙歌,白鹿社友邵少文(建章)也热衷此举,他邀请吴稼𣿕共同看戏听曲,吴稼𣿕撰诗为记:"自从来作永嘉客,处处登临费双屐。欲挟江城少妙伎,谢公笑我无颜色。邵生自命高阳徒,置酒名园夜见呼。芙蓉零落蘱池上,月中香气秋模糊。优童数辈忽见迫,唇若涂朱皓齿白。纤手清歌捧玉壶,歌罢壶倾酒添碧。尽道佳人百不如,也知未钓非前鱼。豪达为欢亦偶尔,镜花水月皆成虚。高兴无过为君饮,

---

① 王光美:《翁晋饮西园观剧忆之》,收入永昌堡文化研究会编:《王季中集》,第60—61页。
② 王光美:《儛童》,收入永昌堡文化研究会编:《王季中集》,第243页。
③ 王光美:《赠小史》,收入永昌堡文化研究会编:《王季中集》,第312页。
④ 吴稼𣿕:《玄盖副草》,卷18,《王季中席上呈诸君》,第1A页。
⑤ 吴稼𣿕:《玄盖副草》,卷11,《暑香亭观荷花分韵诗,时以优童佐觞》,第17B页。

斗转参横未能寝。何处城乌不住啼,露坠高天井梧冷。"①以"尽道佳人百不如,也知未钓非前鱼"推断,"优童数辈"可能均为男童。

项季舆、王季中、何白等人的雅集余兴,不只有男童小史,女伎行酒也是常事。歌姬与优童同时出现在结社活动中。何白描述:"南湖园墅足风湍,夏木千章午亦寒。周史花开歌簌簌,越姬竹下骊珊珊。卅年神契千秋业,四海心倾一夕欢。头白可禁容易别,始知良晤古来难。"②何白的另外一首描述了山人雅集江心屿的声色生活,"直须呼酒邀明月,不用临风恨激波。白发清衫肠欲断,龟年檀板秦娘歌"③。王季中曾组织的赏花雅集,因未有歌姬参与,何白撰诗云:"林香酒气沁凉云,烛下氤氲望不分。新谱已看邀彩笔,素心未许浣红裙。"诗下特别注明:"座客云:恨无红裙行酒,戏为解嘲。"④

六、禅僧入社与山人的个体宗教体验

明代的文人结社与宗教有着千丝万缕的关系。万历时期的禅宗"复兴"来自士大夫与禅僧的内外呼应、互相标榜。白鹿社结社也有这种迹象。龙膺在《秀上人诗集·序》中说:

---

① 吴稼澄:《玄盖副草》,卷7,《邵少文携酒东园见招戏成短歌》,第9B页。
② 何白:《何白集》,《同濲水徐伯阳、祝长康、陈君益、邵少文集王开先阳湖别墅宴别,伯阳长康余三十年神交文字友,口时有歌姬小史行酒分韵得"珊"字》,第579页。
③ 何白:《何白集》,《秋日刘长孙同诸君子集江心寺,座有吴姬及歌儿,行酒分得"歌"字》,第569页。
④ 何白:《何白集》,《夜集王季中光禄宅赏夜合花,花环列四座数百本,烛下香气蓬勃,殊快人意,醉后和季中五首》,第381页。

往己丑(1589),余谪居瓯骆,与王季仲、何无咎诸子结白鹿社于中山,适海虞秀上人自天堂至,入社称诗,抒思匠心,亭亭物表。已,家孝廉兄至自明州,偕余操青雀舫访上人于仙岩之休粮庵,历龙须潭,登绝顶,望沧海如杯。道逢奔虎,偕行者靡不色变,而上人往复自如,无所恐怖。予窃心异之,岂其业空缘废,理胜惑亡,如李通玄之住神福,善觉之住华林耶?

《秀上人诗集》也称《秀道人集》,秀上人法名慧秀,俗姓蒋,字孤松,号秀道人、孤松上人,常熟人。出家后云游四方,历峨眉山、天台山、雁荡山,后栖仙岩休粮庵。① 龙膺回忆慧秀和尚从"天堂"至,"天堂"指普陀山。后来何白送别慧秀的诗题为《送秀上人还吴二首,上人曩从补洛伽航海至永嘉,结庐仙岩山中凡二载,兹将取道白岳入吴,赋此赠别》可为应证,"补洛伽"即普陀山。慧秀游方至温州之际,与王光美、何白等人成为白鹿社社友后,移居到仙岩休粮庵。龙膺在温州期间,与慧秀交往密切,其兄龙襄(君超)从宁波到温州探望,沿着温瑞塘河舟行到仙岩休粮庵拜访慧秀和尚,游览仙岩的山海景观。这次拜访也是白鹿社的雅集活动,"偕行者"有何白、朱在明、张邦粹、王季中等人。何白撰有《仙岩纪游》诗四首,②另有《同朱在明、张邦粹、王季中宿仙岩清晖楼,晓起寻梅雨

---

① 《(康熙)常熟县志》(收入《中国地方志集成》,第21册江苏府县志辑,上海:上海书店,1991),卷22,《仙释》,第560页。
② 何白:《何白集》,《仙岩纪游》,第83—84页。

潭、雷门、龙须瀑、憩休粮、伏虎二庵、登绝顶望海上诸山作》为记。①慧秀和尚安顿于休粮庵,可能与王叔杲、王季中等人的引荐有关。

王叔果、王叔杲、王季中等与温台地区佛教高僧往来极为密切,在外为宦或游学也频频造访寺院。隆庆年间,王叔杲与康裕卿就一起到积善寺拜访高僧,"策马访幽寺,到门繁夏阴。地偏无过骑,院静有鸣禽。偶对高僧话,真同隐者心。惟应共裴迪,乘暇数招寻"②。王叔果与石室和尚往来密切,受其禅学思想和修行方式影响很深。王叔果撰诗曰:"远师早出人世间,一住空门积岁年。海上大颠长入定,湖中操琴竟逃禅。"③王叔果在《甲寅秋日游仙岩访石室上人,方举废,喜而赋之二首》诗中有"曹溪结净因"之句,可见石室和尚为曹溪宗传人。④ 王叔果向石室和尚请教打坐入定方式,"问道叩禅关",感悟后认为,"定久应生慧,观空岂是顽。相看醒大梦,劳扰愧尘颜"⑤。石室和尚闭关之际,专门与王叔果话别,"即拟超三界,还应谢四流"⑥。王叔果还与王海坛、王九岳等人共同到瑞安与永嘉之间的仙岩寺观摩众僧入定,"扁舟晚赴白云期,闭户焚香入定时。大地喜成千佛会,禅林应报长新枝。钟麓乘风出上方,长明灯焰隐连房。六尘到此浑如洗,坐对瞿昙一炷香"⑦。

---

① 何白:《何白集》,第133—134页。
② 王叔杲:《王叔杲集》,《同康山人过积善寺》,第102页。
③ 王叔果:《王叔果集》,《龙翔寺赠石室上人》,第11页。
④ 王叔果:《王叔果集》,《甲寅秋日游仙岩访石室上人,方举废,喜而赋之二首》,第62页。
⑤ 王叔果:《王叔果集》,《龙翔寺访石室上人》,第44页。
⑥ 王叔果:《王叔果集》,《石室上人将入定,过予山中言别,赋赠》,第38页。
⑦ 王叔果:《王叔果集》,《丁卯春日同王海坛、王九岳过仙岩观诸僧入定》,第106页。

173

王叔果也在仙岩寺内修炼入定参禅之法,后以诗曰:"初地芳春敞法筵,喜看飞锡集诸天。千幡不董慈云护,双树高标慧月悬。面壁达摩真出世,长斋苏晋欲逃禅。尘劳扰扰殊堪厌,何似名山结净缘。"①参禅之余,王叔果还创作佛乐,仿梵音佛曲定《西方乐四首》。②

王叔果等人向禅僧学习入定修行之法,目的在于远离尘事烦扰,寻求精神的安慰与解脱。侯一麟的表达比王叔果直白,他明确"谈禅"或"参禅"目的在于超越世俗生活,这与他们接受山人文化的意愿是一致的。他的《严中川枉顾之明日,贻书谓得予谈而悟玄机,因用禅语答寄》表达这一认知。③ 严中川为王叔果和王叔杲的姐夫,生平颇为劳顿。王叔杲在《寄严中丈》言,"中川婿,余女兄,母夫人所钟情焉。余自髫年追随,今忽忽俱成皓首。中川少负奇气,乃竟厄时命,困踬风云,仅以丞贰投老,晚年生计沦落,郁郁不如意"④。可见侯一麟、严中川、王叔果等人常常聚会谈禅而悟玄机,意在摆脱心态困境。

在明后期的温州士人群体中,何白的佛学修养最为深厚,文集中留有大量与禅僧往来的诗文及佛理论说。龙膺与何白的联系密切,深知其佛学造诣,因此为何白取号"无垢"之际,他按照佛家原理对"无垢"予以解释:"太虚次寥,无翳无障。清净妙明,是如来

---

① 王叔果:《王叔果集》,《仙岩寺参禅赠肃岩、隐峰二上人》,第106页。
② 王叔果:《王叔果集》,《仙岩寺参禅偶闻佛曲作六言西方乐四首》,第119—120页。
③ 侯一麟:《龙门集》,《严中川枉顾之明日,贻书谓得予谈而悟玄机,因用禅语答寄》,第36页。
④ 王叔杲:《王叔杲集》,《寄严中丈》,第127页。

藏。净亦强名,垢岂实相?名相虚立,本体如如。天赋明德,蒙养厥初。文以礼乐,辅以诗书。大人之心,不失赤子。如鉴之空,如水之止。命曰无垢,以介繁祉。"①何白的佛教实践与王叔果、王季中等人存在较大差异。他不是以简单的入定参禅、聚会谈禅进行个体精神修炼,是通过读经、解经、抄经、请经、刻经的方式展开宗教活动。有门法师(1554—1628)是与何白交往的重要禅僧,僧名为"传灯"。传灯在万历年间跟随百松大师学习《童蒙止观》,万历八年(1580)随百松到天台定慧镇身塔院学习《法华经》和《楞严经》。万历十四年(1584),传灯决心重振高明寺,经历32年才完成。在此期间,他开辟幽溪讲堂,授徒说法,弘扬天台宗旨,会通儒、释,统一天台与华严等佛教义理,在天台宗中兴上具有重要作用,被尊为天台宗第三十祖,称为"幽溪传灯大师"。何白因地缘之便,皈依天台宗,追随有门法师学习佛法,在《天台访有门法师,幽溪夜坐即事》即确认,"境涉去来宁有住,际空前后已忘言。心香暗向师前爇,瓢笠余生定弗谖"②。天台宗经典——《法华经》是有门法师主要宣讲的经典之一,何白的《人日同杨木父、项叔慎过集云寺,访有门法师。时法师集四众谈〈法华玄义〉,午后下座,携客列坐溪上,流憩久之,晚归修净业,作四首》记载了学习体会。③《法华玄义》的标准书名是《法华玄义辑要》(一卷),是阐释天台智者大师思想的重要著作。从四首诗内容看,何白跟随高僧学法,佛学

---

① 龙膺:《龙膺集》,长沙:岳麓书社,2012,《无垢字赞》,第233页。
② 何白:《何白集》,《天台访有门法师,幽溪夜坐即事》,第292页。
③ 何白:《何白集》,《人日同杨木父、项叔慎过集云寺,访有门法师。时法师集四众谈〈法华玄义〉,午后下座,携客列坐溪上,流憩久之,晚归修净业,作四首》,第77—78页。

修为已深入宗教内核,已非王叔果等人奉行的外在形式,这与一般山人的"狂禅"也有很大区别。何白专门写了《有门法师讲〈法华玄义〉疏》阐述有门法师宣讲内容:"法师有门,辨才无碍。……冥心止观,绍嗣台宗。铜杖蒲团,凤悟于圭峰丈室;芦浮杯渡,爰止于无相道场。始谈《楞严》,于翠微一敷高座;继说大乘,于梅屿载转法轮。"①疏文指出有门法师最精到研究是《楞严经》。确实如此,有门法师在讲经之余,撰写27部著作,其中以《楞严经玄义》《楞严经圆通疏》等最为著名,《有门大师塔铭》概括为,"《楞严》为宗,天台教观为之几变"②。何白对有门法师有很深的宗教情感,他曾写《忆无尽法师》以抒怀,"幽溪慧业契南能,台岳宗风此代兴。再向讲庭开宝刹,更于觉路施金绳。香林法藏探无尽,人世津梁信有凭。欲口阿师真面目,一规满月正中庭"③。何白与有门法师的门人古予上人、幻由上人等也交往很深。何白初至高明寺时,写了一首诗,题为《宿高明寺,晓起礼佛,饭毕,同有门师暨上足幻由、午亭数人散步幽溪大石上,煮茗赋诗。已,登圆通洞,予书"圆通洞"三大字于石,并纪姓氏岁月,颇极世外之致》,"幻由"即幻由正路,"午亭"即午亭正时,为有门大师嫡传的第二代弟子,同行的也有古予上人。何白后来也回忆,"幽溪有门法师,以智者绝学倡东南,则古予我公,其上首也。……予尝夜宿高明,朝登佛陇,则古予偕焉"④。

何白与有门和尚师徒的关系密切,成为天台宗向温州民间社

---

① 何白:《何白集》,《有门法师讲〈法华玄义〉疏》,第480页。
② 蒋鸣玉:《幽溪别志》(收入《四库全书存目丛书》,史部第233册,台南:庄严出版社,1996),卷12,《有门大师塔铭》,第277页下。
③ 何白:《何白集》,《忆无尽法师》,第583页。
④ 何白:《何白集》,《送古予上人入吴请经序并诗》,第398页。

会扩展的通道。幻由上人悉心研讨《法华玄义》《法华文句》《摩诃止观》,后赴温州后屿讲院传经。何白曾作《寿幻由法师序》为记,"天台法纽寝微,不绝如线。乃一振于百松,再振于幽溪,法席盛于南戒,入门弟子则幻由其上足也"。幻由法师在后屿精舍讲经,也常常邀请何白参与。幻由法师五十寿诞之际,地方士人为其祝寿,请求何白撰写"寿序"。何白在序文描述幻由法师借用寿诞在地传法的状况,"吾知其不为世俗之老,而徒受敬于妇孺间闱也亦明矣。诞日始旦,法侣骈集,膝行下风,吹大法螺,击大法鼓,始以瓣香上供三世诸佛,再以瓣香起为师祝,师乃破颜作而言曰:愿以未艾日月,与诸佛子勉相进修,期抵于彼岸"①。民众受到天台宗佛法感召皈依佛门,其中也流传了不少灵异故事,何白对此也一一记载,以为传播。如黄姓人士长年失明,于是携子在鸣山寺剃度为僧,念诵《楞严》,"咒心二年"而"目有所见"。何白赠以短言以彰佛法修行之效,"君岂阿律陀,无目亦自见。花尽翳根灭,众色谁能眩。我本具双瞳,烂如岩下电。但作世间观,不见如来面。有儿相与话无生,眷属同居舍筏城。日夕香台疏磬发,一根摄尽六根清"②。何白与明末的温州著名佛家居士马一腾(1580—1637)因同为有门法师的俗家弟子,有密切往来,为其撰写墓志铭中详细地描述了温州佛教与天台宗的互动关系,认为马一腾源自天台,同时有所发挥,以居士身份承继和开拓了永嘉真觉大师的法脉。③

---

① 何白:《何白集》,《寿幻由法师序》,第612页。
② 何白:《何白集》,《黄生目谵十余年,乃携一子从鸣山寺剃落,持〈楞严〉咒心二年所,目忽有见,因赠短言》,第168页。
③ 何白:《何白集》,《马居士墓铭》,第720—721页。

177

对比何白与王叔果等人的佛教信仰及其实践，虽然都在明中叶的禅宗复兴的大背景下展开，但内在理路出现巨大差异。即使他们同为白鹿社友，在文学诗作和日常生活上存在共识，然而因生命境遇、心性追求的不同，个体的宗教选择和修为方式呈现出了根本不同。王叔果、王季中等人借助禅僧指道以入定参禅方式驯服身体来逃避烦扰，不关注宗教实践的佛理及法脉。何白则基本上不关注禅修的表面形式，而是直奔佛理及源流，在他的佛学认知中，身体性牵绊并不多见，如戏说半数庵达摩祖师木像被盗，"山号偶仙门，庵偶名半树。寄语庵中人，佛在无佛处"。① 到了晚年，金用卿、颜虞仲与他讨论生死因果、人伦礼节之际，他仰天而嘻曰："爰自道裂，分途异辙。各执其是，各操其说。说无则眼见空华，说有则手捞水月。泥犁天堂，皆从心设，余又乌能弊弊焉为若辈分其是非，定其优劣耶？"②

七、结语

明代中叶，温州永嘉场地方社群借用滨海地域社会转型的历史机遇，以科举起家为基础建立广泛的师友、婚姻网络，形成了普门张氏、李浦王氏、英桥王氏、七甲项氏等世家大族，成为地域社会的权势核心。与此同时，世家大族利用族中仕宦在外任官之机，家族子弟得以游历各方，获得了向外联结的社会机缘，以项乔之子项

---

① 何白：《何白集》，《仙门山中半树庵，木根达摩祖师高四尺，梵相奇古。一夕为人窃去，庵主吴晖之居士深为惋惜，戏作一偈以解之》，第756页。
② 何白：《何白集》，《广生因死果篇》，第743页。

季舆的交际为例：

> 交知遍宇内,类皆有重名当世者。在栝苍,则李铁城旭山、何宾岩、郑昆岩诸公善。在永康,则王卫尉、左史伯仲善,每琴酒相过从,递为南明、万象、鼎湖、华溪之游,乘兴或连朝,淹期则累月。在兰阴,则胡元瑞父子善,元瑞赡撰结,慎许可,雅爱季舆,其尊公公泉公亦昵季舆,相得甚欢。在武林,则施虎泉、李峋崄善,日置酒湖山,更致他客饮狎无间。在携李,则同宗项少溪墨、林玄池善,敦修宗盟之谊甚殷也,在金阊,则周幼海、王百谷、俞安期及三张诸人善,尝一再过弇园访琅琊兄弟凤洲、麟洲二先生,二先生雅与季舆尊公为文字友,深喜季舆能以词翰世其家,每与轰饮,辄曰酒德过其父,呼为小友。在金陵,则陈横岩、姚秋涧、张白门、邢雉山善。时莆中方讱庵为水部郎,雅诗豪酒,乃拉季舆及周雁山诸君结白门社,日以奇语险韵相角为快也。①

如果将项季舆的人际网络视为王汎森教授指出的社会文化的"毛细血管",可见它赋予的身体营养和体液回圈已与以往完全不同,并已经慢慢长生出新的肌理,必然导致原有人群或具有新知的人群编织新的网络,塑造和展开新的"结构化过程",这是已有分析微观地域社会演进少有涉及的。本文的论述出发点之一是希望将这个过程予以超越地域的视野进行分析。需要指出的是,永嘉场世家的崛起与首倡"大礼议"引发的政治后遗症使温州世家子弟的

---

① 何白：《何白集》,《项季舆传》,第445页。

仕途产生挫折,他们遭到其他政治力量的压制。在此态势下,士人对现实政治逐渐失望而采取了躲避政治的姿态。16世纪初以来,江南经济的繁庶促成了自由解放的生活方式,文人士大夫讲求品位,抒发个性,摆脱政治,山人文化逐渐流行。山人群体以"游"为生命特征,得到永嘉场官宦世家子弟支持和回应。在此格局下,江南山人文化风尚通过上述士人的"毛细血管"而输入温州,山人的艺能才华及清雅悠闲的生活追求,形塑了文人阶层的精神与心态,改造了温州宋明以来的"事功"风气。世家子弟纷纷将自我的文化认同转向山人文化,张、王、项等家族仿照江南士大夫投资园林,以土地和盐业的经济获利建造园林,实现从"乡居"到"城居"的跨越,其中以王叔杲等人构筑的阳湖别墅和玉介园最具有典范意义。毫无疑问,明中叶的温州士人对城居空间的追求具有"江南化"的趋势,"权势"与"品位"成为园林建造的主要特征。在山人文化的带动下,声色犬马、园林生活、个性自由、戏剧活动的文化形态似乎代表了温州地域文化发展新动向。直到清初,"山人"结社的文化形态仍在延续,出现了城南七子、永嘉五子等社会群体,乾隆年间,卖菜的季碧山、营卒黄巢松、茶馆役使祝圣源、鱼贩梅方通、修容的计化龙、锻铁的周士华、银匠张丙光七人组成诗歌社,被称为"市井七才子",达到了雅集"至俗"的高峰。

应该指出,由于温州地处江南区的边缘地带,虽然地方结社的文化形态呈现了"山人化"和"江南化"的若干特征,但没有产生像江南地区那样的庞大士人群体,在区域文化的流动性不足的状态下,结社活动往往成为维系着旧有的社交圈层、社会地位、经济利益和政治权威的重要关系平台。阳湖别墅等新式社会空间的出现,其功能固然具有山人结社雅集的一面,同时也是联络各类社会群体的社交平台,雅集、宴席、观剧的背后是各种地方关系的重新整合。组织者和参与者以文化资本博取政治资本和社会控制话语权,目的在于最终维持世家大族的地方权势,力图在社会资源的重新分配中获得先机。

社集与地方家族

泽社、永社、云龙社：明末桐城"诗文社集"的勃兴与顿挫

商海锋[*]

一、前言

有明一代"社集"勃兴，以诗、文社为主，辅以怡老、宗教等其他类型，总数达七百余种之多。[①] 近年学界对有明一代"诗文社集"此消彼长的宏观脉络，已有趋势和量化的观察。"文社"渐兴于八

---

[*] 商海锋，南京大学域外汉籍研究所博士，香港教育大学文学及文化学系助理教授。研究领域：以东亚汉籍为基础的文学艺术思想史。代表作：《方以智〈浮山诗集〉考述》(2015)、《"香、禅、诗"的初会——从北宋黄庭坚到室町时代"山谷抄"》(2018)、《北宋本洪刍〈香后谱〉辨正辑佚》(2019)。

[①] 何宗美：《文人结社与明代文学的演进》卷下，北京：人民出版社，2011；李玉栓：《明代文人结社考》附录三《明代文人结社分期与分类统计表》，北京：中华书局，2013，第612页。

股文逐渐走向成熟的明中期,①随着八股制义程式化,文社数量在万历朝渐增至37家,至明末天启、崇祯二朝,暴增至103家;"诗社"的发展轨迹则恰好相反,从明中期到万历朝达至峰值的75家,再骤降至启祯朝的39家。② 如表1所示。

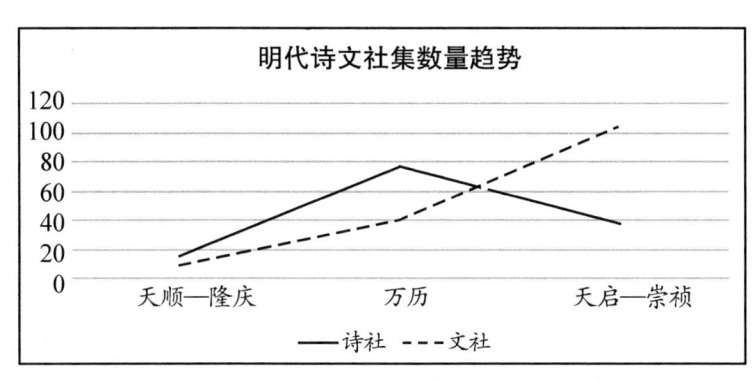

表1

明代诗文社集数量趋势

（诗社 ---- 文社）

此外,学界对明代诗文社集的地域分布,观察亦趋精细,注意到明末南直隶(今江苏、安徽、上海)、浙江布政使司,尤其应天(今南京)、苏州、松江(今上海)、杭州诸府,诗文社集丛聚,形成令人瞩目的热点区域。

本文着力考证的泽、永、云龙三社,皆在南直隶安庆府桐城县,

---

① 朱彝尊(1629—1709)认为文社始于天启四年的应社:"诗流结社,自宋元以来代有之。迨明庆、历间,白门再会,称极盛矣。至于文社,始天启甲子。"(朱彝尊,《静志居诗话》卷二十一"孙淳"条,北京:人民文学出版社,1990,第649页。)此说固然夸大了应社的意义,但对文社现象凸显于明末的观察,仍然准确。

② 张涛:《文学社群与文学关系论》附录《有明一代怡老性诗社、纯粹诗社与文社数量统计表》,北京:人民文学出版社,2016,第438—440页。

时间则为明末的天启、崇祯两朝,大体皆为既往学界相关研究的盲区。不但可补该时段、地域诗文社集研究之不足,更重要的,三社相替相承,可从社集角度说明它们与"桐城诗派"相表里的关系。笔者认为,桐城文学不仅曾预流明末社集大盛的历史,且曾有过超越时代的宏远抱负,这令桐城三社迥异于同时代其他地域的社集。

简言之,建于天启六年(1626)的"泽社"虽是八股文社,却同时成为桐城诗派的滥觞。随着"泽社"由文社逆流而形变为诗社"永社",桐城诗派草创,时为崇祯五年(1632)。而"云龙社"则是松江(云间)、桐城(龙眠)两地诗人拟议合办的诗社,但其蓝图又转眼因双方诗学理念的剧烈冲突而不幸夭折。然而正是此次挫折,却迫使作为三社共同创始人的方以智,反省自身诗学路径的合理性,将事件转化为桐城诗派建构自身个性、传统的契机,从而奠定了该派于南明、清初发展壮大的基础。因之本文认为,泽社的酝酿,永社的勃兴,云龙社的折翼与沉潜,三者共同构成了桐城诗派前期的全幅脉络。

相比同时代其他社团组织,桐城泽、永、云龙三社又有两项突出的特性。其一,它从始便具有一种逆鳞气质,独立不移,在万历至启祯时代各地皆由诗社转为文社的潮流中,桐城三社却反身而动——从文社转为诗社,更欲从一地诗社升为跨地域的大型诗社。其二,桐城三社尤倾向一种家族性的组织模式,种下了其后桐城文学流派得以绵延数百年,成为中国文学史上历时最久的地域文学流派的基因。

二、预流的文社——泽社

迄今为止,学界对泽社的研究甚少,对该社身份的来龙去脉及文化、文学史意义的认知,皆有未逮。① 泽社原属"文社",并非诗社。其结社的初始动机,原是桐城诸生结伴打磨科考制义。泽社创立,约在天启五年(1625)。② 其社集活动固有诗酒酬唱,但首先是围绕研文课艺展开的。与泽社活动有关的原始资料很有限,如今只能借方以智青年时代的诗文管中窥豹。文集《稽古堂初集》《稽古堂二集》中,题下注或款识提及泽社三次,诗集《博依集》篇题提及泽社六次。其中,只有部分记录有确切纪年,分布于崇祯元年至四年(1628—1631),如表2所示。

---

① 宋豪飞:《方以智与桐城泽社考论》,《安徽大学学报》(哲学社会科学版),2009年第6期,第47—51页。在泽社研究中,该文筚路蓝缕。何宗美:《文人结社与明代文学的演进》,北京:人民出版社,2011,卷上《泰昌至崇祯:文学思潮与社会思潮的合流》,第431页,以及同书卷下《泰昌、天启时期》,第405页,皆述及泽社。李玉栓亦述及泽社,见氏著:《明代文人结社考》,北京:中华书局,2013,第225、226页。张涛述及"泽园永社",见氏著:《文学社群与文学关系论》,北京:人民文学出版社,2016,附录《明末清初文学社群知见录》,第453页。惜上述四位学者,将泽、永二社皆混为一谈。相对而言,谢明阳对于泽园、泽社的观察最为切实,参氏著:《方以智与龙眠诗派的形成》,《台大中文学报》,44(台北:2014),第10、11页,惜对该社的文社性质、诗学意义及其与诗集《博依集》间的对应关系,仍有未逮。
② 此处采用李圣华的看法,见氏著《方文年谱》,北京:人民文学出版社,2007,第33—35页。何宗美系于天启六年(1626),见氏著《文人结社与明代文学的演进》,北京:人民出版社,2011,卷下,第405页。然李、何二书,皆未提供证据。笔者观察,方以智《史汉释诂序》尾署"崇祯戊辰冬,方以智书于泽社",即崇祯元年(1628)。该序收于《浮山文集前编》卷二《稽古堂二集上》,此书卷一《稽古堂初集》首篇《拟求贤良诏》题下小注"泽社题"未标作年。《浮山文集》体例以时为序,知泽社之立,必在天启(1621—1627)后期,唯难以确知某年。

表 2

体		文题、诗题	作年
文	1	拟求贤良诏(泽社题)	?
	2	史汉释诂序(方以智书于泽社)①	崇祯元年 1628
	3	为杨雄与桓谭书(辛未泽社课)②	崇祯四年 1631
诗	1	丹青引与社中诸子醉后题李龙眠山庄秋色图	?
	2	社中诸子饮我醉后各赋一物分赋得铜雀台瓦	?
	3	三月三日集社中诸子于南园临流觞咏分得堤字	崇祯元年 1628
	4	余注尔雅始成三卷社中诸子过询阅其稿因命酢分得邪字	崇祯三年 1630
	5	从白夫子游暑南磵与社中诸子及六叔分韵得兼字	崇祯三年 1630
	6	秋日与社中诸子从豫章王先生谈经分韵有作	?

其中写作最早的,是方氏首部文集《稽古堂初集》卷首开篇的《拟求贤良诏》。③ 据方氏文集以时为序的体例判断,该篇作于天启末年。与其文例相似者,尚有《稽古堂初集》《稽古堂二集》中散

---

① 方以智:《浮山文集前编》卷二《稽古堂二集上》,北京:华夏出版社,2017,第 37—39 页。
② 方以智:《浮山文集前编》卷二《稽古堂二集上》,第 45—47 页。
③ 方以智:《浮山文集前编》卷一《稽古堂初集》,第 3 页。

见的《拟上求治书》①《拟上求读书、见人疏》②《拟主爵都尉汲黯为故魏其侯窦婴、故太尉灌夫白冤奏》③等文,此类"拟诏""拟书""拟疏""拟奏",皆属明代乡、会试题的一个类型,意在设置君臣之间诏诰、奏议的逼真场景,在身份、口吻模拟的过程中,操练治国的思致与技术。《稽古堂初集》《二集》四十三个篇题中,相当比例是成熟的制义,创作时间截至末篇《四书大全辨序》尾款的崇祯十二年(1639)——那恰是方以智中举之年。

与《稽古堂初集》《二集》创作时间平行的,是诗集《博依集》④。因之该集凡六见的所谓"社中"(表2),所指皆是泽社。察诗题《秋日与社中诸子从豫章王先生谈经,分韵有作》⑤,则泽社成员聚会非为雅集,"谈经"仍是核心话题。诗题中的"白夫子""王先生"二人,都既是"讲学师"又是"举业师",讲解经义之余亦授制义之法。⑥ 白夫子为白瑜(字安石,1587—1646),贡生,《龙眠风雅》选诗仅8首;⑦王先生为王宣(号虚舟子,生卒年不详),诸生,《龙眠

---

① 方以智:《浮山文集前编》卷一《稽古堂初集》,第4—8页。
② 方以智:《浮山文集前编》卷二《稽古堂二集上》,第35—37页。
③ 方以智:《浮山文集前编》卷三《稽古堂二集下》,第77—78页。
④ 商海锋:《方以智〈浮山诗集〉考述》,《文学遗产》,2015年第2期,第139—146页。
⑤ 方以智:《博依集》卷九,明崇祯八年(1635)刻本,北京中国国家图书馆藏,第2a页。胡必选、王凝命:(康熙)《桐城县志》卷六《流寓·王宣》,收入《中国地方志集成·安徽府县志集》第12册,南京:江苏古籍出版社,1998,据康熙写本影印,第6a页:"字化卿,别号虚舟。世居江西金溪潘方里,其客桐,遂生于桐。"
⑥ 阮葵生:《茶余客话》上《举业师与讲学师》,上海:上海古籍出版社,2012,卷十,第205页。
⑦ 潘江辑,彭君华主编:《龙眠风雅全编》,合肥:黄山书社,2013,初编,卷二十八,第1009—1011页。

风雅》选诗仅20首,①反映出二人皆不以诗长。

两位夫子专以治经史课徒。方以智《送白安石师司理登州》诗及《上王先生》诗小序,分赋二师:

雾灵山之学,一传为石塘。贯穿经与史,茹吐成文章。②

豫章王虚舟先生以博学游海内,晚而明《易》,设席于桐,教授几百余人,惜乎经术之尚湮矣,天下其孰能宗之?③

两位业师长于经史,尤以易学为重,而皆与诗学无涉。此前学界曾有方以智青年时代的复古诗学乃师承白瑜、王宣的看法,应属误解。④

桐城泽社是以《易》为社事主经的八股文社。泽社之"泽",取兑卦"大象":"丽泽,兑。君子以朋友讲席。"单卦的兑,其象为泽;而重卦的兑,为上下兑相迭之本卦,构成两泽相互附丽之象。依象辞,君子当结交益友,以利学问人品相互润泽。表面看,泽社立意

---

① 潘江辑,彭君华主编:《龙眠风雅全编》,初编,卷六十三,第2747—2752页。
② 方以智:《方密之诗钞》卷下《痒讯》,收入《清代诗文集珍本丛刊》第50册,北京:国家图书馆出版社,2017,据清康熙佚名钞本影印,第509页。
③ 方以智:《博依集》卷七,明崇祯八年(1635)刻本,北京大学图书馆藏,无页码。
④ 谢明阳:《方以智与明代复古诗学的承变关系考论》,《成大中文学报》,21(台南,2008),第2节"方以智复古诗学的渊源",第75—80页。

与明代最早的八股文社"丽泽会"取径悉同。①"丽泽会"成立于英宗天顺七年(1463),与崇祯泽社皆以《易》为备考主经。相较明中期,晚明文社蜂起而趋专业化,风气之一即五经各备举业师。天启四年(1624)创立的应社,其运作模式即如此,②是为旁证。

泽社的成立与运作,虽颇具当时文社专业化之特征,以《易》为应试主经,然本文认为,该取向尚有另一更深刻的现实原因——《易》实乃明末桐城方氏的家族专经,是这一家族走向鼎盛的支柱学问。方以智曾祖方学渐(1540—1615)有《易蠡》,祖方大镇(1560—1630)有《易意》,父方孔炤(1590—1655)有《周易时论》。王宣有《风姬易溯》之著作而尤善易学,应是其讲席泽社之要因。由此可见,泽社推崇易学,当亦为应试治举所致。明末桐城方氏的易学脉络,以往学界虽早有研究,然过于凸显其学术、思想的一面,对其应试、实用一面的揭示惜有所不足。③

方以智曾有《慕述》一诗,对自身家世源流追述详尽。据此诗,

---

① 吴宽(1435—1504)《山西道监察御史陆君墓志铭》:"岁壬午,中浙江乡试。会试不偶,入太学,与四方文士讲业,号丽泽会。"(见吴宽:《匏翁家藏集》,《四部丛刊》影明正德版,卷六十三,第 2a—3b 页)则陆愈(1439—1488)加入丽泽会,当在天顺七年癸未榜会试之后。又据吴宽《乡贡进士徐君墓志铭》:"苏之嘉定,有以兄弟同登乡贡者,徐德充、德宏也。已而德宏擢进士第,拜监察御史,德充独不偶,乃益发愤读书,以必取甲科为期。他日,四方名士相与讲《易》京师,号丽泽会,君在会中。"(《匏翁家藏集》,卷六十二,第 3b、4a 页)则徐忬(生卒年不详)加入丽泽会,正为磨砺科考技艺,而丽泽会的主经即《易》。
② 张溥《五经征文序》:"五经之选,义各有托,子常、麟士主《诗》,维斗、来之、彦林主《书》,简臣、介生主《春秋》,受先、惠常主《礼》,溥与云子则主《易》。"是则主持应社《易经》讲席的便是张溥。(张溥:《七录斋合集》卷六《序》,济南:齐鲁书社,2015,第 129 页。)
③ 彭迎喜:《方以智与〈周易时论合编〉考》,广州:中山大学出版社,2007。

地域、家族文化史上盛传的所谓"桂林方",源于明代中叶的"桂林公"方佑(1419—?):"台谏阀阅,世号桂林(方以智自注:桂林公讳佑,巡按广西,故世称桂林世家。)"[①]方佑,天顺元年(1457)殿试第三甲第171名,为明清历代桐城方家首位蟾宫折桂者,故有"桂林公"之誉。然而若非世家巨族,实则难称"林"字。名副其实的"桂林"即所谓"进士家族",按学界目前的标准,需"五代直系亲属内有两名以上进士的家族"始得。[②] 而此种情况,直至明末方大镇→方孔炤→方以智直系祖孙三代皆举进士,始见"桂林"之名实相符。又据存世的《天顺元年丁丑科登科录》《万历十年壬午科应天府乡试录》《万历十四年丙辰科会试录》《崇祯十三年庚辰科进士三代履历》[③],可勾勒出方以智亲族之科第、本经详情(表3):

表3

关系	姓名	殿试	科第		本经
七世祖	方佑	天顺元年	第三甲	第171名	书
外祖	吴应宾	万历十四年	第二甲	第3名	春秋
伯祖	方大美	万历十四年	第三甲	第140名	易
祖	方大镇	万历十七年	第三甲	第16名	
父	方孔炤	万历四十四年	第二甲	第25名	
	方以智	崇祯十三年	第二甲	第54名	

---

① 方以智:《合山栾庐诗》,清康熙版,安徽博物院藏,不分卷,第18a页。
② 郭培贵:《明代进士家族相关问题考论》,《求是学刊》,2015年第6期,第144—149页。
③ 天一阁博物馆编:《天一阁藏明代科举录选刊》,宁波:宁波出版社,2006、2007、2010年。

值得注意的是,虽七世祖方佑治《书》,外祖吴应宾治《春秋》,但自万历十四年开始,伯祖方大美、祖方大镇、父方孔炤乃至方以智本人,三代皆以《易》为本经而登第。可见《易》虽非明代桐城的"地域专经"①,却实为明末桐城方氏的"家族专经",而这才是泽社立社的根基。

泽社成员即《博依集》中屡见的"社中诸子",以方以智为首,携同学周岐(字农父)、妹夫孙临(字克咸)、母舅吴道凝(字子远),合称"泽社四子":"贞述公……命公闭关读书,孙克咸、周农父为之友,公舅氏吴子远亦同砚席,时称'泽社四子'。"②方、周、孙、吴四人其后继为永社核心成员,此种构成奠定了桐城社集的"家族性"基因。

方以智首部诗集名《博依集》,诗作800余首。该集创作起止,可考最早者为卷九《天启甲子家君子游高粱桥顾望城中欲东归命赋此韵》,时天启四年(1624)方氏14岁。最晚的数十首,均作于崇祯五年(1632)方氏22岁。泽社与《博依集》起止时间大体重叠,再加《稽古堂初集》《二集》中的相当一部分文章,三者互为表里,可共同说明方以智这一阶段的文学观念。

---

① 陈时龙:《明代科举之地域专经——以江西安福县的〈春秋〉经为例》,《"中央研究院"历史语言研究所集刊》,85:3(台北,2014),第359—426页。
② 方叔文:《方密之先生年谱》,民国初年抄本,桐城市档案馆藏,不分卷,第19页。

周岐(1608—?)①字农父,方以智有《初识农父》诗并小序,记两人定交:

乙丑,学于雾泽轩,从六叔闻农父言行,素心慕之,未尝得遇。一日六叔置酒,一见如旧识,各以诗为赠,分得"廉"字。

金尊脍鲤列形盐,相乐新知醉曲檐。素履风清飘紫带,玄谈月出映朱帘。明经远轶龚常侍,博物能过窦孝廉。学士谈今不知古,一时唯有子能兼。②

乙丑为天启五年(1625)。"学士谈今不知古"直刺世风,唯课读"今文"(即时文)而不通古文辞、古歌辞。"一时唯有子能兼"既是对周岐的赞许,也说明了其后泽社的自我定位,即兼顾今古,以古正今。

从《博依集》看,方以智、周岐之间酬唱极多。周岐著述早佚,探寻其文学观念的文献虽不足,仍可大体征之。二人唱和的诗题,要者如《博依集》卷六《结客少年场与农父分作》《又分作羽林郎》《夜与农父谈分得子字》《呈农父》,卷八《初识农父》《与农父联句罢复分得冠字》《和农父韵》《与农父作》,卷九《饮农父漫赠》《小龙山庄即事有怀偶得酣字成三十有一韵兼呈农父》,卷十《京口晓发

---

① 周岐生年,笔者考证在万历三十六年戊申(1608),大方以智三岁,所据乃方以智作于顺治十四年丁酉(1657)的《寿周农父五十》诗。任道斌《方以智年谱》以周岐大方以智五岁,其以同样的方式推算周岐生年,然因《寿周农父五十》诗系年有误,故推论亦误。又,关于周岐生平最详备的研究,参谢明阳:《周岐入清前后的行迹考论》,《国学》,6(成都,2018),第 283—323 页。

② 方以智:《博依集》卷八,明崇祯八年(1635)刻本,北京大学图书馆藏,第 3b、4a 页。

忆农父》。细察上述诗题,泽社课中,社友彼此时常分题拟古。如东汉辛延年《羽林郎》、三国曹植《结客篇》,皆泽社诸子从《乐府诗集》中挑选的早期典范。又据周氏自述:"仆归入龙眠,二百里清流翠石,讽咏其间,以毕词赋。余事排比各体,凡传记、序说可六十余卷。"①这六十卷诗文,应即已佚的《执宜集》。② 是集与方以智《稽古堂初集》《二集》《博依集》时代大体平行,集中有方孔炤、李雯(1607—1647)所撰序言。③ 揣摩周氏自述,"排比各体"一句反映出其所采用的复古文学观念的创作、编辑体例。周岐作品存世极少,唯剩《龙眠风雅》所收诗篇68首。④ 即便如此,亦可见其借拟古以复汉魏古风的倾向。如开篇三首《拟李陵别苏武诗》⑤,与方以智《博依集》的三首《河梁诗》、四首《又李陵录别诗》一样,显然是同一诗学理念下的早期实践。

　　周岐文集虽佚,但其文章观仍可从其为方以智所作序言中管窥一斑。他在《稽古堂二集序》中云方氏:"天生密之,兼才博学,岂寻常哉! 自角卯能古文诗赋,其著于时者不待言。……嗟乎! 今天下人事制义,其善者千不得百十。……密之尝欲以古道勉天

---

① 马其昶著:彭君华点校:《桐城耆旧传》卷六《周农父传第六十二》,合肥:黄山书社,1990,第166页。
② 《周岐小传》:"所著有《执宜集》《烬余稿》《孝经外传》行世。"见潘江辑,彭君华主编:《龙眠风雅全编》初编卷三十七,合肥:黄山书社,2013,第1433页。
③ 《执宜集》。明周岐撰。是集有方孔炤、李雯序,光绪《通志》著录。安徽通志馆:《安徽通志稿·艺文考·集部提要》,民国二十三年,第6册,集部12,别集类11。
④ 潘江辑,彭君华主编:《龙眠风雅全编》初编,卷三十七,第1433页。
⑤ 潘江辑,彭君华主编:《龙眠风雅全编》初编,卷三十七,第1434页。

195

下。"①所谓"其善者千不得百十",是对于当下时文制义的否定;所谓"欲以古道勉天下",则是方以智写作的独特处,既在其为古文诗赋,又在其推行古道于时下。

这个主张,亦可见于与方氏家族密切相关者。孙临(1611—1646)为方以智长妹方子跃(1613—1684)之夫。方以智评"其诗最工,初类文房,后喜温、李,其骨则杜也"②。据潘江《孙临小传》,其"所著有《肄雅集》《楚水吟》《我悝集》《大略斋》"③,散佚殆尽,似唯《肄雅集》一种有孤本存世。④ 该集崇祯八年版,与方以智《稽古堂初集》《二集》《曼寓草》《博依集》《永社十体》《流离草》大体平行,文学观亦近似——"肄雅"即习雅。潘江《龙眠风雅》录百首以上者为数不广,孙临即其一,收 104 首。其《置酒高殿上》《鸡鸣》《相逢行》《饮马长城窟行》等作,显见其拟古而复古的主张。

吴道凝(1612—1656),方以智外祖吴应宾之子,以智母舅,年龄尚小其一岁。潘江《吴道凝小传》对吴氏文学倾向描述清晰,叙及吴、潘二人曾有一段近乎师生的情谊,并言及潘氏国变后丢落吴氏遗稿《大指斋诗集》之惋惜,颇为动情:

少负才名,胚胎家学,吮毫伸纸,滚滚不休。……其为诗,含咀汉魏,瀰沴三唐,有朱弦清庙之遗。……予侨寓秦淮时,诗文有所

---

① 方以智著,张永义校注:《浮山文集》附录三《序跋》,北京:华夏出版社,2017,第558页。
② 方以智著,张永义校注:《浮山文集》附录一《膝寓信笔》条2,第483页。
③ 潘江辑,彭君华主编:《龙眠风雅全编》初编,卷四十,第1561页。
④ 罗振玉、罗继祖旧藏,参罗继祖:《孙临〈肄雅集〉》,《文献》,8(北京,1981),第199—201页。然今不知所踪。

质正,公辄谬加许可不啻口,出至下交,引忘年之义。曾以《大指斋诗集》十二卷贻予,转徙以来,卷帙零散,搜牢敝簏,不可复得。己酉,自都门出紫荆关,与其从孙昌仍坐广昌署中,叩其所记,忆未刊之诗不下数十首。疾录一通,藏之行笈,而以悼亡,遄归仓皇中亦归乌有。仅从《过江集》及予旧钞本采若干篇,殊未尽公之长也,循读数过,为之三叹。①

据"汉魏三唐"的学习对象,与"朱弦清庙"的雅正风格,《大指斋诗集》显与方以智《博依集》平行。《龙眠风雅》录吴道凝 61 首,多与《博依集》中的拟题相仿,有属于"鼓吹曲辞之汉铙歌"的《有所思》,属于"相和歌辞之平调曲"的《长歌行》《燕歌行》,属于"相和歌辞之瑟调曲"的《东门行》,俱见吴、方二人于泽社期间所秉持之共有观念——以汉乐府为典范,并以遍拟此种作品为学诗门径。

综上,方以智之创立泽社,其初始目的是致用举业的"五经"②,同时社员又皆有复兴古学以致用的抱负。相较晚其数年始创立的复社,据张溥(1602—1641)手定《复社规条》(1629):

自世教衰,士子不通经术,但剽耳佥目,几幸弋获于有司。登明堂不能致君,长郡邑不知泽民,人材日下,吏治日偷,皆由于此。……期与庶方多士,共兴复古学,将使异日者,务为有用,因名

---

① 潘江辑,彭君华主编:《龙眠风雅全编》初编,卷四十六,第 1809 页。
② 《明史》:"科目者,沿唐宋之旧而稍变其试士之法,专取四子书及易、书、诗、春秋、礼记五经命题试士,盖太祖与刘基所定。其文略仿宋经义,然代古人语气为之,体用排偶,谓之八股,通谓之制义。"张廷玉等:《明史》卷七十《选举志·二》,清乾隆武英殿刻本,第 1a 页。

曰复社。①

则复社运作的基本手段便在"兴复古学",根本目的亦在"务为有用"。实则启祯两朝文社大兴的时代风气,原是针对明中叶以降士人因心学流行而学问日渐空疏、人心日渐散漫的时病。② 在此向度上,泽社之成立,正可谓因应时代脉动的预流,甚至不期然而立于潮头。与此同时,泽社虽非诗社,但一方面,其兴复古学的取态,在同时及稍后的诗学实践上,便转化为"因尊古而拟古"的诗学路径;③另一方面,其"务为有用"之抱负,在稍后的诗社永社上,就表现为"诗歌用以救世"的诗学功能。前者是桐城诗学与明中叶前后七子复古诗派呼应之处,而后者则成为其与前后七子的截然不同之处了。

三、逆流的诗社——永社

崇祯五年(1632)自夏徂冬,方以智由皖江而下漫游吴越,半年

---

① 陆世仪:《复社纪略》,旧钞本,台北"国家图书馆"藏,卷一,第12b页。
② 即如《复社纪略》作者陆世仪(1611—1672),便曾对王学弊端大加批判,并力倡实学:"且说个致良知,虽是直截,终不该括,不如穷理稳当。问:何为? 曰:天下事有可以不虑而知者,心性道德是也。有必待学而知者,名物度数是也。假如只天文一事,亦儒者所当知,然其星辰次舍,七政运行,必观书考图,然后明白,纯靠良知,致得去否?"见陆世仪撰,张伯行重订:《思辨录辑要》卷三《格致类》,清康熙四十八年(1709)刻本,北京中国国家图书馆藏,第4b页。
③ 商海锋:《方以智早年的诗学理想》,载左东岭编:《明代文学研究的新进展:2011明代文学与文化国际学术研讨会暨明代文学学会(筹)第八届年会论文集》,北京:生活·读书·新知三联书店,2014,第507—520页。

间历南京、苏州、常熟、杭州、嘉兴、松江、镇江,遍交江南名士,找到诗学上的知音。此行之要者,乃方以智于杭州、松江与云间诸子的两次相聚,并与陈子龙定交,即云(云间)龙(龙眠)相交。此事给方以智极大的启发和鼓舞,直接促成了"永社"的建立。

是年八月,方以智与云间诸子周立勋(生卒年不详)、徐孚远(1599—1665)、陈子龙(1608—1647)相会杭州,此即"云龙"第一次聚首,方氏记以诗《遇周勒卣、徐暗公、陈卧子于西湖,即张天生席上见赠》并文:

闻君鹢首自云间,余滞湖中犹未还。下坐愧成鹦鹉赋,高谭先动凤凰山。林间丛桂谁将隐,佩缭芳兰近可攀。秋月夜来同照客,瀼瀼零露和绵蛮。①

壬申,游西湖,遇陈卧子,与论大雅而合。……卧子有"楚风今日满南州"之句,岂指豫章哉?……范仲暗曰:"自《诗归》行,无一人敢向伯敬言误,伯敬不小,伯敬好裁而笔下不简,缘胸中不厚耳。内薄则外窘,遂有绷曳之病。"愚者笑曰:"木有瘿,石有鸲眼,皆病也,而人好之,惟病则异,异则奇,元之轻、白之俗、郊之寒、岛之瘦、贺之鬼,何往不然?然古之人各有其时,有其地,有其致,不知其然而病。今人专袭古人之病,则息学而自便耳。以《世说新语》为道,以帖括评语为诗,莫便于此。"②

---

① 方以智:《博依集》卷八,明崇祯八年(1635)刻本,北京中国国家图书馆藏,第30b、31a页。
② 方以智著,张永义校注:《浮山文集》附录一《膝寓信笔》,条28,第489、490页。

方以智赋诗相赠,原有云间数人,但于《滕寓信笔》中提及此事,仅言陈子龙一人,不仅在二人年龄相若,更在彼此诗学见解相契,所谓"与论大雅而合"者,即大雅格调为其共同追求,当时流行的竟陵诗风二人并皆鄙弃。故尽管二人初会,但双方马上相约重聚云间,方以智并赠诗《别陈卧子,且期余过云间》:"多病似相如,成都贱子虚。惟君能好我,斯世孰华予? 客久歌声变,秋深木叶疏。淀湖将返棹,为思食鲈鱼。"① 方以智"惟君能好我,斯世孰华予"的寂寞并非无的放矢。杭州相会次月,方以智旋访云间,陈子龙迎之以诗《遇桐城方密之于湖上,归复相访,赠之以诗》:

仙才寂寞两悠悠,文苑荒凉尽古丘。汉体昔年称北地,楚风今日满南州。(时多作竟陵体)可成雅乐张瑶海,且剩微辞戏玉楼。颇厌人间枯槁句,裁云剪月画三秋。②

陈氏以"文苑荒凉""人间枯槁"描绘竟陵派扫荡文坛后的杂草荒芜,以"仙才寂寞两悠悠"表明自身的孤高及对方氏的期许,这些无不与前述方以智《别陈卧子,且期余过云间》的诗意符节相应。诗中"汉体昔年"与"楚风今日"的对比,不仅讽刺了竟陵诗风,亦追忆了弘正前七子的复古诗风,更透出领袖群伦以振诗坛的自许。这种自期固属陈子龙,随后云间诗派之崛起即可为证。本文认为,这

---

① 方以智:《博依集》卷七,无页码。
② 陈子龙著,施蛰存、马祖熙标校:《陈子龙诗集》卷十三,上海:上海古籍出版社,2006,第415页。

种自期亦属方以智,后来永社乃至桐城诗派之建立,亦皆为证。

崇祯五年(1632)的"云龙相交"不只是方、陈二人的个人往来,更是两地士子群体之间的互动。以龙眠一方而言,方以智是次走访云间有《赠顾伟南》①《醉后与李为章同卧作》②《云间同夏彝仲、朱宗远、徐暗公、陈卧子醉后狂歌分赋》③,提及顾开雍、李雯、夏允彝、朱灏、徐孚远,诸人诗文皆入选《几社壬申合稿》。以云间一方而言,亦多有金兰相契之音,如李雯《赠龙舒方密之》"知君桂橄下钱塘,赠我骊珠青玉厢"④。顾开雍同题"大雅风流事不弹,多君千里共盘桓"⑤等皆是,此即"云龙唱和"⑥。笔者认为,云龙唱和之相协相得,终究不过昙花一现,紧随其后的便是延续至明亡的云龙之争。崇祯六年始,两地诗学理念愈趋分裂,此后时断时续的非但不是理想中的云龙唱和,反而是一段时隐时现的云龙之争。详论将在下节展开。

无论如何,此次与云间诸子相知,令方以智大受激励。他未及回乡,便寄诗《柬农父及子远舅氏》予周岐、吴道凝:"繁霜如雪南孤征,莫道能无故国情。斥鷃抢榆方大笑,牵牛负轭总虚名。凌云久动江湖气,杖剑时成风雨声。海内只今信寥落,龙眠山下有狂

---

① 方以智:《博依集》卷七,明崇祯八年(1635)刻本,北京大学图书馆藏,无页码。
② 方以智:《博依集》卷七,无页码。
③ 方以智:《博依集》卷八,明崇祯八年(1635)刻本,中国国家图书馆藏,第35a页。
④ 杜骐征、徐凤彩、盛翼进编:《几社壬申合稿》卷十一,明末小樊堂版,第7a页。
⑤ 杜骐征、徐凤彩、盛翼进编:《几社壬申合稿》卷十一,明末小樊堂版,第7b页。
⑥ 关于云龙唱和,迄今最详备的研究,参谢明阳:《云间诗派的形成——以文学社群为考察脉络》,尤其第四节"云龙唱和时期",《台大文史哲学报》,66(台北,2007),第32—40页。

生。"①"海内只今信寥落"是周游后的失落,对缺少诗学同道的憾然,而"龙眠山下有狂生"则是自诩振奋诗笔扫荡时局,并召唤桐城诗伴起身相应。

因之,方以智回乡后随即中断了泽社,并在泽园创立"永社"——这成为实践桐城诗学理想的关键。据周岐《泽园永社十体诗引》属款,永社建于崇祯五年(1632)仲冬。② 该社创建的心理动机,深层上讲是方氏内心理想的明朗化,表层上讲是受到几社的直接启发和鼓励,其《泽园兴永社》诗云:

南郊有小园,修广十二亩。开径荫松竹,临水垂杨柳。西北望列嶂,芙蓉青户牖。筑室曰退居,闭关此中久。晨起一卷书,向晚一尊酒。偶然游吴越,天下浪奔走。大雅殊寂寥,黄钟让瓦缶。云间许同调,归来告亲友。结社诗永言,弦歌同杵臼。河梁如嚆矢,风骚为敞帚。聊以写我心,何暇计不朽?③

这首诗即使仅据诗题,亦可被称为立社宣言。既云"泽园兴永社",则永、泽二社便是新旧更替,故泽社止步于此。永社建立的外缘,即方以智偶然的吴越之行,让他意外发现声气应求的云间诸子(上文所言"偶然游吴越,天下浪奔走。云间许同调,归来告亲友")。其建立的内因,还是方以智对诗界大雅格调、黄钟大吕气象之沦丧

---

① 方以智:《博依集》卷八,第39b、40a页。
② 周岐:《泽园永社十体诗引》:"崇祯壬申仲冬,即山周岐农父题。"方以智:《方密之诗钞》卷上《永社十体》,第392页。
③ 方以智:《方密之诗钞》卷上《永社十体》,第393页。

而悲戚于心,因流行时调的粗俗之音而烦躁于胸(即上文所言"大雅殊寂寥,黄钟让瓦缶")。此处的批评皆有所指,具体内容可与方以智《通雅诗说》第11条相对应:

近代学诗,非七子而竟陵耳。王、李有见于宋、元之卑纤凑弱,反之于高浑悲壮,宏音亮节,铿铿乎盈耳哉!雷同既久,浮阔不情,能无厌乎?……文长从而变之,公安又变之,但取卑近疴痒而已。竟陵《诗归》非不冷峭,然是快己之见,急翻七子之案,亦未尽古人之长处,亦未必古人之本指也,区区字句焉摘而刺之,至于通章之含蓄、顿挫、声容、节拍,体致全昧。今观二公之五言律,有幽淡深峭之情,一作七言则佻弱矣,时流乐于饰其空疏,群以帖括填之,且以评语填之,趋于亡俚,识者叹户外之琵琶焉。①

第一,方氏固然希望回溯明中叶的"高浑悲壮""宏音亮节",但王世贞(1526—1590)、李攀龙一味模拟,导致诗坛"雷同既久",如今只能制造"浮阔不情"的假古董。第二,他也鄙视徐渭、公安派的"卑近疴痒",以为那是矫枉过正的粗豪叫嚣。第三,他同样不满竟陵派矫枉过正,导致传统诗学的典雅风貌"体致全昧"。易言之,他既不要晚明的粗俗,力倡回归高雅,又需要致力守卫个性与真情(即前引文"聊以写我心,何暇计不朽"之句)。在诗法上《泽园兴永社》绝未否定"模拟"一途,所不同者,端在对仿真对象之调整。

《泽园兴永社》中所谓"河梁如嚆矢,风骚为敝帚",直白揭示了

---

① 方以智著,侯外庐主编:《方以智全书》,上海:上海古籍出版社,1988,《通雅》卷首之三,《诗说》,第59页。

新的学习典范。"河梁"指"五古"一体,"嚆矢"意为先声,故学者当以《文选》所收托名西汉李陵(前?—前74)与苏武(前140—前60)之赠答,以及汉末所录之《古诗十九首》为轨范;"风骚"则特指先秦《诗经》(并不包括《楚辞》,详后),敝帚自珍,故《诗经》当为学者所崇。

作为永社开创的宣言,《泽园兴永社》中"结社诗永言,弦歌同柈臼"一句,明确规定了该社的性质为诗社。这就将永社与此前的泽社,从功能、意图上划清了界限:泽社治易,永社言诗;泽社作为文社,有课文制义、科举功名的用意,而永社作为诗社,则无涉科举,专以宣扬自身诗学理念为务——召集海内同好学诗、作诗,以诗会友、扩大影响,成为永社立社的自我期许。

然而此时,方以智解散了备考之用的文社,建立诗以言志的诗社,其本人仍仅一介布衣,并无功名。紧接着,他于崇祯六年(1633)、九年(1639)接连两次乡试落第,直至崇祯十二年(1639)方中举,得中进士则在崇祯十三年(1640)。功名的迟来与过早解散备考之用的文社,或不无关联。不过方以智超越科举,意图力挽晚明士风颓势之锐意,亦于中可见。

永社扩大影响以宣传诗学理念的意图,周岐的《泽园永社十体诗引》也讲得明白:"永社立'十体会',分一题,以大雅为宗,以切当为工,以飞跃为致,以高逸为韵。达材验学,既论其志,足观所养矣。将谓天下景从,可也。"[1]尤其最后一句的"将谓天下景从",清楚点明了永社创立的抱负,是要突破此前泽社囿于家乡一地的局

---

[1] 方以智:《方密之诗钞》卷上《永社十体》,第391页。

限性。笔者认为,基于永社上述纯化于诗学的功能,及其拓展影响以超越地域局限的意图,可以做出这样的推断——桐城诗派真正意义上的建立,始于崇祯五年永社的创立。原因在于,唯有如此的进取心,才能有效凸显桐城派与其他地域性流派的区别,唯有通过彰显自身主张的独特性,才能有效强化流派的自我建构。

"十体会"是永社富有特色的诗社组织形式,方以智又曾云:"永社者,龙眠之十体诗社也。"[1]就文化史上近古以降的诗会而言,本来分题、限韵、限体、限时,这些都是文人雅集普遍遵守的基本规则。然则在传统的游戏规则之外,永社的独特之处何在?笔者以为独特有二:第一,社集活动涉及的诗歌体裁有严格的范围,不能超越如下十种体裁:古歌辞、风雅体(诗经四言)、五古、七古(兼歌行)、五律、七律、五绝、七绝、五排、七排;第二,十体中的每种体裁,其体貌(即风格)亦分别有严格的规定。具体而言,正如方以智本人宣示的永社十体会"规约"所言:

永社十体,首古歌辞,以《卿云》《八伯》《获麟》《大风》等有兮侯之声也。曰风雅体者,以三百篇不限定,通章四言也。五言古,《河梁》《十九首》尚已,曹、阮、陶、杜,庶几近之。七言古,实兼长短歌行,以唐之起伏陡峭、雷硠顿挫者足法也。近体五、七言律,当从王、孟入老杜,而义山之刻艳、香山之爽快,皆可收也。绝句,愈少愈难蕴藉。排律,大似斗宝,比事工巧,难于老当,尤难于章法流动耳。噫!诗转风声,各发其感,岂徒论资格已耶?养气读书,考事

---

[1] 方以智著,张永义校注:《浮山文集》附录一《膝寓信笔》,条83,第503页。

205

类情,会友丽泽,固鼓舞之一端也。①

此外,永社尚有若干更为细腻的规则,为社员所须遵守。宏观上,永社诗学的最高典范是《诗经》,这一点无论是周岐所言"《诗》居六经之先,不学诗,无以言"(《泽园永社十体诗引》),还是"永社"命名的含义,皆标示无疑。"永"字取典,源自西汉毛亨(生卒年不详)《诗大序》的名言:

> 风,风也,教也。风以动之,教以化之。……情动于衷而形于言,言之不足,故嗟叹之,嗟叹之不足,故永歌之,永歌之不足,不知手之舞之,足之蹈之也。……治世之音安以乐,其政和;乱世之音怨以怒,其政乖;亡国之音哀以思,其民困。故正得失,动天地,感鬼神,莫近于诗。先王以是经夫妇,成孝敬,厚人伦,美教化,移风易俗。……以一国之事,系一人之本,谓之风;言天下之事,形四方之风,谓之雅。雅者,正也,言王政之所由废兴也。②

其中关键不仅在"雅正"的文学风格,更且在以风教"正得失"的社会功能,永社给予"永歌"以终极意义——"经夫妇,成孝敬,厚人伦,美教化,移风易俗"。就风格而言,永社的主张虽与明中叶的前后七子并无不同,但与晚明流行的公安派、竟陵派相较便大相径庭;而就功能而言,其与前后七子复古之限于文学自身的价值,已

---

① 方以智:《方密之诗钞》卷上《永社十体》,第391、392页。
② 毛苌传,郑玄笺,陆德明释文:《毛诗诂训传》卷一,南宋孝宗刻本,北京中国国家图书馆藏,第1b—3a页。

截然不同,而是直指诗歌的政治功能。

宣示如斯高调,志存如斯高远,然其相应成果即方以智的第二部诗集《永社十体》,却远非丰硕可言。《永社十体》在方氏《浮山诗集》中为一子集,但它在各个子集中却殊为特异,就内容而言十体之中仅存七体,就存世体量而言更仅有区区七首:一、风雅体《拟猗兰操》,二、五古《泽园兴永社》,三、七律《刻烛即事》,四、五绝《拟横塘曲》,五、七绝《拟春宫曲》,六、五排《稽古堂藏书咏》,七、七排《帝京篇》。十体中的其余三体,即古歌辞、七言古、五言律,由于作为选本的康熙间钞本《方密之诗钞》未经选入,如今皆已亡佚。

笔者兹将永社标举的十种诗体,其各自所依据的典范,以及方氏依次模拟的诗篇,并拟作亡佚的三体,条列如次(表4):

表4

	永社十体	典范	方以智拟作
1	古歌辞	卿云、八伯、获麟、大风	佚
2	风雅体	三百篇,四言	拟猗兰操
3	五言古	河梁、十九首、曹、阮、陶、杜	泽园兴永社
4	七言古	兼长短歌行,唐代	佚
5	五言律	王、孟、杜	佚
6	七言律	杜、义山、香山	刻烛即事
7	五言绝		拟横塘曲
8	七言绝		拟春宫曲
9	五言排		稽古堂藏书咏
10	七言排		帝京篇

遽观此表，似乎永社的诗学观念与泽社时代的《博依集》无甚差别。然细查之，十体中有一体——"风雅体"即诗经体，却是泽社期间的方以智、云间六子的《几社壬申合稿》，乃至前后七子皆未模拟的诗体。这对既有的明代复古诗学传统而言，可谓前所未有，当世亦无。而这多出来的一体，其逗露的诗学观念显然与前揭永社命名的意涵，即毛《序》的人伦教化相表里。

要言之，永社的成立及永社十体规约的提出，标志着桐城社集的主经，从泽社的《易经》转变为永社的《诗经》；社集活动的侧重点，也从之前的课文制义转变为选诗拟古；社集的核心功能，更从求取功名转变为移风易俗，尤其重塑士心士气；因之社集的性质，也就从之前的文社变为诗社。而作为诗社的永社，其途径纵然纯属诗学，但其诉求却早已剑指议政参政，由此它便与此前的明代复古诗社或诗派，有了本质上的区别。此外，正如本文开篇的图表所示，从万历到启、祯两朝的社集趋势，原是诗社渐少而文社愈盛。在诗社普遍转型为文社的明末，永社之褪去科举色彩，断然从文社化身诗社，实在是一种逆流而动的抱负，也正体现了桐城永社迥异于同时代其他地域性会社的突出特征。

四、折翼的"云龙社"与隐藏的云龙之争

据笔者考证，方以智的《浮山诗集》至少分为《浮山前集》《浮山后集》两部分（或许尚有一特殊体例《浮山别拈》）。因康乾两朝持续禁毁，《浮山前集》未有刻本传世，然据存世的唯一一部《浮山

后集》刻本(今藏安徽博物院),和唯一一部《浮山前集》稿本(今藏台湾),再据方氏于明末清初六种存世的诗集单行本,《前集》的子目及其时代皆可推知,笔者构拟如下(表5):①

表 5

		子集	起	迄
浮山前集	1	博依集	天启四年(1624)	崇祯五年(1632)
	2	永社十体	崇祯五年(1632)冬	
		崇祯六年(1633),无诗		
	3	流寓草	崇祯七年(1634)	崇祯十二年(1639)
	4	痒讯	崇祯十三年(1640)	崇祯十七年(1644)
	5	瞻旻	崇祯十七年(1644)	顺治二年(1645)
	6	流离草	顺治二年(1645)	顺治七年(1650)

据此表,从天启四年(1624)十四岁,至顺治七年(1650)四十岁时剃发僧服,逃禅避祸,二十六年间,方氏诗歌写作几未中断。然此一韧性极强的创作序列中,却令人惊异地存在一段显然的空白——崇祯六年(1633)全年。

是什么造成了这段空窗期呢?笔者认为,是一段隐藏的"云龙之争",即云间、龙眠(桐城)两地士子始于崇祯六年(1633)的诗学论争,造成了这一特异的断裂。

与此同时,永社活动高调地始于崇祯五年(1632),继而似乎戛然而止,甚至销声匿迹。而《永社十体》也成为方以智《浮山诗集》

---

① 商海锋:《方以智〈浮山诗集〉考述》,《文学遗产》,2015年第2期,第139—146页。

近二十种子集中,残存诗作最少,卷帙最薄的一部。

据明末的传世史料,其后与永社相关的一丝痕迹,唯见崇祯八年(1635)十二月的一次所谓"永社广集"。而能够证明此次广集的材料,亦唯有方以智《置酒行为永社广集补作》五言古诗五首、《膝寓信笔》第83条及孙临《今日良宴会》(为吴子远开永社广集)五言古诗一首,如是而已。这六首诗的大意,学界已介绍详备,笔者不赘述。① 本节特拈出其中一些关键,将是次事件置入桐城诗社乃至诗派文学观念变化的脉络中,对其独特的历史意涵重加审视,进而提出全新的解读。

是集主盟为泽、永二社的吴道凝。让后世读者讶异的是,意邀金陵当地同道以壮永社声势的所谓"广集",道凝之外的桐城诸子竟无一而至。据方以智借寓南京时代的诗集《流寓草》及笔记《膝寓信笔》:"时值大风雨,卧病当此夕。农父守师塾,克咸治弓矢。"②"余病不能赴……是日,汤日、六叔、农父、克咸皆他游览,不在此。"③两段引文所述,同日同事,即是次"广集"。其中凡涉及六人,除了泽社四子方以智、周岐、孙临、吴道凝,又有吴道新(字汤日,1602—1683)、方文(方以智六叔,1612—1669)。道新、道凝,乃表兄弟。六人原是一家,然则除了作为主人的吴道凝,其余五人率皆缺席。此事如何解释?对此,方氏所胪列之理由,本身即自相矛盾——同为周岐(农父)、孙临(克咸),怎能同时既"守师塾""治弓

---

① 谢明阳:《云间诗派的形成——以文学社群为考察脉络》,《台大文史哲学报》66(台北,2007),第四节"金陵广集时期",第33页。
② 方以智:《置酒行为永社广集补作》(五首其四),《流寓草》卷二,崇祯十二年(1639)刻本,北京大学图书馆藏,第14b页。
③ 方以智:《膝寓信笔》第83条,第503页。

矢"又"皆他游览"？更重要的是，吴道凝又怎能在明知各人有事的情况下，勉强治局，并号称"广集"？笔者以为，其中必有缘故，而上述理由皆为借故推脱。

推想当日情境，或缘"广集"所邀外客遭桐城诸人集体抵制。果真如此，则缺席即一种无声的抗议。两造不谐的根由，前揭方以智、孙临二人专为"广集"所题诸诗逗露出来的隐微消息，或即答案：

勉强答悲歌，悲来何以胜？（方以智《置酒行为永社广集补作》五首其一）①

落笔成变调，肮脏不自知。（方以智《置酒行为永社广集补作》五首其五）②

子数多大言，肮脏先时务。（孙临《今日良宴会》为吴子远开永社广集）③

实则，"悲歌"正是崇祯六年（1633）之后方氏诗歌的新风格，而"变调"所指亦正是该年之后方氏新的诗学观念——变风变雅。深有意味的是，方、孙二子都用了"肮脏"一词，典出东汉赵壹（生卒年不详）《疾邪诗》（二首其一）："河清不可俟，人命不可延。顺风激靡草，富贵者称贤。文籍虽满腹，不如一囊钱。伊优北堂上，肮脏

---

① 方以智：《流寓草》卷二，崇祯十二年（1639）刻本，北京大学图书馆藏，第13b页。
② 方以智：《流寓草》卷二，崇祯十二年（1639）刻本，北京大学图书馆藏，第15a页。
③ 潘江辑，彭君华主编：《龙眠风雅全编》初编，合肥：黄山书社，2013，卷四十，第1565页。

倚门边。"①"肮脏"意为刚直不屈。② 那么,桐城诸子以肮脏的意气,到底在抵抗来自哪里的压力呢? 笔者认为,事件反映的正是"云龙之争"造成的紧张局面。

乾隆二年(1737),方苞(1668—1749)借《田间先生墓表》追思钱澄之,忆及崇祯间会社、诗派的互动脉络:

> 当是时,几社、复社始兴,比郡中主坛坫与相望者:宣城则沈眉生,池阳则吴次尾,吾邑则先生与吾宗涂山及密之、职之。而先生与陈卧子、夏彝仲交最善,遂为"云龙社"以联吴淞,冀接武于东林。③

这段话中最引人注意的,是"云龙社"这一说法。④ 据《墓表》所言,云龙社是桐城钱澄之、方文(涂山)、方以智(密之)、方其义(直之),与松江陈子龙(卧子)、夏允彝(彝仲)合办的会社。鉴于"云龙社"一词除了方苞《墓表》,其后仅见于光绪桐城马其昶

---

① 冯惟讷:《汉魏诗纪》卷三,明嘉靖三十八年(1559)自刻本,伯克利加州大学东亚图书馆藏,第12a页。
② 杨齐贤集注:《分类补注李太白诗》卷十七,元建安余氏勤有堂刻本,北京中国国家图书馆藏,《送鲁郡尧祠送张十四游河北》:"猛虎伏尺草,虽藏难蔽身。有如张公子,肮脏在风尘。"(齐贤曰:肮脏,高亢娆直之貌。)第1b页。
③ 方苞著,刘季高校点:《方苞集》上册,上海:上海古籍出版社,2008,卷十二"墓表",第337页。
④ 章建文:《云龙社考论》,《安庆师范学院学报》(社会科学版),2015年第1期,第81—85页。

(1855—1930)《桐城耆旧传·钱田间先生传》①,以及民初同为马氏总纂的《清史稿·钱澄之传》,相反无论表文中提及的桐城、松江诸人抑或17世纪所有其他存世文献,皆未见云龙社踪迹。故学界怀疑"当时亦无云龙社的说法",便有其道理。②

然笔者认为,方以智晚年实曾忆及云龙两地诗人原有兴办合社的动议,而合社意在协力倡导雅正诗风,借以挽救明末衰颓的大势。唯两家旋即因诗学观念不合,致云龙合社的理想未及腾空便提早折翼。据方以智第三子方中履(1637—1689)《通雅诗说跋》对其父追忆的引述:"三十年前力倡同社,返乎大雅。……然感时触事,悲歌已甚。卧子谓'不祥',岂能免乎!"③此中"同社"即"云龙合社"(云龙社)之意。笔者曾考证《通雅诗说》成书下限约在顺治十六年(1659)④,方中履《跋》应在其后不久。以此为准逆推,所谓"三十年前力倡同社"的时间,距崇祯五年(1632)的"云龙唱和"⑤与《泽园兴永社》皆不远。

据文脉,引文中"力倡"之后的"然"字指蓝图未能成真的遗憾。

---

① 马其昶著,彭君华点校:《桐城耆旧传》卷七《钱田间先生传》,合肥:黄山书社,1990,第177页。
② 谢明阳:《云间诗派的形成——以文学社群为考察脉络》,《台大文史哲学报》,66(台北,2007),第33页。
③ 方以智著,侯外庐主编:《方以智全书》,《通雅》卷首之三,《诗说》,第64页。
④ 商海锋:《〈通雅·诗说〉作年考辨》,《中国诗歌研究》,2013年第9期,第311—314页。
⑤ 方以智:《感云间和诗书次前韵》载:"陈李风流如在坐(谓卧子、舒章也),云龙唱和旧同声。"载潘江编:《龙眠风雅》,收入《四库禁毁书丛刊》第98册,北京:北京出版社,2000,清康熙十七年潘氏石经斋刻本,北京中国国家图书馆藏,卷四十三,第580页。笔者按:此首应为存世的《流离草》残本佚诗,参商海锋校笺:《浮山诗集校笺》,北京:华夏出版社,待刊。

而此事又与方以智从"返乎大雅"突变至"悲歌已甚",引起陈子龙严厉批判有关。那么方以智诗风丕变,致两家合办云龙社之议夭折的节点何在?笔者认为,其燃爆节点前后曾有两次,第一次即前述崇祯六年(1633)那段突兀的空白(第二次详后)。是年方以智应举不售,因作《九将》大型组诗九首。然而,组诗却意外引发两地诗人理念分歧,甚至对垒。

首先,《九将》并未收入《浮山诗集》,而是见于《浮山文集前编》卷一《稽古堂初集》。① 据方氏《自简少时所作率尔放歌》自述:"九将比《离骚》,注者少王逸。"②然而,苏桓(生卒年不详)《九将序》却对组诗的创作动机,提出了严肃的质疑:

予知密则卿大夫之孙子也。皖桐之间,山水峭洁,风俗侈丽,英髦衡连。密从祖父庭训之余,容与适志,宁有憾耶?夫何而拟《离骚》也?……间即盱衡当世,有所感激,以不世出之才,行起为之,功名未有量,则密之拟《骚》示志,似非所宜。③

苏氏以方以智年轻负气,稍不遇便"拟骚示志",因之"似非所宜"。苏桓隶籍江西新建(今江西省南昌市新建区),其诗学观与云间诸子及桐城永社相合,则此段质疑当非苏氏一家之言。

务须留意,虽同为拟古一途,然方以智《博依集》《永社十体》罗列的模拟典范,并未收入楚辞一体。因为楚辞与泽、永二社时期桐

---

① 方以智著,张永义校注:《浮山文集》,第 22—34 页。
② 方以智:《流寓草》卷二,崇祯十二年(1639)刻本,北京大学图书馆藏,第 4b 页。
③ 方以智著,张永义校注:《浮山文集》附录三"序跋",第 556、557 页。

城诸子崇尚正风正雅的理念相左,内容上抒发牢骚,风格上激越悲叹,尤其功能上无法以之厚人伦、美教化。易言之,从以"诗教"为骨干的公共政治上讲,楚辞体有"坏"的作用。

纵观方以智一生诗学变化的脉络,1633年的《九将》作为一个分界点:其后的行迹是桐城诸子整体流寓金陵的七年,其后的诗笔是方以智整部《流寓草》的五百余首,而其后的风格则是愈发地悲歌难以自抑——云龙两地之间的分途便始于此年。① 由此可见,吴道凝强自推动"永社广集",不意遭到来自桐城诗学团体内部的集体抵制,其所呈现的正是当时水深激流的云龙之争,折射出两地诗人理念分途郁积的程度。

云龙之争的第二次爆发节点,是方氏崇祯十年(1637)《七解》之作。方以智拟西汉枚乘(?—前140)大赋《七发》而作此赋。其《七解序》云:"《七解》者,为七客以解其悲也。"②对此,陈子龙的批评相当直白,据方以智对此事的笔录:"陈卧子读余《七解》及答舒章诗文,大念之,寄书曰:'君近下笔,颓激过当,人无故而如此,不祥!'"③显然与前述苏桓的观感一致,此处引起陈氏不快的,正是方以智"颓激过当"的诗风变化。而引文中的"答舒章诗文",所指应即方以智《流离草》卷六的《答舒章,次其韵》:"荒园无树悲风多,吹我布衣将奈何。东海故人在梦寐,南城市儿相经过。古书尽

---

① 学界很早就关注到陈子龙的批判对方以智的影响,然对于方氏诗学变化历程的认识则有误。参廖肇亨:《药地愚者大师之诗学源流及旨要论考——以"中边说"为讨论中心》,第二节"药地诗学源流考述",《佛学研究中心学报》,7(台北,2002),第279—288页。
② 方以智著,张永义校注:《浮山文集》前编,卷三,第78页。
③ 方以智著,张永义校注:《浮山文集》附录一《膝寓信笔》,第501页。

焚不复读,瓦缶已碎安能歌?出户思君便欲往,又愁江水扬其波。"①诗中"古书焚尽不复读,瓦缶已碎安能歌"的表述,正是陈子龙所批判的颓废、激烈的风格,完全背离传统诗教"哀而不伤"的主旨。联想到《诗大序》"乱世之音怨以怒,其政乖"的论断,②陈子龙言下的"不祥",有助我们加深对明末士人忧切时局的理解——陈对方的激烈批判,远远超越了对文学风格的指摘,触及人生命运乃至国运的层面。

表面看,"云龙"合称由李雯首创:"云间、龙眠,唱和相得,故舒章有'云龙'之目。"③然此话原是方以智《膝寓信笔》的转述,未见于云间诸子自己的著述。甚者,其后原有另一句更为重要的话,此前一直为学界所轻忽:"(李雯)顷言:'少年英发,有宋辕文飞兔也。'吾(方以智)亦言:'吾里辈出,才故日出,惟以学识蕴藉相勉为贵。'"④

勾连前后语脉,李雯"少年英发,有宋辕文飞兔"的落脚点,明褒而实贬。"飞兔"意为良驹,典出《吕氏春秋》"飞兔、要褭,古之骏马也"。东汉高诱注:"飞兔、要褭,皆马名也。日行万里,驰若兔之飞,因以为名也。"⑤宋征舆(字辕文1618—1667)少于李雯十岁有余,方以智亦少于李。李雯将方以智模拟为宋征舆的年少躁动,

---

① 方以智:《流寓草》卷六,崇祯十二年(1639)刻本,北京大学图书馆藏,第7a页。
② 毛苌传,郑玄笺,陆德明释文:《毛诗诂训传》卷一,南宋孝宗朝刻本,北京中国国家图书馆藏,第2b页。
③ 方以智著,张永义校注:《浮山文集》附录一《膝寓信笔》,第502页。
④ 方以智著,张永义校注:《浮山文集》附录一《膝寓信笔》,第502页。
⑤ 吕不韦编,高诱注,陈奇猷校释:《吕氏春秋新校释》下册,上海:上海古籍出版社,2002,卷十九《离俗览第七》,第1242、1246页。

是委婉地规劝方以智不宜过激。这就是为何方氏要以"学识蕴藉相勉为贵"的话来作答。同样的情况,在李雯《答方密之书》中又再次出现。学界以往已留意,李雯曾将云间三子模拟龙眠三子:"弟欲以卧子当密之,辕文当克咸,弟当农父,使其旗鼓相值,似皆不肯避舍,不审兄呼尔否?"①然此段之前尚有另一层表述,惜从未为学界措意:

见诸新制,凉苍高直,已臻上境。但弟闻之作诗家云:"老过则稗,高过则率。"我兄之诗,既到峰极,固当急持其后,不可使转堕一境。天下人知此者少,应是我辈勉之耳。②

这段话几可视为对方以智明确的批评。"老过则稗"原是后七子之一的王世贞(1526—1590)批判唐人李贺(790—816)之语:"李长吉师心,故尔作怪,多有出人意表者。然奇过则凡,老过则稗。"③老过则稗、高过则率、奇过则凡,李雯借王世贞之口,表达了维持中和之美而反对发力过度的诗学主张。据李雯同信中提及的"卧子奔丧"一事,知《答方密之书》恰亦作于崇祯十年(1637)④。

紧接其后的几年,一方面是桐城内部及松江内部诗友间的凝聚力愈发强韧,另一方面是两地之间的互不认同日益尖锐,甚至逐

---

① 李雯:《蓼斋集》卷三十五《书》,清顺治十四年(1657)版,第11b页。
② 李雯:《蓼斋集》卷三十五《书》,清顺治十四年(1657)版,第11a页。
③ 胡震亨:《唐音癸签》卷七,上海:古典文学出版社,1957,第57页。
④ 孙康宜著,李奭学译:《陈子龙柳如是诗词情缘》,台北:允晨文化实业股份有限公司,1992,卷首《年谱简表》:"1637 陈子龙三赴会试,进士及第。是年继母丁忧,他未及奉派即请返乡服丧。"第30页。

渐公开化。随着崇祯十一年(1638)方以智第三部诗集《流寓草》结集,云间陈、李、宋三子各序弁言,委婉或直白地对方氏愈趋悲凉激越的诗风,予以批判;周岐同序《流寓草》则竭力维护方氏,同时亦借机阐明桐城诗学主张变化的理据。至此,云龙之争愈趋激烈,达至顶点。而通过同集题序的方式,在同一舞台展开两派的诗学论辩,亦成为独特的景观。

《流寓草序》凡五篇,作者依次为江西新建人徐世溥(1608—1658),桐城周岐,云间三子宋征舆、李雯、陈子龙。五人的出场次序安排考究,竟似排兵布阵(表6):

表6

1 江西新建县徐世溥序	
2 南直隶桐城县周岐序	3 南直隶松江府宋征舆序
	4 南直隶松江府李雯序
	5 南直隶松江府陈子龙序

作为第三方的徐序,类似中立的裁判,只有一些无关痛痒的解读。而桐城、云间则大似辩论的正方、反方。作为正方代表,周岐以一敌三。反方宋、李、陈的出场竟近乎一、二、三辩。年辈最少的宋征舆虽有不满,却巧妙地把云龙两家本当同心结盟,以振奋前后七子的复古传统,挽救公安、竟陵颓废诗风的倡议,摊在陈、李、方三人面前:"不挽无正,不倡孰和。诚欲维堕业而救一世之失,非一人之所能,必相得而益雄也。此陈、李之于密之所以有同声之契乎?三

子勉之!"①李雯的批评坦白一些,对流寓的主题是否成立,乃至何必执着于悲叹未必存在的境遇,提出尖锐质疑:"古之流寓者,异于方子矣!""何其占占以流寓为言,若有所大不得已者哉?"②但仍换位思考地让出一步,以为"情之所钟,而后感慨生焉,才智出焉",即认为《流寓草》不过是一种过度的多愁善感。至压阵的陈子龙出场,终于几乎不留情面而痛下杀手:

建安中,海内兵起,孔璋托身于河朔,仲宣投足于荆楚,其诗哀伤而婉,不离雅也,此霸图之启也。梁、陈丧乱弘多,其君子纤以荒,无忧世之心焉,微矣。天宝之末,诗莫盛于李、杜。方是时也,栖甫岷峨之巅,放白江湖之上,然李之辞愤而扬,杜之辞悲而思,不离乎风也,王业之再造也。大中而后,其诗弱以野,西归之音,渺焉不作,王泽衰矣。夫建安、天宝之间,诗人欲肆其感悼无聊之志,何所不至?而齐、梁、大中以后,岂其人皆无衷爱凄恻之旨乎?③

序文中,陈子龙胪列了政治上的四个衰亡时代,继而又分置了四种诗风及写作态度。四个时代、风格及态度,又皆分为两组:汉末建安、天宝之末的诗虽哀伤婉约,悲思扬厉,但诗人不离风雅正道,因之王业再造;而与之截然相反的是,南朝梁陈、晚唐大中的诗风一

---

① 宋征舆:《流寓草序》,载方以智《流寓草》卷首,崇祯十二年(1639)刻本,北京大学图书馆藏,无页码。
② 李雯:《流寓草叙》,载方以智《流寓草》卷首,崇祯十二年(1639)刻本,北京大学图书馆藏,无页码。
③ 陈子龙:《流寓草序》,载方以智《流寓草》卷首,崇祯十二年(1639)刻本,北京大学图书馆藏。

味陷于纤弱,诗人缺乏忧世之心,不图自拔,国运随之败亡。这便是陈氏和云间诸子所持的经世致用的诗学观念——借雅正诗风提振国运。如此,再观照明末愈见的飘摇时局与竟陵钟、谭近乎独霸的诗坛,就理解为何陈子龙在序文收结处,说出如下近乎图穷匕见的判词了:

> 若夫《从军》之诗、《振旅》之作,此记室之末技也,非公子之壮思也。方子负志英伟,必有以自见,异日者海内清晏,父子名在钟鼎,赐田宅,给鼓吹,归本州,省丘墓。以视曩者《流寓》之篇何如也?①

这种在新刊诗集卷首否定全书,如"此记室之末技也""视曩者《流寓》之篇何如也"的说法和做法,实属罕见。而方以智也竟坦然接受,且寿诸梨枣,不得不说摆足了一份两军对垒之势。

再看周岐之序。一方面,他亦如云间三子,认为明诗本有的风雅大意丧于公安、竟陵;另一方面,他对《诗》《骚》之所以为经,故应作为正本清源的诗学典范,提出了截然不同的看法:

> 向也吾党论诗,于五言古则取其纯,七言古取其劲,五七言律暨绝句取其音协。夫审音律、辨雅俗、核词气,诗之正也。抑伤于有才无识之士久,为公安、竟陵所铄,故示之轨则,无使风雅大意沦胥以亡。若推索尽道,更有进者。三百篇,一诗也,何以著为经,确

---

① 陈子龙:《流寓草序》,载方以智《流寓草》卷首,崇祯十二年(1639)刻本,北京大学图书馆藏,无页码。

然不朽。则惟孤蘖之侣,感时伤事,蒿目抚心,或直言之,或微言之,或慷慨流涕,不禁长言之,言者无罪,闻者足戒,盛世之以为昌言,衰世之以为药石也。诗道所以有用,而非浮词艳曲,可以高据坛上者乎。三闾大夫慨然发愤,著为《离骚》,太史公与之,以为争光日月,少陵得其意,悲壮激烈,度越诸子矣!①

依周岐所见,《诗》之所以有用于世道人心,其价值不在温文尔雅、平和美颂,相反正在其不吝于感伤时事,而为衰世的针砭药石,而《离骚》的经典性也正在此。笔者认为,因"吾党论诗"四字,上述引文几可被视为桐城诗派的宣言。

此处补充两个背景,俾读者易于把握云间诗观在明末的文化基础,及桐城诗观的特立独行。其一,就明代科举考试对于正风正雅、变风变雅,存在明显的倾向性,"大约自明中叶开始,就屡见考官不自变诗中出题,致使士子不读变《风》、变《雅》"②了。其二,据《崇祯十年丁丑科进士三代履历》③,陈子龙登第所用本经正是《诗经》。

总之,这场以诗序为公共平台的云龙之争针锋相对,在以周岐为代表的桐城和以陈子龙为代表的云间诗学之间,近乎森严的壁垒已然隐现。崇祯十二年(1639)方以智、吴道凝同年中举,随之编选二人合稿,与这种凝聚力相对的是,李雯为撰《吴子远方密之合

---

① 周岐:《流寓草叙》,载方以智《流寓草》卷首,崇祯十二年(1639)刻本,北京大学图书馆藏,无页码。
② 侯美珍:《明代乡会试〈诗经〉义出题研究》,台北:学生书局,2014,第87页。
③ 天一阁博物馆编:《天一阁藏明代科举录选刊》,宁波:宁波出版社,2006。

稿叙》,却又对于桐城诸子的诗学观念刻意地只字不提。① 直至崇祯十三年(1640)方以智入京、举进士并就此滞留京师,"云龙合社"的理想终归湮灭。

五、明末桐城诗文三社的特性与意义

明末泽、永、云龙三社一脉相承,桐城方以智是自始至终的动源和枢纽,深远地决定着要不要发力、向哪里发力、如何发力。此种策源和凝聚力,固然源于其本人出类拔萃的洞察、创造力乃至使命感,但同时与桐城文人异常突出的家族性,与"桂林方"在桐城显赫的家学,乃至方以智曾祖、祖、父辈在家族内部始终占据的核心权力位置,皆密切相关。

崇祯六年(1633),方以智首部文集《稽古堂初集》竟获时任礼部尚书的何如宠(1569—1641)赐序,而方氏不过年方弱冠,一届秀才。所以能够如此,决定性的原因只能是家世而非才华。何序不惜笔墨,历数方家世代积累的影响力:

> 密之曾王父明善先生(笔者按:曾祖方学渐),修濂洛之教,讲学桐川,大江南北,无不响德而问业者。廷尉公(笔者按:祖方大镇)缵绪其业,而彰明其教,凡刑于家,训于后,皆以笃行文学为兢兢。故仁植(笔者按:父方孔炤)丕承克艰,垣墉而涂塈茨,罔不获

---

① 李雯:《蓼斋集》卷三十四《叙二》,清顺治十四年(1657)刻本,第 16b—17b 页。同一时段,与"云龙合社"平行,原曾有"云龙合选"之议而事终不成的曲折,笔者将另有专论《明清之际"桐城人选桐城诗"之争与桐城诗派的格局》详此,祈读者俟之。

考,绍闻衣德言,固渊渊矣。……密之洵当不负家训哉!①

序文强调的固是家世学问,曾祖方学渐也确是阳明后学、布衣学者,因讲学而影响"大江南北"。但祖父方大镇官正四品大理寺(廷尉)少卿,父亲方孔炤其时亦曾官正五品知州,因之方以智是名副其实的簪缨子弟、鼎食之家。

物质方面,桐城方氏提供了会社的活动地点,无论泽社、永社,其社事定所皆是崇祯二年(1629)方孔炤返乡建造的"泽园"②。"泽园临南河,取'丽泽'之意,方潜夫夫子玺卿告假还乡所建也。密之闭关诵读其中,学耕会友,而歌以永言,不枯不乱,《荷薪》之家风善哉。"③而方以智课读乡间,即自号"泽园主人"④。

从泽社、永社到云龙社的兴衰浮沉,其功能、性质乃至用意的几度迁移,一方面能充分看到南直隶安庆府桐城一地的士子,曾如何以会社的形式,预流晚明以降的文化潮流。如此,则学界多年瞩目的桐城派,其广幅的文学活动便远非局限于有清一代,而显然滥觞、草创于明末启祯两朝。这项研究,便益于学界从明的角度、诗

---

① 何如宠:《稽古堂初集序》,载方以智著,张永义校注:《浮山文集》附录三"序跋",第555、556页。
② 方孔炤上崇祯表:"尚宝司卿候补臣方孔炤谨奏:为天恩隆重,臣分绵微,恳乞准假,以图后报事。"……崇祯二年(1629)十月十七日奉旨:"方孔炤准给假候补,该部知道。"见方孔炤:《职方旧草》卷下《乞假疏》,收入方昌翰编,彭君华校点:《桐城方氏七代遗书》,合肥:黄山书社,2019,第306页。又,《方密之先生年谱》,民国间稿本,桐城市档案馆藏,明崇祯二年己丑条:"贞述公乞假归省,建泽园,命公闭关读书。"第19页。
③ 周岐:《泽园永社十体诗引》,方以智:《方密之诗钞》卷上《永社十体》,第392页。
④ 方以智:《永社十体》尾款,方以智:《方密之诗钞》卷上《永社十体》,第392页。

的角度,重新审视所谓"桐城派"的外延、内涵。

另一方面,通过与三社同时代其他地域派别、会社如云间诗派、几社的比较,可观察到作为明末桐城文化枢轴的方以智,自始便抱有一种复合型的心态与观念。具体而言,它包括三个方面:其一,时代的危机愈益真切,士人应力求以经世之学参政;其二,这种愿望应通过文章、诗歌写作的改革来达致;其三,文章、诗歌写作的改革须走复古的途径。

泽社原是研习制义以备科考的文社,但很快自天启末年始,便以古文辞来革新八股文法。此种文章观念早于几社数年,更早于其后的复社。同时泽社期间,社中诸子也早已通过大量的创作实践,培育起成熟的复古诗学观。唯泽社诸子课读江北乡间,直至崇祯五年方以智游历江南通都大邑如杭州、金陵,与云间诸子酬唱,才猛然自省,原来桐城文脉不期然已开风气之先。受陈子龙、李雯感召,方以智随即返乡转变社集方式,放弃文社,于崇祯五年(1632)开创了作为诗社的永社,尝试专注于借诗学革新、整饬士风。随即松江、桐城两地更产生云龙合社的构想,以求跨越地域进而统摄南直隶的辐射效果。但旋即因陈、方两位领袖的诗学理想——无论内在的师法理路,或外在的治世功能——发生根本抵牾,自崇祯六年(1633)年始,云龙两地诗人迅速转而各自为政。其后数年直至崇祯十一年(1638),两派之间貌合神离,竟隐有攻伐之势,终致云龙社的理想无果而终。

宗族与诗社：明末广东诗文集社研究

黄圣修*

一、前言

近人研究曾指出,文人结社始于中唐,此后日益增多,并在明代达到最高峰。在明代文人结社的历程中,又以中晚明后风气最为鼎盛,几乎无地不有,并直至清初,方才出现转变。① 尤其值得注意的是,明末的诗文结社,除了文人间的诗文唱酬,更进一步与理学、文学主张、科举制艺、经世思想,甚至是朋党斗争、抗清运动等

---

* 黄圣修,台湾人,台湾师范大学历史学系博士,中山大学历史学系(珠海)特聘研究员。研究领域:中国史学史、明清学术史。代表作:《"何修学"解》(2016)、《一切总归儒林——〈明史·儒林传〉与清初学术研究》(2016)、《〈春秋〉西狩获麟解》(2017)。本文系《广州大典》与广州历史文化研究资助专项"明末清初广东文人结社研究"(项目编号:2019GZY07)阶段性成果。

① 何宗美:《明末清初文人结社研究》,上海:上海三联书店,2016,第16—21页。

一系列思想文化和政治社会上的变动紧密相连,从而走出纯文学的领域,产生了政治史、思想史、社会文化史等多方面的学术意义。近代以来,学者对明代文人结社的关注,不管在研究面向还是内容上,都有逐步深化与扩展的趋势。谢国桢(1901—1982)与小野和子等人的著作,首先关注党社与政治运动间的联系,对此一课题的研究,有着启发性的意义。此后,学者一方面持续探讨如复社等重要结社的组成与运作,另一方面,也开始探索文人结社的其他意义。这些研究,[①]或是全面性地观察了明代结社与文学流派的发展,或是针对某一特定地域、文社、家族,乃至于结社与园林文化等不同课题,作深刻的讨论。

明代文人结社虽然以江南地区最为兴盛,但以广州为中心的岭南文人,亦不落人后。广东有着长时间的诗学传统,清代诗人屈大均(1630—1696)在其《广东新语》中便认为:"汉和帝时,南海杨孚字孝先,其为南裔异物赞,亦诗之流也。然则广东之诗,其始于孚乎!"[②]唐代以后,张九龄(678—740)执宰于开元之间,其诗文之成就,对后起的岭南文人产生了极为深远的影响。此外,岭南文人在诗文创作之余,亦喜结"诗社",以相互酬唱吟咏诗歌于山水、佛

---

① 相关研究成果,可以参见王文荣:《明清江南文人结社考述》,南京:凤凰出版社,2015,第2—4页。另外,何宗美出版于2011年之《文人结社与明代文学的演进(上下册)》,亦为近年重要之研究成果,该书分上下册,上册《明代文人结社现象与文学流派、文学思潮研究》,按时间次序,将有明一代文人结社,做了完整的记述,并讨论其学术意义之变化。下册《明代文人结社编年辑考》,则是以朝代为大纲,年号为细目,将明代文人结社区分为十三个时期,并摘录相关史料,对后人之研究,实有相当之帮助。见氏著:《文人结社与明代文学的演进(上下册)》,北京:人民出版社,2011。

② 屈大均:《广东新语》卷十二《诗语·诗始杨孚》,北京:中华书局,1985,第345页。

寺之间,抒发情怀。从现有的史料来看,自南宋末年赵必豫(1245—1294)、赵时清、李春叟、陈纪(1254—1345)等人在东莞乡间结社吟诗始,直至近代甚至今日,近八百年间,岭南文人的结社活动从未间断。

随着时间的推进,明代中晚期以后,以广州为中心的岭南地区,亦先后成立不少著名诗社,并积极与江南等地诗文结社互通声气,建立联系网络。只是,相较于江南地区文人结社所受到的重视,在过去的研究里,除了陈永正先生关于岭南诗歌文学的通论性著作,①学者关注的焦点主要集中在三个面向:一是前后南园五子、南园诗社与岭南诗派的形成;②二是清初岭南三大家及士僧

---

① 陈永正:《岭南文学史》,广州:广东高等教育出版社,1993;《岭南诗歌研究》,广州:中山大学出版社,2008;《沚斋丛稿》,广州:中山大学出版社,2011。另外,严明:《清代广东诗歌研究》,台北:文津出版社,1991;李德超:《岭南诗史稿》,基隆:法严寺出版社,1998,亦为较早出版之广东诗文通论性著作。

② 陈恩维:《南园五先生结社考论》,《广东社会科学》,2010年第3期,第124—128页;杨权、陈丕武:《诗派标准与"岭南诗派"》,《学术研究》,2012年第3期,第114—123页;黄坤尧:《"岭南诗派"相对论》,《学术研究》,2012年第3期,第124—126页;陈恩维:《论地域文人集群与地域诗派的形成——以南园诗社与岭南诗派为例》,《学术研究》,2012年第3期,第127—134页;李玉栓:《文人结社与明代岭南诗派的发展》,《安徽师范大学学报(人文社会科学版)》,2013年第6期,第678—684页;陈艳:《元末明初南元五先生研究》,上海:复旦大学中国古代文学研究中心硕士论文,2013;左东岭:《南园诗社与南园五先生之构成及其诗学史意义》,《西北大学学报(哲学社会科学版)》,2013年第1期,第53—57页;陈恩维:《试论岭南地域诗学传统的构建——以明初"南园五先生"为中心的考察》,《广州大学学报(社会科学版)》,2014年第5期,第90—96页;李艳:《明代岭南文人结社研究》,重庆:西南大学硕士学位论文,2014,则是近年来对明代岭南地区文人结社研究的最新成果,但由于所论为整个明代的岭南结社,且受限于篇幅,因此所关注之焦点,仍以南园前后五子为核心。

交游的研究;①三是明末清初广东地区文人史料的搜集与整理。②然而,受限于史料的不足,以及研究途径的差异,明末广东地区的诸多诗社,仍有许多根本性的问题,尚待进一步讨论。

除此之外,如果我们进一步去探究,则可以发现,虽然文人结社在明代中晚期后蓬勃发展,但不同地区的文人社集,在活动内容、性质等细节上,却不尽相同,而受其地域、历史与发展情况左右。换句话说,中晚明时期的诗社、文社或文人结社,虽然是一个泛用性的名词,但实际放到个别地区去检视时,却不该被简单地一概而论,而无视其差异。是以,在深入探究明末清初岭南地区的诗文结社前,或许吾人必须先试着回答,当时以广州为中心的诗文结社,与其他地区的文人结社相比,有着什么样相同与不同之处?这些相同与差异点,又反映了什么样的特性与历史意义?

沿着上述的思考,在过去针对华南地区的宗族研究中已指出,当嘉靖朝时,中国尤其是华南地区的社会,出现了很大的转变,而"宗族"则是此一转变之核心。宗族礼仪不仅成为联系王朝国家与地方社会之主角,甚至进一步与货币、市场发生关系,从而累积资本,扩大宗族影响。而在此一过程中,城市虽然仍是王朝统治的重

---

① 三大家相关研究如王富鹏:《岭南三大家研究》,北京:人民文学出版社,2006。端木桥:《清初岭南三大家》,广州:广东人民出版社,2006;何天杰:《岭南三家与清初诗坛格局之新变》,《学术研究》,2007年第4期,第150—154页。士僧交游研究参见王美伟:《明末清初岭南士僧交游与文学》,重庆:西南大学中国古代文学硕士论文,2012;李舜臣:《岭外别传:清初岭南诗僧群研究》,广州:南方日报出版社,2017。

② 如《全粤诗》《粤诗人汇传》《岭南文献综录》《明末清初广东文人年表》等著作之搜集整理,以及《岭南文库》,甚至是《广州大典》之出版。

点要地,但王朝与乡村社会宗族发展建立起之联系,却反而将城市挤到角落去,从而呈现出另一种不同的社会面貌。①

是以,针对明末清初岭南地区的诗文集社,在现有的研究成果上,或许还可以往前回溯,从更根源的基础,去探寻广东地区诗文结社所隐藏的独特性。为了达成此一目的,本文在处理上,并不直接叙述明末广东文人结社的历史发展,而是将文人结社所具备的几个特点作为观察点,从不同的角度,一窥明末广东文人结社的特性,再将这些观察点加以联结,从点到面地描绘出明末广东文人结社的样貌。其次,在初步掌握此一样貌之后,为了理解其背后所隐藏的独特性,本文选择番禺黎氏作为进一步分析的对象。番禺黎氏作为明末广东地区代表性的重要宗族,不仅在地方上有着相当程度的影响力,且长期活跃于文学、政治,甚至是明末抗清的军事领域。番禺黎氏的例子,除了有助于认识并理解广东地区的诗文结社与江南地区有何异同,还可以作为跨领域研究的一个尝试,从而发掘岭南诗社背后的历史成因,揭示其隐藏在"标举唐音,气韵雄直"的诗文风格下,不为人所知的其他面向,并作为未来持续研究之张本。

二、明末清初的岭南诗社

哪些要素是明末清初文人结社的特点?或许是我们在讨论以前,有必要先厘清与定义的课题。过去学者们曾针对江南地区文

---

① [英]科大卫:《皇帝与祖宗:华南的国家与宗族》,卜永坚译,南京:江苏人民出版社,2010,第18页。

人结社的类型与性质,①作出细致的分类。如郭绍虞(1893—1984)在《明代的文人集团》一文中,便曾将一百七十六个文人结社,区分为"怡老性质者"、"比较纯粹的诗社"及"专门研究八股文的文社",并总归为"诗社"和"文社"两大类型。除此之外,又将这些文人集团的形成,区分为"兴趣的结合"、"主张的结合"与"政治性的结合"。② 何宗美则在此一基础上持续深化,指出文人结社的分类,不仅有分类的标准问题,同时还有归类的问题,而不同的分类标准下,将会得出不同的类型,并按性质、组织特点、结社宗旨与活动内容等差异,区分出十余种不同类型的文人结社。此外,何氏亦以八股文结社为例,认为八股文结社虽然是科举制度的产物,主要兴趣在八股与科名之上,传统上并不视为文学类结社;然而,"在那种八股、科名与文学本来就难以截然分开的时代,文社与文学自然不能毫无关系",几个以制艺为主的文社,亦很难认为其与文学完全无关。③

过去对江南地区文人结社的分类研究所遭遇的困难,实际上正好反映出明末清初文人结社的多样化特性。不仅不同地区、城市乃至于结社群体会形成各自不同的文人结社。即使是同一个结

---

① "江南"虽然是个复杂的地理、行政、文化乃至于经济的区域概念,不过至迟在明代以后,时人对于江南的范围已经逐渐定型。李伯重从地理的完整性,自然生态条件,和同属太湖水系等角度认为,就明清时代而言,"作为一个经济区域的江南地区,其合理范围应是今苏南浙北,即明清的苏、松、常、镇、宁、杭、嘉、湖八府以及由苏州府划出的仓州"。而本文所指之江南,亦同于此一范围。参见李伯重:《简论"江南地区"的界定》,《中国社会经济史研究》,1991年第1期,第100—107页。
② 郭绍虞:《明代的文人集团》,见《照隅室古典文学论集》上编,上海:上海古籍出版社,2009,第518—610页。
③ 何宗美:《明末清初文人结社研究》,第36—41页。

社,也很可能因为不同时期的社会风气、主持者改变或其他细微的因素,使得结社的性质出现变化,造成分类上的困难。然而,从整体来看,当时的文人结社,虽然种类繁多且各具特色,但仍有一定程度的共通点,可以为后人所观察。从这些观察点出发,即使是性质类型完全相异的文人结社,依然有比较的意义。更有甚者,还可以更进一步去观察那些同中之异,与异中之同。

就广东地区而论,虽然广东的文人结社可以上推至南宋末年,但受限于史料的不足,当时情况究竟如何,已不可得知。元末与明中叶,由孙蕡(1337—1393)、欧大任(1516—1596)等人先后成立与修复的南园诗社,以及参与其中的南园前后五先生,则对广东诗坛与诗社的建立,产生了深远的影响。明末崇祯以后,虽然内外政局进一步恶化,但广东地区因为僻处岭南,在相对安定的情况下,反而迎来了一波结社的高峰。天启五年(1625),梁元柱(1589—1636)等十余人,假光孝寺成立的诃林诗社,以及陈子壮(1596—1647)等于崇祯十年(1637)重修南园旧社,皆曾轰动一时。此外,崇祯十七年(1644),年仅十五岁的屈大均,亦与同里诸子成立西园诗社。入清以后,先后还有粤台诗社(康熙二十三年,1684)、东皋诗社(康熙三十一年,1691)等社之设立。虽然,从宏观的背景来看,明末如雨后春笋般先后成立的广东诗社,与同时期其他地区的诗文结社,有共同的发展趋势,但也因为如此,不免隐没其中,而鲜能受到关注。然而,如果更进一步地去观察,则不同地区的诗文结社,其内在结构,则往往不尽相同,有着各自的组成特色,以及历史成因。

1.结社的性质

从结社的性质上来看,相较于其他地区出现的如制艺、文章、心学讲会、斗鸡走狗、饮食娱乐,或政治性乃至于复合性的文人结社,明末广东地区的文人,则对"诗社"的设立情有独钟。长久以来,广东地区有着"岭南诗派"之说,明儒胡应麟(1551—1602)在其《诗薮续编》中曾指出:

国初吴诗派昉高季迪,越诗派昉刘伯温,闽诗派昉林子羽,岭南诗派昉于孙蕡仲衍,江右诗派昉于刘崧子高。五家才力,咸足雄据一方,先驱当代。①

岭南诗派之说虽然始于胡应麟,但近代以来也有部分研究者,将其概念向上追溯至唐代的张九龄,而称之为"曲江诗派"②。不过,从实际上来看,则岭南诗派之发展,仍与南园诗社的盛衰有着较为直接的关系。元末明初孙蕡、王佐(1337—?)、赵介(1343—1389)、李德、黄哲等五人创立南园诗社,世人称之为南园五子。当时的南园诗社,虽然没有一定的规程,活动地点并不限于南园抗风轩,结社的时间、人数亦没有固定。③ 但其"豪吟剧饮,更唱迭和"

---

① 胡应麟:《诗薮续编》卷一,收入《四库全书存目丛书》集部第 418 册,台南:庄严文化事业有限公司,1997,第 2 页。
② 汪辟疆:《近代诗人述评》,《南京大学学报(人文科学版)》,1962 年第 1 期。转引自陈永正:《岭南诗歌研究》,第 32—33 页。
③ 据今人考证,孙蕡等人所结南园诗社,在入明以前仅有过两次结社活动,入明以后五子先后北上仕宦或隐居,纵使仍有活动,亦不在南园举行了。

"哦诗纵酒野云边"①的豪迈畅快的风气,却对广东地区的诗歌文化,产生了深远的影响。南园五先生及所代表的南园诗社,不仅成为广东诗人所向往的对象,亦是广东诗歌发展的重要象征。对此,明末番禺地区知名诗人黎遂球(1602—1646),在其《重刻五先生诗选序》中,便指出广东地区之所以对诗情有独钟,与南园诗社和南园五子有着直接的关系,其以为:

  岭之南,人人言诗,其在国初,盖有五先生。窃尝论之:如孙仲衍视嵇中散、谢康乐先后一辙;王彦举乃得比汉二疏、唐贺季真;黄庸之为政有韩退之徒鳄风;李仲修不愧太白、长吉称,其治义宁,则文翁化蜀;赵伯贞自拟渊明,诚孟浩然所不能及。虽出处各殊,然于唐诗有张文献,于我明有五先生,粤昔者称之,盖无异词云。②

在上文中,黎遂球将五先生之诗文与嵇康、谢灵运、疏广、疏受、贺知章、韩愈、李白、李贺、陶渊明、孟浩然等过去知名诗人相比,一方面可以看出黎氏对五先生之推崇;另一方面,还可以一窥五先生在诗文风格上,虽然有清新自然的一面,但走的仍是汉唐之风,因此所拟诸子,皆汉魏唐时之人,亦即朱彝尊(1629—1709)所谓:"五古远师汉、魏,近体亦不失唐音。"③

---

① 孙蕡:《西庵集》卷七《琪琳夜宿联句一百韵》,卷八《怀王彦举》,收入《北京图书馆古籍珍本丛刊》第 100 册,北京:书目文献出版社,1988,第 9、10 页。
② 黎遂球:《莲须阁集》卷十八《重刻五先生诗选序》,收入《丛书集成续编》第 149 册,台北:新文丰出版公司,1989,第 394—395 页。
③ 朱彝尊撰、姚祖恩辑:《静志居诗话》卷三,收入《续修四库全书》第 1698 册,上海:上海古籍出版社,1995,第 135 页。

当然,除了诗社,广东地区亦曾出现过讲学、娱乐或其他性质的结社活动。例如上文所提的黎遂球,其诸从兄弟远近数十人,便曾结社以飞奴为戏,由黎遂球题名"怒飞社",并撰写题记。① 虽然,黎遂球的诸从兄弟究竟可否被视为文人,以及"怒飞社"是否为文人结社,皆容或有讨论的空间。不过,至少可以证明,广东地区当时除了诗社,还有许多其他性质的结社,也同时存在。但相较于其他性质的社群活动,广东地区的结社,尤其是文人结社,仍以诗社最为大宗。② 不仅在数量上远胜于其他社群,在历史渊源、文化影响上,亦不是其他种类的结社,所可以比拟的。就此点而言,中晚明以降的许多地区虽然也不乏诗社,但文人喜结诗社,仍可以视为广东地区文人结社的重要特性。

2.社名

除了结社的性质,文人既选择以结社的方式相酬唱,则"社名"的有无,自是衡量一个集社是否成立的必要条件。虽然在天启、崇祯年间,因为结社的风气达于鼎盛,即使只有一次或数日的雅集,亦经常以某社自名,但社名的有无,仍是结社活动中相当重要的标志。江南地区许多知名的结社,如应社、复社、几社等,都曾享大名于当时,士子亦以入社为荣。就广东地区而言,如前文所述,明初的南园诗社与南园五子既为广东文人所向往,因此续"南园"之事,

---

① 其所谓"飞奴",指的便是赛鸽。参见黎遂球:《莲须阁文钞》卷六《怒飞社题名记》,收入《丛书集成续编》第187册,台北:新文丰出版公司,1989,第394—395页。
② 李艳在其《明代岭南文人结社研究》中,曾列举整个明代岭南地区文人结社共计51例,其中有32个结社直接以"XX诗社"为名,可见广东地区的文人结社,诗社实为主流。虽然文中有部分结社性质尚须进一步讨论,但仍具相当之参考价值。参见李艳:《明代岭南文人结社研究》,第19—23页。

成为广东文人在结社时,经常选用的社名。例如在天顺年间,番禺文人黎秉绽,便曾纠集同好,续南园诗社,与当时东莞的凤台诗社相望而兴,是广东地区在明代前期较为知名的两大诗社。到了嘉靖年间,欧大任过南园故址,见社废而园故在,荒竹滤池,半掩蓬蘽,除赋诗五章外,更与梁有誉(1521—1556)、黎民表(1515—1591)、李时行(1514—1569)、吴旦等人,联吟于南园抗风轩,再叙南园之事,而被称为南园后五先生。① 崇祯十一年(1638),陈子壮与弟子黎遂球、弟子升、友人欧主遇、必元、欧怀瑞、怀年、黄圣年、季恒、黎邦瑊、徐棻、释通岸十二人,三度修复南园旧社,世称南园十二子。除了十二子,当时吴越江楚闽中诸名流亦来入社,遂极时彦之盛。②

除了南园诗社,设立于明代前期天顺年间的东莞凤台诗社(一称凤冈诗社),同样是广东地区成立较早的诗社,当万历三十六年(1608)及崇祯十年(1637)时,亦先后有广东文人重修旧社,阐韵赓唱于其间。除了这些历史较为悠久的诗社,天启崇祯以后,广东地区的诗社数量快速增加,诗社的名称也越来越多。例如天启五年(1625),梁元柱(1589—1636)、邝露(1604—1650)、黎遂球等人设立于广州光孝寺的诃林诗社,曾在崇祯元年(1628)四月举行袁崇焕(1584—1630)复起蓟辽总督,出山海关督师的饯别诗会。当日广东粤籍绅宦文士云集,除了饯别,还作图赋诗,期望袁崇焕能廓

---

① 陈文藻等编:《南园后五先生诗》卷二《五怀诗并引》,收入《四库全书存目丛书·补编》第38册,济南:齐鲁出版社,2001,第486页。陈永正:《岭南诗歌研究》,第46页。
② 陈伯陶:《胜朝粤东遗民录》卷二《欧主遇》,上海:上海古籍出版社,2011,第113页。

清东北。此外,陈子履、陈子壮兄弟在崇祯四年(1631)先后成立东皋诗社、云淙诗社;而年仅十五岁的屈大均,更是在崇祯十七年(1644)便偕同里内诸子,成立了西园诗社。其余如羊城偶社、仙城至社、仙湖诗社、芳草精舍、续浮丘诗社、云和大社等,都是天启末崇祯年间先后成立的广东诗社。

虽然受限于史料的不足,以至于有许多结社的规模与实际活动内容无法为吾人所了解。然而,从上述短短十余年间,便陆续出现十余个结社名称来看,至少可以看见,当时的广东文人对结社的热情,并不亚于其他地区的文人。

3.结社成员

除了诗社的社名,参与诗文结社活动的文人,更是文人结社创立与发展的重要组成关键。一般而言,这些参与结社的文人,可以粗略区分为社长和诗社成员两类。在中晚明时期江南众多的文人结社里,社长或盟主的产生方式,约略有三种类型:首先是创设的发起人自任社长或盟主;其次则是虽有热心的地方官员操持社事,却延揽有名望的士人担任盟主;最后也有部分结社采取推举年德俱尊者为社长或盟主的方式。① 但不论是采用何种方式产生,社长或盟主都无疑是诗文结社中最重要的灵魂人物。一个结社的活动类型、诗文风格、政治倾向,乃至于盛衰的转变,往往与社长或盟主领导方式有着直接的关联性。

就明末广东地区而言,以前述诸多诗社为例,检视相关史料可以发现,广东地区在地理位置上,因为与江南地区距离遥远,且受

---

① 何宗美:《明末清初文人结社研究》,第27页。

限于地形的关系,以至于诗文结社的成员组成相对封闭。在上述部分较为知名的诗文结社里,虽然也有"吴越江楚闽中诸名流"等江南文人的参与,但毕竟仍以广东籍的文人占最多数。除此之外,还可以看见这些诗社的组成成员有着大量重叠的现象。兹先将相关诗社成员整理成表 1 如下:

表 1　天启崇祯广东地区诗社成员表

诗社名称	参与成员	地点
云和大社 (天启七年)	陈子壮、陈子升、黎遂球、欧怀瑞、谢伯子、卫付恺等百余人。	番禺
诃林净社 (天启间)	**陈子壮**、梁元柱、黎密、黎遂球、邝露、赵焞夫、欧必元、区怀年、李云龙、梁梦阳、梁继善、梁国栋、傅于亮、陶标、邓桢、吴邦佐、韩暖、戴柱、彭昌翰、李膺、吕非熊、释通岸、释超逸、释通炯、梁稷	番禺
东皋诗社 (崇祯四年)	**陈子履**、陈子壮、黎遂球、黄圣年、黎邦瑊、徐棻、欧主遇、张萱、何吾驺	番禺
云淙诗社 (崇祯中)	**陈子壮**、陈子升、区怀瑞	番禺
续凤台诗社	林钺、尹汤昭、陈日瑞、彭敦复、郭昌胤、陈葆一、陈瑞星、李翰延、孙振宗、陆大魁、彭任卿、林洪逵	东莞
南园诗社 (崇祯十一年)	**陈子壮**、陈子升、欧主遇、欧必元、区怀瑞、区怀年、黎遂球、黎邦瑊、黄圣年、黄季恒、徐栗、释通岸	番禺

续表

诗社名称	参与成员	地点
芳草精舍诗社（崇祯末年）	陈虬起、萧奕辅、梁佑逵、黎邦瑊、区怀年	番禺
续浮丘诗社（崇祯末年）	**陈子壮**、陈子升、黎遂球、区怀瑞、区怀年、高赍明、黄圣华、梁佑逵、黎邦瑊、谢长文、曾道唯	番禺
仙湖诗社（崇祯末年）	**陈子升**、薛始亨	番禺
仙城至社	黎遂球	番禺
浩社	朱国材	番禺
松堂诗社	马骏、邓右林、林原立、岑文凯	顺德

资料来源：1.中山大学中国古文献研究所编：《粤诗人汇传》，广州：岭南美术出版社，2009。2.李君明：《明末清初广东文人年表》，广州：中山大学出版社，2009。3.何宗美：《文人结社与明代文学的演进（下册）》，北京：人民出版社，2011。

受限于史料的不足与分散，上表对于明末以降广东地区的诗文结社和成员的整理，仍有许多尚待厘清和补充之处。但即使如此，上表中所列举出的广东诗社和成员组成情况，仍透露出一些有趣的现象。首先，上表中以粗体表现者为社长。在上表所列的十余个诗社中，有六个社的社长，与陈子壮兄弟有着直接的关联性。云和大社虽然不能确定社长为谁，但以陈子壮当时的地位，必然有其重要的影响力。陈子壮，字集生，号秋涛，万历四十七年（1619）进士。万历朝因弹劾阉党，父子同日夺职，崇祯初起用，历官至礼部右侍郎，旋以言事下狱，减死放归。桂王时受东阁大学士，总督四省军务。清军入粤,子壮与陈彦邦、张家玉俱战死,世称粤后三忠。陈子壮除了在政治与军事上有所表现,在诗文上也有独特的造诣,曾多次招集广东文人名流,创立诗社,饮酒赋诗,促进了明末广东地区诗文结社的风气。至于东皋诗社的发起人兼社长陈子履,则为陈子壮从兄,曾官至御史、贵县知县,在广州城的东郊筑有"东皋别业",为明代广州四大名园之一。据屈大均《广东新语》所述,园中有一湖曰蔬叶,湖中有楼,环以芙蓉、杨柳,湖上榕堤竹坞,步步萦回,奇石起伏。① 东皋诗社便是以此园林为名所设,邀集广东名流文人士绅,在此中饮酒谈诗,纵论时弊。而与薛始亨结社于仙湖的陈子升,则为陈子壮之弟。陈子升幼时,其兄子壮教以为诗,应声而就,子壮尝曰"阿季胜我",并谓其诗可以孤行。② 南海陈氏兄弟三人,不仅先后多次领导参与广东地区的文人结社,且师友弟子门人众多,在晚明广东地区的诗坛中,实有着相当重要的影响力。

除了社长,诗社成员的组成,则是另一个值得关注的问题。检视上表所列成员,可以看出除了续凤台诗社和松堂诗社分处东莞、顺德,其余诗社多集中在番禺地区。番禺自秦代建县之后,一直是岭南地区的行政中心,西汉初期更曾是南越王国国都。长期以来为广州地区一、二、三级政权所在地,番禺县治亦在广州城内。是以,以广州为中心的岭南诗人群集于番禺,与当地相对发达的政治社会经济文化有直接关系。

---

① 屈大均:《广东新语》卷十七《宫语·名园》,第 470—471 页。
② 陈伯陶:《胜朝粤东遗民录》卷一《陈子升》,第 34 页。

其次，此一结社成员名单，虽然仍有许多不足，需要进一步的补充，但即使如此，仍可以清楚地看出，以番禺为主要活动中心的诗人群体，在不同诗社之间大量重复出现。换句话说，如同社长皆为海南陈氏兄弟的情况一样，这些诗社的成员，在某种程度上，可以说是追随着陈子壮一同创立一个又一个的诗社，因此才会重复列名在不同的诗社之中。甚至，吾人可以进一步推测，假使诗社的成员名单可进一步完备，则其重复的现象，将会更加清楚地展现。

4.社约与结社活动

相较于宋代至明代前期的文人结社，中晚明以后，文人结社发展达到高峰，除了规模日渐扩大，以及结社性质日渐复杂。结社规约的订立，也日趋规范化，而逐渐成为一种普遍的现象。此外，规约的发展，也不再只是有无的问题，而是从性质内容上发生变化，从早期侧重生活与交接礼仪，到后期甚至对所赋之诗的意旨、内容，乃至于修身品德上，都作出严格的规范，而带有某种禁止与强制的意味在其中。[①]

除了社约，由于结社规模的扩大，结社地点的选择，以及维持经费的来源，乃至于结社后诗文稿的选刊，都成为无法回避的实际问题。从结社发展历程来看，一个稳定的文人结社，通常有固定的活动地点与日程，并由高位者或社员轮流承办，通过自修供具、设立社田、富人支持等方式，维持结社的正常运作。而结社之后诗文稿的刊行，则一方面可以作为结社的成果宣传，影响文学、科举风气外；另一方面，也可以作为结社经费的来源之一。

是以，就整体的趋势而言，随着文人结社的逐渐成熟，其内容

[①] 何宗美：《明末清初文人结社研究》，第29—30页。

虽然五花八门,但多有一定的规制可循,与随兴而起的聚会、雅集不尽相同。① 然而,虽然结社有着日趋规范的发展趋势,但仍有许多结社,维持着相对松散且自由开放的风气。例如王鸿泰在本书中所考察的南京地区文艺社群,便没有规约、社费,此外,参与结社的成员不仅不固定,且来去不同诗文结社之间,而不受社群的约束。②

　　以此两种截然不同的类型来观察明末广东诗文结社,则可以发现一些有趣的特性。首先,明末广东地区的诗文结社,不仅鲜见社约或其他规约的设立,甚至在节社地点和时间上,亦往往飘忽不定,而没有一个固定的场所或日程。当然,与江南地区的情况相似,一些重要的佛寺、书院、林园、胜景,如南园抗风轩、东皋别业、光孝寺、白云山等处,不仅是诗社创立与重要的结社地点,甚至还是诗社命名的依据。是以,在明初南园诗社相对开放自由的结社风气影响下,明末广东诗文结社,也有着相对开放自由的结社方式。期不常会、会中有歌妓侑酒,以及不固定的地点和人数,实为明末广东地区诗社的特点,而与江南地区某些开放性较强的结社,有着一定程度的相似性。

　　不过,如同前文所述,在比较不同地区的文人结社特点时,除了注意其性质的异同,仍须进一步观察其同中之异与异中之同。就上述每一个单一特性而言,似乎都可以在其他地区中,寻找到性质相近的文人结社。然而,如果将这些特性作整体的检视,则会发

---

① 王文荣:《明清江南文人结社考述》,第 11 页。
② 此类结社风气相对自由开放的社群,何宗美将其称为"非规范性"结社,例如随社、偶社、萍社、午日秦淮大社等,皆视为此一类型之结社。参见何宗美:《明末清初文人结社研究》,第 27 页。

现,广东地区的诗文结社,实有其独特之处。首先,粤人好诗,因此文人在进行结社活动时,多选择创立诗社,讲论诗艺,并透过结社赋诗排解忧国情怀,相较之下,其他类型的结社活动,则较为少见。然而,即使从社名的数量来观察,在天启崇祯以后,新的诗社数量大增,短短十余年间所成立的诗社,超越了过去的总和。而此点则与近人统计岭南地区诗人数量的成长趋势在明末清初达到鼎盛,并能与其他地区相颉颃的发展有所吻合。[1] 但相较于江南地区文艺社群的引领全国风骚,并积极与全国文坛相联系,甚至主导发展的企图。粤人在此一方面,虽有岭南诗派之称,但受限于地理区位与其他因素,不免有所局限,形成相对独立发展的态势。在某种程度上,也因为如此,反而长期保持了一致的风格,较少受到其他地区的影响。[2]

此一现象,从诗社的发起与成员关系来看,亦可以得到佐证。明末广东文人结社,不论是延续旧社,或是新设立的诗社,其发起人与社员,在不同诗社之间有着成员大量重复的现象。从名单上来看,可以很明显地看出一群以陈子壮为核心的广东文人群体,是明末广东地区相对活跃的结社成员。这批人不仅积极参与诗文结社活动,同时也是明末广东地区的抗清主力,以至于有许多人最后兵败身死殉国,或是入清后以遗民自居,不复出仕,甚至出家为僧。

此外,广东地区的结社虽然没有社约等规范的订立,在结社地点、时间或成员组成上,也都相对宽松自由。但与其他地区的开放性结社相比,仍有一定程度的差异。以南京地区的文艺社群为例,

---

[1] 李舜臣:《岭外别传:清初岭南诗僧群研究》,第47—54页。
[2] 陈永正:《岭南诗歌研究》,第24—32页。

南京作为全国的文艺核心之一,不仅在地理区位上占有极大的优势,在经济、政治上,同样有其重要的影响力,被全国关注。在此一情形下,南京的文艺社群随着时间的推移,逐渐成为全国性的文学舞台,这些文艺活动不仅有着强大的磁吸效应,吸引当时一流文人,前往南京一展长才;同时也散发出绝大的影响力,左右着文坛的走向。相较之下,广东地区的诗文结社,虽然开放自由,但结社的参与者绝大多数为广东本地文人。虽然,也有部分其他地区的文人参与其中,但在影响力与人数上,都远逊于广东本地的文人。

三、诗人世家"番禺黎氏"

从前述的讨论可以看见,相较于江南地区文人结社的发展趋势,广东地区的文人结社活动,虽然在明中晚期以后,也出现一波发展的高峰,不论在诗人还是结社的数量上,与过去相较,都有显著的成长,但在结社特性上,却有着广东地区独特的发展,而与其他地区的结社模式不尽相同。好诗、自由开放、成立时间集中于明末,且参与主体为本地文人等,实为当时广东诗文结社的重要特性。而该如何理解并解释这些特性,便是下一个必须思考的问题。然而,受限于史料不足与搜集困难,欲针对某单一诗文结社进行全面性研究,实有窒碍难行之处。但是,从另一角度来看,明代中叶以后,广东地区旺盛的宗族发展,留下了许多珍贵的地方史料。这些史料不仅以文字的方式保存在各种档案、家谱、族谱等文本之中,还以实体的方式,透过祠堂建筑、碑记、祭祀活动等方式,乃至于村庄聚落、耆老记忆口述等方式保留至今。

从这个角度来看,位处番禺的黎氏宗族,无疑是研究明末广东地区宗族发展与诗文结社关联性绝好观察点。番禺黎氏自赵宋南渡,由南雄珠玑巷迁居番禺板桥村(参见图1:番禺舆图),兴起于明代正、嘉之际,为广东地区重要的诗人世家。在明末清初之际,家族中诗人辈出,黎瞻、黎密(1566—1629)、黎淳先、黎玉书、黎彭林,皆有诗名于当世。其中黎民表(1515—1581)师从黄佐(1490—1566),名列南园后五子之一,与李攀龙(1514—1570)、王世贞(1526—1590)颉颃文坛,并积极参与广东地区诗社。此外,从孙黎遂球(1602—1646)亦以诗文、气节为世人所重。黎遂球师从陈子壮,且先后与徐汧(？—1645)、吴伟业(1609—1672)、张溥(1602—1641)、金声(1589—1645)、陈际泰(1567—1641)等江南文人诗文

图1 《番禺县志》(康熙)番禺舆图(圈起处即为番禺板桥村所在地)

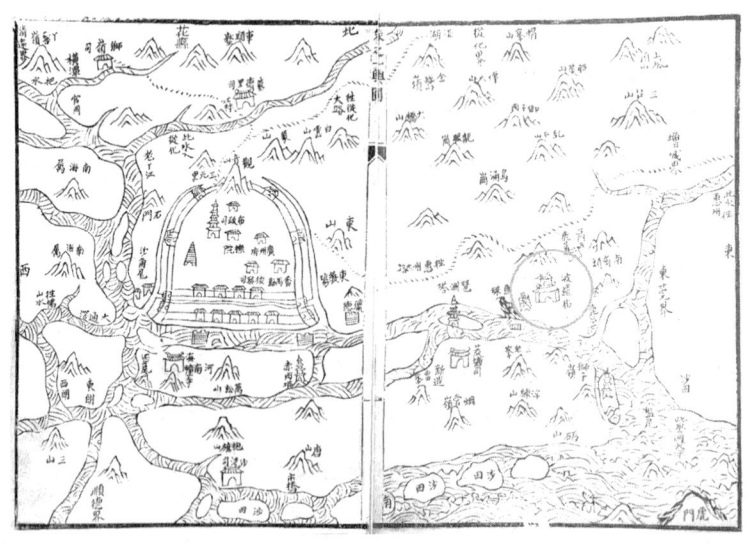

唱和。崇祯十三年(1640)五月客扬州,于郑元勋(1603—1644)影园中与江南文人即席分赋黄牡丹七律十章,糊名后为钱谦益(1582—1664)拔为第一,元勋镌金罍为赠,因而有"黄牡丹状元"之称。明亡之后,受兵部职方司主事,督师赣州。顺治三年(1646),清军陷赣州,遂球与其弟遂琪皆殉难。

番禺黎氏虽然在晚明清初之际相当活跃,但与其他宗族一样,倘若只透过家谱或地方志的,由于取材方向的关系,并不容易在诗文结社方面,得到足够的史料。所幸,在黎遂球长子黎延祖的努力下,刊行了《番禺黎氏存诗汇选》,为番禺黎氏在留下了宝贵的资料。结合《番禺板桥黎氏家谱》与《番禺黎氏诗存汇选》二书中的记载,不仅有助于后人理解明末清初番禺黎氏的发展,更可以借此一窥当时士人诗文结社中的诸多历史特性。

自明代中期番禺黎氏崛起之后,族中诗人辈出,善诗者不少,且多编著有诗文集。但是,在历经明末清初的战乱之后,少数刊行的诗文集往往散佚不存,或仅存数首而已。《番禺黎氏存诗汇选》的编辑,便是黎延祖一夕与陈恭尹(1631—1700)醉宿大忠祠中,言及先人诗文散佚,为之涕下,才开始勤力搜求先世遗文选刊。对此,名列清初岭南三大家之一的陈恭尹尝序曰:

> 美周先生殉节于丙戌(1646),先君殉节于丁亥(1647),两粤之干戈,又十年而后息。故家遗族,流离奔走,不独剞劂故板毁弃无存,即卷帙之散于人间者,亦多饱虫角之腹。二十年前,予与先生二子方回、务光醉宿大忠祠中,每言及此,辄太息涕下。十年来,务光捐馆,而方回遂能辑先生全集而刻之。兹又念其先世诗文零落无多,惧其终于泯灭,乃极力搜求于残编废篓之中,画卷粉笺之内,

245

片言只字,购若重宝,于是遗诗渐集。……凡二十人,可谓盛矣。……乃属予为选,定名之曰《番禺黎氏存诗汇选》。谓之存,则亡失者可知也。谓之选,则未刻者可知也。①

在序文中,陈恭尹不仅详述纂辑《番禺黎氏存诗汇选》的缘由始末,同时指出选集中收录了二十位(实际上共收录二十一位)不同世代,但都活跃于明末清初广东地区的番禺黎氏诗人。全书不分卷,框高20.2厘米,宽14.1厘米,每页九行,有版框格线,上单鱼尾,上版心书各收录文集原名。本书仅见存于北京国家图书馆,《广州大典》将其影印出版,并著录为"康熙三十三年黎延祖刻本"。这或许是因为黎延祖在书中《自识》末称:"甲戌长至禺海七十有三遗民黎延祖谨识。"由于甲戌年正是康熙三十三年(1694),因此《广州大典》将本书认定为该年之刻本。然而,如果将《自识》前之《番禺黎氏存诗汇选爵里》载有黎延祖,且后有"十七氏孙述曾能谦全辑"字样,以及书内亦收录黎舜仁《莲须阁后跋》与黎延祖之《瓜圃小草》一并考虑进去,则本书当为黎延祖后人增补刊行之版本,而非康熙年间之黎延祖初刻本。②

从表面上来看,选集的体例是以时间为次序,按时序收录番禺黎氏族内诗人的诗集,每集之收录,如有序文、传记,则冠于文集之前。各集收录之诗文长短不一,长者如黎遂球《莲须阁集》,有序文数篇、像赞、黎遂球所撰文章、传记、传跋、乡贤传、墓志铭、祠堂记、

---

① 陈恭尹辑:《番禺黎氏存诗汇选·番禺黎氏存诗汇选序》,收入《广州大典》,广州:广州出版社,2015,第281—282页。
② 如同陈恭尹序文所述,《番禺黎氏存诗汇选》原收录二十人,但因为本书为黎延祖后人之补刻本,因此将黎延祖补入书中,导致收录人数与陈恭尹序文所述不合。

板桥谒,及诗选三十余首。短者则仅存诗数首。谨先将所收录人物及所附之小传依次摘录如下:

1. 黎瞻:字民仰,号前峰,遂球曾祖。嘉靖壬午(元年,1522)亚魁,官顺天府尹。著《燕台集》。礼部尚书何维柏撰序,太子少保工部尚书门生朱衡撰传。①

2. 黎贯:字一卿,号韶山,遂球曾叔祖。正德丁丑(十二年,1517)进士,官御史。著《台中集》《使闽稿》《西巡稿》。②

3. 黎民表:字惟敬,号瑶石,贯长子。嘉靖甲午(十三年,1534)第六人,官吏部内阁,掌制诰,侍经筵,修实录,升河南布政司参议。著《瑶石山人诗稿》《北游稿》。王世贞、陈文烛撰序。③

4. 黎民衷:字惟和,号云野,贯次子。嘉靖丙辰(三十五年,1556)进士,官吏部验封司郎中、广西左布政使。著《司封集》。工部尚书陈绍儒、工部郎中欧大任撰序。④

5. 黎民裹:字惟仁,号白泉,贯季子。岁贡,官教谕。著《清居集》。⑤

6. 黎民褒:字惟登,号海门,贯从子。岁贡。著《希踪稿》。⑥

7. 黎邦琰:字君华,号岱舆,民表长子。隆庆辛未(五年,1571)进士,官吏部验封司郎中、江西左布政使。著《旅中稿》《南秀

---

① 陈恭尹辑:《番禺黎氏存诗汇选》,第290页。
② 陈恭尹辑:《番禺黎氏存诗汇选》,第293页。
③ 陈恭尹辑:《番禺黎氏存诗汇选》,第295页。
④ 陈恭尹辑:《番禺黎氏存诗汇选》,第304页。
⑤ 陈恭尹辑:《番禺黎氏存诗汇选》,第306页。
⑥ 陈恭尹辑:《番禺黎氏存诗汇选》,第307页。

堂稿》。①

8.黎邦琛:字君献,贯孙。岁贡,万历壬子乙榜。②

9.黎邦璘:字君玺,号楚林,贯孙。岁贡。③

10.黎密:字缜之,号柱流,遂球父。文学,世称高士。赠兵部尚书。著《籁鸣集》,大宗伯李孙宸撰序,江西按察九江道王思任撰传。④

11.黎崇勋:字贤之,号鹤岑。万历甲午乡试,任北直河间府交河县儒学教谕。著《鸑鸣集》。少宰黄儒炳、春坊区大相、吏科陈熙昌、虞部欧大任撰序。⑤

12.黎崇敕:字铭之,号文水,勋胞弟。万历辛卯乡试。著《文水居集》,伯民裹撰序。⑥

13.黎兆鳌:字公咸,号桂海,遂球从叔。万历丙午举人,官蓬州知州,戊辰会试呈荐。著有《愧庵集》。⑦

14.黎淳先:字含孺。文学,万历庚子乡试拟元。著《鞋言》《澳洲草》。⑧

15.黎邦瑊:字君选,号洞石,贯孙。恩贡,官兴业知县。著《洞石稿》。⑨

---

① 陈恭尹辑:《番禺黎氏存诗汇选》,第308页。
② 陈恭尹辑:《番禺黎氏存诗汇选》,第309页。
③ 陈恭尹辑:《番禺黎氏存诗汇选》,第310页。
④ 陈恭尹辑:《番禺黎氏存诗汇选》,第313页。
⑤ 陈恭尹辑:《番禺黎氏存诗汇选》,第331页。
⑥ 陈恭尹辑:《番禺黎氏存诗汇选》,第334页。
⑦ 陈恭尹辑:《番禺黎氏存诗汇选》,第335页。
⑧ 陈恭尹辑:《番禺黎氏存诗汇选》,第336页。
⑨ 陈恭尹辑:《番禺黎氏存诗汇选》,第339页。

16.黎崇宣:字孺旬,号二来。崇祯辛未进士,官司理。著《贻清堂集》。①

17.黎遂球:字美周,瞻曾孙。天启丁卯举人,受兵部职方司主事,奉命督师守赣州,城陷殉节。恤赠兵部尚书,谥忠愍。著《莲须阁诗集》《文集》《周易爻物当名》《易史》《诗风史刺》。陈弘绪、徐世溥、御史李模、庶吉士张溥、总督汤来贺、巡抚冯甦撰序。金堡、查继佐撰传,薛熙撰祠堂记。②

18.黎玉书:字绂臣,淳先长子。文学,著《雪窗集》。③

19.黎彭龄:字颛孙,淳先次子。文学,著《芙航集》。④

20.黎延祖:字方回,遂球长子。恩贡,著《瓜圃小草》,少司农王士禛撰序。⑤

21.黎彭祖:字务光,遂球次子。岁贡,著《醇曜堂集》,广州太守王佐、鸳水李明岳撰序。⑥

进一步检视上述二十一人之传记,则会发现,人物之安排虽然是以时间为次,但由于主导文集编纂的是黎遂球之长子黎延祖,因此整部选集,实际上是以黎遂球为核心来选编的,在被选入者的小传中,多会注明与黎遂球的亲属关系。此外,在每个文集前,都会题上"选文者"与"校对者",选文者皆题"后学陈恭尹元孝选"。至于校对者,则分别由黎延祖、王锡远、薛熙、吴百朋四人出任,其中

---

① 陈恭尹辑:《番禺黎氏存诗汇选》,第340页。
② 陈恭尹辑:《番禺黎氏存诗汇选》,第362页。
③ 陈恭尹辑:《番禺黎氏存诗汇选》,第367页。
④ 陈恭尹辑:《番禺黎氏存诗汇选》,第369页。
⑤ 陈恭尹辑:《番禺黎氏存诗汇选》,第378页。
⑥ 陈恭尹辑:《番禺黎氏存诗汇选》,第384页。

王锡远负责黎遂球《莲须阁集》,薛熙负责黎延祖《瓜圃小草》,吴百朋则负责黎彭祖之《醇曜堂集》,其余各集,皆由黎延祖负责校对。由于所校之文集作者,皆为黎延祖之族人,因此黎延祖在面对不同辈分的族人时,使用了不同的称谓。如校对黎瞻《燕台集》时,黎延祖自称"玄孙",校对黎民表《瑶石山人诗稿》时,则自称"曾侄孙"等。

受限于史料类型的限制,传统的家谱、族谱虽然有相对完整的家族世系数据,但对于人物本身的特性,则较难从中体会。尤其是地方性的知识分子或文人,往往因为资料的不足,在相关讨论中遭到忽略,而未能发掘其所反映的特殊意义。以番禺黎氏为例,透过《番禺黎氏存诗汇选》的整理,赫然可以发现,从黎瞻至黎彭祖不过短短百余年间,出了四代二十余位的诗人。虽然这些诗人里,仅有如黎民表、黎遂球等少数人物,能够跨越出岭南,与江南地区的文人相互唱和,甚至以文章遥应复社。但是,通过前文的讨论可以知道,正是这些只活跃于地方上的诗人,才是中晚明以降,广东地区大量诗文结社的主要参与者。

事实上,从相关的史料来看,在当时的广东地区,类似番禺黎氏这样诗人辈出的地方性宗族,并不是特例。如果将前文表 1 中参与诗社的人物做进一步分析,则可以发现,这些参与诗社的成员,绝大多数都是广东地区中晚明以后崛起的地方大族。这些重要的诗人世家,如香山黄氏、番禺黎氏、从化黎氏、高明区氏、顺德陈氏、海阳陈氏、香山何氏、番禺王氏、顺德温氏、顺德张氏、广州桂氏、番禺潘氏、佛山梁氏、香山李氏、番禺汪氏等,[1]先后崛起于明代中叶至清代中晚期,不仅积极参与了广东地区的诗文结社,在明末

---

[1] 陈永正:《岭南诗歌研究》,第 120—135 页;李君明:《明末清初广东文人年表》,广州:中山大学出版社,2009,第 12—17 页。

清初之时,亦曾组织义师,投入抗清活动,甚至以身殉难,或成为遗民,是过去人们所关注的前后南园五子、南园十二子或清初岭南三大家等人以外,广东地区另外一股不可被忽视的诗人群体。从某种程度来说,正是因为有着这些过去鲜为人所关注的诗人世家群体,才支撑起明代中晚期,特别是明末时期广东地区活跃的诗文结社活动。而所谓广东地区的诗文结社独特性,亦与这些诗人世家的发展,有着离不开的关系。

四、从黎氏宗族看明末广东诗文结社

从广东地区诗社的独特性比较,到番禺黎氏的诗人群体分析,我们可以看见,在明代中晚期以后,广东地区诗文结社的主要参与者,多半是地方上的有力大族。然而,这些崛起于明代中期前后,积极参与诗文结社的世家大族,究竟从何而来的呢?对于本文来说,则是番禺黎氏究竟从何而来,以及如何经营其宗族?此二问题,不仅是番禺黎氏宗族的根源性问题,同时也是番禺黎氏宗族,在明末清初数十年间,能够积极参与广东地方文人活动,甚至抗清运动的重要基础。其次,广东地区的世家大族,为什么会如此积极地参与诗文结社?除文学上对诗歌的爱好外,是否还有其他因素在背后推动呢?

1.宗族的形成与确立

番禺板桥黎氏兴起于明代中叶,关于他们的先世,撰写于明成化十一年(1475)的《黎氏族谱原序》,曾有过简单的提及:"自耕乐公卜筑板桥,迄今十传,阖门而食指不满三十人。"①文中仅提到番禺板桥的始祖为耕乐公,传至成化年间已历十世。到了隆庆四年(1570),十三代孙黎果翘撰写《十三世重修族谱序》时,则载云:

> 番禺黎宗板桥,则自炎宋耕乐公始,公而上派莫详焉。公由建炎中,耕于板桥溪上,奠居乐焉,故因以为号。数世相承,实维一人,皆隐德弗耀。②

上文所述虽然简略,但至少可以确知的是,番禺黎氏定居板桥始于南宋建炎中。至于更早以前的事,则无法追寻了。不过,到了十四代孙黎邦琰撰写的《始祖墓碑记》时,叙述便出现了一些变化,其文云:

> 始祖自宋高宗建炎四年(1130)来籍番禺,卜于板桥村打望冈之下居焉。……因其子孙修墓,爰赞之曰:宋运中叶,大驾南迁,豪杰挺生,与焉。怀经文纬武之略,用舍行藏之权,待调与鼎,未际尧天。由南雄而发驾,历蓼水而停鞭。③

虽然黎邦琰同样是在讲述始祖耕乐公的故事,但内容却出现了一些不一样的地方。首先,对耕乐公何时卜居番禺板桥,黎果翘只云"建炎中",但黎邦琰则明确指出是"建炎四年"。由于"建炎"

---

① 黎广绍等修:《番禺板桥黎氏家谱》,番禺板桥村委会藏1935年重修家钞景印本,崔廷珪:《黎氏族谱原序》,第3页。
② 黎广绍等修:《番禺板桥黎氏家谱》,黎果翘:《十三世重修族谱序》,第3页。
③ 黎广绍等修:《番禺板桥黎氏家谱》,黎邦琰:《始祖墓碑记》,第7页。

这个年号,南宋高宗一共只使用了四年,因此建炎中与建炎四年虽然只相差一两年,但概念却相差甚远。其次,黎果翘对耕乐公以前之事究竟如何,只云"上派莫详焉",但在黎邦琰所撰写的赞辞中,却将迁居番禺板桥之事,和广府地区广泛流传的南雄珠玑巷迁徙故事,做出直接的联结。对此,李模替黎遂球所写的墓志铭中,在简述番禺黎氏先世时,也有同样的说法,其文云:

宋室南渡,有乐耕公繇南雄徙居番禺之板桥乡为始祖。其后数世入元皆不仕,至十一世约斋公讳麒,当明盛时,乃就试为诸生。①

从成化年间的《黎氏族谱原序》,一直到清初的《美周黎公墓志铭》,亦即从明代中期到清初之间,黎氏族谱中关于始祖耕乐公的记载,已经出现了变化。原本只是单纯卜居番禺板桥的耕乐公,不仅被放入南宋初年士人南渡的大叙事中,甚至还产生了入元不仕的华夷论述。有趣的是,在同样一份家谱之中,对于南雄珠玑巷故事的记载,却也有着不同的说法。今所见《番禺板桥黎氏家谱》,除了收录前述的序文外,在内文中还抄录了一份南雄珠玑巷避难人民九十七家迁居姓氏表,其文云:

宋朝咸淳五年(1269)故事,胡妃逃往广东南雄府保昌县牛田坊珠玑巷。宋朝咸淳九年(1273),兵部尚书张英贤派大兵焚杀全

---

① 陈恭尹辑:《番禺黎氏存诗汇选》,李模:《美周黎公墓志铭》,第356页。

村,兹将避难人民九十七家迁居姓氏列。①

故事到了这里,原本因宋室南渡而南迁的耕乐公,被往后移了一百四十余年。原因也不再是宋室南渡,而变成胡妃出逃之事。不过,从另一个角度来看,这样的先祖叙事,虽然看似前后矛盾,却反而与广东地区流传的宗族故事若合符节。尤其是对于崛起于明代中期广东地区的宗族而言,出于各种因素,在族谱中描述自己的始迁祖,是在南宋初或咸淳年间,从南雄珠玑巷徙居广州某处的论述,②是居住在珠江三角洲地区诸著姓中,相当常见的一种安排,并大量出现在明代中后期以降的家谱之中。③黎姓作为广东地区重要的大姓,出现这样的记载,并不令人意外。这样的记载与其说是史实,不如说是一种集体记忆,与山西洪洞大槐树、宁化石埤村葛藤坑、湖广麻城孝感乡、江西瓦屑坝等移民传说,都是一种地域认同的扩展,④同时也是明代以降,广东地区逐渐服于王化的表现。

---

① 黎广绍等修:《番禺板桥黎氏家谱》,第31页。该表自注"漏了一名",因此原应有九十七家迁居姓氏,实际上只列了九十六家。而从《番禺板桥黎氏家谱》未提及罗贵故事,以及记载迁居者为九十七家的内容来看,这段故事的记载,应是在明末清初之际,至迟在乾隆朝以前,便已写定。
② 关于珠玑巷的传说,可参见石坚平:《民间故事、地方传说与祖先记忆——以广府地区族谱叙事中的罗贵传奇为中心》,《广东社会科学》,2013年第4期,第104—112页。
③ 据近人统计,在广州地区至少有144个族姓的家谱中有类似的。参见曾祥委等主编:《南雄珠玑巷移民的历史与文化》,广州:暨南大学出版社,1995,第73—74页。
④ 相关研究参见赵世瑜:《祖先记忆、家园象征与族群历史——山西洪洞大槐树传说解析》,《历史研究》,2006年1期,第49—64页;冀满红:《民众迁徙、家园符号与地方认同——以洪洞大槐树和南雄珠玑巷移民为中心的探讨》,《史学理论研究》,2011年2期,第100—109页;赵世瑜:《从移民传说到地域认同:明清国家的形成》,《华东师范大学学报(哲学社会科学版)》,2015年第4期,第1—10页。

过去的研究指出,南雄珠玑巷的迁徙故事,与明代户籍登记及由此产生的种种现实问题有关,是为配合里甲制度而形成,并与当地土著,尤其是疍民脱离军籍的企图有关。①

当然,番禺黎氏究竟真的是北方迁徙而下的汉族,抑或是本地土著,仍有待进一步的调查。然而,从上述的文字中仍可以得知,至少在明代中叶以前,番禺黎氏尚未发迹。其所谓"入元皆不仕"之说,与坚守华夷之别,恐怕没有太大的关系,而是整个宗族仍忙着在披荆斩棘,辟地垦荒,未暇于功名事业。否则,入明之后便可以出仕,又何必等到明代中叶末期,方才取得诸生的资格?可见在此之前,番禺黎氏仍在积累家族实力,尚未有人能取得功名。

不过,番禺黎氏虽然到了正德年间方才取得诸生的资格,但在地方上却早已逐渐累积起强大的实力,并随着番禺地区沙田的开发,在嘉靖年间以后出现极大幅度的成长。以前文所引用的成化十一年(1475)《黎氏族谱原序》为例,该序作者署名"赐进士出身文林郎南京江西道监察御史姻弟崔廷珪",可见番禺黎氏在成化年间,已经有能力结交出身于当地的低级官员,并结为姻亲。而仅从图2中出现的人物统计,更可以看出,自黎瞻以降,至黎遂球一代,仅百余年间,番禺黎氏四房之内,共出现四位进士,十位举人,五位具岁贡、恩贡之人,其家门之显赫可见一斑。②

---

① 刘志伟:《附会、传说与历史真实》,《中国谱牒研究》,上海:上海古籍出版社,1999,第155—160页。
② 此处的统计,并不计入黎延祖、黎彭祖与黎方潞。

255

图2 番禺黎氏宗族表①

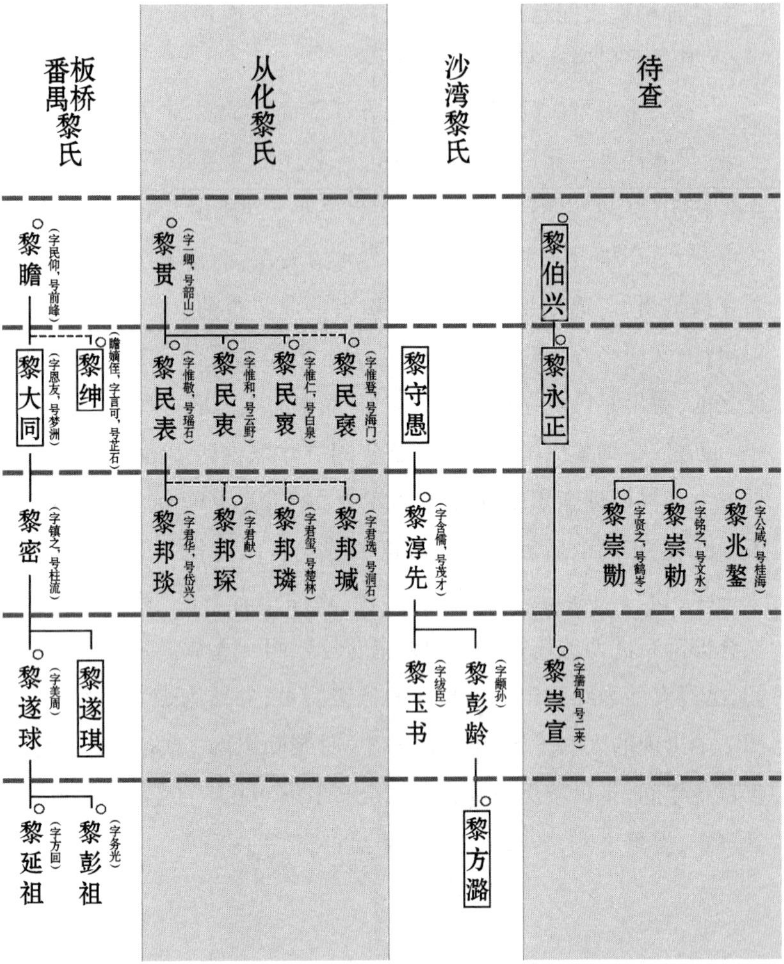

板桥番禺黎氏	从化黎氏	沙湾黎氏	待查
○黎瞻（字民仰，号前峰）	黎贯（字一卿、号韶山）		黎伯兴
黎绅（瞻嫡任，字言可，号正石）	○黎民表（字惟敬，号瑶石） ○黎民衷（字惟和，号白泉） ○黎民襄（字君翊，号云野） 黎民褱（字君驭，号海门）	黎守愚（字君选，号洞才）	黎永正
黎大同（字恩友，号梦洲）	黎邦琰（字君华，号俗吴） 黎邦琛（字君实，号楚林） 黎邦璘 黎邦瑊	黎淳先	黎兆鉴（字公咸，号桂海） 黎崇勤（字铭之，号文水） 黎崇勒（字赞之，号鹤岑）
黎密（字镇之，号柱流）		黎玉书（字缄臣） 黎彭龄（字颐孙）	黎崇宣（字蕃甸，号一来）
黎遂球（字美周）	○黎遂琪（字奏阗）	黎方潞	
黎延祖 黎彭祖（字方回）	黎彭光（字务光）		

① 表例："实线"为直系或关系确定的旁系亲属，"虚线"为尚未厘清之旁系亲属。"方框"为未收入《番禺黎氏存诗汇选》书中之人物。凡取得功名者（岁贡、恩贡、举人、进士），在姓名右上方"打圈"。

与显赫功名相互映照的，是番禺黎氏在地方上的发展及财富的累积。虽然因为家谱未记载相关田产收入，无法做更深入的讨论，但从前引文提到"有乐耕公繇南雄徙居番禺之板桥乡为始祖"，仍可以让吾人推测番禺黎氏在地方上，必然是有力的大族，并透过世世代代的努力，累积起丰厚的财富。从自然地理来看，番禺作为珠江三角洲的一部分，本为古海湾，并逐渐冲积形成三角洲平原。由于冲积有其先后时间，因此珠江三角洲有特殊的"民田—沙田"区分，台地与唐宋或更早以前冲积成型的土地，被称为"民田"，明清以后才逐渐冲积成形的，则被称为"沙田"。

近人的研究指出，珠江三角洲的"民田—沙田"格局所反映的，不只是自然地理概念上的差异，其在地方社会历史过程中，更形成一种经济关系、地方政治格局、身份区分，甚至是族群认同的标记。刘志伟指出：

> 那些明代初年在老三角洲定居下来的地方势力，在揭开沙田开发历史新的一页的时候，利用种种国家制度和文化象征，处于一种特殊的垄断性的地位，明清时期新开发的沙田，几乎全部控制在拥有这种文化权利的地方势力手上。……这些沙田的占有者，绝大部分属于聚居在山丘台地的边缘或明初以前成陆的老三角洲地区村落的大族。……番禺三角洲的沙田，也多是番禺、顺德、东莞

的公尝或大地主的产业。①

换句话说,哪一个宗族能更早在民田区站稳脚跟,对其宗族的发展,将会产生决定性的影响。番禺板桥村位于今日的番禺区南村镇,属番禺民田区之一,是老三角洲的一部分。黎氏能在板桥村开基立业,代表其开垦时间虽未必如自述般来自南雄珠玑巷,但至少在明代前期,便已经入籍于此,应当是没有问题的。

在这样的情况下,与珠江三角洲沙田地区其他发迹的宗族一样,到了明代中期以后,番禺黎氏也迎来了一波发展的高峰。其宗族之发展,一方面与黎氏家族中,多人考取功名,掌握政治与文化的话语权有关;另一方面,也与明代中期以后,透过人工围垦沙田,使得沙田范围大量扩张,从而带来的财富有关。也正是因为如此,当崇祯皇帝殉国以后,黎遂球才能随即应召,"蠲变家产,制斑鸠铳五百门,照市舶司提举姚所造式样,工附官工,解附官解"②。

2.宗族、诗社与城市

如同前文所述,明代中期以后,随着沙田的扩大开垦,以及财

---

① 刘志伟:《地域空间中的国家秩序——珠江三角洲"沙田—民田"格局的形成》,《清史研究》,1999年第2期,第18—19页。另可参见刘志伟:《宗族与沙田开发——番禺沙湾何族的个案研究》,《中国农史》,1992年第4期,第34—41页;萧凤霞、刘志伟:《宗族、市场、盗窃与蛋民——明以后珠江三角洲的族群与社会》,《中国社会经济史研究》,2004年第3期,第1—13页;叶显恩:《沙田开发与宗族势力》,《珠江经济》,2008年第1期,第89—96页;王传武:《珠江三角洲沙田研究评述》,《中国社会经济史研究》,2014年第1期,第105—109页。
② 黎遂球:《莲须阁集》卷十四《上直指刘公》,第324页。按,斑鸠铳又称斑鸠脚铳,为明代内径最大之火铳。铳长5.5尺,内径0.6寸,用药1.3两,弹重1.5—1.6两。枪身甚重,须以脚架支撑,因形似鸟脚,故称斑鸠铳。此铳仿自西班牙MUSKET重型滑膛枪,当时仅澳门与广州能制造。

富的累积,广东地区珠三角地区的有力宗族,不仅开始参与科举考试,取得功名,还纷纷建立祠堂,纂修族谱。透过这一连串有意的动作,除了要强化与中原汉族之间的关联性外,更是要确立自身对珠江三角洲地区的掌控权与合法性。而这样的合法性论述,除了透过宗法制度、科举功名以外,传统士人文化的传承与展示更是不可或缺的重要部分。而既然"岭之南,人人言诗",则最好的文化活动莫过于结社吟诗。对于广东人好结诗社的风气,屈大均在其《广东新语》中曾载云:

  广州南园诗社,始自国初五先生。越山诗社,始自王光禄渐逵,伦祭酒以训。浮丘诗社,始自郭光禄棐。诃林净社,始自陈宗伯子壮,而宗伯复修南园旧社,与广州名流十有二人唱和。叶石洞云:东广好辞,缙绅先生解组归,不问家人生产,惟赋诗修岁时之会,粤人故多高致乃尔。①

  在这段文字中,屈大均谈到"广东名流",并引用叶春及(1532—1595)"缙绅先生解组不问家人产"之说,反映的是广东地区的诗文结社,其社员的组成,是以广东名流为主体。而所谓的广东名流或缙绅先生,实际上便是位处珠三角地区,在明代中晚期以后发迹的各大宗族。以前文曾提过的崇祯十一年(1638)陈子壮重修南园诗社为例,当时北方虽然已经面临清军入塞、京师戒严的危急之秋,但广东却仍一片歌舞升平,完全没有感受到战争的氛围。

---

① 屈大均:《广东新语》卷十二《诗语·诗社》,第355页。

对此,《胜朝粤东遗民录·欧主遇传》中曾载云:

  崇祯己卯(1639),主遇与陈子壮、子升兄弟及从兄必元、区怀瑞、怀年兄弟、黎遂球、黎邦瑊、黄圣年、黄季恒、徐荣、僧通岸等十二人,修复南园旧社,期不常会,会日有歌妓侑酒。后吴越江楚闽中诸名流亦来入社,遂极时彦之盛。①

  此十二人,后世称为南园十二子,但如果进一步分析,则可以发现,除僧通岸为僧人、黄季恒未详其本籍外,其余与会者,皆为广东珠三角地区有力之大族,欧主遇之于顺德,陈子壮、陈子生、陈必元为南海陈氏,欧怀瑞、怀年兄弟出自高明欧家,黎遂球、黎邦瑊来自番禺黎氏,南海黄氏与徐氏,在地方上都有一定的实力。是以,明末清初广东地区的诗文结社,除了是延续唐代以降张九龄所留下的诗学传统外,其背后还有明代中期以后,伴随着地方大姓的崛起,透过举行文人社群活动,从而在地方建构出自我的文化象征。

  从另外一个角度来看,叶春及在文中所指的"缙绅先生解组归,不问家人生产",其实正是广东地区大家族在开发沙田的过程中,所产生的特殊现象。在传统的情况下,所谓的缙绅先生,大多都是地方上的强宗大族,家产殷实,因此不问家人生产,本为正常之事。然而,对于明末清初的广东地区而言,这些掌握大片沙田的地方大族,确实经常连自己都不清楚所持有的沙田,实际位置究竟在何处。对此,屈大均曾解释云:

---

① 陈伯陶:《胜朝粤东遗民录》卷二《欧主遇传》,上海:上海古籍出版社,2011,第113页。

五曰潮田,潮漫汐干,汐干而禾苗乃见。每西潦东注,流块下积,则沙坦渐高,以薏草植其上,三年即成子田,子田成然后报税,其利颇多。……其或子田新生者,田主不知多寡,则佃人私以为己有,有田而无税,利之幸而得者也。……以故田主寄命于田客,田主不知其田之所在,惟田客是问。礼貌稍疏,其患有不可言者。田客者何?佃人也。①

相较于一般固定不变的农田,沙田的出现,本来就是由珠江所携带的大量泥沙,逐渐淤积而成。只不过,自然形成的沙田,所需要的时间较长,而明代中叶以后开始的人工筑围,则极大地加速了沙田的形成。特别是在清代中期以后,沙田的筑围规模更是大规模的扩大。是以,由于沙田具有不断增生的特性,再加上这些家族并不会亲自耕种,而是雇用原本靠海为生的疍民,以作为佃户,因此这些地方大族,不知道自己究竟有多少田产,并不让人意外。

除此之外,在过去的研究中,对于"民田—沙田"的结构曾有过深入的分析与讨论,并强调在民田区建立祠堂的特殊意义。然而,从实际的生活来看,这些曾经取得过功名,告老之后解组归乡的缙绅先生,或是宗族中的主要人物、弟子们,他们的宗族虽然定居并发迹于地方民田区的村落,但他们却并不是长期居住在那里。在绝大多数的时间里,缙绅先生们都是在城市中生活,过着城居的生活,仅在祭祖或地方有事时,才会返回地方村落。以番禺黎氏为

---

① 屈大均:《广东新语》卷二《地语·沙田》,第53—54页。

例,板桥村的南海神庙(菠萝庙),在早期控制着全村的出入口,①而黎氏便居住在神庙之旁,黎遂球在《南海神祠碑记》中提到:

> 板桥更立为神祠,当大南冈之下,古道之冲,所以便祈祝。……遂球之先人,有园居即在祠侧,今且家焉。遂球虽生于五羊,然岁时伏腊,必归而祀于祖,因获随诸父兄后。②

除了碑记,黎遂球在《怒飞社题名记》中,有着更清楚的描绘,其文云:

> 板桥为村,在仙城南可百里,洲屿之中。其水深曲,山坳古树间,有大木板为高桥而过,故向以名焉。余祖居盖已十五世于斯,诸昆弟耕读之余,唯事钓弋,迩且为飞奴之戏。……偶春暮归板桥,诸从兄弟社饮方酣,为簿籍以题名纪胜焉。邀余为记,于是题曰怒飞。③

在上文中,黎遂球在春暮偶归板桥,恰好遇上居住在板桥村的族内兄弟们举行赛鸽,在诸从兄弟们的邀请下,将这个赛鸽的聚会

---

① 事实上,板桥南海神庙(菠萝庙)不仅控制着板桥村的出入口,更是从广州入大洋的重要水道。屈大均在《广东新语》中曾提到南海神庙"庙外波涛浩渺,直接重溟。狮子洋在其前,大小虎门当其口,欠申风雷,嘘吸潮汐。舟往来者必祗谒祝融,醉酒波罗之树,乃敢扬帆鼓柁,以涉不测"。参见屈大均《广东新语》卷二十五《木语·波罗树》,第635页。
② 黎遂球:《莲须阁集》卷十五《南海神祠碑记》,第280页。
③ 黎遂球:《莲须阁文钞》卷六《怒飞社题名记》,第421页。

称为怒飞社,写下了这篇《怒飞社题名记》。在上列两则引文中,不论是"岁时伏腊,必归而祀于祖",或是"偶春暮归板桥",都可以清楚地看出,对于像是黎遂球那样曾经取得过功名,或是在宗族中占有重要地位的人,一般并不会居住在乡村之中,而是早已搬入广州城内,过着城市的生活。不过,黎遂球一支虽然已经住在广州城中,但黎氏一族仍将祠堂建在发迹之板桥村,且村中仍有着大量的同族兄弟居住在那里。之所以会有这样的现象,一方面是因为广州城内当时仍不可修建祠堂;另一方面,在"民田—沙田"的结构之下,于始发迹的民田区建立祠堂,纂修族谱,建构始迁祖的迁徙故事,从而确立该宗族在地方上的地位与合法性,是明代中叶以后,珠江三角洲地区地方宗族发展的重要过程。①

前文在讨论广东地区诗文结社特性时曾指出,明末以后广东地区的诗文结社,除了重修旧社,承袭过去知名诗社的社名,短短十余年间,还出现了许多新的诗社。除此之外,这些诗社的组成成员,还有着大量重复,以及地理位置多集中于番禺地区等重要特点。透过检视番禺黎氏的发展过程,我们可以发现,中晚明时期的文人结社,特别是广东地区的"诗社",诚然受到来自江南结社风气的影响,以及广东地区文人对诗歌文学的独特爱好。但是,结社的模式和发展方向,却与当时地方宗族的发展,有着密不可分的关联性。对于当时的地方宗族而言,随着宗族的发展,以及科举考试的成功,原本在地方的宗族著姓,纷纷搬迁入广州城,过着士绅般的生活,并透过结诗社等士大夫活动,与其他的宗族,甚至江南文人

---

① 除了番禺黎氏,黎遂球之师陈子壮,同样出生成长并生活于广州城中,而非宗族发迹的南海县沙贝乡。

相结交,从而在文化层面上,进一步抬高宗族的地位,发展出一套"居住于城市,立族于民田,生产于沙田"的特殊社会结构。

此外,从地理环境与人文习性来看,明中后期的广东地区文人,虽然不乏与中原或江南地区,甚至是京师文人相交游者。但是,岭南地区相对偏远与封闭的环境,仍在一定的程度上影响了广东文人与外部的联系。前文已经指出,从诗社成员的生平经历可以发现,多数岭南地区的文人,其活动范围多以珠三角地区为主。而番禺县作为当时岭南地区相对发达的区域,且府治、县治都在其境内,交通往来甚是方便,自然成为居住在广州城内文人结社的首选地点。随着中晚明以后广东地方宗族的崛起,结社的风潮也逐渐传入岭南地区。然而,广东地区虽然在中晚明以后陆续重修或创立许多诗社,但参与的成员却多半是同一批人。这些出自地方宗族的文人,出自对诗歌文学的爱好,宗族间交流的需要,以及文化地位的维持与提升,在不同的园林寺庙与名山胜景之间,成立一个又一个诗社。就目前所见的史料而言,这些诗社不仅没有长期固定的活动日程,也缺乏社约等规范性的条款,其活动的方式,则介于诗社与雅会之间,灵活且自由地在不同地点、不固定的时间中举行。是以,从某种意义上来看,这批发迹于本地的跨宗族文人群体,其本身的交往结合,就是一个大型的诗文结社,而在不同地点、时间所建立的"诗社",则可以视为该次或某段时期、某一地点结社活动的代称。

五、结论

　　透过本文初步的比对后可以发现,明末广东地区的诗文结社和其他地方的文人结社相比,在某些特性上,不仅互有异同,且同中有异,异中有同,值得进一步分析讨论。从另一个角度来看,也可以证明当时的"结社",其实是有着多元性的不同面貌,在不同地方发展且相互影响着。广东地区诗文结社的特性,不仅与自然地理环境有关,也与当时的社会文化发展,有着直接的联系。这些诗文结社的成立,除了有其悠久的文学传统,并可以作为诗人发忧国之愤懑,[①]地方宗族之间的交流,并以此掌握文化论述,从而进一步确立自身宗族的发展,也同样重要。

　　也因为如此,在前人研究的基础上,本文除了重新检视广东地区结社的特性,还试图以番禺黎氏的发展为例,从宗族的角度出发,去发掘诗文结社在文学以外所反映的其他面向。而广东结社的诸多特性,以及"城市—民田—沙田"说之推测,则是一个初步的尝试。当然,受限于史料与学力的不足,本文在许多问题上,仅做了粗略的梳理,亦未能进一步从学术思想、诗人交游乃至于入清以后的发展等角度做更多的讨论。但是,透过研究方向的转换,或许有利于进一步加深对广东文人社群之理解。

[①] 如欧怀瑞为高明欧氏,南园十二子之一,在听闻流寇攻陷襄、洛之后,便与黎遂球社集赋诗,同思忾敌。参见陈伯陶:《胜朝粤东遗民录》卷三《欧怀瑞传》,第 211—212 页。

明及清初地方小读书人的社集活动：以江西金溪为例*

张艺曦①

一、前言

江西依其文化发展程度,至少可分作南昌、吉安与抚州三大区域,而明中期有文学复古运动与心学运动,明末有制艺风潮,三地皆在这几股风潮中。明中期的南昌以余曰德(1514—1583)、朱多

---

* 有关同时期江西全境的社集发展及思想文化风潮的变动,请参见张艺曦《明中晚期江西诗、文社集活动的发展与动向》,《新史学》31卷2020年第2期,第65—115页。
① 张艺曦,台湾台中人,台湾大学历史系博士,台湾阳明交通大学人文社会学系教授。研究领域为明清思想史、地方史与家族史。代表作:《社群、家族与王学的乡里实践》(2006)、《明中晚期古本〈大学〉与〈传习录〉的流传及影响》(2006)、《孤寂的山城:悠悠百年金瓜石》(2007)、《飞升出世的期待:明中晚期士人与龙沙谶》(2012)、《明代阳明画像的流传及其作用——兼及清代的发展》(2016)等。

煃(1534—1593)两位复古派健将为中心举行诗文社集,吉安则是阳明心学的重镇,以邹守益(1491—1562)父子孙三代主持讲学最为著名。抚州地区,广义来看可包括抚州府与建昌府,①心学方面有金溪吴悌(1502—1568)、新城邓元锡(1529—1593),而声光最盛,影响也最大的则推罗汝芳(1515—1588),文学方面有临川汤显祖(1550—1616)与金溪谢廷谅(1551—?)兄弟,但不属于复古派阵营。

南昌作为省会,向来较易得到研究者的关注,而近一二十年来亦有人讨论吉安的阳明心学,唯独迄今对抚州地区的了解仍少。罗汝芳、汤显祖这些大名字大人物,固然得到许多人的注意,相关论文亦多如牛毛,但多把焦点放在个人学术思想或文学成就,而较少从地方史或地域研究的角度出发。

思想文化史若从地方史或地域研究出发,便不能只注意大名字大人物,也必须关照地方上没有偌大声名的小读书人。过去思想文化史较多利用知名士人的文集、笔记、书信等文献数据,借此梳理出以这些士人为中心形成的群体或文化圈,然后配合地方志,便有可能粗略地勾勒出这个群体或文化圈的范围及作为。但我们也不免进一步注意到,在这类群体或文化圈中,还有许许多多二流的、本地的小读书人,他们虽有著作,但几乎皆已不存,而这类小读书人往往在当地扮演重要角色,而且常是一些社集的主要成员。

这也表示我们必须扩大史料的范围,而族谱应是可用的史料之一。对社会史、经济史的研究者而言,族谱已算是很常用的史料,而且有许多人对族谱记述内容做深入的解析。② 但在思想文化

---

① 如今日中国大陆的行政划分,便将明代的两府都划入抚州地区。
② 如科大卫:《明清社会和礼仪》,北京:北京师范大学出版社,2016。

史,以及对地方小读书人及其社集活动的研究上,则仍较少用这类资料。族谱有许多对个人交游及其生平作为的叙述,这类叙述常有对个人的溢美之词,但所叙述的言行事为则不见得是凭空捏造的。例如某本族谱谈及某个社集,称此社集聚集许多人,我们自然不会听信此片面之词,但若是不同家族的族谱都共同指向这个社集活动时,则应可确认这个社集在当时是有影响力的。

今日临川的城市化颇高,搜寻族谱的困难度高,事倍功半,而难以成功,这正是为何将眼光转向金溪的原因。金溪的文教成就亦高,宋代陆九渊(1139—1192)、明初状元吴伯宗(1334—1384),以及明中期的大儒吴悌皆出自此地,而且金溪另以出版著称,浒湾镇在清代是全国四大印刷中心之一。另一方面,金溪的城市化不高,许多村落仍然保存过去的面貌,根据金溪方志办的调查,当地族谱古谱仍存的,至少有六百多部,通过田野的搜集,极有可能借由这些族谱重新复活当地小读书人的交游与社集活动。尤其值得注意的是,临川、金溪两县士人的关系十分密切,当地向来有"临川才子金溪书"之谚。过去我们熟悉的是汤显祖、江右四大家这些大名字大人物,或从钱谦益(1582—1664)的《列朝诗集小传》而知谢廷谅兄弟与汤显祖争胜,[1]但除此以外,对临川与金溪在思想文化上的关系所知有限。一旦进入个别地域层次,定睛在这些小名字小人物,反而很意外发现两地之间竟然有着紧密的联系与社集活动,而且我们甚至可以推测,这是以临、金两县为中心的社集活动。尽管从金溪一县切入,却可看到整个抚州地区。

---

[1] 钱谦益:《列朝诗集小传》丁集中《帅思南机小传》,上海:上海古籍出版社,2008,第565—566页。

二、学术系谱的建构与自立

金溪的学术文化传统,较近的有宋代的陆九渊学术,但在地流传不久,入明以后已完全不见其学术流传的记载。不过,金溪跟理学的关系仍然是较为亲近的,只是明代金溪没有知名理学家,所以往往受到外来学术的影响。明初首先有吴与弼(1391—1469)学术的进入。吴与弼是崇仁县人,只在金溪的邻县,举林车氏家族便受其学术的影响。这个家族有族人习于吴与弼门下,以及吴与弼亲莅车氏家族所在地讲学,直到明中期家族史的叙述中,都不断回顾这段往事。

车宝与车福两兄弟是这个家族的中心人物。车宝的长子车恂,以及车福的长子车贞,二人分别在正统七年(1442)与景泰四年(1453)的两次饥荒中输米二千石助赈,先被旌表为义民,后被赐冠带。① 从输米力赈事,可知这个家族,尤其是车宝的这个房支是比较殷实的房支,但其文化水平则仅一般。即使有意学习者如车宝,他从五河教谕李子亮游,得朱熹(1130—1200)的《性理吟》②作为家学传习,但《性理吟》毕竟只是一本启蒙读物,显示车宝对理学的了解很有限。

---

① 《举林车氏十修族谱》(金溪浒湾镇黄坊车家车泽民家藏,民国二十四年版本),《四六公房世系》,3号。
② 束景南主张《性理吟》是后人伪作,见束景南:《朱熹佚文辑考》,南京:江苏古籍出版社,1991,第687—702页。另据《四库全书总目》所记,正德间谭宝焕作《性理吟》,以《四书》及性理中字句为题,前列朱子之说,而以一诗括其意。见《四库全书总目》集部,第29册,别集类存目三,卷一七六,第1579页。

景泰四年(1453)是关键的转折点。这是车恂与车贞第二次赈济而得到朝廷表彰的年份,吴与弼过访其族,而过访的原因则与其赈济尚义的行为有关,①所以吴与弼为车福之子车绍祖读书处题"尚义堂"三字,②以标榜该族(尤其是该房支)的义行。详见表1。

表1

世系	第八世	第九世	第十世	第十一世
人名	车习义	车宝	车恂 车贞 (输谷赈济)	
		车福	车绍祖 (吴与弼为题尚义堂)	车泰来

从吴与弼过访其族以后,该族有所转变。在此之前,车氏族人所从学的对象是地方士绅(如何自学[1397—1452]),此后则是习于吴与弼门下。③ 天顺二年(1458),吴与弼又受邀来到车氏家族,且在尚义堂中讲学,④该族族谱载:

---

① 关于明初义行与理学的关系,请见向静:《感仁兴义、树立风声:明代正统年间义民形象的塑造》,《北大史学》19(北京,2014),第96—116页。
② 《举林车氏十修族谱》,《四六公房世系》,7号。车绍祖是该族中文化素养较高的,所以他早年便即跟随地方士绅何自学学习。何自学是宣德丁未进士,在金溪当地颇知名,在当地的许多族谱中都有他所作序。尽管车绍祖不是赈济者,但推测该房支仅车绍祖有书斋,所以便让吴与弼在其书斋题字。
③ 转向吴与弼学习一事,也可能是何自学所建议,因为何自学正是向朝廷推荐吴与弼的官员之一。见胡钊、松安等纂修:(道光)《金溪县志》卷十一《宦业》,收入《中国方志丛书》第800号,台北:成文出版社,1989,据清道光六年刊本影印,第7—8页。
④ 《举林车氏十修族谱》,《四六公房世系》,3号。

>昔贤吴康斋先生,与生徒会社于兹,族中先型,多出其门。①

族人以车泰来、车弼宗、车亨三人最著名。② 据车氏族谱,车亨③、车弼宗④与车泰来三人是族兄弟,其中车泰来的声名最著,他从吴与弼游,学得其传。吴与弼在崇仁县的传人是胡九韶,⑤在金溪的传人则是车泰来。车泰来曾奉师命赴京上表谢恩。从其谱中所记载,徐琼(1505—?)、丘浚(1421—1495)、杨守陈(1425—1489)皆有诗文相赠,显示车泰来已非金溪当地的士人,而且得到更大的声名。他归乡后,另构举林书屋讲学。

尽管如此,吴与弼对金溪所带来的影响其实有限,所以直到明中期心学流行以前,地方上接触理学并传习其学的,便仅见举林车氏一族而已。明初金溪士人多习于当地士绅或博学之士的门下,如车绍祖便是先习于何自学门下,后来才转向吴与弼;正德年间,崇阳聂曼也是先从其族叔祖习《尚书》,继从举人(衡塘)全理习《易经》。⑥ 所以吴与弼的出现,只是在士绅群或博学之士以外多增加一个选择。相较之下,阳明心学则是全面笼罩,而对金溪士人带来深远的影响。

---

① 车尚殷:《举林记》,《举林车氏十修族谱》,70号。
② 胡钊、松安等纂修:(道光)《金溪县志》卷十《儒林》,第13页。
③ 《举林车氏十修族谱》,《四六公房世系》,60号。
④ 《举林车氏十修族谱》,《四六公房世系》,23号。
⑤ 许应鑅修、谢煌纂:(光绪)《抚州府志》卷五十六《理学》,收入《中国方志丛书》第253号,台北:成文出版社,1975,据清光绪二年刊本影印,第2页。
⑥ 见张烜:《明故南京国子助教修职佐郎元斋聂公墓志铭》,北京大学图书馆藏石刻。

正德、嘉靖年间心学流风兴起后,尤其王守仁(1472—1529)巡抚南赣期间,吸引不少金溪士人前往问学。如黄直(1500—1579)、黄梀、仲岭胡民悚与胡民怀,都是以诸生的身份拜入王守仁门下。① 黄直在考取进士功名以后,还与邻县陈九川(1494—1562)共同编纂《阳明文录》。② 陈九川,字惟濬,临川人,正德九年进士,是抚州当地的大儒,《明儒学案》中列名于《江右王门学案》。

嘉靖初年,阳明大弟子邹守益、欧阳德(1496—1554)等人在南京讲学,也吸引金溪士人前往问学。如胡民悚、胡民怀兄弟,先师从王守仁,后又前往南京习于邹守益门下。③ 如上源徐迖,正德十一年(1516)举人,担任南京国子监学正期间,便跟随欧阳德讲学。④ 此外,另有义门陈宗庆,嘉靖十九年(1540)举人,习心学而筑精舍于石泉,⑤以及崇阳聂蕲,则是习于程朱学大儒吕柟(1479—1542)门下。⑥

---

① 胡钊、松安等纂修:(道光)《金溪县志》卷十《儒林》,第 11 页。《仲岭胡氏族谱》卷首《道学》,无年份,金溪县合市镇仲岭胡家村胡勤生收藏,第 69—70 页;胡钊、松安等纂修:(道光)《金溪县志》卷十《儒林》,第 12 页。
② 现存的嘉靖年间刊本《阳明先生文录》,就是陈九川、黄直等人共同编纂的。
③ 《仲岭胡氏族谱》(金溪合市镇仲岭胡家村胡勤生家藏,年份不详)卷首《道学》,第 69—70 页;(道光)《金溪县志》卷十《儒林》,第12页。
④ 黄直:《文林郎成都府推官石屏先生墓志铭》,《上源徐氏宗谱》卷七,民国三十五年十修,金溪琉璃乡印山上源徐永兴家藏,第 9—10 页。另见《上源徐氏宗谱》卷七《石屏公县志本传》,第 1 页。尽管说是县志本传,但在道光年间的《金溪县志》的徐迖小传中,则未书与欧阳德讲学事,而且传记内容亦简短得多。见胡钊、松安等纂修:(道光)《金溪县志》卷十一《宦业》,第 14 页。
⑤ (义门)《陈氏宗谱》(金溪秀谷镇严良陈家村陈国华家藏,清同治 5 年修),无卷数,《列传》,第 3 页。
⑥ 胡钊、松安等纂修:(道光)《金溪县志》卷十一《宦业》,第 13—14 页。当聂蕲将返乡时,吕柟为其作《赠聂士哲还金溪语》,见聂友于等修《崇阳聂氏族谱》(金溪合市镇崇麓聂家村聂海平家藏,鼎容瑞堂 2012 年重镌),卷四,第 396—398 页。

黄直、胡民怀、陈宗庆,以及地方士绅洪范、王蕡①等人,形成本地的心学群体,共同举行翠云讲会,②陈九川、邹守益,以及归安唐枢(1497—1574)皆曾来与会,③几人并不只是参与讲学而已,而是以大儒的声望,吸引更多当地士人的参与,以支持及扶植此讲会。

吴悌这位大儒的出现,则是让金溪的心学脱离他地学术附庸的关键,也让金溪士人不再只有外出问学一途。吴悌出自疎溪吴氏,他少时读《陆象山语录》,慨慕之,于是负笈从黄直讲求性命之学,④以及参与翠云讲会。此后吴悌在疏山讲学,吸引来自金溪各乡家族的士人前来听讲,心学遂借此在金溪广为流传。以印山上

---

① 王蕡出自临坊王氏,是当地的大族,祖父王稽是景泰五年(1454)进士,父亲王序是成化十三年(1477)举人(《临坊王氏族谱》卷二《官衔录》,民国三十三年修,第1页),兄长王萱,弘治十五年(1502)进士,是正德朝的名臣,王蕡本人则是正德六年(1511)进士。王萱、王蕡二人的小传,分见胡钊、松安等纂修:(道光)《金溪县志》卷九《名臣》,第4—6页;卷十《儒林》,第10—11页。
② 胡钊、松安等纂修:(道光)《金溪县志》卷十《儒林》,第11页;吴悌:《吴疎山先生遗集》卷九《年谱》,收入《四库全书存目丛书》史部第83册,台南:庄严文化事业有限公司,1996,据湖南图书馆藏清咸丰二年颐园刻本影印,第3—4页,"正德十四年"条:"尝与黄卓峰先生、洪柏山先生、王东石先生、陈明水先生讲学于邑之翠云山。"据(义门)《陈氏宗谱》所载,陈宗庆与邹守益、唐枢往来,而邹、唐二人皆曾参与翠云讲会,所以推知陈宗庆也在此群体及讲会中。见《陈氏宗谱》,无卷数,《列传》,第3页。吴悌称胡民怀是其业师,推测应是在翠云讲会中向其请益,故以业师称之,见吴悌:《吴疎山先生遗集》卷四《胡生汝宣志铭》,第9页。
③ 张应雷:《金溪理学支派略二则》,载吴悌:《吴疎山先生遗集》卷十二,附录,第6页:"时有洪柏山先生(按:洪范)、王东石先生(按:王蕡)有翠云之会,而吉安邹东廓先生(按:邹守益)、归安唐一庵先生(按:唐枢)、临川陈明水先生(按:陈九川)皆来会焉。"
④ 沈鲤:《明南京刑部侍郎赠礼部尚书谥文庄疎山先生吴公神道碑铭》,吴振中、吴顺昌修《疎溪吴氏宗谱》(民国三十年修),卷八,第1页;沈鲤:《吴文庄公神道碑》,吴悌:《吴疎山先生遗集》卷十,附录,第17页。

源徐氏为例,当阳明心学流行之初,徐遽(正德十一年[1516]举人)必须前往南京师从欧阳德,①然后回乡举行月会,以传播心学。②后续族人徐永修向慕理学,则可就近师从吴悌(徐永修后来转师罗汝芳,此事后详),以及弃儒从商的徐铨,亦曾向吴悌问学。③

吴悌之子吴仁度(1548—1625),万历十七年(1589)进士,虽为名臣,但不以学术见长。④ 吴悌的两名弟子李约、黄宣⑤,李约在吴悌没后,为辑其论学语为《言行录》,黄宣更知名,他出自黄坊黄氏,该族虽非大族,黄宣凭己之理学成就,取得极高的声名,而他与临川李东明共同主持的讲会,更是引领一时的风气。所以在其卒后,吴道南(1550—1624)为作墓志铭,誉其为"理学儒宗",周孔教(1548—1613)为其篆额书丹,尹文炜作墓表,揭重熙隶盖,车殿彩书丹,称许其——"世儒高自标许,远乞濂洛关闽之残膏,近袭王文成(按:王守仁)、罗文恭(按:罗洪先)之余唾,卒未始一蹈道者",黄宣正是蹈于道者。⑥

---

① 黄直:《文林郎成都府推官石屏先生墓志铭》,《上源徐氏宗谱》卷七,第9—10页。另见《上源徐氏宗谱》卷七《石屏公县志本传》,第1页。尽管说这是县志本传,但道光编的《金溪县志》的徐遽小传中,则未书与欧阳德讲学事,而且传记内容亦简短得多,胡钊、松安等纂修:(道光)《金溪县志》卷十一《宦业》,第14页。
② 徐鸣奇:《乡社祠记》,载徐云林修《印山徐氏宗谱》(金溪琉璃乡印山徐样清家藏,民国三十五年十修),卷七《乡社祠记》,第3页:"吾党故称仁里,自别驾君(似指徐遽)潜倡濂洛关闽之学于乡,乡之人翕然向之,乃月为会于孙坊。"
③ 熊应祥:《徐晴峰公传》,《印山徐氏宗谱》卷七,第1页。
④ 吴仁度有《吴继疏先生遗集》传世,但多为奏疏、奏议。
⑤ 《言行录》附录于《吴疎山先生遗集》卷八。李约的传记见胡钊、松安等纂修:(道光)《金溪县志》卷十《儒林》,第12页。
⑥ 吴道南:《明贤原任袁州府教授升国子监监丞黄重庵先生墓志铭》,《黄氏十修族谱》卷六,第9页;尹文炜:《明理学乡贤黄重庵先生墓表》,同前书,卷六,第10页。

金溪士人还尝试把阳明心学跟金溪本地的陆九渊学术联结起来,而且对陆九渊学术的推崇,跟阳明心学在金溪的流行是同步起来的,他们未必是在学说内容上绾合两家学术,而是把阳明心学纳入金溪所自豪的陆九渊的心学中,让阳明心学变得本地化。也因此,我们看到文献上对金溪士人学习心学历程的叙述,往往会强调士人对陆九渊学术的兴趣。如前引的黄株,地方志便记载他最初究心于陆九渊心学,待王守仁倡道赣州,前往诣谒,王守仁叩其所得,黄株说:"良知是顶门一针,躬行实践才有归宿处。"①可知他所传承的是王守仁的良知心学,但在文献的记载中,则特别点出他曾习陆九渊之学,正是把阳明心学放到陆九渊的心学传统下。沈鲤(1531—1615)对吴悌的记载,也强调他少时读陆九渊《语录》,而时人更将吴悌与陆九渊并列——"世谓金溪理学,宋有象山,明有疎山"。此外,金溪士人还积极推动陆九渊的从祀。吴世忠(1461—1515)与徐达这两位金溪士人,便先后疏请将陆九渊从祀孔庙。②

不过,来到万历年间因罗汝芳而有新变化。罗汝芳是南城县人,在《明儒学案》中被归类在"泰州学案",被视为左派王学的代表人物,过去的研究对罗汝芳多注意他四方讲学,以及讲学的社会性,而较少注意罗汝芳的地域性,但其实他对抚州地区的影响甚大。

万历初年罗汝芳致仕归乡,他虽是南城人,但常前往府城临川

---

① 胡钊、松安等纂修:(道光)《金溪县志》卷十《儒林》,第 11 页。
② 最后是在薛侃的疏请下,陆九渊终于入祀孔庙。金溪士人的上疏,见黄直:《文林郎成都府推官石屏先生墓志铭》,《上源徐氏宗谱》卷七,第 9 页;胡钊、松安等纂修:(道光)《金溪县志》卷十一《宦业》,第 14 页。

及邻县金溪讲学,临川的讲学地在城内羊角山、正觉寺一带,①金溪的在疏山一带,②这两处都位于抚河沿岸,交通上便利,所以较容易吸引临川、金溪两地士人前来讲学。当时吴悌已卒,不少金溪士人转师罗汝芳。临川、金溪两地分别以李东明、崇阳聂良杞(1547—1619)与上源徐永修为代表。③

李东明是临川贡生,后弃举子业,而专志于性命之学,他在罗汝芳卒后,继续传扬其学,地方士绅为其创建崇儒书院供其讲学。④吴悌的大弟子黄宣亦与李东明共同讲学,讲学地点可能就是崇儒书院。聂良杞是隆庆二年(1568)进士,聂曼的族子,他最初习于吴悌门下,与吴悌之子吴仁度共同执经讲业。⑤待罗汝芳为讲学主盟,聂良杞遂从游参证,悟程门识仁之旨。⑥上源徐永修,布衣,罗汝芳在正觉寺讲学时而师从之,与杨起元(1547—1599)并列为罗

---

① 胡钊、松安等纂修:(道光)《金溪县志》卷十一《宦业》,第17页。
② 李东明:《徐得吾先生传》,《印山徐氏宗谱》卷七,第8页。
③ 徐永修属于金溪的印山徐氏,印山位于金溪与临川交界处,有一部分的房支划在临川,一部分划在金溪,所以徐永修既是临川人也是金溪人。
④ 童范俨等修、陈庆龄等纂:(同治)《临川县志》卷四十二下《儒林》,收入《中国方志丛书》第946号,台北:成文出版社,1989,据日本国会图书馆藏清同治九年刊本影印,第12—13页;徐朔方:《汤显祖年谱》,上海:上海古籍出版社,1980,第139—140页。地方士绅有鉴于罗汝芳来临川时,只能借佛寺讲学,所以在万历二十六年(1598)为李东明建崇儒书院。
⑤ 据《全氏宗谱》所载全楷之子全大作的经历,读书吴悌家,同学即聂良杞与吴仁度。原文如下:"(全楷)子全大作,当时聂怀竹先生馆于吴疏山公家,全楷命往从之,与今少参聂念初公(按:聂良杞)、中书吴继疏公(按:吴仁度,吴悌之子)同执经一年,朝夕琢磨,颇有进益。"全大谨:《三松公行述》,《全氏宗谱》(金溪合市镇全坊村全自康家藏,民国三十七年修),卷十二,2号。
⑥ 钱士升:《明广西布政司参议念初聂公墓志铭》,载聂友于等修《崇阳聂氏族谱》卷五,第151页。

汝芳最爱的两名弟子之一,据载罗汝芳甚至称誉他:"徐子抚州一人,抚州无二徐子也。"①

即连明初与吴与弼关系最深的举林车氏,族人也受到罗汝芳讲学活动的影响。如汤显祖为车会同所作的墓志铭指出:

(车)会同,字文修,世居金溪黄坊里……长读其乡宗儒陆象山《语录》,辄辄慨慕之,乃师事少初徐先生(按:徐良傅),讲性命之学,而学业大成。……尝从近溪罗先生、明水陈先生探究根宗,即日食弗给,尤不废学。……与谷南高公(按:高应芳)、龙冈徐公讲求实学。②

在此记述中,车会同也是因读陆九渊的语录而慨慕心学,然后师事徐良傅,从罗汝芳讲学,并与高应芳往来。徐良傅是东乡人,晚年移居临川,③高应芳是与罗汝芳同在临川讲学的士绅。④ 从车会同所师从往来的人来看,他应亦移居临川,而且在罗汝芳的讲会中。

至此,我们应当作一小结。从明初吴与弼,到明中期的心学,可以借由对比看出,吴与弼的学术对金溪的影响有限,而明中期阳明心学的流行则为金溪的学术生态带来很大的改变。当地士人重

---

① 李东明:《徐得吾先生传》,《徐氏宗谱》卷七,第8页。
② 汤显祖:《明故端吾先生举三公墓志铭》,《举林车氏十修族谱》,146号。
③ 李士棻等修、胡业恒等纂:(同治)《东乡县志》卷十三《儒林》,收入《中国方志丛书》第793号,台北:成文出版社,1989,据清同治八年刊本影印,第9页。
④ 主要有高应芳与舒化,见胡钊、松安等纂修:(道光)《金溪县志》卷十一《宦业》,第17页。地方志记载高应芳是金溪人,后来移居临川。但他其实属于临川嵩湖高氏,金溪的珊霞高氏是其分支。

提陆九渊的心学,并试图从陆学到阳明学建立系谱,阳明心学不仅不是外来的学术,反而有助于本地的学术传统的重建重生。这个系谱的巩固及完成,则有赖于吴悌这位大儒及当地心学社群的成立,因此在叙述金溪的心学发展史时,吴悌得到极高的评价,如邹元标(1551—1645)说吴悌是"早事卓峰,取证心斋,观摩邹、罗二先生"①,卓峰、心斋与邹、罗,分别是黄直、王艮、邹守益与罗洪先四人,其中王、邹、罗都是当时最知名的心学学者,而邹元标把吴悌的学术渊源联结到三人,所以金溪士人何宗彦(1559—1624)也将吴悌与罗洪先(1504—1564)并列齐称,②凡此都是为高举吴悌的学术地位。沈鲤对吴悌的评价更高,他除了把吴悌往上接到陆九渊的心学传统,还把吴悌列为胡居仁以下江西的第二位真儒,地位甚至凌驾邹守益、罗洪先等人之上,他说:

先生虽早师黄氏卓峰,渊源姚江,而实不局良知之说。……世谓金溪理学,宋有象山,明有疎山。余直谓江右真儒,前有敬斋(按:胡居仁),后有疎山。③

---

① 邹元标:《吴文庄公墓表》,《吴疎山先生遗集》卷十,附录,第9页。邹守益、王艮都是较长一辈的学者,姑且不论,而从吴悌与罗洪先的问答内容来看,邹元标用"观摩"其实不尽精确。
② 吴悌与罗洪先的问答,请见沈鲤:《吴文庄公神道碑》,吴悌:《吴疎山先生遗集》卷十,附录,第23—24页。何宗彦也是金溪人,而他在列举江右诸先生之深于理学者,便举出罗洪先与吴悌二人,尽管在《明儒学案》未录吴悌,平心而论,吴悌之声名亦不足以与罗洪先相提并论,但何宗彦所说应可代表当时金溪士人普遍的看法。见何宗彦:《理学议》,吴悌:《吴疎山先生遗集》卷首,第1页。
③ 沈鲤:《明南京刑部侍郎赠礼部尚书谥文庄疎山先生吴公神道碑铭》,载《疎溪吴氏宗谱》卷八,第18页。

但客观来看,吴悌在明代心学或理学史上的地位,其实是可以再斟酌的,至少吴悌的声名及影响力,应不如邹守益、罗洪先等人,所以黄宗羲(1610—1695)的《明儒学案》便未录吴悌。若要持平论断,他的地位应更接近新城邓元锡(1529—1593),二人都是江右阳明心学阵营的一员,但相较于邹守益等人,则其声光明显较弱。

因此,罗汝芳晚年在临川讲学遂引来下一波的心学热潮。在建昌府,邓元锡的弟子往往也师从罗汝芳,邓、罗两人共同教导门人。在抚州府,由于吴悌早卒,所以吴、罗二人之间虽无交集,但吴悌门下弟子往往也转师从罗汝芳。如果说邓元锡与吴悌的影响力主要在一县之内,罗汝芳则是拥有跨地域影响力的大儒,影响整个抚州地区。金溪也因此更进一步融入整个江西的心学圈中。

三、从理学讲会到制艺文社

抚州府的制艺发展主要以临川为中心,以及原属临川但在正德年间被划出的东乡(艾南英是东乡人),而金溪最初并不在此风潮中。临川先有汤显祖,后有丘兆麟(1572—1629)与陈际泰(1567—1641)闻名于世,而章世纯(1575—1644)、罗万藻(?—1647)声名后起,陈、章、罗与艾南英(1583—1646)合称江右四大家。[①]

江西制艺文社,以最初的紫云社与全省的豫章社最值得注意。

[①] 陈孝逸:《壶山集》卷一《府君行述》,收入《四库禁毁书丛刊》集部第 72 册,北京:北京出版社,2000,原北平图书馆藏清顺治刻本影印,第 10 页。

万历二十八年(1600)的紫云社,应是抚州地区较早也较重要的制艺文社,据陈际泰说:

> 金临之间有古刹而名者曰紫云,予与同人结社其中,曾氏一父之子预者,盖四人焉。前后飏去者为丘毛伯、游太来(按:应作泰来,即游王廷)、曾铭西(按:曾栋)、祝文柔、蔡静源(按:蔡国用)、管龙跃(按:似指管天衢?)、章大力、罗文止,此皆弟畜泰者也,然当时年最少,材又最高,则铭西之弟叔子与季子其人焉。①

此社所在紫云寺及寺所在的项山,位于金溪、临川、南城三县交界处。② 参与该社的士人,主要以来自临川腾桥乡的曾氏父子与陈、罗、章等临川士人为主,以及一位名义上来自金溪的士人蔡国用(1579—1640)。③ 所以从紫云社成立,到江右四大家之名大显,主要都跟临川士人有关。

万历四十三年(1615)的豫章社,则是集结全江西各地的知名制艺作手为一社:

> 大冢宰李长庚任江西左布政,其子春潮才而好奇,合豫章诸能

---

① 陈际泰:《已吾集》卷三《曾叔子合刻序》,收入《四库禁毁书丛刊》集部第9册,北京:北京出版社,2000,据原北平图书馆藏清顺治李来泰刻本影印,第7页。
② 紫云寺原名项山寺,后因有僧名紫云者崛起,与疎山白云,一时并盛,称两高僧,故复名此寺为紫云寺。见丘兆麟:《玉书庭全集》卷八《项山寺赋》,中国国家图书馆藏清康熙十一年重修本,第8—9页。
③ 据其族谱记载:后岗公,蔡国用之父蔡际春。罗万藻、陈际泰皆为作墓志铭。据陈际泰所撰,可知从后岗公曾大父,便已从金溪靖思,迁居南昌,后岗公则迁临川北乡枫林里。

文者为豫章社,临川则陈际泰、罗万藻、章世纯,东乡则艾南英,泰和则萧士玮(1585—1651)、曾大奇,吉水则刘同升(1587—1646),南城则邓仲骥,丰城则杨惟休、李㟲,进贤则陈维谦、李光俌、陈维恭,皆郡邑间最驰声者,而南昌、新建,首时华与万曰佳、喻全祀,时华尤为所推服。①

能够受邀参加豫章社的都是已有文名者,所以人数不多。② 社员名单上的士人可分作三批:一批是汤显祖的门人,即江右四大家陈际泰、罗万藻、章世纯、艾南英等人,来自抚州府;一批是舒曰敬的门人:李㟲、万时华(1590—1639)、陈维恭、李光俌等人,来自南昌府③;一批是萧士玮、曾大奇与刘同升,来自吉安府。

从紫云社到豫章社,金溪士人都不在这些制艺文社中,而且金溪当地的学风仍以理学为主,尤其是黄宣与临川李东明的讲学,便是当时颇知名的理学讲会。当时金溪也有制艺写作方面的文社,但社集成员往往以家族族人为主,如张应雷(1534—1608)、聂文麟(1579—1667)二人在县城城南及宝山的社集,便是为了家族族人

---

① 陈弘绪:《敦宿堂留书·先友祀乡贤万征君传》,收入《清代诗文集汇编》第 11 册,上海:上海古籍出版社,2010,据清康熙二十六年陈玫刻本影印,第 39 页(总 446)。
② 李光元不在名单中则颇不可解,他是万历三十五年(1607)进士,但不久以病归养,直到万历四十八年(1620)方才再出,可知此时他人在江西,而未参与这类社集活动,仅有素常与其师友唱和的从弟李光俌与会。李光元与李光俌的关系,见(同治)《进贤县志》卷十九,收入《中国地方志集成》第 59 册,南京:江苏古籍出版社,1996,据同治十年刻本影印),第 25 页。
③ 舒曰敬一方面以制艺闻名,同时还曾编纂《皇明豫章诗选》一书,这本书是受到复古派流风的影响,而诗选卷首有 18 名舒曰敬的门人弟子的名字,应即负责编纂诗集的人,其中便有李㟲、万时华、李光俌、陈维恭。

应考而设。张、聂二人并不以制艺闻名,必须等到天启、崇祯年间,受到江右四大家,尤其是艾南英的影响,金溪方才出现以制艺著称者,两位代表人物——吴堂、陈画,他们都因艾南英而获得较高的声名,而且与陈孝逸、傅占衡等一批年轻的临川士人往来。

由于讲会或社集初始的发展都跟家族有关,所以以下便从家族切入分述之。本节先谈的万历初年张应雷、聂文麟、黄宣等人所属的家族及其社集,下一节谈吴堂、陈画的社集及活动。

1.横源张氏

横源张氏的关键人物即张应雷,他少时慕先儒象山之学,拜入王勑门下,王勑是黄直的学生,推测他也在翠云讲会中。[1] 另一方面,张应雷颇受吴悌器重,常随侍其身边,吴悌卒后,还协助其弟子李约编《言行录》。[2] 另一方面,张应雷、从兄张默、张熟兄弟、从子张材几人相师友,[3]张应雷、张默、张材在县学更有"三张"之称,与瑶岭谢氏的"四谢"并列。[4] 大约在嘉靖末年前后,以几人为中心举行家会,地点则在县城南区,如其族谱所载,以及张熟所自述:

> 叔父讳熟,字思仁,别号纯所,余父恭所公(按:张默),与湖州

---

[1] 王有年编:(康熙)《金溪县志》卷七,收入《中国方志丛书》第798号,台北:成文出版社,1989,据清康熙二十一年刊本影印,第14页。王勑是王有年之父。
[2] 张应雷未拜吴悌为师,所以自称"邑后学",又说:"雷侍先生久,知先生亦深,遂条举耳目睹记,并二三大老所齿及逸事。"此段文字是为李约编的《言行录》作跋。见张应雷《跋》,载吴悌:《吴疎山先生遗集》卷八,第27页。
[3] 张应雷生于嘉靖十五年(1536),隆庆五年(1571)进士,家会应是进士及第以前的事,所以推测时间落点在嘉靖末年。
[4] 张元辅:《惺台公传》,载张荫阶、张启元等修《横渠张氏宗谱》卷八,东邑宗美仁斋1995年新镌本,第134—135页。

司理叔顺斋公(按:张应雷),成理监理兄惺台公(按:张材),相师友,为家会。①

熟总角时,未就外傅,从伯兄恭所先生,学于邑之南城。②

爰聚太参王如水、司理王文石、国博高环北,泊从弟侄庠彦十余辈,日琢磨规劝,华实并茂,故城南会为溪首称焉。③

可知此会以横源张氏族人为主,加上县学中的其他士人。此会应跟制艺写作有关,由于几个中心人物在科考上皆有表现——张应雷是隆庆五年(1571)进士,张默是隆庆三年(1569)贡生,④张材是隆庆四年举人,⑤张熟是万历十六年(1588)举人,⑥所以此会一时之间颇有声名。也因此,大约到了万历晚期或天启初年,⑦城南会进一步发展成为禹门社,陈际泰为此社的社刻作序:

---

① 张机:《岢岚太守叔父纯所公行状》,载张荫阶、张启元等修《横渠张氏宗谱》卷八,第124页。
② 张熟:《伯兄文林郎公安太尹恭所先生行状》,载张荫阶、张启元等修《横渠张氏宗谱》卷八,第105页。
③ 张熟:《伯兄文林郎公安太尹恭所先生行状》,载张荫阶、张启元等修《横渠张氏宗谱》卷八,第107页。
④ 张熟:《伯兄文林郎公安太尹恭所先生行状》,载张荫阶、张启元等修《横渠张氏宗谱》卷八,第105—115页;胡钊、松安等纂修:(道光)《金溪县志》卷十一《宦业》,第20页。此文作于万历十七年(1589),张默卒后次年。
⑤ 张元辅:《惺台公传》,载张荫阶、张启元等修《横渠张氏宗谱》卷八,第134—136页;胡钊、松安等纂修:(道光)《金溪县志》卷十一《宦业》,第22页。
⑥ 张机:《岢岚太守叔父纯所公行状》,载张荫阶、张启元等修《横渠张氏宗谱》卷八,第124—127页;(道光)《金溪县志》卷十一《宦业》,第30页。
⑦ 序文中提及周钟、张溥倡导经术,而二人崛起于天启年间,所以可推知禹门社也是在此刻重振。

禹门社介临、金之间,是诸隽之所走集也。其得名,张顺斋先生实为之,先后社于是者,翔去不可枚举,中辍者数年,近乃复有吾党之刻而俨其人。盖地重而人因重,不敢以亏疎佐小之气辱此名社也。①

此社是从张应雷启始,而张应雷卒于万历三十六年(1608),所以从城南会到禹门社,中间可能曾经中断多年,直到江右四大家倡导制艺才又重振。②

2.崇阳聂氏

崇阳聂氏在明中晚期的知名人物分别有:

聂曼,长房15代,正德十一年(1516)举人

聂蕲,幼房14代,嘉靖四年(1525)举人

聂廷璧,长房17代,嘉靖四十四年(1565)进士

聂良杞,幼房15代,隆庆二年(1568)进士。子聂文麟

聂文麟,幼房16代,万历四十七年(1619)进士

聂惟铤,幼房18代,万历四十六年(1618)举人

崇阳聂氏之科目仕宦自聂曼始③,而聂蕲开始接触理学(习于

---

① 陈际泰:《太乙山房文集》卷四《禹门社序》,收入《四库禁毁书丛刊补编》第67册,北京:北京出版社,2005,明崇祯六年刻本,第24页。
② 所以陈际泰的序文中说"复有吾党之刻而俨其人"。
③ "崇阳聂氏之科目仕宦,实自乡宾公之子曼始,从此至于明末,屡世不替,考名嘉惕,隐德弗耀。"参见苏运昌:《崇阳聂本立公墓志铭》,载聂友于等修《崇阳聂氏族谱》卷五,第233页。

吕柟门下),并与吴悌为莫逆之交。① 吴悌是金溪当地的理学大儒,而聂蕲与其交游,亦吸引其他聂氏族人接触理学。此后聂廷璧虽不以理学著称,但在当时金溪浓厚的理学气氛下,仍被以理学评价,如其门人张学鸣说:

> 晚近世多趋道学,聚徒登坛,尧服禹步,然名实巨测也。师周情孔矩,青心如水,若在圣门闵冉流亚,而绝不以道学著,人亦不以道学拥师,而师之粹自晶莹,若涤之清冷之渊。②

聂良杞则与聂廷璧相师友,当时有"绣谷二疏"之誉。③ 绣谷是金溪的别称。聂良杞先后师从吴悌与罗汝芳,悟程门识仁之旨,他甚至被拿来跟南昌邓以赞(1542—1599)相提并论,④聂廷璧以其在宝山的别墅作为聂氏子弟的读书场所——如聂惟铤便曾读书于此,⑤并在此讲学,所以也吸引非族人如王学礼的参与。王学礼受到整个心学思潮的影响,研精心性,有"赤子心无失,青田路不赊"之句。⑥

---

① 胡钊、松安等纂修:(道光)《金溪县志》卷十一《宦业》,第13—14页。
② 张学鸣:《明中宪大夫崇野聂公墓志铭》,载聂友于等修《崇阳聂氏族谱》卷五,第172页。
③ 曾化龙:《明广西参议进阶朝请大夫念初聂先生行状》,载聂友于等修《崇阳聂氏族谱》卷五,第88页。
④ 钱士升:《明广西布政司参议念初聂公墓志铭》,载聂友于等修《崇阳聂氏族谱》卷五,第150页:"每为予称江右理学风节之盛,辄言聂少参公(按:聂良杞)。少参公往矣,乃其皎皎大节,里中奉为典型,此(比)于邓文洁公(按:邓以赞)。"
⑤ 聂友于等修:《崇阳聂氏族谱》卷五,第191页。
⑥ 胡钊、松安等纂修:(道光)《金溪县志》卷十《儒林》,第13页。

聂良杞与王学礼虽以理学著称,但二人之子——聂文麟与王化澄(？—1652),则转向制艺写作,如王化澄有《二山制艺》,艾南英为其作序说:

> 登水弱冠读书宝山,为宪副崇野聂公(按:聂廷璧)别墅。嗣是课艺于邑之槐堂,则象山陆先生之讲室在焉。又十年龙光之社,又三年有倅魁之社,又三年有畹香之社。丁卯(1627)结社于疎山,则吴文庄公(按:吴悌)读书之故址。先后社刻皆载兹编,而得之宝山、疎山者为多,因名曰《二山课艺》。①

王化澄约万历三十三年(1605)左右读书宝山,②天启七年(1627)结社于疎山,而引文所说的龙光社、倅魁社、畹香社,应都是制艺文社。宝山与疎山原本各是聂廷璧与吴悌的讲学地,但仅仅一代左右的时间,都变成制艺文社所在。

3. 黄坊黄氏

黄坊黄氏是地方小族,功名、文教皆不盛,但因有黄宣而使该族为人所注目。但该族学风到黄榜开有变。黄榜开是黄宣的长孙,崇祯六年(1633)副榜,少时习于临川李东明门下,从相关记载如李东明"每呼乳名,盘驳性理诸书,辨答如响",可知黄榜开初期

---

① 艾南英:《天佣子集》卷四《王登水二山课艺序》,台北:艺文印书馆,1980,第30页。
② 艾南英的序文中说王化澄只小他两岁,可知王化澄生于万历十三年(1585),而弱冠时读书宝山,故推知是万历三十三年(1605)左右事。聂廷璧是万历十三年(1585)致仕,卒于万历四十年,而聂良杞则是万历四十一年(1613)方始致仕居乡,所以大部分的时间,都是聂廷璧在讲学及教导子弟。聂廷璧及聂良杞的致仕年份,见聂友于等修《崇阳聂氏族谱》卷四《外集貤封》,第347、348页。

所习的是性理之学,但在明末制艺风潮的影响下,黄榜开很快亦用心于制艺,并在灵谷山房结社,黄榜开的著作《灵谷社草》初集二集三集,推测应即灵谷社的社稿。① 此社成员还有刘星耀(1634年进士)②、王腾龙(1660年举人)、唐时英(不详)等人。③

举林车氏族人也是灵谷社的成员。明初举林车氏族人与吴与弼交游,明中期车会同习于罗汝芳门下。明末车梦瑶(1622年进士)、车殿彩(1621年举人),则与灵谷社有关,据载车梦瑶曾命其诸孙与门下弟子受业黄榜开门下,而车殿彩对黄榜开自称社弟,可知他也在灵谷社中。

四、艾南英与明末金溪士人

金溪本地虽有制艺文社,但能够跨出家族以外,带动风潮并拥有跨地域声名,则跟江右四大家所带起的制艺风潮,以及艾南英的介入有关。

四大家中,陈际泰、艾南英二人跟金溪的联系较多。陈际泰曾为禹门社作序,而其《大乙山房文集》也是由金溪士人李士奇校对。艾南英则跟金溪的渊源更深。艾南英是东乡人,生于万历十一年

---

① 除了社稿,黄榜开亦操持选政,据载他"操选政,海内巨作名篇,咸凭搦管出入"。见刘星耀:《清故乡副进士黄墨鲜先生墓表》,《黄氏十修族谱》卷六,金溪浒弯镇黄坊黄福堂家藏,民国10年修,第13页。
② 胡钊、松安等纂修:(道光)《金溪县志》卷十一《宦业》,第38页。
③ 《黄氏十修族谱》中有刘星耀为黄榜开作的墓表,刘星耀、唐时英、车殿彩皆自称社弟,见《黄氏十修族谱》卷六,第14页。徐鹏起为黄宣所作墓志铭中,徐鹏起、张有仪自称社侄,推测二人亦在此社中。见同前书,卷六,第12页。

(1583),万历三十四年(1606)入府学,与临川的陈际泰、章世纯、罗万藻等人齐名,日后四人刻制艺行世,于是有江右四家之称。[1] 在学术上,艾南英的祖父艾挺,师事金溪印山杨氏家族的杨用翔,杨用翔并无著作传世,而据其族人所述,他"淬志古学,凡先秦两汉八家之文,无不精心研究"可知其学术倾向唐宋文,而从杨用翔而艾挺,于是"开天庸古学,卓然名家,源流皆本于公(按:杨用翔)"。[2] 艾南英在所作的墓志铭中亦佐证此事,说:

> 石溪公为当时文章宗匠,予家世其学,源流与共,知之独真。[3]

艾南英所在的东乡文教不盛,而其族亦不以文教见长,[4]不知是否这个缘故,所以艾南英常跨县与金溪士人——先有连城璧,后有吴堂、陈画,共同编纂房选。

崇祯元年(1628),艾南英在苏州,与金溪连城璧、扬州郑元勋(1603—1644)几人合阅房稿,选文八百多篇,刻为《玉虎鸣》一书。[5] 艾、连二人是天启四年(1624)同榜举人,二人的合作记录仅

---

[1] 张廷玉等撰,郑天挺点校:《明史》列传第一七六《文苑四》,北京:中华书局,2003,第7402页。
[2] 《杨氏宗谱》(金溪琉璃乡印山杨军辉家藏,2005年重刊本),卷一,《传》,第6—7页。
[3] 艾南英:《别驾午亭杨公暨黄安人合葬墓志铭》,《杨氏宗谱》卷一《艺文》,第17页。该谱虽说此文是录自《天佣子集》,但查《天佣子集》,未收录此文。
[4] 据其族谱所述:"艾为东邑望族,自天佣子来,多知名士。"可知在艾南英之前,该族文教不盛,所以清雍正年间郑长瑞为其谱所作序时说:"艾氏宗谱有此一人,已足以光昭宇宙,而垂裕后昆。"见艾秉和修《艾氏重修宗谱》(金溪琉璃乡双塘村艾氏家藏,1994年修),不分卷,第56页。以及郑长瑞:《艾氏族谱序》,艾秉和修:《艾氏重修宗谱》,不分卷,第26页。
[5] 艾南英:《天佣子集》卷三《玉虎鸣》,第26页。

此一则而已。连城璧的事迹不显,他所留下的《謇愚集》多半是任官时的书信,所以难以从中窥知他在金溪的事迹。

吴堂属于大塘吴氏,但同样未能访得其族谱,他亦无著作传世,但他人的文集及地方志上载其事迹较多,显示他颇受当时人所重,如康熙年间有人历数江西制艺名家,便有吴堂之名:

> 子乡先辈,如文止(按:罗万藻)、大力(按:章世纯)、千子(按:艾南英)、仲升(按:吴堂),固与大士(按:陈际泰)、毛伯(按:丘兆麟)齐声并价,安在其必以甲科重哉! ①

陈际泰与丘兆麟皆有进士功名,所以列首,而其他几人则是与陈际泰并列江右四大家的罗、章、艾三人,而吴堂亦与几人并列,可见其声名之高。清初王有年(1659年进士)也指出吴堂之声名不被江右四大家之盛名所掩:

> 有明天启、崇祯间,以制举义相雄长者,章世纯、陈际泰、罗万藻、艾南英,天下号为四大家,四子皆抚州人,顾尤推吴公仲升,争延致其家课诸子弟。是时仲升之文,孤行于世,不为四子所掩,至今学者奉之若高曾规矩。②

此处虽泛指四大家"争延致其家课诸子弟",其实吴堂主要担任艾

---

① 张荫阶、张启元等修:《横渠张氏宗谱》卷八《仁庵公序》,第169页。
② 王有年等纂修:(康熙)《金溪县志》卷八《人物》,第24—25页。

南英子弟的西席,①而且崇祯六年(1633)还与艾南英共编房选,此见艾南英所述,他说:

> 予既评定当代之制举艺,分为二选,而或以丁未(1607)迄戊辰(1628)为近时流而便进取,因摘为八科房选;又因其去留颇严,复广其所存而录之,嘱友人吴仲升订其是否。②

艾南英已评的房选是《戊辰房书删定》与《辛未房稿选》二本,③吴堂所协助修订的则是《八科房选》这个选本。

崇祯九年(1636)吴堂中举,他跟随艾南英的脚步,继续从事编纂房选的工作,只是此次改与陈画合作。推测吴堂在崇祯十年(1637)、十三年(1640)两次入京应进士试,所以作崇祯十年、十三年的丁丑、庚辰科进士的房选选本。④ 在崇祯皇帝崩殂次年,1645年,乙酉,吴堂随同艾南英入闽,谒见唐王,授福建仙游知县,遂逗留该县达八年之久,方才归乡。其间艾南英已卒,金溪亦已人事全非。

陈画属于义门陈氏,这个家族聚族而居,嘉靖朝以降功名表现十分显赫。陈宗庆(1540年举人)、陈镗、陈钲兄弟(1537、1546年

---

① 艾南英:《天佣子集》卷四《吴仲升稿序》,第36页。此序作于崇祯九年,当时吴堂仍任艾南英二子西席,而吴堂也是在此年中举。
② 艾南英:《天佣子集》卷一《八科房选序》,第17页。
③ 见艾南英:《天佣子集》卷一,第9—11、15—16页。
④ 傅占衡:《湘帆堂集》卷八《吴陈二子选文糊壁记》,收入《四库禁毁书丛刊》集部,第165册,北京:北京出版社,2000,据北京大学图书馆藏清康熙六十一年活字本刻本影印,第8页。

举人)皆有举人功名,而陈一夒(陈镗子)与陈所敏(陈一夒侄)更是隆庆二年(1568)的联榜进士。以下陈于京(1603年举人)、陈三俊(1615年举人)、陈应斗(1618年举人)、陈自挺(1636年举人)亦科第簪缨不绝,如其谱所说:"金邑言家法,必推陈氏。"①

该族的理学渊源初启于陈宗庆,如其墓志铭所述——"自青衿、孝廉时,即交游海内宿儒耆德",所以前述黄直举行翠云讲会时,陈宗庆亦在会中,而且与邹守益、唐枢等人往来交游,而其学大要以"象山、阳明为宗"②。吴悌卒后,陈宗庆上书提学使,促请照顾吴悌后人。③

陈三俊以时文著称,他在万历四十二年(1614)先以岁贡入京,以其时文名震京师。据其族谱所述,陈三俊的制艺似归有光古文,当时驸马都尉杨春元之子杨光夒亦读其文,并得到万历皇帝的称许,据载:

> 光夒入宫,奉神宗皇帝起居。上问:"儿今读何书?"对曰:"方读贡元陈三俊时文也。"上曰:"文佳,儿宜以为法。"都尉(按:杨春元)即修书币延为子师,礼遇甚隆。④

明末该族最知名者即陈画,陈画虽无功名,但以学术而为族人所尊,称其"儒林公",而他在金溪当地的声名,也被比拟为"与陈、

---

① (义门)《陈氏宗谱》,不分卷,《列传》,第3页。
② (义门)《陈氏宗谱》,不分卷,《列传·岳州公》,第3页;朱之:《勅授承直郎湖广岳州府通判六山陈公墓志铭》,同前书,不分卷,《墓志》,第3页。
③ 陈宗庆:《六山公上督学使者书》,载(义门)《陈氏宗谱》,不分卷,《书》,第1—5页。
④ (义门)《陈氏宗谱》,不分卷,《列传·苍梧公》,第7页。

罗、章、艾相伯仲"。① 陈画应是在吴堂的介绍下而识艾南英,艾南英赞许其"于理学澄凝坚定,抱负海涵"②,并称陈画、陈畴兄弟是"理学萃于一门"③。但他不像吴堂随从艾南英前往福建,而是始终居乡在家,所以以他为中心,在金溪当地形成理学与制艺的群体圈。他的讲学处是五柳轩,从游者达数百人之多,若据族谱载其讲习理学的情景:

  讲学于五柳轩,从游者数百人,惓惓然以孝悌为重。④
  尝讲学于五柳园,从游者皆裒衣大袖,歌诗揖让,有儒者气象。⑤

另一方面,陈画也教授门人与族人制艺,只是书房名却作"重乐轩"。据《戌元栎林周氏族谱》载其族人周居仁在此学习事:

  时陈(画)负重名,从游者多名宿,每课文,必择其尤精者付梓,公(按:周居仁)文与者十数,而试不售。⑥

---

① (义门)《陈氏宗谱》,不分卷,《列传·儒林公》,第9页。
② (义门)《陈氏宗谱》,不分卷,《列传·儒林公》,第9页。
③ (义门)《陈氏宗谱》,不分卷,《列传·隐逸公》,第10页。
④ (义门)《陈氏宗谱》,不分卷,《列传·儒林公》,第9页。
⑤ (义门)《陈氏宗谱》,不分卷,《列传·隐逸公》,第10页。
⑥ 周元穆菴修:《戌元栎林周氏族谱》(金溪合市镇龚家戌元村周新友家藏,道光二十四年重修本),卷一,第77页。

大约等到崇祯十七年(1644)①,陈画集结诸父昆季同人友生之文,合为《重乐轩初选》,艾南英为其作序,说:

> 陈子惟易,取朋友之义,题其轩曰重乐,且集录弟子课艺,合于文章法,与其诸父昆弟较习之作,以行于世,盖愤近日之为举业者,怪妖庞杂,思所以正之,而为是编也。②

陈画的讲学,对家族及地方的影响颇大,所以直到他卒后,族弟陈甸仍继续讲学活动,后详。

金溪年轻一辈的知名士人除了吴堂、陈画,还有孔大德,但因其相关数据甚少,所以附见于此。孔大德属于圣裔孔氏,该族在金溪的其中一支位于河源镇朱坊孔家村,该村至今仍存"圣裔"牌坊一座,③以及《圣裔孔氏宗谱》一部。孔大德属于绣谷分支,居住在县城内,该分支的族谱今已难以寻访,加上孔大德亦无著作传世,所以相关的数据很少,仅《圣裔孔氏宗谱》中载其考取天启丁卯科(1627)解元,④未载其他言行事为。

此外,翻检各族族谱,另有金紫何氏的文社,相关数据极少,推

---

① 艾南英:《天佣子集》卷首《年谱》,第4页:"《重乐轩序》疑在是年。"但考其序文前后文意,实难想象值此明亡之际,陈画仍编此书,且艾南英亦有暇作此序文。加上陈画在崇祯十三年编《庚辰房选》,然后息影五年,若把崇祯十三年亦计算在内,则从崇祯十三到十七年正满五年之数,所以推测该序作于崇祯十七年左右。
② 艾南英:《天佣子集》卷四《重乐轩初选序》,第61页。
③ 此牌坊的记载,亦见于《圣裔孔氏宗谱》(金溪河源镇朱坊孔家村孔国珍管谱,年份不详),卷尾《坊额记》,第1页。
④ 《圣裔孔氏宗谱》卷首《坊额记》,第1页。

测是家族内部的社集,亦附录于此。金紫何氏的知名人物有何自学与何清,何自学是宣德二年(1427)进士,曾荐吴与弼于朝,①何清是弘治八年(1495)举人。但此后便无族人考取举人以上功名。直到万历年间的何学夔与何学孔兄弟,这两位是该族较知名的士人,他们负责祠堂祭仪的修订,但也只是邑庠生而已。② 也因此,万历三十二年(1604)何学孔发起金紫文会,鼓励族中子弟用功考取功名,与会者应都是何氏族人。③

五、清初以金溪为中心的集会

明清鼎革之际,江右四大家中,除了陈际泰早卒,其他三家亦在此变乱之际亡故。章世纯时任广西柳州知府,在得知京师陷落后抑郁而卒。艾南英先应罗川王之邀,起兵抗击清军于金溪,待江西陷落后,入闽见隆武帝,次年,即顺治四年(1646)病卒。④ 罗万藻则在料理完艾南英的丧事数月后亦卒。

明末江右四大家声名最盛时,临川年轻一辈的士人亦起而集结文社,较知名者即天启七年(1627)的金石台大社,此社最初由陈际泰倡议,中间一度衰微,当张采(1596—1648)来任临川知县时复

---

① 胡钊、松安等纂修:(道光)《金溪县志》卷十一《宦业》,第7—8页。
② 何清的传,见罗垣:《希轩公传》,《金紫何氏重修合谱》(金溪左坊镇后车何家何荣华管谱,民国三十一年版本),后卷,无页码;何学夔的传见何容:《宾虞公传》,同前书,后卷,无页码。祠堂祭仪事,见何学夔:《修祠堂祭仪序》,《金紫何氏重修合谱》,后卷,无页码。
③ 何学孔:《金紫文会序》,《金紫何氏重修合谱》,后卷,无页码。
④ 艾南英的生平,见胡业恒:《天佣公事略》,《艾氏重修宗谱》,不分卷《传》,第44—46页。

振而作之。陈际泰的二子陈孝威、陈孝逸,以及傅占衡(1606—1660)、吴程、曾有矩、舒紫芬、管子敬、游公大、刘钟秀、郄六奕等人皆在社中,成员共十八人。①

明清之际,该社成员不少亡故,即连陈孝威也在广东病卒。一如傅占衡说:

> 曾上平(按:曾有矩)、吴先民(按:吴程)、舒紫芬、管子敬、游公大、刘文伯(按:刘钟秀)、陈兴霸(按:陈孝威),平生在六七知己中,谓之最贵矣,然寿亦不至中。②

于是此时遂以陈孝逸与傅占衡成为社群的领袖,陈孝逸是陈际泰之子,早有文名,而傅占衡亦颇受一些士人的推崇肯定。③

一方面是同社的临川士人亡故,陈孝逸、傅占衡二人在清初所

---

① 社集成员之名,请分见陈孝威:《壶山集》卷一《曾上平传》,第8页;以及陈孝逸:《痴山集》卷三《虚葬亡友刘文伯墓志铭》,收入《四库禁毁书丛刊》集部第49册,北京:北京出版社,2000,据北京大学图书馆藏清初刻本影印,第1页。也有说14人,见陈孝威:《壶山集》卷一《祭管子敬文》,第15页:"上平(按:曾有矩)、紫芬、先民(按:吴程)、谢子、平生(按:陈奇才)、贞一、陆奕、太止、文伯(按:刘钟秀)、平叔(按:傅占衡)、威(按:陈孝威)、逸(按:陈孝逸),暨尔(按:管子敬),合为一社一四人。"
② 傅占衡:《湘帆堂集》卷六《陈平生别传》。陈孝逸也谈及此事说:"壬午,吴先民(按:吴程)死;不半岁,曾上平(按:曾有矩)又死;乙酉冬,李君扬死,其年,北大将刘某掠丰城隐溪,文伯乃遇害死。"见陈孝逸:《痴山集》卷三《虚葬亡友刘文伯墓志铭》,第1页。吴程、曾上平、陈孝威三人交情有如鼎之三足,三人间的往来,请见陈孝威:《壶山集》卷一《吴先民传》,第7页;卷一《曾上平传》,第8—9页。
③ 如彭士望(1610—1683)推崇傅占衡的文章非汤显祖与江右四大家所能及。见彭士望:《耻躬堂文钞》卷三《复王元升书》《与魏善伯书》,收入《清代诗文集汇编》第32册,上海:上海古籍出版社,2010,据清咸丰二年重刻本影印,第11、14页。

经常往来的,反而不少是金溪、南城士人,如陈孝威自述:

> 敝邑曾上平、吴先民、刘文伯、管子敬,后先雕谢,痛我同盟。于今崔嵬灵光,独平生(按:陈奇才)、亦人(按:李国昌)、伯子(按:涂柏)、惟易(按:陈画)、玄近(按:郑邑隽)、大千、平叔(按:傅占衡)辈数人耳。①
>
> 盱江徐仲光(按:徐芳,1618—?)、金溪吴仲升(按:吴堂)、孔登小(按:孔大德,?—1660)、家惟易、郑玄近(按:郑倩),或远或迩,然志同道合,迹疏心般。②

曾、吴、刘、管四人皆与陈孝逸同社的临川士人,而几人卒后,陈孝逸所引以为友的几人,除了傅占衡、陈平生是临川人,涂柏来自宜黄及徐芳出自南城,其他几人——吴堂、陈画、孔大德、郑邑隽、李国昌,都是金溪人。

陈、傅二人在清初看似消极困顿,但细察其行迹,却似常前往他县与该县士人集会,如与南城徐芳,据载:

> (傅占衡)与南城徐芳、邓炅相契合,往来建武,留寓景云、大平诸刹。③
>
> (陈孝逸)常寓南城章山寺,与徐拙菴(按:徐芳)、邓止仲(按:

---

① 陈孝逸:《痴山集》卷六《寄欧无奇萧绣虎》,第9页。
② 陈孝逸:《痴山集》卷六《答温伯芳》。郑倩,字玄近,地方志上未载其人,请参考陈际泰:《已吾集》,《郑玄近新刻序》。
③ 李人镜等修、梅体萱等纂:(同治)《南城县志》卷八之一《流寓》,收入《中国方志丛书》第818号,台北:成文出版社,1989,据清同治十二年刊本影印,第20页。

邓廷彬)、萧明彝(萧韵)友善。①

由于都是在寺院聚首,所以几人在此集会的可能性很大。如与贵溪张云鹗,据载:

> 贵溪张云鹗,字次飞,一字铁公……明亡,绝意仕进,筑室章源山中,焚儒冠,发鬖鬖不薙,裹头,自制一毡帽,虽盛暑燕私不脱去……与同里周凤仪、金溪孔大德、临川陈孝逸,订烟霞交,秋暑雪余,凉月在地,经营惨淡,诗趣蜿蟺,引觞互酹,陶然就醉。②

张云鹗的态度应是反清的,而陈孝逸则经常与其集会。

陈、傅二人也确实不断出现在清初金溪士人的交游及社集记述中,如疎溪吴玉尔的交游圈中便有陈、傅二人:

> (吴)玉尔,字玠轩……以书经中崇正癸酉乡试第十一名,……豻坪徐登龙先生,公之故人也,道义相尚。当怀宗时,高隐不仕,与

---

① 李人镜等修、梅体萱等纂:(同治)《南城县志》卷八之一《流寓》,第15页。陈孝逸:《痴山集》卷六《与邓止仲》,第9页:"客夏数度入贵郡,一寓章山寺。"
② 杨长杰等修、黄联珏等纂:(同治)《贵溪县志》卷八之九,《隐逸》,收入《中国方志丛书》第873号,台北:成文出版社,1989,据清同治十年刊本影印,第7页。

公及临川傅占衡、陈孝逸,本邑吴堂、陈畴、陈画、聂文麟诸先生唱和。①

徐登龙谈易代之际聂文麟在乡交游事则说:

涉乱以来,惟同二三声气,及方闻布衣士,论文赋诗,此外杜门匿影,自当世诸新贵求圣见颜色不可得。②

文末有编者补充说:

此二三声气,盖指临川傅公占衡,字平叔;县右孔公有德,号秀野;大塘吴公堂,号通隐;市心陈公画,字惟易;陈公畴,字惟范;瑶溪傅公振钟,字义然;大衍邹公定本,及徐公诸人也。③

吴玉尔是吴悌的族人,崇祯六年(1633)举人;徐登龙的事迹不详,仅知他是天启四年(1624)举人。若先不谈吴、徐二人,金溪当地应

---

① 《疏溪吴氏宗谱》卷八《御史公传》,第 4 页。徐登龙是天启四年举人,相关事迹不详,所引文虽说徐登龙是豺坪徐氏,但查该族族谱,未列徐登龙之名,不知何故。此段说徐登龙与吴玉尔二人是故交,高隐不仕,亦不尽然。吴玉尔在考取崇祯六年举人以后任官,明亡则奔走王事于闽、浙间,最后悲愤绝粒,殉难于闽。"高隐不仕"有可能是族谱编者因政治忌讳而曲隐吴玉尔殉难的用意。吴玉尔殉难事反而见诸地方志上,见胡钊、松安等纂修:(道光)《金溪县志》卷十一《宦业》,第 38 页。
② 聂友于等修:《崇阳聂氏族谱》卷五,第 19 页。
③ 聂友于等修:《崇阳聂氏族谱》卷五,第 20 页。

以吴堂、陈画、孔大德等人为中心,加上崇阳聂氏的代表人物聂文麟。① 这些人应会有集会或社集,所以陈画传记中的这段话便很值得注意:

(陈画)与平叔傅公、苏门聂公(按:聂文麟)、通隐吴公、秀野孔公,及弟惟范(按:陈畤)先生隐居讲道。②

前文谈到陈画在五柳轩讲学,从游者达数百人之多,此处亦指称以陈画为中心,隐居讲道。另据临川黄石麟所述,他与陈画在金溪论学,而论学处应即五柳轩。③ 五柳轩的讲学活动直到陈画卒后,其族弟陈甸仍延续之,据载:

(陈甸)少从族兄惟易先生游,潜心味道,临川陈少游、同邑傅平叔、孔秀野诸先生,交相引重,往复切劘,益肆力关闽濂洛之学,大有所得。绝意仕进,继惟易先生讲学五柳轩,远近来学者踵趾相错,每会讲,邻师率学子环而谛听者常百十人。公学以主静为本,行以孝弟为基……门弟子多腾踔于时,而冯夔飏太史(按:冯咏,1672—1731)兄弟受业沈深,名亦愈著。④

---

① 聂文麟是聂良杞之子,万历四十七年(1619)进士,崇祯十五年(1642)致仕。致仕的年份请见聂友于等修《崇阳聂氏族谱》卷四《外集貤封》,第349页。
② (义门)《陈氏宗谱》,《列传·儒林公》,第9页。
③ 黄石麟:《半芜园集》,收入《四库禁毁书丛刊》集部第150册,北京:北京出版社,2000,据复旦大学图书馆藏清康熙六十一年黄承㫤等刻本影印。
④ (义门)《陈氏宗谱》,《列传·淑度公》,第15页。

也因此,"隐居讲道"四字应该不是没有实指。陈画的五柳轩,很有可能是众人往来聚会之处。而且相较于南城、贵溪两地的集会,五柳轩可能才是最重要的集会中心。文中的冯咏是金溪人,康熙六十年(1721)进士,是下一辈与李绂(1673—1750)并列,同于抚州最知名的士人。①

陈孝逸、傅占衡往来金溪、南城、贵溪等地与人集会,原因为何,今已不得而知,从陈孝逸与彭士望、钱谦益、方以智(1611—1671)等人的往来,②我们固然怀疑可能跟反清活动有关,只是苦无证据。但可确定的是,陈、傅二人,尤其是陈孝逸,隐然承续其父陈际泰的角色,成为抚州地区的士人领袖。也因此,江南陈济生在顺治年间着手编纂《天启崇祯两朝遗诗》一书,咨询陈孝逸的意见,而陈孝逸推荐予陈济生的,除了江右四大家的作品,便是金溪陈画与孔大德二人的著作。陈孝逸说:

> 宗兄名山之罗,所愿任其驱役,第敝地诸先难,如帖上诸公,古文字特少,即有之,征索不易。又其文字,或使人以不见为恨,其人更重。然已为布檄,得便续致。至于《章柳州》《天佣子》《小千园》等集,苦无二本,不敢付,倘有闲力,却抄寄也。孔登小《秀野庐杂诗》并《和陶诗》、家惟易《筮考》,偶在几间,敬纳去。二兄皆林虑徐无中人,吾党之最岳岳者,颇有他著,会须宗兄见之。③

---

① 李绂:《穆堂初稿》卷三十四《冯李合橐序》,收入《清代诗文集汇编》第232册,上海:上海古籍出版社,2010,据清道光十一年奉国堂刻本影印,第25页。
② 陈孝逸:《痴山集》卷六《又柬卓庵》,第12页;同前书,《苔彭躬庵》,第17—18页。
③ 陈孝逸:《痴山集》卷六《寄陈皇士太仆》,第17页。

300

《章柳州》《天佣子》《小千园》分别是章世纯、艾南英、罗万藻三人的著作,而陈孝逸因无三人著作的副本,担心遗落而不敢寄送。①而他所大力推荐的同辈士人,即金溪陈画与孔大德二人著作。

陈孝逸、傅占衡,以及诸多金溪士人,以五柳轩为中心所形成的群体,他们在清初是不应科举亦不任官的。前引贵溪张云鹗的个案,他最极端的行为是不剃发,其他人虽未如此,但亦自放于政权之外。这些士人在明末皆以制艺闻名,但入清以后,便不再殚心于此,傅占衡的话最可生动说明:

时文衰则师座废,虽金溪人如无家人,两生(按:吴堂、陈画)效如是,安得不泥诸壁。自洪武辛亥(1371)以来,名儒巨公、照史硕老皆专出于是。成弘间始微标名目,如王唐薛瞿。到崇祯末,房如蝶,社如蝗,言理学则周程张朱之嫡派在是,谈文采则左丘明、司马迁、刘向、杨雄,衙官奔走其助朝算裨世用则二十一史治乱成败眉列,未尝不似。然其末也,上不能当一城一堡之冲,次不足备一箭一炮之用,最下不可言。由此论之,糊壁为幸。②

所以我们另一方面也看到临川李来泰(1631—1684)这个名字。李来泰,字仲章,号石台,顺治九年(1652)进士,他的官运并不

---

① 后来似是陈画将《天佣子集》刊刻出版,有易学实作序,见易学实:《犀厓文集》卷五《天佣子叙》,卷十八《寄陈惟易》,收入《四库全书存目丛书》集部第198册,台南:庄严文化事业有限公司,据江西省图书馆藏清康熙刻本影印,第5、8页。
② 傅占衡:《湘帆堂集》卷八《吴陈二子选文糊壁记》。

亨通，因与上司不和被革职，还乡后又被诬陷与耿精忠部属勾结叛乱而下狱，直到康熙十八年（1679）获举荐参加博学鸿词科考试，才又入朝为官，并参与纂修《明史》。但他却是康熙年间抚州地区的士人领袖，所以在这段时期的文献资料中，都不断看到士人提及李石台这个名字，一如黄石麟所说："学者莫不仰其言行以为当世之师。"①这也凸显，入清以后，大约一代的时间，陈孝逸、陈画等人的社集活动便难再持续下去，所以乐安李焕章谈及临川、金溪入清以后社集活动之萧索，说：

> 金溪，西江之名区……即陈、章、罗、艾四家，泊陈兴霸（按：陈孝威）、少游（按：陈孝逸）、傅平叔（按：傅占衡）诸君子，文章交游之盛，今坛社寂寞，流风莫续，至于唏嘘叹息，泣下沾襟，举坐为之罢欢。②

李焕章所举虽都是临川士人，但仍可想见临川、金溪两地流风莫续的景象。

结论

本文主要利用族谱数据以重构地方小读书人的交游与社集活动。很多地方上的小读书人因无著作传世，所以往往只有地方志

---

① 黄石台：《半芜园集》卷六《李石台先生传·文苑》，第15页。
② 李焕章：《织水斋集》，收入《四库全书存目丛书》集部第208册，台南：庄严文化事业有限公司，据江西省图书馆藏清乾隆间钞本影印，《方叔衡诗草序》，总第773页。

302

上简短的几行叙述,但这些人却可能是地方社集活动的要角,如车泰来、张应雷、聂良杞、黄宣、吴堂、陈画,这些人虽然不是当世第一流的人物,但在金溪当地都有举足轻重的地位。过去这些人的身影几乎不曾出现在任何讨论中,但少掉这些人,我们其实很难了解明中晚期金溪的思想文化发展,及其讲会或社集活动。

利用族谱数据,配合文集、地方志,我们不仅重新认识这些人,也看到明中晚期金溪从心学讲会转向制艺文社的发展,以及江右四大家中的艾南英,加上吴堂、陈画等人所主导的明末制艺文社。明亡清初,临川陈孝逸、傅占衡二人与金溪士人之间的关系密切,而陈画的五柳轩很可能是整个抚州地区的集会中心。

过去对清初江西往往较注意江右三山的谢文洊(1615—1681)、宁都九子等人,然而,谢文洊、宁都九子,其实跟明末的文社群体关系不深,这也使得从明末到清初对江西思想文化史的叙述呈现断裂而不连续的现象,似乎明亡以后,明末曾经活跃的一批人就此退隐淡出,而由另一批人走上主舞台。这个叙述固然不能说毫无道理,但仍不免太过粗略或简化之嫌。

本文所做的,正是借由不同性质的史料,复原金溪地方小读书人的言行事为,进一步了解临川与金溪士人群体的社集活动。若以临川与金溪为基础,应该有可能更大范围掌握整个抚州地区,从明末到清初的地方小读书人的动态。清初江右三山之一的谢文洊,他所在的南丰,亦属于广义的抚州地区,而他与这些士人群体之间的关系,也许会是很值得继续深入的课题。

东乡县

陈坊积乡
- 涂坊
- 高坪 高坪乐氏
- 何坊
- 东源
- 岐岭
- 坪塘 蒲塘
- 琉璃双塘艾氏
- 耿桥
- 乌墩塘
- 斛塘

合市镇
- 小耿
- 湖坊
- 珊珂
- 下周坊
- 龚家
- 上周坊
- 戌源
- 栎林周氏

双塘镇
- 艾家
- 竹桥 竹桥

琉璃乡
- 上源徐氏
- 印山徐氏
- 印山
- 黄源
- 南屏
- 杨家
- 陀山
- 桂家
- 谢坊
- 瑶岭谢氏
- 仲岭胡氏
- 镗岭
- 波源
- 洋优
- 尚庄
- 新塘
- 江坊
- 西岸
- 常丰岭
- 坪上
- 豻坪徐氏
- 崇麓
- 杭桥
- 全坊 全坊全氏
- 聂家 崇阳聂氏
- 游垫

浒湾镇
- 灵谷寺
- 黄坊 黄坊黄氏
- 举林车氏
- 山下
- 何坊
- 中洲
- 白果园
- 枣树
- 厚山

琅琚镇
- 疏山寺
- 疏山 疏溪吴氏
- 安吉
- 洛城
- 礼义门
- 上东漕
- 谷家
- 杨建桥
- 陈河 水门周氏
- 县城
- 仰山
- 严良 义门陈氏

石门乡
- 横源 横源张氏

左坊镇
- 许家
- 萧家
- 后车 金紫何
- 靖思 靖思蔡氏

抚河

临川县

南城县

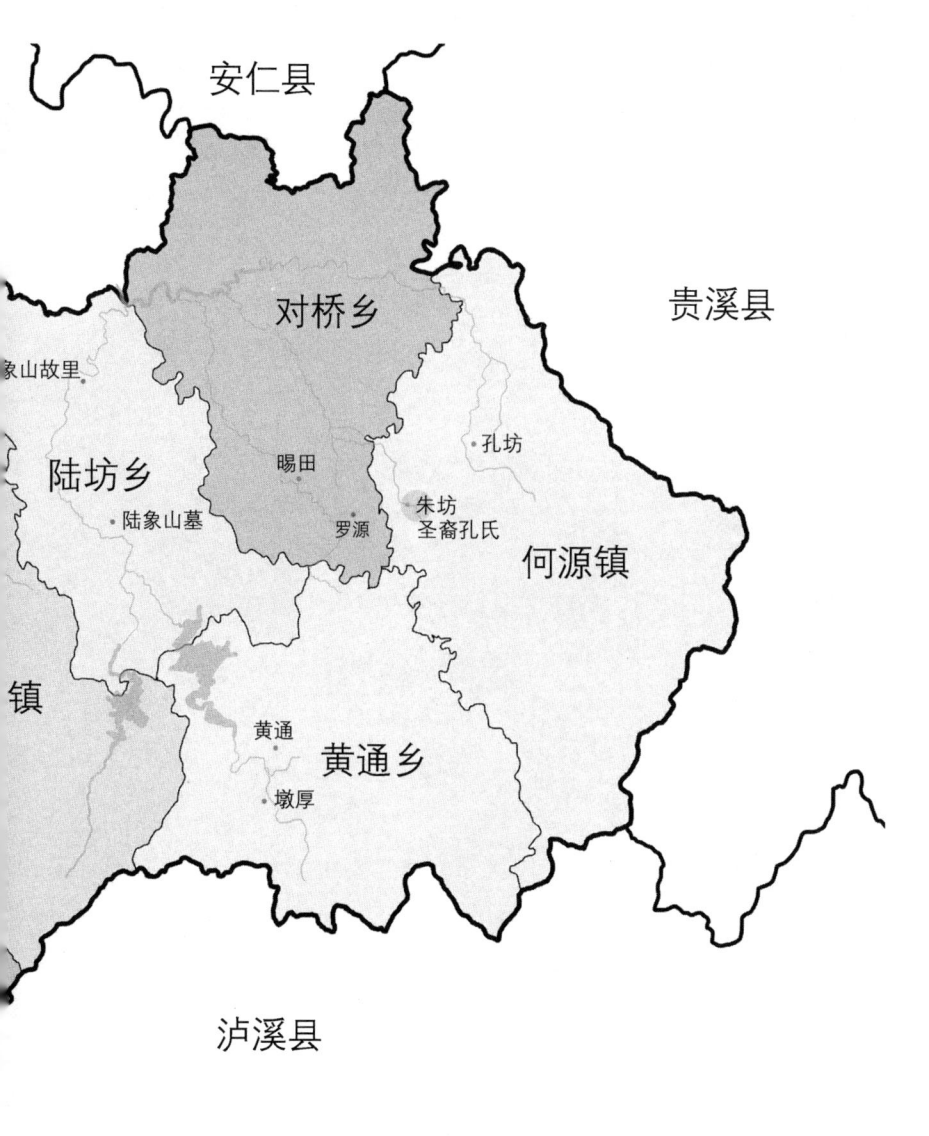

本图是根据2011年4月江西省第三测绘院编制，江西省测绘局与金溪县国土资源局监制的《金溪县地图》，在其基础上重新绘制而成。绘制者为汤燕茹学妹。

社集与身份/阶层

明末清初秦地文人在扬州的结社活动

王昌伟[*]

一、前言

崇祯十五年(1643)10月9日,寓居扬州的陕西文士雷士俊(1611—1668)的原配赵氏卒,年仅三十。[①] 居丧期间,雷士俊数致书函于社友张问达(生卒年不详,1666年举人),就有关如何祭奠朋友亡妻一事进行讨论:

---

[*] 王昌伟,新加坡人,哈佛大学东亚语言与文明系博士,新加坡国立大学中文系教授。研究领域为中国思想史。著作包括 Men of Letters within the Passes: Guanzhong Literati in Chinese History, 907—1911(2008), Li Mengyang, the North-South Divide and Literati Learning in Ming China(2016),以及中英文论文十几篇。

[①] 雷士俊:《艾陵文钞》卷十三《亡妻赵氏权厝志》,收入《四库禁毁书丛刊》集部第90册,北京:北京出版社,1997,第150页下至第152页上。

士俊白:祭朋友妻,俗例用文。亡妻之丧,吾社诸兄醵金为奠,足下独考古文集中无祭朋友妻之文,欲罢其文。不惟古人自视,兼以古人视弟,诚爱人以德者矣。弟见古文之传者,妇人独略,即墓志铭才一二耳。足下博学,或持之有故也。厚贶弟姑领之,弟意礼既不当用文,奠亦不可,议定然后拜还也。足下如有所见,复以诲我。士俊白。①

这封书信所涉及的祭祀内容,无疑是礼制史研究的好题目,但本文所关注的,却是其中所透露的士人交游网络。信中所谓"吾社诸兄",指的是雷士俊与张问达于1635年所参与的文社"直社"的其他成员。自从谢国桢在1930年代发表《明清之际党社运动考》②以后,学者对明末清初士人结社的活动多有留意,其中东林党、复社等在全国范围内具有广泛影响的结社运动最引人注目,而许多像"直社"这类规模较小,成员又不是士大夫圈子中的领军人物的文社,则一般乏人问津。③ 实际上,这一类"名不见经传"的文社所在多有,而在扬州,以陕西人为主要成员的文社除了直社,还有成立于明亡后的丁酉诗社。本文要做的不仅是钩沉的工作,而是希望通过这两个案例,探讨各地文社在16至18世纪如雨后春笋般出现的历史现象,并以此为基础,把中国明清之际文人结社的现象放

---

① 雷士俊:《艾陵文钞》卷十《答张天民论祭朋友妻礼书》,第123页上。
② 谢国桢:《明清之际党社运动考》,上海:商务印书馆,1934。
③ 何宗美有关明末清初文人结社的近著两大册,是近年相关研究中篇幅最大,资料最详实的成果,但复社的内容始终还是占了一大半,而对于一些规模较小的文社的个案选择,则任意性比较强。见何宗美:《明末清初文人结社研究》,天津:南开大学出版社,2003,《明末清初文人结社研究续编》,北京:中华书局,2006。

置在跨地域与跨文化的比较视野中考察。

历史社会学家池上英子在研究德川时代日本的社会网络及组织时,提出了所谓"审美的网络"(aesthetic networks)的概念。她指出,日本在近代以前,就已经出现了由跨阶级和跨地域的人际网络所形成的社会空间。这个空间类似西方的公民社会(civil society),都是成熟的市场网络和蓬勃的出版业的产物。同样的,维系日本的审美网络的集体意识,也和西方一样,是以区分成员与非成员的文明程度为核心的,而文明与否的差别在于是否能遵循既定的、优雅的礼仪,同时能否欣赏优美的诗文与艺术。雅/俗的判定成为衡量某个人或某个群体(无论其阶级和地域背景)是否有资格进入"我们日本人"这个共同体的标准。而且,和西方公民社会不同的是,日本的审美网络并不以挑战封建政权的姿态出现。因此,池上英子认为,德川时代日本的结社现象,所产生的是一个没有公民社会的礼仪空间(civility without civil society)。①

池上英子对日本的研究,为我们考察同一时期中国的社会网络和组织提供了比较的平台。直社和丁酉社的人际网络的阶级性与地域性究竟为何,与池上英子所言日本德川时期的"审美网络"有何异同,是本文希望能回答的问题。通过比较,我们就能够更为清晰地勾勒出16至18世纪汉字文化圈内知识人网络的发展脉络。

除了横向的比较,本文也会通过纵向的对比,讨论从直社到丁酉社所揭示的政治、社会和文化变迁。尽管两社的重要成员都包括寓居扬州的陕西文人,私下也互相有往来,但成立于明末的直社

---

① Ikegami Eiko, *Bonds of Civility: Aesthetic Networks and the Political Origins of Japanese Culture* (Cambridge: Cambridge University Press, 2005).

和成立于清初的丁酉社在性格上却有很大的不同。明亡所带来的冲击固然是造成丁酉社走上一条不同的道路的主因,但明清鼎革究竟如何改变了知识分子的网络与社群的建构,还有待进一步的厘清。

二、复古:直社对士大夫文化的界定与维护

在直社以前,雷士俊曾于十八岁回陕西泾阳娶亲时参与其妻赵氏的叔父所组织的文社,后来也曾与人在扬州组织了名为"见社"的社团,但我们对这些社集都一无所知。① 直社诸子除了雷士俊、张问达,可考的还有王岩、郑元弻、谈震德、申维翰、汪蛟、闵鼎、金怀玉、许承宣、刘梁嵩、许承家等人,但材料零散,而目前笔者只掌握到雷士俊和王岩(生卒年不详)的文集,故下文以二人所述为主。当然,直社成员的想法未必一致,而仅根据一两个人的文字自然无法完整呈现直社的历史,但本文的目的,主要是从秦地文人的视角出发重构直社的活动,因此雷士俊和祖籍长安的王岩的观点还是有代表性的。

明清之际扬州的文人集会,最著名的莫过于以王士禛(1634—1711)为核心的"红桥修禊",但雅集不等于结社,"红桥修禊"显然不具备严格意义上的文社诗社那样的组织性。② 这类比较有组织

---

① 雷士俊:《艾陵文钞》卷七《寿克念赵公八十序》,第 82 页下至第 83 页上;卷五《直社分义序》,第 64 页下。
② 朱则杰:《王士禛"红桥修禊"考辨:兼论结社、集会、唱和三者之关系》,《江苏大学学报(社会科学版)》,2015 年第 1 期,第 51—58 页。

的文人结社,至少在原则上是希冀结合一群志同道合的朋友共同进行某种思想或学术上的追求,有些更是受到某种使命感的驱使,以直社为例:"诸子志伟气雄……相与论议,皆有树立不因循,砥砺切劘,以进于古人之意,而其大指,则确守程朱之传注,以达于孔孟。……吾社之始为文,纵横奔放者多有,而犹蹈于规矩,庶几先民之轨。至是出入左马韩欧,虽孔孟之微言预焉,滋弘肆矣。"①

由此可知,直社是以"进于古人之意"为立社原则的。但尊古崇古,在中国文化史上至少从孔子以来就是如此,因此要掌握直社的追求,我们需要进一步分析他们所谓"古"的内涵。确切而言,直社复古的主张包含理学与文学两个层面,论议方面尊程朱,作文方面则向《左传》、《史记》、韩愈、欧阳修等学习,而其终极目标,则是重新树立以孔孟为宗的士人学术。在这种高度原则性的阐述之外,直社成员的自我期许也可以从雷士俊写给社友郑元弼(生卒年不详)的信中看出来:

> 吾辈作古文,当即于其古人之可师者,揣摩观玩,务求政精尽变,以至夫古人之域而止,不可枉道以要近誉。今之知名者,调停于古人肥瘠之间,为一种似秦汉、非秦汉,似魏晋、非魏晋之文。其人自谓集大成,远过古人,而丛杂浓浊,实不成章。虽时流共推,数年之后与腐草同灭。弟所谓古文,务求至夫古人之域者,神气态度当一一似古人,不必阳尊秦汉,阴又少之,而欲取魏晋之浮华以补其未足。如此,时流虽未必盛称,或群相诽谤,终属一家之言。②

---

① 雷士俊:《艾陵文钞》卷五《直社分义序》,第64页下。
② 雷士俊:《艾陵文钞》卷十《与郑廷直书》,第117页下。

在作文方面,雷士俊认为时下之"知名者"所谓尊古,是阳秦汉而阴魏晋,文笔流于浮华,尽失古人之意。反对六朝文的观点在明代相当普遍,但尊秦汉与尊唐宋,却可以被总结为两条不同的文学道路,如钱谦益(1582—1664)论后来被列入所谓"唐宋派"的茅坤(1512—1601)曰:

> 为文章滔滔莽莽,谓文章之逸气,司马子长之后千余年而得欧阳子,又五百年而得茅子。疾世之为伪秦汉者,批点唐宋八大家之文以正之。①

钱氏在"秦汉"前标示"伪"字以指明他批评的不是真正的秦汉文,而是明中叶以来以李梦阳(1473—1530)为首的尊秦汉反唐宋(尤其是宋)的文学思潮。过去学界把李梦阳等人视为尊秦汉的代表而把唐宋派视为尊唐宋的代表,并把两者完全对立起来的直线型文学史的叙述方式存在许多问题,不过钱氏的意见说明这也是明人思考本朝文章流派的一种思考方式。② 比钱氏稍晚的雷士俊论文则不分秦汉唐宋,而是视其中的大家为文章的规矩,借此批评当时的士风,如论其友孙金砺(生卒年不详)之文曰:

---

① 钱谦益:《列朝诗集小传》丁集上,上海:上海古籍出版社,1959,第404页。
② 当然,身为苏州人的钱氏大力抨击李梦阳的文学主张,有很明显的为苏州文学传统张目的意图。见简锦松:《论钱谦益〈列朝诗集小传〉之批评立场》,《文学新钥》,2004:2(嘉义,2004),第127—158页。

呜呼！介夫(笔者按：即孙金砺)之文,不离古,不泥古,《史》《汉》、八大家之文而亦介夫之文也。文逮司马迁、班固,规矩方员之至至。韩愈、柳宗元、欧阳修诸人起穷讨,而为疏状、论议、序记、碑志,陈事阐理,明是非,辩得失,条分缕析。其神气,其风度,无不本于《史》《汉》者,而布置益严密,文之有法,方圆之有规矩也。世之好义之士,乃倡说曰："尧典羲画,彼则安放,古自我作。"空疏寡学之徒,幸其言之便利也,群而和之。目未睹古人之撰著,私智妄造,谇謷聋,夸蒙稚颁白。闭户习举业者,即以制举之艺,去承破,改比股而充代,咸嘤嘤示人曰："此疏状也,此论议也,此序记碑志也。"断木为棋,楦革为鞠,莫不有法,六经之余文仅在兹,而荒谬无所准,但自我图之,高于寓托,以饰其空疏,何其无忌惮而不恤人之笑也。世之博学者,矫枉过正,曰辞贵尔雅,每构一文,周罗旧闻,掇拾成语,鳃鳃某字依于某篇,某句采于某篇。所谓疏状,所谓论议,所谓序记碑志,浮华盈牍,无一由己出,公相剽袭,卒归于臭腐。两者钧病也。寡学者其文病；博学者其文病,已矣乎,文终难复古乎？①

雷士俊把孙金砺与秦汉唐宋大家相提并论,从正面充分肯定其文之法度,另外也从反面通过批评时下四类人之失以突出孙氏的卓越不群。"好义之士"为了彰显自我而轻视古典,"空疏寡学之徒"则为了走捷径而拾其牙慧,不读古人书还大言不惭。联系雷士俊对程朱学统的推崇,他对这两类人的描述难免让人联想到王阳

---

① 雷士俊：《艾陵文钞》卷六《孙介夫文钞序》,第74页。

明(1472—1529)及其后学。"闭户习举业者"指的是天下为了科考专攻八股文而不及其他的士子。最后的"世之博学者",这类人作文,文字华丽,旁征博引,乍看之下似乎博学多闻但实际上一味抄袭,缺乏个性。如此尊古,实难复古。

另外,从开篇所引雷士俊致张问达的信中亦可知,直社的其中一个宗旨是要挑战不合古礼的"俗例"。雷士俊为此还特别撰写三篇议论文章,讨论丧礼世俗化的种种谬误,其一曰:

> 世俗浮屠破狱之文,布縠于地为狱,门墙皆具而文,画纸为厉鬼,四立而环之,乃置人父母之重其间。众僧诵读佛说,一僧手锡画破其狱。为子者号泣辟踊,奉重而出,如从狱之见其父母也而救之者。……学者不幸而不得游孔孟之门,闻性命之语以得道之正传。一见其书,乐其言之坚而辩也,虽贤智亦惑之矣。至于所谓破狱,陋谬无义理而同于戏。世之荐绅之徒,莫知其所非,亦从而行之,则可笑也。始创为此者谁乎?诚不仁者哉![①]

在雷士俊看来,佛教"破狱"的丧葬仪式严重妨碍了孔孟正道的流传,罪魁祸首固然是始作俑者,但士大夫无法分辨是非,受其蛊惑,也难辞其咎。以上例子说明,除了诗文酬唱和确立正确的学术,直社的成员也希望能通过互相勉励和提醒,负起移风易俗的社会责任。这种观点除了为正统异端划清界限,也充满浓厚的阶级意识。直社成员所欲建构的,是他们理想中的,以孔孟为代表但受

---

① 雷士俊:《艾陵文钞》卷一《丧礼论上》,第15页上。

到世俗挑战的士大夫文化。

直社对正统士大夫文化的坚持,也促使他们对于由商业所驱动的社会风俗不以为然,例如雷士俊在明亡后曾尝试经商,但内心实感厌恶。① 安东篱(Antonia Finnane)在讨论明清之际扬州的社交圈子时,就指出尽管两淮地区的巨贾(主要是盐商)和士大夫这两个群体之间实际的界限十分模糊,士人从商及商人转换身份跻身士人阶层的例子层出不穷,但士大夫身份和文化的独特性和优越性,却还是在上层社会(包括士与商)的交际网络中不断被复制和强调。她同时也注意到,主导扬州文人网络及文化的并不是严格意义上的本地人,而是有着盐商背景的移民家族。② 直社的个案,正好印证了安东篱的这个观察。从祖籍判断,参与直社的文士来自大江南北,但在结社的时候都定居于扬州江都。许多是因为家族在扬州经商,并以商籍在此参加科考。所谓"当是时,士喜建社,各有名号,而四方之士在江都者,相与鸠合,讲习艺文,谓之直社"③。

雷士俊、王岩的家族原籍陕西,二人的家族至晚在他们的祖父辈就已经到扬州经商,④但时人在提及二人时仍然会提及他们的祖籍,如计东(1625—1676)言:"雷子伯吁、王子筑夫俱秦中人,侨居

---

① 王霞:《雷士俊研究》,扬州:扬州大学硕士论文,2012,第16—17页。
② Antonia Finnane, *Speaking of Yangzhou: A Chinese City*, 1550—1850(Cambridge MA: Harvard University Asia Center, 2004).
③ 雷士俊:《艾陵文钞》卷九《郑廷直传》,第102页下。
④ 李麟:《虬峰文集》卷十六《雷艾陵先生传》,收入《四库禁毁书丛刊》集部第131册,北京:北京出版社,2000,第499页上。雷士俊:《艾陵文钞》卷九《王高州传》,第110页上至第111页上。

扬州……"①他们在写文章时,也偶尔以祖籍落款,如"泾阳雷士俊"等。不过在和其他社友的文字来往中,并不见雷、王二人突出其秦人身份,反而见到隐约针对江南的言论,如上引雷士俊写给郑元弼的信中曰:

> 兄寄寓山水胜地,毕交江南英豪,智识充广,日有增益,如弟穷年瓮牖,孤陋孰甚,然弟之素志,亦有不欲改者。尝笑今知名之士,日投刺拜谒,饮酒高会,其人奇杰者,初亦博学雄才,升古人之堂,而奔走驰逐既久,平生旧所记诵,悉皆遗忘。新者无一字入眼,遂录录空疎,无异天下之庸人。弟近者谢却宾客,自恐蹈此,更欲以为吾社兄弟之戒。吾辈相与十余年矣,雄姿伟略,信非偶然。每一宴聚,疾呼横说,其于历代事势,得失治乱,群贤著述,奇正工拙,有伦有要,皆可听采。他若亲戚乡党,竟日聒聒,不外佚游盘乐,甚至里巷鄙俚之辞不离于口,其中有能读房稿千篇,欲侥幸于春秋二榜者,则矜伐不置卑视一切,弟颇厌之,或吐其所怀以示彼,亦不愿闻,如捕捉鱼鸟,告之毛嫱丽姬之美,不惟不晓,且恐去之不速也。举以相比吾社兄弟,魁梧卓绝,真不可及。②

信中雷士俊提及郑元弼多次往来无锡,遍交江南名士,而自己则独居陋巷,拒绝见客。虽然信中似乎对郑元弼因交游广阔而"智识充广,日有增益"表示艳羡,然而笔锋一转,通篇毫不保留地批评

---

① 计东:《改亭文集》卷四《赠雷伯吁王筑夫序》,收入《续修四库全书》集部第1408册,上海:上海古籍出版社,1995,第132页上。
② 雷士俊:《艾陵文钞》卷十《与郑廷直书》,第117页上。

时下士人竞奔的风气,并希望郑元弼能谨记直社立社的宗旨。根据前后文推断,此书对"今知名之士"的批评,和前引《孙介夫文钞序》中对"世之博学者"的批评有高度的相似之处。雷士俊并未言明,但他对这类"博学者"学术之否定,对士人"投刺拜谒,饮酒高会"的不满,以及借郑元弼在江南的游历指出"吾社"和"今知名之士"人品和学术上的高下区别,很难不让人联想到当时江南势力最强大的复社。后来的扬州士人更把直社视为地方上的骄傲。如19世纪初刘宝楠(1797—1855)在编纂宝应(宝应在清代属扬州府)地方志书时,就特别强调直社的重要性:

> 王岩,字筑夫。……时复社、几社社稿盛行,岩与同郡雷士俊、张问达、汪蛟、申维翰、谈震德、闵鼎、金怀玉、许承宣、承家、刘梁嵩等立直社,皆一时俊才,声名与二社等。①

为了突出直社的扬州属性,刘宝楠还特别强调王岩的家族在其高祖时就已从长安迁至扬州,因此王岩不得为长安人,为扬州争胜的态度溢于言表。② 无论雷士俊的原意是不是为了抬高直社而贬低复社和几社,或者为了凸显扬州的优越性,他在字里行间透露出的对江南士风的抗拒还是显而易见的。

可是广陵毕竟不是江南,无论扬州人士如何强调,直社的影响力始终无法和复社、几社等相比,所谓"声名与二社等"只不过是扬

---

① 刘宝楠:《宝应图经》卷六,哈佛大学图书馆藏清道光二十八年(1848)刊本,第62页上。
② 刘宝楠:《宝应图经》卷六,第62页上。

州人一厢情愿的说法。明亡以后,直社成员死的死,逃的逃,散落四方,雷士俊和王岩则避地兴化(今属江苏省)。雷氏难中作诗怀念同社友朋,情真意切:

乡园昨遇乱兵钞,海邑常思总角交。握笔文成心独喜,停杯耳热语相嘲。忧时抵掌悲榛燕,壮志弯弓欲射鲛。肠断萧条人事日,蓬门几处挂蝶蛸。

屈指交游已十春,一朝散窜逐风尘。山阳有赋谁堪作,邗上相知只几人。绝客杜门还展卷,吞声息事且垂纶。从来世变真如奕,胜负须臾亦已频。①

亡国对雷士俊所形成的冲击不可谓不大,"时势多故",为了营生他不得不从商,甚至因此易名"蠡",字"陶公",那是因为他现在的处境与"(范)蠡隐姓名而候时逐利有相类者"。② 按照这样的解说,易名似乎是避世心态的体现,实际上,巨变反而深化了他的文章的政治主题。他在丧乱后为兵革中死节的妇女作传,借女子的贞烈批评男子平日饱读诗书,非孔孟不道,一旦事变则"觊觎禄爵,乞活旦夕,不以为怪"③,这么做无非希望能唤起士人的羞耻之心,

---

① 雷士俊:《艾陵诗钞》卷下《寄同社诸子》,收入《四库禁毁书丛刊》集部第90册,北京:北京出版社,1997,第220页下至第221页上。
② 雷士俊:《艾陵文钞》卷八《易名记》,第92页下至第93页上。
③ 雷士俊:《艾陵文钞》卷九《里中妇女死节传》,第107页上。

319

以激励士风。①

雷士俊在兴化时结交了当地名士李沂(生卒年不详)、李沛(生卒年不详)及其族人。李氏为明代隆庆初年阁首辅李春芳(1510—1584)的后人,家世显赫,不过李沂、李沛等人却"读书自好"②,不求仕进,甚至有学者以"兴化李氏遗民群"称之。③ 回到江都以后,雷士俊听闻李沂建了一个草堂,于是也于今樊汉镇附近建一草堂,名为"莘乐草堂",取伊尹自勉,并自比诸葛孔明,谓孔明隐居草堂,"耕隆中,吟梁父,盖伊尹之流也。其后超吴并魏,再复汉室,以有天下三分之一者,皆基于此",甚至说"彼丈夫也,我丈夫也,伊尹之事,亦为之而已矣",用世之意十分明显,也似乎暗含复国的决心。④不过这时候雷士俊不再是通过结社的方式试图推动社会改革。鼎革后的扬州迎来另一批秦地文人,包括李楷(1603—1670)、孙枝蔚(1631—1697)等。雷士俊和这些人都有往来,更和孙枝蔚联姻,在写给他们的书信中也曾提及直社对古礼的坚持,⑤但却没加入他们所组织的"丁酉社",也不见再有任何参与社团的记录。

---

① 关于清初文学作品中对妇女危难中坚守节操的书写的政治意涵,见李惠仪:《性别与清初历史记忆:从扬州女子谈起》,《台湾东亚文明研究学刊》,7:2(台北,2010),第289—344页。
② 雷士俊:《艾陵文钞》卷十一《再答李平子书》,第126页下。
③ 邓长风:《明清戏曲家考略三编》,上海:上海古籍出版社,1999,《晚明戏曲家李长祚与兴化李氏遗民群》,第65—91页。李长祚(1639年举人)是李沂的叔父。
④ 雷士俊:《艾陵文钞》卷八《莘乐草堂记》,第94页上。
⑤ 雷士俊:《艾陵文钞》卷十一《与孙豹人》,第131页下。

三、振秦风：丁酉社复国意识的文化地理论述

"丁酉社"顾名思义是丁酉年（顺治十四年，1657）成立的文人社团，地点在与扬州隔江相望的镇江府丹徒县，①创社成员包括孙枝蔚、李楷和潘陆（生卒年不详）。②潘陆本苏州府吴江人，原为诸生，"遭乱弃儒，转客江湖，侨居镇江，时往来故土与邑中"。③李楷，陕西朝邑人，天启甲子年（1624）举人，之后却屡试不第，无缘仕途。崇祯十一年（1638）李楷游江南，在南京和复社成员多有来往。同年吴应箕（1594—1645）、黄宗羲（1610—1695）、冒襄（1611—1693）等人起草著名的《留都防乱公揭》声讨阮大铖（1587—1646），李楷亦名列其中。明亡后于顺治二年（1645）任宝应知县，但不久据说因恃才傲物，被忌者中伤而罢官。之后流寓扬州，同时广游江南各地，继续与当世名士交往。在与孙枝蔚等人订盟丁酉社的次年返回陕西，多与关中和寓秦名士游，并受陕西巡抚贾汉复（1605—1677）之邀编纂多部陕西地方志书。④

跟李楷比较，孙枝蔚的生平更富传奇性。孙枝蔚字叔发，号豹

---

① 孙枝蔚《春日怀友》诗云："丁卯桥边丁酉社，别来江水只东流。"丁卯桥位于丹徒县，可知此为丁酉社诸子结盟之处。见孙枝蔚：《溉堂前集》卷九，收入《清代诗文集汇编》第71册，上海：上海古籍出版社，2010，第436页下。
② 孙枝蔚：《溉堂前集》卷七《与李岸翁潘江如初订丁酉社喜医者何印源招饮》，第406页上。
③ 宋如林修、石韫玉纂：《苏州府志》卷一百，哈佛燕京图书馆藏道光四年（1824）刻本，第6页下。
④ 冉耀斌：《清初关中诗人群体研究》，北京：中国社会科学出版社，2017，第257—258页。

人,陕西三原人,祖上以贩盐起家,故其家族网络从明末开始就延伸到扬州。他幼年受科举教育,十来岁随父亲到扬州,后返三原,于崇祯七年(1634)成诸生。李自成乱起,孙枝蔚散家财组织地方武装抵抗,事败濒死,后幸逃脱,避走广陵投靠兄长,从事贩盐生意,不到几年的时间就成为大贾,但他对从商始终感到不自在,甚至在同乡李念慈(顺治十五年,1658,进士)来访时写下"广陵不可居,风俗重盐商"这样的诗句。① 康熙十八年(1679)被荐举参加博学鸿词科,以疾辞不果,最后选择不终幅而出,授中书舍人衔,归扬州终老。② 在成立丁酉社之前一年端午,孙枝蔚曾于山阳(今江苏淮安市)参加一名为"舟社"的雅集,但社主不是他,而是当地名士范良(生卒年不详)。③

在孙、李、潘三人之外,丁酉社其他成员的身份见于李楷为一组他参与社集所写的诗所作的序中:

> 不佞萍飘润浦,常怀用晦之诗;褐被残冬,偶作临邓之客。主

---

① 孙枝蔚:《溉堂前集》卷二《李屺瞻远至寓我溉堂悲喜有述》,第350页下。
② 汪懋麟:《百尺梧桐阁集》卷八《征君孙豹人先生行状》,哈佛燕京图书馆藏康熙乙未年(1715)汪荃、费锡璜续刊本,第1页上至第4页下。杨泽琴:《孙枝蔚与清初扬州诗群研究》,北京:中国社会科学出版社,2015,第48—49页。冉耀斌:《清初关中诗人群体研究》,第216—217、224页。Chang Woei Ong, "Men of Letters within the Passes: Guanzhong Literati from the Tenth to Eighteenth Centuries," (Ph. D. dissertation, Harvard University, 2004), 305—306。
③ 孙枝蔚:《溉堂续集》卷四《与张虞山赵天醉饮丘曙戒季贞家夜归同坐野航》,收入《清代诗文集汇编》第71册,上海:上海古籍出版社,2010,第510页下。其诗云:"舟社初开即此湖,风流人去月明孤。谁知送酒舟仍在,容受今为老钓徒。""舟社初开即此湖"一句下有注云:"范眉生曾集四方名士举社于舟中,因名舟社。歌管声闻数里,岸上观者如堵,前此所未有也。丙申五日事。"

人好我(康侯时为令),力振秦风。良友切磋(豹人先予至),顿泽大雅。惜寸阴于陶侃,每附填胸;师至慎于嗣宗,不谈时事。乃有潘、姜琬谈(江如、山公),刘、李龙鸾(原水、木仙)。谓难得者三山,宜贤豪之鼎立。姑相邀于万杏(印源堂名),聊鸡黍以同欢。大举葵丘,先狎盟以胥命;用章《骚楚》,继《白雪》于《阳春》。遂及诸何(林玉、青纶、公年),眷言卜夜。属饱刻烛,阗韵分哦。或感叹于梅边(宋遗民号梅边),或托情于庑下。莫不淋漓酒况,沉着诗肠。予岂敢曰执牛,顾亦愿言附骥。思王恭之往迹,适当还镇之牛(晋安帝丁酉年[342]王恭举兵,帝诛王国宝、王绪,恭乃还镇京口);从靖节之遗风,略效义熙之例(陶渊明诗书甲子)。锡名丁酉,广集唐声。犹念浼史于林丘(阳羡实庵翁),将寻仙班于句曲(句容在辛,侍御自豫章归)。庶几南村晨夕,但析奇书之疑;九老壶觞,不厌真率之会云尔。①

这篇仅三百多字的序文是目前已知对丁酉社的成立过程、宗旨和成员最详尽的叙述。引文中的"主人"即时任丹徒县令的张晋(字康侯,1628—1658)。他的家乡临洮现隶甘肃省,但甘肃是在康熙五年(1666)才建省。有明一代至清初的二十年间,这个区域行政上都属陕西,因此,当地的士人经常会援引"秦"和"关中"等概念,从历史和文化的角度建构身份的认同,所以才有"力振秦风"一说。此次聚会在万杏堂举行,万杏堂是何印源的产业,据前引孙枝蔚《与李岸翁潘江如初订丁酉社喜医者何印源招饮》一诗,可知何

---

① 李楷著、李元春选:《河滨诗选》卷七《丁酉社诗序》,收入《清代诗文集汇编》第34册,上海:上海古籍出版社,2010,第489页下。

印源是名医者。与会者另外还有潘陆、姜山公、刘原水、李木仙、何林玉、何青纶和何公年。除了潘陆,我们对其他成员一无所知,甚至无法掌握他们的全名,只能推测诗社成员是以居住在镇江一带或邻近州县的文士为主,但他们的祖籍却不局限于某一特定地点,这跟直社成员祖籍遍布各地,但立社时都寓居江都的事实有相近之处。

至于丁酉社的立社宗旨则和直社大相径庭,从李楷的序文判断,复古不是丁酉社诸子所共同关心的问题,而对前朝的怀念("或感叹于梅边")、隐逸的选择("从靖节之遗风")、抗清的隐晦意图("思王恭之往迹,适当还镇之牛")和发扬故乡文化的企图心("力振秦风")等,才似乎是促使丁酉社文士聚在一起以文会友的原因。① 这时距离明亡已有十三年,虽然李楷表明要效法阮籍(210—265)谨言慎行,不谈时事,但文章的政治意识却相当明确,其中最耐人寻味的是"力振秦风"之说。那或许是为了突出主人张晋的身份,以及秦地文人的共同使命和互相勉励,但把不限于秦地文人的结盟和"秦风"挂钩,不能不说是一种相当突兀的论述方式。李楷在另外一篇为越中一个名为"夏声社"所作的诗集所写的序文中,为"秦声"做了十分详尽的阐释:

> 诗乐同源,予于诗志略言之。豹人氏(笔者按:即孙枝蔚)以越

---

① 对李楷文中的这些隐喻的分析,见冉耀斌:《丁酉科场案与清初秦陇文人心态》,《西北师大学报(社会科学版)》,2012年第6期,第64—69页。冉耀斌认为,王恭的典故是李楷用来寄托他对郑成功的海上义师恢复故国的期许,甚至暗中为其奔走,笔者对此结论有所保留。李楷对清朝统治的不满比较容易确定,至于他是否对郑成功的部队有任何的期许或瓜葛,则比较难以证明。

中夏声社相□,读而异之曰:"夷裔公子所观之乐,故不止于夏声。夏者,大也,惟秦有之。勾践之邦,何取乎非子汧渭之间?吾闻越之山,亦有称秦望者。《采葛》之篇,其或有怀于《小戎》《驷驖》。君子军六千人,尚念夫温其如玉。不然则海邦明秀,皆具溯洄伊人之思乎?天下将治,地气自北而南。于越而闻秦声,殆亦气之先与?已而观其作者之人,则非秦也,非越也,合四方之声而一之,若不安于一乡一国之诗者。吾闻之师乙子贡之论歌也,有商有齐,不闻有夏。夏为大禹之乐,孟子时仅追蠡之论越为禹后,亦不闻传其音诗。《周礼》之所谓九夏者,为王夏、肆夏、韶夏、纳夏、掌夏、齐夏、族夏、咳夏、驁夏,皆钟师之所奏,然多不可复见矣。以代言介于虞商,以时言中于春秋,以地言辨乎中外,其以大训者,《周语》《谷梁》《律历志》诸注皆然。禹乐之名大夏,于义似复,《汉志》释之曰:'夏,大承帝也。'夫然则诸君子之命诗也,何不直谓之夏,而谓之为夏声乎?"或谓河滨子曰:"《秦风》十篇止耳,季札之许以大者,有大变焉,有大幸焉。文武丰镐,汉唐因之,斯故天下之首建瓴,而下可以扼天下之吭。秦之势故无有匹其大者。汾王在共和之时尚可以□宣王之中兴,惟平王自弃之而秦得之,非秦得之也,故曰大变。祖龙能一天下之分,作长城以成万世之利,天下之赖,有秦也。由秦而汉,实始基之,岂非大幸乎?今夫诗之为道也,盛衰倚伏,代有变革,譬之于乐,金以始之,玉以终之,譬之于兵,前驱后劲,并有其功。观于夏声而知诸君子之于诗也,不欲其土崩瓦解,争为雄长也。且以季札为东南之人,可以定六代之礼乐,使其名常存于中国。越之同声牛耳者,盖如此矣。"夫六代则咸英韶濩,可以意会。以季札之贤,岂不知周之必改而为秦也?禹之声可以不尚,而秦之独许以大也,诚察其变而幸之也。河滨子曰:"予秦人也,乃不知秦之为夏声也,吾将以吾诗,请正于今之为季札者。"①

为何一个地处东南的文社会以"夏声"命名?"夏声"与"秦声"的关系为何?这是这篇序文试图回答的问题。如果按照《周礼·春官·大司乐》郑玄注的说法,"大夏,禹乐也"②,那和秦地就没什么关系,但为什么夏声社诸子不直接名社为"夏",而必须加一"声"字?李楷于此借用春秋时吴国季札观周乐的典故说明秦地与夏声的关系。据说季札奉命出使鲁国,鲁人请其鉴赏周代朝野和各地诗乐,当秦地的音乐响起时,季札评曰:"此之谓夏声。夫能夏则大,大之至也,其周之旧乎?"③

季札以秦声为夏声的正传,指出一个社会唯有以"夏"为榜样才会伟大并臻于周文化鼎盛时期的规模。李楷通过秦最终实现大一统并成为汉唐盛世的基础的事实,更进一步说明中国的基业是由秦地创建的。季札为东南人士,却能指出秦地音乐的渊源,也似乎预见了"周之必改而为秦"的历史发展,如今身为"今之为季札"的夏声社诸子身处越地却得闻秦声,也似乎是受到"地气自北而南"的气运的影响,预示了"天下将治"的未来。从李楷的政治立场可知,他所谓"天下将治",不是指刚入主中原的清朝会越来越强盛,而是寄望华夏在经历过清兵入关、改朝换代的大乱大变之后能

---

① 李楷著、李元春选:《河滨文选》卷四《夏声社诗序》,第 134 页上至第 135 页上。
② 郑玄注、贾公彦疏:《周礼注疏》卷二十二,收入《十三经注疏》,新加坡国立大学图书馆藏明崇祯年间(1628—1639)古虞毛氏汲古阁刊本,第 11 页下至第 12 页上。
③ 司马迁:《史记》卷三十一《吴太伯世家》,北京:中华书局,1959,第 1452 页。

重新振作,效法秦始皇(祖龙)建长城抵御外敌,再创辉煌。若能如此,则是历史的大幸。这有赖于"于越而闻秦声"的各方有志之士摒弃狭隘的乡国观念,"合四方之声而一之,若不安于一乡一国之诗",展现多元性和包容性。

"秦声"在李楷这样曲折的论述中是天下一统,万世太平的基础。孙枝蔚在为张晋的诗集所作的序中,则对"秦声"的普遍被接受提供了更详细的说明:

> 康侯成进士后,盖尝以诗得盛名于京师矣。及筮仕令丹徒,丹徒固颜谢风流、殷许辉映之地也,而康侯乃渐不欲有其诗名,予闻而窃异之。……然予与康侯皆秦人,而东南诸君子颇多观乐采风如吴季子者,能审声而知秦为周之旧,又数年来诗人多宗尚空同,而吾秦之久游于南者,如李叔则、东云雏、雷伯吁、韩圣秋、张稺恭诸子,一时旗鼓相当,皆能不辱空同之乡。吴越间颇向往之,则因所已见者思所未见者。既而闻康侯京师之名,无不以陈拾遗待之矣。则谓予曰:"独奈何不得见其碎胡琴之作乎?康侯非子之友与?天下,一乡之推也。乡有宝而自私之,人将谓子何?"予卒无以应也。乃于其为令之二年,力劝之出其集授之梓。①

孙枝蔚从张晋作诗名满京师,到丹徒这个人文荟萃之地为官

---

① 张晋:《戒庵诗草》卷首,孙枝蔚《张戒庵诗集序》,收入《清代诗文集汇编》第105册,上海:上海古籍出版社,2010,第359页。参阅陆逵夫:《孙枝蔚的一篇佚文与清初寓居江南的秦地诗人》,《汉中师院学报(哲学社会科学版)》,1983年第3期,第76—79页。

却不愿出版诗集说起,再以吴越人士因听闻其诗名,欲求其诗而不可得来突出张晋身为秦人的地域属性,继而带出当时侨居大扬州地区的几名重要的秦地文士,包括李楷、张恂(稚恭,1617—1689)、雷士俊、韩诗(圣秋,生卒年不详),以及连本名也不可考的东云雏。文中的"空同"指的是李梦阳。孙枝蔚曾与姚佺(生卒年不详)刊印李梦阳、何景明(1483—1521)、李攀龙(1514—1570)、王世贞(1526—1590)四人的诗集,名为《四杰诗选》。这是一种文学立场,表明孙枝蔚对16世纪盛行的前、后七子的复古主张的推崇。[1] 而根据李天馥(1637—1699)的记述,孙枝蔚却选择跟当时数十年间占据主流的诗风保持距离:

豹人之为诗,当竟陵、华亭互相兴废之际,而又有两端杂出,旁启径窦如虞山者,而豹人终不之顾。则以豹人之为诗,固自为诗者也。夫自为其诗,则虽唐宋元明昭然分画,犹不足为之转移,况区区华亭、竟陵之间哉?[2]

我们很难根据目前所能掌握的材料来判断丁酉社是否有一比较一致的诗文主张,但丁酉社诸子对竟陵派的不满似乎是比较明显的。如潘陆"论诗慷慨,谓钟、谭兴而国亡"[3]。孙枝蔚虽不见如

---

[1] 汪懋麟:《百尺梧桐阁集》卷八《征君孙豹人先生行状》,第2页上。有关姚佺与《四杰诗选》的研究,见张鹏:《姚佺选评〈四杰诗选〉研究》,南京:南京师范大学硕士论文,2014。
[2] 孙枝蔚:《溉堂前集》卷首,李天馥《溉堂诗集序》,第323页上。
[3] 朱彝尊:《明诗综》卷七十七,哈佛大学燕京图书馆藏乾隆四十四年(1705)白莲泾刊本,第8页上。

此激烈的批评,但他对竟陵派,以及后来对竟陵形成巨大挑战的诗坛宗主陈子龙(华亭,1608—1647),和在这两者之间另辟蹊径的钱谦益(虞山)的诗歌都不置可否,这或许是他回归前、后七子的原因。

虽然后来孙枝蔚与方文(1612—1669)论诗时曾表示对当初另外选评四杰诗感到后悔,并编辑了一部名为《诗志》的集合"天下名人诗"的选本,①但李梦阳对其而言还有另外的一层意义。前引序张晋诗集有言,当时诗人多崇尚李梦阳,而流寓于南方的秦地文人皆能赓续李梦阳的传统。从东南诸君子的角度而言,崇尚李梦阳是一种观乐采风的行为,和春秋时季札为秦声的知音是相同的。从"吾秦"的角度而言,"不辱空同"则是一种文化使命,秦地文人围绕"空同"这个历史和文化符号建构身份认同的依据,同时也把实际上处于边缘的秦地摆到士人文化的中央位置。"天下,一乡之推也",透露的是孙枝蔚对政治文化地理的思考。天下是由一个个的乡国结合以后共同塑造出来的,是一个复合体,因此自然是多元的,这和前述李楷对夏声社展现的包容性和多元性的描绘如出一辙。

李楷和孙枝蔚对秦地文化的强调与推崇,不仅仅是秦人之间的相互打气,亦是部分游扬州的各方名士对秦人的期许,如陈维崧(1625—1682)在广陵结识孙枝蔚后,论其诗时就把《诗经》中的"秦

---

① 汪懋麟:《百尺梧桐阁集》卷八《征君孙豹人先生行状》,第 2 页上。有关孙枝蔚与方文的交游,参阅马智忠:《方文与孙枝蔚交游考述》,收入周生杰主编《古典文献学术论丛》第 1 辑,合肥:黄山书社,2010,第 261—272 页。杨泽琴:《孙枝蔚与清初扬州诗群研究》,第 63—73 页。

风"和《楚辞》做比较:

> 余少读诗喜《秦风》,每当困顿无聊时,辄歌《车辚》《驷铁》以自豪也,继又自悲,悲而至于罢酒。厥后读《楚辞》,伤其辞义悱恻,不自振拔,又辄掩卷而叹。夫南风不竞,而章华鄢郢之鞠为蔓草也,讵必于子兰郑袖诸君卜之乎?抑于《离骚》《九辨》之衰飒觇之矣?以故读《秦风》《楚辞》二书,知嬴氏兴而芈氏废也。……余世家吴中,吴中诸里儿第能歌《西曲》《寻阳》诸乐府耳。乌衣青溪之地,被轻纨而讴《房中曲》,其声靡靡不足听也。即向者绵驹、王豹之徒所骂为不值一钱矣。夫声音之际,抑扬抗坠之间,其关人性术者,岂微渺哉?……今年孙子年四十余……然犹时时为秦声,其思乡土而怀宗国,若盲者不忘视,痿人不忘起,非心不欲,势不可耳。孙子诗数十卷,名《溉堂集》,溉堂者,即董相祠旁孙子僦居处也。诗不云乎?"谁能烹鱼?溉之釜鬵",孙子以是名其堂也,其犹秦人之志也。夫昔人云,吴音妖而浮。余吴人也,愧不能诗,然窃附于延州观乐之义,因书以报孙子,为《溉堂诗集序》。①

读《秦风》和《楚辞》就可明白为何最终一统天下的是秦而不是楚,因为歌诗能准确地反映人的性情与地方的风俗。秦地文化所代表的奋发激越的精神,在陈维崧看来或许正是扭转导致前朝覆亡的南方萎靡世风的良药。身为吴人,陈维崧对吴音的排斥十分彻底,只希望能够像季札一样成为秦声的知音,而他对孙枝蔚的赞誉,主要是因为后者虽客处他乡仍能不忘故土,时时为秦声。对秦

---

① 孙枝蔚:《溉堂前集》卷首,陈维崧《溉堂前集序》,第 324 页下至第 325 页上。

风的推崇和对秦地文士的肯定,已不仅仅是一种文学上的欣赏,更寄托了作者在鼎革之后寻求救世方案的悲凉情怀。在这样的背景下,李楷在叙述成员不限于秦地文人的丁酉社的活动时以"力振秦风"起始,继而隐约透露背后的政治意涵,就不让人觉得突兀了。

但涉入政治始终是危险的。丁酉社成立后不久,就爆发了牵连极广的丁酉科场案。秦籍官员张恂、张晋都被整肃。张晋甚至被处死,妻子、财产没官。① 顺治十七年(1660),清廷在之前禁止生员立盟结社的基础上,再次颁布禁社令。在这样严峻的形势下,丁酉社就不见再有公开的活动和文字传世,但一般性的文人雅集却不受影响。梅尔清(Tobie Meyer-Fong)在讨论清初扬州地区文人围绕着名胜建构的网络时,特辟一章讨论红桥修禊。和安东篱一样,她发现清初主导建构扬州地方特色的主要是外地人,包括官员和流寓扬州的文士,其中最具代表性的就是王士禛。王士禛是山东人,也是朝廷官员,但他在扬州的士人网络中却是以晚明江南名士的形象登场的。诸如红桥修禊这类的文人雅集,也是以晚明江南的文化活动为模仿对象的。尽管文人文化的历史短浅,但在王士禛与一大批聚集在扬州的各地文士(包括官员和遗民这两个过去认为是水火不容的群体)的共同塑造下,清初扬州被成功赋予晚明江南文化名城如南京、苏州、杭州同等的价值与地位。从空间上说,扬州在清初文人的作品中更多是以大江南地区的文化重镇之一的面貌出现;从时间上说,围绕扬州的名胜进行的文化活动则基本上是晚明繁荣高雅的文人文化的延续,尽管论述中夹杂了二十年前城破所带来的伤痛和哀思。这种情况一直到盛清时期盐商崛

---

① 冉耀斌:《丁酉科场案与清初秦陇文人心态》,第64—65页。

起并掌握定义扬州文化的话语权之后才发生变化。乾隆时期的扬州作为皇帝南巡的一个重要地点,在赞助接驾的盐商的主导下被建构为京城皇家消费品位的延伸。清初文人对晚明江南文化的怀念与再现自此告一段落。[1]

扬州作为王世祯的"扬州",是顺治十六年(1659)王世祯选授为扬州府推官开始。在那以前的十几年间,扬州是李楷、张晋、孙枝蔚、李念慈等人的"扬州"。这些秦地文人在鼎革之后的扬州致力于凸显"吾秦"的文人传统,并得到东南文士的普遍认同。这样的文化建构,并不以晚明江南为追求的对象。相反的,晚明江南浮华的文人传统是被质疑的。王世祯以前的扬州士人圈子内弥漫着对前朝的怀念,其中甚至还暗含励精图治,重新收拾旧山河的决心,因此才会在结社时提出重振铿锵有力的秦声的口号。可是到了康熙朝,经历过一连串的打击,扬州文人文化即使还包含对前朝的怀念,其中伤痛、怀旧的成分似乎更多一些,士大夫缅怀的是晚明江南名士风流的雅韵,而反抗的话语则逐渐从他们的作品中消失。

四、结论

从直社到丁酉社,甚至到红桥修禊,秦地文士一直都是明末清初扬州的各种文人网络和活动的重要参与者,不过在这短短的三十年间变化不可谓不大。雷士俊和王岩等人在成立直社的时候,

---

[1] Tobie Meyer-Fong, *Building Culture in Early Qing Yangzhou* (Stanford: Stanford University Press, 2003), 25—74.

重点放在重振他们心目中正统的士大夫文化。除了通过重新诠释古礼来跟流行的社会风俗划清界限,直社诸子也提倡有别于时下文风的古文来定义士大夫文化的真谛。雷士俊在写给社友的信中,一再重申坚持"吾社"宗旨的重要性,也间接规劝社友跟江南的士风保持距离,但却没见他援引秦人的身份立论。

比照江户时期日本所出现的跨阶级与跨地域的"审美网络",当直社成员以诗文为交流媒介,并在"古"与"俗"之间划上一条界线,他们实际上也是在建构一个以礼仪和文学艺术为基础的审美网络。不同的是,直社具有明显的阶级色彩。尽管成员当中许多的家族有盐商背景,有的如雷士俊甚至为了生计也曾经商,但他们的士大夫情结始终浓厚,至少在理念上具有强烈的排他性。不过此时直社的地域色彩并不明显。雷士俊固然对江南士人风尚有所批评,但却没有因此从正面为直社建构一特定的地域身份。

明亡之后,雷士俊等人仍然活跃于扬州的文人圈子,但新到的秦地文人如李楷、孙枝蔚等开始主导话语权。他们在结社的时候关心的不再只是如何改正社会上的不良风俗和士人的习尚,而是浩劫过后如何重振旗鼓。整顿士风仍然是他们最关心的问题,但此时论述的重点已转向如何发扬秦声以扫除江南浮华萎靡的风气。秦地文士的身份使他们成为雄健的"大禹之乐",同时也是正统华夏文化的最佳代言人。相较于红桥修禊时对晚明江南的追忆,丁酉社时期的扬州,对西北的向往是文人的地域想象空间一个重要的组成部分。

根据现有的史料,我们无法掌握丁酉社所有成员的身份。能够确定的是,成员基本上都以居住在镇江及其周围的文人为主,但就籍贯而言,却不局限于某一特定地点。可是李楷、孙枝蔚等人在结社时，却把社集的渊源与对秦地的认同结合起来。我们应该如何理解这样的论述？首先，"秦"作为一种地域和文化概念的意义，必然得在人群进行跨地域交流的过程中才能彰显，例如"力振秦风"这样的说法，只有在作为"我们"的秦人和"他者"接触的过程中，其中一方或者双方为了建构某种文化想象或理想才有意义。换言之，像丁酉社这一类的士人团体，虽然和日本德川时期的审美网络一样，具有打破地域限制、促成跨地域社会空间形成的功能，但同时却也展现强烈的地域色彩，甚至从理念上强化了地域性的差异。

具有相同背景的秦地文人在扬州的结社活动，在改朝换代的前后二十年间就呈现了两种不同的形态，因此我们在研究这些士人组织时必须特别留意个案的特殊性，但这并不表示我们不应该从这些不同的个案中寻找共性。例如直社和丁酉社就有一定的相同之处。两社都是扬州以盐商为主的移民社会中特定的政治、经济和人文环境下的产物，有一定的地域特殊性，且无论是复古以整顿士风，或是振秦声以图用世，两社的宗旨都相对明确，不是一般的文人雅集。另外，两社也缺乏像王士禛这样影响力遍布大江南北，能让红桥修禊升格为一种具有指标意义的全国文人网络的新型士林领袖。在17世纪上半叶，这些小型的、宗旨、历史各异的地方性士人社团遍布各地，我们要了解明清之际的士人网络和组织，或者就得认真看待孙枝蔚所谓"天下，一乡之推也"这样的意见，从这一个个的个案入手，自下而上探讨其中的分歧与在某些情况下（如复社）整合的过程。

近世日本知识人的游学与社集：以柴野栗山及其交游网络为例的探讨

田世民[*]

一、前言

近世（1600—1867）日本德川幕府配合禁教措施施行严格的"锁国"政策，除了禁止西班牙、葡萄牙等天主教国家来航通商，也

---

[*] 田世民，台湾南投人，京都大学大学院教育学研究科博士，台湾大学日本语文学系副教授。研究领域：日本文化思想史、东亚比较思想史。代表作：《近世日本における儒礼受容の研究》（2012）、《近世日本儒禮實踐的研究：以儒家知識人對《朱子家禮》的思想實踐為中心》（2012）、《詩に興り礼に立つ——中井竹山における'詩経'学と礼学思想の研究》（2014）。译作：清水正之著《日本思想全史》（2018）。本文系"科技部"专题研究计划（MOST 105-2410-H-032-053-MY3）【近世日本游学思想史——以儒者医家的学问信息互动及经世思想、海防论述形成为视角的考察】的部分研究成果。

将与荷兰、中国的贸易限制在长崎一港。人民被严禁渡航出海,但在日本国内却是人事物往来互动频繁的社会。近世初期,中国正值明清鼎革、动荡不安之际,有不少儒家知识人及僧侣东渡日本,主要落脚长崎并与日本儒者、文化人有密切的互动。例如,抱着反清复明之志,并有向日本幕府乞师之举的朱舜水(1600—1682)初来乍到长崎,生活并不容易。柳川藩(今福冈县柳川市)的安东省庵(名守约,1622—1701)为了亲炙学习中国正统之学,特地慕名赴长崎入舜水门下,并与戴笠(独立性易,1592—1672)等人有所交流。① 而且,将自己的俸禄相赠以半,侍奉舜水无微不至,蔚为中日文化交流史上之美谈。② 省庵的时代也许尚无"游学"之名,但从近世日本广义的游学史来看,省庵的师事舜水不失为好学学子游学长崎的先驱。当然,这个与近世中后期以学习荷兰语及西洋医科学(兰学)为目的的长崎游学不可同日而语。

　　近世日本的学子抱着满腔学习最新学问知识的热诚,以及背负着家族或自藩的期待,离乡背井远赴学问的先进地游学,其个中的甘苦和实际的出游感受与近代以后赴海外留学相比,其实并无太大的差异或更甚之也不一定。但是,以当时一般的用语或制度化之后的名称来说,"游学"一词还是较适切的用语。研究藩校教育史及游学制度的高木靖文对于"游学"一词,根据津山藩(今冈山

---

① 有关戴笠的生平、思想与著作,以及与时人的交流,可参看徐兴庆编著:《天闲老人独立性易全集(上下)》,台北:台湾大学出版中心,2015。
② 青山延于《文苑遗谈》曾提及:"初先生之在长崎,贫困,衣食不能周,富商或以金馈之,不受,《外集》与何二使书)。柳川人安东守约(字鲁默,号省庵,仕柳川侯)师事先生,析俸之半而馈之,先生甚德之。"引自徐兴庆编:《新订朱舜水集补遗》,台北:台湾大学出版中心,2004,卷四《跋、诗、题、赞、祭文》,第257页。

县津山市)的史料《建学奏议》将在校内寄宿修行者称为"留学"（留校学习——笔者按，以下同），而赴他地修业者称为"游学"的用例，将学子赴三都（京都、大阪[大阪在近代以前的通称]、江户）、长崎学习者称为"游学"。①

初期的游学通常是个人为了在京都等文化的先进地学习最新的学问技艺，携束脩扣某位儒者或师匠之门，在其门下学习修业。游学蔚为风气之后，为了提供来自日本各地至京师拜师学艺的学徒选择合适的师门，遂有记载医家、儒者、书家等各类师傅住所录的刊物出现。竹下喜久男指出，播磨（今兵库县）一带的学子为了学习先进的汉学、医学知识及地利之便等原因，有多数人选择游学京都。宝历期（1751—1763）以降，上方（京坂一带）的学界大放异彩，来自各地的游学生激增，不久即"为他邦人游学京师者"而出版居住在京都之艺文家的住所录《平安人物志》，而这样的住所录一直到幕末为止共改版了九次之多。② 当然，播磨出身的学子未必均游学京都，除了三都，游学九州日田广濑淡窗（名建，字子基，1782—1856）的咸宜园等学塾的也不少。学习的内容主要是汉学及医学（包括兰医方），亦有汉兰折衷的情形。

根据竹下制作的近世日本学塾播磨出身学生数统计表，儒学方面聚集最多播磨出身学子的是京都的皆川淇园（名愿，1734—1807）弘道馆、69人；其次是大阪的筱崎小竹（1781—1851）、57人；

---

① 参见高木靖文:《近世における藩校来学と遊学制度》，《名古屋大学医疗技术短期大学部纪要》，第7卷（名古屋，1995），第63页。
② 竹下喜久男:《近世の学びと遊び》，京都：思文阁出版，2004，第Ⅱ部第一章，《播磨の遊学生たち》，第103页。

以及京都古义堂的伊藤东涯(名长胤,1670—1736)、54人。医学方面聚集播磨学子最多的是纪伊国(今和歌山县)的外科医、在1804年缔造世界最早全身麻醉手术(乳癌)壮举的华冈青洲(名震,号随贤,1760—1835)的春林轩、51人;其次是京都的贺川有斋(名满卿,字德夫,1733—1793)、46人;以及青洲之弟、在大阪开设家塾合水堂的华冈鹿城(名文献,字子征,1779—1827)、39人。① 为何播磨的游学风气会如此兴盛?竹下认为,播磨附近有多所私塾,可以提供本地子弟手习塾(京坂一带称"寺子屋")基础教育以上之中等程度的学习内容,成为往后年轻人有志游学的一项重要契机。例如,赤穗(今兵库县赤穗市)有赤松沧州(1721—1801)的静思亭、沧州弟子神吉东郭(1756—1841)的观善舍。龙野(今兵库县龙野市)有股野玉川(1730—1806)的幽兰堂。播磨附近的备前(今冈山县)则有闲谷学校。以上所介绍是游学京都之播磨出身者的例子,其他还有许多来自日本各地的学子自不待言。

除了个人为了精进学问医术、拓展视野人脉而赴三都、长崎等地游学,近世诸藩也认识到培育人才的重要性,陆续将游学制度化、提供一定的经济支持,派遣藩士、藩医出外游学,吸取新知并搜集各地的先进信息。研究近世诸藩游学史的渡边实指出,"近世诸藩设计游学制度的目的,是为了培育家业世袭者的侍讲、师讲、师匠、教授、助教等师范役以及藩医等为政者,此时会给予游学生搁置家禄或二人扶持、三人扶持的藩费或私费,以及一般约三年的研修期间"。以全日本来说,游学制度见于诸藩,尤其集中分布于关

---

① 前揭竹下喜久男:《近世の学びと遊び》,第101页。

东、中部、近畿等区域的各藩,但以制度成立较早、内容充实度来说,东北及九州诸藩居于先驱的地位。东北的盛冈藩及九州的大村藩早自宽文年间(1661—1673)即有派遣藩士游学的例子。渡边分析指出,近世诸藩的游学制度首先发生于日本南北的偏远地区,之后延伸至当时的文化地带的周边区域,到了幕末明治时期则普及全国。① 有趣的是,在近世诸藩之中,萨摩藩(今鹿儿岛县)最为轻视游学。这并非代表萨摩藩不重视学问,毋宁相反。江户末期的萨摩藩主岛津齐彬(1809—1858)致力于殖产兴业,自天保(1830—1844)以来与户冢静海(1799—1876)、高野长英(1804—1850)、伊东玄朴(1801—1871)、坪井信道(1795—1848)、箕作阮甫(1799—1863)等著名的兰学者建立如同家臣般的关系,积极招聘优秀的洋学者。渡边分析指出,近世诸藩的游学开始期与藩校的创设期同步,以宽政(1879—1801)和天保为二大顶点,而集中于天明(1781—1789)至天保年间。②

即使到了明治时期,仍有藩校派遣学生到外地游学。例如,尾张藩(今爱知县)的藩校明伦堂在明治元年(1868)九月派遣句读授高田饭次郎赴"京都吉田学习馆寄宿"。而明伦堂正式开始选考"游学生"则是在同年十一月底以后。最初的选考有九名应试,最后选出五名,其中海部辰次郎、丹羽清五郎二人赴肥前平户藩师事山崎暗斋(崎门)学派的楠本忠藏(端山);猪饲桂次郎、高木铃松、小野竹三郎三人赴长崎师事长川退藏。另外,根据端山弟、硕水所

---

① 渡边实:《近世諸藩に於ける遊學》,《日本历史》,第54号(东京,1952),第2页。
② 渡边实:《近世諸藩に於ける遊學》,第3页。

撰之《崎门学脉系谱》,端山门下尾张藩出身的弟子共有七名。[1]

此外,日本近世是各种学问及文艺蓬勃发展的时代。在儒学方面,近世初期以朱子学为主流,继而有阳明学及批判朱子学的伊藤仁斋(1627—1705)古义学、荻生徂徕(1666—1728)古文辞学等学问的出现,随之呈现百家争鸣的盛况。除了儒学,还有对峙于儒、佛等外来思想,借由研究《古事记》《日本书纪》《万叶集》等日本古典以阐扬日本固有文化精神的国学,以及透过荷兰文以研究西洋学术的兰学等学问。相对于部分朱子学者重视儒学甚于汉诗,主张诗是了解人情之重要手段的徂徕学尤其鼓励门人进行诗文的创作。因此,徂徕学的流行也带动了汉诗社集的大量出现与发展。还有,在政治升平经济稳定发展之下,民间亦兴起了各种文艺活动并形成了文人(知识人)同好聚会、吟咏诗歌俳谐为乐的各类社集。这些社集除了具有提供文人交游、切磋文艺等功能,也跨越了武士、町人等身份的藩篱,让不同身份的人士能在此自由交流并忘情于风雅的世界之中。

本文以如上的社会文化背景为前提,拟以高松(今香川县高松市)出身的朱子学者柴野栗山(1736—1807)为中心,探讨其游学江户及京都的历程中与知识社群之间的互动。再者,探讨栗山出仕阿波德岛藩(今德岛县)及幕府儒官之后,如何在学政事务冗忙之余透过举办诗会与文人墨客交游,并且与诸藩儒士建立密切的往来关系。最后,考察栗山的学问观及其以"异学之禁"为中心的学政改革。

---

[1] 高木靖文:《近世における藩校来学と遊学制度》,第73—75页。

二、近世日本主要游学地——三都、长崎与水户

在探讨柴野栗山的游学历程之前,先就近世日本主要的游学地做一说明。如上所述,有志学习先进学问技艺的学子,会选择前往三都的京都、大阪、江户及长崎。近世初期,文化的中心地在京都,之后渐及商业经济重镇大阪、乃至德川幕府的政治中心江户。出版业也有同样的情形,商业出版兴起于1630年代,渐次及于大阪及江户。筑前国(今福冈县)福冈藩士贝原益轩(1630—1714)早年游学京都期间结识了京都书肆柳枝轩,在晚年为众多缺乏汉学素养而想自学提升自己的平民百姓,出版了《大和俗训》《和俗童子训》《养生训》等多部以通俗语言撰写的教训学习书,而这些教训书大多都由柳枝轩出版。游学期间所建立的人际关系的重要性可见一斑。在京都,除了著名的朱子学者山崎暗斋(1618—1682)及其弟子浅见䌹斋(1652—1712)分别开设的学问塾、古学派伊藤仁斋(1627—1705)、东涯(1670—1736)父子主持的古义堂,以及兰方医新宫凉亭(1787—1854,游学长崎,师事吉雄权之助、荷兰人医师)所主持的顺正书院,如前所述各种学问技艺的学塾提供各方的学子游学修业的选择。

邻近京都的大阪也是人文荟萃、众多学子选择游学的都市。例如,享保九年(1724)由大阪本地商人出资,延揽三宅石庵(1665—1730)等名儒担任教授的怀德堂书院,在中井甃庵(1693—1758)的奔走努力下,于享保十一年(1726)获得幕府"官许"的认可,成为与江户昌平黉匹敌的学塾。特别是在第四代学主中井竹

山(1730—1804)的主持之下,校务蒸蒸日上,全国各地的学子慕名而来游学寄宿于此,各方的俊才名士途经上方一带时也必定会到此一游、与竹山等诸儒交流切磋。这里与近世后期由汉学者藤泽东畡(1794—1864)成立的泊园书院,以及兰学医者绪方洪庵(1810—1863)成立的适塾等著名的学问塾成为大阪重要的知识信息交流网络,聚集了来自全国各地的游学生。

江户除了有许多儒者、兰学者所开设的私塾,幕府的学问所昌平黉更是江户的学问重镇,有来自全国各地的精英才子游学修业于此。昌平黉原本是林罗山(1583—1657)得到幕府的援助以家塾的方式经营,之后扩建成为幕府学问所并由林家世袭主持的学校。东京大学史料编纂所现藏自宽永七年(1630)至明治二十年代中期约260年期间入门林家的学生名册《升堂记》(共2786名)。根据参与翻刻这份史料并撰写解说文的桥本昭彦引述石川谦《日本学校史的研究》的研究指出,林家塾的门人从旗本、御家人等幕府关系者,乃至藩主及其一族、藩士等诸藩关系者,还有浪士、乡士、町儒者、町医、社家(神社神职者)、农民、商人、艺能者等庶民,包含的阶层非常广泛。门生出身的地区自北方的松前(今北海道)到南方的萨摩,共有60国之多。[①]《升堂记》虽然只是入门林家学生的名册,但是除了有学生本人的姓名、身份职称,大部分还附记有介绍人的名字,对于了解来自外地的游学生是透过何种渠道及人际关系入门林家一事是非常重要的史料。此外,因为该史料是依入学年份记载,故可以借此了解同期入学的游学生有哪些人,以及其横

[①] 关山邦宏编:《"升堂记"(东京大学史料编纂所所藏)翻刻ならびに索引》,千叶:和洋女子大学关山研究室,1997,桥本昭彦:《解说》,第166页。

向联结的情形。桥本也指出:"《升堂记》光是入门者就接近二千八百人,加上介绍者及入门者的父兄、上司、主家等则记载了超过五千个人名,其利用价值无可限量。今后期待以《升堂记》的利用为主轴,透过比较检讨入门江户林家之游学者的出身地,以及与其他有名学舍(例如日田的咸宜园或大阪的适塾等)的门人做比较,还有调查与其他教育机关的联系关系等,能够辈出具有文化交流史视角的基础研究。"[1]

除了三都,长崎是另一个游学的中心地。如前所述,流亡或因特定目的渡海来日的中国人皆先落脚长崎,此外长崎也是葡萄牙、荷兰等诸国商人聚居之地,欲学习唐话(当时的中国话)或荷兰语的人会到这里向精通外国语言、专事翻译的"通事"学习。不过,以汉学来说,比起三都,长崎并不是最主要的游学要地;但在近世中后期兰学学习热潮兴起后一跃成为重要的游学圣地。研究近世中期著名的博物学者、戏作家平贺源内(1728—1779)的芳贺彻指出,源内算是以学习兰学为目的游学长崎(宝历二年,1752)较早的例子,开风气之先。江户的兰学者、特别是多数初期的学者,并没有亲自赴长崎游学,而是与每年(宽政二年[1790]以后改为五年一次)赴江户参府的荷兰商馆长一行人,以及随行的长崎通词在江户的旅宿会面,并且与他们"对话"来获得新知。不过,在源内之后也出现像仙台的林子平(1738—1793)这样有行动力的学者,分别在安永元年(1772)、安永四年(1775)、安永六年(1777)、天明二年(1782)先后四次下长崎,探求最新的海外信息而撰就《海国兵谈》

---

[1] 关山邦宏编:《"升堂記"(东京大学史料編纂所所蔵)翻刻ならびに索引》,桥本昭彦:《解说》,第166页。

这部名著。安永七年(1778),丰后国(今大分县)哲人三浦梅园(1772—1789)本人偕同长男及十一名塾生,赴长崎进行为期一个月的修学旅行。而与平贺源内交往密切的司马江汉(1747—1818)则是在天明八年(1788)沿途得意地展示自制的铜版江户风景,并前往长崎游历。① 芳贺甚至认为,平贺源内如果没有游学长崎经验的话,也许终其一生只是赞岐(今香川县)的才子、地方上的一介名士而已。② 可见游学对于地方出身的优秀学子在拓展视野及人脉、增广见闻,以及深化学问知识上所发挥的重要作用。

此外,水户自好学的德川光圀(1628—1701)就任二代藩主以来,礼聘朱舜水(1600—1682)为宾师,并在其协助之下致力施行儒家礼制。同时,设置史馆编修国史(即之后的《大日本史》)、编撰《礼仪类典》《神道集成》等礼仪制度史料,奠定水户藩的文教基础,使其成为江户之外东日本另一个学术重镇。特别是在立原翠轩(1744—1823)等人恢复编撰《大日本史》,并在藤田幽谷(1774—1826)、青山延于(1776—1843)等人主持彰考馆的编史事业之下,使水户的学问有更坚实的发展。后期水户学的会泽正志斋(1782—1863)标举尊王攘夷、一君万民的政治神学著作《新论》更是驰名全国、学者争相誊抄,让各方有心救亡图存的志士豪杰纷纷游学水户,入正志斋门下,并与九代藩主德川齐昭(1800—1860)乃至藤田东湖(1806—1855)等尊攘派人士有密切的交游互动。

例如,出身筑后国久留米藩(今福冈县)的村上量弘(1819—1850,字士精、通称守太郎)随藩主有马赖德赴江户后,在昌平簧学

---

① 芳贺彻:《平贺源内》,东京:朝日新闻社,1989,第43页。
② 芳贺彻:《平贺源内》,第41页。

习外亦师事松崎慊堂(1771—1844)。之后在天保十三年(1842)至翌年游学水户、入正志斋门。之后将此间的见闻撰为《水户见闻录》。① 量弘除了师事正志斋,也从学于藤田东湖,与二人门下有密切的交流。并且,在这段时间内游历东北、北陆,调查诸藩的藩政。在量弘结束游学欲归国时,正志斋特撰《送村上生序》一文以作为饯别。文中曰:

久留米村上生,名曰量弘,字士精,在余门两岁,探奇奥羽数月,今江西归。安饯之以言曰:吾子离乡远游,而余则眇然一病夫,老懒日甚,何足以副子之望。然子之来,其所以览物之意,于前数者,必有一二焉。(中略)今以其立志之笃,求道之锐,于经世之务,故既致思焉。而跋涉山川、追念古人,以自奋励,则其所以报国家者,岂与寻常游历,徒毙剑履费日月,以逆旅为家而止者同哉。谈至于此,安也虽老矣,伏枥志存,犹将攘臂而神交于数千里外也。今夫仕于国者,各尽忠其君而足矣。然天下之士固友天下之士,苟为日域之民,则固仰日胤之照临,而共奉大将军之政令。至于若其息邪之言,膺惩之策,戮力以摈猾夏者,则同袍之义固为一国,苍海即天池,八洲即一城,东西虽悬,势齐同舟。踏大义以报天祖,何别彼此也。此可以送子之行矣。(后略)②

---

① 收入久野胜弥编著:《他藩士の见た水户》,水户:水户史学会,1991,并参同书解说,第201—205页。
② 会泽正志斋:《正志斋文稿二》,东京:无穷会神习文库藏寺门诚写本,抄写年不详,第106—107页。亦见久野胜弥编著:《他藩士の见た水户》,第202—204页,文字少异。

由此可见，村上量弘游学水户的目的除了师事正志斋、东湖等人之外，致思经世之务、游历诸藩以求报效藩国亦是他所怀抱的志向，这点得到了正志斋的肯定及鼓励。

大体而言，近世日本学子移地游学的修业内容主要是汉学（包含各学派的儒学）、医学及兰学。尤其到了近世后期，兰学的学习热潮甚至有凌驾汉学之势。渡边实指出，幕末的江户和大阪的私塾聚集了许多游学生。自天保期以降有"江户的三大兰方家"之称的坪井信道的日翌堂门人前后有数百名。伊东玄朴的象仙堂，根据其传记所收的门人姓名录有门人406名，大阪绪方洪庵的适适斋塾（又称适塾）据说从天保九年（1838）至文久二年（1862）为止的24年间，前后共计有三千余名弟子（较可靠的数字是636名）之多。①

此外，到了幕末，鉴于充实国防体制有必要"知彼之学术"，游学修业的主轴由兰学转移至兵学。当时，即使藩命游学的目的是"医学修行"，其实质却往往是研究西洋的兵学。例如，南部盛冈藩（今岩手县）的大岛总左卫门（高任）最初游学江户，师事箕作阮甫、坪井信道、伊东玄朴等人研究兰医学，之后转为游学长崎，钻研西洋兵法、炮术采矿、制炼等学问技术。在嘉永二年（1849）4月归藩后于同四年（1851）任"御铁炮方"，并在水户藩兴起铸造大炮之议时，自嘉永六年（1853）至安政六年（1859）正月，受雇于同藩，完成了吾妻台的两座反射炉。其间，为盛冈藩建设制铁用高炉，为水户藩开拓反射炉用铁材供给之道，开创了水户藩幕末活动的泉源。②

---

① 渡边实:《近世諸藩に於ける遊學》，第7页。
② 渡边实:《近世諸藩に於ける遊學》，第5页。

三、柴野栗山游学江户与京都

柴野栗山是活跃于18世纪日本的朱子学者,生于赞岐(现香川县)三木郡牟礼村,名邦彦,字彦辅,别号古愚轩。10岁时入高松藩儒官后藤芝山(1721—1782)门学习儒学,18岁时随同藩藩士中村君山(1701—1763)赴江户游学,入林凤谷(1721—1774)门并在昌平黉学习。根据林家塾的入门者名簿《升堂记》,在宝历三年(1753)条下记载:"五月十九日入门/后藤弥兵卫口入/柴野彦助。"①可知栗山是在后藤芝山的斡旋之下进入林家学习的。值得一提的是,栗山受学于后藤芝山,芝山之子日后亦受学于栗山,而且栗山的门人也教导栗山之子,两代之间建立起浓厚的师生情谊。栗山养子允升(1773—1835,号碧海,栗山弟贞谷之次男)所编纂的《柴野家世纪闻》写道:"先君受学于芝山先生,而嗣子元茂,来学于先君。先君于藤氏两氏可谓为师为弟矣。菊池万年、横野子与、山田政辅、后藤元茂,受学于先君,而训导升(指允升)等,亦于柴氏两世可谓为师为弟矣。"②

在江户,栗山虽然是林家的门人,主要则是师从室鸠巢(1658—1734)门下的中村兰林(1697—1761)学习《书经》等学问。《柴野家世纪闻》写道:

---

① 关山邦宏编:《"升堂记"(东京大学史料编纂所所藏)翻刻ならびに索引》,第44页。
② 柴野碧海:《家世纪闻》,收入驹井乘邨编:《莺宿杂记·别录》,日本国立国会图书馆藏抄本,抄写年及抄手不详,卷十四、十五,无页码。以下引《家世纪闻》,不另标注。

先君(指栗山)于先儒,经术推鸠巢,典章推白石。其序《锦里集》,粗言之矣。故在昌平,又尝事中村兰林先生。先君尝言:"听其讲《书经》,初间听者颇多,经久寖少,比至卒业,则唯先君一人。初先生亦不过庸众视之,及至一人,始奇而语之。"

亦即栗山在兰林门下听其讲授《书经》,一开始人数颇多而逐日递减,最后仅剩栗山一人待至卒业。在众多门生之中栗山的好学精神逐渐受到中村兰林先生的注意,而得到他进一步的指导。

栗山游学江户期间结识诸多师友,并在此建立起良好的学问基础。之后,栗山在30岁时游学京都,师从高桥图南①(1703—1785)学习国学,并且与皆川淇园(1734—1807)、富士谷成章(1738—1779,淇园胞弟)、清田儋叟(1719—1785)等儒者、国学者交游,为日后(32岁)受聘为阿波德岛藩儒官并且担任驻京儒者、进一步在京都拓展交游网络奠定了基础。有关高桥图南,碧海曾在《柴野家世纪闻》中提到:"图南先生,升犹及事之。时年八十余,精神充溢,气貌浑厚。先君尝言:'先生所事,典章之末耳。性命之学则未有所闻。然操履之严正,持守之坚定,求之学者中,未见其比,盖天分高也。'"

在京都游学期间,栗山与皆川淇园等人交游密切,之后更与淇园及赤松沧洲(1721—1801)等人组织"三白社"。(后述)柴野碧海《家世纪闻》记录栗山与淇园的交友,说:"在京,唯皆川淇园先生

---

① 有关栗山对高桥图南的记述,参见柴野栗山:《故御厨子所预从四位上行若狭守纪府君墓志铭并序》,收入《栗山文集》,国文学研究资料馆藏天保十三年(1842)桐阴书屋锓板,卷四,第11b—14a页。

最旧。先生学术诡异，操行不检，然先君不失其为故。"此外，栗山曾为淇园所著的《淇园诗话》作序，曰：

  余嘉时人稍知恶明人王李七子之轻佻牵强焉，而病其纤弱鄙细，日趋于衰晚之气也。（中略）此岁冬得暇归京，友人皆川伯恭，首示《诗话》一卷。其谈诗，特于精神格调，缱缱致意，而一以盛唐为标准，钱刘以下，则不屑。其论四唐之品，及明人之失，衡悬度设，不失平量。其他篇章之体裁，与字句之法局，至乃证引解故之细，皆凿凿可据。其于诗道，盖亦尽矣。而伯恭诗高古雅健，以领袖后进，其所言乃其所能，则非如余之取笑比也。则余知此编出，而夫恶王李而不得门者，知方向矣。而向笑余者，亦知其言之不大悖矣。余是以喜伯恭此书非浅浅，故于其属序也，不复辞云。①

  出身赞岐农家的栗山为了精进学问而先后前往江户及京都游学，并在两地建立起稳固的学问基础与厚实的人脉。这些都为他日后历任阿波德岛藩及幕府儒官的仕途奠定了重要的基础。更进一步说，游学在近世日本不仅仅是莘莘学子追求先进学问、充实自我学识的管道，更是突破身份限制、力争上游的一大途径。近世日本没有如中国或朝鲜的科举制度（但是儒学在近世后期有一定的制度化），因此日本的学者没有因科举及第而跻身仕途此一明确的

---

① 参见《淇园诗话序》，收入《栗山文集》卷二之上，第 2b—3b 页。根据新潟大学附属图书馆佐野文库藏皆川淇园《淇园诗话》刊本（刊年不详）卷首所载柴野栗山的序，纪年为"辛卯十二月"，可知此序写于明和八年（1771）。

仕宦管道。① 不过,即使非武士身份而出身低微的知识人,亦有因其学识能力获得上位者肯定而破格录用的情形。栗山便是凭着他的学识与人品,并在丰富人脉的奥援之下获得了执政者的青睐,而得以平步青云,在出仕阿波德岛藩之后更上层楼,出任幕府的儒官。

四、出仕阿波德岛藩及幕府儒官

(一)三白社

栗山在明和四年(1767)32 岁时出仕阿波德岛藩,并在皆川淇园义兄合田如玉(1725—1781,阿波德岛藩儒官。淇园是如玉妻之弟)的推荐下,担任阿波藩的儒官,禄 150 石,后升至 400 石。② 栗山主要驻在江户,担任阿波侯(峰须贺重喜)及二公子的侍读。36岁时,栗山担任驻京儒者,并在堀川一带开塾授徒。41 岁,再度派驻江户的栗山,在侍读学务之余,与后藤芝山、大冢颐亭、久保盅斋、村山仲忍③、黑泽雉冈等人频繁举办诗会。

栗山在 45 岁时回到京都,并与赤松沧洲、西依成斋(1702—

---

① 有关近世日本儒者的地位与儒学的制度化,可参看辻本雅史著、田世民译:《谈日本儒学的"制度化"——以十七至十九世纪为中心》,《台湾东亚文明研究学刊》,3:1(台北,2006),第 257—274 页。
② 以下有关柴野栗山的事迹,主要参见太田刚:《阿波と柴野栗山》,《书道文化》,第 12 号(四国大学书道文化学会,2016)所附"柴野栗山年谱",第 78—81 页。
③ 栗山有《与邨山仲忍》一文,收入《栗山文集》卷三,第 9b—10a 页。

1797)、皆川淇园等人组织"三白社",切磋诗文。"三白"一词源自宋代文豪苏东坡之语。根据南宋朱弁《曲洧旧闻》记载,东坡尝与好友刘贡父言:"某与舍弟习制科时,日享三白,食之甚美,不复信世间有八珍也。"贡父问三白何物?东坡答曰:"一撮盐,一碟生萝卜,一碗饭,乃三白也。"贡父大笑。① 赤松沧洲在为皆川淇园的文集《淇园集》所写的序文(1792年序)中,也曾提到三白社名的由来,他说:"曩余来寓都下也,与伯恭(笔者按:淇园之字)及柴彦辅相得而欢。遂相与结社,名曰三白,盖取诸苏子言也。"②

此外,栗山与大阪著名汉诗结社混沌社的片山北海(1723—1790)、赖春水(1746—1816)、木村蒹葭堂(1736—1802)等成员都有良好的交情。栗山在出仕阿波藩长达二十年后,在天明八年(1788)53岁时获得幕府的拔擢,成为幕府儒者并且担任将军及大奥的侍讲。之后,栗山不管在"宽政异学之禁"的颁布,或是幕府学政的改革中都扮演了重要的角色,并且与来自四面八方的名儒雅士都保持良好的交流与互动。栗山个人极为重视在京都透过三白社与众多文人社集之间所建立的人际关系,而且这样的关系在栗山进入幕府之后也一直持续下去。

(二)双玉楼诗会

"双玉楼"是栗山升幕之后的书斋之一,重视交游的栗山在有

---

① 参见朱弁:《曲洧旧闻》卷六,"中研院"历史语言研究所汉籍电子文献,清乾隆鲍廷博校刊本《知不足斋丛书》。
② 参见皆川淇园:《淇园集》,奈良女子大学学术情报センター藏宽政十一年(1799)刊本,第1a页。

客人来访时，都会延请至此并一起饮食欢谈，或是在此进行诗文的应酬、书画的鉴赏等。在双玉楼，栗山会请来客提笔挥毫，而这些文字的集子便是《双玉楼帖》全四册。但是，遗憾的是该集子的原本已散佚。根据阿河準三指出，位于坂出市（香川县）的财团法人镰田共济会乡土博物馆收藏了集录《双玉楼帖》跋文的《柴野栗山先生双玉楼帖书尾记文》抄本一册［抄手是荻田元广，曾在明治三十九年（1906）举行栗山先生百年祭时担任工作人员］。从这册抄本所出现的人名可以得知栗山的交游对象相当广泛，其中包含藩国大名、旗本武士、儒者、国学者、书法家、画家、医生，以及僧侣等。① 该抄本记录了访问双玉楼的文人墨客，可以被视为栗山各方文友们的交游录。时间自宽政元年（1789）至文化三年（1806）的17年间，正值栗山出任幕府儒官后国事鞅掌、极为忙碌的时期。②

"双玉楼"一名源自两只名砚。赖春水《霞关掌录》载："栗山先生有双玉楼一砚，长六七寸，阔二寸许。镌双龙，有古色。又得一砚，圆也。径七八寸，成虬形。谓圭字伯玉，璧字叔玉，故名双玉楼也。皆名砚也。"③碧海在《家世纪闻》也曾提到双玉楼："先君书，初年摸赵松雪，稍变而李北海。中年以后，则意在晋人。深喜阁帖，有手摸二王帖。每遇善本，一波一撇，一一对照，注异同其旁。伊势韩大年天寿，有家刻法书数十种。及其他四方各家刻本，多方求致，手自装褫为帖。双玉楼帖若干函，实皆出手泽。"由此可

---

① 阿河準三：《"双玉楼帖"遗闻—柴野栗山をめぐる人々—》，《艺林》，40：3（石川，1991），第36页。
② 阿河準三：《"双玉楼帖"遗闻—柴野栗山をめぐる人々—》，第39页。
③ 阿河準三：《"双玉楼帖"遗闻—柴野栗山をめぐる人々—》，第38页。

知，栗山善于书法，早年喜摹赵孟頫（1254—1322，号松雪道人），后改摹李邕（674—746，曾任北海太守，故人称李北海）。中年以后，则钟情于晋人的书法。不仅如此，还收集四方各家刻本，自行装褙为帖。①

宽政元年（1789），栗山54岁，此年九月旗本（将军直属家臣）冈田寒泉（1740—1816）获拔擢为昌平黌儒官，辅佐栗山共理学政。《书尾记文》以此年九月、并且以《楚辞》的篇名为始，推测栗山在这年九月某日邀集诸友齐聚双玉楼，在此追思诗人屈原。例如，起首记曰"九章　己酉秋九月　田器（印）"。田器是蒔田必器（1737—1801），号畅斋，通称龟六。伊势山田人，以书法家闻名。栗山在《集古妙迹序》（《文集》卷二）写道："伊势田必器，笔礼，妙绝一时。（中略）安永己亥，来访余于东都客舍。"己亥是安永八年（1779），所以两人已是十年以上的交游。② 除了必器，此处留名的还有安艺广岛藩儒赖春水、幕府奥医师筱崎朴庵、赞岐高松藩儒冈井鼎（号赤城）、京都的国学者藤原贞干（号蒙斋、或无佛斋）等人。

宽政七年（1795，干支乙卯）正月二十八日，栗山在双玉楼举行

---

① 有关栗山的书法，可参看东国惠：《柴野栗山と书——栗山文集·栗山堂诗集等からの考察》，《德岛大学学艺纪要》（人文科学），第34卷（德岛，1984），第25—39页。
② 阿河準三：《"双玉楼帖"遗闻—柴野栗山をめぐる人々—》，第40页。有关蒔田必器这号人物，另可参见栗山京游时代以来的友人皆川淇园为必器所收集的书画帖写的序《田必器集书画帖序》，文中提到："伊势田必器，素以善书名于世，数来京师，广与诸名流交。请获其书画甚多，而江阪及他四方诸名家亦求之。日积月蓄而物既甚伙，乃遂以为帖，请余作之序。呜呼，后之观此帖者足以征。方今天下，文风之盛焉矣。夫文辞其得继之以盛焉矣乎。但如文辞与书画，庶人可与之也。至如嘉政与礼乐，非君子不可以作为也。则君子观此帖，岂其可以无所兴志乎哉？可以无所兴志乎哉？"参见皆川淇园：《淇园文集》，国文学研究资料馆藏刊本，刊年不详，卷二，第13b—14a页。

诗会。《书尾记文》记曰:"乙卯首春廿八日,塾生,诗社开席。邀仓成善卿、桦岛世仪、安野公雍同饮。铃木文灊来,作山水花卉数幅。"仓成善卿(1748—1813),名㠑,号龙渚,通称善司,丰前中津藩(今大分县中津市)儒者。《栗山文集》卷二《送仓成善卿序》写道:"仓成善卿,丰前产也。予识之于纪若州之坐。温雅易良,君子人也。游学四年,其师某先生,在乡教授。今将以其召还代其劳,来吾庐告别,且请言。"纪若州是栗山的国学之师高桥图南,可见善卿是栗山在京时代的门人。另外,桦岛世仪(号石梁)是筑前久留米藩(今福冈县久留米市)儒者,安野公雍(号南岳)则是肥后熊本藩儒。①

前面提到三白社的社名来自苏东坡之语,栗山本人非常仰慕东坡,会在东坡游赤壁的10月15日举办诗会,与诗友以《后赤壁赋》的文句分韵吟诗同乐。《书尾记文》记曰:

十月望,以后赤壁夕宴诸子。古贺淳风、辛岛、仓成、万波、桦岛同会。谷文晁,来写坐客真。分"江流有声,断岸千尺,山高月小,水落石出"十六字得诗。尾藤、冈田、赤崎,以疾。赖千秋,以伯父服,皆期不至。昼间小雨,薄暮忽明景。西岭,霞彩如锦,月色皎然,不负霜露既降,木叶尽脱,人影在地,仰见明月之句。三更而散。

在栗山自邸举办的这场风流之会,客如云集,齐聚双玉楼吟诗

---

① 阿河準三:《"双玉楼帖"遗闻—柴野栗山をめぐる人々—》,第44—45页。

作乐,盛况非凡。

　　文中的辛岛是辛岛盐井,名宪,字伯彝,通称才藏,熊本藩儒。《栗山文集》卷三《与辛伯彝》写道:"十月望,欲屈诸君以一醉。是长公后赤壁夕也。幸勿以忽之。公事之外,万有推托迁延,则恐古人笑人也。幸以此意督赤崎以外贵寓近侧诸彦,勿教一鳞漏网是祈。"由此可见栗山对苏东坡倾倒的程度。万波是万波醒庐,名俊成,字伯信,通称甚太郎,备前冈山藩儒。另外,与此时诗会有关的记载又见赖春水的《春水遗稿》卷五,其中收录一首题为"十月望,栗山堂雅集。余有干不能赴。诸子分'江流有声,断岸千尺'八字为韵。主人见付余尺字"的五言诗,曰:"赤壁非陈迹,良夜此会客。风月随怀抱,幽兴无今昔。柴子乃苏子,高风通仙籍。携客踞虎豹,对尊𬜯琥珀。逸逸咸既醉,忽闻长啸划。嗟予阻尘事,跂望渺咫尺。我愿为孤鹤,从君终一夕。"①这里记录了春水当日因有事无法赴会,但分韵得"尺"字而有此诗之作。诗中言:"柴子乃苏子,高风通仙籍。"可谓深知栗山之志也。

　　11月15日,缺席后赤壁会的赖春水与赤崎元礼造访栗山。春水在书尾记曰:"十一月望,与海门老兄过柴先生双玉书楼。酒膳丰富。尾学士及万波伯信亦至。晤语及夜。前月之会,余与海门有事不能至。今日之宴,实馨幽怀。何胜抃喜。/赖惟完拜题。"还有,春水更写道:"是时,惟完,袖蕉布数幅而至。以丐先生挥洒。先生一扫以赐。余亦书剡藤数张。亦足以畅幽怀耳。"②

---

① 参见赖春水:《春水遗稿》卷五,国文学研究资料馆藏刊本,全八册,刊年不详,第5a页。
② 阿河準三:《"双玉楼帖"遗闻—柴野栗山をめぐる人々—》,第52—54页。

栗山担任幕府儒官之后,在冈田寒泉(之后还有尾藤二洲及古贺精里)的协助之下大刀阔斧实行学政改革,此外还有固定的讲课及幕府交派的事务等,格外冗忙。但是,栗山仍会在自己的书斋"双玉楼"举办诗会,邀请各方文人雅士前来赴会,并且准备酒肴与文友们应酬饮乐。有时,栗山会在双玉楼设席为知交饯行,①或是好友会借用此楼摆席宴客,②双玉楼俨然成为文人名士们在江户聚会的沙龙。

(三)与赖春水、山阳父子的交友

在《书尾记文》里经常出现的赖春水是栗山众多知交中,频繁诗文往来的人物。春水在天明元年(1781)出任安艺广岛藩(今广岛县)的儒员,并且因担任世子侍读的关系,驻在江户的期间犹长。栗山在天明八年(1788)出仕幕府,此后两人便有频繁面晤的机会。

---

① 例如宽政九年(1796,干支丁巳)《书尾记文》记曰:"丁巳四月初二日,设酒,饯赤崎元礼桢干。同舍者,冈田子强恕、尾藤志尹孝肇、古贺淳风朴、仓成至善卿、中岛潜夫渔、铃木文灊雍。文灊作画,潜夫掺明曲及平语数阕。座客赠别画题之作。亦得数幅。颇酣畅。三鼓,未散。西冈、堀二子不至,独为可恨。"赤崎元礼,名桢干,号海门,通称源助,鹿儿岛藩儒。《栗山文集》卷二收录栗山为元礼著《琉客谈记》的《琉客谈记序》。阿河準三:《"双玉楼帖"遗闻—柴野栗山をめぐる人々—》,第45页。

② 文化元年(1804)4月14日,栗山京游时代以来的门人菊池绳武借栗山邸内三年前竣工的"对岳台"设宴留别。《书尾记文》记曰:"将南归,借对岳台,薄设留别。会者,二洲先生及黑泽口、赖万祺、仓成善卿、菅礼卿、盘子言并台主先生凡八人。画生谷文晁、文一、铃木灊、吴主善、钏云泉、文泉,同归人长徽亦来醉。诗画纷作,乙夜而散。颇盛兴也。/文化元年四月十四日,菊绳武记。"菊池绳武,字万年,号守拙,通称八太夫,高松藩儒。阿河準三:《"双玉楼帖"遗闻—柴野栗山をめぐる人々—》,第57—58页。

之后,宽政十二年(1800)在栗山上书推荐之下,春水与鹿儿岛藩儒赤崎元礼出任幕府学问所的讲官。栗山的诗集《栗山堂诗集》收录多首栗山致春水的诗,同样的,山阳为其父春水所编集的诗文集《春水遗稿》也收录了十余首春水致栗山的诗文。

例如,宽政十二年(1800)春水访栗山宅,因栗山出示栗石一颗并有五言诗前二句,请春水继之,故有以下《栗假山并序》一诗:

栗翁之物也。盖其乡栗山之栗,化而为石。其形槎枒,其质玲珑,真可把玩。翁口占"栗栗栗山栗,化为五劔一"二句,命余继之。栗山一曰五劔山云。

栗栗栗山栗,化为五劔一。能移千仞山,忽在方丈室。锋锷割忧愁,光芒照卷衮。造物似私君,非关缩地术。①

栗山在给春水的书简《答赖千秋》一文中,答谢春水为其所作的"栗假山"诗。栗山写道:"仰俯领栗化石盛作,奇韵奇语,顿使人目明耳聪。一块顽石,更生一段光耀。荣感荣感。"②

春水曾作《探梅》诗③赠栗山,并请益栗山寻梅之诗该如何?故栗山有《探梅》《寻梅》之作:

---

① 赖春水:《春水遗稿》卷五,第 2b—3a 页。另参见藤川正数:《柴野栗山三考》,《香川大学教育学部研究报告第Ⅰ部》,第 40 号(香川,1976),第 20—21 页。第六句的"卷衮"藤川文作"卷袟"。
② 《栗山堂文集·书牍》,参见藤川正数:《柴野栗山三考》,第 21 页。
③ 赖春水:《探梅分韵得斜字》:"探梅出郭二三里,不厌江风取路赊。数亩林园鸟啼处,一间茅屋水流涯。思八驿使春光远,报客逋仙鹤影斜。归入都门软尘里,唐花多在卖花家。"《春水遗稿》卷五,第 14b 页。

千秋词伯见示探梅作,云探梅之作则如此矣,其寻梅乃何若?因次其韵,吟得探寻二首,不知其合否?且录去请教。

探梅

探春未识春何处,林巷林蹊不厌赊。认雪迷来幽谷底,听莺误到小桥涯。淡香将待吟风放,瘦影应横落月斜。隔水柴门双鹤护,生憎远韵逋仙家。

寻梅

相思逢着瑶台下,不厌十千酒重赊。犹谓怯寒睡妆阁,谁知窃暖笑阳涯。微唫须伴莺声狎,醉倒好同龙卧斜。落月横参牢牢记,重寻可误美人家。①

春水得到栗山探寻二作之后,更有《寻梅效栗翁体》一诗之作:"梅花寻得如逢友,契阔周年月日赊。数点分明横竹外,一枝恰好寄天涯。佳人淡月钿光直,高士微风巾影斜。岂与群芳争殿最,品题祇合属诗家。"②

享和三年(1803)春水即将西归艺洲之际,有诗赠栗山作为留别之作:

留别柴先生

---

① 柴野栗山:《栗山堂诗集》,收入富士川英郎、松下忠、佐野正巳编:《诗集日本汉诗》,第7卷,东京:汲古书院,1987,卷三,第47页。《春水遗稿》卷五,第15a—15b页亦收录栗山的诗,文字稍有不同。
② 《春水遗稿》,卷五,第15b页。

将归数来访,每访滥君庖。铜鼎煮茶蕊,瓦垆煨竹苞。琴书作良伴,风月又佳肴。纵使如萍遇,安知非石交。①

对此,栗山亦以一首和韵之诗相赠:

病中迎千秋叙别,适厨中寒俭无可以为礼,漫言此以俯筯。惭愧惭愧。

力病相迎入,回头问宰庖。叩尊纵有酒,倒屣恐无肴。残豉才存碟,香柑只遗苞。幸能欢醉别,始可称心交。②

从栗山与春水两人诗文往来的字里行间之中,可以窥见二人相知相惜,互为"心交"之情。

赖山阳(1781—1832)自幼即善作诗,给常驻江户的父亲春水的家书里经常有诗,父执辈们看到之后也都颇为赞赏。萨摩藩儒赤崎彦礼将此事告诉栗山,栗山认为春水应该培养嗣子为"实才"而不应以"词人"为志,劝春水让山阳读史,并以《通鉴纲目》为首。山阳在多年后重读《通鉴纲目》时,忆起这段往事,在《读通鉴纲目》一文中留下这样的文字:

正史,一事散见数处,欲观治乱,莫若《通鉴》。而纲目可以晰其条绪,不必拘义例。襄十三岁时,先人祗役江门,家信中时有襄

---

① 《春水遗稿》卷五,第17b页。
② 柴野栗山:《栗山堂诗集》卷四,第51页。《春水遗稿》卷五,第17b页亦收录栗山此诗,文字稍有不同。

诗,诸老人偶见奖赏。萨藩赤崎彦礼先生,语之柴野博士。博士曰:"千秋有子,不教之成实才,乃欲为词人乎?宜使先读史知古今事,而史自《纲目》始。"赤崎先生西归,过艺谂襄,襄乃发愤读之。后十八岁东游,过谒博士。博士问读《纲目》否?曰:"虽不能尽读,领大意耳。"博士曰:"可矣。"因语昔劝某侯读此,侯后当路职剧,尝叹谓我曰:"吾熟《纲目》,其书法发明,亦谙记不失。今则忘之矣。"余对曰:"佳忘也。"襄唯唯而退。当时恨不数诣听其绪论,今虽碌碌如此,学知所向者,博士之赐也。今偶读《纲目》,记起此事。距今三十余年矣。忆博士大声笑谈,口角出沫,犹在眼也。己丑(文政十二年[1829])九月四日。①

众所周知,赖山阳不但精于诗文,更善于修史,有《日本外史》《日本政记》等著。从以上这段往事看来,栗山可谓山阳在读史方面的启蒙之师。山阳本人也对栗山心存感怀之情,有《望五剑山,有怀故柴栗山先生》的诗作,曰:"南望赞岐州,遥指五剑山。山峰如列剑,峭立众领端。正襟遥拜之,非山思其人。柴公吾父执,实产出其间。应运振颓俗,天意秀气攒。吾少瞻其貌,有似此屡颜。虽非甚魁梧,自拔群贤班。谈论挺锋锷,文辞癯不寒。顾吾谓可教,朽木庶雕剜。当时贪嬉乐,悔不屡往还。前辈日已远,从谁鞭驽顽。典刑今安在,山容独巉岏。"②如上种种,均明显可见栗山与

---

① 赖山阳:《读通鉴纲目》,收入若山屋茂介出版:《山阳先生书后》,日本国立国会图书馆藏天保七年(1836)刊本,卷中,第21a—22a页。另参见藤川正数:《柴野栗山三考》,第16页。
② 藤川正数:《柴野栗山三考》,第17页。

赖氏父子之间深厚的情谊。

(四) 与水户藩主及藩士立原翠轩的交友

栗山出任幕府儒官之后,与诸藩藩主及儒士均有往来。尤其,与水户侯(德川治保)关系密切,①与该藩藩士、之后出任彰考馆的立原翠轩(名万,字伯时)更是经年的好友,时常书信往来。

宽政三年(1791)3月26日,翠轩访问双玉楼,《书尾记文》记曰:

宽政三年辛亥三月廿六日,为栗山先生书
(悲时俗之迫云云)
水户立原万(印)

与栗山同为善书者的翠轩应栗山之请,写下了《后汉书·冯衍传》里"悲时俗之险厄兮,哀好恶之无常"等的字句。②

栗山是透过同样出身高松、之后出任一桥家儒者的好友久保仲通(1730—1785,号盅斋)认识翠轩。栗山在《送长久保子玉序》一文中曾说:"伯时余得之我友保仲通。仲通性识精严,少所许与,而于伯时称之不舍。则吾未识伯时面,然于其为人与学,固信不疑

---

① 《家世纪闻》亦记曰:"列侯之招致先君者,仙台侯、荻侯、水户侯、林田侯。就家而见者,大渊侯、小田原侯、三田侯。而水户侯最为亲密,至赐亲书手简。"
② 以上参见阿河凖三:《"双玉楼帖"遗闻—柴野栗山をめぐる人々—》,第43页。

也。"①指出盅斋个性严谨,极少称许他人,但对翠轩却极为赞誉。因此,栗山在尚未亲晤翠轩之前,已对其为人及学问深信而不疑。

栗山与翠轩经常透过书信的往来,彼此问候并交换意见。九州大学中央图书馆藏有两人往来的书信《柴立书简》乾坤二册,根据翻刻此书简的秋山高志所言,两人的书信往来自明和七年(1770)至文化二年(1805),亦即自栗山35岁、翠轩27岁至栗山70岁、翠轩62岁,总计97封之多。② 两人的书简主要涵盖(1)和汉书籍的照会及借贷;(2)典章制度的考证;(3)书肆及学者的动向;(4)法帖的刊刻;(5)久保盅斋的墓碑等内容。③

以(4)法帖的刊刻为例,书简集里散见两人互相提供碑帖的信息,以及托付刊刻的内容。栗山会请翠轩挥毫,并且提供翠轩所需要的"纸绢"。④ 同时,知道翠轩爱好收集碑帖,栗山有发现较稀奇的碑额时,也会摹写寄示。例如:栗山在一封7月18日的信后追记曰:"二白　日前摹写东福寺藏东坡、宸奎阁碑额,寄呈尊览。"《宸奎阁碑》全名为《明州阿育王广利寺宸奎阁碑》,是东坡为阿育王广

---

① 《栗山文集》卷二之上,第10a页。
② 秋山高志:《立原翠轩宛柴野栗山书简集(一)》,《目白大学人文学部纪要地域文化篇》,第8号(2002),第65—84页。秋山高志:《立原翠轩宛柴野栗山书简集(二)》,《目白大学人文学部纪要　地域文化篇》,第9号(东京,2003),第61—76页。但是,如同秋山所言,两人的书简因为只有月日而无纪年,故能够确定这97封书简个别年代的非常少。参见秋山高志:《立原翠轩宛柴野栗山书简集(一)》,第69页注3。
③ 秋山高志:《立原翠轩宛柴野栗山书简集(一)》,第66页。
④ 7月18日栗山给翠轩的书简里写道:"远路往来,如果寄呈之物不符尊意的话,既无益又成驿便之费。故将寄呈吾兄所好纸绢之类。"(原日文)秋山高志:《立原翠轩宛柴野栗山书简集(一)》,第73页。

利寺中怀琏收藏皇帝所赐颂寺诗十七首的宸奎阁所写的碑文。据传宋拓孤本早年流入日本，是东福寺开山祖师圆尔弁圆（1202—1280）入宋归国时带回的重要文献。所以，栗山摹写的应是此碑文。

文化三年（1806，干支丙寅）5月19日，翠轩从水户至热海泡温泉，归途经江户，访问栗山邸，《书尾记文》记曰："文化丙寅夏，予浴热海温泉。归路，留江户数日。五月十九日，携男任访栗山先生。阔别之后，已阻十年余。晤言畅怀，此生之一乐也。先生，眉寿七十一，予马齿六十三，自此后再会难期。回想怅然。翠轩居士立原万。"暌违十年，翠轩再次得晤栗山，并带着嗣子任（字子远，号杏所，水户藩儒，以善画闻名。）前来拜见。想起两人年事渐高，恐怕此后再会难期，不免有些感伤。果如翠轩所担心的，栗山于翌年10月起即卧病在床，并在12月1日于江户骏河台私邸辞世。顺带一提，同行的翠轩嗣子任也留下手记，《书尾记文》记曰："是日，先生出宗藏法书数筐示。予展观终凩，真大快也。其内借二三帖而还。立原任。"另外，《书尾记文》终于此记事。①

五、栗山上书幕府施行宽政异学之禁与推行学政改革

宽政二年（1790）幕府（老中首座松平定信）下达"异学之禁"，亦即禁止幕府的学问所里讲授朱子学以外的异学。众多研究已指出，此禁令是栗山京游时代的好友西山拙斋（1735—1798）建议栗

---

① 阿河準三：《"双玉楼帖"遗闻—柴野栗山をめぐる人々—》，第62页。

山,并由栗山上书幕府而断然实行的。① 其实栗山在这之前,即对异学兴起,《论语》之解多达二十余家,经义解释纷纭的情形有很深的危机感。这在他给友人的书简论著中可以清楚地看得出来。例如:栗山在《送长子玉序》一文中曾写道:

> 既而伊藤源助者出,始出意见,驳先儒,议圣经,自谓得孔孟血脉,其言行颇足取信于人,学者于是始惑。继而文人物茂卿者,妒被源助先鞭,欲超而出其右,强拗戾穿凿附会,肆其怪僻夸诞之说,以周一时。而其徒太宰纯者,又反噬其师,自为说,尤谬妄,遂至于谓孟子迂阔不如淳于髡之徒。呜亦甚矣! 自此其后,学者无复所畏忌,师心妄作,日新月变。苟异古说者,指为豪杰才辨,一经先辈口舌者,为腐陈,为糟粕。为甘为之奴隶,虚骄相尚,竞欲出奇相压。日以穿蠹六经,诋诃先儒,颓澜横被,天下如狂。至新进黄口初开卷,辄以欲决摘古人瑕颣为心。奴视老成,轻蔑圣经,其弊至于以经语为戏慢之资,坏败风俗,充塞仁义,其谓之何? 窃为天下惧焉。②

栗山在文中批判伊藤仁斋、荻生徂徕、太宰春台等人,认为他们是造成后进无所忌惮地诋毁古人、轻蔑圣经的始作俑者。栗山在一封于3月2日寄给立原翠轩的信中即曾写道:"仁斋茂卿始作

---

① 参见辻本雅史:《近世教育思想史の研究——日本における「公教育」思想の源流——》,京都:思文阁出版,1990,第五章,《宽政异学の禁をめぐる思想と教育》,第258页。
② 《栗山文集》卷二之上,第9a—10a页。

俑者以来,天下竞唱新说。右两儒实可谓名教之罪首。"①

在《送仓成善卿序》一文中,栗山沉痛地写道:

> 去圣日远,道术分裂,人出意见,家异其说。循守旧义,见谓曲陋,诋呵先儒。指为才辨,本无见解,强凿空傅会立异,各名门户。日以口说文字,更相排相轧,《论语》说至乎有二十余家。其甚者怪妄奇僻,于文义言语既不顾顺逆向背,况于人心世道,其贻害不深者幸矣。郡国士子入学于京者,习闻其说也,亦谓如此而足以高于一世矣。乃亦轻蔑先哲,妄意圣经,其归而道说其乡里者,往往谬戾乖剌,虚骄轻佻,以坏其风俗。间有一二耆德知古道而守旧学者,亦见斥以迂腐,不得复作声也。呜呼!道德散无纪,其无今日为甚矣。
>
> 仓成善卿,丰前产也,予识之于纪若州之坐,温雅易良君子人也。游学四年,其师某先生在乡教授,今将以其召还代其劳,来吾庐告别,且请言。吾与善卿日浅矣,其学与行不得而详言也。但与之语,每称其师,今又赴其召,犹趋君父之命,则善卿设心制行,其不倍本,大非向轻佻者之比可知矣。某先生者,其所谓耆德知学之方者耶!于其行也,聊复道予之所常忧者以赠之,使归问之。②

栗山指出,时下异说兴起、诋毁先儒旧义,甚至《论语》之说多

---

① 秋山高志:《立原翠轩宛柴野栗山书简集(一)》,第70页。
② 《栗山文集》卷二之下,第3b—4a页。

达二十余家的情形。① 尤其,他举"轻蔑先哲,妄意圣经"等轻佻学者之行径,以凸显仓成善卿与彼等有所别也。

辻本雅史分析西山拙斋等正学派朱子学者的特质时曾指出,他们多半在早年有一段徂徕学的经历,因为理解徂徕学,更能知其不足之处而秉持朱子学的立场来加以批判。此外,"他们多数出身自西国的乡村,而且是较上层的庶民阶级,因有志于而游历于京坂。但不久后,他们便对京坂的都市文人们的学问形态感到失望,透过对它的排斥而'发现'了'正学',亦即朱子学正是他们经过思想上的摸索,自发选择的思想"②。栗山虽无徂徕学的经历,但是他从京游时代以来即与尾藤二洲、赖春水、古贺精里等人有密切的交游,故与他们对异学的弊害抱持着同样的危机感。因此,与其说栗山是被动地接受拙斋的建议而实行异学之禁,不如说他是受到对异学兴起、道德散漫无纪所抱持的强烈危机感所驱使,并且得到旧友的支持之下,而上书幕府加以实行的。

栗山在异学之禁发布之后,与冈田寒泉及在宽政五年(1793)受松平定信之命出任第八代大学头的林述斋(名衡,字德诠,美浓

---

① 栗山在《论学弊》一文中也曾提到:"近世立新说凡有数途焉。其上者,资质聪明,厌旧学之固陋缠缚。其次,局量卑狭,苦古说之有所窒碍。其次,骄傲僭越,尊大自处。最下者,怠惰自便。(中略)近世之弊,大抵不出此数端,而展转反复,日新月异,怪妄讹诞,《论语》解至于有二十余家,道术无纪之甚,言之伤心。善哉鸠巢氏曰,如与醉人言,不可与辨是矣。"《栗山文集》卷一,第8a—9a页。换言之,栗山指摘当今学问之弊盖此数端,并直指怪妄讹诞之说日新月异,《论语》的解释竟然多达二十余家。最后,引室鸠巢之语:"如与醉人言,不可与辨是矣。"以为结论。
② 辻本雅史著、田世民译:《十八世纪后半期儒学的再检讨:以折衷学、正学派朱子学为中心》,收入张宝三、徐兴庆编:《德川时代日本儒学史论集》,台北:台湾大学出版中心,2004,第188页及注20。

岩村城主松平乘蕴之第三子），一同推动学政改革。碧海在《家世纪闻》写道："安永以后，昌平学舍，员长不得其人。纲纪颇弛。宽政二年（1790），先君同冈田寒泉先生，奉旨督其事。润色旧章，颇有条绪。及今祭酒林公出也，学政又大振。盖前专以待诸州游学之士。今专以教幕中大夫士之子弟。其游学之士，则别设诸生寮以受之。前犹疑为林氏之私塾，今则俨乎幕朝之黉宫。庙舍门庑，焕巍一新。实为近世盛事。而其端则自宽政二年发之。"

对于栗山上书幕府实行异学之禁，昔日三白社的知己赤松沧洲寄信给栗山，批判异学之禁。栗山没有回应，但是拙斋代替栗山写了《与赤松沧洲论学书》加以反驳。就栗山没有直接响应反驳的这一点来说，可以看出栗山颇为重视过去同为三白社成员的情谊。沧洲似乎也对此了然于心，在宽政四年（1792）为皆川淇园的文集《淇园集》所写的序里，提到他与淇园、栗山等人的交友是"和而不同"。沧洲写道：

然而人心如面，好尚各殊，在所谓三白社中也，交情虽厚，持论不同。彦辅专尊崇程朱，而江都讲官唯宋注是用焉，乃征命所以及也。伯恭不恃不喜宋学，自发一识，其所著论，人咸莫不骇其奇，而服其盛。余亦自幼不好性理家言，而所见又与伯恭不同。要之，各自谓丈夫，不为则已，苟从事乎斯文也，亦各从吾所好，何必与世浮沉，奄奄如无气人。世之知否，不足顾焉。身之穷达，不足论焉。夫是之谓丈夫志，则吾三人和而不同，亦可知已。非世人不比而

367

昵,则角而媢者类焉。乃同之所以不同,而不同之所以同也。①

由此可见,昔日三白社的成员并不因持论之不同而影响到彼此间的交情。更重要的是,栗山在游学时代所建立的交游网络及丰沛的人脉一直延续至其升幕以后,并且成为其推行学政改革的坚实后盾。

结论

栗山的挚友赖春水曾在著作《师友志》中评栗山这个人是:"爱客容众,风流好事。而谈笑间事涉节义,音词激烈如风雨。"②的确,如上所述,栗山不仅个性好客,还乐于举办风流诗会、邀集文友墨客至自邸吟诗饮乐。而身为儒官、学问所的教育者,对学问之道及后进的指导必然也有其坚持之处。虽然出于苦口婆心,但对年轻学者来说,或许也会有不易亲近之感。赖山阳在文政二年(1819)写给菅茶山的信中曾说:"往事在东,栗翁先生虽颇为见顾,但感觉严肃而未曾亲近。如今后悔莫及。"③前引《望五剑山,有怀故柴栗山先生》(山阳五十一岁之作)的诗句:"当时贪嬉乐,悔不屡往还。"同样也是山阳在时过境迁,忆起栗山先生的谆谆教诲时,对于自己年少轻狂不懂得亲近讨教所表露出来的懊悔吧!

柴野碧海在《柴野家世纪闻》里对栗山的经义诗文有以下的评

---

① 皆川淇园:《淇园集》,奈良女子大学学术情报センター藏,第3a—4b页。
② 参见《春水遗稿别录》卷三,国文学研究资料馆藏刊本,刊年不详,第12a—12b页。
③ 藤川正数:《柴野栗山三考》,第16页。

述:"先君为学,务在适用,其解经切近平实,妙有独诣。下一两语,理义跃然。诸生辈有谈涉高妙者,必务斥之。常言:'学以躬行为要,若唯纸上空谈,说得穷精极微,何干己事?'先君平生喜东坡,言:'黄州儋耳,困厄极矣,而未尝有一毫怨怼不平之色,胸中何等洒脱!《近思录》之书,固四子精义所在。然学者须有如此襟怀,方始读得。不则耽利嗜名,营营扰扰,龌龊胸中,如何受得此精微义理。'是常教门人子弟之语也。"栗山本人没有留下经学方面的著作,这似乎与他平生以实践为要,不喜高远空泛的议论,同时又倾倒于东坡的洒脱胸怀有着若干的关系。

本文以高松出身的朱子学者柴野栗山为中心,探讨其游学江户及京都的历程中与众多儒者文士有着密切的互动。再者,探讨栗山出仕阿波德岛藩及幕府儒官之后,在学政事务冗忙之余仍频繁举办诗会与文人墨客交游,并且与诸藩儒士建立密切的往来关系,其书斋双玉楼成为江户盛极一时的人文沙龙。最后,考察了栗山对异学兴起所产生的危机感,以及建立在此基础上所实行的异学之禁和一连串的学政改革。从栗山身上,我们可以看到游学与社集不仅对近世日本知识人前往学术重镇追求学问,以及与各方文人雅士交流互动、建立良好人际关系具有重大的意义,对于出身寒微的学子力争上游、甚至提升身份地位亦有莫大的帮助。

"骚坛会"和"骚坛招英阁":15世纪末及18世纪的越南士人社集

冯 超[*]

引言

东亚地区士人早有以文会友的传统,这种以社或会为名的聚集,称为社集。从结社宗旨目的上可分为两大类:一类为诗社,一类为文社。诗社往往起于诗人之间的诗酒兴会,互相酬唱,抒发意气,多为意趣相通、情怀相谐的浪漫结合。文社则不同,文社说起来似乎更近于"以文会友,以友辅仁",但其实不然,文社的设立,原

---

[*] 冯超,河北唐山人,复旦大学历史系博士,上海外国语大学东方语学院副教授。研究领域:越南语言文化、中越关系史、东南亚文化。代表作:《论越南高台教产生的原因》(2005)、《论李陈时期越南偈颂与禅诗中的佛理禅趣》(2017)、《阮朝越南官方及使者眼中的清帝国(1820—1850)——以越南如清使团为视角》(2017)。

"骚坛会"和"骚坛招英阁":15世纪末及18世纪的越南士人社集

只为科举制业而结合,专研时艺,揣摩风气,最终目的多为求取功名。文社也作诗,诗社也著文,做诗做文不是诗文社之间的根本差别,其差别往往在于,一为纯粹的意趣结合,一为实际功名之图的结合。

越南历史上曾有两次规模较大的文人社集,一次是越南后黎朝时期黎圣宗创立的骚坛会,另外一次是越南南北朝时期河仙政权鄚天赐主持的骚坛招英阁。从性质上说,二者都属诗社,均是以酬唱、评论诗品为主要目的的社集。

一、骚坛会——15世纪末越南黎朝宫廷发起的文人社集

(1)黎圣宗创建骚坛会的几点争议

骚坛会又名"骚坛二十八宿",是黎圣宗洪德年间牵头创立的诗文社。黎圣宗讳思诚,又名黎灏,是越南后黎朝第四代君主。越南黎朝编修的现存最早官方正史《大越史记全书·本纪实录》称他"惟以古今经籍圣贤义理为娱,天性生知,而夙夜未尝释卷,天才高迈,而制作尤所留情,乐善好贤,亹亹不倦"。黎圣宗重视文教,黎贵惇《黎朝通史·艺文志》说:"圣宗皇帝雅好古籍文学。光顺年间诏求遗佚史籍及私家所藏笔记,进呈内府。洪德年间再诏天下,宏加奖掖,凡报告进献未见之善本,均厚加赏赐。布告之后,古书大部复出。"史臣武琼曾评价黎圣宗:"帝天资高迈,英明果断。有雄才大略,纬武经文,而圣学尤勤。手不释卷,经史篇集,历数算章,圣神之事,莫不贯精。诗文复出词臣之表,与阮直、武永谟、申仁忠、郭廷宝、杜润、陶举、覃文礼为《天南余暇》,自号天南洞主、道庵

371

主人。又崇尚儒术,振拔英才,取士之科不一而定,三年大比之举,自帝始之。"①

关于骚坛会成立的时间和成员,归纳起来,目前学界主要有三种观点:第一种观点认为,骚坛会的诞生时间应为1494年,《琼苑九歌》成书标志着骚坛会的成立,而对骚坛会这一名称的来源未作深究。从《琼苑九歌》自序和跋文可知,黎圣宗自序和陶举的跋文均完成于洪德二十五(1494)年,后世文人据此判断,1494年,安南国王黎圣宗晚年和近臣组成了一个作诗和评诗的文人社团——"骚坛会",并将其定性为组织的越南历史上规模最大的文人社团。越南国内文学史书籍和中国学者于在照在《越南文学史》根据黎圣宗的自号均认定这一文人社团为黎圣宗所创。有中国学者认为,骚坛会活动了两年多时间(1495—1497),该会有成员二十八人,包括黎灏本人及其二十七位近臣,时人称为"骚坛二十八宿",黎灏自号"天南洞主骚坛大元帅"②。第二种观点认为,骚坛会的成立时间为1495年,该观点出自《大越史记全书》及《钦定越史通鉴纲目》的记载③,1495年,安南黎圣宗组织成立骚坛会,设馆曰"琼苑九歌"。活动时间从1495—1497年,一直持续到黎圣宗逝世,成员包括黎圣宗本人和二十八位近臣(共二十九人),这二十八位近臣称

---

① 吴士连等编修、陈荆和编校:校合本《大越史记全书》,东京:日本东京大学东洋文化研究所,1984,第746页。
② 王晓平和于在照均持此观点。见王晓平:《亚洲汉文学》,天津:天津人民出版社,2009,第56页。于在照:《越南文学史》,广州:世界图书出版公司,2014,第106页。
③ 黎朝官方正史《大越史记全书》虽首次记载《琼苑九歌》成书过程,但并未提及骚坛会。阮朝官方正史《钦定越史通鉴纲目》关于骚坛会的首次明确记载,是后世认定骚坛会成立的依据,该记载认为《琼苑九歌》完成于洪德二十六年(1495),但现存《琼苑九歌》诸抄本自序和跋文都载该作品应完成于1494年。后文再详加考证。

为"骚坛二十八宿"①。第三种观点来自美国学者约翰·K·惠特摩(John K. Whitmore)的研究,惠特摩认为,骚坛会活动时间从黎圣宗洪德元年(1470)算起,一直到他逝世,即1470—1497年的洪德盛世。他认为,1495年黎圣宗编撰《御制琼苑九歌》,骚坛会成员不仅限于史料和后世文献所记载的二十七人,例如覃文礼和陶举虽未直接参加到诗歌创作中,但是对于骚坛会的创作活动作出至关重要的贡献。骚坛会在正史中并未正式提及,骚坛会这个社团名称很可能是后世文人加上去的。②

经笔者翻阅越史典籍,有关骚坛会的创立,官方正史并未直接提及,如果从集社产生的条件来看,最早可追溯到洪德元年(1470),黎朝洪德年间吴士连等纂修《大越史记全书》记载黎圣宗改元之初群臣论道的一段史实可考证其关联性,当年11月,黎圣宗和大臣杜润以"道"和"理"为题作诗,并讨论二者的辩证关系和"二十八宿"等天文之学。"二十五日,是夜,杜润侍御前,上语及道、理二字,谓'道者当然之事,明白易知,理者所以然之故,微妙难见,予尝作此二诗,积日乃成'。润对曰:'帝之理学,辑熙先明,于混然之中,有粲然之别。精微蕴奥,形诸声诗,岂寻常学士经生,窥仰所及'。上又语天文之学,详指二十八宿,五星运行,皆有所犯,犯于某星则某事应。帝之学博,既见其端。"③

---

① 越南语版维基百科"骚坛二十八宿"词条持此观点。
② John K. Whitmore, The Tao ĐànGroup: Poetry, Cosmology, and the State in the Hồng-Đức Period (1470—1497), Crossroads, An Interdisciplinary Journal of Southeast Asian Studies, Volume 7, No. 2, 1992, PP.55—70.
③ 吴士连等编修、陈荆和编校:校合本《大越史记全书》,第682页。

《大越史记全书》最终完成于1697年,该书只是记载了洪德二十六年(1495)《琼苑九歌》的成书过程:"作《御制琼苑九歌》,上以丑寅二载,百穀丰登,协于歌咏,以纪其瑞。并君道臣节,君明臣良,遥想英贤奇器,并书草戏成文,因号《琼苑九歌》诗集。命东阁大学士申仁忠、杜润、东阁校书吴纶、吴焕、翰林院侍读掌院事阮冲懿、翰林院侍读参掌院事刘兴孝、翰林院侍书阮光弼、阮德训、武旸、吴忱、翰林院侍制吴文景、范智谦、刘舒彦、翰林院校理阮仁被、阮孙蒇、吴权、阮宝珪、裴溥、杨直源、周皖、翰林院检讨范谨直、阮益逊、杜纯恕、范柔惠、刘曈、谭慎徽、范道富等奉和赓其韵。按:九歌诗集始作于此年。"①同年,黎圣宗又作《古今百咏诗》,阮冲懿、刘兴孝步韵,申仁忠和陶举奉评。《春云诗集》作于丙辰二十七年(1496),该年"春二月……御舟发自东京,祗谒陵寝……帝作春云诗集"。《春云诗集》如今并不传世,也未论及骚坛之语。由上可知,《大越史记全书》的记载基本上就事论事,没有提及骚坛会的成立,以及骚坛二十八宿。

阮朝潘清简等编修的《钦定越史通鉴纲目》在《大越史记全书》上述记载的基础上又有所演绎:"洪德二十六年(1495)②冬十一月,制琼苑九歌,帝以辰和年丰,万机之暇,制成诗篇:一丰年、二君道、三臣节、四明良、五英贤、六奇气、七书草、八文人、九梅花,协于歌咏,号琼苑九歌。帝亲制序文,自为骚坛元帅,命东阁大学士申仁忠、杜润为副元帅,东阁校书吴纶、吴焕、翰林院侍读掌院事阮冲

---

① 吴士连等编修、陈荆和编校:校合本《大越史记全书》,第741页。
② 该时间误记为洪德二十六年,通过《琼苑九歌自序》可知,此处应为洪德二十五年(1494)。

恁、翰林院侍读参掌院事刘兴孝、侍书阮光弼、阮德训、武昑、吴忱、侍制吴文景、范智谦、刘舒彦、校理阮仁被、阮孙蔑、吴权、阮宝珪、裴溥、杨直源、周皖、检讨范谨直、阮益逊、杜纯恕、范柔惠、刘曄、谭慎徽、范道富、朱埧等二十八人赓和其韵,号骚坛二十八宿。"①这是官方正史首次以骚坛二十八宿和骚坛称呼黎圣宗君臣创作团体,后代修史者往往根据《钦定越史通鉴纲目》的上述记载将其列为骚坛会成立的标志。因此《越史》②有《咏圣宗诗》云:"天祚黎家启治朝,骚坛唱和渐心骄。官词自序长门怨,史笔谁删天布谣。"《咏申仁忠、杜润诗》云:"遭际熙朝志气孚,君臣唱和效都喻。骚坛魁帅分元副,未识虞廷有是无。"《骚坛元帅》诗云:"予闻三军众,无帅焉能用,又闻李杜坛,谁敢为之冠。诗翁与诗伯,亦非自炫赫。虞廷虽赓扬,戒敕犹未遑。苟幸逢丰乐,欢乎合体作。安用此九歌,猥杂殊泊罗。况乎互标榜,泰山齐土壤。谀风日愈昌,大雅日愈丧。从教有所得,安知道无极。彼击球状元,兴朱寿将军。非常创名好,千古留谈笑。不然沉卓词,竟怨已多亏。春花好采摘,秋实反弃掷。周公才美多,骄吞亦不加。辰君既自侈,诸臣亦诃旨。四七夸壁奎,孰与云台齐。古今亦难比,责备不容已。"

如上所述,不管是官方还是民间,骚坛会的成立均以《琼苑九歌》的编撰为标志和创作起点。《钦定越史通鉴纲目》之所以演绎出骚坛会这个文学团体,笔者认为其依据可能是黎圣宗的《御制琼

---

① [越]潘清简等:《钦定越史通鉴纲目》卷二十四"黎圣宗洪德二十六年条",台北:"中央图书馆",1969年影印版,第2361—2362页。
② [越]集贤院:《越史》(第三卷),成书年代不详,越南国家图书馆编号 NLVNPF-0119-03 R.279,第18—19页。

苑九歌序》,序文说:"余万期之暇,半月之闲,亲阅书林,心游艺苑,群器静听,一穗芬芳,欲寡神清,居安兴逸,乃奋思圣帝明王之大法,忠臣良弼之小心,呼诸生毛氏,陈玄上客,牵石重臣,申命之曰:吾,真情之所舒,浑浑英气,迭迭格言,汝能为吾记之乎? 四人拜手稽首而扬言曰:上,年高、学富、心广、体胖,释眼前声枝之娱,阐古昔清明之学,依仁游艺,体物长人,宛然虞迁喜起之歌,唐衢嘻游之咏,美且盛矣;曷不敷扬盛意,通召群臣,使之履韵呈琅,下情上达,吐虹霓之气,光奎藻之文,小臣缀言,成美何问? 朕默然良久,深咏,乃写近律九章,灿红于黄笺之上,会学士申、杜、吴、刘诸臣,及翰林阮、杨、朱、范之辈,凡二十八人,应二十八宿,更相属和,几数百篇,极意推敲,铿锵雅韵,持递上进,朕心阅焉,披阅再三,文衡公器,不欲止私邃帐一辰之玩味,特命锓梓,以广其传。旬余构完,特用刊布,表扬之大意,规儆之微言,靡不悉备,于以昭唐虞赓歌告诫之辞,轶宋、魏月露风霜之状,岂徒争葩斗艳,锻字炼句,如后苑鱼柳之咏哉?"从自序落款处洪德二十五年(1494)和《大越史记全书》《钦定越史通鉴纲目》等官方正史对于《琼苑九歌》成书时间的记载可以看出,该诗集或撰于1494年,成书于1495年。因此才有后世正史和学者对于骚坛会成立时间的不同意见。该诗集由黎灏依九题写诗九章,再由申仁忠、阮冲懿等二十七人依韵奉和。阮朝潘辉注撰于1821年的《历朝宪章类志·文籍志》也并未直接提及骚坛会,而是在介绍《琼苑九歌》一篇提到二十八人及"二十八宿","黎朝圣事,御制择词,臣二十八人奉和……上命学士申、杜、吴、刘诸臣及翰林院阮、杨、未、范之辈凡二十八人,应二十八宿,更相属和,作数百篇"①。

另外一个依据可能就是洪德二十五年(1494)11月由陶举写就的《琼苑九歌》后序,但该跋文也未提及骚坛二字,陶举首先交代了《琼苑九歌》诞生的背景:"圣天子之履光也,夷夏向风,南北无事。两旸时若,民物阜康。酒于宴闲之际,斥声妓之娱,绝游畋之好,清心寡欲,端本澄源。圣学高明,道心昭晰,故发于英华之外,形于吟咏之余,一律笔间,九章即成"。随后介绍了该诗集的内容,"始则咏时和岁丰,以喜天心之应协,中则言君道、臣节,以勉人事之当然,末则托物寓怀,以历神人之清洁"。陶举评价黎圣宗君臣的诗文"义理高远,词气雄浑,劝勉之情溢于言表",歌颂此诗集乃"真帝王立教垂世之文也"。他总结说"时则升入迩臣,奉庚白雪,盖取列星四七之象,云台四七之臣,赋就篇章二百余首,毕经睿鉴,汇集成编,命曰《琼苑九歌》。圣制序文并于篇首,又命臣举职于终"。最后他进而提出九歌之来源,赋予其新意,字里行间表现出自豪之情:"臣叨奉丝纶不胜荣幸,谨拜手稽首而扬言曰:虞廷俯事修和,则功叙唯歌,以表君臣勤勉之意。周室版章孔厚,则卷阿继咏,以通上下规戒之慎,雍熙泰和,良有以也。今圣上皇帝治纯觐德,政广隆儒,九章之作,正欲君臣,上下意气相乎,喜起庚歌,忠忱攸寓。所谓'佚能思初,安能惟后?沐浴膏泽,咏思勤苦'者也。视虞周九功之歌,卷阿之什同一轨辙。其所以泰盘国势,箕翼皇图,保盛治于无穷,播休光于有永,岂不在斯乎?彼汉唐白麟、朱雀、天马、灵

---

① [越]潘辉注:《历朝宪章类志·文籍志》卷四十二。

芝之咏,徒夸虚美,无补治功,奚翅天壤而懋绝哉!"①

综上所述,笔者认为骚坛会很可能就是黎圣宗君臣的自发创作活动,而非自觉集社行为,再由后人根据黎圣宗的自号和"骚坛二十八宿"及黎圣宗《琼苑九歌》自序和陶举跋文而建构出来的,是这些建构者试图遥想和纪念黎朝洪德年间宫廷诗歌繁荣发展的结果。黎圣宗逝世后,其子宪宗继位,骚坛会的活动中止,七年后宪宗崩逝,翰林院和东阁大学士原班成员解体,关于骚坛二十八宿的记载均散佚,遂不可考。另外需要注意的是,早于《琼苑九歌》②的《文明鼓吹》诗集完成于洪德二十二年(1491),该诗集除了黎圣宗的原韵诗,也有大量朝臣的奉和诗。在《明良锦绣》诗集中也收录有黎圣宗君臣唱和的不少诗篇。加之《琼苑九歌》序跋都无直接提及骚坛会的诞生,因此不能视其为骚坛会成立的唯一标志。洪德年间黎圣宗君臣的吟诗唱和都应视为骚坛会的活动内容,骚坛会的组织形式也具有程序化、官方化和主从性等特点。在骚坛会的建构中,以黎圣宗为核心,环绕二十八宿,整个朝廷就像一部天文星象图,可谓群星闪耀,骚坛会的诗作寄托着黎圣宗和他的臣子们希望国家实现政通人和的个人理想。无独有偶,观测天象和职掌历法往往是王朝取得政治合法性的基础,自李朝越南设置奉天殿,天文机构就扮演了重要的敬天启民角色,谶纬之学在越南李陈、后

---

① 陶举:《琼苑九歌诗集终序》,收入[越]裴文源主编:《越南文学总集》第 4 册,河内:越南社会科学出版社,2000,第 1126—1127 页。
② 据黎圣宗自序所言,《琼苑九歌》有刻印本,但该刻本不传世,现收录在 7 个不同的诗集抄本,即越南汉喃研究院《天南余暇》藏本 A334/7A.3200、《全越诗录》藏本 A.3200、《明良锦绣》藏本 VHv.94、《明良锦绣》藏本 A.1413、《琼苑九歌》藏本 VHv.826、《菊堂百咏》藏本 A.1168、《黎圣宗诗集》藏本 A.698。

"骚坛会"和"骚坛招英阁":15世纪末及18世纪的越南士人社集

黎时期也极其发达。1490年成书的《洪德版图》绘制了黎圣宗时期祭天的奉天府和从事占星和观测天象的司天监。

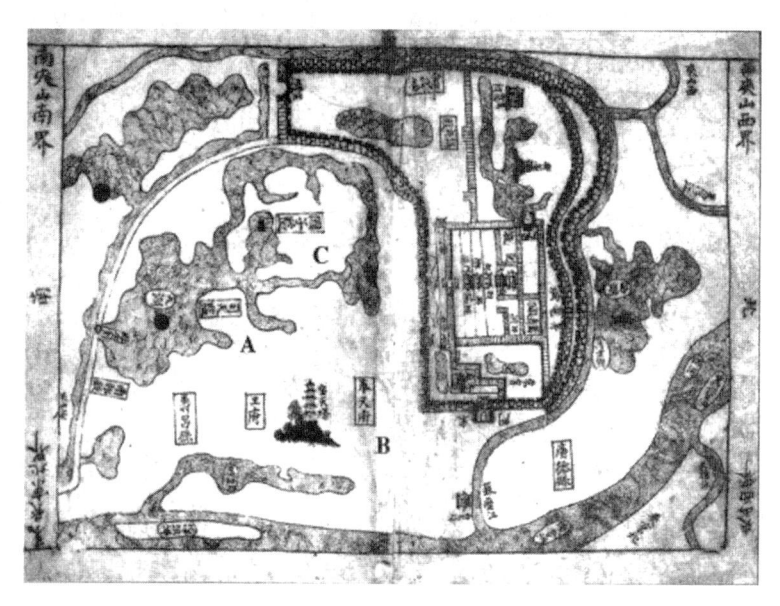

洪德版图所绘司天监、奉天府和国子监

(2)骚坛会的成员

骚坛会是由黎圣宗创办并亲自主持的皇家文人社团。根据《大越史记全书》记载,该骚坛会有28名成员,包括黎圣宗本人和27位朝臣。该说不同于《琼苑九歌》序言所说"骚坛二十八宿"。黎圣宗任骚坛大元帅,申仁忠和杜润任副元帅,东阁校书吴纶和吴焕、翰林院侍读掌院事阮冲意、翰林院侍读参掌院事刘兴孝、翰林院侍书阮光弼、阮德训、武朂、吴忱、翰林院侍制吴文景、范智谦、刘舒彦、翰林院校理阮仁被、阮孙蔑、吴权、阮宝珪、裴溥、杨直源、周

379

皖、翰林院检讨范谨直、阮益逊、杜纯恕、范柔惠、刘晖、谭慎徽、范道富。根据《钦定越史通鉴纲目》的记载，除了上述二十七宿朝臣，又补正第二十八宿朱埛。阮朝兵部左参知张国用《退食记闻》又说由梁世荣和蔡顺两位官员专门负责诗文润色工作。黎贵惇《见闻小录》说蔡顺补任副元帅。可见，所谓后世传诵的"骚坛二十八宿"之说并非实指。

（3）骚坛会的作品与洪德诗体

骚坛会以汉文或字喃创作了大量诗篇，并编辑为诗集，如《琼苑九歌》《洪德国音诗集》《古今百咏诗》《春云诗集》《古今宫词诗》《英华孝治诗集》和《文明鼓吹》等，多为颂赞君主及朝廷的政绩等内容。黎圣宗还与骚坛会成员编辑了《洪德国音诗集》，收有诗作328首，多为吟咏天地、吟咏自然、言志、咏物、清闲逍遥的自述等内容，其中有歌咏中国历史人物，如汉高祖、项羽和张良等，演绎中国历史典籍故事，如苏武牧羊、昭君出塞等。其中有些诗歌风格清新、活泼而诙谐。在越南历史上，《洪德国音诗集》的创作，标志着喃字诗第一次确立其宫廷诗歌地位。潘辉注《黎朝宪章类志·文籍志》载："古今百咏十卷，圣尊御制，和明儒钱子义（即钱溥）咏史诗词，臣申仁忠、杜润奉评，诗皆五言绝句。"

《琼苑九歌》是骚坛会的代表作，琼苑指黎圣宗修建的"琼林苑"。九歌之名并非来自屈原《九歌》典故，而是来源于上古夏代"九功"之说。开篇有黎圣宗所作的9首汉诗：百穀丰登协于歌咏、君道诗、君明臣良诗、英贤诗、奇气诗、书草戏成诗、文人诗和梅花诗。黎圣宗集合28位文臣唱和，共有200多首。

黎圣宗是骚坛会的灵魂人物，亦是政治领袖。他的诗歌风格，亦被后世文人称道。黎贵惇《见闻小录》（第四集）评价黎圣宗的诗文如下："圣尊御制《蓝山梁水赋》，益以模拟《文选》《两都赋》《二都赋》，用字虽少，奇僻而气骨豪峻，光彩功勋不减古人。"①潘辉注在《历朝宪章类志·文籍志》中更是评价其诗"大抵英气雄迈，词意飘洒……逸词丽句雄奇，千古帝王之作，未可能及者也"。黎贵惇在《芸台类语》中评价："国君圣而文人聚，圣贤定意于笔，笔集成文，文具情显。"②黎圣宗是越南文学史上的高产作家，又是一位善谋、勤政的政治家，民间有"山青水碧之处，无不有圣宗的诗文"的说法。黎朝史官吴士连评价黎圣宗："创制立度，文物可观，拓土开疆，贩章孔厚，真英雄才略之主，虽汉之武帝、唐之太宗，莫能过矣。"③黎圣宗提倡用喃字创作诗歌，批阅朝臣的诗作，勿须遵守格律，"敕谕礼部左侍郎梁如鹄：昨阮永祯不学国语诗体，作诗不入法。吾意尔知，故试问尔，尔皆不知。且吾见而《洪州国语诗集》，失律尚多，意尔不知，吾便言之"④。黎圣宗引领了洪德文风，《越史通鉴纲目》说："洪德初，文尚雅瞻。"说的就是黎圣宗骚坛会的文学风气。在吴时仕的文学批评中："洪德文，经义随意用字，务发章旨，四六参用。"

（4）骚坛会的宫廷色彩和粉饰太平的政治意涵

黎灏的"骚坛会"，带有鲜明的政治色彩，对于其思想内容和文

---

① ［越］黎贵惇著，阮克纯译注：《见闻小录》，河内：教育出版社，2008，第687页。
② ［越］黎贵惇：《芸台类语》第二集，西贡：国务卿特责文化府出版，1972，译术委员会古文书库，第106页。
③ 吴士连等编修、陈荆和编校：校合本《大越史记全书》，第639页。
④ ［越］吴士连等：《大越史记全书》（内阁官板），河内：社会科学出版社，1988，第385页。

学地位,各国学者的评价褒贬不一。中国学者王晓平批评它是"皇帝御制,近臣无不称好;近臣唱和,下属莫不叫绝",但亦认同它"对汉诗艺术水平的提高,对诗歌的钻研和提倡,确实造成了汉诗文兴盛一时的局面,从长远来说,文学风气的形成对于民族诗歌、民族文学的崛起,也具有良好的促进作用"①。于在照评价"骚坛会的成立标志着后黎朝宫廷文学的昌盛"②。美国学者 John K. Whitmore 在《洪德年间越南骚坛会的诗歌、宇宙观和国家意识》一文从思想层面探讨了骚坛会在越南文学史和思想史上的地位和成就,他指出,15 世纪后半叶,越南朝廷文人学者谱写了浓墨重彩的一笔。新儒学作为国家主流意识形态和选拔国家政治人才的正统学说,构成了骚坛会产生的历史背景。③

  骚坛会的诗篇无不透露着黎圣宗及群臣们的政治理想、国家意识、宇宙观等哲学思想。圣宗的诗反映了黎朝越南时期的升平景象和他本人的治国理念。黎圣宗的《安邦风土》一诗有"边氓久乐承平化,四十余年不识失"两句。又有诗句颂曰"南革北户齐欢颜,欢蹦雀跃歌太平"。《安邦治所》有"安邦郡治海天涯,四顾山多水亦多……地有肥饶民众寡,威王未必遽烹阿"。这些诗歌都表明黎圣宗对治下的政绩充满了无比自信。从现存诗作来看,黎圣宗君臣的唱和传统早在光顺三年(1462)就有所体现,该年明修《大明

---

① 王晓平:《亚洲汉文学》,天津:天津人民出版社,2009,第 98 页。
② 于在照:《越南文学与中国文学之比较研究》,广州:世界图书出版公司,2014,第 21 页。
③ John K. Whitmore. The Tao Đàn Group: Poetry, Cosmology, and the State in the Hồng-Đức Period (1470—1497), Crossroads, An Interdisciplinary Journal of Southeast Asian Studies, Volume 7, no. 2, 1992, PP. 55—70.

"骚坛会"和"骚坛招英阁":15世纪末及18世纪的越南士人社集

一统志》副总裁钱溥出使黎朝安南期间,黎圣宗就率领群臣亲制律诗十首并命朝臣十多人唱和送行,体现了黎朝越南的务实邦交思想。黎景征奉和诗:"自愧碱砆粗朴甚,光华幸得映悬黎。温良缜蜜人皆暗,纷纷鱼目真难奇。彩笔新裁春锦晓,价同拱璧看来好。开缄一看一精神,谁谓北南天香杳。"黎弘毓奉和诗:"斯文直与天地在,今日复见韩昌黎。初入安南才驻节,一方景仰山斗齐。彩毫扫就云笺晓,鬼泣神惊吟更好。白雪阳春欲和难,激昂义气秋天香。"因此,黎圣宗身体力行,将宫廷吟诗诵词之风巧妙导入国家治理和对外交往的方方面面。

《琼苑九歌》诗集是黎圣宗和骚坛二十八宿歌颂国泰民安、抒发治国安邦理念和生活情怀的经典作品,其思想内容不免带有粉饰太平的政治意涵。阮朝嗣德帝曾经在阅览《钦定越史通鉴纲目》这段记载时对骚坛会诗作的思想意义大不以为然。他御批道:"大旱、大雨、大饥者屡而已云云,又相称目矜夸,殊为可鄙,不持德,未厚量,未广己也。"①

骚坛会以酬唱文学为主,诗词唱酬一时成为黎朝宫廷君臣之间的社交礼节。黎圣宗是骚坛会的灵魂人物,他作诗起韵,二十八宿跟韵,他们通过诗歌标榜黎圣宗的治国政绩与物丰人和的太平景象,《琼苑九歌》诗集以《百穀丰登》开篇:"布德施仁信未能,皇天锡福屡丰登。堂堂端士箴缨贵,琐琐顽夫法令绳。夏训汤型日鉴戒,文谟武烈日恢弘。黎元饱暖休征应,夙夜勤勤娄战兢。"申仁忠奉和诗:"格天帝德妙全能,协应休征百穀登。洞照妍媸金作鉴,

---

① [越]潘清简等:《钦定越史通鉴纲目》卷二十四"黎圣宗洪德二十五年至二十六年条",第2361—2362页。

乐闻药石木从绳。九畴克叙彝伦笃,庶续咸熙事业弘。治效愈隆心愈慎,忧民勤政日竞竞。"杜润奉和诗:"天田协兆圣全能,场圃嘉禾岁屡登。至治日隆风袭雅,休征时应两如绳。九年有积邦储淡,四海无虞帝业弘。麟笔大书洪德瑞,区区唐史陋吴竞。"吴纶奉和诗:"圣皇机要任贤能,和气勤蒸岁屡登。田野收藏多余黍,人民饱暖蹈钩绳。咏歌纪瑞宸章焕,道德光天帝业弘。豫大丰亨长保治,唐虞儆戒且竞竞。"

黎圣宗的君道观和治国理念主要体现在《君道》和《予静养深宫》两首诗中。《君道》:"帝王大道极精研,下育元元上敬天。制治保邦思继述,清心寡欲绝游畋。旁求俊义敷文德,克诘兵戎重将权。玉烛洞知寒暖叙,华夷亦乐天平年。"两位副元帅的奉和诗使用大量溢美之词,歌功颂德之意给人言之凿凿的感想。申仁忠奉和诗云:"圣谟神算致覃研,制治宏纲在宪天。无逸保民三代法,有常立武四时畋。九经克懋修和政,八柄尤公予夺权。皇极巍巍光邃古,泰盘国祚万斯年。"杜润奉和诗:"黄埙帝典日磨研,道大仁深泽配天。家宝永怀无逸谏,禽荒不作太康畋。茿懂辨别忠邪路,衡鉴公明赏罚权。景仰圣神全盛美,堂堂国势泰盘年。"黎圣宗《予静养深宫》自比汉高祖刘邦、汉文帝:"高帝英雄盖世名,文皇智勇抚盈成。抑斋心上光奎藻,武穆胸中列甲兵。十郑弟兄联贵显,二申父子佩恩荣。孝孙洪德承丕绪,八百姬周乐太平。"

黎圣宗崇敬周公、伯夷、朱熹、程颖等先贤大儒,《英贤》一诗云:"内江外阻小心危,得圣之清古伯夷。郭李奋扬多事日,朱程正长太平时。气凌云汉英才逸,威震华夷壮志驰。智竭力行思景仰,瑞成世上凤麟奇。"杜润奉和诗:"帝御邦家保未危,天开黄道正清夷。花恊二圣都俞日,礼乐三王损益时。济济龙夔勤弼亮,恒恒伊吕力驱驰。煌煌千载真元会,莫状明良际会奇。"申仁忠奉和诗:"古来俊杰佩安危,历节忠无间伯夷。禹稷嘉谟多致主,伊周丕绩在匡时。城长万里威声振,笔扫千军令誉驰。景仰宸猷才驾驭,森森入彀总英奇。"

黎圣宗在《奇气》中表达了其金戈铁马、治国安邦的政治抱负:"西讨东征汗马劳,金鞍遥逐五陵豪。逸才欲折冰轮桂,健志思擒北海蛟。辽水仙人乘鹤去,猴山帝子跨鸾高。大鹏奋迅云霄上,楚楚雄姿枧汇茅。"申仁忠奉和诗:"壮志长怀鲁孟劳,凌凌胆气逞雄豪。毒拳拟抟南山虎,义慨期刳北海蛟。射斗晴凌银汉上,吐虹夜薄碧霄高。披荆愿佐皇王业,图伯何须剪楚茅。"阮益逊奉和诗:"周旋王事服劬劳,磊落襟怀一世豪。酣战金戈回落日,浪吟赤壁舞潜咬。冥鸿击水扶摇远,天马行空步骤高。麟凤只今罗网尽,更远遗逸在衡茅。"

黎圣宗酷爱书法,尤其草书,在《书草戏成》一诗中他写道:"铁画银钩学古人,闲来试草日将曛。扬扬渴骥宗徐浩,袅袅秋蛇病子云。红绵笺中舒柳骨,彩华笔下束颜筋。壮怀猛泄如椽梦,押写经天纬地文。"申仁忠奉和诗:"宸翰纵横扫万人,辉煌紫墨映晴曛。雄姿矫矫蛇夺壑,健翎翩翩鸟没云。仆视徐清无佑脚,奴奇卫瓘伯英筋。皇皇天纵多能圣,余事形为有焕文。"吴焕奉和诗:"圣草天然远过人,昭回奎璧映余曛。飘飘花落笺中锦,矫矫蛟腾笔下云。雄逸曷迷仓颉眼,纵横尽束伯英筋。小臣何幸叨持橐,快睹皇王有焕文。"

黎圣宗还赋诗讴歌文人刻苦读书、高洁的品格,在《文人》一诗中他写道:"书窗灯火凤霄勤,格调清高意思新。道骨仙风乘月客,锦心绣口典衣人。雄词炯炯凌霄汉,妙句洋洋泣鬼神。冰玉情怀方寸顷,旺和郁郁四时春。"阮光弼奉和诗:"旁搜远绍日精勤,旗鼓骚坛号令新。赋就凌云金马客,诗成夺锦玉堂人。握珠夺组文词丽,摘艳薰香意思神。醲郁含英吟料富,池塘何必梦中春。"阮孙茂奉和诗:"三余砭砭业精勤,绘句擒章格调新。席上高谈挥尘客,雪中清思跨驴人。倾河倒峡词源峻,起凤腾蛟笔力神。琐琐雕虫惭末技,敢将巴里和阳春。"

在《梅花》一诗中,黎圣宗赋予河内西湖腊梅瘦骨芳容的冰雪精神①:"西湖景致小山孤,冰雪精神不夜珠。丽色凝脂甘寂寞,纤腰束菜讶清癯。晓遍怨语撩心切,月下浮香入梦无。多少琼林春信早,风前错乱玉千株。"申仁忠奉和诗:"姑射天仙节操孤,服披素练佩明珠。风前迢遥香魂媚,水面横斜月影癯。东阁骚人清逸兴,西湖处士俗情无。夜来忽觉调羹梦,依旧高山玉万株。"杜润奉和诗:"雪干风标挺挺孤,清高万斛重明珠。明魁天下三春早,貌肖山中四皓癯。作赋可怜唐相媚,遗贤肯恨楚骚无。皇家正急调羹用,上苑栽培数百株。"朱埙奉和诗:"挺挺丰标占小孤,枝头错落缀明珠。清高节操伯夷老,寒素风流颜子癯。瘦岭香魂诗兴动,罗浮仙客俗情无。天心正待调羹用,芳信初传玉一株。"

在黎圣宗眼中,臣子应该守臣节,忠君爱国,在《臣节》一诗体

---

① 黎圣宗在《梅花》诗序引中说:"吾闻梅花:雪霜中,坚确之才。天地内,种植之物。既为蠢物之质,尚负含灵之姿。瘦骨芳容,雪虚风饕而不变。清香艳色,挂日照水而愈奇。柔广平刚劲之腹,乐和靖清幽之兴。休貌岩廊之老,芳馨词翰之华。最是可怜,岂无佳作。"

现得淋漓尽致:"丹忠耿耿日星临,政在安民义暨深。伊傅忠勤敷一德,张韩声价重千金。内宁外抚回天力,后乐先忧济世心。志遂名成孙子茂,岩廊松柏郁森森。"申仁忠奉和诗:"义胆忠肝日照临,涓埃准拟报高深。伊周瘝瘰思调鼎,卫霍驰驱历衽金。佐辟宅师千古意,攘夷安夏一生心。不才难继虞庭咏,景仰宸风万象森。"杜润奉和诗:"满腔忠义鬼神临,尤爱拳拳一念深。帷幄谋谟三寸舌,家传清白四知金。孔颜道学研求志,尧舜君民致泽心。凛凛高风端可挹,经霜松柏正萧森。"实际上,黎圣宗对自己的用人观并不满意,曾多次对朝臣说:"朕有二失,一曰政令施为违道干誉,二曰素尸在位,扰乱天工。虽内外庶职,难以枚举。"他举例说明"且以其尤者而言,都督黎练木偶土人,安可加以圆冠方履哉?太师丁列、太傅黎念职居三公,不闻燮理阴阳,经邦论道,亦未尝进一君子,退一小人,不几于羊裘逍遥之诮乎?"

在诗作和文章创作中,黎圣宗还流露出追求远古大同社会的复古思想,他曾说:"早知舜亦由人事,勿为今将不古如。"还把自己所处的朝代比作尧舜时代,"华戎睦纯风,尧舜休言生不逢"。怪诞的是,黎圣宗常以华人自居,而称中国人为吴人。早在其先祖黎朝开国皇帝黎利发动蓝山起义,驱逐明军时,开国功臣阮廌代作《平吴大诰》就将明代中国称为吴,是因为在黎朝越南看来,建立大明王朝的朱元璋系春秋时期吴地人。

除此之外,黎圣宗和他的骚坛会成员经常赋诗唱和,讨论上至天地万物、下至民生疾苦的论题,并试图与李白、杜甫和唐宋八大家的文学才华比肩。史载黎圣宗曾"谕行在东阁大学士申仁忠、学士陶举云:云去天中,月悬空际,云来则月暗,云去则月明,人孰不见之,其能道得者详鲜。吾仰观天上,情动于中,言行于外。有句云:素蟾皎皎玉盘清,云弄寒光暗复明。凡人岂能道之乎?欧阳修云:庐山高名节之篇,杜子美亦不能为。唯吾能之,岂云妄想。申仁忠、陶举咏诗句云:琼岛梦残春万倾,寒江诗落夜三更。虽李、杜、欧、苏复生,未必能之,唯吾能之。昔锦瑟诗云:庄生晓梦迷蝴蝶,望帝春心托杜鹃,沧海月明珠有泪,蓝田日暖玉生烟。真奇丽精美,可与吾侔,而清莹澄澈,未及吾诗句也。岂吾斗一字之奇以为工,夸一字之巧以为美,真直说如欧阳修耳,尔说如何"①?

黎朝时期,大兴儒教,佛教和道教受到压制,黎圣宗提倡儒家思想的同时,排斥那些无助于维护国家统治的佛教和道教思想,毫不留情地进行口诛笔伐,比如他在《十诫孤魂国语文》中批判佛家:"把持天法去度世,度人何不度己身。"他批判风水师凭空捏造事实:"尽言吉凶皆因地,何地奈何得人间。"他的诗中有"通神何必笑莲花"体现了尊儒抑佛的思想倾向,讥讽佛教徒参禅悟道的方法,认为通过感官认知事物,所谓"聪明耳目终无外"。

黎圣宗的诗歌渗透着天赋君权的神启思想,其天命观也同样有"天人感应"的内容,只是他更加强调天命不可违而已。洪德八年(1477),他还下诏要求各处承宣府县官,遇旱而不祷,以流罪处之②。1486年,安南久旱不雨,黎圣宗在弘佑庙祷告求雨,手写所撰诗集四张,命人贴于神祠壁上,果然当日天降甘霖。黎圣宗喜不自禁,欣然赋诗:"极灵英气震遥天,威力严提造化权,扣问山灵能

---

① 吴士连等编修、陈荆和编校:校合本《大越史记全书》,第744页。
② [越]潘辉注:《历朝宪章类志》卷三十三。

润物,通为甘雨作丰年。"①谶纬之说在越南流行久远,为了表达皇权与天地合一的合法性,越南各朝官方常常吸收中国符瑞之说,塑造天人感应的象征。根据《大越史记全书》的官方记载,自丁朝越南独立后,丁先皇、黎大行、李太宗、李仁宗诸帝都有黄龙祥瑞出现。在史官的笔下,世传黎圣宗母亲"初诞时,因闷假寐,梦至上帝所,上帝令一仙童降为太后子,仙童迟久不肯行,上帝怒,以玉笏击其额出血。后梦觉,遂生帝"②。黎圣宗儿子宪宗诞生时,史官记载长乐皇后亦有黄龙入左肋之祥。

　　作为越南历史上第一个文人社团,黎圣宗创立的骚坛会和他的新儒学开启了"文以载道"的官宣传统,具有鲜明的政治色彩。强盛的国力支撑了他的治国雄心和政治理想,黎圣宗改元洪德后,即亲率大军攻打占城,俘虏占城国王茶全,开疆拓土,战争期间著有《征西纪行》诗集,诗歌共30首,该日记体诗歌作品创作于洪德元年(1470)十一月至洪德二年(1471)四月。洪德年间产生骚坛会这样的文学团体是以官方修史和各项政令的修订、颁布为背景的,洪德十年(1479)正月,黎圣宗令史官吴士连、武琼等纂修《大越史记全书》,建构民族意识强烈的自国史。洪德十四年(1483)黎圣宗下令朝臣搜集《唐律疏议》《李朝刑书》等中越法典,编订成《黎朝刑律》(又称《洪德法典》)。这些政令的推行显示黎圣宗治下,大越的国力愈加强盛。在民间治理方面,圣宗希望全面确保儒家天下秩序和道德规范,制定《二十四训条》,作为对民众道德和行为规

---

① 吴士连等编修、陈荆和点校:校合本《大越史记全书》,第742页。
② 吴士连等编修、陈荆和点校:校合本《大越史记全书》,第639页。

范的指引。黎圣宗还提倡移风易俗,对当时的越南各地风俗民情加以改革及规范化。例如,当时越南人民崇奉佛教,常修建寺庙,圣宗乃下令禁止修建新寺庙,应用钱财和功夫去做有益之事;当时丧、婚礼俗,多有违反常情之举,如办丧事之家大摆筵席、演戏唱歌以作观娱,圣宗便禁止办丧事时演戏唱歌;婚俗里则有收取娉礼之后,过三四年后才迎娶新妇至夫家,圣宗下令纳聘后便要择日行迎亲礼,次日见父母,第三日见于祠堂。洪德十六年(1485)黎圣宗定《诸藩使臣朝贡京国令》,明确称:"占城、老挝、暹罗、爪哇、满剌加等使臣……入朝觐见之际……。"当时圣宗朝已明确视这些国家为"朝贡国",视己为"宗主国",试图构建属于黎朝越南的大越亚宗藩体系。黎圣宗虽然创造了前所未有的文治武功,可是,晚年却遭遇萧蔷之祸。1496年11月,黎圣宗患上风肿疾。据当时史官武琼所言,由于圣宗女宠甚多,患重病时,长期失宠的长乐皇后此时才获准为圣宗侍病,但皇后竟用毒涂手,摸圣宗发疮处,于是圣宗病情加剧。病入膏肓之际,黎圣宗作自述诗云:"五十年华七尺躯,钢肠如铁却成柔。风吹窗外黄花谢,露浥庭前绿柳癯。碧汉望穷云杳杳,黄粱梦星夜悠悠。蓬莱山上音容断,冰玉幽魂入梦无。"1497年黎圣宗带着遗憾与不舍病逝于宝光殿。1516年掀起民变的叛军首领陈暠占领京都后,自称印度佛教中帝释的化身,抛弃了黎圣宗和骚坛会所提倡的宇宙观,以复古为解放,主张回到原初的宇宙世界图景。后来,陈暠叛军虽被镇压,但黎朝王室已被郑氏架空,越南先后进入黎莫对峙、郑阮分争的南北朝时期。骚坛会的架构随之完全崩塌,健在的二十八宿朝臣转而辅佐新主,创作活动随着新帝即位改元和政策变革而渐渐销声匿迹。

二、河仙政权（港口国）与"骚坛招英阁"

　　骚坛招英阁创立于越南南北分争时代依附于南河越南的自治政权—港口国（各国史籍又称河仙政权），此文人社团组织形式仿黎圣宗的骚坛二十八宿，由寓居海外的明乡人郑天赐任骚坛元帅，其宗旨除了祭祀孔子、招贤聚才，还创办义学，招收华人和贫困百姓的子弟。越南文学界都认为骚坛招英阁是由郑天赐与清朝广东人陈智楷（字淮水）牵头创立，地点设在河仙。该政权由"义不事清"的明末移民莫玖（后改为"郑玖"）创立，郑氏父子两代经营河仙，使其物丰人杰，恍若一国。清代文献将郑玖和郑天赐父子建立的芳城政权称为港口国，如乾隆年间修撰的《清朝文献通考》中载："港口国在西南海中，安南、暹罗属国也。王郑姓，今王名天赐，其沿革世次不可考。"黎贵惇《见闻小录》载"广南处之西南嘉定府外有河仙镇，与琼国接境，有琮德候郑天赐"。据越南《河仙镇叶镇郑氏家谱》所载："昔公名天锡，自十八岁时（"辰"即"时"，因阮朝避嗣德帝讳而改），凡丧祭之事，竭孝敬之诚，人民咸感戴焉。"由于他大方得体，因而曾"奉表诣阙奏陈"，受郑玖委派为出使越南旧阮朝廷的使节。据《大南实录》，阮朝嘉隆国王阮福映曾评价郑氏父子："河仙本朝廷疆守，自我列圣建立镇节，郑天赐父子皆能善于其职，是以因而授之。"

　　郑天赐原姓莫，父亲莫玖（1655—1735），广东省海康县黎郭社（今雷州市白沙镇）东岭村人。"莫玖"为何改为"郑玖"？据张秀民先生考证，安南国历史上有个弑君篡国的莫登庸，此人名声不好,莫玖归顺安南时,怕被误会,因此而牵连,便于其姓"莫"字右边加个邑字偏旁,特把"莫"改为"鄚",以此为姓,自称鄚玖。其子孙亦改随父姓。鄚天赐系明乡人,即第二代华人,其母是越南人。清《皇朝通典》、潘辉注《历朝宪章类志》、黎贵惇《抚边杂录》、岩村成允《安南通史》及《皇越地舆志》《南圻六省地舆志》均载鄚天赐或鄚天锡。张秀民认为由于字形相近、字义相通,导致文献征引传抄过程中记载分歧杂出。

越史更是将鄚天赐神化,称其为菩萨转世。《大南列传》载鄚天赐"字士麟,玖之长子也。生而有奇兆,先是陇奇地所居江中倏然涌见七尺金身,光射水面,蛮僧见之,惊异言之玖云:此国出贤人之兆,其福德无量,玖令往迎起之,百计不能动,遂依岸建小寺祀之。天赐亦生于是年。人传称菩萨出世云。天赐幼聪敏,博洽经典,通武略"①。

鄚玖死后,其子鄚天赐,继承光大父业,1736年春任河仙镇都督(参看李庆新《鄚玖与河仙政权(港口国)》)。郑永常在《汉文文学在安南的兴替》一书将鄚天赐评价为当时的文坛领袖。《清朝文献通考》说港口国"其俗重文学,好诗书,国中建有孔子庙,王与国人皆敬礼之。有义学,选国人子弟之秀者及贫而不能具修脯者弦诵,其中汉人有僦居其地而能句读晓文义者,则延以为师,子弟皆彬彬如也"②。武世营《河仙镇叶镇鄚氏家谱》中说:鄚天赐"赋性忠良,仁慈义勇,才德俱全,并博通经史,百家诸子之书,无不洽蕴

---

① 阮朝国史馆:《大南列传前编》卷六,第98页。
② 清高宗敕撰、王云五总主编:《清朝文献通考》卷二九七"四裔五",收入《万有文库》第二册,十通,第9种,上海:商务印书馆,1936,第7463页。

胸怀,而武精韬略。建招英阁,以奉先圣。又厚币以招贤才,自清朝及诸海表俊秀之士,闻风来会焉,东南文教肇兴自公始"①。

(1)骚坛招英阁的成立背景:河仙政权(港口国)与周边各国的经贸往来

港口国物产丰饶。《清朝文献通考》说其产海参、鱼干、虾米、牛脯。张秀民说"产米颇多,价亦平贱"。骚坛招英阁的产生与岭南地区及港口国经贸往来关系密切。

李庆新《东南亚的"小广州":河仙("港口国")对外贸易与海上交通》一文考证了河仙至中国的海程。他认为,清康熙开海以后,安南、广南与华南地区海上交通贸易越来越多,经济贸易、人员交往随之增加,鄚氏河仙政权(港口国)与近邻广东、福建无论官方、民间均有联系,而且这种关系呈不断增进的态势。

《清实录》详细记录了两广总督李侍尧遵照乾隆帝旨意先后派许全、郑瑞等往河仙、暹罗公干及鄚士麟(鄚天赐)等积极响应的事件,对从广州到河仙的航程也有记载:"自广东虎门开船,至安南港口,地名河仙港,计水程七千三百里。该处系安南管辖,有土官鄚姓驻扎。又自河仙镇至占泽问地方,计水程一千六百余里。统计自广东虎门至暹罗,共一万三百余里。九月中旬,北风顺利,即可开行。如遇好风半月可到;风帆不顺,约须四十余日。……兹查本港商船,于九月中旬自粤前往安南港口贸易,计到彼日期正系十一月。"

《乾隆府厅州县图志》和《清实录》将河仙政权与安南并立,并

---

① 戴可来、杨保筠点校:《岭南摭怪等史料三种·河仙镇叶镇鄚氏家谱》,郑州:中州古籍出版社,1991,第 233 页。

将其视作安南与暹罗的属国,还介绍了从广东和厦门出发到河仙的海上航程:"港口国濒西南海中,安南、暹罗属国也。雍正七年后通市不绝。经七洲大洋到鲁万山,由虎门入口达广东界,计程七千二百里。距厦门水程一百六十更。"清乾隆年间,曾游历南洋诸国的广东嘉应人谢清高口授,乡人杨炳南笔录,辑为《海录》一卷,记录了广东与河仙(《海录》中的"本底国")的海上航程,航程信息更加详细:"万山,一名鲁万山,广州外海岛屿也。山有二:东山在新安县界;西山在香山县界。沿海渔船借以避风雨,西南风急则居东澳,东北风急则居西澳;凡南洋海艘俱由此出口。故纪海国自万山始。既出口,西南行过七洲洋,有七洲浮海面,故名。又行经陵水,见大花、二花大洲各山,顺东北风约四五日便过越南会安、顺化界,见占毕啰山、朝素山、外罗山。顺化即越南王建都之所也。其风俗土产志者既多,不复录。又南行约二三日到新州,又南行约三四日过龙奈(笔者注:同奈),又为之陆奈,即《海国见闻》所谓禄赖也,为安南旧都。由龙奈顺北风,日余到本底国。"

乾隆四十八年(1783)年,福建龙溪(今龙海)人王大海所著《海岛逸志》,记录了从福建厦门经安南港口(河仙)等地到吧城的航程:口葛喇吧,边海泽国,极西南一大区处也。厦岛扬帆,过七洲,从安南、港口,历巨港、麻六甲,经三笠,而入屿城,至其澳,计水程二百八十更,每更五十里,约一万四千里可到。

从晚近阮朝官方绘制成的《大南一统舆图》和《大南一统志全圻图》可以推知鄚天赐时代的河仙政权与顺广地区和清朝广东地区的海上航线,以及繁荣的海上贸易,从河仙出发经嘉定(今西贡)、沱瀼汛(今岘港)、海防可直达清朝广东港口。活跃的海上贸易,以及鄚天赐治理有方促进了河仙与海外诸国的知识交流。阮朝越南官方正史《大南实录》载鄚天赐"分置衙属,拣补军伍,筑城堡,广街市,诸国商旅凑集,又招来文学之士,开招英阁,日与讲论唱和,有《河仙十咏》:金屿澜涛;屏山迭翠;萧寺晨钟;江城夜鼓;石洞吞云;东湖印月;珠岩落鹭;南浦澄波;鹿峙村居;鲈溪渔泊。自是河仙始知学焉"①。《大南列传前编》说他"招来四方文学士,开招英阁。日与讲论唱和,有河仙十咏。风流才韵,一方称重。自是河仙始知学焉"②。黎贵惇《见闻小录》载鄚天赐"其父北国人,来此垦辟,有部众,臣于顺化祚国公阮福澍,授以总兵,永佑辰天赐继袭招致文士,雅诗词章风流才韵,一方称重,仆尝得《河仙十咏》刻本。北国、顺广文人,相与属和,不可谓海外无文章也"③。当时河仙作为一片社会安定、人民富足的乐土,文化发达,吸引大量岭南人士前来经商,文人往来十分活跃。

夹缝中生存的河仙政权诞生于诸国林立的中南半岛西南一隅。17世纪70年代,鄚玖最先投靠真腊,真腊同意鄚玖治理湄公河三角洲的恾坎(柬埔寨语:Man Kham,意为港口),从此以后,鄚玖在恾坎苦心经营,逐渐使恾坎发展起来,鄚玖便以此为根据地,建立了割据政权。后来,恾坎因为相传"常有仙人出没于河上",便改称河仙。鄚玖看准了这一点,于是就招来四方的商旅,吸引"海外诸国,帆樯连络而来,其近华(指越南人)、唐(指华侨)、獠、蛮、流

---

① 转引自许文堂、谢奇懿编:《大南实录清越关系史料汇编》,台北:"中研院"东南亚区域研究计划,2000,第6页。
② 阮朝国史馆:《大南列传前编》卷六,诸臣列传四。
③ [越]黎贵惇著,阮克纯校注:《见闻小录》,河内:教育出版社,2008,第700—701页。

民丛集,户口稠密",河仙艚船队与南洋及清朝通商,从而使河仙繁盛起来,西方欧洲人和清朝将河仙称为港口国。河仙政权最盛时的疆域共有三道五府二镇,囊括今日从真腊唝㕇省到越南湄公河口的全部疆土。河仙虽为南河阮氏政权附属国,保持着自主地位,但由于地处暹罗、真腊、阮氏三国交界,外部政治环境极度复杂,它不但要处理好与南河阮主政权的附庸关系,还维持着与前宗主国真腊的微妙关系,还不得不顾及保持与暹罗的和平局面。鄚玖晚年就这样与强敌拉锯周旋,河仙不但没有因战乱而衰落,反而云集了中国、越南、暹罗等国商船,有"小广州"之美誉。

鄚天赐继位后,建立了一些村庄、城镇,让侨民们在此安居乐业。他又修建城池,加强军事、建公署、筑城堡、办教育。加之,港口国沿海优越的地理环境,很多商船到港口国停泊,很多国家与港口国通商,从而也促进了当地的繁荣。与此同时,他大力发展经济,受到南河政权及阮氏王朝的鼎力支持,并赐他铸钱炉,准许他自行铸钱。1736年鄚天赐开设铸钱局,自铸"安法元宝",以通贸易。"安法元宝"流通于安南南圻地方,但也有随贸易流入马来西亚、印度尼西亚、柬埔寨等东南亚各国及中国广西、海南、广东等地方。今天,在海南岛、雷州半岛等地曾出土"安法元宝"等安南铜钱。经过鄚玖、鄚天赐数十年的治理,河仙镇成了南河越南边陲的经济、文化中心,"诸国商船多往就之"。

港口国积极招揽来自中国和海外的士人,据记载,港口国"厚币以招贤才,向清朝及诸海表俊杰之士,闻风来会焉,东南文教肇兴自公(鄚天赐)始"。越南文人曾称呼河仙为"文献国",有诗吟咏道"词赋曾华文献国,文章高屹竹棚城"①。这些闻风来会的清朝俊秀之士中,便包括广东南海人陈智楷。此人于乾隆元年(1736)春跨海至河仙,被鄚天赐待为上宾。他在河仙"盘桓半载",其间同鄚天赐及部分河仙当地学者、文人、官员"每于花晨月夕,吟咏不辍,因将'河仙十景'相与属和"。陈氏归国后,其国内诸友人也纷纷依题分咏,诗稿汇成一册后寄至河仙,由鄚天赐于乾隆二年(1736)丁巳夏前后主持编刻为吟诵河仙十景的诗集——《河仙十咏》,共计收朱璞、陈白香等二十五位清代诗人与鄚连山、鄚朝旦等六位越南诗人,以及鄚天赐本人所作诗歌共三百二十首。鄚天赐自己就在汉文学方面有很深的造诣,他擅长作诗,召集中国士人,以及顺广文人谈诗论道。鄚天赐在港口国推行汉法,在礼制上"制衣服冠帽","宫室婚姻吉凶之制,略与中国同",又在当地"建文庙""兴学校",让当地人民按照汉俗生活,这些政策也很奏效,渐渐地港口国也是"德洽化行,人多美行,女幽习贞",汉文化濡染甚盛,所以有人将港口国称为"海上明朝"。

阮襄宪《慕建忠义祠小引》记述鄚玖庙重修经过:"(令公)雷州府人,值大明屋社,携家南投,开拓河仙,政存宽恤,四方商旅,航海而来。其粤省府人笃于桑梓之议,以故相率而归者为最多。后归命于朝,授总兵。"鄚天赐与岭南仕绅、名流交游甚广,联系的纽带往往是生意往来。当时前往河仙做生意的中国商人也受到鄚天赐的厚待,河仙与广东建立密切的贸易关系。罗天尺《五山志林》记录了鄚天赐以诗会友的佳话:安南国河仙镇有莫姓者,父本中国

---

① 转引自[越]东湖(笔名):《河仙文学—招英阁河仙十景曲咏》,西贡:琼林出版社,1970,第32页。

人,为番官,少年能诗,酷嗜词翰,自署曰"文章自本中原气,事业留为异国香"。华人至安南贸易,乞粤人诗歌以献。一日,于内苑宴请至河仙贸易者,谈论诗词,问余语山先生,贸者答曰:"人间福人,父子祖孙,登甲乙榜,齐眉四代,年跻九十,健步豪吟。"次问顺德儒士梁仲鸾,答曰:"与余公有云泥隔,年七十,贫而无子。"鄚天赐闻而太息,谓:"君反日,愿以相闻。"稍后,特遣番官四人,送珍贵沙木一具赠仲鸾,市其值二百余金,以赡余年。乾隆七年(1742),罗天尺遇梁仲鸾于广州海幢寺,谈论及此,仲鸾为诵《谢赠橄诗》。罗天尺叹曰:"外国番官,有此怜才好义之士,人可以地限哉。"① 由此可见,鄚天赐为人行侠仗义,以诗会友的名句"文章自本中原气,事业留为异国香",声名远扬,受到罗天尺等粤中文坛名宿的赞许。骚坛招英阁就是在河仙政权鼎盛时期创立的,反映了当时河仙海外贸易的繁荣景象。

(2)骚坛招英阁的传世作品

骚坛招英阁留下来大量汉文诗赋(以七言律诗为主)及喃文诗作(多种诗体)。汉文诗赋占绝大部分,除了有鄚天赐1737年刊刻的《河仙十景全集》(现流传版本作《安南河仙十咏》),还有他亲自主持刊刻的《明渤遗渔》《河仙咏物诗选》《周氏贞烈赠言》《诗传赠刘节妇》《诗稿格言遗集》等,此外还有《树德轩四景》。由于河仙曾遭遇兵乱,有关招英阁的诗集或被焚毁,或散落民间。《明渤遗渔》后来毁于战火,1821年郑怀德组织翻刻《明渤遗渔》并做序。《树德轩四景》散佚后,只保存九首抄录于黎贵惇《见闻小录》。传

---

① 罗天尺:《五山志林(一)》,上海:商务印书馆,1937,第24页。

世喃文诗《河仙国音十咏》亦以河仙十景为题材的长诗,或以六八体,或以双七六八体演绎,外加一首七言喃文诗,最后以一篇七言喃文律诗《河仙十景总咏》收尾,总计共 11 首。

《河仙十景全集》是鄚天赐与阮朝顺广、嘉定、中国闽粤两地诸多士人吟咏唱和的诗集。很可惜《河仙十景全集》原刻本现已亡佚,清朝闽粤和南河阮主政权两地士人根据鄚天赐《河仙十咏》唱和的部分诗歌有幸收录在黎贵惇《抚边杂录》和《见闻小录》。现存抄本《安南河仙十咏》,藏于越南汉喃研究院,编号 A.441,共 97 页,包括 26 人共 320 首诗歌作品。据陈文玾先生《对汉喃书库的考察》(第三册)推测,该抄本可能由法国远东博古学院雇人抄录。《河仙十咏》的吟咏诗篇不乏有闽粤两地文人的隔空唱和佳作,现有搜集的资料文献还不能证明这些清朝文人和客商是否均亲身来过河仙,但从诗作可以看出,景物描写惟妙惟肖,大有触景生情、现场口占之感。骚坛招英阁的文人们撰写咏景诗,互相酬唱,声情并茂,除了描写河仙胜景,还寄托了明乡人对新国的认同感及对故国的思念之情。潘辉注《历朝宪章类志》评价"河仙十咏诗,皆婉丽可诵"。鄚天赐的河仙十景诗,一诗一景,字里行间,河仙的十大胜景跃然纸上,除了咏景,还寄托着作者身在异国、思念故国、心系二主的复杂情感,也抒发了其寄情山水的闲适心境。据此,东湖先生评价骚坛招英阁的诗歌带有反清复明的政治倾向。

鄚天赐河仙十景诗,其一《金屿拦涛》:"一岛崔嵬奠碧涟,横流奇胜壮河仙。波涛势截东南海,日月光回上下天。得水鱼龙随变化,傍崖树石自联翩。风声浪迹应长据,浓淡山川异国悬。"其二《屏山迭翠》:"茏葱草木自岹峣,迭岭屏开紫翠娇。云霭匝光山势近,雨余夹丽物华饶。老同天地钟灵久,荣共烟霞属望遥。敢道河仙风景异,岚堆郁郁树萧萧。"其三《萧寺晓钟》:"残星寥落向天抛,成夜鲸音远寺敲。净境人缘醒世界,孤声清越出江郊。忽惊鹤唳绕风树,又促乌啼傍月梢。顿觉千家欹枕后,鸡传晓讯亦寥寥。"其四《江城夜鼓》:"天风回绕冻云高,锁钥长江将气豪。一片楼船寒水月,三更鼓角定波涛。客仍竟夜销金甲,人正千城拥锦袍。武略深承英主眷,日南境宇赖安牢。"其五《石洞吞云》:"山峰耸翠砥星河,洞室珑玲蕴碧珂。不意烟云由去住,无垠草木共婆娑。风霜久历文章异,乌兔频移气色多。最是精华高绝处,随风呼吸自嵯峨。"其六《珠岩落鹭》:"绿荫幽云缀暮霞,灵岩飞出白禽斜。晚排天阵罗芳树,晴落平崖泻玉花。瀑影共翻明月岫,云光齐匝夕阳沙。狂情世路将施计,碌碌栖迟水石涯。"其七《东湖印月》:"雨齐烟锁共渺茫,一弯风景接鸿荒。晴空浪净悬双影,碧落云澄洗万方。湛阔应涵天荡漾,飘零不恨海苍凉。鱼龙梦觉卫难破,依旧冰心上下光。"其八《南浦澄波》:"一片苍茫一片清,澄连夹浦老秋情。天河带雨烟花结,泽国无风浪沫平。向晓孤帆分水急,趋潮客舫载云轻。也知入海鱼龙匿,月朗波光自在明。"其九《鹿峙村居》:"竹屋风过梦始醒,鸦啼檐外却难听。残霞倒挂沿窗紫,密榭低垂接圃青。野性偏向猿鹿静,清心每羡稻粱馨。行人若问往何处?牛背一声吹笛停。"其十《鲈溪渔泊》:"远远沧浪衔夕照,鲈溪烟里出渔灯。横波掩影泊孤艇,落月参差浮罩曾。一领蓑衣霜气迫,几声竹棹水光凝。飘零自笑汪洋外,欲附鱼龙却未能。"

中国诗人的和诗也非常应景,仿佛给人以"诗在画中游"之感,有的诗歌表达了惺惺相惜之情,有的诗歌则表达了感同身受的人生慨叹。王昶和《金屿拦涛》诗:"鳌背芙蓉攒翠烟,夕阳人立思悠然。谁移东海三山石,自砥南溟一掌天。截断水痕潮有信,撼残风力浪无权。书生独抱梯航志,空对文澜枕砚田。"单秉驭和《屏山迭翠》诗:"芙蓉高削出云霄,环列如屏入望遥。一画山光横翠黛,几重风雨涨红潮。风来石鐏青当染,霞映苔痕绿未消。愧我十年双履折,浪游自笑老尘嚣。"阮仪和《石洞吞云》诗:"凌霄一气忧嵯峨,呼吸虚能养太和。灿烂金枝藏石涧,氤氲玉叶布岩阿。闲来入梦阳台幻,懒去从龙碧汉过。漫道无心频出岫,九天霖雨待如何。"李仁长和《鹿峙村居》诗:"鳞鳞衡宇石重扃,淳古人依古翠屏。陇背露繁桑叶嫩,川头风细稻花馨。耆年习汉称三老,童塾尊周重五经。得失醉来蕉梦破,豕圈鸡榤夕初冥。"

1755年广南国阮居贞在嘉定为官之时,与郑天赐交游甚笃。他听闻招英阁之盛况,慕名而来,欣然写就十首唱和诗,但由于系后出诗作,因此并未收录在《河仙十景全集》,幸运的是被黎贵惇《抚边杂录》收载而得以传世。阮居贞和《金屿拦涛》:"帝怒阳侯数犯边,移将仙岛镇前川。波恬不识长城面,水猛方知砥柱权。精卫半消衔石恨,骊龙全稳抱珠眠。知君亦是擎天物,今古滔滔独俨然。"阮居贞和《屏山迭翠》:"中分村落立岩嶢,淡墨浓青作意描。地脉衰灵看树石,民情愁乐问刍荛。春开锦幕邀戎府,秋起春城拱圣朝。此味广州民乐得,草花不为陆沉凋。"阮居贞和《萧寺晨钟》:"晨风零落露花抛,迢递秋声过树梢。金兽哮残星海渚,木鲸打落月林坳。万家醒梦晨初驾,天佛开颜僧下巢。待扣堪怜禅亦有,不鸣呜得太阳交。"阮居贞和《江城夜鼓》:"金城峙立碧江皋,僵卧谯楼对月号。细雨有权声亦逊,狂波无韵响偏豪。遥呵鹊树依难定,近荡蛟潭梦亦劳。谁念天涯鸣武略,京华从此枕弥高。"阮居贞和《石洞吞云》:"一山开破两岩阿,吞下浮云不放过。蠖屈龙伸归嗽纳,鸾翔凤鬻入包罗。葫芦火湿凝烟重,石室人寒积絮多。出岫待教能五彩,光扶神武定山河。"阮居贞和《珠岩落鹭》:"山涵海色碧无暇,谁送霜儿到作花。行傍浪头鱼买计,立当松发鸹忘家。汐潮兴废自巍崇,凫鹤短长空嘱哑。为想乌衣堂上客,还将碌碌笑天涯。"阮居贞和《东湖印月》:"夜来谁琢两圆光,一贡天家一水乡。水谓银盘天学铸,天疑玉镜水真妆。蛟螭若漏遁形势,鸥雁如添抟翼方。慨想陶朱成事后,乾坤歌酌最中央。"阮居贞和《南浦澄波》:"盈洼波浪几辰倾,还把玻璃列地明。箕毕分闲天事少,鲸鲵权失海心平。干城客有乘桴思,行部人无问剑声。野老与鸥分籍罢,长安笑指圣人生。"阮居贞和《鹿峙村居》:"僻壤穷丘可寂听,子孙无患夺茅亭。鹿修留客野茶黑,豚足迎妻园果青。饱暖不知天子力,丰登惟信海神灵。更无租税又闲事,太半人称近百龄。"阮居贞和《鲈溪渔泊》:"渔家营队月层层,漏出芦花几点灯。父老空闻朝号汉,妻儿偏惯客名陵。撑扶江海双枝棹,收拾乾坤一把罾。闻道白蛟今又长,睡余行拟试余能。"

郑怀德《嘉定城通志》载琮德侯曾著有《河仙十咏》《明渤遗渔》刻本行世,"开招英阁,购书籍,日与诸儒讲论,有《咏河仙十景》,酬和者至众,其文风始著于海陬矣"①。除了《河仙十景全集》(笔者注:该书原貌已失,与《大南列传》所载《河仙十咏》所指相同,但与现存本《安南河仙十咏》出入不小),鄚天赐作为骚坛招英

---

① 戴可来、杨保筠点校:《岭南摭怪等史料三种·嘉定城通志》,郑州:中州古籍出版社,1991,第152页。

阁代表作之一的《明渤遗渔》可谓命运多舛。根据《大南列传》记载"《河仙十咏》凡三百二十篇,天赐为之序,其后遭乱,诗多散亡。待嘉隆年间协总镇嘉定郑怀德购得《溟渤遗鱼》一集,印本行世"。《明渤遗渔》诗集名称把自己比作流落于"海上明朝"的渔者,包括30首均以《鲈溪闲钓》为题的七言律诗和1篇赋。郑天赐刻本亡佚后,郑怀德1821年重刻本也毁于越南南方战火。现只保留6首均名为《鲈溪闲钓》的诗和1篇残缺的《鲈溪闲钓赋》。在这些诗赋中,郑天赐自比鲈溪边上的渔翁,寄情山水,抒发了对故国的思念和人生不易的慨叹。《鲈溪闲钓》(其一):"明朗月华照湖心。天际水天混一色,玉盘频露似美人。佳景宜人迷苏子,际此洛妃亦伤情。风光同此感各异,笑声泪痕雨沉吟。"郑天赐在《鲈溪闲钓赋》营造了一种"海阔天空,云高水融"的南浦景象,他打扮成渔翁,穿着蓑衣,戴着斗笠,手执钓具,怀念故国,感叹似水流年。

郑天赐还有《树德轩四景》、喃文诗《河仙国音十咏》等传世,这两部作品均是他与岭南士人唱和诗作。据河仙人张明达考证,《树德轩四景》原有32位诗人的88首诗歌,但大部分诗文已散佚,只保存九首抄录于黎贵惇《见闻小录》。《树德轩四景》本是郑天赐歌咏河仙树德轩春、夏、秋、冬四时之作,共4首,另外还有32位诗人赋诗酬唱,包括余锡纯、汪溪来、蔡道法、黎简斯、李士莲、陈成碧、方秋白、施筹、张佳、陈廷藻、倪元钦、陈智楷、颜钟鏄、钟永槐、黎预、梁鸾、刘章、方露、陈耀莲、庄辉耀、梁承宣、杜文虎、黎彰旭、谭湘、黄杜、马文振、吴鍒、黄元会、伍廷贤、方誉、冯衍,共88首唱和诗,可惜大部分诗作现已散佚,无法一一考证。黎贵惇在《见闻小录》中没有抄录郑天赐的四首咏景诗,而只抄录了9首唱和诗。现摘选其中三首唱和诗。汪溪来和《冬景》诗:"摊书慰得归来客,永夜同谁问远钟。拦浸碧波无树锁,阁飘香雪有烟封。寒辞倦鸭熏裘薄,暖借深怀酎酒浓。看醉拚眠斜抱月,残更报处是初冬。"陈曜莲和《夏景》:"厌厌日至暑天长,栏倚间辰纳晚凉。帘卷半窗红荔火,水翻盈沼绿荷香。薝虚掠燕轻风淡,树密鸣蝉骤雨狂。炎气解来烹茗熟,添泉看转九回肠。"方秋白和《春景》:"晴雨过春看绿筠,满阶苔印履痕新。鸣雷奋夜蛙喧鼓,隔岁归巢燕认人。营柳细穿莺织线,院花红接锦铺茵。盈盈水国开溟渤,清浊分流重饮醇。"

1990年版《越南文学总集》还收录了一篇佚名的《鲈溪文》,经歌文请教授考证,该文亦出自招英阁。可惜该文只有译文传世,原文不幸遭散佚。诗文中将处于太平盛世的河仙胜景比作武陵桃花源,回顾和点评四方文人到访河仙的酬唱之作,将其誉为"阳春白雪"。

近代越南文学界均对招英阁作品给予较高评价,阮惠之教授认为"招英阁的文人都有一种自豪而乐观的创作源泉,几乎都是应景之作,写作风格夸张,通过以景抒怀,映照现实生活的富足感。这些诗文风格真实、质朴、淡雅"[1]。就骚坛招英阁作品的思想意义而言,阮文森在《南河文学》的评价亦值得关注,他认为"招英阁诗作一方面表现了郑天赐继承父业,正值三十而立,年轻气盛,镇守一方,手握大权,抒发其自豪之气,另一方面表现了郑天赐将河仙视作南河关隘的藩屏,表露其忠君爱国之心。其次表现了郑天赐的抱负和鸿鹄之气"[2]。

---

[1] [越]阮惠之:《文学字典》(新版),河内:世界出版社,2004,第936页。
[2] [越]阮文森:《南河文学》,西贡:圣火出版社,第266—279页。

(3)关于骚坛招英阁成员数量和地址的争论

招英阁成立后,参与唱和的人员数量,通过对比数种史籍和学者的研究结论,有四种说法,一说共有 32 人,另说有 31 人,或 36 人,还有说有 60 人以上的,之所以统计数量有较大出入,在于统计口径是单以《河仙十咏》唱和人数还是以所有招英阁的作品唱和人数为依据。越南研究河仙文学的著名学者林进璞(笔名:东湖)认为招英阁有 36 人,将成员称为"三十六杰",其中有 18 位文采出众。时人有诗赞曰:"才华林立住芳城(系河仙的雅名别称),南北咸(另作含)云十八英。"骚坛招英阁成员广泛,有河仙人、顺化人、广南人、嘉定人,还有广东人和福建人。东湖在《河仙文学》一书写道:"洪德年间曾设立完备的文学组织——骚坛会,招英阁的组织方式概莫如是。洪德骚坛的人物有二十八宿,招英阁的人数更多。有书抄录为 32 人,有书抄录有 36 人。"东湖的统计数字大概来自晚近成书的《见闻小录》和《嘉定城通志》,但数字并不确切。郑怀德《嘉定城通志》,该书记载骚坛招英阁总共有 36 人,名单最为详细。"招致文学才艺之士,于是福建文人朱瑾、陈鸣夏、周景阳、吴之翰、李仁长、陈维德、陈跃渊、陈自南、徐铉、林维则、谢璋、单秉驭、王得路、徐叶斐、徐登基,广东人林其然、孙天瑞、梁华峰、孙文珍、路逢吉、汤玉崇、余锡纯、陈瑞凤、卢兆莹、陈涉泗、王昶、黄奇珍、陈伯发,肇丰府潘大广、阮仪、陈贞、邓明本,嘉定府郑莲山、黎伯评,归仁府释氏黄龙和尚,福建道士孙寅先生接迹而至。"[①]黎贵惇《见闻小录》记载总共有 31 人:"北国(中国)朱璞、吴之翰、李仁

[①] 戴可来、杨保筠点校:《岭南摭怪等史料三种·嘉定城通志》,第 152 页。

长、单秉驭、王昶、方铭、路逢吉、徐叶斐、林维则、徐铉、林其然、陈维德、徐登基、汤玉崇、陈绪发、黄其珍、周景杨、陈瑞凤、陈自兰、陈跃渊、陈鸣夏、陈演泗、孙天珍、孙天瑞、孙季茂共二十五人;南国(顺广以南)郑连山、潘天广、阮仪、陈贞、邓明本、莫朝旦六人。"《大南实录前编》也记载总共31人,但没有一一列举,只是说"清人朱瑾、陈白香等二十五人,国人郑连山、莫朝旦等六人"。越南学者何文陛将骚坛招英阁与黎圣宗骚坛会对比,骚坛招英阁规模更大,根据招英阁作品中参与唱和的人数推算,至少有60人。成员不仅限于郑天赐的官吏近臣,还包括平民知识分子,不仅有越南人,还有很多外国人。①

骚坛招英阁有无具体地址及它和广州地区一个名为"白社"的诗社是否有过交流,目前学界还有争论。招英阁旧址可能位于现今越南坚江省河仙市芙蓉寺内②。东湖先生认为招英阁即河仙镇的孔子庙,即诗社之所。黎贵惇在书中抄录郑天赐《河仙十咏》序文:"安南河仙镇,古属荒陬,自先君开创以来,三十年而民始获安居,稍加种植。乙卯年(1735)夏予缵承先绪政治之暇,尝日与文人谈史咏诗,丙辰年(1736)春,粤东陈子淮水航海至此。予待为上宾,每于花晨月夕,吟咏不辍,因将河仙十景诗相属和陈子淮。树帜骚坛,首唱风雅。及返棹珠江,分题白社,承诸公不弃,如题咏,就汇成一册,遥寄示予。因付剞劂,是可知山川得先君风华之行,增其壮丽,复得诸名士品题,益增其灵秀,此诗不独为海国生色,亦

---

① [越]何文陛:《河仙镇与骚坛招英阁》,河内:文学出版社,2000,第40页。
② [越]张明达:《郑天赐招英阁旧址考》,《历史研究》,1993:2(河内,2003),第79页。

可当河仙志乘云耳。丁巳(1737)季夏上浣郑天赐士麟氏自序于树德轩。"①笔者认为,树德轩可能就是招英阁的别称,同时被郑天赐选作自己的雅号。关于白社问题,张秀民先生《中越关系史书目》续编乙考证《河仙十咏》二卷的序文"分题白社"另做"分题自述"。越南学界则大多认为白社确实存在,《越南文学总集》、东湖先生《河仙文学》及何文陲《河仙镇与骚坛招英阁》等书校文均做"分题白社",注释中说白社是当时广州地区的一个文学社团,然而该诗社的具体细节则语焉不详。

(4)关于骚坛招英阁活动时间争论的内在逻辑及原因分析

骚坛招英阁的诞生时间目前也存在争议,出现分歧的焦点是应该以郑天赐1736年完成《河仙十咏》为标志,还是以次年他主持刊刻《河仙十景全集》这一事件为标志。越南文学研究院主持编撰的大型丛书《越南文学总集》收录了骚坛招英阁的部分作品,提要认为招英阁是一个由河仙政权设立的具有文化、教育咨询功能的文人组织。按照该书的说法,骚坛招英阁的活动时间是从1736—1770年,正值河仙经济社会发展的鼎盛时期。笔者认为之所以这样划分,其内在逻辑为1770年是河仙政权由盛转衰的重要时间节点,骚坛招英阁这个沟通中南半岛各国及清朝闽粤两地的文学社团随着河仙政权的陷落戛然而止。根据越南学者阮献黎(Nguyen Hien Le)的观点,如果按照郑天赐序文所载时间推断,骚坛招英阁应该存在了35年(1736—1771)。开招英阁的意义在于形成一个文人团体和创作群体,笔者认为陈智楷将《河仙十咏》带回广州,分

---

① [越]黎贵惇著、阮克纯校注:《见闻小录》,河内:教育出版社,2008,第700—701页。

题白社,说明在那个联络尚不便利的航海时代,招英阁的声名依靠海上航线通过儒商迅速传播闽粤两地,获得大量唱和诗篇,从而形成一个规模可观的跨国士人群体,其成员共享一个文化传统。虽然大多成员尚未谋面,通过以文会友,以诗传情,跨越地理的心灵沟通维系了骚坛招英阁的存在。因此笔者认为应该以刊刻《河仙十咏》的年份作为其诞生时间,结束时间应该以灵魂人物郑天赐的逝世为终点。骚坛招英阁的活动时间从1737年开始,一直到1780年郑天赐自杀为止。越史有《金吞》之记载,有人赋诗称赞郑天赐的气节:"地辟雄潘增越版,金吞英气耀暹城。"

骚坛招英阁的命运转向起始于河仙政权的对外政策失误所致。1762—1769年爆发了清朝与缅甸(当时清朝文献称为花肚番)贡榜王朝的战争,清朝不体面地赢得了战争的胜利,作为清高宗十全武功之一的清缅战争争议颇多。暹罗阿瑜陀耶王朝(亦作大城王朝)在缅甸的进攻下,土崩瓦解,国王被杀,广东潮州华裔郑昭趁机举兵抗击缅军,最终光复大城,登上王位,统一暹罗。当时乾隆皇帝认为郑昭乃是篡位之臣,不予承认。苦心经营的河仙政权虽然进入了全盛时期,但郑天赐的对外政策并未取得多少实质效果,清缅战争结束后,郑天赐收留了阿瑜陀耶王朝二王子诏萃(一作昭翠),作为日后帮助阿瑜陀耶王朝复国的筹码。郑鄚二人遂生嫌隙。在暹罗国内动荡时期郑天赐一度充当了清廷的耳目,帮助两广总督李侍尧打探暹罗与缅甸的战事及暹罗国内发生的变故。《东华续录》和《清实录》载李侍尧代替清廷发给河仙镇目莫士麟的书信,信中说:"尔僻处海疆,心知向化,因闻天朝讯暹罗情势,即将海外各夷地形势绘图,具文差夷官林义等齐投,甚属恭顺,业经据情奏闻大皇帝,鉴尔之诚,深为优奖,又闻暹罗国王之孙诏萃逃入境内,即为赡养资生,颇知礼义,亦属可嘉。今特给尔回文,并赏缎匹,用示恩意。"郑昭心存忌恨,率军攻打河仙,暹罗与河仙互有胜负,双方展开拉锯战。1769年五万河仙士兵出征暹罗,却因战事不利,损兵折将,仅余一万人。1770年,郑天赐不甘失败,复表奏两广总督,疏请清朝檄谕花肚番(即缅甸)出兵进攻郑昭,"恢复暹国,以谢前愆"。郑天赐的求援并未得到清廷实质帮助,清廷负责处理该事件的李侍尧则以化外置之,"听其量力而行,更可不必过问",一方面表扬其用意良厚,另一方面奉劝郑天赐要提防"两敌并临",不要"引寇入室"。1771年郑昭攻入河仙,河仙局势可谓"屋漏偏逢连夜雨",接连发生叛乱,元气大伤。同年西山阮氏崛起和攻打阮主,依附的南河阮主政权岌岌可危,无力支援河仙。郑天赐一边奋力抵抗西山军的进攻,一边鼓励阮主,寄希望于清朝发兵复国,他说:"国家之难,自古有之,望皇上宽心,以图大事,臣请竭犬马之劳,远投清国广东省诉苦,乞中国兴师殄灭群凶,复我南国土宇。"郑天赐"倚华扶阮"的理想终究没有得到清朝的援助,注定了他的悲剧人生。《清朝文献通考》把河仙政权与安南、暹罗一并视作藩国。张秀民考证有清朝文献称呼"中华苗裔郑侯,国号河仙",有时还称呼其为"郑番",但河仙郑氏父子没有接受过清朝的册封,来自清朝官方的支持亦非常有限。阮福顺被西山军斩首后,郑天赐被迫辅佐幼主阮福春败走暹罗。1778年阮福映被拥立为摄国政大元帅,遣使暹罗吞武里王朝寻找郑天赐。1780年同为华裔后代的泰王郑昭听信有人诬告郑天赐打算里应外合,联合阮福映攻占曼谷,于是抓捕郑氏父子和家眷,严加审问。郑天赐儿子郑子渊激烈辩驳这一诬告之举,被泰王郑昭杀害,郑天赐万念俱灰之际,愤然吞金自杀,结束了晚年颠沛流离的生活。声名远播海外的骚坛招英阁随着南河地区"一代魁星"的陨落自此成为千古绝唱。

(5)招英阁与闽粤、顺广士人的交流佳话

现流传版本《安南河仙十咏》(《河仙十景全集》)存于越南汉喃研究院,编号A.144,该版本有广东南海陈智楷和顺德余锡纯所题写的两篇跋:

士翁先生,抱舟楫之才,负湖海之气。丙辰(1736)春,予乘槎抵日南,盘桓半载,吟咏终宵。因出河仙十题,相为唱和,细玩大作,有如:峻岭彤云,澄江新月,具此才情。何难拍襄阳之肩,而揽嘉州之袂哉?

南海陈智楷淮水氏跋

西园飞盖冰景浮瓜,南浦流云珠帘卷雨

抚山河壮丽共传大风之歌

观宫阙嵯峨群诵柏梁之什

遂矣前征,尤矜此日题名山于座右,关塞周知咏蚕妇于宫中,桑麻在目

若乃:

古风浑穆,如考周宣之文丽藻煌,俨入陈思之室

宁止:

金城咏柳,叹壮戚之已非

宋王赏荷,恨之易谢者哉

岭南老人余锡纯兼五氏跋

410

论辈分余锡纯比陈智楷高出不少,名气也比后者大得多。陈智楷在《广州府志》的记载只是一个贾人,毫无文学地位而言,从跋文排列顺序,却可以看出编者有尊陈抑余之感。该版本也没有收录余锡纯的十首唱和诗作。1737年郑天赐《河仙十咏全集》刻本是否收录余锡纯的十首唱和诗不得而知,当陈智楷将郑天赐的《河仙十咏》诗歌及唱和诗带回广州,在白社的文人中间传阅,应该收录了余锡纯的唱和诗,但是,当陈智楷寄给郑天赐付梓刊刻时,郑天赐很可能将余锡纯的诗作挑拣出来,为什么郑天赐这么做?笔者认为尚存诸多疑问。

余锡纯,字兼五,广东顺德人。贡生,官训导。敦尚气谊,为士林所重。曾参与纂修《广东通志》《顺德县志》。著有《语山堂集》。根据越南胡志明市汉喃学专家高自清的最新研究,在《故黎朝宝篆社进士陈名案诗抄》写本(汉喃研究院编号为A.207)发现一组骚坛招英阁的作品,开头是郑天赐的六首诗歌:《鹿峙村居》《石洞即事》《鲈溪闲钓》(郑天赐《河仙十咏》中的《鲈溪夜泊》)、《鲈溪闲钓(其二)》《鲈溪闲钓(其三)》《鲈溪闲钓(其四)》,后有郑天赐《河仙十咏自序》,然后是署名"顺德老人余锡纯兼五体"的十首唱和诗。在《和金屿拦涛》诗余锡纯有"山光暗断三更月,海色情分两国船。同属南篱尧宅地,犹余春雨变桑田"诗句。在《和屏山迭翠》一诗中余锡纯写道:"自古孤山难独立,海邦长倚是天朝。"《和南浦澄波》一诗中余锡纯写道:"盛世黄河佳献瑞,交州南浦亦同清。"余锡纯《和河仙十咏》诸诗虽然句式工整,用词考究,但在诗意层面流露出港口国与大清两国的文化同源关系,言辞间不免又表现出天朝上国那种居高临下的自信语气。

这十首和诗下面有陈智楷和郑天赐的跋文,二人对余锡纯的诗作评价颇高:

"兼翁年杜伯先生行年八十有六,精神矍铄,吟咏不倦而往复豪迈。解祖后寄迹林泉,衔胎重孙外,日与词人嗜于山水,有陶元亮风。今遍观《河仙十景》诸作,清新俊逸者有之,觞古混融者有之,而声色香艳者亦有之。先生作习大成兮,呜呼!得载一景以丽之乎?"南海社牒陈智楷淮水是拜跋。

"余避居海外,寓物兴怀,偶有所作,未得纠正于君子。丙辰春淮水陈子至书,相为诗论,竟言及先生高雅,年臻耆硕于觞咏,今读佳诗,而觞敬之气逸于纸上。夫所谓'老当益壮,宁知白首之心',可以移赠先生兮。"

如果比对《河仙十咏自序》,笔者认为陈名案诗抄本中的跋文很可能是陈智楷携郑天赐《河仙十咏》诗集往返广州、请余锡纯题咏后,再由陈智楷带回河仙,陈智楷和郑天赐分别给做的跋文。郑天赐并未将余锡纯十首诗作收入《河仙十景全集》,于是有陈名案传抄才得以传世。

光绪五年刊本《广州府志》载:"余锡纯年方八十,犹好客,相与赋诗,令子孙属和为乐……与缙绅名士结社城南,觞咏无虚日……年九十三能书蝇头小楷,扁舟契童,往来村落间,即景成吟,兴致不减。"该列传记述了陈智楷将余锡纯诗册献给郑天赐的佳话。"越南尚诗赋河仙镇洋官莫某者,本中土人,通文翰。县人有贾其地者

(笔者注:该贾人系陈智楷),投以所镌锡纯诗册献莫,读而善之。饮贾问作者何如人?贾以三世享科名,夫妇齐眉,及见四代,今耄尚健步。莫叹曰:福人也。"[1]《香石诗话》引罗履先(罗天尺)的记述:"安南河仙镇有番官莫姓者,从贾客见余锡纯诗,酷慕之,海舶归辄以土物易其新咏,又有蔗园居士林姓,亦安南人,慕张河图诗,欲见其人,自绘小影,付海船归索张小影。二事皆海外佳话也。"

如前所述,关于白社作为一个广州文人社团与骚坛招英阁的交流,目前尚存争议,但越南学界大都认同白社与招英阁的交流史实。生活在同时代的广东僧人大汕《海外纪事》有一段描写了当时越南中部广南国文臣邀约与广州白社唱和的请求,在大汕看来,异邦文人大都以获得与白社诗人隔海唱酬资格为荣。"一日,有大学士记录豪德厚命其子持七律诗一首,并所璧银币来见。虽未可以言风雅,然知声韵理解,为此邦威凤灵著者。子亦彬彬秀逸。夜来与国师闲论此中方人名士,有文采风流可邀为白社唱酬者否?"[2]大汕出发前曾踌躇满志地叙述道"告行于当路缙绅、白社知己。随即开春,贶者、饯者、馈盘供餐物者、序而送者、歌诗赠行者,从朝至暮"。可见白社,在当时的广东地区还是颇有影响力的。地处岭南文化中心的白社文人与身居异邦的"招英阁"诗人隔海唱和,不能不说是一种空前的跨国文坛交流的奇观。白社成立于乾隆盛世中的广州并不稀奇,生活在同时代的安徽望江人檀萃曾南游粤东,亲见当时广州诗社之盛,颇有感触地写道:"仆客粤三年,居羊城者

---

[1] 瑞麟、戴肇辰等纂修:《广州府志》卷一三二,列传二十一,台北:成文出版社,1967,第348页。
[2] 大汕:《海外纪事》,北京:中华书局,1987,第24页。

久,见士大夫好为诗社,写之于花宫、佛院墙壁间皆满。其命题多新巧,为体多七律。每会计费数百金,以谢教于作诗者,第轻重之。流离之英俱得与,不具姓名,以别号为称,有月泉吟社之遗风。"[1]乾隆年间广州诗社如林,只不过,在当时文人的眼中,此时诗社已失去顺治、康熙年间的政治作用,转而成为文人雅士吟风弄月的场所。

《河仙十咏》所收录的唱和诗人多为广东人和福建人,其中就有雍正年间的武进士福建惠安陈鸣夏,雍正年间登武进士,被选为御前侍卫。雍正九年(1731),陈鸣夏始任江南寿春镇标泰兴营守备,从《河仙十咏》成书时间和序言看,可推测在江南寿春镇期间与陈智楷有交游,并应邀以河仙十景为题进行诗歌唱和。

除了福建和广东华商和士人,郑天赐还结识众多顺化、广南的士人及僧侣。阮居贞就是其中重要的人物,二人曾书信往来,讨论话题甚广。阮居贞(1716—1767)是南河阮主时期的儒将,曾奉命出兵真腊,智谋过人,为广南阮主政权实现南进政策、开疆拓土贡献颇多。阮居贞镇守嘉定时,常与郑天赐交游,探讨辞章之学。黎贵惇《抚边杂录》收录了顺广人阮居贞十首《河仙十景》和诗。阮居贞曾写信给郑天赐讨论文章之学和为人之道,语气甚为谦恭。阮居贞眼中的儒士应该具有如下形象和品格,"道"在他心中地位非常高:"人不能离道,以成人道,亦不能远人以为道。事本乎道,道藏诸事,无定名,无定形,分之而三才,合之而六籍。有人如此,或卷而约之,或舒而博之,夫谁曰不宜? 自人观之,故有正得,有奇

---

[1] 檀萃:《楚庭稗珠录·粤琲上》卷四,广州:广东人民出版社,1982,第140页。

得,有无求而不得,道一也,名之不同,位之役也。"他认为做学问的理想状态是"尝古之为学也,举道丘以为肉,倾德渊以为酒,编百行而庐室之。集万善而冠服之,言可言于可言之辰无不中,为可为于可为之辰无不从,修之于家而鸣之于王庭,修之于国而行之于绝域,其如是之谓有得"。

张国用《退食记闻》载"阮居贞参谋嘉定边等,商略之暇,以诗文往来酬答,招致南北文人优游唱和,有《河仙十咏》《树德轩诗集》①,遐方僻壤,蔚起夏风"②。黎贵惇《抚边杂录》收录二人往来书信,其中《阮居贞答河仙协镇琼德侯诗》,笔者认为很可能是阮居贞唱和《河仙十咏诗》时所作,体现了他的诗学思想:"夫存心为志,寓志为诗。人有浅深,故诗有隐显博约之不同。辰有升降,故诗有初盛、中、晚之有异。总之,不外乎忠厚为本,含蓄为义,平淡为工,而文之以绮丽,锻之以绮巧,六义之外篇,五际之余事者也。"他认为"心者,难测之物,泄之为诗,而成乎章句。诗之可读者,至于一字有三年而后得,千祀而弗解,余是难之。况少存涉猎,未能窃思于经纶,长颇慵疏,切戒希名于文字。以故平生佳作者鲜。矧乃金河玉塞万里之情,三军之务,其能暇及乎?纵有吟咏一二,亦黾勉由人。初非尽出己兴,律之不苟,良亦多惭,惟善为我藏,不足与人道也"。阮居贞"诗言志""文以载道"的诗学思想与郑天赐的文论思想不谋而合,只是各有侧重。

骚坛招英阁诞生于18世纪在"亚洲的地中海"的西南偏隅,从

---

① 笔者注:《树德轩四景》。
② [越]张国用:《退食记闻》卷二《人品》,越南国家图书馆编号 NLVNPF-1229-02 R.66。http://lib.nomfoundation.org/collection/1/volume/1212/。

其流传作品的思想内容来看，字里行间大都流露出侨居海外的明乡人对文化母国及昔日祖宗之地的大明王朝的向往。但是囿于文献资料发掘有待拓展，诗集作品散佚较多，保存下来的研究史料和文献颇为有限，即便《河仙镇叶镇鄚氏家谱》的整理和研究取得诸多可喜成果，若较为完整地再现骚坛招英阁三地文人以诗会友的交流盛况，难度甚大。如能发掘更多的家谱、参与创作者的文集，将有利于将骚坛招英阁的研究推向深入。白社与骚坛招英阁的相互题咏、《安南河仙十咏》未收入余锡纯诗等问题值得进一步探讨。

后记

拙稿杀青之际，有感而发，姑且絮叨一番以补记文中未尽之言：这篇小文的诞生可谓机缘巧合，2015年台北张艺曦兄通过复旦大学文史研究院邓菲副研究员来信询问我是否愿意加入联合工作坊，出版一本有关东亚士人结社的论文集，他在电子邮件中侃侃而谈，拟邀请海峡两岸暨香港的青年学者以东亚地域作为研究范围，聚焦18世纪中国、日本、韩国和越南等东亚世界的文人社集，并把论文集组稿的初衷和畅想都一一向我透露，希望这本集刊中的作品成为同类专题研究的经典之作。艺曦兄拟定的这个研究主题一下子吸引了我。记得在洛阳求学期间，于在照老师讲授《越南文学史》过程中就提到过这两个文人社团，课外阅读中接触到郑永常所撰《汉文文学在安南的兴替》发现有专门章节亦有论及，这两本书对于研究18世纪越南南北纷争时期的文学颇有启发，华人在南圻开发的历史，以及南河文学都引起我极大的研究兴趣，可是当时囿于种种条件,尚未接触到有关骚坛招英阁较为完整的一手资料,便无限期地搁置到今日。

这次工作坊的成立,使我果断确定了选题,即以骚坛招英阁为主题完成一篇18世纪越南士人社集的文章。骚坛招英阁并非一个孤立的创作团体,它的命名受到黎圣宗领导的"骚坛会"的影响。在阮朝潘清简等人撰修《钦定越史通鉴纲目》的演绎下,回溯300多年前,黎圣宗领导的"骚坛会"及历史佳话也进入文人津津乐道的谈论话题,即便这个社团大概率是晚近文人以"后见之明"层层堆垒、形塑的结果,但是骚坛元帅和他的"二十八宿"浓妆艳抹地组建了盛世黎朝充满官宣色彩的宫廷诗坛,在其影响之下,又诞生了骚坛招英阁。因此我按照时间先后,将骚坛会安排在前半部分作为序曲,围绕"宫廷""诗坛"与"治国理念"为主题关键词展开论述。希望这两个分别诞生于15世纪和18世纪的诗社交相辉映,能够大体勾勒出代表越南文学史上为数不多的文人结社运动。

由于杂事缠身,写作过程时断时续,幸有艺曦兄等学友前后举办两次工作坊,不同专业背景的学友间交流探讨,大大激发了我的写作灵感。循着前人拓荒者的足迹,几番陷入困境中的我在学友们的勉励下,重拾信心,将骚坛会和骚坛招英阁——这两个曾经享誉海外的文学社团逐渐勾陈并梳理出来。

因为《河仙十咏》三百二十篇诗作中包含了不同国籍的文人、海商、僧道俗各阶层人士的作品,中国广东、福建与越南中部和南部港口城市的海上航线促成了这一文学团体的形成。所以我选取"跨国""海商""国家认同"等关键词为出发点进行考述。中越学者林进璞(笔名:东湖)、何文陲、阮献黎、李庆新等前辈都发表过有

417

关河仙文学和明乡问题的研究成果，通过查阅武世营《河仙镇叶镇莫氏家谱》《大南实录》《见闻小录》《抚边杂录》《历朝宪章类志》等越南汉喃文献，再与《清实录》《清朝文献通考》《广州府志》《海外纪事》等史料记载一一印证，这个跨国文人社团的面貌在我脑海中渐渐清晰。骚坛招英阁这个社团的国际性色彩浓厚，没有严格的组织形态，但是在文人间一唱一和的思想碰撞与交流中，浑然一体，诗人们虽隔空对话，但宛若一个海上丝绸之路上的跨国士人共同体，引领南河文坛，盛极一时，不幸的是，它并不能超脱于化外之境，在严酷的群雄逐鹿格局下，经历短暂的辉煌之后各奔东西。

就骚坛招英阁设立的意义和思想内涵而言，文中虽有总结，我还想补充几点，鄚天赐是一个胸怀"修身、齐家、治国、平天下"理想的海外士人，又是一个融入当地主流群体、热爱汉学文化的政治领袖，对故国的怀念之情挥之不去，诸如"浓淡山川异国悬""飘零自笑汪洋外，欲附鱼龙却未能"等诗句均流露出鄚天赐的故国之思，而投靠新主的鄚天赐却以勤王护主的实际行动体现了强烈的忠君、爱国等儒家思想内核。在华风飒飒的河仙，文人们的唱和诗篇鲜活地反映了华人政权在深度融入地区政治分合的同时，中国文化的影响依然强大，鄚天赐身上也体现了教化子弟的士人情怀和广招门客的侠义精神。骚坛招英阁的诗篇字里行间既洋溢着明末遗民开拓海外乐土的由衷喜悦，又饱含着绵延深厚的思乡之情，这种多元认同的思绪也在歌颂山川秀丽、物丰人和的诗句中溢于言表。鄚天赐作为开疆拓土的华裔明乡人，自立一方，呈现出非"明"、非"越"、非"清"这样复杂的明朝遗民意识。

骚坛会与骚坛招英阁这两个文人社团虽风格迥异,产生的时代背景也不同,但均受容于中国传统文学和儒学体系的滋养。这些诗篇大量引用中国文学典故,吸收中国传统诗学思想和文论方法,大有异曲同工之妙。鉴于本人学有不逮,只是挂一漏万地进行粗浅说明,未加细致分析。

在资料搜集和写作过程中,有幸得到越南汉喃研究院院长阮俊强博士的指点,他给我提供了许多有益的研究线索,上海外国语大学越南语专业外籍教师裴碧捷老师帮我复印了几本珍贵的一手资料,在此一并致以深深谢意!

参考文献:

1.Đông Hồ, *Chiêu Anh Các Hà-tiên thập cảnh khúc vịnh*. Sàigòn: Quỳnh-lâm, 1970.

2.Đông Hồ, *Hà-tiên thập cảnh và đường vào Hà-tiên*. Sàigòn: Bốn-Phuong, 1960.

3.Đông Hồ, *Văn học Hà Tiên*. Nhà xuất bản Văn nghệ thành phố Hồ Chí Minh, 2004.

4.Viện nghiên cứu Hán Nôm: *Hội Tao đàn: tác giả, tác phẩm*. Hà Nội: Nhà xuất bản Khoa học Xã hội, 1994.

5.Viện nghiên cứu Hán Nôm, *Thơ chữ Hán Lê Thán Tông*. Hà Nội: Nhà xuất bản Khoa học Xã hội, 1994.

6.*Thơ Lê Thánh Tông và Hội Tao Đàn*. Nhà xuất bản Văn nghệ Tp. Hồ Chí Minh, 2000.

7.Hà Văn Thùy, *Trấn Hà Tiên và Tao Đàn Chiêu Anh Các* (*biên khảo*). Hà Nội: Nhà xuất bản văn học, 2000.

8. Trung tâm khoa học xã hội và nhân văn quốc gia, *Tổng tập văn học Việt Nam* (6). Hà Nội: Nhà xuất bản khoa học xã hội, 2000.

社集与方伎(书画、医学)

无心而娱：清初北京的"雅会"

杨正显[*]

一、前言

明代中后期，前后七子出，高倡复古之论，伴随诗社大行，流风所及，遍及朝野。随之又有"文社"接踵其后，几社、复社顾无须多论，然亦成晚明党争之源。明清鼎革之后，胜国士夫皆有"安身立命"之忧。抗清与否？守节与否？出仕与否？成为当时士人心中的块垒。而抉择后的结果，无疑将成为后人评价的依据。明遗民悲国家之亡，伤故时之不再，而入清为臣之人，则绝口不提过往历史，仿佛鼎革前的时间记忆不复留存。虽说清朝已大致代明而位

---

[*] 杨正显，台湾人，台湾清华大学历史学博士，"中研院"近代史研究所副研究员。研究领域：阳明学、明清思想史、文献学。代表作：《觉世之道：王阳明良知说的形成》（2015）、《白沙学的定位与成立》（2014）、《"明亡之因"的追论与议定》（2016）。

正统,但顺、康之际的政治局势仍未完全统一,南明诸王也还未完全剿灭,人心浮动不定,尚未归顺,朝野上下仍弥漫相互猜忌与不信任的气氛。以顺治二年(1645)大学士冯铨(字伯衡,号鹿庵,1595—1672,直隶涿州人)被劾事为例,《东华录》记云:

> 先是给事中许作梅、庄宪祖、杜立德、御史王守履、桑芸、李森先、罗国士、邓应槐、吴达等,交章劾奏弘文院大学士冯铨,原系故明阉宦魏忠贤党羽。其子源淮进贿于礼部侍郎孙之獬,遂为伊标中军。又礼部侍郎李若琳亦系铨党羽,俱宜罢黜究治。请将冯铨父子肆诸市朝。命刑部鞫问,无实。拟各官反坐。摄政王传集大学士等及各官,逐一鞫问。所劾冯铨、孙之獬、李若琳各款,俱不实。因冯铨自投诚后,剃发勤职。孙之獬于众人未剃发之前,即行剃发。举家男妇,皆效满装。李若琳亦先剃发,故结党陷害。王曰:"尔科道仍何蹈故习,陷害无辜?"给事中龚鼎孳曰:"冯铨乃党附魏忠贤作恶之人。"铨曰:"鼎孳何反顺陷害君父之李贼,竟为北城御史?"王曰:"此言实否?"鼎孳曰:"实。岂止鼎孳一人。何人不曾归顺。魏征亦曾归顺唐太宗。"王曰:"人果自立忠贞,然后可以责人。鼎孳自比魏征,以李贼比唐太宗,殊为可耻。此等人何得侈口论人,但缩颈静坐以免人言可也。此番姑从宽免尔等之罪。如不改悔,定不尔贷。"①

从这因弹劾冯铨而导致当时降清官员互揭疮疤的事件来看,

---

① 蒋良骐:《东华录》卷五,北京:中华书局,1980,第81页。

一方面可知顺治时,清朝政府还必须依靠前朝官员来协理政务,另一方面也埋下这些官员间的矛盾,将晚明时期的政治恩怨带到此时。多尔衮的说法显示出他其实知道此弹劾事是前明党争故习所致,而批评龚鼎孳(字孝升,号芝麓,1615—1673)的一番话也表达出对这些官员"鸟尽弓藏"的心态。此外,此事件也显示出透过剃发满服表达效忠清朝的做法,无疑地在鼎革之际的士大夫心里面,画出一条红线,区分故明与新清,开启竞争清朝认同的势头。侯岐曾(字雍瞻,号广线,1594—1646)在顺治三年(1646)三月的《日记》中记云:

> 作侄字,大意谓是髡禁再设,两地皇皇。……清发五等定罪:一寸免罪,两寸打罪,三寸戍罪。留鬓不留耳,留发不留头。又顶大者与留发者同罪。①

从侯氏日记十分注意各地起兵抗清的情况来看,他仍然抱有一丝复明希望。然随着南明诸王逐渐被抓与各地战事被平定后,政治秩序已归一统,士大夫们必须面对如何在异朝安身立命的难题。

从顺治初年至末年,清朝的统治愈趋稳固,意味着过去依靠降清官员的做法,也顺势调整过来,因此满汉官员的地位升降也就不同于前。政治上的变化必然影响对思想文化的控制,尤其是以故明历史教训为鉴。例如顺治十六年(1659)五月,顺治皇帝谕吏

---

① 侯岐曾:《侯岐曾日记》,收入《明清上海稀见文献五种》,北京:人民文学出版社,2006,第504页。

部云:

> 凡为臣子,但当砥砺品行奉法尽职,不可遇事生疑揣度,致开党与之渐如明末群臣背公行私,党同伐异,恣意揣摩、议论纷杂。一事施行,辄谓出某人意见;一人见用,辄谓系某人汲引;一人被斥,辄谓系某人排挤。因而互相报复,挠乱国政。此等陋习,为害不小,朕甚恨之。近来内外大小诸臣中,不体朝廷大公至正之意,尚有仍踵前代陋习,妄生意度者,深为可恶。今后各当洗涤肺肠,痛改前非,恪修职业,共归荡平。若有挟私疑揣,以至角立门户,渐开报复之端者,必重罪不宥。尔部即通行申饬。①

来年顺治十七年(1660)正月,给事中杨雍建(字自西)上疏言曰:

> 今之妄立社名纠集盟誓者,所在多有,而江南之苏州、松江,浙江之杭、嘉、湖为尤甚。其始由于好名,因之植党。请敕学臣严禁,不得妄立社名,投刺往来,亦不许用"同社""同盟"字样。②

朝廷依其所请"严行禁止"。朱彝尊(字锡鬯,号竹垞,1629—1709)在杨雍建的碑铭中说得更明白:

> 明季东南文士倡为复社,海内应之,著录者二千余人。其后十室之邑,三家之邨,莫不立有文社,莅牲以盟,张乐而燕,与者结路

---

① 《清实录·世祖章皇帝实录》卷一二六"顺治十六年五月五日",第975页。
② 蒋良骐:《东华录》卷八,第131页。

人为弟昆,道不同则亲懿视同仇敌,凶终隙末,靡所不有。公上言:朋党之祸酿于草野,欲塞其源,必先杜绝盟社。得旨,饬学臣严禁焉。由是士知闭户读书,各敬其业。①

此禁令一方面化约杨氏的说法,将明末亡国之因归咎于因晚明复社而起的朋党,另一方面也透过限制当时士人集会结社的自由,钳制言论。自此之后,士夫官员聚论讳言结"社",即使有也多以"文酒会"称之。例如王士禛(字贻上,号阮亭、渔洋山人,1634—1711)曾言:

康熙丙午、丁未间,予在京师,与先生(容斋)及说严、公勇(刘体仁)、苕文(汪琬)、曰缉(梁熙)诸君子作文酒之会。公余闲暇,辄相与过从谈笑,上下其议论,诗篇酬唱无虚日。②

康熙丙午、丁未间是五、六年(1666—1667),亦是孙承泽(字耳伯,号北海、退谷,1592—1676)、刘体仁(字公勇,号蒲庵,1618—1677)与梁清标(字玉立,号棠村,1620—1691)所举"雅会"成立之时。刘体仁儿子刘凡在其父《七颂堂识小录》书末记云:

先君子性恬澹,惟喜搜罗典籍,他无所嗜。丁未(1667)官京师

---

① 朱彝尊:《光禄大夫兵部左侍郎杨公神道碑铭》,收录在王利民等校点:《曝书亭全集》,长春:吉林文史出版社,2009,《曝书亭集》卷七十一《碑三》,第687页。
② 王士禛:《蚕尾文集》,收入《王士禛全集》,济南:齐鲁书社,2007,卷一《野香亭集序》,第1784页。

五年,是时名卿大夫,公余扬扢风雅,则有龚芝麓(鼎孳)、汪钝翁、王阮亭诸先生。好古鉴赏家则有梁真定、孙退谷两先生,文酒相娱乐,名曰"雅会"。①

同是在康熙六年(1667)所举,刘体仁一方面参与当时的诗文酬唱,另一方面则是参与以"好古鉴赏"为主的"雅会"。此"文酒之会"类型的"雅会"是本文要探讨的主体,理由有三:第一,由于此会是在北京所举,与晚明东南地区诗文社的成员与内容相较,大不相同。第二,此会参与人员除了孙承泽、梁清标已致仕,多具有在朝官员的身份。第三,此会内容以"好古赏鉴"为主,相较过往的社会性质,实属罕见。因此,究竟在什么样的政治社会背景之下,产生出这样的会社?参与者的目的除了"娱乐",还有其他原因吗?而此会的出现,在当时北京士人圈中呈现何种文化的意义?所留下的赏鉴言论表达出什么样的胸怀与心境?

二、孙承泽《庚子消夏记》:玩物以明志

"雅会"的举行与内容,须从此会最重要的主角,也是后世所谓的"贰臣"孙承泽谈起。孙氏在当时北京的政界与学术圈,享有盛名。明遗民王弘撰(字文修,号太华山史,1622—1702)提及孙承泽时说:

---

① 刘体仁:《七颂堂识小录》,收入王秋生校点:《七颂堂集》,合肥:黄山书社,2008,第234页。

京师收藏之富,无有过于孙少宰退谷者。盖大内之物,经乱后皆散逸民间,退谷家京师,又善鉴,故奇迹秘玩咸归焉。予每诣之,退谷必出示数物,留坐竟日。……时方构"秋水轩",以著述自娱,其扁联皆属予书。年已七十有八,手不释卷,穷经博古,老而弥笃,近今以来所未有也。①

王弘撰以"穷经博古,老而弥笃,近今以来所未有也"评价孙承泽,可以想见此人在当时的声望。清初理学名臣陆陇其(字稼书,谥清献,1630—1692)的《三鱼堂日记》中也曾记云:

(康熙十五年十一月)初四。……翼王(陆原辅)言:"北海学博而才敏,其所著诸诸书虽不皆精,然多有益于学者,博学之士皆收门下,相助校对,朱锡鬯(彝尊)、顾宁人(炎武)其尤也。"②

朱彝尊与顾炎武在后世皆以博学考据驰名,却都曾在孙承泽门下"相助校对",可见三人之间声气相通,对于史学有共同的目标与爱好。③ 孙承泽殁于康熙十五年(1676),不久之后修成的《大兴县志》里列传评价他说:

---

① 王弘撰撰、何本方点校:《山志》初集卷一《孙少宰》,北京:中华书局,1999,第21—22页。
② 陆陇其:《三鱼堂日记》卷三,收入《续修四库全书》史部,第559册,上海:上海古籍出版社,1997,第494d页。
③ 谢正光:《清初的遗民与贰臣——顾炎武、孙承泽、朱彝尊交游考论》,《清初诗文与士人交游考》,南京:南京大学出版社,2001,第338页。

428

生平于性命经济之学,靡不究心,晚年益多论述。经学有《孔易传义合阐》《尚书集解》《禹贡考》《诗经朱翼》《春秋程传补》《仪礼经传合解》诸书。理学有《宋五先生学约》《明四先生学约》《道统明辨录》《诸儒集抄》《藤阴剖纪》诸书。史学有《山书》《四朝人物志》《春明梦余录》《天府广记》《畿辅人物志》《历代史翼》《元朝人物略》《元明典故编年考》诸书。经济有《水利书》《河纪》《历代学典》《寰宇志略》《典制纪略》《山居小笺》《砚山斋集》《高新郑张江陵经济文选》《益智录》诸书。其尤有功于圣学者,考正王阳明所集《朱子晚年定论》一书。①

县志所记,虽不无溢美之嫌,但从其所著之书的"经学""理学""史学"与"经济"四方面来论孙氏"生平于性命经济之学,靡不究心,晚年益多论述",亦不为过。然而这个评价却与后来的传记所载有相当大的差距,原因在于乾隆三十年(1765)时,孙氏与陈名夏(字百史)结党一事被乾隆皇帝钦点,认为当时大臣的传记所述有很大的问题。《东华录》记载乾隆的"上谕"说:

朕恭阅《世祖章皇帝实录》,内载大学士宁完我劾奏陈名夏之疏,有与魏象枢结为姻党一款。朕向闻魏象枢在汉大臣中尚有名望,乃与党恶之陈名夏联姻,借其行私护庇,则亦不得谓之粹然无疵之名臣矣。因取国史馆所撰《列传》止称以事降调而不详其参劾本末,则后之人亦何由知其事为何事而加之论定乎?……第国史

---

① 张茂节修、李开泰等纂:《大兴县志》卷五,清康熙二十四年(1685)修乌丝栏清钞本,傅斯年图书馆藏,第49页。

所以传信,公是公非,所关原不容毫厘假借,而瑕瑜并列,益足昭衡品之公。所谓据事直书而其人之贤否自见。若徒事铺张夸美,甚或略其所短,暴其所长,则是有褒而无贬,又岂春秋华衮斧钺之义乎?且以众所共誉之魏象枢尚有瑕隙可抵,非今日因事稽核,谁复摘其隐微。若罪恶显著之陈名夏,及杨义所参交结党援之孙承泽,俱曾身为大臣,特以身名陨越,国史摈而弗书,将世远年湮,更无有知其罪状之昭宣,与夫纠弹之颠末。①

乾隆认为孙承泽因结党而身败名裂,国史却不载明其事,后人如何知晓?到了四十一年,编撰《贰臣传》时,孙承泽更因出仕三朝(明、李自成、清),评价更加不堪。《贰臣传》记云:

福王时,以承泽曾降附流贼李自成,定入"从贼案"。本朝顺治元年(1644)五月起,授吏科都给事中。……承泽既归,杨义劾承泽素附陈名夏,表里为奸,积年罪状可据,承泽上书自讼。十一年(1654),部议应休致,遂不复用。②

孙承泽先是因为与陈名夏结党之事而"身名陨越",后又因列

---

① 王先谦纂修:《十二朝东华录·乾隆朝》卷二十一,台北:文海出版社,1963,第796—797页。对于《贰臣传》编撰始末请见陈永明:《〈贰臣传〉〈逆臣传〉与乾隆对降清明臣的贬斥》,《清代前期的政治认同与历史书写》,上海:上海古籍出版社,2011,第220—259页。
② "国史馆"编:《贰臣传》,收入《清代传记丛刊》第57册,台北:明文书局,1985,卷十二,第813—816页。此传亦收入在中华书局编:《清史列传》卷七十九《贰臣传乙》,台北:中华书局,1964,第47页。

入《贰臣传》中,故此后所有提及孙氏之文字莫不以官方说法为准,致使其学术思想与著作的重要性因之湮没不彰。就以《春明梦余录》来说,乾隆末年修订的《四库全书总目提要》论此书云:

> 于明代旧闻,采摭颇悉,一朝掌故,实多赖是书以存,且多取自《实录》、邸报,与稗官野史据传闻而著书者究为不同。故考胜国之轶事者,多取资于是编焉。①

四库馆臣以"体例"标准吹毛求疵,却又不得不肯定此书有相当多的"旧闻"为他书所无,此书"胜国轶事"多或许是孙氏有意为胜国修史的初衷。而依此书扩充而成的《天府广记》,《四库全书总目提要》却说此书有收录"失之泛滥"、自载其奏疏"未免明人炫之习""传闻失实"、史事"抵牾"等病,最后说"核其全书,大抵瑕多而瑜少也"。② 从这两个不一的评价来看,可见当时四库馆臣们一方面要遵守官方的评价,另一方面又不得不重视孙承泽的著作。《大兴县志》说孙承泽究心于"性命经济之学"的说法,一方面可证之于著作,另一方面也为友朋所肯定。举例来说,《春明梦余录》中"从祀"条末说:

> 国家祀典、二丁之祭宜与郊社宗庙并重,其典制乃《太学志》中缺焉不备,故详稽而备录之。且考历代之所加礼,隆杀当否,可以

---

① 永瑢:《四库全书总目》卷一二二《子部三十二》,新北:艺文印书馆据清同治七年(1868)广东书局本影印,1974,第 2448 页。
② 永瑢:《四库全书总目》卷七十七《史部三十三》,第 1587b—1588a 页。

431

知其君焉！知其臣焉！并可以知其世焉！①

孙氏意即透过对典章制度的详细记载,以见当时君臣、以论当时之世。又在《天府广记》"仓场"下谈开"海运"之事时说：

梁公(梁梦龙)、王公(王宗沐)俱有刊成《海运考》,极其详备,有志经国者所宜留心也。②

四库馆臣只说孙氏摘录明人章奏,却没提孙承泽选录这些奏疏的用意。同样的呼吁也再见"工部"条下"海道胶莱河",记云：

夫海运关燕都重轻,新河系海运通塞,留心国事者所亟宜咨访也。③

一再提及"海运"的重要,自然是孙承泽多年来政务历练的心得(有《九州岛山水考》《河纪》之作),却因陈名夏之事被迫致仕。所以其友王铎(字觉斯,号嵩樵,1592—1652)在《谒希夷祠孙北海敬事墅中》诗云：

---

① 孙承泽：《春明梦余录》卷二十一《从祀》,台北：大立出版社据1883年南海孔氏刻印古香斋袖珍本影印,1980,第233d页。
② 孙承泽：《天府广记》卷十四《仓场》,收入《北京古籍丛书》,北京：北京古籍出版社,1984,第178—179页。
③ 孙承泽：《天府广记》卷二十一《工部》,第282—283。

独寝深岩内,神明有准绳。此时为虔礼,大道竟何能!古貌空人径,高烟满石棱。先生经济者,岂是溺飞升。①

王铎认为孙承泽不是像陈抟(872—989)一般好道家之术,而是有志于"经世济民"之人,但因为现实政治环境所限,无能"行其道",只能"独寝深岩内(退谷)"。空有"博学",却无能在政务上一展拳脚,故其晚年居西山"退谷",亦有其深意。从孙氏一生历仕三朝,最后又因结党一事被迫致仕的过程来看,应是取《诗经·大雅·桑柔》所言"瞻彼中林,甡甡其鹿。朋友已谮,不胥以谷。人亦有言,进退维谷"之意。《诗序》说"桑柔,芮伯刺厉王也"。故此章内容在说"刺王用小人",孙承泽《诗经朱传翼》书于此条下说:

言既无惠君以择相,由是在位者皆好逸谮,亦何往而不穷哉!瞻彼中林,甡甡然同行之鹿,犹有同类和辑之意。况同在王朝为朋友者,乃谮已于上以谤毁,不相与以善,曾鹿之不如也。是以当此之时,进则阻于君,退则忧于谗,"人亦有言,进退维谷",何其穷一至此哉!②

这跟孙承泽因同僚杨义弹劾而被迫致仕情节若合符节,"进则阻于君,退则忧于谗"正是其晚年心情的写照。

孙承泽另一为人所重的是书画古玩等的鉴赏,《庚子消夏记》

---

① 孙承泽:《天府广记》卷四十四《诗》,第762页。
② 孙承泽:《诗经朱传翼》卷二十五《桑柔》,收入《四库全书存目丛书》经部,第72册,台南:庄严文化事业有限公司,1997,第730页。

一书影响广泛,历来学界研究不断,蔚为大观。① 但孙氏是如何从种种"经世济民"的著作中,转进至连《县志》都不列出的"小道"里呢? 缘由必须从顺治朝说起。孙承泽晚年曾说到其收罗书画古玩等的因缘,他说:

> 甲申(顺治元年,1644)后,铜驼既在荆棘,玉碗亦出人间。二三同好,日收败楮断墨以寄牢骚。予有"墨缘居"在室之东,或有自携所藏,间相过从,千秋名迹,幸多寓吾目焉,追忆纪之。②

清廷控制北方后,孙氏与二三同好,开始搜罗古物"以寄牢骚",并且相约聚观赏鉴。看到孙氏此段话,会以为他仕途不得意,实则不然。从顺治元年任吏科给事中起,一直升官,通政使司左通政、太常寺卿、大理寺卿、兵部右侍郎、都察院右都御史、吏部右侍郎、吏部左侍郎,直至十一年(1654)才因陈名夏党案而致仕。对于一个前朝遗臣又曾归顺李自成的士人而言,仕途发展不可谓不好,但要寄什么牢骚呢? 很重要的原因有二:第一是仕途的升降取决在满人之手,而不是依靠个人的才能,即便是孙承泽编纂了那么多的经史子部之书。例如说顺治九年(1652)四月,都察院疏纠吏部

---

① 林婉瑜:《儒士·贰臣·收藏赏鉴家——孙承泽(1582—1676)之生活、绘画品味与影响》,桃园:"中央大学"艺术研究所硕士论文,2004。秦金根:《〈庚子消夏记〉及其书论思想》,《大连大学学报》,2007年第4期,第48—52页。李永:《山居·清侣:清初贰臣孙承泽的晚年著述与书画玩赏》,《美术学报》,6期(台北,2015.2),第41—47页。
② 孙承泽:《庚子消夏记》卷八《寓目记》,收入《艺术赏鉴选珍续辑》,台北:汉华文化事业,1971,第319页。

右侍郎孙承泽两耳俱聋,竟以此解任。① 后又说是误传旨意,再复原职②,但这升黜之间,对当时在朝官员内心形成很大的压力。第二是其所任之官职,多是"副手"性质,并无实质的权力,以行其经世之志。最后当孙氏以结党的理由被迫致仕,心情想必是不好的,他说:

> 忆丁亥之冬(顺治四年,1647),曾著《帖考》,今冉冉十三年矣。旧所见者失去大半,存者重一寓目,聊借以潇洒送日月而已。烟云过眼,宁敢谬执为常有乎!③

所谓《帖考》指的是《闲者轩帖考》,如与十三年后的《庚子消夏记》相比,内容已然不同了。而"借以潇洒送日月"一语出自一七八十岁老人之口,无仍是虚耗光阴,等死之意罢了。但老人总是口是心非,观此书之作,绝非"潇洒送日月"而已。

观察孙承泽《庚子消夏记》中,某些书画后的说明,显露出他当时的心情,而这在其著作之中是弥其珍贵的,因为其并没有留下诗文集之类的著作。例如推崇易代高隐的人物,如赵孟坚(字子固,号彝斋居士,1199—1264)。孙承泽记"赵子固水仙卷"云:

> 彝斋倜傥不羁,风神遒上,精于绘事。晚年尤好画水仙,欲以敌杨补之梅花。……余观此卷,风枝雨叶,纵横奇宕,如读蒙庄迂

---

① 《清实录·世祖章皇帝实录》卷六十四"顺治九年四月二十六日",第504页。
② 《清实录·世祖章皇帝实录》卷六十五"顺治九年五月二十八日",第509页。
③ 孙承泽:《庚子消夏记》卷四,第173页。

435

史文,莫可端倪,殆如子固出现。此宇宙奇观,不可作画图看。①

这样的说法是表达其观画心得,但接着又补上历史上对赵孟坚的评价,引用元朝姚桐寿(字乐年,自号桐江钓叟)《乐郊私语》的说法云:

> 赵子固,宋宗室也。入本朝,不乐仕进,隐居州之广陈镇。……公从弟子昂(赵孟頫)自苕中来访公,公闭门不纳,夫人劝之,始令从后门入。……子昂退,使人濯其坐具,盖恶其作宾王家也。②

《乐郊私语》今之刻本收在曹溶(字秋岳,号倦圃,1613—1685)所编《学海类编》中,而孙曹两人又是好友,故孙氏才能引用此条。历史上对赵氏水仙卷的评语不少,多是谈其技法③,没有人突出其"隐节",孙氏取姚桐寿之说,无乃以此自况。赵孟坚连其从弟赵孟頫(字子昂,号松雪道人,1254—1322)都不愿见,亦如孙承泽此书序言所言:"家居已久,人鲜过者,然亦不欲晤人。"④观子固图必须观其"高隐"之节。而孙承泽将王冕的"梅"、杨无咎(字补之,号逃禅老人,1097—1169)的"竹"与赵孟坚的"水仙",称为"三雅",并

---

① 孙承泽:《庚子消夏记》卷二《赵子固水仙卷》,第 90—91 页。
② 孙承泽:《庚子消夏记》卷二《赵子固水仙卷》,第 91—92 页。此文见姚桐寿:《乐郊私语》,收入《学海类编》,台北:台联国风出版,1971,第 5699d—5700a 页。文字有些许差异。
③ 参见陈高华:《宋辽金画家史料·赵孟坚》,北京:文物出版社,1984,第 742—755 页。
④ 孙承泽:《庚子消夏记》卷一,第 39 页。

以此名斋。宋荦(字牧仲,号漫堂、西陂,1634—1713)曾回忆说:

> 退谷先生(孙侍郎承泽)许数过,高斋三雅共摩挲。偶披《五石瓠》中目,始恨当年未见多。(侍郎以杨补之竹、赵子固水仙、王元章梅为"三雅",因以名斋。《五石瓠》为刘织著。)①

谈王冕(字元章,号会稽外史、梅花屋主,1287—1359)画梅,孙承泽说:

> 元章墨梅一株,信笔挥洒,直以古逸取势。自题一诗:"我家洗砚池头树,个个花开淡墨痕。不要人夸好颜色,只留清气满乾坤。"宋元人作梅,有以工胜者,若论韵致则惟元章耳。②

王冕之梅以"韵致"胜,然孙氏按语又云:

> (元章)尝北游大都,馆秘书卿台哈布哈家,欲荐以馆职。元章笑曰:"公诚愚人,不十年,此地狐兔走矣。何以仕为?"掉臂归越,复大言天下将乱,时四方无事,或斥其妄。元章曰:"妄人非我,谁当妄者。"乃携妻子隐九里山,尝仿《周礼》著书一卷,坐卧自随,秘不示人。曰:"吾未即死,持此以遇明主,伊吕事业不难致也。"及明

---

① 宋荦原唱、朱彝尊和:《论画绝句》,收录在黄宾虹、邓实编:《美术丛书》初集第五辑,台北:广文书局,1963,第57a页。
② 孙承泽:《庚子消夏记》卷二《王元章画梅》,第104页。

祖下金陵,杖策见之,署为军咨。未几,以老病卒。①

看画梅应就"梅"如何如何论之,按语却说王冕的政治抱负与著书缘由,间接透露孙承泽的想法,然这不是孤立的事情。另一个处于明清易代之际的遗民黄宗羲(字太冲,号梨洲,世称南雷先生,1610—1695)在其名著《明夷待访录》题辞内也提到王冕,他说:

冬十月,雨窗削笔,喟然而叹曰:昔王冕仿《周礼》,著书一卷,自谓"吾未即死,持此以遇明主,伊、吕事业不难致也",终不得少试以死。冕之书未得见,其可致治与否,固未可知。然乱运未终,亦何能为"大壮"之交! 吾虽老矣,如箕子之见访,或庶几焉。②

孙承泽谈王冕是顺治十七年(1660),而黄宗羲则在康熙二年(1663),只差三年,时间上非常接近。可以说,这两个老人在相近的时间点,仍然渴望得到"明主"的垂爱,致"伊、吕事业"。而孙氏看重杨无咎之竹,他说:

无咎以梅花擅名世传,画竹惟此两枝,数叶孤清欲绝。……按:无咎在高宗朝,以不直秦桧,累征不起,自号清夷长者,盖南宋

---

① 孙承泽:《庚子消夏记》卷二《王元章画梅》,第104—105页。
② 黄宗羲:《明夷待访录·题辞》,收入沈善洪主编:《黄宗羲全集》第1册,杭州:浙江古籍出版社,2005,第1页。对此题辞的研究,请参见王汎森:《〈明夷待访录〉〈题辞〉中的十二运》,《"中央研究院"历史语言研究所集刊》,84本3分(台北,2013.9),第527—555页。

一代高人也。故画法清旷如此,百世可想其人。①

从人品看画品,"不直秦桧",看不起当政者,宁愿在家不出仕。

此外在《倪云林六君子图》按语云:

> 元末倪云林、顾阿瑛皆以风流文藻相尚,二人赀雄江南,亭馆声妓,妙绝一时。兵起,皆毁家自全。顾剃发为僧,自题小像云:"儒衣僧帽道人鞋,到处青山骨可埋。若问向来豪侠处,五陵裘马洛阳街。"倪有云林堂、清閟阁,名闻四夷,至乱斥卖田宅得钱数百缗,会稽张伯雨至,念其贫且老,悉推与之,不留一缗。扁舟遨游,终于故人之家。②

孙氏在此图后还引明代李日华(字君实,号竹懒,1565—1635)语云:

> 六君子乃"松、柏、樟、楠、槐、榆"六树,行列修挺,疏密掩映,位置得宜而皆在平地。且气象萧索,有贤人在下位之象,岂或当日运数否塞,高流隐遁而为是欤?③

"贤人在下""高流隐遁",从六棵树的图像就能有此想象,孙氏还抄进书中,莫非亦有此怀呢?在钱选(字舜举,号玉潭,1239—

---

① 孙承泽:《庚子消夏记》卷二《杨补之孤竹图》,第89—90页。
② 孙承泽:《庚子消夏记》卷二《倪云林六君子图》,第93—94页。
③ 孙承泽:《庚子消夏记》卷二《倪云林六君子图》,第93页。

1301)的山居图评论说:

> 舜举与赵子昂同里,并在吴兴八俊中。至元间,子昂征入,功名赫赫,诸人皆依附取官,独舜举龃龉不合,流连诗画以老,盖宋之遗老也。予见其画颇多,独山居图为最,苍松老屋,云白树红,二人静对扁舟,想见高人胸次,觉子昂诸作终多翩翩富贵气象耳。①

孙氏评价画的层次高低意境不同,很大程度取决于作画人的人品作为。即使同为"八俊"之一,一出仕一高隐,评价截然两端。孙承泽在此评论后又有一评论道:

> 里人钟文子有"旅獒图",索余题之。余曰:"舜举宋进士不肯出仕,归老霅川,以诗画自娱。旅獒一图,仿阎立本笔意。盖身际板荡之余,追忆来庭之盛,凄然有今昔之感焉。此即前人纪梦华、谱涂山之意也。观者以意逆志,斯得之矣。"②

钱选在宋朝已为进士,易代之后,不肯出仕,其心情也反映在绘画中。孙氏要观画人"以意逆志",亦是其观看之道。而着重"高隐"之节,高举赵孟坚与钱选之画,反之即贬低出仕之人的画作,如赵孟頫。然孙承泽在抄引元人姚桐寿论赵孟坚的说法时,却刻意遗忘最后的评语:

---

① 孙承泽:《庚子消夏记》卷二《钱舜举山居图》,第 105—106 页。
② 孙承泽:《庚子消夏记》卷二《钱舜举山居图》,第 106 页。

子昂风神美丽而和易可亲,文章、书、绘,人号"三绝"。若夫怂恿彻里,竟诛桑哥之奸,亦当代第一流人也。①

元人论元人,应是相当客观可信,但对孙氏而言,不以为然,其症结仍在"出仕"一节。这个观点也反映在《黄大痴天台石壁图》中,孙氏先引戴表元赞黄公望(字子久,号大痴,1269—1354)之语,然后说:

> 观此赞,则其(黄公望)学问人品超绝一世,故画境奇妙如此。……元季高人不愿出仕,如尹蓬头、莫月鼎、冷启敬、张三峰,子久与之为师友,恣意玄修以求出世。大约皆负才之士,不屑隐忍以就功名者也。②

负才之士不愿出仕,"不屑隐忍以就功名",意谓画的境界高低关涉人品学问,"出仕与否"成为标准之一。因此,在《吴仲圭鸳湖图》中,说吴镇(字仲圭,1280—1354)"品地绝高,不专志于画",画不易得,还是用赵孟頫"芭蕉美人图"换到手的。又特别提及其在元代的事迹:

> 世传仲圭少好剑术,偶读《易》,乃一意韬晦。隐武塘卖卜,又

---

① 姚桐寿:《乐郊私语》,第5700a页。
② 孙承泽:《庚子消夏记》卷二《黄大痴天台石壁图》,第98—99页。戴表元赞其像曰:"身有百世之忧,家无担石之乐。盖其侠似燕赵剑客,其达似晋宋酒徒。至于风雨塞门,呻吟盘礴,欲援笔而著书,又将为齐鲁之学。此岂寻常画史也哉。"

厌而潜迹委巷中。绕屋植梅,日哦其间,因号梅道人。后预治圹,自题云梅花和尚墓。及兵乱,诸墓被伐而独以和尚墓获免,盖元之高隐,后世乃以画掩之也。①

收藏家一般会把自己认为次要的换自己很想要的东西。以赵孟頫之画换来吴镇的,以此可知,画家地位在其心中的重要程度。故孙氏在李成(字咸熙,世称李营丘,919—967)"寒林图"按语云:

成(李成)人品甚高,当时有显人慕成名,贻书招之。成得书,且愤且叹曰:"自古四民不相杂处,吾本儒生,虽游心艺事,然适意而已。奈何使人羁致入戚里宾馆,研吮丹粉而与画史冗人同列乎?"……天下未有不立品而能擅绝调者也。②

"立品"才有"绝调",不再是先艺后道,而是"道艺合一"。

而孙氏又是如何看待自己的呢?他内心是否忧惧后人将以其出仕三朝的经历来评价他呢?他在评朱熹的墨宝时,详细说明朱子在当时被攻击为"伪学"的过程,最后说道:

嗟乎!小人无忌惮一至于此。未几,晦翁举世仰之如山斗,得其片楮只字,宝如琬琰。则当日小人,殊足怜,不足恶也。故士君子立身行己,有终身之忧,无一朝之患。阅先生遗墨,谩记于此,时

---

① 孙承泽:《庚子消夏记》卷二《吴仲圭鸳湖图》,第 102—103 页。
② 孙承泽:《庚子消夏记》卷三《李成寒林图》,第 139 页。

庚子四月初九日。①

孙氏生平一以朱子为宗,卫道之心甚重。今日观朱子墨宝,仿佛得到积极面对困境的力量,认为一时的言论不足惧,君子争的是千秋后世的声名。在"万年宫碑阴题名",又引赵明诚(字德甫,又作德父,1081—1129)《金石录》之说:

赵德父云:"每览此碑,(见长孙无忌、褚遂良、许敬宗、李义甫同时列名)未尝不掩卷太息。以为善恶如水火,决不可同器,惟人主能辨小人而远之,然后君子道长,而天下治。若俱收并用,则小人必得志,小人得志则君子必被其祸,如无忌、遂良是已。然知人,帝尧所难,非所以责高宗也。"可称笃论,附录之。②

将此段文字放在孙氏因被弹劾而致仕的情况下来观察,不难理解其心中之气仍未平伏,仍认为被小人所害。在苏轼(字子瞻,号东坡居士,1037—1101)的墨宝后评论说:

传世者米书多,苏书少,盖以当时党禁,人不敢收苏氏文字,存者多付之水火,今之行世者,皆烬余也。……黄涪翁曰:"子瞻书为当代第一,为其挟以文章忠义之气耳。"此真知公者也。③

---

① 孙承泽:《庚子消夏记》卷一《朱元晦城南二十咏墨迹》,第53—54页。
② 孙承泽:《庚子消夏记》卷六《万年宫碑阴题名》,第250页。括号内文字,孙氏失抄。
③ 孙承泽:《庚子消夏记》卷一《苏子瞻苦雨诗墨迹》,第61—62页。

443

王铎曾经跋此书迹曰：

> 北海以苏手书，令人审定。凡书以法重，所以重在人乎，不在人乎？人重则天器之说也！欧苏以直谏为宋室争大事，不顾扒乱，不论夷险，其方劲迈俗之骨力，岂待于笔墨文字哉！即笔墨可见公于毫楮间，矧当时之亲炙也，以羹以牆。谓书画为细娱者未可言书画者也。北海首肯，不厌斯语。①

"谓书画为细娱者未可言书画者"一语，一反过往士人文化的观点，认为这些书画器物古玩皆为"长物"，反而赋予收藏赏鉴一个以史为鉴的意义。这一观点也表现在孙氏对其隐居不出唯书画古玩自娱的解释，在《欧阳文忠集古录跋尾墨迹》后，长引朱熹（字符晦，号晦庵，1130—1200）《家藏石刻序》文字，最后说："观朱文公之所好，则政不必以玩物为丧志也。"②孙氏尊朱，引用朱子语不足为奇，但朱子此文做于绍兴二十六年（1156）③，时仅二十七岁，连启蒙师李侗（字愿中，号延平，1093—1163）的面都未见呢。对如此了解朱子文章道术的孙氏而言，却刻意引用其早年之文为己申说，不得不说，实乃在乎时人乃至后人是如何评价他的。

---

① 王铎：《拟山园选集》卷三十八《北海孙奉常藏欧阳修苏东坡墨迹》，收入《四库禁毁书丛刊》集部第87册，北京：北京出版社，2000，第561a页。
② 孙承泽：《庚子消夏记》卷一《欧阳文忠集古录跋尾墨迹》，第57—59页。
③ 朱熹：《朱子文集》卷七十五《家藏石刻序》，台北：德富文教基金会出版，2000，第3755页。

三、刘体仁《识小录》:"雅会"的记录

对于举办"雅会"的时间长短不能有一明确的说法,但从刘体仁之子刘凡的说法可知应是康熙六年,一直到康熙十年刘体仁离开北京。或许在刘体仁离开后,还有举行,但没有确定的纪录,也不好讨论。主要的参与者有孙承泽、梁清标[1]与刘体仁,其余还有宋荦、顾炎武、朱彝尊、王士禛、周亮工(字符亮,号减斋,1612—1672)、潘耒、李良年、王长垣(名鹏冲,字文荪,1609—?)等人[2]。例如康熙八年(1669),王崇简(字敬哉,1602—1678)在《孙北海研山斋龚芝麓刘鲁一吴玉骗雅集》诗云:

研山斋静掩青萝,乘兴相邀故旧过。忆昔却怜吾辈在,剧谈犹觉壮心多。鼎彝错落当前好,书画淹留奈夕何?不醉无归君莫劝,且将秉烛更高歌。[3]

聚观之人还有龚鼎孳、刘鸿儒(字鲁一,1612—1692)与吴国龙

---

[1] Ho, Wai-kam. and Lee, Sherman E. "The Nature and Significance of The Collection of Liang Ch'ing-Piao,"in《"中央研究院"国际汉学会议论文集(艺术史组)》,台北:"中研院",1981,第101—157页。陈耀林:《梁清标丛谈》,《故宫博物院院刊》,第3期(台北,1988),第56—68页。刘金库:《南画北渡:梁清标的书画鉴藏综合研究》,北京:中央美术学院,2002,博士论文。
[2] 参见李永:《清初北方士人书画鉴藏家群体及交往——以孙承泽为中心的考察》,《中国国家博物馆馆刊》,2016年第3期,第103—113页。
[3] 王崇简:《青箱堂诗集》卷二十四《己酉》,收入《清代诗文集汇编》第16册,上海:上海古籍出版社,2010,第566d页。

445

(字玉骥,号亦岩,1616—1671);聚观地则在孙承泽的"研山斋"。朱彝尊《李龙眠九歌图卷跋》中说:

> 康熙庚戌(九年,1670)秋九月九日,偕昆山顾炎武宁人、嘉定陆元辅翼王永年、申涵光凫孟、嘉兴谭吉璁舟石,观于宛平孙氏研山斋。①

此次聚观之人还有陆原辅(字翼王,号菊隐,1617—1691)、申涵光(字孚孟,号凫盟,1619—1677)、谭吉璁(字舟石,号洁园,1623—1679)。除了孙承泽占地利之便,参与之人或多或少都会带自己的收藏,彼此赏鉴切磋,不但收藏方面有竞争的意味,赏鉴方面亦有高下之争。这种"社集"的方式,带给参与者相当多的感受,因而也留下不少的赏鉴心得,透过分析这些心得与过程有助于理解"雅会"的性质与影响。

前曾述及孙承泽"三雅斋"之典故,因此在"雅会"里看这三人之画也是理所当然,朱彝尊就说:

> 朱三十五梅词:"横枝清瘦只如无,但空里、疏花数点。""梅花有魂"二语摄之。此唯逃禅杨叟能写出,若煮石山农,兴酣落笔,便与少陵"乱插繁花照晴昊"句相似。愁眼虽冲,要非逃禅叟意中景矣。岁在丁未冬(康熙六年,1667),坐孙侍郎退翁蛰室,研冰试谢

---

① 朱彝尊:《曝书亭全集》,《曝书亭集》卷五十四《李龙眠九歌图卷跋》,第561页。孙承泽对此图的看法见《庚子消夏记》卷三《李伯时九歌图》,第121—122页。

道韫研书。①

说杨无咎的梅,只有朱敦儒(字希真,号岩壑,1081—1159)的词相匹配,而王冕的梅则似杜甫之诗,两者不同。此外,朱氏也看了赵孟坚的"水仙",他说:

赵子固水仙横幅,观于北平孙侍郎砚山斋。记先子恒言世多赝本,其真迹有九十三茎者最佳,今数之,果然。侍郎所蓄有杨补之"墨梅"、顾定之"墨竹"与是卷,称"岁寒三友"。梅竹无多花叶,而水仙独繁,然对之不异神仙冰雪之容,正乐府诗所云"寂寥抱冬心"者也。②

"冬心",表达出易代之际,内心的凄苦。康熙九年(1670)十月,又看"王维伏生图",朱彝尊曰:

世之法书善画多秘之内府,人既未得观,间复流传于世,藏之者非其人,则观者亦取非其人,此书画之厄也。是图之得归孙氏,非至幸与?先生今年七十有八,犹治《尚书》不辍,所注《禹贡》《洪范》,其发明经义甚详,对先生之容,益悟维之貌生能入神也。同观者谭七舍人兄吉璁舟石、李十九秀才良年武曾。③

---

① 朱彝尊:《曝书亭全集》,《曝书亭集》卷五十四《题杨补之墨梅》,第562页。
② 朱彝尊:《曝书亭全集》,《曝书亭集》卷五十四《书彝斋赵氏水仙花卷》,第562页。
③ 朱彝尊:《王维伏生图跋》:"右王维所画伏生,上有宋思陵题字。庚戌十月,观于退谷孙侍郎斋。"《曝书亭全集》,《曝书亭集》卷五十四,第560页。

看完"李龙眠九歌图卷"后,隔月再与谭吉璁与李良年一同去孙承泽家看此图,并将孙氏比喻为今之伏生。① 这幅图后来辗转经过梁清标之手,最后为宋荦所藏。朱彝尊还将此图转手过程赋予一珍贵之物应由适当的人所藏才是的意义,他说:

是图庚戌(1670)冬观于北平孙侍郎蛰室,因跋其尾。既而归于棠村梁相国,今为漫堂宋公所藏。主虽三易,不堕秦会之(桧)、贾师宪(似道)、严惟中(嵩)之手,济南生亦幸矣。②

除了看画,也看古物,例如看"季子剑",朱彝尊记云:

康熙九年(1670)冬十有二月,偕嘉兴李良年、吴江潘耒、上海蔡湘,过退谷孙先生蛰室。出延陵季子佩剑相示。……其曰季子剑者,先生审定之辞云尔。先生命四人联句咏之,诗成,摹铭文于前,俾书联句于后,装界为册,藏之砚山书屋。③

朱氏有《孙少宰蛰室观吴季子剑联句四十韵》④,同行的有李

---

① 刘体仁也看过此画,《七颂堂识小录》:"《伏生图》,席地凭几,短须鸡皮,真九十老人。而眉目静远,则大儒也。宣和帝题'王维写伏生'数字,字极楷。上用干卦印,背亦精绢装。"《七颂堂集》,第232页。
② 朱彝尊:《曝书亭全集》,《曝书亭集》卷五十四《再题王维伏生图跋》,第560—561页。此文作于"康熙辛巳(40年)二月八日",见第561页,编者注1。
③ 朱彝尊:《曝书亭全集》,《曝书亭集》卷四十六《周延陵季子剑铭跋》,第499—500页。
④ 朱彝尊:《曝书亭全集》,《曝书亭集》卷七《古今诗》,第131页。

良年、潘耒、与蔡湘。陈维崧(字其年,号迦陵,1625—1682)也曾前往,其《孙退谷先生招同王敬哉思龄两先生暨弟纬云夜集看剑斋即席命作看剑歌》云:

秋星帘前大如斗,看剑斋中夜命酒。先生八十杯在手,酒酣跌宕无不有。须臾叱咤平头奴,跪捧三剑当阶趋。众宾目摄不敢动,列缺闪烁翔天吴。其一首锐不盈咫,款云吴季子之子。其一屈曲如绕指,古之鱼肠毋乃是。其一煅炼非五兵,玉枪堕地啼琤琤。截犀剸兕不足怪,拂钟立断蒲牢鸣。吾闻洛阳街铜驼里。中有三河轻侠子,醉余乱舞剑花紫。模糊照见春坊字,往往胸多不平事。先生老矣夫何求,一生自问无恩仇。胡为龙性驯不得,夜夜神物悬床头。先生大笑一拍手,剑色淋漓着胸走。头白摩娑万卷书,此书与剑吾老友。出如脱兔处静女。夜阑抚剑相尔汝,哀角一声断行旅。①

从此歌可知,观剑时间在秋天晚上,类似"文酒会",参与的还有王崇简(字敬哉,1602—1678)等人,所看之物有三:一为"吴季子之剑"②,一为"鱼肠剑",另一为"玉圭"。王士禛记云:

孙北海家藏三剑:其一铜剑,长尺余,有鸟篆十字,云"吴季子

---

① 陈维崧:《湖海楼诗集》,收录在陈振鹏标点:《陈维崧集》卷三,上海:上海古籍出版社,2010,第697—698页。
② 关于此剑铭文的考证与收藏,参见阮元:《积古斋钟鼎彝器款识》,收入《后知不足斋丛书》卷八,京都:中文出版社,1969,第2749—2751页。

之子保之永用剑",篆甚奇古。其一玉剑,长尺有二寸,博三寸,中凿一孔,剡其上若芒刃,云有人得之成汤墓中。其一鱼肠,秀水朱处士彝尊云:"疑郑康成所谓大琰者也。考之桃氏作剑,未闻攻玉。玉剑之载于《六经》者无之,遂定以为圭,因作释圭。"①

还有"文王鼎"。《识小录》记云:

> 《文王鼎》所见凡二,冯涿鹿、孙退谷二家所藏,形制皆同。孙氏翡翠尤胜,固仿作,然均非汉以后物。②

当然,"雅会"当时所赏鉴之物相当多,《识小录》所记仅是一部分,但仍可一窥当时会中的情况。另一值得注意的是这些藏品的流通,也都在这个雅会圈子内,而随着圈中某人物故,藏品散出,自然也就由圈内人士接手。③ 因此,也才能追踪藏品的去处,这一点皆能证之《庚子消夏记》与《识小录》的记载。

刘体仁参与"雅会"之前,是先进入王士禛、汪琬等人的"诗社",因此他的诗作也颇负时名。过去学界研究也着重在其诗作境界的阐发,较少谈他的《识小录》,或许是受《四库总目提要》的说法

---

① 王士禛:《池北偶谈》卷十四《谈艺四·三剑》,北京:中华书局,1997,第348页。
② 刘体仁:《七颂堂识小录》,《七颂堂集》,第228页。
③ 宋荦:《跋王摩诘画济南伏生像》:"此王摩诘所写济南伏生像,载《宣和画谱》。……鼎革时,散落人间,为孙侍郎退谷先生所得。……先生殁,转归梁相国棠村先生。今康熙庚辰十月,余从相国孙右江金事雍处见之,疏其流传之绪以示将来。"《西陂类稿》,收入《历代画家诗文集》第32册,台北:学生书局据清康熙五十年(1711)商丘宋氏刊本影印,1973,卷二十八,第1286—1287页。此跋不知为何没有收录在《漫堂书画跋》,见黄宾虹、邓实编:《美术丛书》初集第五辑。

所影响:

> 所记书画古器凡七十四条,多称孙承泽、梁清标诸旧家物。盖体仁当时与汪琬、王士祯为同榜进士,以诗文相唱和而与孙承泽等又以博古相高,每条必详其所藏之人,与其授受所自,皆可资考证。①

可是,为何刘体仁会参与"雅会"呢?这得从刘体仁的心志来理解,在顺治十二年中进士后,任刑部主事,后于十六年八月请病假回乡,有归隐之志。但康熙六年又回任吏部稽勋司郎中、考功。重回北京任官,过得并不舒坦,他在给张实水的书信里道尽心情:

> 来长安,见炫煌道路者多矣。始信清闲是享天下第一等福。仁既不能读书,又不能自树立,此生将无可纪。②

又说:

> 春明无事,欲结一社。或作画、或作诗文或奕棋,总非忙人之所能至,则名为闲社而已。③

作画、或作诗文或奕棋,是闲人之所为,但仕途多艰,却不得不闲,他说:

---

① 永瑢等纂:《四库全书总目提要》卷一二三《子部·杂家类七四》,第2456d—2457a 页。
② 刘体仁:《七颂堂尺牍·与张实水先生》,《七颂堂集》,第200页。
③ 刘体仁:《七颂堂尺牍·与张实水先生》,《七颂堂集》,第198页。

今日安居州里，左图右书，便是陆地神仙。仕宦者绝无佳况，不独仁之迂疏为然。……所可喜者，海内名流，时而俱集，文雅纵横，尚足释烦解颐。即如前辈如孙北海、王敬哉诸公，典型在望，言论皆有根据，可承事也。①

对他来说，当时任官皆为副手，只能听命行事，实是苦差事，唯一庆幸是能跟海内外名流交往，而他特别点名孙承泽与王崇简两人。而他与两位的交往，着重在"典型在望，言论皆有根据"两点，这也反映当时很多人不堪为典型、政治言论也无根据。当然，孙王二人自明末以来，历仕三朝，典章制度的沿革，了然于心，更何况孙氏还久任吏部，也就是刘体仁的前任长官。不过，刘体仁仍然徘徊出仕与入仕之间，时有归隐之志，显现在其斋"七颂堂"之名上。"七颂"是尊崇历史上七个人：成连、陆贾（前240？—前170？）、司马徽（字德操，号水镜，？—208）、桓伊（字叔夏，？—391）、沈麟士（字云祯，419—503）、王绩（字无功，号东皋子，约589—644）、韦应物（737—792）。除了成连以"琴艺"高超驰名，其余之人皆带有怀才不遇，放逐于野的境况。因此，刘氏诗文中常显露对"高隐逸民"的看重，如给张实水信中说："读牧老《列朝诗集》，恨其党声气而轻逸民。"②说钱谦益（字受之，号牧斋，1582—1664）《列朝诗集》不收

---

① 刘体仁：《七颂堂尺牍·与张实水先生》，《七颂堂集》，第202页。
② 刘体仁：《七颂堂尺牍·与张实水先生》，《七颂堂集》，第204页。

易代之际诗人的诗。而刘体仁于王绩的诗文中选了《仲长先生传》①,并录序曰:

仲长子光者,亦隐者也,无妻子,结庐北渚,凡三十年,非其力不食。绩爱其真,徙与相近。子光瘖,未尝交语,与对酌酒欢甚。②

然后诗云:

讲席逃河汾,乃与长喑游。衔杯永佳日,高风为献酬。有耳无留语,觳音徒唶嗝。③

王绩有一著名的族兄王通(字仲淹,号文中子,584—617),在隋代享有大儒之称,然王绩在入唐后郁郁不得志,情况很像刘体仁,都是在易代之际,找不到人生的方向。王绩有一驰名之作《无心子并序》:

无心子寓居于越,越王不知其大人也。拘之仕,无喜色,泛若而从。越国之载曰:"有秽行者不齿。"俄而无心子者以秽行闻于王。王黜之,无愠色,退而将游于茫荡之野。适绩之邑,而遇机士,

---

① 王绩:《王无功文集:五卷本会校》卷五《仲长先生传》,上海:上海古籍出版社,1987,第178页。
② 刘体仁:《七颂堂诗集》卷一《七颂·王绩》,《七颂堂集》,第204页。此段文字出自《新唐书》,卷一九六《列传第一百二十一·隐逸》。
③ 刘体仁:《七颂堂诗集》卷一《七颂·王绩》,《七颂堂集》,第204页。

机士抚髀而叹者三,曰:"嘻!子贤者而以罪废!"无心子不应。机士曰:"愿受教。"无心子曰:"尔闻蚩廉氏马说乎?昔者蚩廉氏有二马,一者朱鬣白毛,龙体凤臆,骤驰如舞,终日不释鞍,竟以艺死。一者重胫昂尾,驼颈貉膝,踶啮善蹶,弃而散诸野,终年肥遁。是以凤凰不憎山栖,蛟龙不羞泥蟠。君子不苟洁以罹患,圣人不避秽而养生。"东皋子闻之曰:"善矣尽矣,不可以加矣!"①

王绩以二马之喻,来说明世俗人看重出仕,结果累死;而被放逐于野的却逍遥自在过一生。"弃俗遗名,与日已久。渊明对酒,非复礼义能拘;叔夜携琴,唯以烟霞自适。……歌去来之作,不觉情亲;咏招隐之诗,唯忧句尽。"②刘体仁怀抱这样的心情,怎能在北京名利场中,随遇而安?康熙七年(1668)时,曾说:

余在京师,一时大君子若高宗丞、冯少宰、黏给事、邵员外、邓行人皆谈神仙之学,乃仿其衣之制以相持玩。余自维少长兵间,中更多故,今虽厕身盛时,自西曹迁司勋(吏部),按例画诺,占位而署,休沐自笑,徒饱而嬉耳。丈夫既不得志于时,不得已而为神仙,尚可自立。遂取是衣,叹而记之。③

尸位素餐,志不得伸,心火上升,刘又在给张实水信中说:

---

① 王绩:《王无功文集:五卷本会校》卷五《无心子并序》,第171—172页。
② 王绩:《王无功文集:五卷本会校》卷四《答刺史杜之松书》,第134页。
③ 刘体仁:《七颂堂文集》卷二《浑元衣记》,《七颂堂集》,第148页。

心气梗塞,加以秋暑,真火宅也。无以安置此心,不免以书遮眼。数日来,遂了却宋人《北盟会编》一百册。①

"无以安置此心",只能钻入故纸堆中。因此在给张实水另一封信中说:"读史,不载陶南村事,窃谓此君靖节一流人。"②读史书也留意类似陶渊明一般的陶宗仪(字九成,号南村,1329—1410)。施闰章(字尚白,号愚山,1618—1683)曾这么形容刘体仁:

公勇壮年名进士,多才善游,早据要津,可安坐致卿贰,顾休沐家居十余年不出。吾闻公勇尝过苏门与孙征君钟元游,考论道德,遂置别墅为"留琴堂",其有乐于此,将抱琴而往邪?士贵功业自我建,公勇故轩然自负,即诸子继贵显,其肯未老而磨耗壮心邪?吾又以知公勇之不测也。③

当同辈人都努力在仕途上奋进,而刘体仁却反其道而行;别人要仕,他却要隐,而这也是《识小录》的著作背景。

参与"雅会"的人很多,但除了刘体仁《识小录》一书,都没有留下较为明确的纪录。即使如此,刘书当时也没刊刻,诚如其子所言:

群推先子博识,相与商榷古今,考辨真赝,次第间录成帙。诸

---

① 刘体仁:《七颂堂尺牍·与张实水先生》,《七颂堂集》,第205页。
② 刘体仁:《七颂堂尺牍·与张实水先生》,《七颂堂集》,第202页。
③ 施闰章:《七颂堂诗序》,《七颂堂诗集》,《七颂堂集》,第3—4页。

公虑传布,遭争索,嘱勿以录示人,因储箧衍六十年矣。①

由于聚会目的首要是"商榷古今",因此《识小录》书中记载不少当时所见到的书画刻石等,如"冯涿州宋元画册二,戊申冬归之孙北海先生,己酉人日余获观焉"②。冯涿州是冯铨(字伯衡,号鹿庵,1595—1672),与孙承泽同为异朝出仕之人,交情也很好,也同在顺治末年致仕。戊申是康熙七年(1668),来年,刘氏才在孙氏家中见到。这里也可以看出,孙氏所藏之物,绝不止《庚子消夏记》内所载的。例如"绛帖",《庚子消夏记》已载,但孙氏又从冯铨那得一全本。《识小录》记云:

绛帖二十卷,原为冯涿鹿物,今归孙少宰。每幅有"一轩"二字印,印几方广二寸,元初方一轩也。押装池有三城王印,间有无此二印者。纸皆横帘,揭手亦精,传闻内府凡数部,皆不全,涿鹿择其精者合成之也。后仍淳化旧题识。十卷后帝王书以宋太宗为首,二王书皆割裂,杂以头眩方、十七帖。大令数帖尤伪。王宗伯(崇简)有言:"古人碑皆自书,虽久而笔尚可寻。阁帖经数摹,神气尽矣。乃世人以阁帖为书学六经,何也?"③

这里不但可知刘氏在孙氏那见到什么,什么是真,什么又是假,最后引王崇简之语来反省学书应不应自《淳化阁帖》开始,这就

---

① 刘体仁:《七颂堂识小录》,《七颂堂集》,第 234 页。
② 刘体仁:《七颂堂识小录》,《七颂堂集》,第 230 页。
③ 刘体仁:《七颂堂识小录》,《七颂堂集》,第 224 页。

是与会众人"商榷古今"之意。而冯本绛帖最后到了梁清标手上,并刻进其《秋碧堂帖》。① "三雅斋"那三幅势必定要赏鉴的,刘体仁说:

王元章梅花一卷,前曰"印水梅影",后自题云:"我家洗砚池头树,个个花开淡墨痕。不要人夸好颜色,只留清气在柴门。"杨补之竹,一茎数叶,笔笔皆书法也。后有野涉翁题字,不知何人也?赵子固山水(水仙)卷,疏密横斜,遇纠纷处,目不给赏,真化工也。八分自题"戊午子固"。右三卷皆少宰物。②

刘氏看的心态完全出自他个人直观的感受,不是要从历史思想文化等方面来展现自己的"鉴赏功力"。所以,觉得王冕的诗好,就照抄下来;杨无咎用书法来画竹,也提出疑问。赵孟坚的水仙则强调其处理枝干交会处的技法。孙承泽有《巨然林汀远渚图》,刘氏记云:

巨然山水卷,今在梁宗伯家,疑非全帧。上有淡墨滩,隐隐作烟树田塍迷离状,莫寻其笔痕墨迹。向为孙氏得之内府者,今归真定梁玉立先生。③

---

① 林志钧:"冯本古绛二十卷全,合装十册。归孙氏后,又归真定梁蕉林。"《绛帖考》,《帖考》,台北:华正书局,1985,第95页。林志钧亦有《秋碧堂帖考》,见《帖考》,第183—196页。
② 刘体仁:《七颂堂识小录》,《七颂堂集》,第224—225页。
③ 刘体仁:《七颂堂识小录》,《七颂堂集》,第225页。

光看刘氏的说法,不知所谓,较于孙承泽之言,才能显现出差异。孙氏说:

> 起段茂林一丛,茅茨隐见,余则浦溆平铺,弥漫无际。其中树如荠人如豆,或行或舟,远帆乱荻,景色俨然。画至此,灵心独绝矣。昔人称其笔墨秀润,又称其幽溪细路,屈曲萦带,竹篱茅舍,断桥危栈,真若山间景趣,殆不虚也。①

孙氏先是仔细说明巨然的画法,再引前人之语证之,完全是赏画之语。而刘氏单单一句"莫寻其笔痕墨迹",就完结了,意谓光是在细节上找线索,不是重点。最后说此画已归梁清标。同样的描述,也在《巨然秋塘群鹭图》上。孙氏说:

> 图中秋水既落,蒹葭苍然,白鹭群立,坡陀萧然,有霜露之警焉。传神寓意,在笔墨之外。昔杜少陵诗有云"鸥行炯自如",盖状士君子委蛇在公之景也。又云"只今湖海上,形影日萧萧",盖伤贤人摈落在野之景也。巨然此画,直可作诗观矣。若徐熙辈止求形状之似,了无别韵,相去奚啻人天之别乎。②

孙氏这个评论虽然也仔细谈画面如何布局,但最后强调"传神寓意,在笔墨之外",而寓意就是君子贤人摈落在野之景。这一点也为刘氏肯认,所以他说:

---

① 孙承泽:《庚子消夏记》卷三《巨然林汀远渚图》,第 134—135 页。
② 孙承泽:《庚子消夏记》卷三《巨然秋塘群鹭图》,第 136—137 页。

巨然又有鹭鸶大幅,其立处渲墨作坚圆状,非石非滩,若水落而泥凝者。山水之外,此为仅见。老杜"至今江海上,双影日萧萧",似为此句传神。亦北海先生物。①

杜甫此诗名"鸥",原诗句应为"几群沧海上,清影日萧萧"。罗大经(字景纶,号儒林,1196—1252)解此诗云:

浦鸥闲戏,使无他事,尽自宽饶,却以谋食之故,翻玉羽而弄青苗,虽风雪凌厉,亦不暇顾矣。何似群飞海上者,清影翛然,不为泥滓所染耶。此兴士当高举远引,归洁其身,不当逐逐于声利之场,以自取贱辱也。②

可见,刘氏当时的心情亦如孙氏在庚子年一般。此外,在雅会里,不免提及过往鉴赏之事,如刘氏记云:

江贯道"长江万里图",张尔唯学曾所藏。顺治甲午,赴苏州太守任,孙北海、龚孝升、曹秋岳三先生偕王元照、王文孙于都门宴别,各出所藏名迹相较。诸公欲裂而分之,尔唯大有窘色。北海集古句戏之曰:"剪取吴淞半江水,恼乱苏州刺史肠。"一座绝倒。③

---

① 刘体仁:《七颂堂识小录》,《七颂堂集》,第225—226页。
② 转引自仇兆鳌注:《杜诗详注》卷十七,北京:中华书局,1999,第1531页。
③ 刘体仁:《七颂堂识小录》,《七颂堂集》,第231页。

此事发生在顺治十一年(1654),那时刘体仁还未进京赴试,所以这件事情只能是孙氏等人告知的。《庚子消夏记》里也记有此事:

张尔唯,名学曾,善画。家藏江贯道"长江图"一卷。赴苏州太守任,携一樽并卷来山中相别。时太仓王元照、东粤陈路若俱在,开尊展卷,亟称江卷之胜。余独无言,徐出巨然卷共阅,觉江卷退舍。盖"长江图"虽贯道得意之作,然无浑然天成之致,故知巨然不易到也。①

这个故事已有"斗画"较劲的意味,以此显见孙氏收藏之富、赏鉴之精。孙承泽原有"倪云林狮子林图"②,而刘体仁却记云:"倪元镇狮子林图,今在楚中程端伯家。"③这也意味他没见到此画,应经由孙氏告知图已易主,故留下追踪此图的线索。当然,刘体仁参与此会,也不是没有质疑过,他说:

东坡竹横幅在北海先生家。酣满俊逸,足移人情。墨分七层,予转疑东坡先生未能工妙至此。先生言:"明季乱,有掠书画卖者,取直甚廉,独此幅索厚直。盖贾竖无不知有东坡者矣。"④

---

① 孙承泽:《庚子消夏记》卷三《巨然林汀远渚图》,第135—136页。
② 孙承泽:《庚子消夏记》卷二《倪云林狮子林图》,第95—96页。
③ 刘体仁:《七颂堂识小录》,《七颂堂集》,第232页。
④ 刘体仁:《七颂堂识小录》,《七颂堂集》,第230页。此幅画或许是孙承泽:《庚子消夏记》卷二《东坡墨竹》,第111页。

由于刘体仁本身也会画画,故能从另一个相反的角度来质疑苏轼画太过精妙,这也是指此画为假的意思吧!

由于雅会众人对收藏品"考辨真赝",势必会判真为假,收藏之人听到这个评价,想当然耳会不以为然。就以"定武本兰亭"为例,王弘撰在《山志》中说:

> 予有定武本兰亭五字未损本,尝携至都门,为孙北海、龚芝麓、刘鲁一、王燕友、汪苕文(琬)诸公所赏,因而知之者众。①

也就是说,王弘撰参与了"雅会",且他带来赏鉴的东西不止"定武本兰亭",汪琬给王弘撰诗中说道:

> 嵯峨树石营丘笔,茧纸兰亭定武刻(山史携所收书画甚多,营丘画人物树石一轴,五字不损本兰亭一卷,尤可宝也)。秦川公子收藏家,牙玉为籖锦为帙。蹇驴驮来入京国,好事何人相赏识。②

而王士禛完整记录下王氏所带来的书画云:

> 顷来京师,观所携书画,聊记之。定武兰亭五字未损本,有米元晖、宋仲温二跋。又仲温临赵文敏十七跋。又兴唐寺石刻金刚经贞观中集王右军书、又汉华山庙碑、沈石田秋实图三物,皆华州

---

① 王弘撰撰,何本方点校:《山志》二集卷五《兰亭》,第276页。
② 汪琬著,李圣华点校:《汪琬全集笺校》卷五《钝翁前后类稿·诗稿五·赠王山史兼寄题独鹤亭二首》,北京:人民文学出版社,2010,第181—182页。

郭宗昌胤伯家物，皆有胤伯跋。……又李营丘古木，贾秋壑题诗，语潦倒可笑，华亭董宗伯得之南充陈文宪公者，有跋。又唐子华水仙图，甚妙。①

可见，王氏先前已知悉这个"雅会"的性质，否则谁出门远行会带这么多书画呢？王弘撰除了带来这些东西，也谈到收藏过程，《识小录》记云：

右军集书金刚经，世不多见，所见者华阴王山史所藏，云旧为渭南南氏物。圣教序不损本，向为范质公先生物，表里装作小册，今在华阴王家。②

但带来赏鉴完后，却留下争端，主要是针对"定武本兰亭"后跋真假问题。事实上，孙承泽斋中早有一本兰亭序，他说：

余生平酷爱兰亭叙，不啻昔人所谓有"兰亭癖"者。然求一真定武本，三十年无所遇，所收者，宋人翻刻本，至于唐石宋榻，戛戛乎难言之矣。南和白侍御抱一家传一本，是赵子固藏本，所谓"落水兰亭"也，其本旧称阔行五字未损，神韵浑沦，世间第一鸿宝。……越十五年，侍御隐居山中，学出世法，忽遣一介之使持帖遗余退谷中，谓入山来一切俱弃，岂可独留此物以累清虚乎？予意

---

① 王士禛：《池北偶谈》卷十三《谈艺三·记观王氏书画》，第296页。
② 刘体仁：《七颂堂识小录》，《七颂堂集》，第225页。

不欲收,使者不肯持回,适有唐僧贯休所画罗汉卷,神奇绝世,乃以遗之。①

孙氏花了三十年终于得到一"五字未损本定武兰亭",因此极其宝贝此物。刘体仁书中第一条载的就是观看此帖的心得,他说:

定武五字不损本兰亭,今在孙少宰家,有姜白石二跋、赵子固一跋,所谓落水兰亭也。所可疑者,后有赵文敏题字耳!王宗伯书数字于押缝,籖后有白抱一印。所谓五字者"湍流带右天"也。余偏傍皆如白石所考,微异者,崇字山下作三点,领无山,之盛盛字上蚀处作昂首龟形,由字中直如申字。②

刘体仁看完后,对赵孟頫的题字有疑。后来刘体仁看到王弘撰的"五字未损本定武兰亭",认为此本后"有米元晖跋与宋仲温跋,若出一手。为蛇足耳"!③ 这个评价经由汪琬(字苕文,号钝翁,1624—1691)传至王弘撰耳中,王氏大为光火,其《山志》记云:

予得定武兰亭五字未损本,盖秦府物,乱后落在民间者。旧为宋仲温所藏,有米元晖诸君跋。……汪苕文亟赏之,每过予,观之竟日不倦。近刘公勇著《识小录》中有云:"……"汪苕文大不然之。予尝驰简公勇云:"米元晖跋,弟固疑其赝。然与宋仲温跋用笔迥

---

① 孙承泽:《庚子消夏记》卷四《定武褉帖肥本》,第185—186页。
② 刘体仁:《七颂堂识小录》,《七颂堂集》,第224页。
③ 刘体仁:《七颂堂识小录》,《七颂堂集》,第225页。

463

异,足下谓如出一手,何也?因读佳著,着意寻求,欲摘其一笔稍似亦不可得。今遂望足下删改此稿,不然失言矣。"①

从现今《识小录》所载未改,可见刘体仁仍持己见。

而从《识小录》其他部分的记载,多是赏鉴心得与珍稀书画的流传与所在线索,这证明此会"商榷古今,考辨真赝"性质,绝不仅仅是几个好友单纯看画鉴赏的活动。有很大的可能,此书是当时的"会议记录",所以与会之人曾经告诫刘氏后人不要流传出去,造成无谓的争端。而从王弘撰极力为其书画辩诬的动作来看,一方面显示此会"考辨真赝"名声已逐渐建立,另一方面此会对古代人物"商榷"的标准,也势必成为当时赏鉴的标准,至少透过会中的争论与交流,重新定义"什么是好是高"的标准。

四、结论

本文探讨康熙六年(1667)间起,在北京由孙承泽、梁清标、刘体仁等人所举"雅会"的成因与内涵。主办人孙承泽当时致仕"隐居",来往北京城中的家与西山的退谷。而"雅会"大多办在其北京的房子里。鼎革之际,孙氏历仕三朝,士人出处问题始终困扰着他,顺治末年又因党争被迫致仕,更使他怀有隐居不出的心态。隐居时期,孙氏著书述作、读经论史,封闭沉浸在自己的世界里,仿佛古之隐者的所作所为重现于今。"高隐"之节,成为他赏鉴书画境

---

① 王弘撰撰、何本方点校:《山志》初集卷一《定武兰亭》,第22页。

界的标准。到了康熙时期,刘体仁虽有官员身份,却想高隐不出。他的人生困境不同于孙承泽,但高隐的目标则相仿,而书画文物的世界,成为他们共同遁逃的山林,"雅会"成为"相濡以沫"的天地。《识小录》一书的内容,类似他们聚会的"会议记录",评述、争论、心得与种种感叹。在一件件文物呈现眼前之时,与会之人仿佛回到文物当时的世界,暂时逃脱不堪的现实环境。《庚子消夏记》与《识小录》每条纪录,都在反映出他们现实人生的难。旁人与后人看此二书时,误认他们借赏鉴以娱乐,殊不知他们当时如能施展抱负,遂行其志,谁又愿意花费大量的时间精力金钱致力于传统儒家认为的技艺之末之事呢! 诚如刘体仁曾说的:

然烟云亦天地之自娱,水石林木被之生色。不止天地无心,水石林木亦无心。无心而娱,斯极矣。①

有心经世,但环境不允,只能无心而娱。王绩《无心子》中二马之喻,孙刘等人或许是那"弃而散诸野,终年肥遁"的马。对于他们自己而言,儒家标准下的那匹马会累死闷死,唯有去掉传统价值的桎梏,以天地自然为心,顺性而为,顺势而为,才能解除心火。否则,在贰臣、在易代、在异族统治,要把握与实践儒家伦理,如何能做到呢? "是以凤凰不憎山栖,蛟龙不羞泥蟠。君子不苟洁以罹患,圣人不避秽而养生。"儒家的圣人要活下来,也必须顺应环境的变化,而"雅会"就成为他们所遁逃的世界。最后要思考的是,北京

---

① 刘体仁:《七颂堂尺牍·与张实水先生》,《七颂堂集》,第198页。

雅会的性质虽以"赏鉴古物"为主,看似不同于晚明以来南方的社集与讲会的内容,但有一点则是相同的,就是参与者在面对儒家经世的传统观念,另辟一个蹊径来延续这个观念,只不过不能形成一个高头讲章般的论述文字。然从种种隐讳文字与心情背后,一窥雅会参与者在易代之际的无奈人生。此外,雅会的举办、赏鉴与心得记录成为后世"南画北渡"的中介[1],造成另一种意想不到的文化影响,这是当时参与者所意料不及的事。

---

[1] 刘金库:《南画北渡:清代书画鉴藏中心研究》,台北:石头出版社,2007,《导论》,第5—12页;第五章《"贰臣"孙承泽、曹溶的收藏》,第155—184页。

医者同社与研经讲学：以明末清初钱塘侣山堂为中心的讨论

冯玉荣[*]

一、前言

明清之际的社集历来学者多有关注，社为当时士人集合的一种方式，揣摩时文，以文会友，此种方式引领社会各阶层的普遍参与。文有文社，诗有诗社，大江南北，结社的风气，犹如春潮怒上，应运勃兴。不但读书人立社，士女们也结诗酒文社，提倡风雅，从

---

[*] 冯玉荣，复旦大学历史系博士，华中师范大学历史文化学院教授。研究领域：明清社会史、医疗史。代表作：《明末清初松江士人与地方社会》(2011)、《医学的正典化与大众化：明清之际的儒医与"医宗"》(2015)、《上医医国：一位晚明医家的日常生活中的医疗与政治》(2018)。

事吟咏。① 乃至有丝社、画社②等,也带动了琴谱的刊刻、书画作品的结集。医者以问疾诊疗为业,宋以后儒医观念渐入人心,医者愈加重视文本。作为传播医者名声,医学知识传承的重要途径,加之商业出版的推动,医籍的刊刻与流传愈加广泛。③ 在此时代氛围之下,亦有医者参与社等群体性组织,以相互砥砺。

明末清初钱塘医者在"同社""侣山堂"的名义下聚焦,在尊经崇古思想下求学问知,其医著不断为后继者所编纂翻刻,形成类似知识共同体的运作方式。以往对于钱塘医者的归纳,主要认为集讲学、言经与诊疗活动为一体,以维护旧论为其学术主张,以此来论及"钱塘医派"。④ 不过,钱塘医者很难说在学理上有较大的突

---

① 谢国桢:《明清之际党社运动考·引论》,北京:中华书局,1982,第 8 页。
② 张岱:《陶庵梦忆》卷三《丝社》,"越中琴客不满五六人,经年不事操缦,琴安得佳? 余结丝社,月必三会之",上海:上海古籍出版社,1982,第 18 页。周晖:《二续金陵琐事》上《画社》,"少冈王文耀善画,乃利家之出色者,且好事,多收宋元名笔,因结一画社于秦淮,邀而入社者皆名流",收入《南京稀见文献丛刊》,南京:南京出版社,2007,第 318 页。
③ 祝平一:《宋、明之际的医史与"儒医"》,《"中央研究院"历史语言研究所集刊》,77:3(台北,2006),第 401—449 页。冯玉荣:《医籍、医名与医理:明末李中梓的儒医形象及知识传承》,《华中师范大学学报(人文社会科学版)》,2014 年第 4 期,第 121—129 页。
④ 竹剑平、胡滨:《试论钱塘学派》,《浙江中医学院学报》,1985 年第 4 期,第 36—38 页。朱德明:《浙江医药史》,北京:人民军医出版社,1999,第 131—132 页。鲍晓东、张承烈、胡滨:《试论"钱塘医派"的治学态度与方法》,《浙江中医学院学报》,2003 年第 5 期,第 13—15 页。竹剑平、张承烈、胡滨、鲍晓东、朱德明:《钱塘医派述要》,《中华医史杂志》,2004 年第 2 期,第 11—15 页。张承烈:《钱塘医派》,上海:上海科学技术出版社,2006,第 7—358 页。朱德明:《元朝至民国时期杭州的中医教育》,《健康研究》,2009 年第 2 期,第 152—155 页。刘时觉:《早期钱塘医派述要》,《中华中医药学会第四次中医学术流派交流会论文集》(哈尔滨,2012),第 85—91 页。

破,"钱塘医派"并未在中医学说上构建起鲜明的学术体系,展现出迥别于过去呈现典范性的特征。如同"吴中医学""新安医学",为后世缅怀前世、追寻自我根源时所塑造的地域集团概念,其医学知识的群体性、地域性是一个不断层累构建的过程。[①] 蒋熙德(Volker Scheid)关于孟河医派的研究,以长时段的视野,展示了医学是一个知识与实践体系,也是"把人们联系起来的线,创立身份的工具,聚集资本和扩大影响的策略",医学流派不单是理论与方法的体系,也是动机各异的人们组成的关系网。[②] 对于钱塘医派的建构似乎要回到明末清初的时代脉络下去梳理。本文试图揭示医者雅集与明季风靡一时的文人结社有何关联?医学讲经之风与儒学讲经会有何关联?而医者雅集、研经讲学又如何推动医学知识的建构?以期探讨医学雅集、讲经风气如何形成,以及医者与士林之关系,医学儒学化及医学知识建构等相关问题。

二、从《本草汇言》"同社"到"侣山堂"

江南文社兴盛,有很强的本地特色,医者也呈地域集结之态,以"同社""同盟""同志"相标榜。学界论及钱塘医派,皆以侣山堂

[①] 张哲嘉:《明清江南的医学集团——"吴中医派"与"新安医学"》,收入熊月之、熊秉真编:《明清以来江南与文化论集》,上海:上海市社会科学院,2004,第256—267页。熊秉真:《新安幼医刍议:乾隆歙邑许氏之例》,《中国文化研究所学报》,2010:50(香港,2010),第129—163页。张学谦:《从朱震亨到丹溪学派——元明儒学和医学学派的社会史考察》,《"中央研究院"历史语言研究所集刊》,86:4(台北,2015),第777—809页。冯玉荣:《清代地域医学知识的书写——以钱塘王琦《医林指月》为中心的讨论》,《中医药文化》,2019年第5期,第5—14页。
[②] 蒋熙德:《孟河医学源流论》,丁一谔等译,北京:中国中医出版社,2016,席文:《序》,第2页。

为讲经研学的要枢,但侣山堂研学实有其源。天启四年(1624)成书的倪朱谟《本草汇言》①,采用的是汇言的方式,篇首明确提出有"师资姓氏"与"同社姓氏"。清初顺治十七年(1660)正月,礼科右给事中杨雍建疏言:"不得妄立社名,其投刺往来,亦不许仍用社盟字样,违者治罪。"②该疏明确要求禁止社盟活动,不许用社盟字样,亦侧面说明晚明以来"同社""同盟"相称已遍及士林,乃至医家者言。《本草汇言》所载"同社",不知其社名,但其师资及社友均留名于册,其中多名师资成员又与侣山堂关系密切。

《本草汇言》不论在当时还是后世都被视为重要医籍之一。倪朱谟叔祖倪元璐(1593—1644),天启四年(1624)为《本草汇言》作序,称倪朱谟早年贫寒,习儒以应科考,兼研医药,编成《汇言》。该书与李时珍(约 1518—1593)《本草纲目》、陈嘉谟《本草蒙筌》、缪希雍(1546—1627)《神农本草经疏》可相提并论。倪元璐,天启二年(1622)进士,任翰林院编修,精于书法,为尚书袁可立门生,始终与阉党格格不入,明亡殉国。倪朱谟本为儒生,医籍成为其业儒之外的寄托。《仁和县志》称:"少业儒,沉默好古,治桐君、岐伯家言,得其阃奥。治疗多奇效,集历代本草诸书,穷搜广询,辨疑正讹,名曰《本草汇言》。其子洙龙刻之行世,医家无不奉为蓍蔡。"③

《本草汇言》与一般本草著作不同之处在于,作者亲自采访当

---

① 此书原版刻于清顺治二年(1645)至康熙初,初印之后,又续有增补。本文所采用的点校本,以增补本为底本,初印本为主校本。倪朱谟著,郑金生、甄雪燕、杨梅香校注:《本草汇言》,北京:中医古籍出版社,2005,第 776—783 页。
② 平汉英辑:《国朝名世宏文》,收入《四库未收书辑刊》第 1 辑第 22 册,北京:北京出版社,1997,据清康熙刻本影印,卷七,杨雍建:《严禁社盟》,第 679a 页。
③ (康熙)《仁和县志》卷二十一《方技》,第 15 页。

时医药人士148人,汇录各家药学言论,使之成为本书最有特色的部分。① 其中师资姓氏12人中,"皆为万历时人,南北名俊耆儒,深明于医者":仁和马更生、潘汝楫;钱塘卢复、卢之颐;杭州陈石芹;寓居杭州者三人:徽州王继鼎、徽州方谷、余姚张遂辰;东吴缪希雍、金华叶春明、绍兴邵毓璧、蓟州黑见龙(见表1)。

表1 《本草汇言》师资姓氏②

籍贯(县)	师资姓氏
仁和	马更生、潘汝楫
钱塘	卢复、卢之颐
杭州	陈石芹
徽州	王继鼎、方谷
余姚	张遂辰
东吴	缪希雍
金华	叶春明
绍兴	邵毓璧
蓟州	黑见龙

据朱倓考证,明季盟社,以南直隶、浙江为最盛,浙江则以杭州为首,浙东之宁波、绍兴,浙西之嘉兴、湖州次之。③ "同社姓氏"136人中,据笔者统计,主要来自浙江省,有101人,其中杭州、钱塘、仁

---

① 陈仁寿:《浅议〈本草汇言〉的学术成就与不足》,《南京中医药大学学报(社会科学版)》,2003年第3期,第169—171页。吴昌国:《明代本草名著〈本草汇言〉研究》,《中医文献杂志》,2011年第5期,第5—7页。
② 此表统计人物、籍贯以《本草汇言》所载为准,倪朱谟:《本草汇言》,第1页。
③ 朱倓:《明季读书社考》,此文初刊于民国十八年(1929)十二月北京大学《国学季刊》第2卷第2号,收入《明季社党研究》,北京:商务印书馆,1945,第208页。

471

和共68人,近一半医者出自杭州府本地,其次绍兴、宁波、嘉兴、湖州。此外也汇集了浙江周边的徽州、苏州、松江一带医者,以及南直隶、北直隶、陕西、江西、四川、河南部分医者(见表2),其成员分布与明季盟社兴盛区域很相近。

表2 《本草汇言》同社姓氏①

籍贯(省、府、县)			同社姓氏
浙江101人	杭州府	杭州26人	陈嘉相、杨长春、白联捷、陆瑚琏、须明德、周文绪、刘应干、桂如金、桂如玉、赵德裕、桂连城、王国桢、王昭世、汤奏平、林如杏、沈斐、成三策、薛大观、李恒一、薛存仁、张联登、林普成、皇如臣、张济成、朱之仁、顾尚
^	^	钱塘23人	金兆麟、陆先春、沈良知、张斐、沈桢、沈咸长、保延龄、赵治、邵必、詹文生、释朽心、倪志和、沈公岐、陈大鼎、姜汝桂、王志学、闻道臣、陈宗文、周维新、邢五瑞、陈丹、沈公叶、张世臣
^	^	仁和19人	许恒、瞿文成、郑元复、朱寅、吴之相、蔡国杰、李恒学、汤治平、王天锦、江元机、祝文斯、何可则、沈效贤、陈瑶国、王国华、祝观涛、邵一明、赵伯升、车志远
^	^	海宁1人	杨慎可
^	^	富阳2人	张志仁、葛霖
^	^	于潜1人	马千里
^	^	新城1人	薛巨源

---

① 此表统计人物、籍贯以《本草汇言》所载为准,倪朱谟:《本草汇言》,第1—2页。

续表

籍贯（省、府、县）		同社姓氏
浙江101人	宁波府 宁波3人	鲁国正、杨先春、范涵一
^	宁波府 奉化1人	葛去藤
^	绍兴府 绍兴7人	马登风、魏国士、茹拱宸、茹之宪、闵玉辂、陶万化、郦恒世
^	绍兴府 会稽1人	黄旭
^	嘉兴府 嘉兴2人	莫之鼎、姚雯
^	嘉兴府 桐乡1人	张必显
^	湖州府 湖州1人	梁璐
^	湖州府 孝丰1人	金与时
^	严州府 严州1人	宋起麟
^	严州府 分水1人	夏澄
^	台州府 天台1人	王显祖
^	金华府 金华2人	李应玉、楼大浍
^	处州府 处州1人	王道子
^	处州府 丽水2人	杨灯、杨大生
^	温州府 永嘉1人	陈齐
^	温州府 乐清1人	梅隐
^	温州府 泰顺1人	计大成

473

续表

籍贯（省、府、县）		同社姓氏
江苏7人	苏州1人	王永年
	无锡1人	顾国宝
	扬州2人	释道济、韦三成
	丹徒1人	高一夔
	丹阳1人	东开峰
	昆山1人	费之达
徽州7人		程方册、方有恒、江如锦、方天士、姚云章、姚之斐、吴沛生
顺天5人		门洞启、米恒文、门有道、门一忠、皮启寅
陕西3人		苗立德、伍福、苟完教
凤翔1人		杨永安
松江1人		林调元
上海1人		龚之鼎
南直1人		缪麓
北直1人		耿光宸
天津1人		金国鼎
晋江1人		苏起蛟
赣州1人		陈奇
德兴1人		梅一林
成都1人		王元金
叙州1人		周世翰
河南1人		童天成
开封1人		詹沛生

谢国桢对"社"的定义是"一般士子们集合起来习举业,来作团体的运动是社"①。明末规模较大的复社、几社、应社、读书社等社团,大体上都属此性质。但是,除了这种切磋八股文的社,还有许多种不同类型的社团。社既可以指结社之活动,也指有唱和、交游的作品汇编。如随社,即由麻城王垇生,"自黄州入南昌,上广信,至临川,梓其征途所录"。不过时人对此种新形式的"社"也表示惊讶,晚明江西士人艾南英称"若夫社之为名,起于乡闾党族春秋祈报之说,而士因之以缔文。至于相距数千里,而名之为社,则古未前闻也"②。湖北麻城远离江南文社聚集的核心地带,故采用"梓其征途所录"的方式,形式较为随意,具有临时性特征。

《本草汇言》也采用访学采集的方式,将"名俊耆儒,深明于医者"的精义,汇集成书,并以"同社"相称。王鸿泰认为关于"社"的思考,应安置于整体士人社交活动的脉络下来理解。所谓"社",简单地讲就是一种同好性组织,其组成的基本出发点是结合同好。③《本草汇言》标以"同社姓氏",医者并未如文社有具体的聚集地点,但"自周游省直,于都邑市廛,幽岩隐谷之间,遍访耆宿,登堂请益"④。医者以同好相交,互为师友,学问相长,研讨医理,论药集方。所谓"同社",当是志趣相投,视为社友。尤其是在此群体中有

---

① 谢国桢:《明清之际党社运动考·引论》,第7页。
② 艾南英:《天佣子集》卷二《随社序》,台北:艺文印书馆,1980,第213页。有关社的定义,可参考何宗美:《明末清初文人结社研究》,天津:南开大学出版社,2003,第41页。李玉栓:《明代文人结社考》,北京:中华书局,2013,第325页。
③ 王鸿泰:《浮游群落——明清间士人的城市交游活动与文艺社交圈》,《中华文史论丛》,2009年第4期,第113—158页。
④ 倪朱谟:《本草汇言》,第2页。

大量医者本来就与当时文社关系密切,因而也以"社"相称,互通声气,相互映照。借此我们可以依据此名单大致勾勒出明季杭州医者汇集的状况。

列身师资者,不仅医名显著,而且与士林多有深厚交往。《本草汇言》所列师资社友中卢复(1573—1627)、卢之颐(1599—1664)父子两代与杭州读书社、登楼社关系密切。崇祯三年(1630),卢之颐还大集"武林诸君子""举仲景两论及《灵》《素》秘奥,期余一人为之阐发"①,研讨医学经典。卢复"生平与闻子将(启祥)、严忍公(武顺)诸文人诗酒往来,为肺腑友"②。并且也常为其及家人疗疾,卢复曾为闻启祥母亲治病,"母病不寐","冬月心忽然如散而沉下,便不得睡,几三月矣。召诊,独左关弱不能应指,予以为肝虚,须补其母,当立春始安。用熟地为君,茯苓、枣仁、当归、人参、防风、远志佐之,服二十剂,至期而愈"。卢复也曾为严武顺疗疾,严武顺发热无汗,呕吐不止,经卢复诊断,为风邪挟胃中水饮停积所致,用干葛、半夏、吴萸、黄连,急煎缓服,呕吐遂止,浓米饮半杯,再进薄粥,汗多而热退。严武顺感叹,"风寒之邪,世俗大禁饮食,吃粥退热,真为闻所未闻"。卢复认为风与寒有别,世人易混而论之。仲景桂枝汤之治风,服已啜粥,为古人之精义。其法妙在不治风木要,但令湿土气行,而风木之邪自散。此两则医案均收入《芷园臆草存案》。③ 对于其高明的医术,闻启祥也颇为认可,万历四十一年

---

① 卢之颐:《本草乘雅半偈·自序》,北京:中国中医药出版社,2016,第1页。
② 卢复:《芷园臆草存案》,王琦《芷园臆草存案跋》,收入王琦:《医林指月》,清乾隆三十四年宝笏楼刻本,第20页。
③ 卢复:《芷园臆草存案》,第2—3、9页。

(1613)专门为其书《芷园臆草覆余》撰写题跋:"吾友不远,赋性特灵,而加以笃学,出之虚怀。每遇病或一症不通,读书或一语不解,则心冥然思之。思之不得,又重思之。凝神之久,时或豁然。则之所到,偶一笑。……若其人之孤清有品,的是吾党畏友,直当以有道事之也。"①将其视为"吾党畏友"。崇祯十四年(1641),与严武顺侄严渡友善的宋之绳也以"平陵社盟弟"的身份为《本草乘雅半偈》作序。②

列于《本草汇言》师资姓氏的张遂辰(1589—1667),号卿子,也曾是杭州文社中的活跃分子,"吾杭自明季张右民与龙门诸子创登楼社,而西湖八社、西泠十子继之。其后有孤山五老会,则汪然明、李太虚、冯云将、张卿子、顾林调也"③。张遂辰在其诗集中多次提到《寄旧同社》《诸社友宴集》。"师资姓氏"中东吴缪希雍与张遂辰、卢复关系都很密切,缪希雍为卢复《芷园臆草覆余》作题跋,并专门提及二人畅谈之事,万历四十四年(1616),"过箬溪,旅泊,剧谈信宿"④。缪希雍的《先醒斋医学广笔记》中也特意强调其为东林士人治疗疾患,高攀龙在缪希雍六十寿辰时也特意撰写《缪仲淳六十序》。⑤ 可见江浙一带社盟,互通声气,不仅与社盟之间往来密

---

① 闻子将:《芷园臆草覆余题》,收入严世芸主编:《中国医籍通考》第4卷,上海:上海中医学院出版社,1993,第5232—5233页。
② 卢之颐:《本草乘雅半偈》,宋之绳:《乘雅序》,第2页。
③ 吴庆坻:《蕉廊脞录》卷三,收入《续修四库全书》第1264册,上海:上海古籍出版社,1999,据民国十七年(1928)刘氏求恕斋刻求恕斋丛书本影印,第48b页。
④ 缪希雍:《芷园臆草覆余·》,收入严世芸主编:《中国医籍通考》,第4卷,第5233页。
⑤ 冯玉荣:《上医医国:一位晚明医家日常生活中的医疗与政治》,《华中师范大学学报(人文社会科学版)》,2018年第3期,第115—126页。

切,医与士交往也颇频繁。

《本草汇言》所载"同社"读医论道,对"侣山堂"的构建有着重要影响。《侣山堂类辩·跋》:"卢君晋公以禅理参证医理,治奇疾辄效,名动一时。张君隐庵继之而起,名与相埒,构侣山堂,招同学友生及诸门弟子讲论其中。参考经论之同异,而辨其是非。于是谈轩岐之学者,咸向往于两君之门,称极盛焉。"①侣山堂为张志聪(1610—1674)所构建,但其讲学实承自二卢,卢复、卢之颐正名列《本草汇言》所记"师资"。张志聪在《侣山堂类辩·序》称:"余家胥山之阴,峨嵋之麓,有石累焉纷出。余因其屹然立者,植之为峰;块然枵者,依之为冈;峭然削、洞然谷者,缀之为曲屈、为深窈。就其上筑数椽,而南则构轩临其山。客有访余者,望其蓊蔚阴秀,咸低徊留之,拟冷泉风况焉。余日坐卧轩中,几三十年,凡所著述,悉于此中得之。去冬《素问》成,渐次问世。"②侣山堂位于杭州西湖吴山,历来为文人墨客登临雅集之地。侣山堂所在粮道街,即在杭州府县城粮道署附近,此处是通往吴山的主要通道,每年来吴山进香的游客络绎不绝。同时也是药市集聚地,时至今日,吴山脚下还有胡庆余堂药铺。张志聪弃儒习医,在此讲学著述论辩几近三十余年。

侣山堂定期讲学,既习经典,亦探讨医理。《侣山堂类辩·医以力学为先》中说:"月三、六、九晨,集及门,说《内经》及《伤寒论》,讲毕。谓诸生曰:时俗相沿云,行医全凭时运,予以为不然。

---

① 张志聪:《侣山堂类辩》,王琦:《侣山堂类辩跋》,收入王琦:《医林指月》,第33页。
② 张志聪:《侣山堂类辩·自序》,第1页。

诸生来学,当苦志读书,细心参究,庶可免庸医之责。"①与晚明卢之颐大会武林诸君子于其舍不同,参与侣山堂讲学者大多是世家子弟。因而张志聪对于"医不三代,不服其药"的认识是,既需要传世业,又要能读书好学。

又曰:古称医士,为山中宰相,谓能燮理阴阳,调和气味,操生杀之柄耳。《记》云:医不三代,不服其药。许学士曰:谓能读三代之书。予以为世代相传,又能读书好学,犹簪缨世胄,士之子而恒为士也。若仅守遗方,以为世传,何异按图索骥。夫天有四时之气,地有五方之异,人之百病,变幻多端。即如伤寒一证,有三百八十九法,可胶执遗方,能通变时疾乎?赵括徒读父书,尚至丧师败绩,况无遗书可读耶。守祖父之业而不好学者,可方草庐诸葛乎?伊川先生曰:医不读书,纵成仓扁,终为技术之流,非士君子也。卢不远先生曰:当三复斯语(及门者多系世医子弟,故复言此以戒之)。②

并用伊川先生的话来勉励诸生,不能仅为技术之流,而应当成为士君子。

张志聪之后,此讲学风气由弟子高世栻等人继承。高世栻"性灵独异,学识超群,注释经论,既已述大道而正其传,暇日集群弟子往复论难"③。祝平一曾经把高世栻的故事,视作为清初士人由儒

---

① 张志聪:《侣山堂类辩》卷上《医以力学为先》,第65页。
② 张志聪:《侣山堂类辩》卷上《医以力学为先》,第66—67页。
③ 高世栻:《医学真传》,王嘉嗣:《医学真传序》,收入王琦:《医林指月》,第1页。

入医的训练过程的典型例子。① 高世栻(1637—?)在《医学真传·先生自述》中谈到,他童年丧父,家境贫寒,科举不第,遂习岐黄之术。先师从倪先生,所学都为当时流行的书,《药性全生集》《明医指掌》《伤寒五法》及诸方歌诀。二十三岁开始悬壶治病,虽然多有治愈,但是循方投药,未能刻期应验。康熙三年(1664)二十八岁时,自己身患痢疾,时医诊治无效。因而感悟,"医之不可为也,医治我若是,我治人想亦若是。以医觅利,草菅人命,谓天理何。其时隐庵张先生开讲经论,遂往学焉,得究观《伤寒》《金匮》《神农本经》及《素问》《灵枢》诸书,朝夕参究。始悔前之所习,皆非医学之根源"。"即如《薛氏医案》《赵氏医贯》《医宗必读》《裴子言医》等书,亦皆方技之颖悟变通,非神农、轩岐、仲景一脉相传之大道也。"②与一般士人由儒入医不同的是,高世栻并不仅仅是通过个人的研读,而是受到讲学的启发,才探究医学经典《伤寒》《金匮》《神农本经》及《素问》《灵枢》,并认为此才是医学大道。

高世栻又将此风薪火传递,其弟子称:"丙子(1696)春,先生聚门弟子于侣山讲堂,讲学论道,四载有余。群弟子先后进问,道渐以明,医渐以备。"③侣山堂讲论经典,明道为旨,使得医学教育呈现了开放性。胡珏也称:"余志学时,慕士宗先生之名,欲受业其门,迫于贫不果。每得其著述,不厌研究,以为私淑之益。"④可见,医堂

---

① 祝平一:《宋、明之际的医史与"儒医"》,《"中央研究院"历史语言研究所集刊》,77:3(台北,2006),第401—449页。
② 高世栻:《医学真传》,《先生自述》,第74—75页。
③ 高世栻:《医学真传》,《受业门人述》,收入王琦:《医林指月》,第1页。
④ 高鼓峰:《医家心法》,胡珏《四明鼓峰先生心法序》,收入王琦:《医林指月》,第1页。

讲学,医著流传为习医者开辟了更为广阔的途径。钱塘医学之盛,与此讲学之风实密不可分。

三、医者与文社

杭州医者聚集,研经讲学,应与一时风气有密切关系。杭州自宋元以来,诗文社都异常兴盛[1]。至晚明杭州社事更是大兴,先有严氏兄弟三人领袖的"小筑社",[2]稍后闻子将、张歧然倡导的"读书社",之后又有陆圻创办的"登楼社"。医者之"师资"或"同社",川游其间,与士林儒者唱和。不少儒者也好医,虽未必行医,却好研医理药学。

严氏兄弟三人为"小筑社"发起者,严调御(1578—1637),字印持,"好读书,博综今古,湛深经术。其交游遍天下,而最所结契者,则闻子将、杨兆开二人。赋性通慧,多技能,丝竹管弦之事,以及岐黄计算之学,靡不通晓"[3]。晚好佛学,生平所好皆屏去,独医与书

---

[1] 陈豪楚:《两浙结社考》,《越风半月刊》第16—24期合订本,收入沈云龙主编:《近代中国史料丛刊续辑》,第12—13页,第12—17页,第25—27页。
[2] 对于浙江结社考证比较早的著作,参见朱倓:《明季读书社考》,第208页。朱倓先生据严武顺有《己酉仲春访杨兆开、闻子将二兄于云居晚眺》一诗认为小筑社大概起于万历三十七年(1609),郭绍虞、谢国桢及何宗美继承了这一说法。不过李新《杭州小筑社考》[《暨南学报(哲学社会科学版)》,2008年第5期,第96—99页],考证小筑社的成立时间当在万历二十六年(1598),据方应祥《杨兆开传》社中人物有郑瑞卿、邹孟阳、杨兆开、闻子将和方应祥,并考证小筑应是邹梦阳、邹方回兄弟住所。
[3] (嘉庆)《余杭县志》,卷二十六《孝友传》,《中国方志丛书》,华中地方56号,台北:成文出版社,1970,据民国八年重刊本影印,第380页。

法不废,曰:"药以济人,学书可以摄心也。"① 严武顺(1582—1648),字忍公,与伯兄调御、季弟敕,鼎扛家学,海内有三严之目,与都人士订交小筑山房。尤能为古文诗歌,擅工书法,鉴别尊彝帧素,雅好博物。留心当世之务,凡古今成败得失,及历代制度沿革之详,靡不竟其原委。生平坦直,勇于赴人之急。② 严敕(1583—1652),字无敕,"独为淳古淡泊之音,以故屡试不售。晚岁才力愈健,诗卷盈箧"③。

闻子将,名启祥,举万历四十年(1612)乡试。闻子将曾拜冯梦祯、方应祥为师,学习经义。闻子将本人,善于品题文章,当时后门寒士以得到子将的品评为荣,"武林东南一都会,江、广、闽、越之士,蹑履负笈,胥挟其行卷,是正于子将"。据方应祥《与子将论文》称,"房稿之盛于戊戌(1598),天下之沐浴其言,而渐还于雅也,实崇蕴于辛丑(1601)、甲辰(1604)之交"④。子将的权威来自房稿的选拔,"万历中,子将以一书生握文章之柄,一言之褒诛,近秦市而远鸡林,奉之如金科玉条,可谓盛矣。然而车以无咎者,何也?职思其居,言不出位,有古人读书尚友之志"⑤。社盟目的在于促膝研

---

① 陈子龙:《安雅堂稿》卷十三《严印持先生传》,收入《续修四库全书》第1388册,上海:上海古籍出版社,1999,据明末刻本影印,第120b页。
② 金之俊:《金文通公集》卷十七《赠文林郎吏科右给事中严切公先生传》,收入《续修四库全书》第1393册,上海:上海古籍出版社,1999,据清康熙二十五年怀天堂刻本影印,第220—221页。
③ (嘉庆)《余杭县志》卷二十六《孝友传》,第381—382页。
④ 方应祥:《青来阁初集》卷九《与子将论文》,收入《四库禁毁书丛刊》集部,第40册,北京:北京出版社,1997,据明万历四十五年自刻本影印,第693a页。
⑤ 钱谦益:《牧斋初学集》卷五十四《闻子将墓志铭》,收入《四库禁毁书丛刊》集部,第114册,北京:北京出版社,1997,据明崇祯瞿式耜刻本影印,第640页。

磨,选集刊刻房稿,以达到文章一统。由此观之,为何晚明医者热衷于"汇言",实际上也希望通过汇集名家言论,以达到树立权威的目的。

名列《本草汇言》师资的张遂辰与严氏兄弟、闻启祥时常宴集,其《湖上编》载《春夜同李长蘅、汪无际、龚华茂、严印持、闻子将、钟瑞先燕集》①《十三夜与严无敕饮闻子有斋中》②。张遂辰,少时体弱黄瘦,自检方书,治之而愈,医学经典《内》《难》《伤寒》,金元四大家刘张李朱之书,均广泛涉猎。万历年间以国子生游金陵,才名鹊起,华亭董其昌都为之倾倒。尤工诗,澄澹孤峭,多自得之语,有《湖上》《白下》《蓬宅》《衰晚》诗文集。崇祯季年,潜名里巷,以医自给。因医术高明,远近争相迎致,悬壶处称为张卿子巷。"医与诗分道而驰,各有所难,能兼之者,古无其人也。……刘守真、张洁古、王海藏、李东垣、朱丹溪著书满家,而诗无一字,以余所知吾乡之兼擅者有二焉,张遂辰、陆圻。"③与严调御、徐行恕合称为"城东三高士"④。

崇祯年间,在小筑社基础上又有读书社,多通经学古之士,"文

---

① 张遂辰:《湖上编》卷一《春夜同李长蘅、汪无际、龚华茂、严印持、闻子将、钟瑞先燕集》,收入《四库未收书辑刊》7辑第20册,北京:北京出版社,1997,据清康熙刻钞配本影印,第271b页。
② 张遂辰:《衰晚编》卷二《十三夜与严无敕饮闻子有斋中》,收入《四库未收书辑刊》7辑第20册,北京:北京出版社,1997,据清康熙刻钞配本影印,第374b页。
③ 杭世骏:《道古堂文集》卷四十七《林阮林墓碣》,收入《续修四库全书》第1426册,上海:上海古籍出版社,1999,据清乾隆四十一年刻光绪十四年汪曾唯修本影印,第659b页。
④ (民国)《杭州府志》卷一四八《隐逸》,《中国方志丛书》华中地方199号,台北:成文出版社,1974,据民国十一年铅印本,第2811b页。

必六朝,诗必三唐,彬彬盛矣"①。小筑社的闻启祥、严调御也合并进来。虞宗玫、宗瑶兄弟,父亲虞淳熙(1553—1621),字长孺,号德园,万历癸未(1583)进士。② 三严、闻启祥、丁奇遇、冯惊都出自虞淳熙之门③,张歧然为虞淳熙之婿。小筑社、读书社关系密切,或为师友,或为昆弟姻娅。此外还有冯梦祯之子,冯千秋(延年)加入其中。冯梦祯(1546—1605),字开之,万历五年(1577)会试第一,授编修,累迁国子监祭酒。藏书甚厚。万历三十二年(1604),董其昌发疟疾,在杭州昭庆寺养病,还曾写信给冯梦祯借医书。冯梦祯曾与"僧莲池、邵重生、虞淳熙兄弟、朱大复诸公结放生社"④。明亡后,张岐然出家为僧,号仁庵禅师。江浩祝发为僧,更名智宏、济月。黄宗羲称"武林之读书社,徒为释氏之所网络"⑤,大抵说的是当时士子结社,大多与佛教关系密切。崇祯五年(1632),听闻闻子将等人结庐吴山之上,松江几社领袖陈子龙(1608—1647)、周立勋、顾开雍、徐孚远也前来赴会,"共登兹宇,见修竹交密,下带城堞

---

① 朱彝尊:《静志居诗话》卷二十一《闻启祥》,收入《续修四库全书》第1698册,上海:上海古籍出版社,1999,据清嘉庆二十四年扶山荔房刻本影印,第483a页。
② 钱谦益:《列朝诗集小传》,收入钱陆灿编:《明代传记丛刊》学林类9:11,台北:明文书局,1991,第619页。
③ 黄宗羲:《南雷文定后集》卷四《张仁庵先生墓志铭》,收入《四库全书存目丛书》集部,第205册,济南:齐鲁书社,1997,据清康熙二十七年靳治荆刻本影印,第296—297页。
④ (万历)《钱塘县志》,《中国方志丛书》华中地方192号,台北:成文出版社,1975,据明万历三十七年修,清光绪十九年刊本,《寓贤·冯梦祯》,第521页。有关放生社的考证可参考,李玉栓:《明代文人结社考》,北京:中华书局,2013,第403—405页。
⑤ 黄宗羲:《南雷文定后集》卷三《陈夔献墓志铭》,第295a页。

万雉,远江虚无,婵媛其间,风帆落照,冲瀜天际,真幽旷之兼趣也"①。黄宗羲(1610—1695)也赴杭与会,"每日薄暮,共集湖舫,随所自得,步入深林,久而不返,则相与大叫寻求,以为嗢噱。月下泛小舟,偶竖一义,论一事,各持意见,不相下,哄声沸水,荡舟沾服,则又哄然而笑"②。访景论文,相聚甚欢。

晚明文社以作文为主,尤以科举文为主,揣摩时文,精研八股,一些著名文社成为文人士子博取科举功名的舟楫。读书社则特别强调以读书作文为务,丁奇遇《读书社约》:一定读书之志,二严读书之功,三征读书之沿,四治读书之心。而其大端曰养节气,审心地。结为读书之社,以期"一篇落纸必供披吟,一书发箧必通谭论,盖力以众而愈盛,竟以竞而日新"③。因而读书社诸君子文"脱口落墨,不堕毫楮,独留一种天然秀逸之韵"④。读书社倡导古学,读书辩论,"其法因经而及传,先考订而后辩论"⑤,"数人共读一书,数日务了一义,盈科后进,最有条贯。学古有志之士,问难不辍"⑥。杭州读书社采取的形式,数人共读一本,研读经义,先考订而后辩论,问难不辍。据王汎森先生考证,明季的读经或读史团体,反对当时空疏佚荡的学风及文风,试图以儒家经典重建社会秩序,表现

---

① 陈子龙:《陈子龙诗集》卷五,施蛰存、马祖熙标校,上海:上海古籍出版社,2006,第137页。
② 黄宗羲:《南雷文定四集》卷二《郑玄子先生述》,清康熙刊本。
③ 《郭西小志》,丁奇遇:《读书社约》,《丛书集成续编》第62册,台北:新文丰书局,1989,第460—461页。
④ 《郭西小志》,萧士玮:《读书社文序》,第460页。
⑤ (康熙)《钱塘县志》卷二十五《隐逸》。
⑥ (康熙)《钱塘县志》卷二十二《文苑》。

出回到经、史与现实经世济民的密切关系。① 据《复社纪略》记载，张溥"期与庶方多士，共兴复古学，将使异日者务为有用，因名曰复社"②。复社成立的宗旨是复兴古经，并大量抄撮经语。读书社也同样注重研究经学，"集其子弟门人以源本经传，讨论性理为务，天下学者，皆以严氏之学为真传"③。

崇祯十年(1637)，闻启祥、严调御相继谢世，登楼社继之而起，据杜登春《社事始末》载，有三严之子严渡、严津、严沆，吴百朋、陆圻、陆培、陈朱明、丁澎等。④ 张卿子常与诸子会，《衰晚编》载《秋抄风雨晚急，严无敕招饮，子问、子餐诸子侄偕在坐》⑤《酒间与陆丽京、胡彦远、孙宇台诸子谈诗感事放歌》⑥。陆圻(1614—？)，字丽京，居钱塘，与弟阶、培，都以文章经世自任，海内称"三陆"。陆圻极为孝顺，刲股疗母，病久而知医。后来与查继佐(1610—1676)都受庄廷鑨《明史》案的牵连，事后隐于医。⑦ 黄宗羲与陆圻、陆培兄弟往来密切，黄宗羲《查逸远墓志铭》称："继读书而起者，为登

---

① 王汎森：《清初的讲经会》，《"中央研究院"历史语言研究所集刊》，68：3（台北，1997），第503—588页。
② 陆世仪：《复社纪略》卷一，收入《续修四库全书》第438册，上海：上海古籍出版社，1997，第485a页。
③ 金之俊：《金文通公集》卷十七《赠文林郎吏科右给事中讱公严公暨配江孺人合葬墓表》，第217页。
④ 杜登春：《社事始末》，收入《丛书集成初编》第764册，北京：中华书局，1991。
⑤ 张遂辰：《衰晚编》卷二《秋抄风雨晚急，严无敕招饮，子问、子餐诸子侄偕在坐》，第370b页。
⑥ 张遂辰：《衰晚编》卷二《酒间与陆丽京、胡彦远、孙宇台诸子谈诗感事放歌》，第371a页。
⑦ 全祖望：《鲒埼亭集》卷二十六《陆丽京先生事略》，收入《续修四库全书》第1429册，上海：上海古籍出版社，1999，据清嘉庆九年史梦蛟刻本影印，第198页。

楼。余时就学与两京,不能遍交,于中则亲陆鲲庭、丽京,于外则交朱近修。"①

卢之颐(1599—1644)与黄宗羲、查继佐等人均往来密切,并且本身也是侧列于诸社名士中。杭世骏称"虽以医术起家,轻忽同党,好自矜贵。出入乘轩车,盛傔从,广座中,伸眉抵掌,论议无所忌"②。卢之颐还参加了南明的复国运动,据李聿求《鲁之春秋》称,南明弘光元年(1645)闰六月,张国维等人迎朱以海建鲁王政权,卢之颐被授职方郎中,查继佐被授为职方主事。鲁监国元年,查继佐出师定海宁,御史黄宗羲出师浙西,兵部主事吴乃武会师札谭山。六月不战而溃,鲁王朱以海逃至舟山。黄宗羲则居家,开讲学于杭州铁冶岭的敬修堂。卢之颐则与嘉兴徐肇森、巢鸣盛,海盐吴麟武,平湖马万方,"皆固守残山剩水之节,以终其身"③。钱谦益曾专撰诗《赠卢子繇》,"云物关河报岁更,寒梅逼坐见平生。眉间白发垂垂下,巾上青天故故明。老去闲门聊种菜,朋来参语似班荆。楞严第十应悉遍,已悟东方鸡后鸣"④。卢之颐与众社友守"残山剩水"之地,读书社成员严印持及妻戈氏相继逝世,卢之颐还照顾其子圣翼,让他攻习医业。

明季,这批医者与文士一样,参与地方的防乱及秩序的维护,

---

① 黄宗羲:《南雷文定四集》卷三《查逸远墓志铭》。
② 杭世骏:《道古堂文集》卷二十九《名医卢之颐传》,收入《续修四库全书》第 1426 册,上海:上海古籍出版社,1999,据清乾隆四十一年刻、光绪十四年汪曾唯修本影印,第 496 页。
③ 李聿求:《鲁之春秋》卷二十,收入《续修四库全书》第 444 册,上海:上海古籍出版社,1999,据清咸丰刻本影印,第 609—610 页。
④ 钱谦益:《牧斋有学集》卷四《赠卢子繇》,收入《四库禁毁书丛刊》集部,第 115 册,北京:北京出版社,1997,据清康熙二十四年金匮山房刻本影印,第 549b 页。

保持了高洁的品性。潘楫(1591—1664)"以如意指麾方略,出奇捣渠",时人尊称为邓林先生,后来归乡,自称清凉居士,以医隐,卖药都市中。所著书多可传,诗文落落有高致。① 几社名士徐孚远弟子李延昰(1628—1697)在复明运动失败后,隐居浙江平湖,以医自给,与张卿子、卢之颐、陆圻为莫逆之交。② 张卿子目睹友人凋零③,"谢名人显者之交,说酒垆诗社之游"④。顺治七年(1650),柴虎臣与毛先舒订有《西泠十子诗选》行世,收录陆圻、柴绍炳、沈谦、陈廷会、毛先舒、孙治、张丹、丁澎、虞景明、吴百朋十位诗选,号称"西泠十子"⑤。不过主持《西陵十子诗选》的柴虎臣,"申酉以后,仆既托迹方外,绝远雉坛",对拥社自立、明分坛坫极其严恶,"社集一时,遂标选部,只为时艺而设",以明季东林、复社党祸为戒,奉劝士子"绝口会盟,一雪此垢",并自言"二十年来,自甘病废,一切盟社,不复相关"⑥,"布衣幅巾,键户南屏,一以著述为事"⑦。西泠十

---

① 蒋苎:《潘隐君邓林先生传》,王绍隆著,潘楫注,曹炳章校:《医灯续焰》,收入《中国医学大成》第11册,上海:上海科学技术出版社,1990,第2—3页。
② 冯玉荣:《医与士之间:明末清初上海李延昰的边缘人生》,《复旦学报(社会科学版)》,2014年第5期,第19—27页。
③ 张遂辰:《衰晚编》卷一《日闻吴越诸君子死义感赋死闯难》,第361b页。
④ 张遂辰:《衰晚编·自序》,第350页。此外,《蓬宅编》,收入《四库未收书辑刊》第7辑第20册,北京:北京出版社,1997,据清康熙刻钞配本影印,卷一《新秋夜闻子将过饮小饮》《忍公无敕招人六逸简谢》,第329页;卷一《述志答严忍公无敕》,第334b页;卷二《元旦雪中衰参戎招社宴不赴》,第336a页。《衰晚编》卷一《乱后慈村作》,第362a页;卷一《寄旧同社》,第363a页。
⑤ 《皇明遗民传》卷四《柴绍炳传》,收入谢正光、范金民编:《明遗民录汇辑》,南京:南京大学出版社,1995,第470—471页。
⑥ 柴虎臣:《柴省轩先生文钞》卷十《与友人论止诗社书》,收入《四库全书存目丛书》第210册,济南:齐鲁书社,1997,据清康熙刻本影印,第398—399页。
⑦ 吴庆坻:《蕉廊脞录》卷四《柴绍炳传》,第57b页。

488

子,除了少数应举,"多傲世忘荣,杜门著作"①。陆圻隐居,"采药名山"②;沈谦鼎革后,隐于医③;孙治不应试,自称"武林西山樵者"④;张丹以布衣终老⑤。张卿子同冯云将、汪然明、顾霖调所结孤山五老会。⑥ 张卿子于康熙七年(1668)逝世,终龄八十岁。孙治非常推崇张卿子,称他沉潊经学,于五经多所发明,不愧儒林;于书无所不读,不愧文苑者;始终不仕,栖迟以老,真高士也、耆旧者、为人所表率也;其活人无算,方伎所未有也;长笃人伦,孤女孤甥相依于庑下,分金于亡友之裔,给粟于故人之家,不可胜道,独行所未有也,为"非常之人"也。⑦

晚明医者参与文社,并仿照文社大会同盟,研经讲学。卢复、卢之颐父子两代与杭州读书社、登楼社关系密切,在文社之外,也参加大会"武林诸君子"。卢之颐与余姚黄宗羲、查继佐等人来往密切,卢之颐还参加了南明的复国运动。张遂辰也曾是杭州诗文社中的活跃分子,曾入孤山五老会。医者以同好相交,互为师友,学问相长,研讨医理,论药集方。与盟社互通声气,相互映照。诗社、文社、医者雅集是一个交叉的线。不过明末社事兴盛时,医者

---

① 王嗣槐:《桂山堂文选》卷二《巢青阁诗序》,收入《四库未收书辑刊》第7辑27册,北京:北京出版社,1997,据清康熙青筠阁刻本影印,第177b页。
② 吴庆坻:《蕉廊脞录》卷四《陆圻传》,第56b页。
③ 吴庆坻:《蕉廊脞录》卷四《沈谦传》,第59a页。
④ 吴庆坻:《蕉廊脞录》卷四《孙治传》,第58b页。
⑤ 吴庆坻:《蕉廊脞录》卷四《张丹传》,第58b页。
⑥ 张遂辰:《衰晚编》卷二《李太虚先生招集湖上同冯云将、汪然明、顾林调结五老社,剧谈豪饮,听侍儿弦歌分赋得客字》,第375a页。
⑦ 孙治:《孙宇台集》卷八《赠张卿子序》,收入《四库禁毁书丛刊》集部第148册,北京:北京出版社,1997,据清康熙二十三年孙孝桢刻本影印,第731—732页。

在其中的角色基本仍是以参与其中为耀。而入清,社事受打击,大量士人隐于医,反而带来了医者雅集另一种兴盛。苏州名医张璐(1617—1699)称,"壬寅(康熙元年,1662)以来,儒林上达,每多降志于医。医林好尚之士,日渐声气交通,便得名噪一时。于是医风大振,比户皆医,此道之再变也"[1]。侣山堂研经讲学的兴盛也当在此风气之下。

四、研经讲学

谢观谈及宋以来儒医之兴,"多本治儒学,即非儒家,亦不能无囿于风气,遂移儒者治经谈道之说,以施之于医,而其纷纭不可究诘矣"[2]。后世称"大作者,推钱塘",之所以有此成就,正在于杭州医界形成了医学雅集、讲经研学的风气。从晚明的医者同社,到清初的侣山堂,其脉络实相连。

《本草汇言》所记"师资"多研经讲学,卢之颐被视为钱塘医者讲学的开创者。卢之颐自谦,"不能负笈远游,师承殊少",但据他自己所撰的《本草乘雅半偈》序言,称其来源有五:其一是他的父亲卢复的荷薪之训;其二,则是师从医者王绍隆(继鼎)的金匮之心传、陈象先(嘉相)的薛案之私淑,此外还得到缪仲淳(希雍)的指示;其三,李不夜(元晖)、严忍公(武顺),为文章道谊之宗模也;其四,幼耽禅学,于闻谷、憨山二大师,得其南车;于离言和尚,得其点醒。其五,同辈友人,云间施笠泽、古娄潘方孺、同邑茹居素,亦皆

---

[1] 张璐:《张氏医通·自序》,第60a页。
[2] 谢观:《中国医学源流论》,福州:福建科学出版社,2003,第47页。

宇内名流。"前所称武林诸君子,咸以是书出,殊可为人师承,余不敢冒其称也,余特不敢不称述其师承者也。"①卢之颐受家传习医,同时师从钱塘医者王继鼎、陈相先,并且得到东吴医者缪希雍的指示,王继鼎、缪希雍名列《本草汇言》师资姓氏,而陈相先则列于"同社姓氏";严忍公(武顺)、李不夜(元晖)为社团之活跃领袖。故其师承交游不止于医,还有文士、高僧,其学术渊源也是多元化。卢之颐应是明了师承各方、讲学论道的学习方法的好处,故而个人在成名之后,仍长期在杭州讲学。

"二卢"与士林及佛师交游,对其医理也有启发。卢复曾聘王继鼎(1566—1624)于家,讲论《内经》。王继鼎,字绍隆,徽州人,久居钱塘,曾受绍觉师的影响,"师心知其贤,已而得道,遂发灵兰、金匮之藏,尽其术,皆解验之。其治病也,划然无疑难矣"②。王继鼎讲学方式,以经典为主。讲学方式自由,"随读随讲,不升座,不据席,不作学究态"③。与王继鼎同列为"师资"人员,曾任钱塘医官的徽州方谷(1508—?),在王继鼎之前,也采用讲学方式,与弟子谆切讲解,"谷自肄业以来,早夜精心,微危是慎,日及诸门弟子谆切讲解,故以生平所读之书,意味深长之理,时刻玩诵"。万历十二年(1584)撰《医林绳墨》,"使后之有志救世者,引绳画墨,不致以生

---

① 卢之颐:《本草乘雅半偈·自序》,第1—2页。
② 潘楫:《医灯续焰》,陈朝辅《医灯续焰序》,第1页。广承,钱塘人,俗姓潘,字绍觉,为云栖袾宏十大弟子之一。张志哲主编:《中华佛教人物大辞典》,合肥:黄山书社,2006,第646页。
③ 潘楫:《医灯续焰·自叙》,第1页。

491

人之道,而为死人之具也",并号召"凡我同志,乞为笔削论订之"。① 近人陈邦贤《中国医学史》称此书,"证各有论,论列有方,方有加减,引绳画墨,使学者有所依据"②。

晚明士绅受佛教影响较大,医者同样如此。缪希雍曾与佛教大师紫柏、憨山来往密切,并且颇有禅意。③ 卢复曾游憨山、莲池、闻谷④三大师之门,又曾上双径白云山访闻谷大师,聆听其谈参禅悟道。⑤ 严调御也与闻谷相熟,曾撰《和印兄〈乞药诗〉兼作募》,"吾兄擅讲席,携尘到禅薮"⑥。卢之颐受闻谷、憨山大师点拨,因而思考医道也常从参悟入门,用释理阐释医理,在对本草注解中掺杂了大量禅宗思想。

同列"师资"的潘楫,万历四十年(1612)夏,因有同盟朱仲修相引,师从王继鼎。王继鼎让潘楫从经典开始阅读,"初命楫读《灵》《素》,次《本经》,次《难经》,次《伤寒论》,次《金匮》,次《脉经》"⑦。顺治七年(1650),潘楫将王继鼎平日所讲注解,编辑成书为《医灯续焰》,意谓"挑灯而续其焰",而书中眉批特别标明,"同

---

① 方谷著,周京辑,刘时觉、林士毅、周坚校注:《医林绳墨大全·自序》,收入《中国古医籍整理丛书》,北京:中国中医药出版社,2015,第1页。
② 陈邦贤:《中国医学史》,北京:商务印书馆,1957,第244页。
③ 陈玉女:《明代的佛教与社会》,北京:北京大学出版社,2011,第60—192页。
④ 闻谷禅师,印公。万历中,方内有三大和尚,紫柏、云栖、憨山,各树法幢。三人之后,密传三老之一灯者,(闻谷)禅师一人而已。钱谦益:《牧斋初学集》卷六十八《闻谷禅师塔铭》,集部第115册,第83b页。
⑤ 卢复:《芷园臆草存案》,王琦:《芷园臆草存案跋》,收入王琦:《医林指月》,第20页。
⑥ 丁丙辑,吴晶、周膺点校:《北郭丛钞》,严调御:《和印兄〈乞药诗〉兼作募》,收入《杭州史料别集丛书》,北京:当代中国出版社,2014,第34页。
⑦ 潘楫:《医灯续焰·自叙》,第1页。

邑社盟王佑贤圣翼评"①。习医由"同盟"引荐,医著由"同邑社盟"点评,其拜师方式、著述形式,都与晚明文社非常类似。

张卿子与潘楫隔水而居,当时游于潘、张两门的弟子,"问难和衷,相长相益。一时相传,为艺林盛事"②。张卿子"博综古学,七录四部,无不披阅,而尤湛深于经义"③。其门人张锡驹、刘龚、张开之、萧明俊、沈亮辰、张志聪,继承其业,聚集吴山轮流讲学。潘楫秉承其师王继鼎的讲学方式,"取黄帝、扁鹊脉书及近世来诸名家,条分缕析,讲习不倦。翁之所以教弟子,如王先生之于翁,而弟子之事翁,一如翁之所以事王先生,可不谓难耶?"④取经典及名家,条分缕析,讲习不倦。"受业者数百辈,治疾皆有奇效,所著医灯续焰大有功于世"⑤。如曾拜师与张卿子、潘邓林两师门下的李彣,初学医时,"茫无畔岸"。后来按照两师的指点,从经典入手,"医学上乘,《灵》《素》尚已,后此则仲景《伤寒论》《金匮要略》诸书,得其意一以贯之,余无难也"⑥。其后学业大进,张卿子对他也赞赏有加,能文能诗,为古处士,品格高森,医学益精,"与儿辈,幼同师,长同学,读书敦品,相与有成",深喜儿辈之得友,吾党之有人。⑦ 李彣撰

---

① 王佑贤,字圣翼,钱塘人,幼孤力学,尤精方书。济人利物所得,辄周贫乏。巡按牟云龙荐辟不就,悬壶自逸。(雍正)《浙江通志》卷一九六《方伎》,收入《景印文渊阁四库全书》第524册,台北:商务印书馆,1983,第349b页。
② 潘楫:《医灯续焰》,潘之淇:《医灯续焰序》,第2页。
③ 孙治:《孙宇台集》卷九《张卿子七十寿序》,第739a页。
④ 潘楫:《医灯续焰》,陈朝辅:《医灯续焰序》,第1页。
⑤ (康熙)《仁和县志》卷二十一《方技》,第16页。
⑥ 李彣:《金匮要略广注》,《金匮广注自序》,收入《续修四库全书》第989册,上海:上海古籍出版社,1999,据清康熙二十一年刻本,第4b页。
⑦ 李彣:《金匮要略广注》,张遂辰:《金匮要略广注序》,第1—2页。

写《金匮要略广注》的同时,与"同学及家季新章犹子瑄管辈,日为讲论"。张卿子逝后,李彣为了不辜负两师的教益,于康熙二十一年(1682),将《金匮要略广注》刊刻成书,"期同志者共为发明,不诡经术于以抉灵兰之秘典,而起涸敝之沉屙也"①。虽然"注释徒艰,未免好竽鼓瑟,然千秋经学,自宜传之有人,一灯尚存,不忍坐视泯灭耳"②,希望将医学经典传承下去。

同辈医者之间的交流也给了卢之颐很多启示。施沛(1585—1661),字沛然,号笠泽,华亭人,好学精医,著有《医医》《说疗》《脉要精微》《藏府指掌》《经络指掌》。③ 同乡名医李中梓(1588—1655)与施沛更为莫逆之交,曾为施沛治疗足疾。④ 施沛所著《医医》《说疗》卷首均题,"同社念莪李中梓士材父参校"⑤,彼此以"同社"相称。此称谓在医者之间也较为广泛,如李中梓治疗韩茂远以社友相称。⑥ 杭州医者与松江、吴中江南医者互动频繁,恰似张溥复社网络了大量江南名士。李中梓(1588—1655)之侄李延昰(1628—1697)为几社领袖徐孚远弟子,易代后在浙江平湖隐于医。亦可见文社、医者雅集、互动频繁。

---

① 李彣:《金匮要略广注》,《金匮广注自序》,第4b页。
② 李彣:《金匮要略广注》,《凡例》,第6b页。
③ 王宏翰:《古今医史》,收入《续修四库全书》第1030册,上海:上海古籍出版社,1999,据清钞本影印,续增本朝,第375b页。
④ 李中梓:《里中医案》,收入包来发主编:《李中梓医学全书》,北京:中国中医药出版社,1999,第764页。
⑤ 施沛:《医医》《说疗》,收入《海外回归中医善本古籍丛书》第12册,北京:人民卫生出版社,2003,第771、797页。
⑥ 李中梓:《医宗必读》卷五《伤寒》,收入《续修四库全书》第1022册,上海:上海古籍出版社,1999,据崇祯十年刻本影印,第80a页。

《本草汇言》所记师资,相互之间多交流深厚,有些还是师承相传。在日常研习及传医授徒之中,多用讲经讨论之法。由医学经典入门,被视为学医正道。弟子之间,相互讨论,问难释疑。在讲学研习之中,著文立说,以传承医学知识。

　　张志聪立侣山堂,是有意识传承医者讲学之风,促进"医者读书"。张志聪宣称自己为张仲景的后人,第43代子嗣。幼年丧父,弃儒习医,受张卿子师的指导,才意识到"《灵》《素》以降,《伤寒》一论,诚立法垂教之要典也"。又受卢之颐的影响,"医不读书,纵成仓扁,纵为技术之流,非士君子也,卢不远(卢复)先生曰,当三复斯语"。他不赞同行医全凭时运的说法,主张学医需"力学","诸生来学,当苦志读书"。① 经典不注不明,医理不辨不清,读书集注,是医学正途。

　　医理阐自轩岐,伤寒撰本灵素,千百方书,皆属旁门糟粕。独《神农本经》《黄帝灵素》《仲祖论略》精义入神,难于窥测。学者能入仲祖之门墙,始克登轩岐之道岸,但理非浅近,中道而立,能者从之,目不识丁者,无论已。即儒理渊深,才识自负者,亦必潜心体认,寻绎再三,瞑目之际,章节旨义宛列于前。如儒门书史,举一言而前后豁然,斯为有得。能如是也,又必开示后学,正文集注,熟读讲明,是刻之所以名集注者。窃效朱子集注经书,可合正文而诵读之,并非汇集诸家也。②

---

① 张志聪:《侣山堂类辩》卷上《医以力学为先》,第65页。
② 张志聪:《张志聪医学全书》,《伤寒论集注·凡例》,收入郑林主编:《明清名医全书大成》,北京:中国中医药出版社,1999,第622页。

他认为《本经》《内经》《伤寒》才是根本,方书皆属旁门。不过经典传于后世,词古义深,难于窥测。不过经典相对来说难于理解,即使如卢之颐有家学、师承尚且如此,而况一般医者。张志聪本人也是,对于《内经》仲祖诸书,"童而习之,白首始获其要"①。为了开示后学,仿效朱熹集注四书五经,从《伤寒》到《内经》,一部部经典进行集注,熟读讲明。据张志聪自序,从顺治十一年至康熙二年(1654—1663),数十年,"重释全经,不集诸家训诂,止以本文参悟,分析章旨,研究精微"②。也就是康熙二年(1663)以前,其著作基本上是由他自己独立完成。大概也就是从康熙三年(1664)开始,张志聪受门人诸子请,"近借同学之参订,潜心访究,综核靡遗,俾或偕升大梁之阶,共臻不朽之业,庶医学由兹全盛乎"③,"先伤寒后内经",以期振兴医学。康熙三年(1664),成书于"恒吉堂"的《金匮要略》,合参同学12人、门人19人、男(儿子)3人。康熙九年(1670)《黄帝内经素问集注》成,至康熙十一年(1672)《黄帝内经灵枢集注》成,两集注均标明书于西冷怡堂。"复聚诸同学而参正之,更集诸及门而讲求之,冀有疑义,与共晰之,或有微悟,与共订之"④。此类集思广益之作,当是讲学辩论的结果。故晚清仲学辂在整理这两部书时特意加"侣山堂",称为《侣山堂素灵集注》,并

---

① 张志聪:《张志聪医学全书》,《伤寒论纲目自序》,第619页。
② 张志聪:《张志聪医学全书》,《伤寒论宗印自序》,第755页。
③ 张志聪:《张志聪医学全书》,《金匮要略自序》,第909页。
④ 张志聪:《张志聪医学全书》,《伤寒论纲目自序》,第619页。

称"大旨悉本侣山堂"①。

同社及门人共同研习,对张志聪本人注解医典及门人习医都大有裨益。集体研习,注解经典,不只是医学知识的理解与传承,其实还是知识更新的过程。在讲学研习中,互相问难辨析,方能知异同,明是非。《侣山堂类辩》卷上题为"西陵隐庵道人撰,同学弟开之合参",张志聪特别重视医理之"辩异同":

> 去冬《素问》成,渐次问世。偶慨叹曰:既阐圣绪,仍任习讹,譬比倒澜,等同鸥泛。爰是错综尽蕴,参伍考详,随类而辩起焉。虽然,恶乎辩哉!夫天下有理所同者;同无容辩;天下有理所异者,异亦无容辩。即天下有理之同,而勿为理之所异,理之异,而或为理之所同者,同中异,异中同,又无容辩。惟是理之同矣,而同者竟若异;理之异矣,而异者竟勿同。同之不可为异,异之不可为同,又何容无辩?辩之而使后世知其同,即知其所以异矣;知其异,即知其所以同矣;知其同不为异,异不为同,即知其所以同、所以异矣;无事辩矣!若曰予好,岂敢云然!②

在阅读经典时,提倡往复论难,"究其本而探其源",辨证论治才能得心应手,学习要提纲挈领、举一反三、触类旁通。"所谓要者,得其纲领也。知其要者,一以贯十,十以贯百,可千可万,一言而终。不知其要,流散无穷。……学者潜心此书,得其要而引伸

---

① 张志聪集注:《黄帝内经集注》,仲学辂:《侣山堂素灵集注后跋》,北京:中医古籍出版社,2015,第492页。
② 张志聪:《侣山堂类辩·自序》,第1页。

之,天下之理,其庶几乎!"①

高世栻师从张志聪,亦承继讲学之风,也主张以注经之法习医理,在《医学真传》中专设"医门经论"篇,提出《本经(神农本草)》《内经(黄帝灵枢素问)》皆医门圣经,《伤寒(卒病)》《金匮(杂病)》皆医门贤论,犹儒者之五经、四书也。②卢复作《本草博议》,其子卢之颐作《乘雅》,张志聪、高世栻纂作《本草崇原》,皆以《本经》为宗而推衍之。"四书五经不之研究,而只记腐烂时文,以为应试之用,思侥幸以取科第,安能冀其必得哉?"③康熙三十八年(1699),为《医学真传》作序的王嘉嗣,高世栻的门人,特别强调,"自农皇肇起,辨草木以著药性。轩歧继作,明阴阳以著内经。至汉末,笃生张仲景先师,上承农轩之理,著卒病、杂病两论,率皆倡明正学,以垂医统"。但是张仲景逝后,"经论之道遂失其传,舛谬纷纭。家自为书,人自为学"。幸好高世栻"性灵独异,学识超群,注释经论,既已述大道而正其传,暇日集弟子往复论难","汇集成帙,摘其要者,梓以问世,使皆知医之传有其真,而学以不伪,是诚我夫子扶挽斯道之志也"。④孔孟以后,道学失传,故韩愈提出要复兴道统。如同儒学的讲述路径,医道渐失,也呼吁"倡明正学,以垂医统"。《高士宗先生手授医学真传》由受业门人曹增美、王嘉嗣、朱升、杨吴山、徐麟祥、管益龄、杨昶、奚天枢八位题名讲述。可见,

---

① 张志聪:《侣山堂类辩》卷上《金匮要略论》,第18页。
② 高世栻:《医学真传》,《医门经论》,第2页。
③ 张志聪注释,高世栻集注:《本草崇原》,王琦:《本草崇原跋》,收入郑林主编:《明清名医全书大成》,《张志聪医学全书》,北京:中国中医药出版社,1999,第1173页。
④ 高世栻:《医学真传》,王嘉嗣:《医学真传序》,第1页。

高世栻继承了张志聪侣山堂讲学之风,与群弟子辩论讲学,以此明道,嘱托弟子将其书付梓以"公诸天下"①,以此彰显医学也是天下之公器。卢之颐、张志聪、高世栻及其弟子,均有意识地强调雅集、研经、讲学,在研习辩难之中,对内经、两论和本草做了大量的整理集注,这也成了钱塘医派主要的治学方向。钱塘医者著述丰硕,不仅注解经典,重视医学入门,而且辨析疑症,整理药方,对医学知识的传承与更新做出重要贡献。兹列部分著述目录如表3:

表3　钱塘医者部分著述目录②

类别	著作	书目	成书年代
本草类	卢复	《神农本草经》	万历四十五年(1616)
	卢之颐	《本草乘雅半偈》(十一卷)	顺治四年(1647)
	张志聪	《本草崇原》(三卷)	康熙二年(1663)
	仲学辂	《本草崇原集说》(三卷)	宣统元年(1909)
内经类	张志聪	《黄帝内经素问集注》(九卷)	康熙九年(1670)
		《黄帝内经灵枢集注》(九卷)	康熙九年(1670)
	高世栻	《黄帝素问直解》	康熙三十四年(1695)

① 高世栻:《医学真传》,曹增美、王嘉嗣等述:《高士宗先生手授医学真传》,第1页。
② 此表参考张承烈:《钱塘医派》,附《医学著作简录》,第36—41页。

续表

类别	著作	书目	成书年代
伤寒、金匮类	卢之颐	《仲景伤寒论疏钞金錍》	顺治元年(1644)
	张遂辰	《张卿子伤寒论》	顺治元年(1644)
	张志聪	《伤寒论宗印》(八卷)	康熙二年(1663)
		《伤寒论纲目》(九卷附一卷)	康熙十二年(1673)
		《伤寒论集注》(六卷)	康熙二十二年(1683)
		《金匮要略注》(四卷)	康熙二十二年(1683)
	张锡驹	《伤寒论直解》	康熙五十一年(1712)
临症类	卢复	《芷园臆草存案》	万历四十五年(1616)
		《芷园臆草题药》	万历四十八年(1619)
		《医种子》	泰昌元年(1620)
		《芷园臆草堪方》	天启二年(1622)
	卢之颐	《学古诊则》	顺治元年(1644)
		《痎疟论疏》	顺治十三年(1657)
	张遂辰	《张卿子经验方》	顺治十三年(1657)
		《杂证纂要》	成书年代不详
		《简验良方集要》	成书年代不详

续表

类别	著作	书目	成书年代
临症类	张志聪	《侣山堂类辩》	康熙二年(1663)
		《医学要诀》	康熙二年(1663)
	高世栻	《医学真传》	康熙三十八年(1699)
		《高士宗部位说》(附十二经脉歌诀)	康熙三十八年(1699)
	张锡驹	《胃气论》	康熙五十二年(1712)

从形式上看,《本草汇言》所言之同社,侣山堂的传承,与文士结社雅集极为相似。医者多出身于儒,再加以医士之间交流频繁,不少名医与名士间更是诗文唱和,志趣相投。在研经讲学过程之中,医学知识的生产传承,医学著述的出版播扬,医学人才的培养训练,都寓于其内。此类医者集会虽为医者自发形成,与现代制度化的医学组织不同,却同样蕴含着知识共同体的合理要素。

五、结论

明清之时,杭州兴起医者讲学读书之风,从《本草汇言》所记"医者同社",到张志聪建"侣山堂",一脉相传,聚同道及门人,会同讲经研习,出版刊刻医籍,形成一医学知识生产及传承的共同体。

如论其形式,与文人结社极为相似。杭州士林风气,文人雅集是为常态,习经进学、吟诗唱和。杭州医者云集,又多名医,与士林交谊深厚。不少名士医儒兼修,互为促进。如二卢、张卿子等人,本身既有医名,又与士林交好。不少医者、儒士,相互之间又有师承渊源。医者参与文社,文士做客医者讲堂,可能是极为常见的现象。晚明的医者大会,清初的侣山堂,医者讲学正是移用了文社的组织形式。这一讲学风气实由晚明卢氏父子开启,而卢氏之学则是传自寓杭名医徽州王绍隆,此外尚有寓杭医者徽州方谷、余姚张卿子、东吴缪希雍、松江施沛等加入。杭州医界崇尚开放讲学之风,与二卢、张卿子、张志聪、高世栻等人的坚持是分不开的。在其学习医术及研究医典的过程之中,阐明同道集议对于辩明医理的重要作用。医著由"同邑社盟"点评,"同社参校",其注释经典,阐发医理,亦受益于同道及门人的共同讨论。良好的业际网络、私人交谊及医道传承,使讲经研学之风得以长期持续。医者讲经,同道研习,在类似文社的读书形式背后,其实构建起医学知识的学习、更新与传播的开放式路径。

究其实质,侣山堂讲学不仅推动"医者读书",探究医理,更为重要的是形成了研习经典、辨析经典的问辩式学习方式。名医开讲,各有风格,但均重视由经典入门,辩明医理。学习之中,又不是单纯追随教条,而是相互问难,探求异同。同道门人各以其理解及行医经验,同堂论道,使这一学习过程不仅是知识传承,还具有知识共同体集体生产的创新特性。王汎森先生专门论及,黄宗羲等人在清初甬上讲经会,一部经沿一部经讲,每月聚讲两次,当讲论某经时,全体会友都攻习这一部经典,以期能尽通所以经书。[①] 钱

---

① 王汎森:《清初的讲经会》,第503—588页。

塘医者此举未尝不可以说是医者讲经会。卢之颐、张志聪、高世栻及其弟子,均有意识地强调集体研习辩难的重要性。每月三、六、九晨,讲述医学经典,主要是讲黄帝内经素灵,仲景两论伤寒金匮。并对内经、两论和本草做了大量的整理注释,这也成了后来钱塘医派主要的治学方向。新入医道者,亦在此过程之中得入正途,其知识素养及行医经验得到充实,讲学研习也成为医学人才养成的重要途径之一。医者既可以发表见解,亦可以提出问题;既可以分享书籍,亦可以分享心得。较之单一师承,其知识来源更为多元,更易于突破门户之见的束缚。

如将医学知识的传承生产,医学人才的训练养成,医学职业的规范提升关联而论,可以发现侣山堂是钱塘医者共同体的重要连接点。通过名医主讲及集体论学的方式,大量的医学典籍得以生产,并通过杭州的出版市场进入流通领域。医者在讲学研习中获得知识,积累经验,也在同行中获取医名。侣山堂已经在一定程度上发挥着类似现代医学社团的作用,只是其组织主要是移用文社形式,是在杭州特殊的士林风气、医界生态之下产生的。主持者是否能够突破门户之见,保持其公共性与开放性,是其运作的关键。与现代医学社团不同的是,其受医者主体因素影响极大,缺少国家制定的社团法规与职业制度的支持。因此,与侣山堂类似的讲学场所并不常见,而侣山堂的传承也在相当程度上取决于师承意识与主持者的知识观念。

社集、经学与科举考试

明代的文社与经学

陈时龙[*]

明代文人结社风气很盛。然而在一般印象中,似乎文社只与诗文相关,追求风雅,而与极功利的科举、刻板的经学无关。但是,实际的情形是怎样的呢?郭绍虞先生在讨论明代文人集团时说,"有的在结合之始,只为制举业的关系",并且举袁宏道结社城南为例,说当时像这类"攻研时艺"的文社"实在也不在少数,只因为时起时灭,所以不为人所注意,除了一些社稿的序见于文集中,其余大都是不可考的,不过这些专研时艺的文社虽不尽可考,但其量则

---

[*] 陈时龙,江西永新人,复旦大学历史学博士,中国社会科学院中国历史研究院古代史研究所研究员,研究领域:明代思想史、明代政治史。代表作:《明代中晚期讲学运动:1522—1626》(2005)、《明代的司务》(2014)、《明代的科举与经学》(2018)。

不会很少"①。虽然有这样的判断,但落实到研究上却不容易,因此郭绍虞先生《明代文人结社年表》一文几乎也没有任何攻研时艺的文社的相关记载。后来学者在研究文社时也注意到与科举和经学相关的结社。例如,何宗美对晚明文社进行分类时说:"以结社宗旨和活动内容不同,可分为谈诗论文型、诗酒唱和型、讲艺举业型、选文刻稿型、读书论学型、谈禅奉佛型、匡时救世型。"②其中不少讲艺举业型与谈书论学型文社讨论的内容与经学有关,而结社目的也是科举。李玉栓《明代文人结社考》将明代文社分为赋诗类文社、怡老类结社、研文类结社三种类型,③而其中不少研文类结社研讨的正是经学。还有学者尝试对明代前后期文社的重点作一区分。例如,阳达、欧阳光《明代文社与科举文化》一文认为:诗社是明代前期文人结社的主流,明代中晚期围绕科举考试的文社逐渐兴起,从而在晚明形成复社、几社、豫章社等规模较大、以挽救科举文风为目的的文社。④ 这个认识大致也是不错的。但是,仍有一些需要进一步澄清的问题:其一,明代结社中,研究经义与研究文章固然未必有严格区隔,但是有没有全然以研讨经义为宗旨的结社存在? 其二,从类型上说,内容集中于研究经义的结社,与目的在追求科举成功的结社,各自属于不同分类,而既聚焦经义且瞄准科举的结社,最早又会在什么时候出现? 最初特征如何? 其三,从最

---

① 郭绍虞:《照隅室古典文学论集》,上海:上海古籍出版社,1983,《明代的文人集团》,第529页。
② 何宗美:《明末清初文人结社研究》,上海:上海三联书店,2016,第38页。
③ 李玉栓:《明代文人结社考》,北京:中华书局,2013,第61页。
④ 阳达、欧阳光:《明代文社与科举文化》,《湖北大学学报》(哲学社会科学版),2010年第5期,第94—98页。

早以科举为目的的经义研讨型文社,到晚明的应社、复社,其间的发展有没有一定的轨迹与脉络可寻? 又反映了什么样的社会需求与学术倾向?

一、围绕科举的文人结社

士人以科举为目的的结社,比之诗文结社、怡老会要现实和功利得多,当然也枯燥而专业得多,绝非风雅浪漫之举。这可以说是明代文人结社的另一面。士人参加科举考试,必须有一定之"式",考试合格者也被称为"中式"。既有一定标准,文章自然不能率意,不但要反复推敲文字,而且发挥的空间也不像文学那样可以融入想象,因而模写科举文字成了极为枯燥的事情。清人李百川在其以明代嘉靖年间为时代背景的小说《绿野仙踪》中,记载府学生员苗继先探访当时正在为科举考试努力的生员温如玉,就曾这样写道:"苗秃看了看,见桌上放着《朱子大全》《易经体注》,还有十来本文章。苗秃子笑道:'这些刑罚,摆列出来做什么?'"①在一个读书秀才看来,科举备考竟成了像"刑罚"一样的苦差事。晚明山阴县的藏书家祁承㸁(1604 年进士)有诗《课艺苦不就沿溪散步漫咏》,云:"一题方入目,百念逐心非。非为寻源往,聊同避难行。僧归云外径,渔傍水边汀。生计原多路,何听寸管评。"②因为绞尽脑

---

① 李百川:《绿野仙踪》第五十回《传情书帮闲学说客,入欲网痴子听神龟》,北京:北京大学出版社,1986,第 399 页。
② 祁承㸁:《澹生堂集》第 1 册,卷二《五言律诗》,北京:国家图书馆出版社,2012,第 226 页。

汁仍无法写出令自己满意的制义,祁承㸁只能到溪边放松心情,况之为"避难",乃至有为僧人、为渔民的遁世之念。这种深感科举考试文章枯燥乏味的心情在诗中充分地得以表露。祁承㸁对科举考试还另有"举业相伴半生,寸管加肘,百毒镂心"的说法。① 晚明袁宏道(1568—1610)曾在《社中》诗感叹说:"交游悲喜尽,文章揣摩成……终年惟搦管,辛苦是书生。"② 因此,若有三五友人共同探讨,或可减轻这种痛苦。这是围绕科举而结社的第一层背景。祁承㸁本人曾经参加过这种研讨经义的集社"合辙社",陈继儒(1558—1639)即说祁承㸁"初有合辙社而通经学"③。正因为此,士人研习举业之余,同时也会有诗文唱和,以缓解终日揣摩的痛苦,使得诗文社与举业社常常会混杂到一起。明末著名的书画家与官僚董其昌(1555—1636),年轻的时候曾与章觐等人结社,探讨科举文字,同时也相和赋诗。董其昌《陶白斋稿序》载:"余往同冯咸甫辈结社斋中,晨集构经生艺,各披赏讫,即篝灯限韵,人赋诗几章。"④ 在这种时候,诗歌对枯燥终日的士子心情是一种慰藉。

科举结社的第二种功能,是可以增加相互交流和学习的机会,共同揣摩科举作文的技巧。因此,重视教育的地方官常会组织相应的文会,将辖区内优秀的生员组织起来,为他们创造交流会文的机会。例如,在嘉靖末年直至隆庆元年,南直隶江浦县的知县王之纲在县内组织了十一个文会,分别名为文昌、泰茅、晋接、折会、玉

---

① 祁承㸁:《澹生堂集》第2册,卷七《三子宁闻草序》,第228页。
② 袁宏道著、钱伯城笺校:《袁宏道集笺校》,上海:上海古籍出版社,1981,第34页。
③ 祁承㸁:《澹生堂集》,第1册,陈继儒《澹生堂全集序》,第12页。
④ 董其昌:《容台文集》卷一《陶白斋稿序》,收入《董其昌全集》第1册,上海:上海书画出版社,2014,第37页。

虚、西清、东华、石渠、青琐、三元、南宫,而且"创学田千二百余亩为会费"①,其中参与文会之中的士人如严丕承便在隆庆四年(1570)中应天府乡试。晚明学者吕维祺(1587—1641)任山东兖州府推官时,置学田,订山左大会,"渐及通省,冀北、淮南之士咸来就业"②,会的规模十分庞大,而其功能虽有传播理学或宣传节孝之外,方便诸生科举的目的也很明显。在16世纪地方官建造的书院中,出于为诸生提供藏修和会文之所考虑的不少。嘉靖十五年(1536)创建的江西安福县复古书院,除了是阳明学在江右的重镇,在为地方培养科举人才上所做的贡献也不小。傅作舟(1571年进士)说:"安福向有复古书院官课、师课,生童以时会文,近年更立章程,颇著成效。"③不过,由地方官员组织的文会虽然因为有一定经济保证,一时的影响很大,但也往往因地方官的迁转而很难长久。更多围绕科举的结社,是从事于科举的学子们彼此自愿地结合起来,聚集成会,交流技艺。

16世纪,文社日益活跃,围绕科举的结社时时可见。傅作舟谈到隆庆年间安福县于复古书院之外还创行道南文会:"国朝以《四书》、五经试士,背朱注者不录,虽所取在文,而因文见道⋯⋯邑南地距郭较远,多不能应期赴课,以荷栽培。岁丁卯(1567),太史王

---

① 王之纲:《江浦书院文会记》,《明代书院讲学考》(国家图书馆藏民国年间抄本)第3册,第29页。
② 吕维祺:《明德先生文集》,收入《四库全书存目丛书》集部第185册,济南:齐鲁书社,1997,附录,施化远等编:《吕明德年谱》,万历四十四(1616)年丙辰三十岁,第392页。
③ (同治)《安福县志》卷十七《艺文·序》,傅作舟:《道南文会记》,收入《中国地方志集成》,上海:江苏古籍出版社,1996,江西府县志辑,第440页。

君尔玉假旋,与诸同志谋于近地开文社而行月课,邀集十四都人士而酌商之。每都劝输,汇流成浸,凡三阅岁而会举,颜之曰道南。盖取吾道南矣之义,与复古并行不悖。自明年为始,敦请名师,萃各都之习举业者,按月会文而甲乙之,优其资奖,以示鼓励。"①同样是在隆庆年间,浙江嵊县的周汝登(1547—1629)与同志为"鹿山八士文行合一之会",至万历十五年(1587)建成鹿山书院,"以待邑中之凡有志于举者皆得以来集于斯"。② 从后来鹿山书院接待"有志于举者"的情况看,昔日的鹿山八士之会大概是以讨论科举制艺为多。③ 河南新野县人马之骏(1578—1617,1610年进士)则提到他在万历年间与友人刘逢源(1557—1621)等结社研讨制义之事。马之骏《茂才汉垣刘公墓志铭》说:"公讳逢源,字取之,别号汉垣,里人称之汉垣先生最著。少治举子,言颖异秀出,顾屡试坎壈。戊子(1588),长垣于田李公来视两河学,录公文,补郡庠弟子员。时公且逾弁,浸寻壮齿矣,益下帷发策,矻矻弗少休,偕杨君来凤、石君攻玉、王君逢古、齐君来旬、李君春华及予兄弟辈结社课文……所治毛氏《诗》最淹熟精诣,即酒间谈次,偶及辄成诵,累累如贯珠。"④文中除了谈到马之骏等人为举子业结社课文,还提到刘逢源擅长《诗经》,让我们对他们结社课文时重点在于经义可以有些想

---

① 傅作舟:《道南文会记》,第440页。
② (康熙)《嵊县志》卷五《学校志》,收入《中国地方志集成》,上海:上海书店出版社,1993,浙江府县志辑,第122页。
③ 庄起元:《鹤坡公年谱》,收入《北京图书馆藏珍本年谱丛刊》第54册,北京:北京图书馆出版社,1999,民国二十五年(1936)铅印本,第308—309页。
④ 马之骏:《妙远堂全集·茂才汉垣刘公墓志铭》,收入《四库全书存目丛书》集部第184册,济南:齐鲁书社,1997,第285页。

象。进入17世纪,此类围绕科举的结社可能更多。无锡的东林领袖顾宪成(1550—1612)提到东林讲会之下还有姚玄升等人为举业而结的小会。顾宪成《题姚玄升诸友会约》说:"程伯子云:'举业不患妨功,只患夺志。'今观诸友会约,为举业设耳,乃能斤斤交砥,一言一动,一切禀诸绳墨。"①崇祯二年(1629),和州生员戴重与友人杜若兰、章继捷、王大生、含山陆合泰等五人结社于和州城西三十里处之栖云观,"其友五,其书义三,经义四,其地惟枣林之宫,其期惟月之望"②。戴重等人结社课文,完全是摹仿科举考试头场考《四书》义三篇、经义四篇的形式。他们在每月十五日于和州枣林宫聚会一次,每人模仿考试撰写《四书》义和经义共七篇。

二、围绕科举经义的结社

围绕经义的结社可以有科举的目的,也可以没有。广义的经义既指为科举而作的经义文章,也指士人对经典的诠释。虽然明代经学的主流似乎是后来人们不太欣赏的科举经义,但当时也还有一些学者对经学饶有兴趣,有结社讨论经学的愿望。例如,15世纪后期,慈溪人杨子器(1487年进士)任官吏部时,"倡为五经会,非甚病虽冗不辍披览"③。官员们的经义结社,自然不再与科举有关了。江西饶州府鄱阳县的史桂芳(1518—1598)嘉靖三十六年

---

① 顾宪成:《泾皋藏稿》卷十三,收入《无锡文库》第4辑,南京:凤凰出版社,2011,明万历刻本,第168页。
② 戴重:《河村集》卷一《栖云观记》,卷三《栖云观文社盟书》,收入《四库禁毁书丛刊》集部第11册,北京:北京出版社,1999,第10、32—33页。
③ 李玉栓:《明代文人结社考》,第163页。

(1557)升任南京刑部主事,"南中事简,每日惟专以讲学会友为事,大会外,又与东莞林艾陵先生、奉新蔡见麓先生、万安黎念云先生数位每夜轮会廨舍,轮讲五经"①。不过大部分围绕经义的明代结社,乃是以科举为目的。既然以科举为目的,自然是要采取最简捷经济的手段。明代科举考试虽然号称以五经取士,但具体到每一个考生,其实只是选择五经之中的一经来进行考试,因此对参加考试的个体而言,不过是一经取士而已。这就简接地决定了考生们不会以其有限的精力去研习所有的五部经典,而会挑选自己将来要以之取科第的"本经"来研习。弘治年间王恕(1416—1508)说:"编简浩瀚,中人之资未易遍读,故令为士各治一经,兼读《四书》,学校以此而设教,场屋以此而取士。"②其实,即便学子们以科举为目的的结社共学,也往往围绕一经展开。

围绕一经展开的经义结社大概较早出现在 15 世纪下半叶。在此之前,可以看到某些小范围内的一经共学,但却很少以会或者社的名称出现。例如,在明代江西安福著名的刘球的家族之中,就曾出现过家族内共学一经的小型集会。姚夔(1414—1473)在为刘球之侄刘钧(?—1454)所作墓志铭中说:"君姓刘,讳钧,字仗智,重斋其别号也。……前刑部员外郎双溪先生(刘玭)得《春秋》旨要于其兄忠愍公,为学者所宗,遂遣就学。逾年,学大进,为文章新奇可爱。间以业质于堂兄今建宁守仗德(刘钺)及内兄今云南参政路

---

① 史桂芳:《皇明史惺堂先生遗稿》附录,夏子羽:《史惺堂先生年谱》,收入《四库存目丛书》集部第 127 册,济南:齐鲁书社,1997,第 10 页。
② 王恕:《王端毅公文集》卷一《考经堂记》,收入《明代文集丛刊》,台北:文海出版社 1970,第 34 页。

君斐资(路璧),磨砻浸溉,而学益进。竹庄喜其有成,乃遣入邑庠,与明师良友游。……尝即泰和寺废址构庵,邀堂弟今浙江提学副使仗和(刘铧)讲学其中,折节相与讨论。其内弟今南京刑部员外郎路斐章(路璋)来从游,君馆谷而启迪焉。"①刘钧非但师从于叔父刘批,而且问学于堂兄刘钺、内兄路璧,最后又在泰和结庵,与堂弟刘铧、内弟路璋共学其中,研讨《春秋》。不过,刘氏兄弟共学《春秋》显然还只是家族内部的结会课文,与后来的结社不完全一样。这种家会也一直存在。徽州府婺源人余懋孳(1604年进士)在万历年间曾与其兄弟数人结成了讨论《尚书》经的家会。余懋孳在《尚书经家会序》中说:"明一经而六经之义备,则莫如《尚书》。……顾居常不讲究练习,而徒倚办临文之间,即善体认,何由速肖?此诸兄弟之家会所由订也。夫会而于家,不已隘乎?诸兄弟第论会之真不真,无论广不广。果其心会神会,一堂固会,千里亦会,同方固会,尚友亦会。彼虞五周十,安在必多?而元凯旦奭,安在不出一姓也?诸兄弟倡之家而风之远,使家与家习。"②从余懋孳的话来看,他感觉经义讨论局限于一家总有过"隘"之嫌,因为围绕科举制义的讨论范围毕竟在晚明已相当地开放了。

至少到15世纪下半叶,一个围绕义而展开的超越家族范围的丽泽会在北京出现了。苏州府长洲人吴宽(1435—1504)《乡贡进士徐君墓志铭》说:"苏之嘉定有以兄弟同登乡贡者,徐德充、德宏

---

① 姚夔:《姚文敏公遗稿》卷九《重斋刘君墓志铭》,收入《四库全书存目丛书》集部第34册,济南:齐鲁书社,1997,第552页。
② 余懋孳:《萤言》卷1,《尚书经家会序》,收入《四库全书存目丛书补编》第99册,济南:齐鲁出版社,2001,台湾汉学研究中心藏明万历三十七年(1609)刻本,第483页。

也。已而德宏擢进士第,拜监察御史。德充独不耦,乃益发愤读书,以必取甲科为期。他日四方名士相与讲《易》京师,号丽泽会。君在会中,陈经传,指摘经奥,几无遗义,为文章,辄能得所谓主意者。"①徐德充名忏,号云崖,天顺六年(1462)举人,成化十一年(1475)进士;徐德宏名愽,②或亦当时与会者之一。丽泽会的"丽泽"二字,出于《易·兑》,意为两泽相连,延伸为朋友交益,但也可能有会中主要研讨《易》的因素。在吴宽的陈述中,丽泽会是一个围绕《易》的研讨而形成的结社。不过,同时浙江宁波的《易》学名家杨守陈(1425—1489)却在《丽泽会诗序》说:"成化辛卯(1471)春,监之士有雅相善者廿有五人胥约以文会,而主于卢解元楷之第。会则取五经群籍相讲解问难,各出所著共修润之,德善相劝,过失互规……燕之日,吴郡汤君征尝备主礼,故取诸诗悉书于卷,因余弟守址、解元以求予序。守址虽与会,然吾于廿五人者知未悉矣。"③从中可以看到,丽泽会举行时间在成化七年(1471),成员多达二十五人,包括杨守陈的弟弟杨守址(1436—1512)在内。当然,因为家族的缘故,杨守址也是《易》学名家。杨守陈提到丽泽会中

---

① 吴宽:《家藏集》卷六十二《乡贡进士徐君墓志铭》,收入《景印文渊阁四库全书》第1255册,台北:商务印书馆,1986,第585页。
② 杨守陈:《杨文懿公文集》卷十《双桂堂记》,收入《四库未收书辑刊》第5辑第17册,北京:北京出版社,2000,第481页。
③ 杨守陈:《杨文懿公文集》卷二十一,第562页。

515

所讨论的内容不限于《易》经,而是间涉五经,还有文人吟诗为宴的风习。① 从可知的丽泽会成员的本经构成来看,丽泽会可能不只研习《易》。丽泽会中的主要成员卢楷(1438—1471)以《春秋》中浙江乡试解元,而陆愈(1539—1488)后来就是以《尚书》中进士。② 丽泽会的成员还有杨景奇等人。杨守址《祭武选主事杨景奇文》中说:"呜呼,往者丽泽之会,有友二十五人,曾未数年,升沉之迹若天飞而渊沦,中间既丧中夫,又丧齐道,人皆惜之,而今于景奇之丧则又为之痛惜而深轸。盖景奇以尚宝之子、太师之孙,脱去纨绮之习,而折旋礼义之门。"③中夫即解元卢楷。然而,杨守陈《国子卢君楷墓表》记载说:"君讳楷,字中夫,号可斋。……以儒士赴乡试

---

① 丽泽会分韵赋诗,曾将诗歌结集刊印,杨守陈诗序即为此而作。明人高儒:《百川书志》,上海:上海古籍出版社,2015,卷二十即著录《丽泽会诗集》一卷,下注"成化辛卯四方文士二十五人分韵诗也"(第313页)。正因为丽泽会不仅研习儒家经典,还吟诗作文,李玉栓:《明代文人结社考》才会认为当时京中同时有两个丽泽会(第61页)。
② 吴宽:《家藏集》卷六十三《山西道监察御史陆君墓志铭》载:"(陆愈)少游县学,刻意诵习,岁壬午(1462)中浙江乡试,会试不偶,入太学,与四方文士讲业,号丽泽会,乙未(1475)竟登进士。"(第594页)张元祯《监察御史陆君愈墓表》:"君讳愈,字抑之,别号贞庵……长益刻意进士业,以邑庠生领浙江壬午乡荐,虑分于家事,去精修于百里外僧寺,中游太学,复萃四方知名士,倡议为丽泽会,以相淬砺,乙未(1475)第进士。"参见焦竑:《献征录》卷六十五,上海:上海书店,1987,第2833页。作为丽泽会的主要成员,陆愈会试本经是《尚书》,卢楷的本经是《春秋》。《成化十一年会试录》(《北京图书馆古籍珍本丛刊》集部,第116册,北京:书目文献出版社,1987)载:"第二百十九名,陆愈,浙江平湖县人,监生,《书》。"(第434页)卢楷,字中夫,浙江东阳人,乡试本经为《春秋》。《两浙名贤录》(《北京图书馆古籍珍本丛刊》集部,第17册,北京:书目文献出版社,1988,据明天启徐氏光碧堂刻本缩印)卷十载:"(卢楷)天顺壬午以《春秋》中浙江乡试第一。"(第314页)
③ 杨守址:《碧川文选》卷四,收入《四库全书存目丛书》集部第42册,济南:齐鲁书社,1997,第116页。

不利而还,父悉以家事委之治,寻补县学生,文学滋茂……天顺壬午(1462)遂擢乡试第一。自是两试礼部连不利,率一时国子之杰为丽泽会以讲习,业成而疾作。成化辛卯(1471)六月十六日卒于京邸,年才三十有四。"①从丽泽会成化七年春结成而到六月其重要组织者卢楷便逝世的情形看,丽泽会并未持久太长时间。然而,这是能见到的最早明确以科举为目的、以经义为内容的结社。

丽泽会尚不是完全局限于一经的集会结社,但进入16世纪后,围绕一经的经义结社渐多。庞嵩(1534举人)谈到其曾与友人结粤山诗社之会,"又间则为天山讲《易》之会,四仲月则为天关同志大会"②,既研讨诗文,又讲习经学与研讨理学。林希元(1482—1567)谈到徐世望在南京国子监肄业期间曾主持过一个围绕《春秋》经展开的文会。林希元《春秋文会录序》说:"徐子世望卒业南雍,率其友笪廷和辈十余人为《春秋》之会,得义若干篇。金陵赵氏见之,请刻以惠同志,请序于余。"③徐世望的文会不但专门研讨《春秋》,并且还汇刊了经义。这种做法到晚明越来越多。聚焦于一经的结社越来越多,各地都有出现。在一些专门以某一经典参加科举考试的地域,这种结社更多。例如,苏州府常熟县以治《诗》名,晚明有研讨《诗》的英社。钱谦益(1582—1664)《题二陈子英社诗集》:"吾邑以葩经冠三吴,瞿文懿而后,首推吾顾、邵暨陆、魏诸君子,互踵其盛,迄今流风余韵,芬郁齿颊。而诸家子弟,起而继之

---

① 焦竑:《献征录》卷一一三,第4984页。
② 庞嵩:《庞弼唐先生遗言》卷二《寿唐山陈先生七十一序》,桂林:广西师范大学出版社,2016,第195页。
③ 林希元:《林次崖先生文集》卷七,厦门:厦门大学出版社,2015,第568页。

者,不无绍述少衰之感。司空陈旦融昆季以《诗》先后起家,每津津其中,未尝不以匡说解颐自负。"①旦融即常熟人陈必谦(1613年进士),官至工部尚书。在常州府武进县,万历年间有庄起元(1559—1633)《诗》经社。庄起元,字中孺,常州府武进县人,万历三十八年(1610)进士,自幼习《诗》,未第前与诸子及友人在关圣庙等地结社研究《诗》义。庄起元自叙说:"万历二十七年(1599)己亥,四十一岁。偕长子应德、次子应熙、三子应期,友邹公讳志隆、黄生象干于府学尊经阁,晨昏诵习。时邵上葵公祖讳辅忠摄府篆,月课特嘉愚父子及邹公,结《诗》大社于关圣祠,计三十六人,分为六队,朔望面相印正,前后出身者居其大半。……二十九年辛丑(1601),四十三岁,关圣庙、忠义祠两结《毛诗》大会,一时竞胜。"②浙江嘉善县以治《尚书》闻名。嘉善人王佐,字佐之,号樗崖,未第时在嘉善县立《尚书》社。光绪《重修嘉善县志》载:"(王佐)自为诸生时,结《尚书》社于竹西,有声坛坫。"同社之人有孙文锋,字韫生,"与同邑王佐、朱廷旦会文竹西,刻有《竹西同志录》";又有朱廷旦,字尔兼,号梅隐,袁黄门人,有《警枕集》。③晋江县是明代治《易》最有名的地区,这一地区围绕《易》的结社就不少。李廷机、苏浚、郭惟贤、郭宗盘等人曾结为紫云会,研习《易》学,称二十八宿。④浙江余姚一地

---

① 钱谦益:《牧斋杂著》牧斋集补《题二陈子英社诗集》,上海:上海古籍出版社,2007,第901页。
② 庄起元:《鹤坡公年谱》万历二十九年(1601)辛丑四十三岁,收入《北京图书馆藏珍本年谱丛刊》第54册,北京:北京图书馆出版社,1999,第308—309页。
③ 江峰青:(光绪)《重修嘉善县志》卷二十四《文苑》,收入《中国地方志集成》,上海:上海书店出版社,1993,浙江府县志辑,第460、459页。
④ 林孝杰:《明成化以降福建的〈易〉经传统与商业出版》,广州:中山大学历史系硕士论文,2017。

以研治《礼记》和《易》闻名,在 16 世纪就有不少围绕《礼记》和《易》的结社。成化十年(1474 年),浙江余姚人陈雍(1451—1542)与其姊夫徐德辉,以及友人韩守清等"假馆于建初寺会课,时诸暨骆垒、冯珏来师汪公锐,亦馆寺中,相与讨论"①。徐德辉、陈雍讨论《礼记》之会,是在家会的基础上又向友人开放的。出身余姚大族烛湖孙氏的孙矿(1543—1613)谈到余姚围绕科举的经义结社颇多。他说:"姚之俗雅尚经学。嘉靖初,姚艺脍炙天下,近乃少逊焉,解难者曰奇寡也。余归自辽蓟,邑中构艺者纷为社。"②其侄孙如泟便曾与叶宪祖等人结社。叶宪祖(1566—1641)为孙如泟所写行状中说:"公讳如泟,一之字,仁宅其号。……壬辰(1592)不第,公下键僻室,探幽索奥,约同社鲁雅存、戴镇朴、张复斋及余讲学课艺,誓必拔帜。"③虽然没有明言此社研讨经义,但孙如泟曾随其叔父孙矿学《易》,而叶宪祖家族亦世代学《易》,其社集讨论《易》之经义应该是自然的。崇祯年间山东新城王图鸿所创的从社也主要研讨《春秋》经。康熙《新城县志》载:"王图鸿,字木青,颖川公麟五世孙也,少以通儒自命,闳博淹雅,内圣外王之学罔弗综贯,尤邃于《春秋》之学……崇祯己卯(1639)……中副车……归,益折节下士,约邑中名士二十余人为从社……邑之业《春秋》者如张禄征、嘉

---

① 陈垲编、陈文匡等辑:《明南京工部尚书进阶荣禄大夫简庵陈公年谱》,收入《北京图书馆藏珍本年谱丛刊》第 41 册,北京:北京图书馆出版社,1999,第 668 页。
② 孙矿:《月峰先生居业次编》卷二《长松阁草序》,收入《四库禁毁书丛刊》集部第 126 册,北京:北京出版社,1999,第 254—256 页。
③ 《余姚孙境宗谱》卷二,叶宪祖:《巩昌郡丞仁宅孙公行状》,清光绪二十五年(1899)燕翼堂活字本,第 132 页。

征、元征皆出其门。"①

不少围绕一经而形成的结社,除了彼此商讨,更将结社研讨的成果刊刻出版,播之于众,称为社稿。明末晋江人林允昌(1595—1657,1622年进士)曾率宗人子弟结金石社于莆田,"集子弟月三会,自崇祯庚辰(1640)四月至十一月,凡二十二会",而这些结社所形成的经义被门人汇辑成书,遂成《周易耨义》六卷。② 晚明苏州吴县人陈仁锡(1581—1636,1622年进士)也谈到其同年葛鲁生的两个儿子"以事《易》事其严君,出入有度,文皆合辙,爰集胜朋,衷成社刻"③。

三、经学复兴与晚明文社

围绕一种经义的结社,较之纯粹的诗文之社,更功利也更聚焦。然而,也正因为同社之人所研讨的经义范围相对聚焦,带来了另外的效果。研习同一种本经的士子集结到一起,不仅要琢磨经义作文的规律与窍门,而且会深入探讨经"义"的本身,从而使其研讨中"经"的成份可能较"文"的成分更重,慢慢地对于科举之中经义纷杂的现象表现出不满,产生了准确理解经典的要求。这种要求,又恰与晚明开始兴起的厘正经学的潮流相呼应。

---

① 崔懋修、严濂曾纂:(康熙)《新城县志》卷八《人物》,收入《中国方志丛书》华北地方第390号,台北:成文出版社,1976,第375—376页。
② 永瑢:《四库全书总目》卷八"《易史象解》二卷条",北京:中华书局,1965,第65页。
③ 陈仁锡:《陈太史无梦园初集》马集三《昆易社序》,收入《四库禁毁书丛刊》集部第59册,北京:北京出版社,1999,第765页。

寻找经义标准答案的呼声,在 16 世纪末渐渐流行,在朝野都有体现。据说,官至南京兵部侍郎的耿定力(1571 年进士)曾经向朝廷上呈过"厘定经学"之疏,但相关的后续结果不详。耿定力子耿克励梓《麟经古亭世业》时,即"弁其尊公叔台先生之疏于首"①。在士人间,涌动着相似的潮流。例如,晚明安福《春秋》名家刘孔当(1557—1605)曾多次谈到其师邹德溥(1583 年进士)有厘正经学的愿望,甚至还付诸了实施。刘孔当《刻春秋跃渊会草序》说:"习(《春秋》)者益多,老生宿学之指授转相流布,哀缀滋多,手抄盈箱,初学之士力不能深究精研,幸其易径,壹以濈浃诵习为务,陈言满腹,曳纸立就,至问以传断,则仰屋视末若之何矣……余师邹四山先生慭之,嘉与学士共厘其弊,而时固于旧习,莫能省悟。"②到晚明,即便最下层的士子间,也有寻求经学正解的诉求。丹阳县葛麟(1602—1645)二十四岁那年与友人结社谈《易》,就提出要清理纷繁复杂的《易》义。葛暾编《葛中翰年谱》载:"乙丑(1625),二十四岁,与诸同社谈《易》至《系传》,曰:'今人谈《易》,如理乱丝,愈理愈繁。《易》道之不明于天下也,久矣。'乃作《易传刊支》,一时传诵。"③所谓刊支,就是要删落繁枝复叶,寻求正解。这种厘正经学的思潮,或者体现为要求回到明初《大全》,或像冯梦龙那样主张在《大全》的基础之上汇编诸儒之说。浙江嵊县的周汝登(1547—1629)就曾经对门人说:"其经书《大全》一切仍旧,不敢议更。惟于

---

① (光绪)《麻城县志》卷四十三,梅之焕:《麟经古亭世业序》,光绪二年(1876)刻本,第 38 页。
② 刘孔当:《刘喜闻先生集》卷一,明万历三十九年(1611)刊本,第 33 页。
③ 葛麟:《葛中翰遗集》卷首《年谱》,收入《四库未收书辑刊》第七辑第 16 册,北京:北京出版社,1997,第 146 页。

《大全》之外，会集名儒，搜括汉唐宋之遗文，及采取本朝诸儒之所发挥，编辑订正，另外一书，以羽翼《大全》。"①这种思潮是晚明经学复兴的一种表现。另外一种思潮，则是要超越《大全》而就一新经典。李长庚《冯梦龙春秋衡库序》云："《大全》中诸儒所说，有与胡(传)相发明者，有愈于胡氏者，其他芜杂可少删芟，而诸书有与《春秋》相关合增刻为一书。"②但是无论哪种观点，在科举经义的基础上由不满进而要求整合的愿望则是相同的。

要厘正经学，就需要在不同地域经义传统间斟酌取舍。在明代数百年的科举之后，不同的地域、家族相对形成了一些固有的解经方法与释义，而这些解经方法又通过家学、师承在一定地域内具有相当的影响力。刘孔当在《邹先生麟经传心录叙》中以《春秋》经的解经方法的歧异为例说："后之业是经(指《春秋》)者，弃去胡氏《传》不绎，利其途径未塞，烦约无所在，相与摘新引蔓，转相假借，致令东西易面，不可复知。又其锢于师授，家自为宗，治会稽者不知有安福，治安福者不知有麻城，其义不足以相通，而皆不能相下。初学之士力不能尽合诸家，总览大较，往往中道徙而他业，甚者皓首一经，称宿学矣，一再试不忆所云，竟愦愦以老⋯⋯穷年卒岁，顾无裨于经义⋯⋯吾师邹先生往在诸生，深慭此弊，慨然欲与学子一厘正之。即闭户距跃，取胡氏《春秋》反复熟玩，或曰一传，或二、三传，意所独会，欣然手而笔之，要以发明奥义，义未尽，虽累言不置。势故不能尽概，比拟等题一切芟之，以从简易，第刺取其显明有的据者附载什三，以俟来学⋯⋯自为诸生以迄于今凡二十余年，更定

---

① 周汝登：《东越证学录》卷四《越中会语》，台北：文海出版社，1970，第253页。
② 光绪《麻城县志》卷四十三《艺文·序》，第30页。

凡数四,因名曰《传心录》,梓而公之同志。"①刘孔当提到晚明经义文章互相歧出,士人穷年至老,所习所著于经义却没有真正的贡献。正是出于这样的考虑,刘孔当的老师邹德溥才决意寻求做一部《传心录》来作为《春秋》经义的标准答案。这是邹德溥厘正经学的努力的具体体现。其中,刘孔当谈到"治会稽者不知安福","治安福者不知麻城",背景是明代浙江绍兴府的会稽县、江西吉安府的安福县及湖广黄州府的麻城县是明代治《春秋》经最有名的几个区域。不同的区域形成不同的解经传统,在晚明厘正经学的潮流下便有互通和统一的要求了。但是,这样的为经学寻求标准答案的尝试能否成功,不仅取决于一个人的才学与声望,还似乎取决于参与者的彼此商榷。因此,积一人之力,到底是不如像结社一样,可以汇集各人之长,也可以综合不同专家的意见。例如,冯梦龙的《春秋》学著作,多少像是结社的产物。因为苏州肄习《春秋》人少,冯梦龙才会在万历四十年(1612)前后应田生芝之邀到麻城,与梅之焕等八十余人结社研习《春秋》。《麟经指月》一书,在出版前已为同社诸人所称许,甚至可以说部分是社集讨论下的产物。冯梦龙在《麟经指月发凡》中说:"纂而成书,颇为同人许可。顷岁读书楚黄,与同社诸兄弟掩关卒业,益加详定,拔新汰旧,摘要芟烦,传无微而不彰,题虽择而不漏",且"同社批点,并刻之以便展阅。"②可见结社可以整合人们在经学上的歧见。因此,厘正经学的诉求,是晚明不少经义结社的目的,也是晚明以经义为内容的结社渐多

---

① 刘孔当:《刘喜闻先生集》卷二《邹先生麟经传心录叙》,第53页。
② 冯梦龙:《麟经指月·发凡》,南京:江苏古籍出版社,1993,第1、3页。

的一个重要原因之一。

然而较之以前围绕科举的一经结社不同,晚明围绕五经结社的现象更多了。例如,万历癸丑(1613),武进人白绍光以进士乙榜的身份谒选,后任常熟县学教谕,"立五经社,分曹课试,四方名士,翕然来从"①。白绍光鼓励生员结五经社以研讨经学,以应科举,还吸纳了不少外地名士。崇祯四年(1631),江西瑞金人杨以任在南京结五经社。郑鄤《南京国子监博士杨惟节墓志铭》载:"辛未(1631),第南宫,遂来白下,以造就人才为任,立五经社、经济社,以射礼久废,又立纬社。"②五经社的名称本身就值得探讨,因为如果仅仅为了科举,一经结社已经足够。实际上,晚明的五经社虽然大多有科举目的,但学术目的也很明显。崇祯八年(1635),韩城知县左懋第立尊经社以习五经。在《尊经社序》中,左懋第明确表示之前的一经结社已不足以尽学问之道。他说:"守一经为足,与读诸经而不返于躬者,皆无以观乎文之大全者也。余何知夫文?令韩,而与诸子有尊经之约。以吾儒所治书为归,未已也;各穷所治经,未已;益一经,文约益进;三年而三经者如林,拥皋比而五经授人者有之。"③可见,左懋第的尊经社要求士子学习尽可能多的经典,而不满足于研讨"本经"。晚明人对专习一经而不及其他经典的科举风气已经很不满,才会有遍习五经的动议。五经社正是这种潮流

---

① 钱谦益:《牧斋初学集》卷四十三《常熟县教谕武进白君遗爱记》,上海:上海古籍出版社,2009,第1120页。
② 郑鄤:《峚阳草堂文集》卷十二,收入《四库禁毁书丛刊》集部第126册,北京:北京出版社,1999,第434页。
③ 左懋第:《萝石山房文钞》卷二,收入《四库未收书辑刊》第六辑第26册,北京:北京出版社,1997,第575页。

下的产物。

17世纪的复社,虽然因卷入晚明政治生活而受史家关注,其最初兴起却不过是带着一个宏大的要为五经整合出一标准的应试答案的目的而已,充分体现了晚明厘定经学的思潮和经义结社应突破一经的倾向,不仅是晚明围绕五经结社的高峰,而且其厘定经学的目的也更透彻。复社,包括其前身应社,都提出要研究科举考试之中的经义,而且在实践中则是实行分工负责,每一门经典都由一至两位名士负责。清人朱彝尊(1629—1709)记明末名士杨廷枢说:"先生倡应社于吴中,评骘五经文字。张溥天如、朱隗云子主《易》;杨彝子常、顾梦麟麟士主《诗》;周铨简臣、周钟介生主《春秋》;张采受先、王启荣惠常主《礼记》,而先生与嘉善钱梅彦林主《书》。"①对于复社内的分经评骘,复社领袖张溥(1602—1641)本人记载亦略似:"应社之始立也,所以志于尊经复古者,盖其志也。是以五经之选,义各有托。子常、麟士主《诗》,维斗、来之(吴昌时)、彦林主《书》,简臣、介生主《春秋》,受先、惠常主《礼》,溥与云子则主《易》。"②不过,复社诸人研究经义的最终目的,固不能说个人科举成功与否已完全不重要,但更重要的却是要将经义折衷归一,为整个社会提供一个标准。复社诸人也常谈到,研讨科举经义的根本目的就是复兴经学。张溥说,复社"慨时文之盛兴,虑圣教之将绝,则各取所习之经,列其大义,聚前者之说,求其是以训乎俗……于是专家之书,各有其本,而匡救近失,先著于制义之辨,以

---

① 朱彝尊:《静志居诗话》卷二十一,北京:人民文学出版社,1990,第641页。
② 张溥:《七录斋合集》卷六《五经征文序》,济南:齐鲁书社,2015,第130页。

示易见。"①然而,要理解和获得真正的经义,研习就不能局限于一经。张溥认为,专习一经是不够的。他说:"不明乎六经而欲治一经,未见其能理也;不明于五伦而欲善一伦,未见其能安也。"②六经是一个整体,专习一经则束缚了我们对经的理解,不是真正的经学。张溥还说:"经学之不言久矣……习一经而舍其四经,忘远图而守近意,亦云已矣。"③张溥还认为,从组织形式上言,通过结社来共同探讨,可以更接近经义之真实。张溥说:"夫一经之学,人各为家,而其事弥困,则莫若折衷于一,以定其所向,故必同盟之人无不与闻乎,故而后其说可行。"④相对于之前的一经结社重在探讨经义以寻求科举考试秘诀并获得个人成功而言,为经义寻找折衷答案更具社会性,也更有学术性。如此一来,复社研讨经义的特点是:"尽一社而请之,而艺不取于单经。"⑤复社的目的,通过社集的影响力及出版的途径,似乎部分达到了。杜登春云:"社之始,始于一乡,继而一国,继而暨于天下。各立一名以自标榜,或数十人,或数百人,或携笔砚而课艺于一堂,或征诗文而命驾于千里。齐年者砥节砺行,后起者观型取法。一卷之书,家弦户诵;一师之学,灯尽薪传。"⑥沿至晚明清初,便出现了范围更广、延续时间更长的讲经会,而王汎森先生则指出这种出于学术对空疏学风的反应和现实上想

---

① 张溥:《七录斋合集》卷七《诗经应社序》,第138页。
② 张溥:《七录斋合集》卷六《房稿遵业序》,第119页。
③ 张溥:《七录斋合集》卷七《易文通观序》,第141页。
④ 张溥:《七录斋诗文合集·古文存稿》卷五《诗经应社再序》,收入《续修四库全书》集部第1387册,上海:上海古籍出版社,2002,第516页。
⑤ 张溥:《七录斋合集》卷六《五经征文序》,第130页。
⑥ 杜登春:《社事始末》,北京:中华书局,1991,第1—2页。

要以儒家经典经世和重建社会秩的理想和愿望,最终会导致新的学术范式出现。①

四、结语

作为文人群体的明代文社,向来给人以风雅、脱俗的印象。但是,文社中有当多的一部分既未能免俗(以科举为目的),也不专注于诗文风雅,而致力于经义文字之探讨。从若干个层面而言,文与经是很难分开的。从文以载道的角度看,经是文的根本。张溥说:"文可非经,则人可非人与。"②明确提出文当合于经。而且,从科举考试要求士人发挥经义为文的制度性规定来看,制义文字不仅离不开经,更是直接等于经义。明代文人多半要考科举,参加科举必然要研习时文,而时文与经义在若即若离之间。因此,在科举笼罩下的明代,不少文社的旨趣完全不在文学写作的技巧,而在科举与经义。由文社与科举结合,到文社与经义结合,文社的经学旨趣更浓了一些。目的瞄准科举的文社,其研讨内容除了经义,还包括四书、义、策、论等。但随着科举考试中作为首场的经义在录取中的地位越来越重要,就会出现以探讨经义为主的集会或结社,如成化五年的丽泽会。又由于科举考试中考生实际上只要考一门经典,经义结社更多地围绕一经形成,形成《诗》社、《尚书》家会之类

---

① 王汎森:《清初的讲经会》,《"中研院"历史语言研究所集刊》68本1分(台北:1997),亦收入氏著:《权力的毛细管作用:清代的思想、学术与心态》,北京:北京大学出版社,2015。

② 张溥:《七录斋合集》卷七《卯辰程墨表经序》,第148页。

的文社。至于晚明,在经学复兴的大背景下,士人围绕经义的结社出现了两个新特点:其一,即便是围绕一经结社,其对于经学"标准答案"的寻求渐成风尚;其二,一经结社之外,又出现了围绕五经结社的新状况。相对来说,围绕一经的结社其科举的功利性更浓一些,而围绕五经的结社则往往兼具科举与学术之目的,学术的动机要更浓一些。晚明学术界有由约入博的倾向,非但尊重经典、重视考据,且亦博涉子学。其风尚之流行却可能都与科举有关,因为博学可以提供科举考试者广泛的知识。学者风从之余,又能实用,故而能久,转而以实用促进学术。晚明围绕五经的结社,虽然依然是围绕科举的经义结社发展出来的,背后却反映了明末重视经典风气的流行,并且事实上与渊源于明代中后期的讲学风气的讲经会一起,加速了明末清初向经典回归的学术进程。

晚明复社与经典改纂：顾梦麟等编《四书说约》初探

朱 冶[*]

一、前言

晚明思想史上出现较为特殊现象,是以文社为单位的经典改纂热潮。明代经典改纂,是以永乐朝颁布《四书五经大全》(下文简称《大全》)为对象的一系列经典修正行动。自官修《大全》颁行天下,它渐成为明代读书人科举应试、理学研修的必备经典。明中前

---

[*] 朱冶,河南南阳人,香港中文大学历史系博士,华中科技大学人文学院副教授。研究领域为中国近世思想文化史,近年来关注东亚思想交流与互动研究。代表作:《〈资治通鉴节要续编〉在朝鲜王朝的传播与影响》(2018)、《朱升为学历程与元末新安理学之趋向》(2018)、《〈圣学心法〉与明成祖治国理念的表达》(2018)、《元明朱子学的递嬗:〈四书五经性理大全〉研究》(2019)。

期已出现节录、补益《大全》的反应性著作,如彭勖(1387—1451)《书传大全通释》等。明中后期以降,以官定《大全》为蓝本的经典改纂活动愈演愈烈,16世纪初叶已达十几种之多,如周洪谟(1420—1491)《疑辨录》、蔡清(1453—1508)《四书蒙引》等。中晚明学者乐于将新思想、新论说注入《大全》经典疏解之中,使它融会新的时代特色。明代以来的经典改纂活动,在晚明出现新趋势,那就是以文社为单位的团体性经典研习与编纂行动的展开。应社、复社等著名文社,围绕着官修《大全》展开集中探研,著述刊刻活动频繁。明末复社顾梦麟(1585—1653)等编定《四书说约》《诗经说约》等书,社内代表人物张溥(1602—1641)编纂《五经四书合纂大全》,杨彝(1583—1661)撰写《四书大全节要》,陈子龙(1608—1647)订正元儒熊禾《五经训解》,以及颜茂猷(1578—1637)《新镌六经纂要》等,均是晚明结社背景之下经典改纂活动的系列表现。

以往有关晚明结社的研究,重点在于其社团组织、政治作为、经世行动诸方面。[①] 文社内部的经典研习和学问交流,是社集日常活动的主要内容,以故构成晚明学术思想史的重要课题。学界对此亦有不少讨论,侧重文社的经典研究、时文选评与其成员科举仕

---

① 谢国桢:《明清之际党社运动考》,北京:中华书局,1982。小野和子:《明季党社考》,上海:上海古籍出版社,2006。何宗美:《明末清初文人结社研究》,天津:南开大学出版社,2003。李京圭:《明代文人结社运动之研究——以复社为主》,台北:中国文化大学史学研究所博士论文,1989,等等。

进的互动关系。① 实际上,探明复社经典改纂活动的内在学理因素,亦是晚明社集研究的应有向度。本文即以《四书说约》为例,初步探析复社人士编定此书的过程、旨趣与特色、影响,以期阐明晚明社集与经典改纂的紧密关系。

二、晚明社集与《四书说约》的编定

天启五年(1625),张溥、杨彝、顾梦麟,以及张采(1596—1648)、杨廷枢(1595—1647)、朱隗等人结成应社,②应社后于崇祯二年(1629)统合于复社。正是在晚明结社群体的经义研习中,集中出现了针对官修《大全》进行修正的经典改纂之风。顾梦麟等人所编《四书说约》在其中较为典型,该书以明代官修《四书大全》为主要对象,参以《四书蒙引》《四书存疑》等明中后期经典羽翼之作,从中博采会通,由博返约,融会成书。与明代学者分别独立撰作的经典改纂著作不同,《四书说约》体现出社集在晚明经学研习中的重要作用。其编者、校阅者及众多序跋作者,均反映社集在明末经典研修中的意义与价值所在。

---

① 王恩俊:《复社成员学术活动中的合作与纷争》,《辽宁大学学报(哲学社会科学版)》,2014年第4期,第166—173页。王恩俊:《试论晚明复社成员的学术活动及学术修养——以时文写作与评选为考察中心》,《社会科学辑刊》,2006年第5期,第146—150页。刘莞莞:《复社与晚明学风》,台北:政治大学中国文学研究所硕士论文,1985。蒋秋华:《顾梦麟与〈诗经说约〉》,《中国文哲研究通讯》,6:3(台北,1996),第127—135页。沈俊平:《举业津梁:明中叶以后坊刻科举用书的生产与流通》,台北:学生书局,2009。
② 杨彝:《谷园诗集》卷首,张采:《题十景诗序》,中国国家图书馆藏清道光二年(1822)刻本。

《四书说约》主要由复社代表人物顾梦麟、杨彝两人协作完成。顾、杨两位编者交谊深厚，在应社及后来的复社期间始终相互扶持。顾梦麟，字麟士，号中庵，太仓人，是顾炎武(1613—1682)年长近30岁的族兄，后徙常熟之唐市，与同郡杨彝友善。杨彝，字子常，号谷园，南直隶常熟人。顾、杨二人阐明圣人经义，建应社，门人弟子人数甚众。时人形容顾、杨交往之密切，称："天下虽知麟士之为娄东，而问其朝夕之所耦，未尝与子常或离。若麟士者，终谓之虞山可也。"①足见两人过从之密。

　顾、杨二人传记资料丰富。前者有黄宗羲(1620—1695)所写墓志铭，陈瑚(1613—1675)所写碑文。后者有陈瑚高弟、顾梦麟之子顾湄于康熙十八年(1679)所作《行状》。康熙二十五年汪琬(1624—1691)还为两人撰有《杨顾两先生合传》。顾梦麟《织帘居文集》现已不存，其诗集由钱谦益(1582—1664)作序，视之为"儒者之诗"②。杨彝诗文集《谷园集》尚存。

　顾、杨二人商议编辑《四书说约》诸书的情形，杨彝述之甚详，其称：

往予盖尝为《四书大全节要》云，时在戌、亥(崇祯七年至八年)之间，与麟士犹并处一室，多所商确。会丙子(崇祯九年)各有事散去，涂乙才数卷，所登木即《学而》《为政》二篇耳。其后戊寅(崇祯

---

① 张溥撰、曾肖点校：《七录斋合集》卷六《杨顾二子近言序》，济南：齐鲁书社，2015，第121页。
② 钱谦益著、钱曾笺注、钱仲联标校：《牧斋有学集》卷十九《顾麟士诗集序》，上海：上海古籍出版社，1996，第823页。

十一年)秋,麟士《说约》继作,则余两人已不能数面,相质订惟邮筒也。乃庚辰(崇祯十三年)夏五而其刻遂成。①

由是可知,《四书说约》大致成书于崇祯十一年至十三年(1638—1640)间,然其内容之形成显然不限于此间,乃是崇祯七年(1634)以后顾梦麟、杨彝两人持续探研经学和交流学问所得。杨彝较早亦撰有《四书大全节要》一书,同样以改纂官修《四书大全》为旨归,然未及完成。杨氏有着对《四书说约》的深切认同,其后顾梦麟《四书说约》既作,杨彝于是称"子之书犹吾书也,遂辍简不复成"②。

诸社友中,杨彝对《四书说约》的编定贡献最多,以故卷首题以"吴郡顾梦麟麟士纂辑,杨彝子常参定"③。杨、顾除了在崇祯七年至八年(1634—1635)间当面切磋《四书》经义,亦通过往来书信相互辩难。社友张溥记述杨、顾二人认真辨析《四书》等经典之情形,称:

两公患经义芜菲,分部考究,穷人物,探名象,既而发道理之指归,循圣贤之语气。始犹嗷张叫号,获一新解,拍掌饮酒,急以告人。徐渐沉默,平心虚观,求一至是,惊喜内得,非复昔态。独行三十年,解说裁就。谁谓《四书》可轻读哉!④

---

① 顾梦麟:《四书说约》卷首,杨彝:《四书说约序》,收入《四库未收书辑刊》第5辑第3册,北京:北京出版社,据崇祯十三年(1640)织帘居刻本影印,2000,第13—14页。
② 杨彝:《谷园诗集》卷末,顾湄:《子常先生行状》,中国国家图书馆藏清道光二年(1822)刻本。
③ 顾梦麟:《四书说约》卷一,第20页。
④ 张溥:《七录斋合集》卷二十一《顾麟士四书说约序》,第381页。

除了主要编者来自复社,晚明社集在《四书说约》编定过程中所起的作用,还见于该书数量庞大的参校人员名单。《四书说约》校阅者包括门人54人,甥婿侄3人,多数为复社成员,如表1所示。

表1 《四书说约》校阅姓氏①

门人	成角征、张世凤、钱肃范、茅蔚、张琮	湖州
	程世瓒、程继圣	休宁
	叶耆	泾县
	王际寅、李文郁、许尔昌	盐城
	许之渐	武进
	尤悥润	无锡
	吴格、梅煜	江阴
	孙彬	松江
	吴世培、施偁、许振光	苏州
	赵承鼎、钱良佐	长洲
	钱安修、周谔、吴国、钱梦麟、吴琮	吴县
	杨静、彭和、苏震、顾郎先、包泰来、谢廷泰、曹大佐、许枼、史云缙	常熟
	曹开远、沈元恺、何弘	昆山
	郁棠、王遴、曹喆、周渊、周彦、吴暖、宋凤、郏镐京、龚章、周景福、顾青炽、顾镠	太仓
	陆天祐	崇明
甥	王政	常熟
婿	周行	太仓
侄	顾启新	太仓

---

① 顾梦麟:《四书说约》卷首,台湾"国家图书馆"影印日本内阁文库所藏崇祯十三年(1640)吴门张氏刊本。《四书说约》校阅姓氏,未见于崇祯十三年织帘居刻本。

《四书说约》57位校阅人员的参与,是晚明社集背景下经典编纂的鲜明特点。表一中参校人物,集中于江浙一带,也有安徽等地学者。值得注意的是,《四书说约》校阅姓氏尚且只列门人及甥婿诸人。崇祯十五年(1642),顾梦麟时隔两年编辑出版《诗经说约》时,则在校阅门人52人之外(较之《四书说约》校阅姓氏略有增删),增入复社中坚杨廷枢、张采、祁彪佳(1602—1645)、徐汧(1597—1645)等鉴定师友53人。

应该说,社内友人对于《四书说约》《诗经说约》诸书的编定确有助益,不止于挂名而已。杨廷枢记载复社诸人讨论经义的场景,可以证之:

> 余每见子常、君和(徐鸣时)于白文传注之间,字剖句析,疑义数十,往复不倦。余从旁耸听,无不颐解深叹。此理至今日昭若发蒙,其有功于制科,岂曰浅鲜。①

杨彝、徐鸣时、杨廷枢诸人共同研习经典,辨析疑义之情形,由是历历可见。《四书说约》诸书不仅是社内成员科举制艺的共读之书,也成为复社人士探研经学的重要载体。

《四书说约》编刊过程中,复社友人亦大力支持表彰,这突出反映在书前序跋中。《四书说约》编成即予付梓,仅崇祯十三年(1640)就有吴门张氏刊本、织帘居刻本。吴门张氏刊本,书前有复社友人张溥、钱肃乐(1607—1648)、杨彝序。织帘居刻本,乃顾梦

---

① 杨彝:《谷园文集》卷首,杨廷枢:《序》,中国国家图书馆藏清道光二年(1822)刻本。

麟自刊本,书前序言为社友钱肃乐、张溥、丘民瞻、杨彝序,及顾梦麟自序。

《四书说约》诸篇序跋,具有鲜明的社集特色。张溥、丘民瞻等所撰序跋,均署名"社盟弟"或"友弟"等;序言内容中,亦见社中友人对《四书说约》所寄厚望,对复兴正学的共同志愿。杨彝作序称:

> 是故今取其书覆观,则觉《注疏》《大全》而下卷帙旧矣,而反焕然以新;郑孔程朱而下人代分矣,而条贯绳约。则如出一口,不皆麟士之书,而乃为麟士之书,岂非所谓其事虽述,功倍于作者与?夫天下之大,古今之遥,人同此心,心同此理,华叶之教,必无以胜,本根将见。斯编出,而正学之日兴,余《节要》即无论成与不成,皆逊单行也。①

《四书说约》编纂完成后,复社人士将其视作重振学术的利器,统一经典以救弊士风的重要取径。他们希望集合社内友人的力量,编定更多经典改纂著作,从而扩大其理念的影响力。其后张溥《五经四书合纂大全》等述作,确也与《四书说约》《诗经说约》形成合力,影响至清初之学术的转折与生成。

总言之,《四书说约》由复社魁首顾梦麟主要编纂,社友杨彝协助完成。该书已具备晚明背景下以文社为单位进行经典研究的初步特点。不但该书主体内容经由顾、杨两人反复辩证,社中人员也多有校阅、讨论之功。社集成员间的相互唱和、相与激励,更见于

---

① 顾梦麟:《四书说约》卷首,杨彝:《四书说约序》,崇祯十三年织帘居刻本,第15页。

复社经典改纂著作的书前序跋中。诸位"社盟弟""友弟",对相关著述的价值及意义予以充分揭示,并期望以社集合力推动此类著述的传播,最终达到更新经典、恢弘正学的目的。稍后复社诸子的《诗经说约》《五经四书合纂大全》《皇明经世文编》《明诗平论》等撰作中,上述互相声援的社团性特征则表现得更为明显。

三、复社科举新义与《四书说约》编纂目的

顾梦麟、杨彝等编定《四书说约》诸书,其编纂旨趣是为科举制义?抑或经学研修?两者之间实则并不矛盾,需结合晚明学术思想发展的背景,予以申述。

康熙十九年(1680)杨彝曾孙杨熙敬,曾对顾、杨二先生的编辑事业有所概述,其称:

> 我先曾祖恐学者惑于歧途,有《四书大全节要》,又恐语言浩瀚而不得所宗,与顾麟士先生订《四书说约》《诗经说约》,次第问世。其于选义,则有崇祯庚午、辛未、癸酉、甲戌、丙子、丁丑《合钞定本文征》《乡会程墨》《行卷》《房书》诸选行世,纸贵坊间。①

文征所选为明代八股文名篇,程墨为三场主司及士子之文,房稿乃十八房进士之作,行卷为举人之作。《四书说约》等经学论著与文征、程墨、房书等制义之书,两类书籍性质虽有不同,却有共同

---

① 杨彝:《谷园诗集》卷末,杨熙敬:《跋》。

指向,乃针对中晚明以来日益败坏的文风而作。顾梦麟自述《四书说约》编纂目的为:

> 孔、曾、思、孟以逮程、朱诸大儒之为书,主行者也;后则主言而已矣。即虚斋(蔡清)、次崖(林希元)、紫峰(陈琛)诸先生之为书,主题者也;今则主文而已矣。人无行,何以有言?文无题,何以有文,不亦愈趋而愈失乎?是故约之中,则更有约也,不可以一说尽也。①

顾梦麟精炼指出"行——言——题——文"的学术发展四阶段。圣贤经典,旨在体悟行道,此孔孟程朱之为书;宋元学者的用功重点在于为经典做注脚,明代《大全》取其大成而定为一尊,举国士人通过诵习《大全》以达圣人经旨;然《大全》之内容性质,在传播过程中日益沦为科举考试应试之讲章,逐渐离经益远,最终成为僵化的功令辞章;更何况明末之文,弊端涌现,败坏之致,成为"无题之文"。这便是顾梦麟回归《四书大全》及蔡清《四书蒙引》、林希元(1482—1567)《四书存疑》、陈琛(1477—1545)《四书浅说》,博而约之,以成《四书说约》的内在逻辑理路。

明末之文,究竟出现何种问题?明末清初学者对此多有总结。明末文宗钱谦益称"万历之季,时文日趋于邪僻",他因此表彰杨、顾二人"申明程朱之绪言,典型先民,以易天下",贡献颇著。② 明末清初太仓人陈瑚则对晚明文风之变有具体陈述,称:

---

① 顾梦麟:《四书说约》卷首《四书说约序》,崇祯十三年织帘居刻本,第 19 页。
② 钱谦益:《牧斋有学集》卷十九《顾麟士诗集序》,第 822 页。

国家以经义取士,洪永、成弘之间皆以明理为主,而一篇之中,首尾正反虚实,莫不有法。正嘉以降,小变其格,然不出绳墨之外。隆万之末,文风颓敝,士习荒谬,叛违传注,溃决规矩。①

由是可知,隆庆、万历年间,为明代文风凋敝之时间拐点。清人范方(1621—?)对 16 世纪末文风之变有更明确的述说,其称:

自壬辰(万历二十年)、乙未(万历二十三年)而后,群尚机调,务为排击先儒,毁弃正法,相矜以为能事。闻之前辈云,房书之刻始于壬辰,其世变之开端乎?于是有厌朱注为太烦而删从简略者,有慕他说为新奇而务从博览者。不知《四书集注》朱子尝自谓:字字句句,皆从称量过来。后人未能见到,反议论前贤,真无忌惮耳。②

房书本为科举制艺的范文,"新进士平居之文章,书贾购得之,悉以致于选家为抉择之,而付之雕刻,以行于世,谓之房书"③。房书辞藻华丽浮夸、杂说混淆,更遑论明末的经典研习,显然已远离宋儒真义。上文述及万历二十年(1592)前后文风之变,起于万历

---

① 陈瑚:《确庵文稿》卷十九《顾太学碑文》,收入《四库禁毁书丛刊》集部,第 184 册,北京:北京出版社,2000,第 421 页。
② 范方:《默镜居文集》卷一《四书题商后序》,中国国家图书馆藏清乾隆二十六年(1761)范氏世怡堂刻本,第 25—26 页。
③ 戴名世:《南山集》卷四《庚辰小题文选序》,收入《续修四库全书》集部,第 1419 册,上海:上海古籍出版社,1995,第 100 页。

朝房书刊刻之际，又指出诸如袁黄(1533—1606)《四书删正》等崇王抑朱之书涌现的后果。① 以上所提揭晚明文风变化之背景，乃是复社诸子所需应对的时局。

甚为推重杨、顾之学的范方，还对17世纪40年代(崇祯间复社人士编辑经典改纂著述之时)的具体制举情形有过论说，他在康熙六年(1667)追忆称：

余弱冠从游于舅氏罗师之门，课为制举义。时当明末，风会日下，坊间所刊布房书行卷诸种，悉夸多斗靡，且窜入子家、禅家等语，几不识题理所在。至于四子书，白文而外一字涉注，教者学者世皆目为迂儒。虽海内钜公如陈、章、罗、艾、张、吴、杨、顾诸君子力挽颓波，仅仅有志数辈起而向风究之，显背隐违者比比而是也。②

少年范方所见的明末文风，已然凋敝，他由是总结出"尚浅薄、骛雷同、专事钞、窃烂恶"的文风"四宗罪"。虽有明末陈际泰、章世纯、罗万藻、艾南英等八股文名家，以及张溥、吴伟业、杨彝、顾梦麟等复社人物，设法救弊文风，有益世教，然则现实仍是积重难返。

正是将科举制艺、经学深造两者视为一途，复社杨、顾等人执着于时文评选与经典改纂，两相配合。顾梦麟崇祯九年(1636)吴门舟中题记中，表彰杨彝坚守正道，不与王学末流同流合污的志向。他慨然宣称：

---

① 林志鹏：《袁黄〈四书删正〉考述》，《中国典籍与文化》，2016年第3期，第14—17页。
② 范方：《默镜居文集》卷一《四书题商前序》，第22页。

曰:逆即取势耳,而顺何为?合即见巧耳,而开何为?良知即辟悟门,删注即趋捷径耳,而晦翁何为?顾子常不变也。岂惟不自变,亦卒以变天下。今王(鏊)、唐(顺之)、瞿(景淳)、薛(应旂)之为文,《大全》《蒙引》之为书,复编坊肆者,固皆其倡耳。①

"王唐瞿薛"与前述"章罗陈艾",均是中晚明以文章名世的大家。在明末王学盛行,王学末流之弊突显的背景下,顾梦麟、杨彝等人倡议回归程朱经典,期望由此改革时弊,救正学术发展之颓势。他们提出切实可行的两套办法,颇有效果:一则以文治文,复兴文脉;二则改纂经典,回归官方经典《大全》,辅以《蒙引》《存疑》《浅说》诸书,以恢复正学。在复社诸子看来,由程朱正学指引的科举制义,方能逆流而上,扭正日渐衰颓的士风。

晚明应社、复社诸子,都注意调和经典研究与科举制艺的关系。张采强调文章为载道之器,②杨彝之学在应社时期即被社友视为通经复古之学,而非"糠秕制科"或"驰骋艺林"之说。③ 杨彝在经典改纂之外,亦刊刻推广王唐瞿薛之著作。"王唐瞿薛"之中,杨氏视王鏊(1450—1524)为"文之先辈",他与顾梦麟、钱鸣时、杨廷枢等复社成员合力纂辑王鏊文稿。文稿刊刻之际,杨彝序曰:

---

① 杨彝:《谷园文集》卷首,顾梦麟:《序》。
② 张采:《知畏堂诗文存》卷二《刘侯制义序》,收入《四库禁毁书丛刊》集部,第81册,北京:北京出版社,2000,第560页。
③ 杨彝:《谷园文集》卷首,杨廷枢:《序》。

先生之文之妙,无穷无尽,无方无体。以法言大端有二,一妙说书,一妙演题。说书原本《集注》,推广《大全》。他人看《大全》尔,先生读《大全》,大小注无不熟;他人或一引用,先生则无不用。得心应手,得意忘言,不辨其为注为文矣。他人于题讲有不讲,先生句句讲,字字讲,一章逐节,一节逐句,一句逐字,义无或漏,辞不一添。譬之路,他人亦至,此为正;譬之室,他人亦入,此为安,所以为不可及。①

杨彝以文章大家、一代名臣王鏊为典范,揭示了研经、撰文的合一关系。真正的好文章,基于对经典的细致研读和领会。杨彝揭示的上述治学、作文之法,是复社人士共同尊奉的治学理路,被顾梦麟抽象地概括为"吾辈训诂法脉之学"。所谓"训诂",乃是指《集注》《大全》等程朱经典疏释研习;所谓"法脉",乃是对经学研习基础上的时文演绎而言。社内成员以"能言训诂""能为法脉"相互期许,譬如顾梦麟认为杨彝就是训诂、法脉兼备之士。顾氏阐明训诂、法脉两者兼备的重要性,称:

然是训诂、法脉之学而有所受之,则虽求之极其精,而守之极其一,亦何难者。惟天下无一人能言训诂矣,而俄言训诂;天下无一人能为法脉矣,而俄惟法脉,又皆得之。深思苦吟,笃信明辨之余,而因以验之,反躬责己,翼经扶传之实。如吏有律例,则无可出入;如禅有参学,则不由师授。殆其指一定,而坚实不移,遽同墙壁

---

① 杨彝:《谷园文集·刻王文恪先生稿序》。

者,斯其故岂易致也。①

训诂、法脉二者兼重,是明末复社诸子所"精一执中"的学问真谛。顾梦麟、杨彝所代表的复社之学,最终形成尊注重书、强调文章法脉的传统。清代太仓人陆世仪(1611—1672)为顾梦麟题挽诗,即对此训诂法脉之学有特殊强调,陆氏称:

杨顾文章天下知,尊经重注是吾师。子常已老先生死,法派相承更属谁。②

总之,因应明末八股盛行、文风败坏的情势,晚明复社人士渐发展出回归经典、改纂经典的治学路径,他们将时文评选与经典改纂视为统一整体,以改造后的程朱经典为根本,指导科举制义的写作,最终形成有"正学根底"的科举"新"义。复社诸子强调训诂、法脉并重的学问取向,寄托着他们在王学积弊日重的背景下,试图逆流而上,救正日益颓弊的士风和学风的经世愿景。

四、复社经典改纂之特色与影响

明代官修《四书大全》的经典改纂活动中,以明中后期朱子学者蔡清《四书蒙引》、林希元《四书存疑》的影响最著。两书成为辅

---

① 杨彝:《谷园文集》卷首,顾梦麟:《序》。
② 陆世仪:《桴亭先生诗集》卷四《挽顾麟士太学》,收入《续修四库全书》集部,第1398册,上海:上海古籍出版社,1995,第581页。

543

翼《四书大全》共同流传的经学读本,直至清初仍受到重视。清代朱子学者陆陇其(1630—1692)即指出,正是蔡清等人不断更新官定《四书大全》的行动,使之不至于成为"呆物"①。明末复社的经典改纂活动也异常活跃,在延续蔡清、林希元经典修正传统基础上,《四书说约》内容体例呈现出由博反约的思想特色。

复社经典改纂活动,首先立足于近世程朱理学经典诠释传统而来,这在《四书说约》编纂体例中有集中表现。南宋以降朱子学者的用功重点,在于为程朱经典增益疏解的"加法"工夫。明代《四书大全》为其代表,它以"纂疏体"编纂而成,以经文和朱注为本,逐句附以朱子《语录》及宋元诸家疏解。晚明复社《四书说约》亦遵此法,它广纳明代程朱经典疏解著作,囊括"《注疏》《大全》《或问》《语类》《蒙引》《存疑》《浅说》合纂备考及臆说间附",可谓广博。②如果说《四书大全》融宋元朱子学之大成,《四书说约》则集明代朱子学之大成。

与《四书大全》《四书蒙引》比较言之,则更见《四书说约》之改纂特色。《四书大全》经文黑体大书,顶格书写;朱子《集注》黑体略小,降一格书写;《语录》及宋元疏解小字双行,附于《集注》之后;经、注、疏三级结构,泾渭分明。到了《四书蒙引》,经文仍顶格书写,朱子《集注》《语录》、宋元疏释、蔡清本人按语均降一格书写,然经、注、疏字体一致,朱注与诸家疏解混同。《四书说约》则与《四书蒙引》相仿,经文顶格书写;所引《集注》《大全》《蒙引》《存疑》及顾

---

① 张师载编:《陆子年谱》,收入《北京图书馆藏珍本年谱丛刊》第79册,北京:北京图书馆出版社,1999,第647页。
② 顾梦麟:《四书说约》,日本内阁文库藏崇祯十三年吴门张氏刊本,书名页。

梦麟按语等,降一格书写;字体并无差别。以故《四书说约》中宋元明代儒者的经典诠释,实际被等同视之,都是辅翼经传之作。

然复社经典改纂活动,在"博通"基础上更注重"反约",《四书说约》书名及编纂宗旨即显示了此种偏重。孟子曰:"博学而详说之,将以反说约也。"《四书说约》旨在删繁就简,回归经旨,故以此命名。黄宗羲也指出,此书确能"融会诸书,削其繁芜,扶其隐伏"①,对救正程朱理学疏解泛滥之弊,殊有裨益。职是之故,《四书说约》虽合纂《四书大全》《四书蒙引》《四书存疑》诸书而来,却对其疏解文字进行大量删减,部分经文甚至仅保留个别疏解条目。同时,《四书说约》尤为重视对经典疑义处加以论断和辨析。社友丘民瞻对此"反约"之学有深入阐明,称:

章句之行,本朝律以取士,诸先正因有《大全》《蒙引》诸书,次第发明。顾为说既殊,醇杂不免,又未能通于注疏,以明说家所自始。麟士于是删繁去疑,示之画一;广引博采,要于会通。且体验身心,历更事变者,久之而后定。盖若是其慎也。②

由博反约,为的是博采会通;进而去除芜杂,体验身心;最终统一经典,回归经传本意。顾梦麟穷数十年工夫,与复社师友弟子改纂经典,以成《四书说约》诸书,意在为明末朱子学发展注入新活

---

① 黄宗羲著、陈乃乾编:《黄梨洲文集·顾麟士先生墓志铭》,北京:中华书局,1959,第217页。
② 顾梦麟:《四书说约》卷首,丘民瞻:《四书说约序》,崇祯十三年织帘居刻本,第11—12页。

力。社友丘民瞻为《四书说约》之旨意阐发道:

> 刘静修云:邵至大也,周至精也,程至正也,朱子极其大,尽其精,而管之以正也。麟士之于虚斋、次崖、紫峰诸先生,殆类是欤!若夫眼习其教,以返躬修己,不徒作文,事之华叶,是在善读《说约》者。①

丘氏引述元儒刘因(1249—1293)之言,类比朱子之于北宋五子的地位,认为顾梦麟《四书说约》承继明代程朱理学之大成,有功于明儒。他指明顾氏之学,意在倡导程朱全体大用之学,通过精简程朱理学庞杂的经解体系,启发学者反躬修己,重回程朱正学本旨。

《四书说约》协调精简的做法,在后世亦受认可。清儒陆世仪将"由博反约"视为顾梦麟之学的核心,其诗曰:

> 大全注疏前王令,轻薄为文未肯窥。反约工夫由博学,半生辛苦一书垂。②

整体而言,应社、复社等明末社集的经典改纂活动,在当时已掀起一股回归经典的潮流。《四书大全》《四书蒙引》《四书存疑》等明代程朱经典,随着明末社集的推广而再度流行。杨彝对应社

---

① 顾梦麟:《四书说约》卷首,丘民瞻:《四书说约序》,崇祯十三年织帘居刻本,第12—13页。
② 陆世仪:《桴亭先生诗集》卷四《挽顾麟士太学》,第581页。

传播经典的成绩,颇为自得,其称:

> 余约遵注,君和时已读《大全》,维斗(杨廷枢)疑信间。余以旧板《大全》赠维斗广之。《蒙引》《存疑》《浅说》《达说》,坊间射利,一时翻刻海内,即不尽读,犹知有此,则应社称说之故。……《大全五经注疏》之刻,不失应社初约,余为赞成。麟士刻《说约》,刻《四书十一经通考》。余亦刻《大全节要》《廷试》,刻未竟。①

随着复社《四书说约》《诗经说约》《五经四书合纂大全》等书的陆续出版,其经典改纂活动影响日广。黄宗羲记述《四书说约》诸书在明清流传"久而不衰"的盛况称:"自《说约》出,而诸书俱废,博士倚席而讲,诸生帖坐而听者,皆先生之说也。"②陈瑚则指出《四书说约》诸书的传播,对明末学风的改善确有效果,"四方之士渐反其本而从其教,浸淫沾溉,奉为典型。执经问业者,牵挽相属,几半天下"③。

复社经典改纂活动的深远影响,还能从其著述的复杂版本刊刻历史中得见一二。《四书说约》最早有崇祯十三年(1640)刻本,其后历经多次刊刻,导致其书"风行日久,各地异刻,不无困说袭舛,失却本真"的现象。基于此,浦阳刘上玉根据《四书说约》原刻本参订新增,此为刘上玉增补纂序本。此后,《四书说约》增补纂序本又经历重订、再订,版本愈加复杂。据现存清顺治年间《再订增

---

① 杨彝:《谷园文集·凤基会业序》。
② 黄宗羲著、陈乃乾编:《黄梨洲文集·顾麟士先生墓志铭》,第217页。
③ 陈瑚:《确庵文稿》卷十九《顾太学碑文》,第421页。

补杨顾四书说约集注》,卷首题"古吴杨顾两先生原辑,浦阳刘日珩上玉纂序,西湖汪桓殿武重订"。将此版本与崇祯十三年刻本《四书说约》两相比照,可见已远非其旧。

尽管《四书说约》诸书广泛流布,有益于复社经学思想的传播,然该书坊刻本亦不断产生新的变形,乃至改换面目,实非《四书说约》原貌。清人对复社经典改纂著作的版本变异情形,多有反省。黄宗羲对坊间大肆纂改《四书说约》的现状,发出顾氏之学由是而亡的慨叹,称:

奈何世不说学,摘先生之书,存其二三,仍以先生之名书者,附注《四书》之上。此如推历者,不通算学,而以歌括定分、至、闰、朔耳。家有其书,人习其传,竟不知此外更有何物?不特经史之学亡,而先生之学亦亡矣。[1]

清人范方则不独痛惜《诗经说约》之面目全非,更为世人失却复社诸子改纂经典的本意而扼腕不已。他说:

学者于苞经,群守一不全之《说约纂序》,号为至简至要之功,而又坊间互有删刻,移面换目,美其名曰《大全》。其实窜入杂说,不但非《说约》之旧,亦并非《纂序》之旧。世皆不察其矛盾,无论孺稚与尊宿,莫敢致诘,莫敢弗遵,及语以《说约》之所本,更及其本中之本,则懵然也。[2]

---

[1] 黄宗羲著、陈乃乾编:《黄梨洲文集·顾麟士先生墓志铭》,第217页。
[2] 范方:《默镜居文集》卷一《诗经汇话自序》,第6页。

复社诸贤达"由博反约"的治学旨趣,却被清代腐儒固守为"至简至要之功",这实非顾梦麟、杨彝等人所想见、愿见。《诗经说约》内容的改窜固然可惜,清儒不解复社诸子回归经典的旨意,却更是失其大端。

从明清之际学术传承的角度来看,晚明复社的经典改篡活动,对于清初学术的形成与展开有实在影响。《四书说约》《诗经说约》诸书,直接启发了由明入清的一批学者。清初朱子学者陆陇其、李光地(1642—1718)的经学著作对《四书说约》多有引述,清代朴学大家汪琬、阎若璩(1638—1704)等亦受杨顾之学的启迪。

举例言之,陆陇其《四书讲义困勉录》一书引顾梦麟之语颇多,如《学而》篇:

真学自然能时习,真时习自然能朋来、不愠。若大概言之,则固有学而不习,习而不时,时习而未至于朋来,朋来而未至于不愠者。后说是题中正解,而前说则深一层解也。朱子常以知行分说,而阳明言知行合一亦然。故顾麟士云:"'学'字少不得作主,然体势三停,凡说家作串递语者,自可芟却也",其说极是。①

顾梦麟上述说法,见于其《四书说约》相应篇章中"愚按"一条,②显示其改篡经典的要旨所在。顾氏强调"学"的重要性,反对

---

① 陆陇其:《四书讲义困勉录》卷四,收入《景印文渊阁四库全书》经部,第 209 册,上海:上海古籍出版社,1987,第 181 页。
② 顾梦麟:《四书说约》卷四,崇祯十三年织帘居刻本,第 129 页。

科举制艺中将"学"作为"串递"文法来解释,这对明末士子具有现实意义,此观点深得陆陇其认可。

再如,清代考据学家阎若璩对顾梦麟《说约》亦颇欣赏,对书中考订之处多有参考。顾梦麟恪守程朱之说,阎氏对此也有评论:

> 但株守朱说,遵若金条玉律,莫若顾麟士。昨见其《诗经说约》谓朱子于狐、狸、貉三物也而谓一物,斯螽、莎鸡、蟋蟀亦三物也而谓一物,极是朱子草率处。……窃以不直则道不见,吾以明道也,岂议朱子乎?总之谓吾书欲无所不有,志在驾轶古人,此真洞见腑鬲之言也,谓有意翻驳朱子,则决不敢。素爱冯定远(班)之言,今人信孔子不如信孟子,信孟子不如信程朱。弟则信孔子过笃者耳。①

由此以见阎若璩等人的考证之学,在顾梦麟等前贤基础上的新发展。值得一提的是,清人范方,其为学著述深受复社经典改纂思想的影响。范氏撰有《诗经汇诂》《诗传闻疑》《四书体商》等书,自述其撰著多由杨、顾启发而来,其康熙二十二年(1683)称:

> 世儒局于井蛙,自汉迄今解诗者无虑数十百家,皆不知为何物,意不过谋帖括取青紫耳。余既因《说约》而幸识宋诸大儒,复因《文征》而幸识明诸先达。得其梗概,茹其英华,而未溯其源流也。于是不吝价值,购求名编,今所获仅过半矣。每流览之余,迥思所

---

① 阎若璩:《潜邱札记》卷六《又与石企斋书》,收入《景印文渊阁四库全书》子部,第859册,上海:上海古籍出版社,1987,第544页。

至,恨不能起古人于几席。其隽者哜之,隙者研之,述者参之,误者刊之,合者印之,须令当日口语,宛然欲肖,以无负诗人之意,是岂岁月之功所能尽哉。①

范方受复社兼重训诂法脉的治学方法影响,由《说约》《文征》两类不同性质的文献入手,最终形成两者"实为一贯""文旨明而经旨亦明,二书诚不朽之大业也"的认识。② 正如复社杨、顾等人所言,无论《说约》还是《文征》,均为表彰圣贤经典旨意。受此启发,范方耗时二十年,稿易十余次,撰作《诗传闻疑》等著作,以辩证《诗集传》疑误。以上可见复社经典改纂活动,为清代学术的形成提供了可供参考的思想资源。

结论

明末顾梦麟等编定《四书说约》的过程与影响,显示了社集在经典改纂活动中的异军突起,丰富了明代经典改纂思想史的内容。明人以官修《四书五经大全》为对象的经典改纂,从个人化的理学实践,到晚明以文社为单位的经典研习与编纂活动,呈现出各时期经学发展的不同特点及因应问题。在晚明经学衰微,文风凋敝的背景下,以复社为代表的文人社集,寻找到回归经典、重振文风的"训诂法脉之学"的新路径。他们将经典改纂与科举制义相结合,既通过由博反约的经典研习,为士人提供新的经典文本;又以程朱

---

① 范方:《默镜居文集》卷一《诗传闻疑自序上》,第8页。
② 范方:《默镜居文集》卷一《诗传闻疑自序上》,第8页。

正学指导时文写作,以文救文。两相配合,以期救正日益颓弊的士风和学风。晚明社集的经典改纂活动,在明清之际掀起了一股回归程朱经典的潮流,为清代学术的形成与展开提供了重要的思想资源。

顾梦麟等复社人士改纂经典的个案研究,有益于社集、经学、科举三者关系探研的进一步深入。重新审视个人之学与群体治学的关系,在中晚明思想史上颇具意义,此又需结合复社其他成员的经典改纂活动予以阐明。复社盟主张溥《五经四书合纂大全》等书的内容及旨意,与《说约》诸书有何异同,如何形成合力等情形,尚需再做阐明。

此外,晚明复社的经典改纂研究,也为明代学术史的再评价提供新角度。明代官修《大全》诸书,自顾炎武、朱彝尊等明末清初学者之后,被冠以抄袭说、经亡说等成见,以此为基础,逐渐形成《大全》相关的明代思想史之近代认识。林庆彰、杨晋龙、蒋秋华、陈恒嵩等学者已从《大全》经典内涵等层面,反思《大全》的实际价值。然从晚明复社的经典改纂活动出发,重新看待明末清初学术传承与转折,对《大全》乃至明代程朱理学的价值研判殊有意义。

后记

　　这本论文集以文人社集为题,而这个题目是2014年在武夷山的年度会议中间休息时王昌伟兄所提的,我当下听了马上赞成,而且找来何淑宜教授商量,并且把当时不在场的许齐雄兄也一并拉了进来。

　　文社这个题目看似简单,但细究起来蛮复杂的。由于团队的成员来自历史学的居多,而近几十年明及清初的思想文化及城市生活史都有很长足的进展,所以今日做社集研究不仅必须与这些研究成果结合,还必须能够从社集的视角有新发现。这个问题困扰着团队的每个人,尤其团队中还有越南与日本研究,以及一些人是被"命题作文"的——如许齐雄兄与陈时龙兄,人在新加坡及北京家中,就被指定研究福建与经学的社集。也因此,在第一次的工作坊会议中,大家对如何定义社集,以及如何切入社集研究,就有了非常深入的讨论,而且每个人都畅所欲言。

　　工作坊的讨论焦点之一是社集与师友关系、人际交游的区别。

有人提到，紧密的师友关系网络，所能发挥的作用有时不逊色于社集，尤其师友关系网络的资料十分丰富而多元，相较下单一社集的资料往往极零碎而不易得，我们是否有必要执著在社集这个课题？这个提问完全刺中这个课题的要害，引起很大的回响。毕竟即使穷搜身边的文集与笔记小说，也往往只会找到只字片语提及社或某社，即使运气好而看到数个社的资料，但此社与彼社是否同社既难确认，社集成员及相关活动资讯亦难详知，可以想见研究上将遭遇到极大的困难。但大家也想到，若谈师友关系、人际网络，不易突出于既有的研究之上，相对的，若能够从极零碎的资料中看到有意义的社集活动，无疑更能得出令人兴奋的成果。借由这次的讨论，大家对各自文章的方向有了明确的想法，也让以社集为主题的论文集的图象变得更加清晰可见，于是在2019年年底，大家都如约交稿。看到这些文稿，令人激动而雀跃，这些研究成果证明社集的研究不仅可行，而且还有很大的发挥空间。

从最初的发想到出版，经历六个年头，如今有了初步的成果，于是不免也接着有对未来的期待与想像。王昌伟兄曾经提议参照西方对 salon 等社集或社团的研究成果，而他自己也率先把对扬州社集的研究与日本学者池上英子对审美网络的研究并列比较，以激荡出更多新意与想法。我个人阅读近二十年英文世界对 salon 研究的部分成果，也得到很大的启发，但由于做中西比较恐怕是另一个更大的课题，所以在几经考虑以后，便未在这本论文中作此尝试。

在工作坊中，徐晓宏兄曾指出，大约在16、17世纪以后，中国与欧洲都有组织社集或社团的趋向，而且似乎对个人的决定与行动

后记

越来越没有信心,转而希望以群体的方式进行。为何有此趋向,令人颇为疑惑。这个疑惑放到中国史可换作另一个问法,即为何在16世纪,即明中期以后,有大量的社集涌现?这也是让做社集研究的人颇困扰的问题。看来这个问题有可能必须放到中西方史的比较,或世界史全球史的脉络下来思考,而且也将是我们寄望未来而更加努力的方向吧。

张艺曦